U0723760

国家社会科学基金重大项目『中国近代日记文献叙录、整理与研究』（项目编号：18ZDA259）阶段性研究成果

江苏省『十四五』时期重点出版物出版专项规划项目

中国近现代稀见史料丛刊【第十一辑】

张剑 徐雁平 彭国忠 主编

朱逌然日记（上）

（清）朱逌然 著

彭国忠 陈淇烨 舒心亦 整理

本辑执行主编 徐雁平

凤凰出版社

图书在版编目（CIP）数据

朱逌然日记 /（清）朱逌然著 ；彭国忠，陈淇烨，舒心亦整理. -- 南京 ：凤凰出版社，2024. 12.
（中国近现代稀见史料丛刊）. -- ISBN 978-7-5506-4349-9

Ⅰ. I265.2

中国国家版本馆CIP数据核字第20253PW189号

书　　名	朱逌然日记
著　　者	(清)朱逌然
整 理 者	彭国忠　陈淇烨　舒心亦
责任编辑	黄　悦
装帧设计	姜　嵩
责任监制	程明娇
出版发行	凤凰出版社(原江苏古籍出版社) 发行部电话025-83223462
出版社地址	江苏省南京市中央路165号,邮编:210009
照　　排	南京凯建文化发展有限公司
印　　刷	江苏凤凰通达印刷有限公司 江苏省南京市六合区冶山镇,邮编:211523
开　　本	880毫米×1230毫米　1/32
印　　张	22
字　　数	572千字
版　　次	2024年12月第1版
印　　次	2024年12月第1次印刷
标准书号	ISBN 978-7-5506-4349-9
定　　价	168.00元(全二册)

(本书凡印装错误可向承印厂调换,电话:025-57572508)

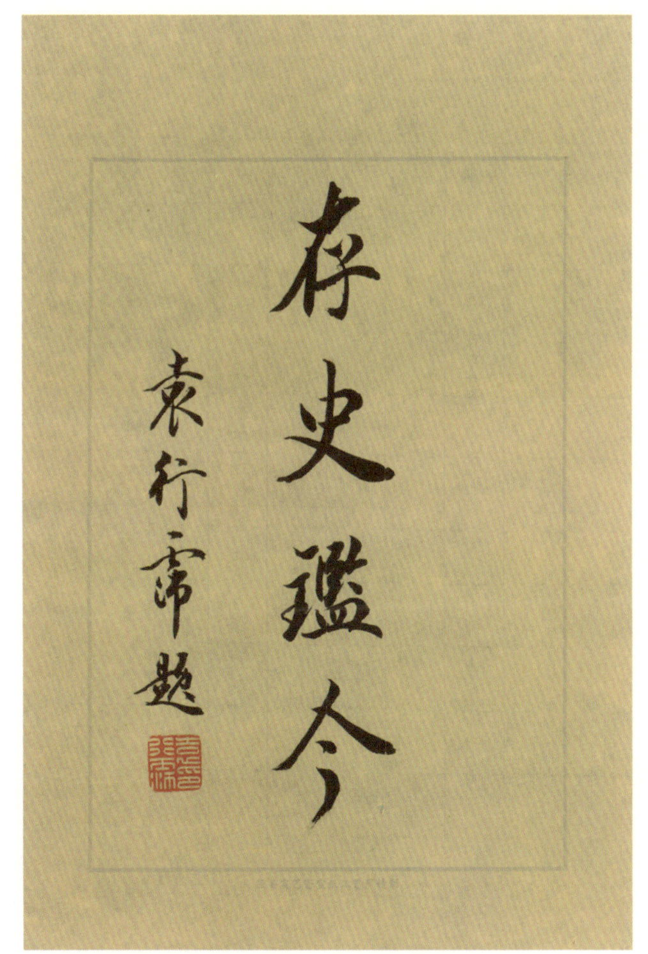

袁行霈先生题辞

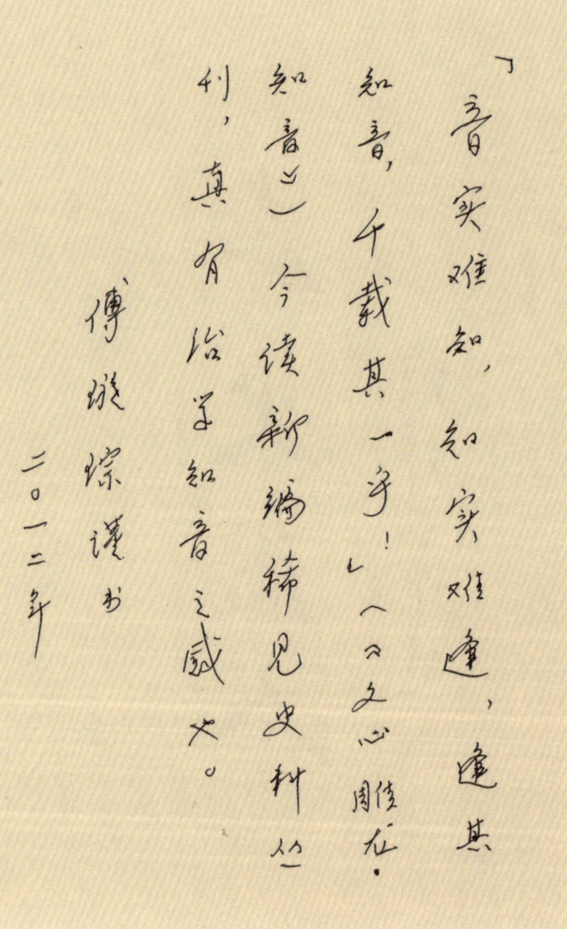

「音实难知，知实难逢，逢其知音，千载其一乎！」（《文心雕龙·知音》）今读新编稀见史料丛刊，真有治学知音之感也。

傅璇琮谨书
二〇一二年

傅璇琮先生题辞

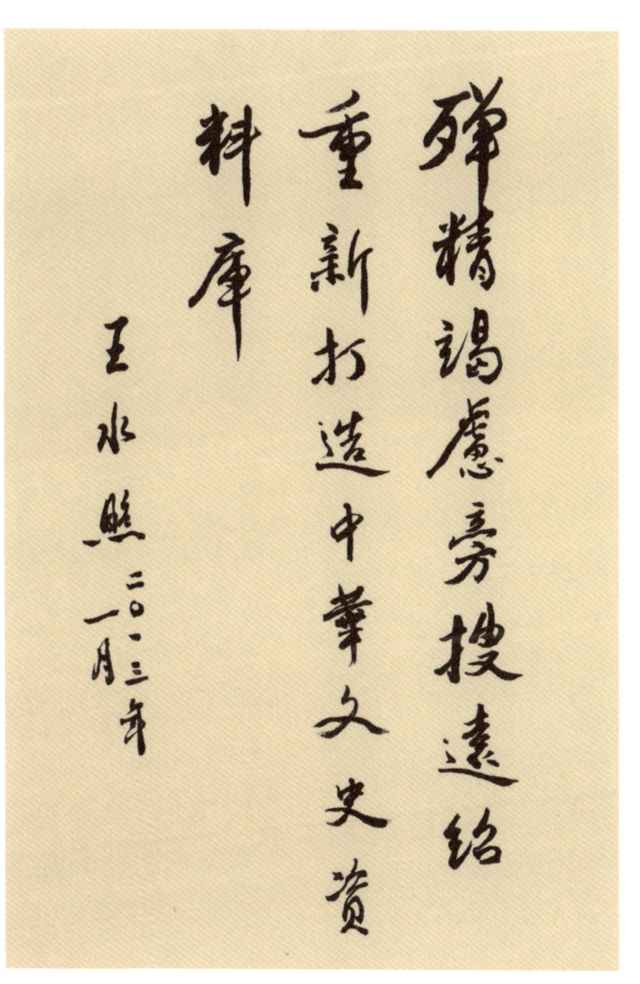

殚精竭虑旁搜远绍
重新打造中华文史资
料库
王水照
二〇一三年一月

王水照先生题辞

《中国近现代稀见史料丛刊》总序

在世界所有的文明中，中华文明也许可说是“唯一从古代存留至今的文明”（罗素《中国问题》）。她绵延不绝、永葆生机的秘诀何在？袁行霈先生做过很好的总结：“和平、和谐、包容、开明、革新、开放，就是回顾中华文明史所得到的主要启示。凡是大体上处于这种状况的时候，文明就繁荣发展，而当与之背离的时候，文明就会减慢发展的速度甚至停滞不前。”（《中华文明的历史启示》，《北京大学学报》2007年第1期）

但我们也要清醒看到，数千年的中华文明带给我们的并不全是积极遗产，其长时段积累而成的生活方式与价值观具有强大的稳定性，使她在应对挑战时所做的必要革新与转变，相比他者往往显得迟缓和沉重。即使是面对佛教这种柔性的文化进入，也是历经数百年之久才使之彻底完成中国化，成为中华文明的一部分；更不用说遭逢“数千年来未有之变局”“数千年未有之强敌”（李鸿章《筹议海防折》），“数千年未有之巨劫奇变”（陈寅恪《王观堂先生挽词序》）的中国近现代。晚清至今虽历一百六十余年，但是，足以应对当今世界全方位挑战的新型中华文明还没能最终形成，变动和融合仍在进行。1998年6月17日，美国三位前总统（布什、卡特、福特）和二十四位前国务卿、前财政部长、前国防部长、前国家安全顾问致信国会称：“中国注定要在21世纪中成为一个伟大的经济和政治强国。”（徐中约《中国近代史》上册第六版英文版序，香港中文大学出版社2002年版）即便如此，我们也不能盲目乐观，认为中华文明已经转型成功，相反，中华文明今天面对的挑战更为复杂和严峻。新型的中华文明到底会怎样呈现，又怎样具体表现或作用于政治、经济、文化等层面，人们还在不断探索。这个问题，我们这一代恐怕无法给出答案。但我们坚信，在历史上曾经灿烂辉煌的中华文明必将凤凰浴火，涅槃重生。这既是数千年已经存在的中华文明发展史告诉我们的经验事实，也是所有为中国文化所化之人应有的信念和责任。

不过，对于近现代这一涉及当代中国合法性的重要历史阶段，我们了解得还过于粗线条。她所遗存下来的史料范围广阔，内容复杂，且有数量庞大且富有价值的稀见史料未被发掘和利用，这不仅会影响到我们对这段历史的全面了解和规律性认识，也会影响到今天中国新型文明和现代化建设对其的科学借鉴。有一则印度谚语如是说："骑在树枝上锯树枝的时候，千万不要锯自己骑着的那一根。"那么，就让我们用自己的专业知识与能力，为承载和养育我们的中华文明做一点有益的事情——这是我们编纂这套《中国近现代稀见史料丛刊》的初衷。

书名中的"近现代"，主要指1840—1949年这一时段，但上限并非以一标志性的事件一刀切割，可以适当向前延展，然与所指较为宽泛的包含整个清朝的"近代中国""晚期中华帝国"又有所区分。将近现代连为一体，并有意淡化起始的界限，是想表达一种历史的整体观。我们观看社会发展变革的波澜，当然要回看波澜如何生，风从何处来；也要看波澜如何扩散，或为涟漪，或为浪涛。个人的生活记录，与大历史相比，更多地显现出生活的连续。变局中的个体，经历的可能是渐变。《丛刊》期望通过整合多种稀见史料，以个体陈述的方式，从生活、文化、风习、人情等多个层面，重现具有连续性的近现代中国社会。

书名中的"稀见"，只是相对而言。因为随着时代与科技的进步，越来越多的珍本秘籍经影印或数字化方式处理后，真身虽仍"稀见"，化身却成为"可见"。但是，高昂的定价、难辨的字迹、未经标点的文本，仍使其处于专业研究的小众阅读状态。况且尚有大量未被影印或数字化的文献，或流传较少，或未被整合，也造成阅读和利用的不便。因此，《丛刊》侧重选择未被纳入电子数据库的文献，尤欢迎整理那些辨识困难、断句费力、裒合不易或是其他具有难度和挑战性的文献，也欢迎整理那些确有价值但被人们习见思维与眼光所遮蔽的文献，在我们看来，这些文献都可属于“稀见”。

书名中的“史料”，不局限于严格意义上的历史学范畴，举凡日记、书信、奏牍、笔记、诗文集、诗话、词话乃至序跋汇编等，只要是某方面能够反映时代政治、经济、文化特色以及人物生平、思想、性情的文献，都在考虑之列。我们的目的，是想以切实的工作，促进处于秘藏、边缘、零散等状态的史料转化为新型的文献，通过一辑、二辑、三辑……这样的累积性整理，自然地呈现出一种规模与气象，与其他已经整理出版的文献相互关联，形成一个丰茂的文献群，从而揭示在宏大的中国近现代叙事背后，还有很多未被打量过的局部、日常与细节；在主流周边或更远处，还有富于变化的细小溪流；甚至在主流中，还有漩涡，在边缘，还有静止之水。近现代中国是大变革、大痛苦的时代，身处变局中的个体接物处事的伸屈、所思所想的起落，借纸墨得以留存，这是一个时代的个人记录。此中有文学、文化、生活；也时有动乱、战争、革命。我们整理史料，是提供一种俯首细看的方式，或者一种贴近近现代社会和文化的文本。当然，对这些个人印记明显的史料，也要客观地看待其价值，需要与其他史料联系和比照阅读，减少因个人视角、立场或叙述体裁带来的偏差。

知识皆有其价值和魅力，知识分子也应具有价值关怀和理想追求。清人舒位诗云“名士十年无赖贼”（《金谷园故址》），我们警惕袖手空谈，傲慢指点江山；鲁迅先生诗云“我以我血荐轩辕”（《自题小像》），我们愿意埋头苦干，逐步趋近理想。我们没有奢望这套《丛刊》产生宏大的效果，只是盼望所做的一切，能融合于前贤时彦所做的贡献之中，共同为中华文明的成功转型，适当“缩短和减轻分娩的痛苦”（马克思《资本论》第一卷第一版序言）。

《丛刊》的编纂，得到了诸多前辈、时贤和出版社的大力扶植。袁行霈先生、傅璇琮先生、王水照先生题辞勖勉，周勋初先生来信鼓励，凤凰出版社姜小青总编辑赋予信任，刘跃进先生还慷慨同意将其列入"中华文学史史料学会"重大规划项目，学界其他友好也多有不同形式的帮助……这些，都增添了我们做好这套《丛刊》的信心。必须一提的是，《丛刊》原拟主编四人（张剑、张晖、徐雁平、彭国忠），每位主编负责一辑，周而复始，滚动发展，原计划由张晖负责第四辑，但他尚未正式投入工作即于 2013 年 3 月 15 日赍志而殁，令人抱恨终天，我们将以兢兢业业的工作表达对他的怀念。

《丛刊》的基本整理方式为简体横排和标点（鼓励必要的校释），以期更广泛地传播知识、更好地服务社会。希望我们的工作，得到更多朋友的理解和支持。

2013 年 4 月 15 日

目　录

前　言

朱逌然(1836—1883),字肯夫(甫),号味莲,室名孱守斋,清浙江余姚人。出身余姚朱氏家族,为朱兰仲子。朱逌然为咸丰九年(1859)举人,同治元年(1862)进士,改庶吉士,散馆授翰林编修,大考二等,任日讲官,迁侍讲,转侍读。累充同治六年(1867)丁卯科顺天乡试同考官与同治九年(1870)庚午科山东乡试正考官。光绪二年(1876),以右庶子兼侍讲提督湖南学政,转左庶子。光绪六年(1880),湖南督学任期满,擢侍讲学士,转侍读学士。光绪七年(1881),以侍读学士提督四川学政。光绪八年(1882),迁詹事府少詹事,后晋詹事,并留任四川学政,是年农历十二月以积劳卒于官,年四十七。其父朱兰,字久香,道光九年(1829)进士,授翰林院编修,历官御史、广东正考官、湖北学政等。其兄朱朗然,字韬夫,积功至三品衔江苏候补道,四体书并擅,尤工题跋。其弟朱衍绪,字镇夫,同治六年举人,工诗,擅篆书。其妻钱卿藻,亦工画。

一

现存《朱逌然日记》稿本的时间跨度从咸丰九年己未十二月(1859 年 12 月)至光绪八年壬午十一月(1883 年 1 月)。日记共由九部分组成:《孱守斋日记》、《邸居日记》、《使湘日记》第一本、《孱守斋日记》、《庚辰日记》、《使蜀日记》第一册、《使蜀日记》第三册、《晴雨记》及书画二十五幅。由于日记覆盖的时间不完整,年份与月份存在缺漏现象,并非每月每日皆有记录。日记涉及的具体时间表与九部

分内容次第(以下朱逌然简称“朱”)如下:

	正月	二月	三月	四月	五月	六月	七月	八月	九月	十月	十一	十二	闰月
咸九												√	
咸十	√	√	√	√	8天	1天							√
咸十一	√	√	26天										
同六	√	√	√	√	√	√	√	√	√	√	√	√	
同七	√	√	√	√		√	√	√	1天	5天			2天
同十一							18天	√	√	√	√	√	
同十二	√	√	29天		10天		25天	√	28天	24天	17天	12天	
同十三	22天	11天							11天	24天	√	√	
光一	√	√	24天	22天									
光二	11天	√	18天	4天	8天			2天	10天	√	14天		1天
光三		22天	√	1天									
光五						29天	√	√	4天				
光六				7天	√	√	√	√	√	18天			
光七				1天	13天	√	12天	√	√	√	√	√	√
光八	√	√	√	9天	14天	14天		9天	√	√	25天		

(一)《孱守斋日记》起于咸丰九年十二月初一日(1859年12月24日),止于同治七年戊辰十月初五日(1868年11月18日),时间跨度将近九年,但大部分年月缺漏。具体而言,自咸丰九年冬至咸丰十年(1860)夏,朱自家乡余姚启行赴京,参加科举会试并拜访师友,后因遗憾落榜返归家乡。咸丰十一年(1861)春,朱在余姚与家人同居,其间他探访亲友、主持书院事务,同时密切关注国内外局势,尤其是外交与战争动态,特在日记中节录当时秦麟士所著的战争史料《庚申北略》,此外他还誊录父亲朱兰《补读斋文钞》,在日记中抄录《补梅馆

记事》四则以及《梅村诗集》诗题。同治六年，朱寓居京师，于正月授职翰林院编修，八月得差担任顺天乡试同考官，负责分校秋闱事宜。期间，他遍游厂肆购书，积极拜谒师长如钱犀伯、倭仁、汪慕杜等，并与京城亲友保持密切联系，参与同年团拜活动以及冬季消寒集会等。值得一提的是，朱在日记中有较多情感书写，他以细致笔触剖露了自己对在皖父亲的无限思念以及对亡母的深沉追怀；同时他还记录了当时朝廷的同文馆之争，阐述了其师倭仁因反对开设同文馆而卷入政治风波的始末。同治七年(1868)，朱居住京师，在翰林公务之余，他拜谒师长、访友探亲、组织或参与同年团拜活动，在闲暇时间游历周边名胜，在日记中他还抄录了大量诗歌与书目，期间还特别记录了当时京城米价昂贵现象以及地方贼乱事件。

（二）《邸居日记》，起于同治十一年七月十三日(1872 年 8 月 16 日)，止于光绪二年闰五月初一日(1876 年 6 月 22 日)，历时将近四年，也有较多月日记录空缺。同治十一年秋冬，朱移寓至京城慈溪馆，此间他与好友同僚相聚宴饮，积极参加消寒雅集，游览名胜古迹，与李莼客、邵小村等友人交往甚密，日记详细记载了他与师友共度中秋佳节的热闹场面；同时，他严谨于治学，阅读《汉书》并逐日摘录条目于日记中，日记中还有较多关于《说文》、经史考证的文字摘录。同治十二年(1873)，年初朱仍寓京城，他游历厂肆购书，校对书籍，并与师友定期会课研习诗赋，同时参与团拜活动以及消寒集会。自五月迄八月间，朱因父丧离京回余姚，处理父亲朱兰身后事宜，并抄写父亲自订年谱。此段时期，日记中大量书写了他对亡父深切的哀思与怀念，尤其是多次梦中与父亲重逢的场景记录，情感真挚，令人动容。随后至光绪元年四月，朱在余姚与大兄、三弟为父守制期间，广泛阅读各类书籍，并在日记中抄录历史地理文献以及国家外交事件，同时在家乡为塾徒会文解惑；他还时常往来于邻近的杭州、慈溪等地，探亲访友，共叙旧情，游历名胜。此外，其日记中还记载了诸如姜渡殴差被讦、大兄家事矛盾等生活事件，以及立夏称人等余姚特色习俗。

光绪二年春夏，朱重回京城，日记详细记叙了他为儿子伏生治疗小便不畅病症的艰辛过程，虽遍访名医，然病情仍迁延四五月未得好转，最终伏生不幸离世，其日记笔墨饱含着深沉父爱以及面对生命脆弱的无助情思。

（三）《使湘日记》现存第一本，起于光绪二年八月初一日（1876年9月14日），止于光绪三年四月初一日（1877年5月13日），历时八个多月，其中有若干月日存在缺漏。光绪二年八月，朱以翰林院侍讲提督湖南学政，由此展开了督学生涯。自同年九月迄十一月间，朱离京赴任，行经河北、河南、湖北三省，途中拜访各地长官，拜谒师长旧友，并借阅地方志，其日记对于沿途的山川风物多有细腻描摹，言辞雅致而清新生动。光绪三年春，朱到湖南主持院试，二月至宝庆府城，三月转至永州府城，在试院考核文武童生以及在校生员，其间日记除了摘录每日试题，还特别记录了当时院试中存在的接烛、抄袭等不正之风，体现了朱对科场实况的深入洞察以及对科考公正的谨严态度。

（四）《孱守斋日记》，起于光绪五年六月初二日（1879年7月20日），止于同年九月初九日（10月23日），历时三月有余。在此期间，朱督学湖南，先后于沅州府、靖州府主持院试，选拔当地文武生童。据日记所载，朱指出沅州府及晃州、凤皇二厅生童学识低劣，文辞俚鄙浅稚，无人能熟四子书；靖州府生童能力亦不足，抄袭策料，别字破句，谬误百出；两府院试中还屡有枪手代考、认保无押及怀挟作弊等不良行为，科场士风亟待整肃。在主持院试之余，朱应官员邀请参与宴饮，并探访地方风物，如游览芙蓉楼遗址，考察鹤山书院等。在督学旅途中，他在日记中记录了湘地秀美多姿的自然风光，并着重笔墨描绘当地水文资源，如郎江、麻阳江等，同时记录了独特的渔家风貌。此外，朱还在日记中辑录当地文献，如魏鹤山诗、阳明先生事迹文章，抄录《湖南通志》中的沿革史料，结合《水经注》等文献对朗江等水文地名进行考证等，对于地方风物抱以浓厚兴趣和严谨态度。

（五）《庚辰日记》，起于光绪六年四月二十四日（1880 年 6 月 1 日），止于该年十月十八日（11 月 20 日），历时达五个多月。光绪六年，朱由湖南学政任满交卸，二月回京复命，擢升侍讲学士，六月转补侍读学士，七月充任日讲起居注官。此段时期的日记主要记叙了当时朝廷面对的重大外交挑战，特别是与英、法、俄三国间复杂的交涉过程。日记详尽记载了崇厚治罪风波、中俄之间战与和的策略交涉、伊犁领土争议及索回谈判、琉球岛争端与曾纪泽出使俄国外交斡旋等重要外交事件。所涉人物广泛，包括李鸿章、张之洞、刘坤一、黄体芳、翁同龢、张佩纶、许景澄等众多晚清大臣，展现了当时复杂多变的政治生态与外交格局，同时也为研究晚清重要官员事迹提供了新材料与新角度。朱在日记中不仅呈现了相关外交事件的经过，还摘录并分析不同官员的外交策略及主张，同时穿插了自己与友人对于时局政策乃至官场人生哲理的深入见解。除了外交事件，日记还揭露了澂贝勒强夺人妻的社会丑闻事件。在私人生活领域，朱记录了为子阿六治疗足疾的漫长过程，以及与兄商讨为父定穴的家族事务。

（六）《使蜀日记》三册，第二册不存。第一册，起于光绪七年四月（1881 年 5 月），止于是年十二月二十九日（1882 年 2 月 17 日），历时达九个月，有部分日期存在缺漏。光绪七年，朱以侍读学士提督四川学政，遂于三月离京赴任，途经河北、山西、陕西三省，七月到达四川成都府城。在赴蜀途中，朱悉心记录沿途风物，诸如河北莺粟、山西土屋、陕西灞桥等地域景观。自闰七月起，朱主持院试，合试岁、科二试，先后出试宁远、雅州、邛州二府一州，并于十一月回成都省城，接试成都府并调考资、绵、茂三州，松潘、理番二厅，至十二月完竣。在蜀地院试中，朱不仅详录了每日试题及考试流程，还记载了冒籍舞弊、贿赂教官等不正之风，除了院试，朱还协同王闿运院长主持成都尊经书院事务。蜀道艰难，险峻多雾，行路虽苦，但也让朱得以饱览沿途峰峦涧流的自然奇观，如剑门的巍峨高峰与急流飞瀑等。在繁重的院试工作之余，除了参与公宴聚会，朱还会拜谒名人墓祠，观览古阙碑文，广搜蜀地石刻拓本与古钱币，并游览杜甫草堂等名胜古迹。此段日记中，朱详细抄录了前四川学政张之洞关于整顿川省考试积弊的奏折、四川籍六部官员名录、四川行政区域五道划分表、蜀省各级官员名册以及尊经书院章程名单等重要文献，此外还摘录了有关古钱币的相关著述以及购买书籍的书目价格清单。

（七）《使蜀日记》第三册，起于光绪八年正月初一（1882 年 2 月 18 日），止于是年六月十四日（7 月 28 日），历时达五个多月，有部分日期存在缺漏。光绪八年二月至六月，朱督学四川主持院试，合试岁、科二试，先后出试眉州、嘉定、叙州、泸州、重庆、顺庆、保宁五府二州，日记详录了他在各府州的考试流程、试题内容及出案情况。由于川省胜迹丰富，朱在命题时偏好选用当地风物入题。在各地院试之余，朱也会游历蜀地的瑰丽山川与历史文化遗迹，如游览东湖、蒙泉、凌云山，探访三苏祠、东坡读书楼等，在跋涉路途中，山水之美、行舟之趣、夜月之幽，乃至日食、雷雨等天文气象都成了他日记中生动的游记素材。除了院试，朱积极参与尊经书院的管理事务，包括审阅观风卷选拔学生等。蜀地碑刻林立，古迹遍布，为朱开展碑拓研究提供了得天独厚的客观条件，朱大量搜罗石刻拓本与古钱币，深入金石之学，与在蜀金石家王懿荣、收藏家章硕卿等人有深厚交谊。期间，他还展开了《说文句读》的刻印工作。同时，朱对于川省盐务现状有较多关注，日记中详录了奉钧谕开陈盐务情形与管见的重要奏折。此外，日记还穿插了古籍文献的抄录，如《金史详校》例言、《南唐书》目录、皮日休《文薮》序言等内容。

（八）《晴雨记》，起于光绪八年八月二十一日（1882 年 10 月 2 日），止于同年十一月二十五日（1883 年 1 月 3 日）。光绪八年五月朱迁少詹事，后晋詹事，并于同年八月留任四川学政直至十二月因病殁于任所。在此期间，朱寓居成都，于八、九月典试优行生员，正取优生四名，时值川省秋闱，日记记载了相关考生毁栅、荐卷作弊等事件。除了主持考试、管理书院，朱亦对国家时局保持高度关注，常与同僚及友人探讨边疆局势，特别是西陲事务与俄国动态，日记中详录了《俄罗斯立国事略》等文以及相关外交言论。同时，朱还坚持碑拓与古钱币研究，期间日记广泛辑录了包括李佐贤《古泉汇》在内的诸多古钱币文献资料。此外，在文字学上，十月《说文句读》刻成，朱随即投入到细致的校对工作中。值得关注的是，此间日记有较多个人情感的书写，如对朝廷现状的忧虑、对京官危机的反思、对学使难任的喟叹以及对蜀闱多弊的感慨等，这些情感记录为后世研究清末士人心态提供了宝贵的参考素材。因督学事务繁忙，加之蜀地湿寒，又年近半百，朱于十一月骤得痰喘气逆之疾，屡医无效，最终于十二月病逝于四川学政之任。

（九）书画二十五幅，多为朱的亲朋师友所赠，其中绘画以山水景观与花木物象为主，书法所录作品除了赠者己作（如张景祁词、赵树吉诗），以抄录历代碑铭和前人诗文名篇为主，具体有《成曰不显铭》、《范式碑》、《司马景和妻碑》、《唐焦公铭》、张华《瑰材枕赋》、潘尼《安石榴赋》、王羲之《乐毅论》、王勃《九成宫东台山池赋》以及孟浩然、杜甫、王安石、苏轼、赵孟頫诗歌等作品。

二

朱逌然为晚清重要官员，其生活年代跨越道光、咸丰、同治、光绪四朝，见证了晚清社会历史的重大时代变迁。其仕途经历较为平顺，除了翰林院的日常政务外，从乡试考官到地方学政，科举工作成了他仕宦生涯的主要部分，同时也是其遗留稿本日记的核心内容。现存日记详细记载了他在同治六年担任顺天乡试同考官以及在光绪年间担任湖南、四川学政的相关事迹。同治六年，朱逌然初次衡文，作为丁卯科顺天乡试第一房同考官分校秋闱，其后同治九年，他又充任庚午科山东乡试正考官。光绪二年至八年，朱逌然先后出任湖南与四川学政。学政又称督学，全称提督学政，掌管一省学校的教育政令以及院试（岁、科二试）选拔。督学湘、蜀期间，朱逌然巡回省内府州主持院试，从童生中选拔生员并考核在校生员。主持院试前，他会先到圣庙、明伦堂行礼，后听诸生讲书，归至试院放告，并见教授、学正、教谕、训导等各学教官。岁、科二试又分正试、复试两场，主要由学政及其幕友出题和评卷，试题题型包括经解、诗赋与策问，少数含有算学。在文童考试外，还设有武童考试，包括步射、骑射、技勇等选拔项目。除了主持院试考试，朱逌然作为学使还主持了省内优行生员的选拔。日记中摘录了当时考试的大量试题，部分命题具有地域特色，融入了当地的天文时节与地舆人文因素，如取雪景、日食、仲春、东坡先生生日等气象环境、四时节日入题，以及结合山川名物、历史文化设置嘉州览古诗、泸州咏物诗等诗题，这类命题对于研究科举考试以及地域风貌具有文献价值。在督学期间，朱逌然致力整治湘、蜀两地科场士子的不良习气，特别是接烛、抄袭、怀挟等弊俗，并对这类情形采取了严厉的惩治措施，对教官的犯错失责如受贿等情况也进行了严肃处理。在主持院试时，他重视学生的能力风貌情况，欣赏并奖掖优秀学子，对于能力不足者也加以指导，期待有所进益。同时，担任学政期间，朱逌然投入了大量精力于当地书院教育的发展，他在湖南长沙创设校经堂，运用朴学方法教育学生，旨在矫正近人释经独断的学术风气，后又在衡州创立船山书院，希望通过表彰先哲来启迪后学；充任四川学政后，他继续发挥教育改革的热情，积极参与到成都尊经书院的日常管理与制度建设中，与院长王闿运共同规范书院运作，整肃学风，弘扬风雅。从主持院试到推动书院改革，日记的督学公务记录反映了朱逌然积极履责、勤勉效忠的为官心态，以及他对地方科考风气和教育质量的深刻关注与忧虑，这些记载为后世研究晚清的学政制度、科举考试实况以及地方文化教育管理具有重要的参考价值。

除了官员身份，朱逌然也是一位学者，对于学问研究怀有深切热忱，他雅好藏书，精通经史诸子之学，其日记记载了他在考据学、文字学、金石学等领域的深入探索与独到研究。朱逌然出身于东南望族余姚朱氏，家族学术传统根底深厚，其父朱兰为清代重要学者，官至工部侍郎，学识渊博，成果丰富，著有《补读室诗文钞》《群籍摭闻》等撰述；其兄朱朗然，博闻强识，四体书法兼善，尤工题跋，搜辑名刻甚富；其弟朱衍绪则工于诗词，亦精篆书。朱逌然也承续了家族学术传统，《寄龛师友录》载其“幼承父训，邃于经、史，兼及诸子，旁通小学，著有《庄列辑注》《急就章补注》”[①]。自幼在家庭文化熏陶下长大，朱逌然熟谙儒家、历史典籍以及诸子之学。朱兰为有名的藏书家，曾建造藏书楼四明阁，朱逌然继承父业，他藏书丰富，广泛涉猎书籍，其日记保存了大量书目清单，内容囊括经史子集四部。寓居京师时，他时常前往厂肆购书，广搜典籍；赴湖南、四川督学期间，又与当地书贾建立了密切联系；平时也会委托亲朋好友去寻觅书籍，其对书籍的热爱与追求可见一斑。在阅读文献时，朱逌然养成了抄书习惯，他会在日记中抄录阅读文献的序言、目录以及重要内容，如抄录《金史详校》例言、《文薮》目录以及《庚申北略》章节等，具有严谨的治学态度。就个人诗文作品而言，现存文献未见其诗文集的刊刻出版，日记中保留了其创作的少量诗文。出使湘、蜀二省期间，朱逌然尤为关注地域自然与人文风貌，他积极搜集地方古籍文献，主动向各地长官索阅方志，并结合实地考察与史料分析，对地理名物与社会历史进行了深入的考证与阐释，如日记中对四川朗江水系的详尽考辨。此外，在文字学领域，朱逌然亦有深厚研究，特别是对《说文解字》的系统研究，早年居住京师时，他即着手校勘《说文》并撰写《说文部首》数篇，后在四川督学任上，他又完成了《说文句读》的校对刊刻工作，致力文字学的传承发展。在文字学基础上，他对金石学也抱有浓厚兴趣，专注于碑拓与古钱币的搜集与研究。在四川学政任上，他利用蜀地丰富的碑阙古迹资源，搜罗了大量宝贵的蜀石碑拓，并与在蜀的金石学家王懿

① 孙德祖《寄龛师友录》，周炳麟修，邵友濂、孙德祖纂《光绪余姚县志》卷二十三《列传》十六，清光绪二十五年(1899)刻本。

荣、收藏家章硕卿来往密切，进行碑拓的学问研究。同时，在古钱币方面，他收藏古泉丰富，日记中有大量篇幅抄录了关于历代古钱币发展的著述，如李佐贤《古泉汇》等，并辅以眉批自注，不断丰富自己对古钱币研究的认识与理解。可以说，朱逌然作为一位学者，其学术活动不仅展现了他深厚的学术功底与广泛的学术兴趣，更体现了他不懈的求知精神与对文化传承的责任使命，对后世学术研究具有重要的启示意义。

朱逌然早年在京师为官十几载，后外放为湖南、四川两地学政，其现存日记展现了近代中国社会新旧交替时期的时代面貌，保存了当时晚清社会政治经济、军事外交、社会生活等多元维度的历史图景。就政治层面而言，日记着重记载了同治六年同文馆争议的重大朝廷事件，详录了二月至十一月间，倭仁大学士因坚决反对开设同文馆而后在朝廷遭遇的激烈政治风波，这场风波也深刻反映了当时朝廷内部关于中西文化之争的意见分歧。朱逌然亦追随倭仁师相等保守派主张，因而也招致了外界的言论非议，如其日记所载："人言朱某不愿，我必要送他人入馆，岂非大谬！都中士大夫人心叵测，中伤善类乃至于此，鉴此益当自勉。"在外交与军事领域，面对与英、法、俄等列强复杂多变的条约关系与混乱紧张的外交局势，朱逌然表现出了高度的关注，他在日记中广泛摘录了当时的外交信息，如咸丰十一年二月抄录了秦麟士所著的战争史料《庚申北略》部分章节，此书描述了咸丰十年英法联军侵略天津、北京及《北京条约》签订的历史过程；光绪六年夏记载了崇厚因擅自与俄国签订条约而被朝廷治罪的事件经过；在川省督学期间抄录了《俄罗斯立国事略》，并摘录罗藏华盖上人关于西陲与俄罗斯事务的重要言论。他还在日记中收集并分析当时朝廷重臣对于外交局势的奏议与言论，尤其是围绕中俄关系主战还是主和的意见分野，与师友共同探讨制夷强国之道。在社会事件方面，朱逌然记录了当时地方严峻的兵变贼乱事件，如咸丰十一年三月所录《补梅馆记事》四则，内容包括湖州之警、杭州北关之变、清波门之陷、李兵之扰四起重大动乱。在经济生活方面，他记载了当时社会民生的实际状况，如同治年间京城米价高昂的困境："廿八日米一百斤，今日吃完不足，又益以糯米三碗，众始得饱。三两六钱银不能足六日之餐，今而知长安米价之高也。"在四川学政任上，他还关注地方盐务管理，日记中抄录了蜀地盐务现状及管理建议的相关奏折。至于日常生活书写，朱逌然亦不吝笔墨，描写与师友同僚雅集宴饮、团拜聚会等社交生活，如寓居京城时，他积极与友人筹办冬日消寒集会，轮流到各家进行诗歌分题唱和活动，这些活动生动展现了当时传统文人雅士丰富多彩的文化生活。同时，朱逌然还记录了家乡余姚的生活习俗，如有立夏称人习俗："沿姚例于立夏日秤人，余八十五斤。"此外，他还提及了家乡社戏、叶子戏、升官图、状元筹等各类民间娱乐活动，展现了地域社会文化生活的多样性与活力，为后世了解晚清的时代社会风貌提供了独特视角。

三

作为晚清历史文献个案，朱逌然日记不仅具有史料考证与学术研究的重要价值，更因其生动多彩的行旅风景描写与深刻细腻的情志抒发呈现出了独特的文学意义。行旅书写是朱逌然日记的重心，日记详尽记载了他早年往返于家乡余姚与京师，以及在学政任上使湘、使蜀的行旅过程，其中多有对沿途山川河流、草木花鸟、历史遗迹、民俗风情等自然人文景观的细致描摹。在出行途中，他会留心观察各地的风景特色，以诗意的笔触刻画不同地区的景致，并融入个人丰富的感受和思考。在行旅书写部分，行舟、坐车、步行等出行方式不断转化，路上的风景被有组织、有系统地组合起来，自然景观、文化遗迹、人文风情交织迭见，立体而丰富，构建了一幅幅人与自然和谐共生的美好图景。同时，朱逌然在日记中以其率真坦诚的性情，直笔记录了自我深刻细腻的志意与情感，展现了他作为个体在时代洪流中的心路历程与思想波动,其情志表达涉及自我反思、仕途感慨与亲情追忆等多个层面,极大提升了日记的文学抒情价值与艺术表现力,使之成为承载特殊时期历史情感文化的重要平台,为后世研究者提供了窥探晚清士人内心世界与时代精神的宝贵窗口。

日记行旅风景书写主要集中在他往返家乡与京师之途,以及督学湖南、四川期间的游历过程中,这些沿途风景描绘穿插于每日事件的记录中,大多短小精致而活泼有趣,物意丰富而韵味深远,让人身临其境,读之一快。特别是在学政任上,沿途景观描摹多有佳句,新意迭见。出使湖南时,面对湘地山川秀美、丘陵起伏、水文交错的灵动风景,朱逌然喜好用白描手法勾勒细节,巧妙捕捉动静之态、色彩之变,加以对比联想,糅合长句铺陈与短句点缀,并融入个人经历感慨,使得语言既清新又活泼。如行至湘乡,他以简练笔触描写雪后初晴的早春山水图:“遥望湘中诸山,宿雪未消,浓翠犹湿,田水皆满,泥潦纵横,山光倒纳水中,令人作舟行之想。”其用语清新脱俗,山光倒影,田水满溢,静谧景象中荡漾着无限诗意,自然之美汩汩流出。又有描摹沅水落崖场景:“沅水自麻伊洑两折而至峰下,两头织之,形如环珠,江崖水落,白沙如霜。”寥寥数语,江崖水落的灵动、清冷与纯净之感跃然纸上。登临瑰丽奇幻的巴蜀风景,朱逌然则以奇思妙想搭配迥异风光,偏好采用夸张、比喻等系列修辞,以宏阔的文笔气势状写蜀景的百变姿态。如目睹剑门附近峥嵘奇崛的山峰景观时,他以壮笔快语出之:“左顾群峰,峰峰北向,皆作欹势,如水之趋大海,如马之赴战场,杜诗所谓‘石角皆北向也’。又外则森森如锯齿,如剑锷,万箭排空,铁锋卓立,蜀山之奇,诚无过此。”以充沛联想摹写静态山峰之形神,山峰磅礴雄伟之势与尖锐挺拔之态不由冲荡而出,这种澎湃直露的生命写照颇有视觉震撼的美感。又有眺望蜀地山峦云雾缭绕的仙境景象:“云从谷起,倏马升山,下视众峰,如在兜罗绵中,霎时之间,舆前皆是。”山谷间云雾翻腾,瞬息万变,朦胧神秘,变幻莫测。除了灵动秀美的湘乡、瑰丽奇绝的川省风貌,日记中还描摹了古朴奇崛的晋地、雄浑奇丽的陕景以及清幽秀丽的姚县等多地风景，这类风景书写紧扣物象神态，多有生新语，可谓以诗笔写地情。在自然风景外，朱逌然也关注人文景观书写，主要为地域民风民俗描写，用语简练自然，清新明快，富有生活气息。如描绘辛金坪一带："鸡鸣于山，马散于野，粳稻半刈，秋虫喁鸣，茭丰筱重，隔水朝观。亭父和衣而眠，亦足以暂息尘扰，游心物外者焉。"农野之地，物种繁茂，人与自然相处和谐宁静，颇有远离尘嚣、物我两忘的意境之美。又有渔家船夫等水岸百姓的生活记录，如游汛塘打渔场景："每舟二人，各着白襜褕，一人立船头，进口撒网于江，一人在后摇舻，衔尾往来，如梭之织。"这些鲜活生动的自然人文景观描绘，巧妙地融入日记的叙述脉络之中，构成了细致多维的地域景观图层链，也使得日记具有了文学写景体物入微的艺术魅力。

在朱逌然的行旅书写中，他不仅用心勾勒行旅途中的客观景致，更将文人雅士的深邃哲思与审美情趣融入其中，形成了内容精妙、构思独特的场景设计，这些设计富含理趣，多有跨越时空的审美体验与情感共鸣。如咸丰十年春，朱逌然赴京参与会试未捷，随后于五月踏上返乡之旅，途中行经上海至浙江的水路沿线，亲历了"风雨潮中飘摇行舟"的险阔场景，其日记对此番经历的记录颇有情思妙趣："卯刻，由吴淞挂帆疾行，巨浪奔腾，奇峰诡谲，历过大洋、小洋、大霍、小霍诸山，中流突兀，烟云变幻，倚篷而望，一月来愁闷胸襟为之一快。自卯至巳三时之久，询诸舟人，云已行六七百里矣。午后晴霁，风转而东，潮愈逆，风愈大，舟行愈艰，篷背掀翻，征装尽湿，同舟人有仓皇失措者。余与吉舫、望东捉藏覆钩，亹亹不倦，若不知舟之在怪风盲雨、洪涛巨浪中也。申刻，行至大霍南会，抛冒而泊。"此段完整的场景描绘，情节生动，画面丰盈，意境深远，与东晋名士谢安泛海"吟啸不言"的典故相映成趣。朱逌然效仿古代先贤面对波涛汹涌的浪潮而展现出的不疾不徐、泰然处之的从容态度，正是他对自古名士所崇尚的超越世俗、追求审美理想的人生态度的主动接纳与实践，从而有效地疏解了自己因会试未捷而郁结于心的忧思与苦闷，这段水路场景描写不仅是一段充满哲理与美感的文字叙述，更是对文人精神风貌与心灵境界的深刻展露。

朱逌然既能以丽笔写景，也能以真笔写情，其日记保存了大量自我情志书写，具有文学抒情的思想价值与艺术魅力。在日记中，他以率真坦诚的性情、细腻深刻的体悟书写自我的志意追求与情感表现，记录了自我的心灵成长轨迹与思想演变历程，其情志描写涉及自我反思、仕途感慨与亲情追忆等诸多层面，多维度地展现了他丰富深邃的内心世界。早年在翰林为官时，他在日记中记载了关于自我日常言行举止的反省话语，如同治六年正月载："余言近谑，殊非处友之道，记此当痛改吾过，切勿再蹈。"同年三月又载："至子腾处谈，适绥之在座，余极言夏路门编选保送清秘堂之说，言语过多，未免近纵，此后切宜自戒。"面对仕途的诸多不顺，他也会进行自我反思，积极调整心态，如同治七年六月言："静验世界中，事事都有缺陷，每念及此，躁妄诸念为之尽除。"朝廷为官不如意事甚多，他试图以超脱的哲思态度，在纷扰世界中保持一份宁静与清醒。此外，他还记录了自己对朝廷时局的独到见解与深刻体悟，如光绪六年七月他针对朝廷官员对于外交局势的激烈争论，提出"讲官不同言官，言而不听，不必以去就相争"的劝阻见解，并认为在艰难的家国时局下官员应致力匡扶时弊而非争强好胜，这正是他对于现实时局的洞察与政治经验的总结。

日记中还记录了较多个人的仕途感慨，这些感慨不仅触及官场存在的浮猾风气，还深刻地展现了朱逌然面对仕途困境的无奈喟叹与心理挣扎。如同治十一年他慨叹官场盛行投机取巧之风，批判人才选拔不公的混乱秩序："又闻纂修缺出，谋之者多至八人，且有托中朝大官转求者。馆阁为储才之地，不料风气日下，一至于此。"留任蜀地督学后，面对地方官场的矛盾冲突，他不由叹息："带兵出身人负疾，视秀才如同盗贼，若学使有宽解之语，左右群以为长刁风，反以不善教化为学使咎，以宽其属员，不协舆情，种种苛刻之罪，可叹！余既奉旨留此，又须与之共处三年，纳闷而已。其尤甚者，随时救正而已，听否非所知也。”在地方官场中，他不仅要应对错综复杂的人际关系，还需要承受来自他人的轻视、误解乃至推诿责任的压力，无法真正融入当地的官场生态，这种人为困境所带来的无力与孤独感，使他内心备受煎熬。进一步，朱逌然在日记中对自身仕途发展的忧虑亦有所体现，尤其是在晋升詹事后他担忧道：“京官清况，久已视为畏途，况文字之外，实无可以称职者乎？共坐朝房，笑言皆伪，共事酬应，性情不存，种种难堪之态，有甚于此者乎？攘臂而任事，害且至于覆车，袖手而旁观，耻有类于伴食。……今世贵人，类皆藏镪百万，满口道穷，良田千顷，一味干进，何曾知我家素尚哉？彼且以为饥鹰附人，饱即扬去矣。”他喟叹朝廷公务之虚伪，感慨其中无廉洁正义之士；对于社会风气之凋敝，他更是痛心疾首，那些所谓的贵人实则只是追求利益的贪婪象征。可以说，朱逌然日记中的公务感思不仅是个人情感的抒发宣泄，更是对当时官场实况的真实记录，其中蕴含的对官场风气的批判以及对个人命运的忧虑，为后世研究清代官场文化与社会风气提供了重要的参考资料。

在自我情感书写中，有大量直抒胸臆的亲情书写，朱逌然对于已故双亲的梦境追忆构成了日记亲情书写中尤为值得关注的部分。梦境作为超现实而又充满情感张力的媒介，往往能呈现人类情感中最纯粹且最浓厚的一面。朱逌然在日记中频繁以梦中相思追忆父母，用深情苍凉的笔触描绘自己对已故父母的深沉思念。同治六年二月他梦见亡母：“夜睡不安，五更梦见吾母，大哭而醒，始若不知母之亡也。但觉母神虽未足，而体色较腴，以是白母，母不答，乃恍然母已亡，痛极狂叫，泪痕被面，至起时枕席犹湿也。”梦中的恍惚与醒后的大哭，足见其悲痛之深、思念之切。同治十二年，朱逌然父亲去世，此年日记书写了大量对亡父的哀思怀念，尤其是多次梦中与父亲重逢的场景记录。五月他梦见父亲：“思之思之，鬼神通之，此梦亦奇矣哉！顾今年为此大变，不孝独不得一梦。端著布策，不离求禄之痴情；和墨舐毫，犹作迎亲之妄想。伤心至此，啮指无因。毋乃情恋利名，则孝哀父母，遂并其孩提之性而尽失之欤？呜呼痛哉！不孝其何以为人哉？”同年八月他又在梦中见父：“夜梦吾父到京来，三日即行，余仓皇走送，而坐船已开，从船亦相继解缆。余心急甚，有大舟人投篙于岸，过其舟，梦中自言此非吉兆也，大哭而醒，时天已将曙矣。”梦境中的温馨重逢，不仅是对生命遗憾的一种心理补偿，更是对逝者永恒怀念的深刻表达。朱逌然以真挚缱绻的精神情感、细腻浓厚的文学笔触，通过梦境的描摹方式酣畅淋漓地描绘了人间超越物质世界、直击心灵深处的亲情力量，令人动容，更引人深思。

整理者 谨识

二〇二四年八月于沪上

凡　例

现存《朱逌然日记》稿本藏于中国台湾“中央研究院”近代史研究所，2009年编入国家清史编纂委员会·文献丛刊《续编清代稿钞本》第五三册、第五四册，由广东人民出版社影印出版。此次点校整理即以此影印本为底本，按照《中国近现代稀见史料丛刊》体例要求，以横排简体标点印行。日记内容丰富，主要以行草书写，时间范围起于咸丰九年己未十二月（1859年12月），止于光绪八年壬午十一月（1883年1月），由于稿本内容存在字迹难辨与墨迹漫漶之处，在点校过程中难免有疏漏谬误，敬请各位方家不吝赐教，以补其阙。

大致体例如下：

（一）为方便读者，在正文原年月日下附加公元纪年，用圆括号标出。

（二）根据丛刊要求使用简化字，将异体字、古今字、手写体酌改为通用字，但涉及具体人名、地名时，则尽量保持原貌。

（三）日记原稿残缺或难辨之字，以“□”表示；不可计数者，以“……”表示。

（四）日记原文用五号宋体，夹注部分用小五号宋体单行排印。

（五）日记确系误字者，用圆括号“（　）”将误字括出，后用方括号“[　]”括出改字。日记有脱字者，补字亦用“[　]”括出，衍字者用“（　）”标注。

（六）日记中对同辈字号称呼颇不谨严，常记作同音字，可见当时不同写法似可共存，因此整理本中于此类情况不求划一。

（七）日记中致人信札、诗文摘抄、人员名单等文本，以五号仿宋体排印，以与正文区别。

（八）日记稿本存在少量文本错乱的情况，对其进行统一整理，具体有以下五类情形：① 对前后日期错乱的文本，按照日期顺序进行调整排列；② 对年月不清、文段脱离的文本，依据文意插入相关日期顺序中；③ 对日期未明且带有总结回忆性质的文本，移至相近日期文本前后单列，并以五号楷体字排印，以示区别；④ 对重复出现的相似文本，完全相同则删后留前，部分相似则保留更为完善的文本，将疑为草稿的文本以注释形式呈现，以便参考；⑤ 对日期相同而内容不同的文本，考证有误则出注说明，考证无误则相互补充。

（九）日记后附底本所录书画二十五帧，对书画中的文字进行释读照录，其中落款文字以五号楷体排印。

孱守斋日记(1859—1868)

起于咸丰九年己未十二月(1859年12月)

止于同治七年戊辰十月(1868年11月)

咸丰九年己未(1859)

十二月初一日(12月24日)　晴

未刻,具衣冠谒宗祠及各房。归拜吾父、吾母而别。送行者郑一巢舅,王逸香丈,陈山农,张吉舫,姜仲林妹倩,卓人、信荇两叔,履平兄,陆镜水及镇弟也。佩芬挈定儿同行。傍晚,至西横河夜饭。

初二日(12月25日)　晴

早抵百官江,访麋眉珊,晤其令尊秋圃太翁及其弟阆山。闻刘芸翁司马在金戒寺,肩舆往谒,茶话许久。回至麋宅午饭。芸翁来送行。申刻抵曹江,谒朱立山封翁。匆匆下船,至卢家埠,日已西沉矣。王次亭留夜饭,范子□多玉作陪。亥刻下船。

初三日(12月26日)　晴

黎明抵绍郡,肩舆拜客,晤者徐蔼卿广文,杜晴佳太守,严桂山参军,家锦成、郑勉卿两表兄,许懋钊也。午后,至昌安门外访孙月湖茂才并晤其弟研乡,傍晚始散。勉卿留夜饭。

初四日(12月27日)　晴

李南宾、李卧冈两表叔,许懋钊,杜晴佳太守,何蕺民部郎,王吉云通副,周一斋孝廉,史蕉圃方伯,徐蔼卿广文,(许懋钊),叶上苑,家锦成均来送行。宋奏平留午饭,同坐者姜、竺、范三人,皆鄞人也。锦成招晚饭，与勉卿同行。戌刻，偕至万泰行，拜郑再侨之甥，即开船。发家禀。

初五日(12月28日)　晴

辰刻抵萧邑，访陈五其兄不晤，晤乃郎亚苏上舍。肩舆至画桥头傅氏之湖阴小筑，访梅卿茂才，留午饭，因日已平西，不及过江。梅卿留宿，允之。

初六日(12月29日)　晴

傅宅啜粥后，坐脚踏船至西兴，即肩舆过江。巳刻，抵郑沛三行。

初七日(12月30日)　晴

拜吴葆山广文、刘熙坪布理、张韵梧茂才、赵翰秋老师，家养心堂均晤。夏子香、丁小角在皖东未回。谒见岳母，知如川尚留京。夜发家禀。

初八日(12月31日)　早阴

拜戴醇士熙年伯、许梅生乃烈年伯，不晤。晤缪都转梓。拜刘元圃年伯，已出差去矣。午后，吴葆山、刘熙坪、张韵梧、家大勉研生、戴醇翁均来送行。

初九日(1860年1月1日)

姚访梅、夏子香来送行。晤镇海胡□□同年，时将赴上洋也。夜雨。

初十日(1月2日)

破晓，坐小船至万安桥下船。辰刻，解缆。雨，夜泊塘栖。

十一日(1月3日)　雨愈甚

由塘栖解缆，天热闷，恐雨未止。酉刻，过三过处，戌初抵禾。冒雨进小西门，宿于百福巷钱氏之快雪堂。接家琦及三弟信。

十二日(1月4日)　大雨

辰刻，城内外各处分卷，晤家燕斋、姚荻翁及受卿、石笙昆仲、□陶甫、张木庵、姚遂夫、陆经阁表叔。荻翁留夜饭，宿于姚氏之正业居。入夜，雨不止。

十三日(1月5日)　微冷,雨点稍缓

由姚氏肩舆至宝泽堂午饭,酉刻下船。发三弟及吉舫信。夜雪。

十四日(1月6日)　雪霁,东北风甚大

自小西门开船后,逆风行至八策而泊。

十五日(1月7日)　早晴

自八策开船,至午刻抵苏,进磐门内,宿友来巷。

十六日(1月8日)　微雨

巳刻早饭后,同大哥往魏慎斋明府处略谈,即下船赴沪。东北风甚紧,行至驿亭而泊。夜寒甚。

十七日(1月9日)　雪,午后止

行至距黄渡二十里之遥而泊。荒江芦荻,悄若无人。未几,有一灯遥至者,亦为风所阻之船也。两日来,行不及百里,蓬窗清绝,冻月初生,亦荒野中佳景也。

十八日(1月10日)

早辰,开至黄渡镇,略停片刻即解缆,至野鸡墩,暮烟四起矣。至老闸夜饭,交二更至洋泾滨,与大哥趁月徒步行,至堃益茶栈,范子益叔馆之。

十九日(1月11日)

午刻,大哥赴沪局。

二十日(1月12日)

拜客,晤蒋蔚斋、俞乃秋、方性斋、方梦香、陈傅岩、洪凤洲。

廿一日(1月13日)

方性斋、穆云痴、徐尔梅答拜。晚赴俞乃秋之招。晤王子竹、胡半舟、胡□□、王□□四同年。

廿二日(1月14日)

方梦香、应少庵、许廷安、娄敦五、罗祖怀答拜。

廿三日(1月15日)

廿四日(1月16日)

接伯声来信，内附三弟来书。夜发家禀及致伯声、佩芬各一。

廿五日(1月17日)

各处辞行，晤性斋、梦香昆仲，应吟香表兄。夜接佩芬信并三弟信。

廿六日(1月18日)

吟香来答并送行。晚赴许廷安之招。

廿七日(1月19日)

罗祖怀、周受之、应栽之、方性斋、陈傅岩来送行。为范子抑叔题《行看子》云："是谁貌出画庵人，画榼琴床置此身。客梦不离樵牧外，诗心应与水云邻。檐分竹翠衣都润，溪近花阴石亦春。我欲从君赋归隐，就中添个钓鱼轮。"为方性斋题《眠琴绿阴图》云："一片清商户外徐，绿蒙蒙地赋闲居。凤笙象管刍莺軫，弹出新声总不如。""杨柳腰支豆蔻胎，阿谁绰约傍苍苔。琴声未了书声起，可是亲翻旧谱来。""满天翠影倩谁描，写作新图分外娇。却忆当年姜白石，花边低按小红箫。""阴阴夏日不知长，茗碗炉烟坐夕阳。弹罢鸳鸯三十六，碧阑干外水风凉。"

廿八日(1月20日)

丑刻，同大哥及罗念祖兄坐土船回苏。寅刻开船，即襆被眠。至黄渡午饭。

廿九日(1月21日)　晴

抵苏，回寓友来巷。接三弟□□日来信，知邵老爷逝世，殊弥悲悼。天丧善人一至于此，伤哉！接方望东廿五日杭州来信，知吉舫已同梅史、莩楼于廿三日由姚启行。午饭后拜客，晤徐君青中丞有壬、胡简生明府维镛、郭友栏蕙祖、郭棣华怡祖、黄国桢、魏慎斋。晚，赴郭寓饮。雨。

三十日(1月22日)　晴

拜客。晤郑海如、彭佩双明府兆柯、望之兄、魏慎斋明府、周惺伯明府、罗立堂。晚,赴罗立堂席,归已一点钟矣。

咸丰十年庚申(1860)

正月初一日(1月23日)

郭友栏、郑海如、彭佩双之郎均来送行。晚,赴罗立堂席。

初二日(1月24日)　阴

周惺伯、魏慎斋、罗立堂、家春山、胡简笙送行。即托立堂汇银。夜发家禀及致三弟信。

初三日(1月25日)　阴冷

辰刻,肩舆至齐门开船,夜泊红滩。是日雪。

初四日(1月26日)　晴,冷如昨

由红滩开船,午刻至常熟,泊西门。谒邓介槎观察瀛,谈久,留夜饭,以即开船辞之。夜,移泊东门。

初五日(1月27日)　晴,仍冷

四更开船,顺风行。一更抵无锡,泊西门马头。

初六日(1月28日)　晴,略暖

巳刻,唤小舟游惠山,傍晚归。饭罢,张吉舫、方望东、沈梅史三孝廉均由苏州行抵无锡。大兄有镇江之役,附舟而至。

初七日(1月29日)　晴

偕望东、吉舫、梅史、大兄唤小舟游惠山。申刻,解缆往小金山小憩,茗饮而归。傍晚,钱带山由苏州行抵无锡,即邀带山过船,并晤石莲舫中玉、陈雪渔其炯、沈西伯穀成、程少梅瑞生四同年。

初八日(1月30日)　晴

因本郡舟人添雇水手未至,不能开行。巳刻,放船至惠山。黄昏,移泊北门。

初九日(1月31日)　晴

五更开船,行十里过黄婆墩,又五里高桥,十五里潘峰,十五里洛杓湾，十里红木，十里横岭，十里七土堰，十里丁堰，十里白家桥，十里抵常州西马头泊船。与吉舫、伯声及大兄登岸小步。黄昏月色甚佳，剪烛夜谈，三更就睡。

初十日(2月1日)　晴

因大兄往丹阳、溧阳等处，添雇一舟，巳刻始解缆。水浅风逆，舟行更迟。十五里过奔牛，十五里大王庙，十里吕城。时已傍晚，即泊焉，与吉舫、伯声及大兄登岸间行，三更就枕。

十一日(2月2日)　晴

黎明开船，行十里过九里浦，又十里岭口，又十里清阳浦，又十里抵丹阳西门马头。时方申刻，因水浅风逆不复行，偕吉舫、伯声及大兄游德塘寺。黄昏，月出高要，胡杏庄自大营来，将觅伴北上，与大兄、吉舫遇于江干，因约定与梅史同船，絮语至三更而睡。大兄因赴溧阳分船。

十二日(2月3日)

大兄赴溧阳，因黎明开船，不及作别。顺风行十里过七里庙，又十里张官渡，又十里黄泥庄，又十里新丰镇，又二十里谏壁镇。水浅舟挤，因泊舟候潮，偕吉舫、伯声登岸小步。

十三日(2月4日)　阴，暖

因前路有炮船搁水，不能开行，与莲舫、梅史、酉伯、少梅、雪渔登岸小步。午后，吉舫、伯声邀集同人谒丹徒令田寿生，请其饬家丁押同河差排开河路，傍晚始得行，抵江口。

十四日(2月5日)

清晓，大雾渡江，风恬浪静，不用带江。船行三十里，巳刻收沙口，申刻过万福桥，登岸小步，即晚泊仙女庙。三更有雨。

十五日(2月6日)　阴，小雨

船逆水行，添雇索夫数名。巳刻，过邵伯镇，因水溜难行，即泊焉。

十六日(2月7日)　阴

四更解缆，风逆水溜，舟行甚难。行三十里过芦鸡庙，又十五里三叉河路，风愈大，水愈溜，舟行愈艰。又十五里过高邮州，狂风顿起，因即泊舟。与吉舫登岸小步，游承天、放生两寺，因风大下船。

十七日(2月8日)　晴，风已息

黎明解缆，天气甚暖。行二十里过新口子，十里清水潭，十里马蓬湾，十里六安沟，十里界首，十里七里骨头，十里范水，梅史过谈。十里瓦店闸，十里刘家堡，十里龙王庙，梅史回船。又十里宝应县，即泊焉，胡杏庄过谈。霜浓月皎，剪烛畅谈，二更余就枕。

十八日(2月9日)　晴，东南风顺

黎明解缆，挂帆疾行，十里过阡陌，十里王浦口，十里戴家湾，十里平湖桥，十里三浦，十里二浦，十里杨家庙，十里淮安府，十六里淮关，十五里抵清江，正夕阳乍下、灯火将续时也。即肩舆晋谒淮海道吴红生年伯葆晋，询悉郭雨三观察已于上年殉节皖北，伤哉！戌刻，与吉舫、望东、伯声、梅史赴胡杏庄席。

十九日(2月10日)　晴

辰刻，吉舫、伯声至王营看车。据严、蒋二行云，因袁午翁将移营围安庆，捉差装军器，故车竟不可得。

二十日(2月11日)　晴

吉舫等各处雇车仍不可得，闻九华楼酒店有车可为代雇，因托其雇十二辆，而雪渔、莲舫、酉伯皆以为不妥，遂有分帮之议。即晚，和义隆号内粤东杨澄川招饮，同人具往，惟梅史因臂间患疖未去。菜极丰厚。并晤乃弟杨少伊，系壬子孝廉，谈至二更始归。雪甚密。是夜陈、蔡两仆各处赶车，竟夕不睡。

二十一日(2月12日)　阴。早有大雾，积雪寸许

雪渔、莲舫、少梅、酉伯同往王家营、蒋三义行内住。余偕吉舫、伯声、杏庄、望东、梅史同至闸马头同春行内装车，每辆合曹平银二十两零五钱。余以行李甚繁，又与梅史、伯声合雇一辆。未刻开车，申刻渡盐河，上灯至鱼沟宿。

二十二日(2月13日) 晴

四更开车，月色甚佳。天明，过众兴集，又六十里至仰花尖，又五十里，酉刻抵顺河集，申刻渡运河。人众店满，仅得下房一间，勉强挤住，下人皆宿车内。

二十三日(2月14日) 晴，极暖

五更开车。行六十里至峒峿尖，又六十里，傍晚抵红花埠。因我车到得太迟，店不能容，仅得马廒一椽，污秽不堪，勉强坐卧，买香焚之，以解臭气。是日起色，与车夫共六上五下，每日尖宿六千多文。

二十四日(2月15日) 晴暖

四更开车，行六十里，辰刻至郯城十里铺尖，又六十里抵李家庄宿。杏庄题壁诗附录："橐笔游莲幕，书生气倍豪。登坛看燕颔，倚剑话龙韬。露布方驰檄，公车已系绦。河梁难赋别，回首将星高。""旧雨忽相值，江干齐破颜。看花招凤集，沽酒典鹔还。玉垒云犹昔，桑河水半干。金门方射策，何以济时艰。"

二十五日(2月16日) 晴

三更开车，行半里许，渡沂水，又四十五里，辰初至沂州尖，又四十五里，未正抵半城宿。是日山路崎岖，车行渐觉不便。沂州太守派委员严禁商客夜行，并拨乡勇护送。沿途匪类之多，概可知矣。

二十六日(2月17日) 晴暖

四更开车，行四十五里尖青驼寺，又四十五里行抵垛庄宿。

二十七日(2月18日) 晴

四更开车，行五十五里过龚家庄尖，又五十五里过嶅阳，又赶四十五里，戌刻宿于翟家庄。

二十八日(2月19日) 晴

三更开车，行四十里过羊流店，又六十里至崔家庄尖，又四十五里，申刻抵泰安。偕吉舫、伯声进西门游岱庙。气象巍峨，殿宇宏敞，系古明堂旧制也。内有汉柏、唐槐、秦碑、宋鼎。徘徊至晚，惜公车历碌,不及登泰山巅一扩心目也。

二十九日(2 月 20 日) 晴

五更开车,行六十里尖佃台。狂风大作,尘沙蔽天。又行五十里宿章夏。

三十日(2 月 21 日) 晴,风仍大

四更开车,垂帘而坐,仍觉尘沙满面。行五十里至林家庙尖,又五十里宿鄢城。

二月初一日(2 月 22 日) 晴,风略小,仍未止

仆夫况瘁,无可如何。五更开车,行五十里尖禹城,又四十五里宿平原二十里铺。梅史唤月喜唱曲,年才十三,声音清脆,吐属隽雅,河间姹女中所罕见也。更初曲终,人去。

初二日(2 月 23 日) 晴,风仍大

四更开车,行五十里尖曲鹿店,又行五十里至德州,访张芸轩司马应翔。适渠因织造家眷被劫,往刘智庙验看,钱雨峰留余午饭,并晤张郎。未刻芸轩回署,接谈良久。得王琳斋明经已于去年膺乡荐信。芸轩留余夜饭,因同帮等久,匆匆作别,策马疾行。途中晤丁如川,知其自京回杭,略谈分手。傍晚至刘智庙宿。梅史又唤素梅唱曲,姿固庸劣,即唱曲亦不能成声,远不及月喜矣。是日写家禀两纸,托芸轩寄姚。

初三日(2 月 24 日) 晴,风略小

黎明开车,行七十里至漫河尖,又行六十里宿富庄驿。

初四日(2 月 25 日) 晴

黎明开车,行五十里至商家林尖,哀梨极美,又行五十里至河间二十里铺宿。

初五日(2 月 26 日) 阴

黎明开车,见道旁有弃落空箱、麻束等物,询之土人,知晓起有公车七辆被劫于此,颇有戒心。行五十里至任邱县城尖,又行六十里遇十二连桥，抵雄县城宿。

初六日(2 月 27 日) 阴寒

黎明开车，行五十里至孔家马头尖。又行四十里，申刻抵阙沟。四更有雪，极密。

初七日(2 月 28 日)

卯刻，冒雪开车，春寒甚峭，征裘尽湿。行四十里至固安县城尖，雪点渐少。又行五十里渡固安河，朔风扑面，粟肤凛冽。又行三十里，因雪点愈密，马不能行，即于庞家庄住宿。与同人围炉茗话，二更就枕。

初八日(2 月 29 日) 雪未止

由防庄开车，申刻抵南西门。因烟禁已开，城口搜税甚紧，监门者必须将车送务，因令望东、梅史押行李赴崇文门，而余与吉舫、杏庄、伯声同雇驴车至浙绍乡祠，谢晋三锡蕃以茶点相款，并晤邵茗仙文煦中翰，及徐韶仙鸿飞、楼玉圃咏、俞赞廷邦建、吕沧州见瀛四同年。杏庄往寓肇庆会馆，因行李至三更始到，留伯声同宿乡祠。闻吾姚有黄迹滋事之说。

初九日(3 月 1 日) 晴

伯声搬寓嘉兴会馆，徐领香作梅、钱蓉堂世叙两同年过谈。午后与吉舫访伯声，并晤杨啸谿，即同邀伯声过便宜坊买烧鸭子回馆大嚼，此二十日来第一大快心之事也。何镇伯、翁莳栏过谈有顷，黄昏与伯声相继辞去。

初十日(3 月 2 日) 晴

辰刻，黄郝存经廉访由山右来京陛见，策马过访，畅谈久之。与吉舫买车逛琉璃厂，遍历各书坊，此景依稀已九年矣。缅怀往事，为之慨然。并访胡杏庄，略谈而归。午后杏庄答拜。徐栏史锦、蒋莲溪珍、褚友梅荣槐、孙星史学驭四同年相继过访。

十一日(3 月 3 日) 晴，有风

辰刻，答巳栏，并晤馥生在玑。饭后馥生来答，略谈而去。谒汪慕杜师,不晤。晤朱海门师及黄郝存经廉访、王补帆凯泰太史、吴宇成鼎元农曹、戴南琴尧臣刑曹、何子英典籍。不晤者,袁筍陔希祖阁学、孙毂庭翼谋太史、赵元卿树吉侍御、张十洲瀛秋曹、何香恬玉棻秋郎并其侄镜之源比部、孙子佩尚绂员外、林伯恬寿熙中翰、何苓塘瑞章水部、翁蕙舫学伍表叔也。并答徐栏史、蒋莲溪、褚友梅,友梅不值。晤伯声。回寓已傍晚矣。是日也,邵小邨维埏工郎、黄吉人裳副车与伯声均过访,不晤。

十二日(3月4日)　晴阴参半

辰刻,吴宇成农曹来答。巳刻,巳栏来寓,略谈而散。饭后坐车访伯声,并晤沈酉伯、石莲舫、陈雪渔、程少梅四同年。复谒慕杜师,至傍晚始归。黄昏微雪。

十三日(3月5日)　阴

王补帆太史、何香恬秋郎相继过访。申刻,黄郝存以佳肴相饷,邀伯声至寓小酌。黄昏,莳栏来谈。

十四日(3月6日)　晴

孙毂庭太史、张十洲刑曹、邵玉樵兵曹过访。申刻,坐车进前门,至天泰参局。邵直庐姻叔邀同梅史、菊人、玉樵、小邨至东来馆小酌,乘月而行,略谈就枕。

十五日(3月7日)

黎明,与梅史坐车至举厂,大雪纷纷,峭寒甚厉。辰初,点名进场。午初得题"威仪三千,待其人而后行","快雪时晴"得"佳"字。申未,放二牌,与伯声同出场,仍在直翁处与梅史过宿。傍晚雪止,月色甚佳。

十六日(3月8日)　晴

辰刻,与梅史坐车出前门,至浙绍乡祠。午饭后,即邀吉舫、梅史、望东访莳栏昆仲,谈至傍晚始归。伯声过谈,更余两散。

十七日(3月9日)　早阴

拜王一夔、何镇伯、吴厚甫、冯少山四同乡,李几甫孝廉,并送黄郝存行。郝存不晤。何苓唐来答。雪点甚密。陈柏堂尔干、陈梅卿延寿两同年来拜。至夜，雪不止。谢晋三中翰来，谈至三更始散。

十八日（3月10日）　雪止，阴

闻清江失守信。午后，邵小邨出城来寓，何镇伯亦来过谈。写大卷三开。

十九日（3月11日）　阴

写大卷三开。

二十日（3月12日）　阴

写大卷一开。饭后，与吉舫、望东、梅史逛琉璃厂。晤伯声及西伯。申刻，雪点甚密，傍晚即止。夜写家禀。庚长奏称捻匪阑入清江浦，自请处分。风势甚大，可望晴霁矣。

二十一日（3月13日）　阴

早辰发家禀，从天顺差局寄去。写大卷一开。巳刻，与晋三、吉舫、茗轩、望东赴天寿堂，应乾源王一夔翼成之招。戌刻，与吉舫、茗轩、望东赴晋三之招。张小浦报旌德失守，自请处分。又建德收复。

二十二日（3月14日）　雪

写大卷开半。何镇伯来谈。午后，茗轩、晋三来谈。发家禀，一寄□□两大人，一寄大兄，均托钱伯声加封，从海船寄南。因清江失守，南北路梗，差局不通也。

二十三日（3月15日）　辰刻微雨

与梅史坐车赴土地庙下斜街长椿寺会文，应汪慕师之命也。同年到者六十八人。文题"事父母，能竭其力"两句，诗题"廨四门"得"虞"字。酉刻，回寓晚饭。与吉舫过徐韵轩、陈舒斋处谈天。翁巳栏、钱伯声均见过，不晤。夜雪。

二十四日（3月16日）　阴

写大卷半开。贺王补帆乃郎花烛，并访伯声与莲舫、少梅、铭卿三同年，坐谈有顷。午后，与吉舫、望东、梅史、茗仙赴广和楼观剧，应何镇伯之招也。酉刻,即同至小栏亭小酌,座中有谢晋三、俞子恒,二更始散。又写大卷半开。闻红花埠一带土匪蜂起,不知应如何了局。三更雪。

二十五日(3月17日) 晨起,雪积二寸许,午刻止

朱厚斋庚同年过访。坐车赴赣宁会馆谒钟伯平师,师已进城,怏然而返。夜又雪。

二十六日(3月18日) 雪点愈大

与梅史坐车至西华门,谒钟伯平师于静默寺,侍谈良久,申刻始回。琼霙乱洒,玉屑横霏,不知瘦驴之踯躅也。

二十七日(3月19日) 雪止,阴

钟、汪师促令谒见各位太老师,因泥深轮陷,中道而回。晋三、茗轩均来谈。和帅奏克复两关。朱海门师、高玉山均升御史。是日,天气阴冷。

二十八日(3月20日) 雪,午后晴

何镜之员外源过访。

二十九日(3月21日) 晴

何振伯来谈,傍晚始去。

三月初一日(3月22日) 阴

朱厚斋来谈。午后,翁莳栏过访。程少梅、钱伯声相继来寓。莳栏傍晚别去,即邀吉舫、望东至嘉兴会馆,与少梅、伯声、莲舫、酉伯、莲溪、栏史、铭卿剧谈,更余始归。

初二日(3月23日) 雪,申刻止

初三日(3月24日) 晴

辰刻,与吉舫逛琉璃厂,至毓兴合小酌。午刻回寓,袁午桥奏克复清江。闻湖州、安吉、长兴警报。

初四日(3月25日) 晴

坐车拜客周芝台相国祖培、万藕舲少宰青藜、贾筠堂相国桢、潘星斋少司空曾莹、毛煦初府丞昶熙、翁莳栏、黄琴堂、夏芝孙茂才辅咸、史莲□□□□□，并山会两科同年，兼贺朱海门师升侍御喜。拜汪师母寿。王燮庭刺史茂耀过访。

初五日(3月26日) 晴

何振伯来谈，至傍晚始散。

初六日(3月27日) 晴

辰刻，与吉舫逛琉璃购书，莳栏即至文宝斋畅谈。巳刻，进前门，至邵直翁处，谈至半晌，即往慈云寺小寓，望东已先至焉。申刻，至嘉兴寓，晤少梅等，即邀伯声来寓。

初七日(3月28日) 晴

摒挡场具。申刻，偕吉舫到广东砖门看牌。晤姜芸阁藜乙、裘星莲五权。傍晚回寓。

初八日(3月29日)

辰刻，进场坐"龙"字四拾号。晤单少帆文楷、王小珊三及、谢遹新骏德、孙咏仙颂清同年。申刻，就寝。闻杭省失守信。是日，莳栏、小郇、晋三送场，并晤家杰之叔松，因派砖门差，得晤。

初九日(3月30日)

子刻，题纸来，首题"大学之道"，次题"植其杖而耘，子路拱而立"，三题"定于一"，诗题"聚米为山"得"波"字。戌刻，三篇稿竣，就寝。

初十日(3月31日) 大风

垂帘而书，尘沙满砚，窘不可当。午刻，抄就缴卷出场，伯声先到，吉舫继至，望东上灯时始出场。王补帆太史接场，过寓晤谈。

十一日(4月1日) 风仍未止

辰刻进场，坐"羽"字贰拾柒号，同号者邵直庐、李伟叔国琇。申刻就寝，夜甚冷。

十二日(4月2日) 风稍微，阴冷尤甚

子时，题纸来。《易》题"观乎人文以化成天下"，《书》"以闰月定四时”四句,《诗》“君子万年,福禄宜之”,《春秋》“盟于召陵”,《礼记》“萍始生”。酉末,稿始竣,就寝。

十三日(4月3日)　晴,风止

辰刻起誊。午刻,缴卷出场,伯声、吉舫先至。杰之叔过寓略谈,玉樵过访不晤。望东戌正始出场。得杭州收复信,弥为欣慰。

十四日(4月4日)　晴

接大哥自二月朔日沪上所发信,并三弟致大哥书,知姚匪已平,不胜远慰。辰刻进场,坐“让”字贰拾柒号,同号者裘星莲、沙小峰骏声、周保甫申绪、丁逸泉、章撷芳耀廷也。申刻就寝。

十五日(4月5日)　晴

子刻,题纸到,一万寿,二赋役,三兵制,四科举,五练勇。辰刻起草,巳刻誊清,申刻就竣。与莲舫、酉伯隔号畅谈。

十六日(4月6日)　晴

黎明出场,伯声、吉舫随至。邵直翁出场来谈。饭后,与吉舫、伯声徒步出崇文门,至广德楼听三庆剧。毕,吉舫邀同伯声、杏庄至毓兴舍畅饮,更余回馆。谢晋三推扃走谈。是日,望东出场已午刻矣。莳栏见过,不晤。

十七日(4月7日)　阴

家杰之叔招偕吉舫、伯声至万兴居吃面,后至庆乐园观三庆剧。午后大雪,未末晴。酉初,仍至万兴居畅饮,晤王夔亭。更深,吉舫、伯声同车回馆。厚斋见过,不晤。夏芝孙辅咸、潘绂庭曾绶均来答拜。孝感刘杉客之彬同年亦来,俱未值。

十八日(4月8日)　晴

娄安之保泰,谢□□宝树、朱纯甫锡安、楼芸皋杏春、汪慕师、黄菊人、翁巳栏、冯少山、胡杏庄先后过访。留莳栏夜饭,更余始散。

十九日(4月9日)　阴

辰刻,吴宇成过访。饭后坐车往薛家湾访王夔庭,并拜李荫岩、王子竹、陆篆仙三同年,兼晤裘星联、林□□铸贤、姜芸阁,略谈。坐燮亭车至莳栏处谈久，何子英亦来。未刻，坐莳栏车访伯声，并与莲舫、酉伯、铭卿、少梅纵谈，傍晚归寓。何香恬、王补帆、孙縠庭、沙小峰、柯耕臣茂枝先后来拜，不晤。

二十日(4月10日)　晴

拜客，全小汀年伯、庆，入帘。奎印甫年伯、绶，出门。倪叶帆年伯赴衔、成玮卿仓督、□，赴通。朱桐轩尚书、凤标，下园。沈朗庭总宪下园、宝佩蘅老师赴通、麟梅谷尚书、魁、下园。廉□□侍郎、兆纶，赴通。胡友山员外江、龚养和中书自闿，并答邵小邨、邵玉樵、邵直庐、冯久卿、冯蓉塘□、夏□□以烜、黄菊人裳、安怀堂、恒兴公记。章采南修抉、孙星史□□堂兆翰两同年归，已傍晚矣。黄蒙九孝廉及冯公卿来，不值。

二十一日(4月11日)　晴

因腰痛不出。□□□轩来谈。午后，邀吉舫、望东、晋三、慕轩至毓兴合小酌。晚赴晋三之约，更余回馆。

二十二日(4月12日)　晴，风甚大

倪远楼承志来，黼堂凤郊、周蓉石绍适、周交甫启泰、俞晓庐觐光、陈柏堂尔斡均来谈，邵直庐、钱古春先后相继至。晚赴王补帆、张石洲之招，同座者孙子佩尚绂也。

二十三日(4月13日)　晴

拜客，朱纯甫锡安、楼芸皋杏春、柯畊臣茂枝、刘杉客之彬、沙小峰骏声、谢□□宝树、章雨菌夏谟、倪远楼、来黼堂、钱蓉塘、徐领香、谢遹新、陈蕊书十三同年。又拜陈燮斋大令世墉、孙果庭翼谋、黄蒙九孝廉克家。未刻，赴吴宇臣燕嘉堂之招，与蒙九同席，并晤李一亭孝廉承撲及吴六庄兵曹达亨，归已傍晚矣。接张芸轩刺史自德州来书，并敬琴舫和观察唁函。

二十四日(4月14日)　晴

辰刻，李几甫庶、李一亭承撲、冯蓉塘、何振伯、黄琴堂先后来寓。午后，钱伯声亦来，即邀吉舫。伯声请胡杏庄至毓兴合，招程少梅、何振伯畅饮。林伯恬中翰寿熙答拜，不值。

二十五日(4月15日)　晴

周虎文、许梅轩、冯少山、沈同甫中翰淮、柯畊臣孝廉、裘星联孝廉、胡友山员外先后过访。午后，黄蒙九来寓，畅谈至七八年事，两人默对，感从中来。申刻，与吉舫、望东逛琉璃厂。戌刻，翁巳栏、谢晋三、邵茗仙纵谈至夜分而散。写大卷一开。

二十六日(4月16日)

莲舫、伯声同车过访。巳刻，与吉舫、望东逛琉璃厂。天气骤暖，不胜重棉。至翁宅小憩，即访周虎文于嘉兴居，虎文邀至恒盛小酌，与望东合车归寓。汉阳刘子谦世大同年来拜，不晤。写大卷一开。

二十七日(4月17日)　晴

吴宇成来谈。午后，与晋三、茗轩、吉舫斗牌。写大卷一开。

二十八日(4月18日)　晴

陈燮斋大令世墉来□。午后，王□□兰生同年过访，与晋三徒步至文德店拜司□□世兄恩祜。归，遇王补帆于虎坊桥，略谈数语。申刻，翁莳栏来谈，望东邀同吉舫、莳栏、晋三、茗轩至毓兴小酌。少梅招赴宴宾，不去。鲍铭卿昌晓、胡□□楠、胡□□梁同年见过，不值。写大卷二开。

二十九日(4月19日)　晴

周六衡世兄来答，何振伯继至。午后莳栏过谈。茗轩约同晋三、莳栏、望东、吉舫、梅史、虎文、韵轩至毓兴合小酌，傍晚始散。写大卷一开。

三十日(4月20日)　晴

辰刻，邵玉樵来谈。午后，王补帆、何子英、钱蓉塘、徐领香、陈芝金先后走访。晚间，晋三招赴贵云，以有病辞之。写大卷三开半。王湘舟济泰同年过访不值。夜雷，大风。是日闷热。

闰三月初一日(4月21日)　晴,风未止

娄安之保泰过访。与吉舫、望东、茗轩、晋三应冯静轩同兴楼之招,座中有冯久卿、冯少山、徐耀廷、王鉴芙。午刻,静轩并邀至广和园观四喜剧。酉刻,与吉舫邀晋三、虎文、安之、望东、茗轩、莳栏、梅史至毓兴合小酌,莳栏、梅史不到,二更始散。写大卷半开。樊兰生同年来拜,不值。夜又风,稍凉。

初二日(4月22日)　晴

刘朴民之彬同年,王润生泽、慕子禾荣幹两世兄过访。午刻,莳栏来谈。赴孙果庭汇元堂之招,半席至毓兴合,应莳栏之招。座中有吉舫、望东、晋三、梅史、子英、玉樵。又因林伯恬招赴东麟,驱车过之,与封香州继坊、丁寿安两孝廉晤谈。一时许伯恬犹未到,因回馆与望东合车赴宴宾,应伯声之招。座中有吉舫、少梅、张少石、鲍铭卿、沈濂仲。席散后与铭卿同车至福云甫坐席,伯声、少石又约至春华,莲溪、濂仲、铭卿相继至,归已鸡声四起矣。家杰之叔、徐耀廷兄、谢星斋刑曹、陈竹堂同年来拜,不值。闻王补帆丁太夫人忧。写大卷半开。

初三日(4月23日)　晴

杜卓峰同年杰魁及何振伯过访。申刻,赴湖广会馆。应何香恬之招,座中有刘朴民、陈夔斋、李既甫、袁□□、□□峰、刘子谦。半席回馆,与吉舫、望东抵足而谈,大有睥睨一时……□□□昌纶、夏芝孙辅咸、家杰之叔□□□访不值。闻金坛、溧阳失守。

初四日(4月24日)　晴

拜客,许滇生太宰□□□孔绣山阁读,张诗舲大司空及莲生茂昭孝廉,夏芝龄茂才,沈桐甫中翰,童琢山春比部,潘笛渔自彊、邵□□晋书、周蓉石绍适、云裳孙锦、交甫启泰、宝甫申绪同年,王润生泽户郎,慕子禾荣幹孝廉,杜卓峰助教,陈□□昌纶世兄,冯静轩表弟,徐耀廷,何香恬员外玉棻及镜之员外,林伯恬中翰寿熙及乃弟寿照。申刻回馆,与吉舫、晋三、望东、莳栏应沈梅史之招,至毓兴合小酌。座中有潘笛渔、钱伯声、胡杏庄、孔绣山，相继过访，不值。夜雨。是日也，又至汪慕师处，与吕沧州同年侍谈良久，并令试笔，兼吊王补帆太史太夫人之丧。

初五日(4月25日)　晴，阴

早饭后，与吉舫、望东信步行至同丰钱庄，与吴厚甫略谈。邀何振伯坐车至慈仁寺，观三松柏槐，读乾隆甲子傅雯指画《善果妙音图》。登槁木庵，小憩藏云洞，拜窑变观世音。出至顾亭林先生祠，瞻仰遗像，徘徊有顷。复徒步至彰仪门，骑驴出城，至天宁寺观元魏铜佛，望隋文礼塔，烹茗于塔影山房。即徒步进城，雇车至果子巷。何振伯邀至宴宾小酌，伯声亦至，并晤少梅、铭青、莲舫、酉伯、少石。更许与望东、吉舫合车归寓。孙咏仙同年颂清来拜，不值。

初六日(4月26日)　阴

早饭后，坐车至仁钱会馆拜樊南陔兰生、董寿竹慎行两同年。访刘子谦同年，不值。答李一亭孝廉。进城应龚子辛家劭之招，座中有汪丹山凤述、林煦斋煊、沈仲骧郁、邵小邨、李□□。席半至凌子廉同年处略谈。出前门赴文昌馆应王润生之招，座中有贺幼甫良贞、翁莳栏、慕子禾。申末，至福兴居赴孔绣山阁读之招，绣山已入城，因便道答家杰之叔，又不值。归已傍晚，朴民以佳肴相款，因邀伯声、琴堂来寓大嚼。董寿竹同年过访。张石洲、童琢珊先后至，均不值。张学□□学妇殉难。吴扶九夫子枉过，未晤。

初七日(4月27日)　阴

何振伯来谈，同寓有□□□九十两者，扰之终日，哓辨不休，不胜嘈杂。王子竹同年大森过访，□□□、黄琴堂相继至，留夜饭。

初八日(4月28日)　阴

胡杏庄过谈。饭后与吉舫、望东、茗仙、梅史步行至西河沿龙源楼，赴邵玉樵之招也。座有莳栏。归，至公泰访冯蓉塘，不值。酉刻回馆。

初九日(4月29日)　阴

蓉塘、玉樵来谈。与吉舫、梅史、茗轩赴邵小邨恒盛之招。同坐者,张子腾、沈仲骧、汪丹山、邵玉樵、林煦斋、娄安之。榜发被黜,知吾姚共中二人,邵直庐、何子英;绍郡四人,其二则钱蓉塘世叙、胡□□燕昌也;杭郡谢宝树、钟骏声、姚清祺、俞之俊、陈树勋、孙贻经;湖郡章耀廷、章乃畲、徐芝淦;嘉郡孙颂清;温郡潘自彊;宁郡凌行堂,共十六人。微雨欲来,与吉舫、安之,信步归寓。

初十日(4月30日)　晴

与吉舫、梅史、虎文、莳栏步行至广和园观三庆剧。傍晚归寓,从小村处送来二月初一日郑海如代发家信,内有大人手谕一纸、弟四纸,知余匪起事及官兵会集情节。正月廿二向苏发行,尚未到。

十一日(5月1日)　晴

胡杏庄、何振伯、余子衡、翁馥生相继过访。吉舫取卷子来,知望东得,挑取誊录。余与吉舫具膺房荐,房师系第四房刑科给事中归德侯云登。首场荐批:气清词润,不染纤尘,次圆满三开展诗工。次场批:词工吐凤,技擅雕龙,五艺斟酌饱满,各尽其妙,足征酝酿深醇。三场批:结构有法,点缀亦工。堂批:首艺后比有见到,语次三少作意。此次同帮进京者,雪渔、杏庄、少梅、吉舫、莲舫、伯声、望东、酉伯、梅史及余共十人,均不与售,亦奇矣。俞赞侯招同吉舫、茗仙、晋三、望东、梅史至小栏亭小酌,烛跋酒阑,颇有升沉之感。更静有雨,与晋三、茗仙合车归寓。雨点愈紧,檐前细雨灯花落,读之又有岑寂之感。朱海门师出帘枉访,不值,为怅。

十二日(5月2日)　早起,雨点犹密,巳刻止

伯声过谈,即坐伯声车至嘉兴馆略谈。与少梅、酉伯、伯声合车至陶然亭。推窗四望,西山送爽,野桃初谢,落红犹点,苍芦□□,嫩绿可掬,垂柳□□,□□□忘,徘徊有顷,不知软红之十丈也。试茗后,循石级而西,至花坞登□□□□□□□冢。因凉气袭衣袂,不敢久留,急下坡策马归。少梅复邀至宴宾小□,□□住车拜朱海门师,不值。至家厚斋、陈松圃、顾祖香、俞晓庐、陈柏堂诸同年处略谈。回馆,莫色已苍然矣。是日泥泞颇甚,车轮倾仄,不减青驼寺诸处。何振伯见过,不值。

十三日(5月3日) 晴,凉风吹衣,春寒甚峭

玉樵出城过访,因有山左之行,约余同走。午后,与吉舫至庆乐园观三庆剧毕,致美斋吃馄饨,傍晚回馆。晋三、茗轩谈至夜分始散。

十四日(5月4日) 晴

晓风中人,峭厉不堪,吴宇成枢曹过访。午后,与吉舫、望东至徐领香同年处,略谈后复偕至冯少山舅氏处话别。出韩家潭,望见西山高峰,积雪甚厚,乃知两日来不雨而寒之故。至琉璃厂买物毕,访翁氏昆仲,晤馥生,出至恒盛小酌。傍晚回馆,适莳栏过访,留夜饭。虎文亦来,更余始散。月色甚佳,与吉舫徘徊有顷。何镇伯来,不值。亥刻,伯声招赴韵华饯春,趁月而行。与沈廉仲、石莲舫、程少梅、鲍铭青剧谈畅饭,四更始归。

十五日(5月5日) 立夏。晴

辰刻,与望东、梅史合车至正阳门关帝庙问签,一问行路安否,一问功名。复同梅史送杏庄还肇庆,杏庄不晤。又至徐领香处,略谈而归。张石州刑郎过访,何镇伯亦至。傍晚,刘子芳秋曹兰芬来拜。何制军奏击退溧阳逆匪,克复广德州,并金坛解围。

十六日(5月6日) 晴

与吉舫合车贺钟雨人骏声、谢□□宝树两同年。邵直庐姻丈捡春闱至益成。冯久卿他出,不值。全小汀年伯处辞行。至元和,晤冯静轩、徐耀廷并久卿,留吃面。出宣武门,贺何子英春捷之喜。傍晚回馆。伯声从嘉兴会移寓乡祠。徐小云用仪同年来拜,不晤。

十七日(5月7日) 晴

答拜徐小云并朱海门师处,辞行。谈久,至汪慕师处不值,与戴南琴水部晤谈。移时而归,陈珊士□□□,留午饭。

十八日(5月8日) 晴,风

孙穀庭太史、何□□□□、□□□员外均来送行。午后谒汪慕师,骤雨,适朱厚斋亦至师处侍谈□□□□□车回寓,余复至朱海门师处略谈而归。何苓塘、子英昆仲招同吉舫、□□、茗轩、望东、梅史至宴宾斋小酌,傍晚始回。黄菊人、周虎文、冯久卿、冯静轩相继过访。

十九日(5月9日) 晴

何镇伯及吉舫、茗轩至庆乐园观三庆剧。傍晚,振伯招同至富兴楼小酌。倪□□承宽、黄蒙九克家过访,不晤。从小村处寄到大哥三月十六来谕,知姚地自二月十九后即无信到苏,深为系念,并戴醇士年伯殉节杭城之信。

二十日(5月10日) 晴

邵玉樵来谈。坐车访黄蒙九,略谈有顷。归至虎坊桥,遇孙星史,略作数语回馆。邵亦庐、钱蓉塘两新贡士来谈。来黼堂、孔绣山、翁莳栏、何镇伯、沈酉伯、何苓塘相继至,傍晚客尽散去。

二十一日(5月11日) 晴

与吉舫、望东逛琉璃厂购物。申刻,至恒盛小酌,傍晚回馆。孙咏仙同年来送行,不值。

二十二日(5月12日) 晴

玉樵先赴山左来辞行。莳栏、镇伯、琴堂、酉伯均来谈。

二十三日(5月13日) 晴

与吉舫至广德楼听三庆剧。莳栏、镇伯来谈。馥生来,不晤。

二十四日(5月14日) 晴

与吉舫、莳栏至庆乐园听四喜剧,廉仲、伯声、酉伯均在焉。晚饭后,周云裳同年邀同伯声、赞侯、沧洲、玉圃至映星堂饯行,归已天明矣。

二十五日(5月15日) 晴

辰刻,至汪慕师处叩辞。莳栏、小郇邀同吉舫、望东、梅史至毓兴饯行。申刻,与莳栏步,傍晚回馆。谢晋三邀同吉舫、伯声、茗轩至宴宾小酌。是日发家禀,从天顺差局寄家。芷湄孝廉承淦来约同行,允之。

二十六日(5月16日)　晴

辰刻,何振伯邀同吉舫、望东、伯声至毓兴合饯行,钱蓉塘送行,不晤。巳刻上车,出南西门,共车八辆。吕沧州、俞赞侯、沈酉伯、张吉舫、钱伯声、朱芷湄、方望东及余共车八辆,上下十六人,每车计市银二十二两。行三十里至王村茶尖,又二十五里抵庞家庄,宿。晤楼次园庶常□王莹生,不知红花埠一带土匪滋事情形。

二十七日(5月17日)　晴

黎明开车,行四十里□□□,又八十里行抵孔家马头宿。

二十八日(5月18日)

辰刻开车,包□□□□十二连桥,计百十里至任邱县尖,又五十里至河间二十里铺宿。

二十九日(5月19日)　晴,风大热甚

天明开车,行六十里尖商家林,又七十里行抵富庄驿宿。

三十日(5月20日)　晴,风仍大

天明开车,行七十里至滂河尖,又七十里行抵刘智庙。余以感热不及往访芸轩司马,因作书道歉,又以红花埠土匪滋事,恳其作函致郯城沈令派勇护送。

四月初一日(5月21日)　晴,风大如昨

行二十里过德州,又三十里抵黄河沿尖,又七十里行抵平原,二十里铺宿。

初二日(5月22日)　晴热

黎明开车,辰刻抵齐河。因桥圮不得过,用船渡。计行六十里至禹城尖,又六十里至晏城宿。

初三日(5月23日) 晴,热甚

黎明开车,行五十里至杜家庙尖,饭菜甚佳。又行五十里至章夏宿。

初四日(5月24日) 晴,仍热

黎明开车,行六十里至佃台尖,又六十里抵泰安府城。偕伯声、西伯重游岱庙。松下有人汲山泉瀹茗,就食数杯,其味清腴,旬日来满腔尘土为之一涤。薄暮步归。

初五日(5月25日) 晴,热如大暑

行四十五里至崔庄尖,又五十里羊流店宿。是日始尝樱桃。

初六日(5月26日) 薄晴,稍凉

黎明开车,行三十五里翟家庄尖,又行四十五里至嶅阳宿。

初七日(5月27日) 雨甚密。

行五十五里至龚家庄尖,又五十五里至垛庄宿。店屋甚隘,八人局于斗室,受累之至。龚家庄题壁诗附录:

此生何计答□□,明月犹知洁□□。□□□花春一面,琴边鬓影话三生。重来□□□虚诺,远道烦卿□□□。深海当时太轻别,半宵芗泽欠分明。

未向云娥寄玉珰,书来□□逢中央。情深难免啼珠怨,梦醒犹留枕臂香。锦瑟年华劳护惜,银屏声影须思量。妆成金屋知无分,盼尔斑骓嫁陆郎。

微步曾烦解佩邀,湘江烟月路迢迢。姓名常挂灵妃齿,纤瘦谁量玉女腰。鸦舌啼春经雨涩,蝶魂惊梦逐风飘。年来惯作抛家髻,料得愁蛾惨不描。

缥缈仙云隔碧岑,绿窗班管坐春深。玉颜几耐三年别,蜡泪难灰两地心。小印绸缪龙篆蚀,尺书消息雁飞沉。刘郎重到天台日,恐为桃花感不禁。

初八日(5 月 28 日) 阴,甚凉

平明开车,行四十五里至青驼寺尖,又行四十五里抵□程宿。

初九日(5 月 29 日) 晴

天明开车,行四十五里至沂州府城尖。申刻过沂河,水浅不用船,计四十五里抵李家庄宿。

初十日(5 月 30 日) 晴,热甚

黎明开车,行六十里至十里铺尖,又十里抵郯城。谒沈雨耕大令,令派干仆一名并兵勇十余名送六十里至红花埠住。

十一日(5 月 31 日) 晴

天明开车,县仆又于红花埠雇勇三十余名,送八里至江南界而回。又行四里至刘马臧,有土棍刘学珠,假防堵为名,集亡命七千人,专以劫掠行旅为事。又有臧明经者,刘之姻亲也,为刘所惮,亦在庄上经办团练等事。县仆向渠请勇护送,渠给红黑旗各一,云无须人多,即以此为号可也。一路行来,见伏于麦田中及道旁持刀属目者甚多,摇旗而过,幸尚无事。计六十里行至峒峿尖,见有南来车被劫一空,峒峿有宪派武弁,即请其带勇送六十里,至顺河集住。是日遇新建王西舫念珍茂才,因约一路同行。

十二日(6 月 1 日) 晴

因车夫凶横,送县究治,老程一日谒胡雪塘大令,并丁绍南明经。绍南不见已八年矣,黑髯鬖鬖,老健如昔。雪塘出《重修放鹤亭图》见示并嘱题句,走笔应之。其一:“留向山中吊昔贤,登临为访羽衣仙。绿苔满径无人扫,此景依稀已八年。”其二:“何人高会集斯文,艳说徐州旧使君。昨夜西兴梦飞渡,孤山深处有归云。”雪塘留余午饭,知丹阳失守、苏常戒严信,又晓临得知州保举信。申刻回店。

十三日(6 月 2 日) 晴

天明开车,雪塘令于千总□荣带勇五十名,送五十里至仰花集尖,又送五十里至众兴宿,两站内同人共费护送钱五十余千文。

十四日(6月3日)　晴

黎明开车,行七十五里抵王营,房屋被捻匪十毁其七,惟潘、蒋两行尚在,因投潘行尖。午刻,偕吉舫、伯声、西伯坐小车至清江,一片瓦砾,仅有茅屋数椽,凄惨之至。到张家马头雇定邵白划子三只,每船容三人,计钱十七千五百文。始闻常州失守信。

十五日(6月4日)　晴

因望东失去枕头,令人寻觅,因停船一日。

十六日(6月5日)　晴

辰刻,由清江解缆,行三十里泊金河口。

十七日(6月6日)

早起开船,十里刘家堡,十里龙王庙,十里安平驿,十里虹桥,十里范水,十里瓦店闸,十里界首,十里六漫沟,十里看花洞,廿里清水潭,十里马道湾停泊。

十八日(6月7日)　晴

早起开船,行十五里至高邮州。因江南有警,兵差络绎,船户不得前往,固强迫之行十五里至车逻镇泊。见难民纷纷多受伤者,询之知湖西去此二十里深,大桥失守,因渡湖而避。是夜,闻隔湖炮声不绝。

十九日(6月8日)　阴

因邵伯有兵勇劫掠,开船绕外湖行。午刻微雨,行至许家桥泊焉。秧针新簇,柳线长拖,野人家风味,不知人世有何事,令人心旷神怡。

二十日(6月9日)　晴

行六十里至王家庄泊。是夕热甚。

二十一日(6月10日)　晴

行三十里至泰州,浙江藩司织造及江苏织造皆逗留在泰州,因有警不能进。是日,见南路避难船衔尾而来,询悉大雨雹三日,江南大营兵已全溃,张殿臣不知下落,和帅殉难。初七失常州,十一失无锡,十三失苏州,省城东南大局从此败坏,不可收拾矣。闻何根云宫保不听张殿臣之言,以至于此,吁！可叹也。

二十二日(6月11日) 晴热

闻江阴失守,不能往。通州民团严紧,江面不许旅客往还,无由渡江,殊深闷之。午后,闻有直隶兵过泰州欲捉船,因开至十五里之塘湾泊。沿途见难民船极多,闻何宫保退守刘河,不知作何举动。

二十三日(6月12日) 晴,热甚

闻东北有吕泗口可以航海,因解缆行二十里之小冯甸泊焉。

二十四日(6月13日) 晴

行二十五里过姜堰,又三十里曲塘,三十里白米,三十里海安。有雷雨,停舟。开霁后,又行十里至力乏桥泊。

二十五日(6月14日) 晴

行三十五里过如皋县城,又二十里过东城,二十里至丁堰泊。

二十六日(6月15日) 晴

行十里石家店,十里双甸,二十里岔河,十里邵桥,十里马塘泊。至河南,同兴木行探听南归海道,晤其店主鄞县周世培,询知吕泗一带艇船来往绝少,不如仍往通州。通州团练严紧之至,内有王萩原方伯藻主持,一切借截杀逃出为名,遇面生可疑及语言不对之人,即予枭首,其财物一切,即为兵勇之赏。兵勇因利有财物,妄杀无辜,冤死者指不胜屈,地方官不敢过而问焉。传闻数百里外,商旅为之裹足。周故与王方伯所开之宝兴木行来往甚熟,即与同人议定,取道通州,请周世翁附舟而来,代为经理。

二十七日(6月16日) 晴,风甚大

巳刻,世翁邀至茶店烹茗,即解缆行三十里至石峰,又三十里至酒店,泊岸上,观者数十百人,不知目我辈为何等人也。

二十八日(6月17日) 晴

黎明解缆,行三十里至通州东门外龙王庙,乡勇拦住,因令陈春持回文诣局验看。未刻,抵盐仓坝西门外,偕同人往宁绍会馆晤严驿梅同年誉,杨酝亭孝廉亦在此,约伴渡海,坐谈有顷。傍晚下船,微雨。又与同人至宝兴木行,托周绍增代雇海船。

二十九日(6月18日) 晴

偕同人至城里散步,徘徊有顷。出南门,渡江至鸥波舫,内供魁星。凭栏而望,水风送凉,遥看三山,隐隐可数,诚崇川之一胜地也。傍晚回船。

五月初一日(6月19日) 晴

晨起收拾行李,用驳船装送过坝。行十八里至任家港。余先偕同人坐小车下船,伯声因至吴淞,分船与驿梅、芷湄等合。船价每人到宁波四千,到吴淞二千。是日,见有避难船自福山来者,询悉嘉兴、昆山等县已于二十六七日失守。

初二日(6月20日) 晴

因同舟人未齐不能开船,任家港口停泊一天,伯声船已先开矣。与同人舟中相对,愁闷不堪。

初三日(6月21日) 大雨,西北风甚大

卯刻,张帆疾行三百余里。酉刻,至吴淞,天晚不能登岸。接伯声留片,知渠舟已于昨日未刻抵此。探知南至澉浦小路,尚可通行,已与同人买舟去矣。是日,见兵船数十只衔尾北往,询知何宫保又从刘河追至江北,更不知作如何举动。闻乍浦、澉浦等处均有警信,诚不知其果确否耳。

初四日(6月22日) 雨,西北风益大

卯刻,由吴淞挂帆疾行,巨浪奔腾,奇峰诡谲,历过大洋、小洋、大霍、小霍诸山,中流突兀,烟云变幻,倚篷而望,一月来愁闷胸襟为之一快。自卯至巳三时之久,询诸舟人,云已行六七百里矣。午后晴霁,风转而东,潮愈逆,风愈大,舟行愈艰,篷背掀翻,征装尽湿,同舟人有仓皇失措者。余与吉舫、望东捉藏覆钩,亹亹不倦,若不知舟之在怪风盲雨、洪涛巨浪中也。申刻,行至大霍南会,抛冒而泊。

初五日(6月23日) 晴,大雾,风恬浪静

卯刻,挂帆行三百余里,辰刻,过镇海关,因候潮暂泊。午刻开船,六十里抵宁波府城,与同人至大丰米行夜饭,雇定百官船一只。戌刻下船,略谈就寝。

初六日(6月24日) 晴

赞侯、沧洲回□,□□舫回广陵,皆别去。余与吉舫、望东至大丰早饭。□刻开船,东风大作,挂帆疾行,四十里过半浦,又十里过成山,风势忽转,雨点徐来,至东十三渡泊舟。

初七日(6月25日)

寅刻开船。卯刻……母亲以有事往鸣鹤场,仰见母亲精神步履安健如常。……均买舟回里。大哥已于闰月下旬由苏返里,下怀深慰。卓人叔、一巢舅、陈由笙、龚朴轩、翁若虚、黄守真、望之兄相继过访。午后大雨,访翁英士并至慎德堂,各房均平安为慰。薛慰农司马时雨来拜。

初八日(6月26日) 晴

叶葭津、黄履斋、郑柏庭均来。

自五月初八日后,余往鸣鹤场勾留数日,随至历山悦来市周巷勾留数日,随慈驾归姚,又至鹤浦、姜家渡等处,亲串过从无虚日。此册不携往,行箧中遂不复记忆矣。六月初五日,接岳丈。五月廿□日溆山所发之书,悉渠家自大营溃散及嘉郡失守之后,东西奔窜,几不获免,两月之内,七迁其处,甫于二十六日行抵溆山,惊魂稍定而警报仍来,风鹤传闻,势将波及。因于十三日着陈椿、应三携勇目一名,至倪家路放船去接岳丈。因得于十六日携眷来姚,暂在信天堂东厢住下。伯声因他事未了,尚留溆山云云。

伯声于八月十日从溆浦抵此,寅甫亦挈眷东渡,寓月岩家。嗣以嘉郡克复无期,岳丈议迁居,因招得史盈川之屋,尚余四间,议定每月房租五千,取十二月廿一日挈眷进屋。

六月二十日(8月6日)　雨

设祭中堂大人。服阕，适纪效山参军自苏来姚，留同午饭。询悉苏城内贼匪不满三千人，毫无纪律，城破之后，仅得银三百余万两，以为未足，往乡抢掠，掳妇女万人，解至金陵。江北团练归晏彤甫办理，江南团练归庞宝生办理。曾帅咨称，六月初九日驻节祁门，兵不满万，张运兰一军行至袁州，又被江西毓中丞飞札截留，以防南赣之贼，皖江门户吃紧万分，实难兼顾浙江云云。闻瑞将军昌自奉总统江浙各军之命，已逾一月，犹留省会。张总统玉良因患疟退扎石门，嘉郡之贼因得出城纵火，而松江之贼复由青浦破西塘，于十三日酉刻直捣嘉善。事急矣，可奈何！

咸丰十一年辛酉(1861)

正月初一日庚寅(2月10日)　晴

自廿五日立春之后，无日不雨，昨日始得放晴。辰刻，侍大人与大兄、三弟肩舆至济斋祠、一本祠拜祖领饼，巳刻散。归至钱寓拜年，回家午饭。两大人前叩头后，随至点滴堂、念德堂焚锭毕，往各家拜像，至酉初始竣，倦极假寐。晚饭后，侍大人与大兄、三弟往念德守灯。原议元宵挂灯，众子姓须毕集，因是日一本祠挂灯，绅衿必须齐到，不能复至念德，故改在元旦也。此事盖始于今年云。二更散归，东风甚紧，又见密云四布矣。伯声、沈荷卿与其甥刘七官、金醴占、郑振若并来贺年。

初二日辛卯(2月11日)　雨

赠资政倚亭公之像，挂于月岩家。大人着雨屐、张伞往拈香，因路泥滑汰，失足仆地，幸身俯而头仰，免致损折。午刻，设祭于中厅，始自赠通奉时澄公。饭后伯声来谈，傍晚始返。大人招同椿、桂两从伯，绣章，鄂人，信荇之从叔夜酌，余执壶焉。

忽然写之,忽然不写,何其忙耶?沈鼎甫少宗伯,自少至老,中间数十年,事事笔之于册,不特起居动静,可以检查,即人事世变,亦可验其大略也。此余所以辍而复作者也。咸丰辛酉正月初二日,味莲识。

初三日壬辰(2月12日) 雨点稍密,间有微雪

史盈川、洪雅寅、陈抡山、陆颂笙、陈由笙、钱星斋、毛普仁、吴小涛、一巢舅均来贺年。午后伯声来谈,并留由笙小酌。晚与大兄饮于月岩家,座中惟伯声一人而已。入夜雨不止,闻富阳之贼筑长城而守之,深为可虑。又闻贼匪已到天津,夷兵官兵死伤过半,此说盖不知所自矣。母亲上年初冬感受风寒,兼肝乘脾胃,服洪小山春明经药,渐就痊愈,嗣后投以归芍六君加减,颇着效验。又拟小定风珠成方,因恐于胃气有碍,不敢轻投,而胃气精神实较胜于曩昔。自腊月廿三日鸿侄中寒呕吐,母亲中夜起坐,为之调理,只服单衫,遂受外感,呕恶咳嗽,无日不作。除夕分岁勉行起坐,月朔拜跪亦复照常行礼,惟胃气因之不开,而潮热往来,从未静养,以致胁下作痛,连及肩背,不可忍耐。时余已就寝,大兄呼之始知,急剥橘核捣鲜姜汁和白糖进之,痛稍定,恍惚睡去,两眼发赤而两膝恶寒。余与大兄、三弟坐守三时,天明始睡。是夜西风大作,雨点即止。

初四日癸巳(2月13日) 晴

诸桐津、施蘅浒、方伟然、姜梯云、辅廷、馀甫昆仲,及仲林妹倩、姚访梅、罗祖怀,均来贺年。祖怀云,有人初一日自上海来者,据述客腊粤贼以一百万银着该逆十七人致送。英人云闻上海为贵国防守,我等自不敢过问,惟头目屡次督催进兵,实有万难再缓之势,请以此犒师,顾各守疆界,彼此勿犯云云。英酋以语薛制军焕,制军曰:银子受也,人不可遣也。酋长遂受其银,而以十七人者縶而致之薛制军,制军恶其横,枭首示众。此十二月廿三日事也。贼果于廿七日率大股进逼上海,遂陷洋泾浜一带,贼卒不过问云。洪小山自永和市肩舆来为母亲诊视，据云肝胃不和兼受重感，法宜平肝，急则以运脾消痰为主。投以一剂，痛平而汗出，惟咳嗽未止。朝试本定初九日开考，以江防吃紧重议中止。或云富阳之贼已被中丞派兵击退矣。

初五日甲午(2月14日)　阴冷

母亲再服洪药，能在床起坐，惟咳嗽未止，仅进薄米汤半盏许。大兄侍大人往九垒桐湖拜坟岁。四妹从姜渡来贺年，兼视母病。邵子长、诸备五来贺年。伯声过谈。

初六日乙未(2月15日)　微雪，阴冷尤甚

邵允升、叶偲颜、徐贡香、黄于逵、郑醒芙、张觉生、翁茵墅、翁若虚、徐雅山、戴鹤汀均来贺年。午刻，雨纷纷不止，钱岳丈肩舆见过，少坐而去。一巢、云帆两舅谈天至晚。陶邑尊自郡回，知富阳之贼退至分水，团臣竟列弹章，现已奉旨查办，系十二月初七之事。大人往两城各家贺年。佩芬往钱寓叩岁。月岩、望之两家招饮，不赴。母亲病势渐减，能进薄粥米面，惟痰尚不活。入夜，天气骤□，雨点更紧。

初七日丙申(2月16日)　暖，雨不止。自入冬后晴日少，雨日多，阴惨之气颇□

留觉生午饭。四妹归姜渡。母亲能进米饭半盏，复请洪小山诊视，用紫苏、白芥子、干姜、归身、半夏等药，夜进简面薄粥，甚酣睡，醒后仍干嗽不止。月岩招余兄弟饮，座中有钱伯声、姚访梅、陆颂笙、沈荷卿、罗祖怀。

初八日丁酉(2月17日)　阴，午后小雨

伯声、由笙过谈，留午饭。

初九日戊戌(2月18日)　晴

新正来第三天，好日也。叶□□熹、张玉笙、谷巨川姑夫、宋二如孝廉、杨□□妹婿均来贺年。三弟往两处城各家贺岁。余权督两侄课。夜吊王逸香丈母丧。乙巢舅氏来谈，月色甚佳，为之延伫不去。闻王中丞有龄赏加头品顶戴。卓人叔招陪新婿，不赴。

初十日己亥(2月19日) 晴

叶葭津来,留午饭,招伯声同叙。邀正国从叔祖为母亲诊视,用旋覆、款冬、冬桑叶、麦冬等味,以润肺为主,咳嗽顿止。午后,与葭津、伯声谈天。五婶母招陪新亲,不赴。是日穴湖拜故岁,大兄、三弟均随慈驾前去,余以窘于举步,不往。

十一日庚子(2月20日) 晴

母亲再服正国从叔祖方,甚效。

十二日辛丑(2月21日) 晴

张吉舫来贺年。邀伯声陪午饭,访梅、由笙继至,谈与极畅。午后与三弟分做灯谜,得数十纸。晚与吉舫、伯声、一巢舅及三弟赴卓人叔之招,因留伯声与吉舫对榻。二更,余以往慈贺年下船,亥刻解缆。

十三日壬寅(2月22日) 晴

辰末抵半浦,徒步登岸,行至忠恕堂,仰见外祖母精神行动均能照常,今年已八十四岁矣。耳聪目明,脚轻手健,真人瑞也。早膳后即肩舆至似栏、梦周、巨梁、海如、杏卿、星辉各家贺年。星辉不晤,晤其弟柯庭、葆臣、醒芙三茂才。复至廷献处用点心。复至宜读草堂午饭,载飏、在谷两中表作陪,外祖母面南而坐。未初,肩舆至太平桥下船。酉刻,至竺家渡雇轿而行,月色甚佳。亥初,抵三七市范姑母家夜饭。子刻动身,东风甚峭,帘不能蔽。四更下船就枕,仍促令舟子解缆向西。

十四日癸卯(2月23日) 晴

辰刻抵姜渡,至仲林妹婧处贺年。四妹所患已愈,甥亦脱体,遂至各家贺年。彦甫、梯云、阆如、云芗、辅庭均来答。仲林留午饭。未刻下船,风水俱逆,雨点亦至,酉刻甫行。抵里门,陆颂笙招饮,不赴。灯下复成灯谜数十。雨甚密。

十五日甲辰(2月24日) 辰刻微雨

与大兄、三弟随侍大人至点滴、念德两堂烧锭,又至月岩、履平两家拜像。大人以有事先往一本宗祠,余兄弟邀伯声写谜条二百页,遂留晚餐。持灯至一本、光裕两祠守灯，子正始归。是日母亲出房门遇风，复作寒热。

十六日乙巳(2月25日)　阴，晴

平湖陆四表叔自澉山渡海来，馆之。午后，外舅晓廷先生来谈，询知钱元之亦从澉浦抵姚，遂留夜饭。傍晚，挂灯谜于信记酒坊门首，两城士人观者如堵墙，直薄江干，行者为之裹足，诚年来一大观也。四更始散，共得谜二百余，猜着者仅二十二条耳。

十七日丙午(2月26日)　阴，午后雨

方望东、谢履之来拜年。钱外舅昨有今日至童岙探梅之约，因雨未践，而大兄独着屐往观之，知将开未开者尚留五分。陆镜水富淦、邵憩斋曰棠两明经均来贺年。姚石笙与其岳家朱氏均挈眷渡海来姚。午后倦极假寐，直至傍晚始醒，冷不可耐。是日有霰，夜卧不安已三日矣。是日大嫂三十生辰。

十八日丁未(2月27日)　冷，雪积寸许，午后霁

伯声、访梅、石笙与其内兄朱洛祥来谈。陆四表叔为访梅邀去，留宿。余与大兄随侍父亲至月岩、履平两处拜像，又至八妹处拜庙，忌辰祭享，饭始归。三弟往鹤场，余权督两侄课。复邀洪小山诊视母亲，方用白菊、石斛、炒麦冬、焦谷芽、川贝、姜汁、淡竹茹等味。夜饭前至访梅处谈天，回家晚饭。访梅亦过谈，刻许始散。

十九日戊申(2月28日)　晴，冷

为两侄督课。拜资政公及沈太姑丈像，敬谨收藏。杨书林来贺年。午后施淡香过谈，傍晚陆颂笙亦来。大人招陈山农、龚朴轩、金醴占、叶协斋、杨小漪、徐浚之、郑巨梁、罗正己、倪以新、崔斋照小叙。余与大兄执壶，倪、崔、罗不到。伯声昨与大兄往清如从祖处便饭，大醉而归，不能起坐，余以有事未能往视。

二十日己酉(3月1日)　阴冷，午后雨，至夜不止

龙山□文帝会，大兄往祭。答拜书林、朴轩、小漪，适陈志恒来贺年，因邀书林午饭。季一山、徐琴楼均先后至，伯声亦来走谈。连日酬应，倦不可耐，兼督两侄课。傍晚，倪以新来，稍谈即去。母亲服小山药三剂，咳嗽止而胃气动，面色亦腴，下怀稍慰。

二十一日庚戌(3月2日)　阴冷

三弟自鹤场回。傍晚，姚石笙过谈，走视近村伯母及望之兄病，知俱痊可。访梅招饮，不赴。夜雨不止。

二十二日辛亥(3月3日)　雨仍不止

张伞至洪祠，访洪小山茂才，略谈而别。至钱寓，外舅留午饭，沈孟检将渡往澉山，亦在坐。知陈定夫病故，其子亦亡，拜亭观察亦卒于奉贤。子密枢部告养回南，陆梅生侍御扈驾东幸，其眷属之在系者，合门殉节。饭后与伯声出东门归，雨如注，至夜不止。接魏慎斋自沪来函正月初五发，知渠以守城功保戴蓝翎，罗藻廷亦得异擢，兼赏蓝翎。青浦之贼，为数无多，闻已移营进逼，英国助战之说，该酋已奏向国主，夷船并放至汉口通商贸易，俟灯节后始有准信。候补州县之在上海者，仅五十四人，佐杂二百数十人，而松江之克复，保举者至八十余人。上海之保城、保举者至一百四十余人，何其多也！闻福建汀州府失守。汀州系小刀匪滋事，并非粤匪。阅鹿门致伯声书，悉孙咏仙同年拟分发山东，告假回籍，意欲奉重闱北上，不谓祖、父、叔三人已于去冬遇贼时投池殉难，可惨孰甚！咏仙犹流寓澉山，颇有东渡之志。小山复为母亲诊视，加南沙参一味。义生揭帐，大人率三弟同去。时澄公□辰，葶楼婶值年，余以出门未去拜像。

二十三日壬子(3月4日)　雨仍不止，盖至今日已雨尽夜矣。傍晚止点，而云意犹浓，尚难开霁

沈雪斋先生于未刻上馆，邀洪小山、郑柏庭、龚克家及钱外舅同饮，余执壶焉。撤馔后，客尽散去。大人以陆表叔事留外舅相商，更深始去。倪以新、毛普仁先后走访，倪不晤。梯云、彦甫两表兄在月岩家，招同午饭。

二十四日癸丑(3月5日)　薄晴而寒

陈开基走谈。诸栗元、史蓉江相继过访。余于去腊制书橱六口，以备事变时移置书籍之用，合诸旧存书橱共得二十口，连日排比尚无头绪，仍拟再置六橱，择书之精善者分类而庋之，庶免挂漏庞杂之弊尔。灯下阅《甘泉乡人稿》，知其于先世之笔墨，虽零编断简，无不收拾，汇为一册，以藏诸家，且并取先人之师友诗文有关及先人者，亦必详录焉。如此用心，诚不愧读书世家矣。余颇有志于此，恐日久生懈心，故特识之。

二十五日甲寅(3月6日)　晴霁

郑柏庭来谈。先曾祖妣赵太夫人生辰，月岩值年，与大兄、三弟侍大人往拜。散胙后，三叔与从兄弟商立九垒生圹合同议据。戴涧亭、冯云帆、季一山过谈。钱外舅出城枉访，因邀姚访梅、石笙昆仲吃水角，余以过饱，夜不用饭。即过沈荷卿寓，送钱元之瑭回溦上。据元之新从慈邑牟令处来云，牟家人于腊季从登州浮海回，曾于十二月廿二在济南途遇蒙古兵络绎道左，询知僧王南来，计此时可抵淮扬矣。是日始闻台州黄岩滋事之说。

二十六日乙卯(3月7日)　晴，东风

晨兴饱饭，与大兄及月岩兄各坐划船至后亲山外，往钱寓约同外舅及伯声放舟至童岙探梅。午刻，抵下庄桥，舍舟而行，登姥岭，循麓而东，涧声潺潺，颇惬幽趣，惜梅萼已残，仅存朦胧之态，未免负此春光尔。因借灶山寺，与同人汲泉烹茶，拾薪煮酒，佛几折脚，佐以松根，僧厨不春，参同玉版，雅歌而流水为答，举觞而白云乱飞，厥游虽迟，其乐无极。再前行至潘祠前，乱石高撑，飞泉喷注，临流凭眺，不知夕阳之将下矣。时祠中演剧，观剧者群相惊讶，谓不审何人作此举动。时暝色微起，与同人各执花枝而归，仍至下庄桥下船，往来共行十六里，抵家已更静矣。龚克家邀外舅及大人小酌，招余随侍，座中有郑柏庭、王□□、王□□。史蓉江招饮，不赴。

二十七日丙辰(3月8日)　阴冷

闻余杭收复，上游肃清。伯声过谈，走视望之疾。午后渡江访陈由笙，谈久始返。翁杏生招饮，不赴。春山从叔祖为次女及阿迟、阿幹种花。夜甚严寒,殊增瑟缩。阅梁廷枏《耶稣教难入中国说》。

二十八日丁巳(3月9日)　晴

一巢舅自半浦来姚过谈。史蓉江、家黻廷从叔先后至。午后,沈雪翁出拜客。余权督两侄课。灯下阅梁廷枏《合省国说》。陈由笙张灯渡江过访,更深始散。

二十九日戊午(3月10日)　晴

一巢舅来谈。午后一舅约同陈开基招余兄弟坐船往视九里山寿圹,溯逆而风大,良久始抵下陈渡,遂登山。风愈大,不能久立,一舅落帽者三,乃小憩于管坟严开盛家,出家醵酌客,并设点心。食毕,复至桐湖观邵漕帅祖坟,日将西坠,急下船归。至夜风不息。三弟从宁郡回。阅《甘泉乡人稿》,载钱文端《行廨札记》一条,足以戒惧,录于左云:"大凡人家兴旺,每一二世必衰,从此后,或迟一二世又兴者亦有之,总未有赫奕不衰者。譬诸花木果实,连年灿烂稠繁,间一二年必稀,俗名歇枝,盖亦盛衰循环之道也。《易·系辞》云:'剥,穷上反下。'孟子曰:'君子之泽,五世而斩。'人家子弟常须自思,身当斩泽之时,何可无培养之功,如临深渊,如履薄冰,念念积累,事事积累,一世培养,世世培养,自然连绵不断,续箕裘而振家声,亦所谓君子存之者也。"母亲近日行动照常,惟两眼见风流泪,睡时更甚。复延小山诊视,用石决明等味。

二月初一日己未(3月11日)　晴

阅甘泉乡人《曝书杂记》。巳刻,与三弟坐舆往逸香丈家,为其太夫人成主。鸣赞大宾系钱外舅,左右执事由笙与三弟也,邵栏洲作陪。申刻散席,以昨日受感畏风,就枕而寝。郑柏庭邀大人及外舅小酌,招余作陪,不能赴。孙咏仙颂清同年渡海过访,亦不能出见。

初二日庚申(3月12日)　晴

辰,余尚避风,不敢出门。孙咏仙复过访,因令三弟出见,并邀伯声作陪,留同午饭。咏仙欲挈眷寓姚,而屋宇甚罕,且人多则安插愈难，伯声劝其往寻凌湖荪同年行堂。凌于去秋出都，途遇盗劫，行囊一空，因返车至济宁，咏仙代为张罗，遂得登程，于十月初一在胶州同下海船，九日而至鄞，本有招之使去之语，咏仙遂于潮落时放舟前去，惜余病不得一谈。伯声接陈子庄广文金华信，知林镇所带台湾勇在常玉山杀贼甚多，汀州被陷，调回本省。彭观察平江勇亦以江西紧急撤回。曾帅回投汀州，闻已收复，而徽州之贼因得四窜，至淳安相去之四十里地方，广行杀掠，并渡江直达马金岭。金郡程太守劝徽人合捐二万金献诸张帅玉良，请其一兄复徽州，以此为犒。张心艳其利，欲许之。中丞谓省城三面受敌，不欲调张兵，事遂中止，盖张在严州也。然由金华以东，不设一军，不雇一勇，大为可危。是日东风甚狂。子庄持论谓："今日之中，有战法，无守法；有战法，无防法。"可谓名言。

初三日辛酉(3月13日)　小雨似酥，霏霏竟日

余寒热不作，而头痛未减，薄暮似有微热，盖风邪未尽也。一舅来谈。佩芬往钱寓，黄昏始归。入夜，雨颇紧。昨日咏仙并言皇上万寿有旨，令梨园子弟进内演戏祝庆，伶人如亦秋等均蒙御赐折扇，并命亦秋画花扇上，以充御用，非千载之盛事乎？灯下阅《曝书杂记》。天气骤暖，夜眠不覆衣。

初四日壬戌(3月14日)　小雨似昨，午后阴

大人往唁逸香丈，并在六府庙揭算同善堂账目，交与下手经管。陆四表叔忽从姚寓来，语气飞扬，旧性未改，因招外舅商量，以《童岙探梅七绝句》见示，申刻始回寓。史蓉江亦来过谈。延洪小山为母亲酌开补方，他出不来。灯下阅梁廷枏《仑国说》。接张吉舫中和节自鹤场来信，催索志铭甚急。下午仍有微热。

初五日癸亥(3月15日)　阴晴参半

作张醒斋先生墓志铭成，始见俄、英、法、美四国和议条款，内有"中外通行文字不得书夷字"一条。咏仙自凌子廉处来，询悉将渡海回溆，其鄞邑赁居之屋已托子廉代觅云。洪小山诊视母亲，于原方中加大生地五钱。灯下阅梁廷枏《仑国说》。是日，冯云帆舅陈抡山来谈。

初六日甲子(3月16日) 晴。下午微热如前两日,疑由阴分稍亏之故

午刻始起,交申即就床假寐。极畏风,终夜不能熟睡,有雨。次女种花发热。访梅招饮,不赴。

初七日乙丑(3月17日) 有小雨

先祖学正公忌日,履平值年,余以抱病未能往拜。洪小山为余立方,用苏叶、防风、川芎等药。伯声来谈,知袁花镇于初四日猝然失守,系朱星湖自倪家路来信云。理斋嫂于亥刻以气逆去世,其母闻病急趋视,将及门,家人言气已绝,遽哭仆地,呼之不应,移时始苏。入夜,雨点颇紧,三弟从陶邑尊处来,为言通州王菽原藻方伯与何畊云制军桂□有通家谊,常郡陷,制军逃至上海,其父母挈妇稚辈渡江至菽原处,菽原以己宅馆之。薛中丞焕由是不直王,勒令书捐五万金,王不答,薛遂劾参,奉旨革职,倍罚十万金以充军饷云。阅钱警石《书奉贤张氏义田碑记后》,节录前段:

> 尝读范文正公《义庄规矩》,而叹善作者之必赖善承也。方文正公置义田事,规条粗定,未尝申请朝廷指挥也,不及二十年,渐至废坏。次子忠宣公于治平元年始乞朝旨,违犯《义庄规矩》之人,许令官司受理。是时忠宣方知襄阳,亦未尝以朝旨揭示族人也。及居相位,乃与弟右丞、侍郎两公参定指挥,编类刻石,视文正初定之规,关防益密。迨南渡后,庄宅几堕,弊且百出。文正五世孙之柔官左司谏,具奏本末,乞申严行下,时则嘉定改元之三年,距文正置田时一百六十余年矣。呜呼!范氏义田至今已阅八百年,人咸叹文正遗泽之远,抑知创主不数岁几至废坏,贤子孙继承经理,时时以祖父厚恤宗族之心为心,其维持要约有若是之艰难者乎?

腹急不能吃米饭，用荞麦糊少许，晚饭亦如之。

初八日丙寅(3 月 18 日)　有小雨

邻庄拜扫，余以病不赴，身上作热如故，气觉为之少宽，再服小山方一剂，早晨用米面少许，中晚俱吃荞麦糊一大碗。伯声冒雨来谈，知其明日将进署，为陶明府聘阅试卷，余令仆人蔡升跟往。

初九日丁卯(3 月 19 日)　晴

余邪感已去，而热尚未净，不思茶饮，痞块作梗，尚须避风。小山复为余诊视，方用苏叶、厚朴等味，为母亲再加大生地三钱，共得八钱，云再进数剂可服定风珠方。伯声于申刻进署，闻陈星桥光斗明府亦与分校，两人对榻而居。访梅处倪家路船归，云昨有北岸船三只，开来仅有六人，云仓皇解缆，但知澉浦纷乱，云咏仙于昨日以二十八千文雇一海船而去，因南岸海船均为谢氏截留，故船价骤贵也。上元朱述之太守之子名桂栋者，从萧山来，将往寻方望东同年，一饭而去。余仍吃荞麦糊，每顿一大碗。族兄可斋自杭来，为言去春城陷时，渠家被难甚惨，大人曾助青蚨拾贯，并言于韨庭族叔，亦出资相助，犹不足，乃令可斋自往言之。

初十日戊辰(3 月 20 日)　晴

余始用米饭一小碗，偶坐书厅中，风甚大，不敢久留。沈梅史同年文荣过访，不晤。朝试头场首题“子之所慎战”，约计七百余卷。阅金匮秦麟士赓彤所著《庚申北略》，录于左方。云：

英夷自咸丰九年四月，兵至天津大沽，为僧王格林沁挫衄之后，志图报复。十年六月十五日，英、法二夷舟抵大沽，时僧王早为拒敌之计，南北塘俱设有炮台，防守甚严，复于北塘伏有地雷火炮。有土富沙姓，世居其地，于彼不利，阴泄其谋于夷人，夷人即将所伏处一一发掘，遂登北塘。或云某为夷获，以刃胁之，乃以实告。僧王初意欲俟其登北塘以火雷尽歼之，自此策不行，而夷人从此得计矣。二十日，夷船二只进港搁浅，恐为我军所击，高悬白旗,中书“免战”二字,旁书“暂止干戈,两国交话”八字,并以和约款我,我军遂不击。二十六日,夷船得水浮动,遂大进兵,轰击我师,势甚张。巳初出队,至酉正,新河德兴阿营失陷,我兵受伤六七百人。由北塘进占新河,在宁河、[宝]坻之间,大沽之后,僧王遂腹背受敌矣。二十八日,进占唐儿沽。

七月朔,瑞相国琳奉命带兵一万驻通州,以备不虞。初五日,夷人攻破大沽,夺北炮台。是日,夷兵至北炮台下,杀守者一人,余俱惊走,遂失,提督乐善中炮死。乐为良将,僧王素所倚任,猝以身殉,如失左右手。时南炮台未动,王以失北炮台,欲自尽。上命退守通州,大沽之防尽撤。初七[日],夷人直入天津据之。文俊、恒祺奉命与之讲和,夷人曰:“汝官卑,何足议大事?”乃改命桂相国良往议。夷人索银八百万,法夷索银四百万,约先给现银二百万,始允所请。后以需索现银迟回不决,而夷人兵进逼通州。京师戒严,分派满洲各员,在[十]三门带兵分守。二十七日,上欲既巡幸木[兰],朱谕曰:“朕揆时审势,夷氛虽近,尤应鼓励人心,以拯时艰。”即将巡幸之所预备为亲征之举。着惠亲王传谕:“京城巡守接应各营队,若马头、通州一带见仗,朕仍带劲旅在京北坐镇,共思奋兴鼓舞,不满万之夷兵,何患不歼除耶?将此交王大臣同看。”百官交章谏阻,乃止。二十八日,复奉谕曰:“近因军务紧要,需用车马,纷纷征调,不免啧有烦言,朕闻外间浮议,有为朕将巡幸木[兰]举行秋狝者,以致人心疑惑,互相播扬。朕为天下人主,当此时势艰难,岂暇乘时观省。果有此举,亦必明降谕旨,预行宣示,断未有乘舆所莅不令天下闻知者,尔中外臣民当可共谅。所有军营备用车马,着钦派王大臣等传谕各处,即行分别发还,毋得尽行扣留守候,以息浮议而定人心。钦此。”

八月朔,夷兵自张家湾、河西务移近通州。上复命怡王载铨、穆荫往议和。初三日,在通州之东岳庙设盛筵,请夷酋巴雅哩、艾嘉略会议。宾主四人，并列四席，巴雅哩至即叱曰："宾主岂容并列?"命撤主席于旁。酒数巡，巴雅哩曰："今日之和，我须面见尔主，却不能跪。"怡王曰："我国之礼，见皇上自王大臣以下无不跪。"巴曰："我非中国臣也，安得跪?"久之，穆荫商之怡王曰："事宜从权，远立不为皇上见，或亦可耳。"又久之，巴曰："我国奉天主是天子，我是天子之使，与尔中国，应以敌体礼见，面交和约。"怡王怫然，争之不决。又久之，穆荫与怡王曰："王且退再议。"王乃与穆同出，留恒祺候信。恒祺，前任粤海关监督六载，与巴习识者也。巴忽曰："我须眠，速备好卧具来。"恒如所戒。宵分，巴仍熟睡，乃还报怡王，使驰告恒曰："事决裂矣，汝速往见额尔金。"额尔金者，夷所谓全权大臣者也，时驻通州城外。恒去，额拒不见，而夷人已开仗矣。怡王乃密告僧王，擒巴雅哩等九人，絷送京师，黄宗汉请杀之。翌日，械絷刑部狱。胜保中火枪伤，回京，僧王师移齐化门外。初七日，齐化门闭。初八日巳刻，上启銮巡幸木[兰]，从者惠亲王、惇王、端华、肃顺、军机穆荫、匡源、杜翰及六宫而已。恭王仍留海淀，端华所遗步军统领，命文祥署理。是日都门俱闭，内外城隔绝，汉六部九卿无能入署办事者，民心惶惧。初九日，诸大臣商之步军统领，暂开宣武门及西便门以通往来。是日止开辰、巳两时。初十日，正阳门半开，晌午即闭如故。团防大臣大学士周祖培、尚书陈孚恩、侍郎潘曾莹、宋晋集中州会馆，议增练勇局，设梁家园寿佛寺，司其事者，前侍御尹耕云诸人也。十五日，奉谕："留京王大臣派豫王义道、周祖培、全庆。"始知上暂驻密云之罗山，传军机章京曾协均等六人赴行在。十九日，彰仪门亦半开。自初八日闭城后，城外米蔬不入，百物顿倍价，城中迁徙者十之七八，城门拥不得出，司门者又索钱始放行。车价顿长数十倍，远行大车有需银百两者，近亦需数十两，大小车城市一空。银两每两或值二十余千，若欲以钱易银，则并无有也，票钱取钱六七折不等。二十日，商人乐姓平泉即开同仁堂者，邀集众商，备牛羊千头，往犒师请和。时夷人驻通州八里桥。巴雅哩之在狱也，恒祺见之，遂请释其缚，至是议和，乃馆之高庙，在德胜门内，以礼接之。廿一日，夷人有照会来云："此国大事，岂商人所得与闻，须恭亲王来说话。"又批乐商等禀云："大英钦差大臣伯爵额批，据禀公备牛羊果品前来送礼，本国向不收受礼物，如为贸易起见，着本国弁兵，照市价公平买卖。至和局定议，该商等如有所见，可向贵国钦差大臣恭亲王禀知商办，因系中外国大事也。此批。"其实牛羊等物皆夷人掠去，并未给价。二十二日，僧王移军迤北。夷人自朝阳门即齐化门向北绕过德胜门，薄暮经过海淀，恭亲王避走。是夜德胜门外火光烛天，海淀被焚。二十三日，僧王军溃。二十四日，夷人僭居圆明园。晌午，恒祺送巴雅哩等还夷军，约翌日议和。二十五日，夷人毁圆明园，尽掠御用器物，移军安定门外，有照会来云："须恭亲王面议，以三日为限。"时恭亲王避居长新店，瑞相国文统领亦往。二十八日，夷人以无复函，又来照会云："定于廿九日午刻带兵入城，准开安定门进，代司管钥，不尔则用炮攻城。"二十九日，大开安定门，备夷馆于国子监等三处，具供帐，请夷人入。午刻，夷酋巴雅哩带兵五十人入城，不进馆，不赴宴，径扎营门内，遂据守安定门，策马登城，架炮于城楼，皆内向，门外民居尽为灰烬。嗣后，夷兵陆续进城不计数，出示城闸，令居民迁避炮火，与居民无扰害，环观者不禁。溯自六月夷人至天津，夷兵及所带广匪不满万，我军几十万，而两月以来迄未与决一战，辗转退避，任其深入，开门入城，大抵皆主和议之说故也。

九月初二日，恭王移居彰仪门外之天宁寺。时夷人许和，仍照前议，又增设条款，大要有四：一需现银二百万两，余扣税作抵；一天宁寺马头通商；一京都造夷馆，英臣驻扎；一任往各处行天主教。上已驻跸热河，有旨："僧王革爵，瑞麟革职。"因夷人突至海淀，不能拦截故也。步军统领改派瑞常，六部九卿会衔奏请派恭王再定抚局。初四日，奉谕："已谕恭亲王择地驻扎，断难入城议抚。"是日，夷人闻前被俘二十余人，分交各县监禁，内死二十一人，忿甚，再毁圆明园。未烬殿宇及万寿山、玉泉山各处，自初四日夕至于初六日，狂风不息，烟焰弥天。又需索抚恤银五十万两，寻夺怡王府以居。初九日，给抚恤银如数。恭王移入城内法源寺。初十日，准此礼部署恭王率大学士贾桢、周祖培，尚书陈孚恩，侍郎毕道远、宋晋各官赴礼部，留兵正阳门外，止带护卫而入。未刻，夷酋额尔金、巴雅哩盛设兵卫，鼓吹前导，皆夷乐，乘八人舆而至。堂上铺氍毹，上方左右设六席，旁各二十席，恭王并夷酋左右坐，各官旁坐。夷酋初见免冠，免冠者叩首礼也。恭王拱手，巴雅哩立而后言，尚不至悖慢。内有女夷二人，乘舆入座，或云即巴雅哩等妻也。巴雅哩言语可通，余皆不辨，交见后略叙数语，一见而罢。十(三)[二]日，法夷亦至礼部交和约，队伍整肃，乘四人舆者二人，有女夷骑从，并有女乐如打花鼓式，杂鼓吹中，交见一如英夷。凡夷馆中供帐，皆顺天府备办，极丰腆。英人又索牛羊约千头，羊皮衣三千件，克期而得，及备办后，或收或不收，厥性无常也。按英夷和约给银八百万，现交一百万，以两个月为期，除前广东赔项银二百万外，仍给银五百万，每三月交一百万。法夷和约亦交银八百万，现交一百万，以两月为期，余七百万每三个月交银一百万，俟现银交出后，俱即退兵至天津大沽。从前特派驻华大臣等议作罢论。十三日，巴雅哩于国子监设席宴王大臣，作答礼。十八、十九，法夷亦续退兵出京。恭王具奏，请上回銮。二十一、二等日，英夷兵亦退，有仍留四百人之说。二十三日，恭王出示通衢，刊布英国和约五十六条，后附广东等条，又新增九条，前书大清皇帝、大英君主，后书大清咸丰十年九月十一日，并行书大英一千八百六十年十月二十四日。二十五日，又刊布法国和议四十四条，新增十条，前书大清国大皇帝、大法国大皇帝，后书降生一千八百六十年十月二十五日，即咸丰十年九月十二日。

十一日己巳(3月21日)　晴

余能进米饭两碗,出去应酬。钱外舅走谈,为言昨成江瑶柱、姚尊诗各一,姚尊即芋艿也。吾乡久有此称,无形诸歌咏者,亦足备掌故也。大人邀陈子恒、陈听香、郑一舅、徐雅山夜饭。平湖陈姓人来,为陆四表叔事。夜发蕺山课题。咏仙自澉携眷三十余人渡海来,即欲往鄞,匆匆一茶而去。询闻蒋莲溪、徐栏史、程少梅三同年俱无恙,惟石莲舫、赵桐孙不知下落。袁化初四日失守,后死者十余人、掳去者二百余人,贼即于下午引回嘉郡。沈桐甫中翰已补军机,钱子密枢部于正月十七抵沈荡。荷田从祖过访。

十二日庚午(3月22日)　晴

张杏村师枉过,并以淳初先生《抱经堂遗集》见示。诗八卷,文八卷,又《丧礼详考》一本,《周官随笔》一本,俱不全。毛颖才叔、陆四表叔先后过访。接吉舫初十信,催取墓道文。午刻誊清,托酱园寄去。接伯声署中手条,知圣驾十月回銮,富阳虽退,新城仍踞。宁绍台道张景渠由绍来姚,闻谢伟之来城,往访之,并往慰理兄悼亡。大人及荷田从祖、韨庭从叔合请可斋兄于信天堂,余执壶侍。丰山拜扫,大人肩舆去,余以新痊不往拜。灯下阅朱梓庐《壶山自吟稿》。一舅、三叔来谈。月色甚皎。

十三日辛未(3月23日)　晴

姚访梅来,为陆表叔事,陈姓为之解围,遂释之。大人留至信天堂夜宿。叶磐任来南书院春祭,大人往拜。余偕张昌龄甥至钱外舅处谈天,知寅昉来信来。曾帅在徽州得一胜仗,杀死贼匪六七百人。王中丞延慈邑冯、萧邑陈两富绅,盛馔以待,酒罢传语,各捐二十万金。冯屡减至四万金,中丞已许之。陈尚无覆音,因委一州牧催之,馈以三百金,嘱为缓颊。中丞怒,又委一太守催之,馈以千金。中丞愈怒,谓必如数而后已。闻陈已许十一万矣,中丞犹未纳也。邵昌龄今日被押，此又闻风而兴起者欤？未刻，过聚文堂书坊，购原板《广舆记》一部，《孟子赵注》一部，系瑶圃先生家藏书，又《赵考古先生续集》一部，共计大钱一千七百文。随至义生夜饭。县试发案，叶绍洪居首，诸嘉生居二，皆读书世家也。翘士弟名在廿七，家从叔九畴第六。朦胧月色，与仲林缓步而归。寅昉信并云：贼由袁花退回硖石，又肆焚掠，而洞庭两山，近皆告陷，湖州王副将阵亡，使贼盘踞水乡久，而长江大河皆不足为难矣，是可虑也。傍晚有风。

十四日壬申(3月24日)　晴，有风

九垒祖墓拜扫，两大人肩舆而去。大兄、三弟均以船往，余避风在家。云帆舅来谈，石笙后至，因留石笙与陆、陈午饭。洪小山视望之疾，适母亲亦在，因请立方，加生地至一两。晚为陆表叔将归设席饯行，并邀陈姓者同坐，送川资两洋。亥刻解缆，仲林于申刻落潮同去。闻黄岩之事已令苏品三解散矣。灯下，一巢舅来谈，阅《赵考古先生遗集》。夜甚躁，似有雨意。

十五日癸酉(3月25日)　极暖

一本祠春祭，余以病新愈不去。涉江访陈由笙，作半日谈，由笙留午膳。云头甚浓，急归则雨已至，至夜不绝。余为鹤亭写屏幅一张。

十六日甲戌(3月26日)　微雨竟日

鹤园拜扫，余不克去。邵莺笠来谈，为北书院事。南书院规条经大人与众董事议定，每年八课，自三月至十月归。值年院董择人阅文，每次送看金一千文，生十名、童十二名，均有奖赏，约百许文。另刻姚江书院文板，照龙山式，每本八文。莺笠以龙山院董事子孙有贫而不知自爱者，欲将院田拆分，恐其就渐废弛，致公产有无着落之日，意欲大人别简公正殷实绅士轮主其事也。一巢舅亦来走谈，为恒泰事，聚谈终日，留夜饭，更余始去。县试初覆首题“以其数”。

十七日乙亥(3月27日)　早辰晴霁，午后阴寒，将夕雨

叶氏姑自鸣鹤场来。接吉舫十五日信。点滴堂春祭，树婶值年，余侍大人往拜。石笙走谈。一巢舅为恒泰事未圆,数数来。次女花已尽回。

十八日丙子(3月28日)　晴朗

桐湖拜扫。两大人以船往,余因尚未至九垒,与叶氏姑并挈大女俱以肩舆去。事毕,两大人肩舆同余仍坐船抵岸,已申末矣。散胙于念德堂,男女各两桌。一舅饭后来谈,知贼匪于十四日抄石门大营后,两路进逼,吴提戎再生中枪,营遂溃。十五日溃卒至长安镇,贼匪亦于是日至陈山农所开之店,闻已遭抢,已于今夜下船回去矣。去年二月十九日,贼扑省垣,迄今甫及一年,长安两遭兵劫,离省仅八十里,恐又成窥伺之势矣。月色甚佳,惜早睡不及延赏。县试初覆案发,戚赓光第一,诸楠桐津之子第二,叶第三,翘士廿六,家福畴第十。其头场十名前之严璆、傅鸿陞、沈藻黄俱在二、三图矣。是日,拜扫冠佩。

十九日丁丑(3月29日)　晴,风甚大

四世祖亦中公墓拜扫,与三弟、两侄侍大人前往。接伯声字条,知有传海昌不守者。中丞奏云:兵单力弱,可危之至。太湖之东西两山,贼竟盘踞,故赵竹生禀中丞亦多危辞,惟徽州则确已收复。曾帅连打十大胜仗,圣驾尚未回銮。陈子星奏有六条,极言必须回京,上谕有岂可使朕再蹈危地之说,而圣意不允也。上海夷船于正月初三日开行至汉口,途闻汉口已失,因折回沪上,或云九江失守,已见明文矣。孙孟常庶常贻经来拜,大人以《续刻绕竹诗稿》、家藏《王文成石刻拓纸》一张赠之。傍晚雨,至夜尤紧。

二十日戊寅(3月30日)　早辰晴霁,午后雨,至夜不止

叶氏姑回鹤皋。龚朴轩、一巢舅来谈。延洪小山为母亲诊视,加生姜一小片。雨窗无事,捋乙卯以后诸事略为排比,因大人自订年谱已及甲寅也。闻贼匪至临平,经吴提戎迎击,败回石门,吴营遂进扎长安。而山农之子十八日在西兴探闻贼踪,复窜临平,未知孰是。大营之溃也,吴提军先得一胜仗,大犒军士,饮尽醉,贼即于是夜劫营,仓卒无备,营遂溃，退至临平扎营，贼乃长驻入长安。吴提戎再迎战，贼败归，于是复进扎石门。系今日有人自杭者回述云。县试二场覆首题："如以利，则枉寻直尺而利。"

二十一日己卯(3月31日)　晴，风甚大

冯云帆舅来谈，傍晚始去。余痞块作痛碍于饮食，每食仅半盏许。闻夏姓谋逆，事非无因，浙东之忧未有艾也。夜，风愈狂。

二十二日庚辰(4月1日)　早辰有雨，午后晴，风甚大

二覆案发，蔡品人第一，叶绍洪第二，吕同寅第三，翘士四十，外家九畴第六。雨皆自绍来信云，海宁万分紧急，或云十八日失守黄岩之说，询诸临海之勇，则云并无此事。

二十三日辛巳(4月2日)　晴

拜扫小渣湖祖坟，大人及大兄去。余访陈由笙于江南，携《补读室文钞》而归。姚石笙来谈，留同午饭。至实获斋看桃花，各折数枝插瓶内，红白相间，颇饶画意。水仙亦盛开，对之可以忘世。钱外舅以《避乱诗册》写就交来。天气甚暖，下午风渐大，至夜愈甚。灯下录《补读室文》之未录者数篇。阅《潜邱札记》，《答徐健庵淮扬奏折田》数云："林机议缓蜀赈，祸至灭门；马默奏除投海，天赐儿女；王安石议复肉刑，父子冥谪；王仆射请贷饥夫，神报相位。汉武帝之横征，危而不至亡，只在田赋不加；明世宗之勤朴，卒无补于危亡，则在屡加田赋。"县试三覆，首题"民之所好"，赋题"春耕"，诗题"曾是十年辛苦地"得"心"字。

二十四日壬午(4月3日)　辰刻，雷始发声，有骤雨即止，阴而风

徐萼楼光署来谈。午后复有雷雨，数点而已，录《补读斋文钞》。闻饶提军在长安得一胜仗。严开盛来约市前去看桃花，淫雨阻滞，未克践言为怅。入夜，雨加紧，风亦加狂。

二十五日癸未(4月4日)　清晨大雨，午刻止

录《补读斋》文一篇。接伯声手条，知王振声督战得胜，海昌失守之说不确，惟郭店、袁花、硖石等处具有贼。姚人谓隔海而望，火光烛天者,想即此也。大人自订年谱,自庚申迄庚申六十一年,去腊望后动笔,今日始竣尽,已两月有余矣。小山十五日所开之方,母亲服至第八剂,共计生地半斤,甚有效验,定风珠方从此可以望投。三覆按发,叶绍洪居首。伯声谓八韵诗统场无佳者,晴翁欲令我兄弟各拟一首,以示生童寄阅。杨秋湖拟作一首,甚为合式,不敢再下笔矣。饭后,大人拟作一首。佩芬骤患肝风,左偏手足麻木不堪,无以作置,目瞪气促,呼之不应,邻媪以针刺唇出血始醒。外舅及伯声均冒雨走视,已能语言。外舅略谈返寓。将交子刻,佩芬又拘挛呆木如前状。伯声视其脉,尚无别象,乃以活络丸援之,并用纸卷吹卧龙丹于鼻中,移时嚏而醒。问以厥后情形,答云不知,唯左偏手足觉十分难受耳。交寅始熟睡。我兄弟三人与伯声抵掌谈别后半月来事,因夜深伯声不能返署,乃留宿于花间补读室。是夜大雨达旦。

二十六日甲申(4月5日) 清明。雨

辰刻伯声别去。一本祠清明祭,大兄、三弟侍大人前往。邀洪小山为佩芬诊视,云系子痫,血虚感热,须略用表药,不可作痧气看。由笙过谈。午后以倦极假寐。叶协斋亦来谈。

二十七日乙酉(4月6日) 晴

协斋及维周来谈,为恭和事。午后,钱外舅走视佩芬病,适小山为渠立方,因为增减数味投之。云帆舅及姚石笙先后至。三弟自局来云,浙东上流肃清矣。外舅约于明早登镜清楼,是夜大雷雨,恐不能践。县试四覆。理斋嫂出殡于后畔场。

二十八日丙戌(4月7日) 微雨竟日

至致和走视一舅,病已愈。拜扫庙功公祖坟,因雨堂祭八叔值年,余不往拜。郑星廉之郎云贼焚挟掠至通院,离澉浦不过四里。澉城厘局委员及关吏等俱避在临山,海昌徐傅山太史亦挈眷而来。闻寓康堰、平湖、米镇及满营兵已与贼连战,尚未退去。浙西光景危迫,澉山亦难保矣。

二十九日丁亥(4月8日) 晴

一舅及徐雅三来。午后,协斋、维周及三叔来,为恭和进租契。维周招赴夜饭,二更尽始定。县试统案发,叶绍洪第一,翘士三十二。叶小栏停舟过访,留午饭而去。蒋寅昉着人取箱子,以谢函交其带归。

三十日戊子(4月9日) 大晴

伯声出署来谈,知宁国已收复,硖石等处贼踪已远。钱外舅及访梅来约看菜花,因挈酒榼登玉皇山,小酌于镜清之楼。炊烟四起,循江而归,饭于月岩家,更余始散。闻小村家信,有僧王退守德州之说。蕺山课卷寄到。

三月初一日己丑(4月10日) 晴

伯声、由笙、施月津先后至。闻海盐于廿七日失守,大肆掳掠,并有窥伺乍浦之意。大兄往桐湖看地,值又村丈扫墓,询悉小村,禀称德州失守,僧王大败。胜克斋防堵京城,扎营于彰仪门外之天宁寺,终日酣歌,侍妾数十人,并招狎客为靡靡之乐,不复以军旅为事。南人在北者,有归志而无归路。圣驾尚在盛京,有旨着王大臣以下合捐二十五万金,为奉天创造殿宇之费云。母亲往姜渡视四妹,傍晚始归。

初二日庚寅(4月11日) 午前微雨数点,午后晴

徐萼楼来谈。太姑丈沈雅南先生墓在北都陇,大人率履平及大兄前去拜扫。余棹舟往闸波桥扫先室丁孺人及亡弟妇姚孺人殡舍,薄暮而归。沈梅史来城过访,不晤。黄昏,由笙与宋又缘张灯来谈,二更尽始别去。沈荷卿自新城挈其眷抵姚,止月岩家,沈书森亦自澉浦挈眷至姚,因房屋无着,亦与荷卿合住。

初三日上巳辛卯(4月12日) 大晴

念德祠春祭,履兄值年,与三弟侍驾往拜,散胙于铸金精舍。午后,张九尹、觉生昆仲来城过访,外舅、一舅及伯声先后至。伯声为沈宅料理诸务,忙不可言。外舅赴陶晴翁处小酌,遂留九尹、觉生夜饭,谈至更尽始就枕。

初四日壬辰(4月13日)　阴

沈书森及其弟寅甫来拜。寅甫自初一日由沪坐大轮船来，今日抵姚，以捐局得保举，加捐同知衔，询知上海情形甚安静，江北一带亦尚照常，余即往答，不值。大人为念德堂下买义冢山四亩零，今日成契。午后外舅来谈，书森邀去为其母诊脉，伯声亦来。三弟自局归，云苗沛霖已起兵，及德州之不守，实其先锋陶静轩云。

初五日癸巳(4月14日)　雨，至夜不止

为南书院肄业生童填册注名，刻不得暇，统计得生七十余人，童一百八十余人。伯声来借雨具，知鹿门、组斋各挈眷来姚，房屋一无定见。夜，看蕺山童卷。

初六日甲午(4月15日)　大雨，至夜不止

南书院开课给卷，大人及大兄、三弟前去。是日拜扫廉惠公墓，因雨祭于祠。

初七日乙未(4月16日)　晴

南书院昨共给卷三百本，今日缴卷者仅一百三十余本。书森、伯声均来谈。伯声即邀同寅甫及镇弟同至三阳楼小酌，寅甫大醉，余与书森掖之而归。外舅走谈，知有黄州失守之说。闻海盐于三十日退出，贼踪并至澉浦，无所掳而去。佩芬往钱寓，即晚归。

初八日丙申(4月17日)　晴

连日阅蕺山童卷，略分前后。张小梅太史洵来拜，大人因痔未愈，令余出见。张为壬子庶常，大人阅卷，故执弟子礼，今年主讲龙山，询知其去春杭城失守后家中共伤三人。书森来谈，伯声、由笙先后至。发吉舫信一封，托酱园转寄。陈元涛来城，知吉舫已回历山。沈先生拟回家，因市船已开，不及矣。陈山农伯仁来，知长安复失后，渠家房屋器物并未损伤。夜录《补读室今古礼》。

初九日丁酉(4月18日)　晴热

录蕺山课卷之佳者。至慧日庵视钱鹿门，晤吴又乐、沈组斋及鹿门之侄，略坐至钱寓。未刻，与伯声至叶季绥处，叶屋已租与书森，昨夜失去钱二十余贯，已出之妾又与之缠扰，季绥心绪甚恶。与施淡香、赵子新略谈而归。伯声复来走谈，寅甫亦至，留夜饭，更尽始去。三弟自局归，知贼至陆里堰并未抢劫。祥白阿三者，即所谓王德顺也，在乍浦统带炮船，隶都统麾下，闻贼已去海盐，即拨炮船七只至城内上岸抢当，一掳而空，乘风驶至乍浦，即报首先登城，以克复为名云。冯云帆舅接其子久卿去年十一月廿六京信云，王大臣等俱有往热河安顿家资之举。山东抢匪甚炽，寅甫言苗沛霖自称大赵正始元年，此系江北军营信。

初十日戊戌(4月19日)　阴，午后晴

伯声、书森均来谈，留同午饭。饭后与寅甫渡江访由笙，适季绥至，即归。书森复来谈，云将于十二日进叶氏屋，有园，由笙、访梅、石笙、伯声、一舅均先后至。拜扫柳庄公祖墓，大人独往。沈先生解馆，余督两侄课。夜有风。

十一日己亥(4月20日)　晴，有风

张杏师出城来谈。孙子畴庶常来拜，由笙亦至。粤东向有“广东生两眼，天下当大乱”之谣，郭藕矼太守曾于己未年为大兄言之。己未大传胪时，李文田谓其同乡曰：“吾粤自许其光点庚戌榜眼，逆匪即于是年倡乱，再生一眼，恐将应谶，吾其为第三人乎?”李故精于风鉴，后果如其言，庚申榜眼又系广东人，南北之变遂愈烈。呜呼！岂非事有前定耶？午后鹿门来访，知海盐于初八日复失，颇有窥伺乍浦之意。钱外舅出城枉访。拜扫养素公墓，大人同大兄前去，余仍为两侄督课。夜，伯声将与寅甫往甬来谈，书森亦至。

十二日庚子(4月21日)　晴

望之有变疟，趋视之，知今日稍安。拜扫时澄公及沈太祖姑墓，散胙庵内，大人以船回，余肩舆往视新置念德堂下义冢地一块，存竹三百六十竿、树七十余株。酉初始归，月色甚佳，江干独立者久之。理兄为潘嫂设荐于同善堂，往视焉。

十三日辛丑(4月22日)　晴

侍大人陪钱外舅至实获斋看牡丹，外舅即招予兄弟登玉皇山镜清楼小酌，同座者沈书森、姚访梅、陆颂笙，兴致甚佳，惜风大不能推窗四望也。

十四日壬寅(4月23日)　微雨

履兄值追远祭，随大人往拜星农师出城枉访，馆于书室中。余督两侄课如故。

十五日癸卯(4月24日)　淡晴

先祖赠资政学正公生辰，履兄值年。为谢氏分爨而晚，作中尚未回，大人即邀星农师及信苻叔散胙。邵莺笠棠笠、诸桐津复两明经为北书院事过访。余仍督两侄课。

十六日甲辰(4月25日)　晴

莺笠、桐津复来商具呈请简派董事经管书院事。仲林、端云均来城留陪星农师，而余兄弟俱赴沈书森之约，同座者钱外舅、宋有园、叶季绥及月岩兄也。星农师代课两侄。夜留端云昆季宿于补读室。

十七日乙巳(4月26日)　晴，午后风

叶协斋招食鱼生粥。大人设席于实获斋，招钱外舅、星农师赏牡丹，龚朴斋亦在座。过午，棹舟至洛浦桥，约竹溪族祖往风山大树下，请外舅摹为图。至坟庄小憩，夕阳西坠，风大而潮尚涨，因舣舟于杨柳阴中，煮酒烹茶，颇饶雅兴。星农师越岭回家，归已暮矣。

十八日丙午(4月27日)　晴，热甚

星农师复来城。余督两侄课如故。

十九日丁未(4月28日)　轻雷大雨

星农师往慈访冯缦生，公祭施忠愍公。大兄往拜。卓人叔自绍归。

二十日戊申(4月29日)　晴

宋达泉自绍来，馆于实获斋，候郑竹溪至夜不到，因招卓人、信苻两叔陪饮。谢德芳于二月初一日由京开车，十六站至烟佃下海船，六日而进镇海关，于十六日抵姚，知圣驾于花朝回銮，停二日而复东幸。冯静轩于正月作古，殊为可惜，京中光景尚佳，深为一慰。接伯声信，知舟山有提拿奸细之说，提军带兵于十八日出城云。沈先生到馆。是日，张吉舫来谈，一饭而去。

廿一日己酉(4月30日)　阴

竹溪至姚，并馆于实获斋。晚饭后下船，竹溪邀同大兄看地，更初解缆。夜，佩芬心痛颇甚，夜不能寐。

廿二日庚戌(5月1日)　晴

余棹小舟至若墟徐宅，贺亘木六十之庆，同往者为卓人叔，同返者为李树槐。至后清门，树槐上岸，余往邵宅巷往视外舅，适他出，即信步归。

廿三日辛亥(5月2日)　晴

星农师自慈回。外舅过访，延小山诊视佩芬，据云肝虚所致。闻桐乡、嘉善均收复，石门亦有退出之信。沈书森来谈。星农师于夜饭后回去。

廿四日壬子(5月3日)　晴

连日牙床肿烂，殊为受累。闻僧王已率大兵抵徐州，有直捣江南之说，未知确否。

廿五日癸丑(5月4日)　晴，始换凉帽

拜扫巽铭公墓，香山伯值年，余徒步往拜，热极发汗，挥之不止，因牙痛不散胙，走视望之，疾较前稍愈。闻石门尚未克复，月岩兄追荐憩行叔设忏于六府庙，婶母亦于今日三周年云。

廿六日甲寅(5月5日)　立夏。晴

往拜憩行叔阴寿，又走贺翁若虚姻叔四十之庆。伯声自甬上回，与赴书森之约，同座者为钱外舅、寅甫、鹿门。寅甫大醉，与伯声掖之而归，余乃至六府庙夜饭。夏海门见过，今往依访梅。闻钱子密应溥有耑，并至钱寓托觅房屋，颇有东渡之志。龚朴轩招午饭，不赴。

前读手示,知尊体渐健,当一切照常,深慰下念。三甥女痘已回,应谅俱平安定。甥近日好否?□大约须月初出署。外间消息,略详家禀,阁下阅之,即令蔡升送至敝寓可也。尊处倘有新阅,祈示一二,以慰枯寂。此请倚安。名心景。

《补梅馆记事》四则

湖州之警

二月初三日,贼由泾县、旌德、宁国县来袭广德,破之。初五日,进至四安之界牌口,遇官军小队驰至,接仗小胜。初六、七日,周参戎天孚自广德退回,遇贼于四安,战败受伤,遂失长兴。土匪王常顺以数千人附贼,据长兴。初九、十日,孝丰、安吉相继告陷,李镇军定泰自衢州来援。十一日,至梅溪镇,安营未定,贼以数百人冲击,李军败绩,退入湖州。周参戎亦引骑兵至,并程、安两县,募勇不满二十人,为城守计。贼立营栅于湖州之西门外六十里之下塘口,有马队千余,步贼数千,下塘道狭,不能径进。十三、四日,吴门援兵渐集,长龙水师驻于东北,又调上海炮船十余护城。十六日,贼出马队数百冲西门,不得入。次日,贼夺小舟数百只,具云梯由水路来攻北门,水师接战,炮船轰击杀贼数百,碎其小舟,夺其梯冲,贼败走。吾兵追之十二里,经此一战,贼知有备,遂弃长兴,退回广德。

杭州北关之变

安吉之陷也,贼千余猝至焚掠,贡生蒋锡龄募乡勇四百人,乘夜击贼,杀百余人。贼由山僻窜入武康,知县朱闻风先遁,贼至,土匪附之,皆裹红巾,两鬓披假发,马贼则黄厂衣、黄风帽,纵火劫典铺,城市搜括一空,不得衣物者,辄火其屋。武康乡民协力擒其土匪,为首者诛之。贼将窜德清,自山桥埠以下,德清人断桥梁以阻之,贼乃南窜,由平窑突至省垣北关外,二月十九日也。□□浙将军瑞在候潮门外阅武闱步,时罗中丞闻警,急请将军同登武林门城楼，城内哭声震天，由候潮门夺路而奔者，自相践踏，死伤满路。贼在北关，土匪何万顺余党乘之起，四出焚劫，城中不知虚实，讹言长毛贼大至。将军令开炮轰击，火箭乱发，一时贼火、官火齐举。是日风猛，火势尤烈，百里见火光，临平、长安之人狂奔而下，曰："贼至矣！"火经两日一夜，自武林门外至北关十余里，万室鳞比，尽为焦土，良民之焚死、压死、投水死、中贼刃死者，奚啻数千计。呜呼！此大劫也，虽曰天数之难逃，岂非人谋之不豫哉！

清波门之陷

二月十九日，贼焚北关后，省城诸门尽闭，文报不通。传闻贼遁入西溪山中，或云由海宁东下。有谓省城下已无贼踪者，盖官军未尝出觇贼，贼得逾北山，潜度南山。至二十四五日间，始见贼筑土城，屯于万松岭，时贼尚不满千人。廿六日，武康贩笋人逃回禾郡，亲见贼继至者甚众，尽趋杭州。是日，省城发兵击贼，不利。廿七日，贼遂破清波门而入，约三千余人，纵火焚衙署，自清河坊以上绅民，尽遭屠戮。罗抚军自尽，署运使缪梓为广勇所戕，嘉湖道叶堃、仁和县李福谦死之。署杭府马昂霄投井未绝，为贼钩出砍死，子二人从死。嘉兴协副将奎龄，以监武闱在省，守清波门战死。十四日，以棉被裹尸，送回禾城。官军皆溃，有北走嘉兴者，有东走海宁直至澉浦者，惟镇浙将军瑞昌，率满营兵与所募锡箔作义勇，奋力格杀，自寅至辰，毙贼数百，贼退据吴山。三月初一、二日，大营张镇军玉良，提兵星夜来援，初三日酉刻，遂复省城。当贼之未至也，贼谍王道平，伪挟星卜术，久伏省城，为逻者所获，抚军讯无端绪，众怒乃斩之。杭人以抚军调度无方，提防不密，猝然寇至，破坚城如拉朽株，使百姓肝脑涂地，衔之入骨。至谓通贼，若非将军三日苦战，张镇星驰而至，西浙岂复为国家有哉？嗟乎！膺巨任，镇名城，高爵厚禄，俨然为朝廷倚重者，可以监矣。

李兵之扰

二月初,湖州告急,吾浙抚军罗檄调衢州,总兵李定太率兵勇千余驰援。十一日,至梅溪镇,营垒未成,即纵火焚民居,掳资物。贼侦知其不整,以数百人冲之,李兵大溃,退入湖城,大为民扰。乌程令廖禁之不止,扰益甚。湖民怒,格杀多人。二十日,北关告警,抚军又檄之赴杭州。廿七日,闻清波门陷,惊而北走。廿八日,突至嘉兴,驻西门外,存兵三百人耳,扰如故。嘉兴知府张、嘉兴知县彭、秀水知县颜诣其营,劝令回驻石门,为省城声援。李不听,且言省城已守,当口保嘉郡。明日,遂至助饷局,索饷二千金,或议许之半,彭邑侯不从。李遂纵兵大掠,自西关桥以西,毁民居殆尽,无物不掳。三月初四日,又夺民间避难船只衣箱,抢船水勇以火器击之,毙数人。城外坊团,皆起格斗,又杀数人。至初七、八日,李仍坐索饷局钱二千串,米五百石。时闻省城已克复,乃引兵去。嗟乎!李兵之当诛久矣。使其初至梅溪,坚营垒,严纪律,贼必不敢遽犯,又安能越梅溪而趋武康,间道以犯省城?然则北关之焚,清波之陷,使省城危如累卵,即谓李实致之岂等论哉?道路传闻,咸目李为通贼,言诚无稽,亦李自召之也。吾禾民风,素称柔懦,不得已而与之角,非至迫,岂好出此耶?明季黔兵之祸,马士英欲归罪金正希,窃恐事定后,议者不察,因据见闻之实者记此,以待明者之论定焉。

安徽巡抚翁同书为恭谢天恩,仰祈圣鉴事。窃臣近接家书,知臣子曾源于上年十一月二十九日由吏部带领引见,奉旨:记名以国子监学正学录用。钦此。伏念臣世业漂□,学惭天次,恐坠贻芬之绪,更无式谷之方。臣子曾源玉楮徒雕,金根未识,庶莘列谱,昔蒙九陛之酥恩;鷃柳征文,今备四门之末秩。环林衍秀,绂草增荣。臣有前以义方牖其愚鲁,读韩愈进学之解,庶廑精勤;慕何蕃归养之风,顾敦名教。所有微臣感激下愧云云。

窃秋涛材同樗栎，学陋虫鱼。蒙圣化之涵濡，稍知握管；幸弥恩之垂被，不废询荛。卷帙初成，敢冀龙蓼之照；缥缃载缮，惟虞扫叶之疏。乃芜函获进于尧廷，荷阖泽优须于舜陛。间回门以延后，绿签引而许观恩光；限八韵以赋诗，黄纸题而惊付丹鼓。嘉名肇锡，荣逾华衮之褒；温旨渥占，欣沐丝纶之宠。俟直除于粉署，邀拔擢于星廊。宪部升资，重鲲御鹏期之选；天章豫霈，增鹓行鹭序之辉。揣分难安，循躬莫报。既复载颁恩命，入直内廷，读东观未见之书，游西清中秘之府。幡恸付直，实稽占之荣施；豹尾随班，洵非常之旷典。际遭逢之多幸，倍感愧于极情。惟有勉策驽骀，勤慎行走，以期仰答圣主高厚鸿慈于万一。所有感激下忱云云。

何秋涛呈进书籍八十卷，赐名《朔方备乘》，补缺后以员外郎升补，并着懋勤殿行走，毋庸常川入直。

情关母子，弟及自出于人谋；计协臣民，子贤难违夫天意。乃凭幽祟，逞此强阳，瞰臣气血之衰，肆彼魔呵之厉。倘合帝心，诛既不诬管蔡；幸原臣死，事堪永谢朱均。

赵韩王疾，梦甚恶，使道流让上奉禳谢。道流请章旨，赵难言之，从枕跃起，索笔自草。云云。密封令勿发，向空焚之。火正爇函，而此章为大风所掣，吹堕朱雀门，为人所得，传送于时。竟不起。《枫窗小牍》

徐甜斋旅寄江湖，十年不归。尝作夜雨词曰："一声梧叶一声秋，一点芭蕉一点愁。三更归梦三更后，落灯花，棋未收，叹新丰孤馆人留。枕上十年事，江南万里忧，都到心头。"甜斋与贯酸斋同是斋名，世号"酸甜乐府"。

甪里堰陆永顺石灰，以收明转送北湖上祠堂内钱收启。

白香山《长恨歌》,元微之《连昌宫词》,韩昌黎《元和圣德诗》。

梅村诗集

《临江参军》杨廷麟参卢象升军事
《永和宫词》田贵妃薨逝
《洛阳行》福王被难
《后东皋草堂歌》瞿式耜
《鸳湖曲》吴昌时
《茸城行》提督马逢知
《萧史青门曲》宁德公主
《田家铁狮歌》国戚田弘遇
《松山哀》洪承畴
《殿上行》黄道周
《临淮老妓行》刘泽清故妓冬儿
《拙政园山茶》《赠辽左故人》陈之遴
《画兰曲》卞玉京妹卞敏
《银泉山》明郑贵妃
《吾谷行》孙畅戍辽左
《短歌行》王子彦
《南厢园叟》
《雁门尚书行》
《楚两生行》
《圆圆曲》
《思陵长公主挽词》
《松鼠》
《石公山》
《缥缈峰》

《王郎曲》
《直溪吏》
《临顿儿》
《芦洲》
《马草》
《捉船》
《赠袁韫玉》
《扬州感事》
《吊卫紫岫殉难》
《寄辽左故人》
《赠淮抚沈清远》
《杂感》
《赠陈定生》
《送永城吴令》
《送安庆朱司李》
《送李书云典试蜀中》
《送顾茜来典试粤东》
《送曹秋岳谪粤东》
《寄房师周芮公》
《宴孙孝若山楼》
《西泠闺咏》
《无题》
《投督府马公》
《长安杂咏》
《滇池饶吹》
《送曹秋岳官广东左辖》
《送林衡者归闽》
《送陇右道吴赞皇》

《送友人出牧》
《送杨犹龙按察山西》
《送朱遂初宪副固原》
《闻台州警》

孙果庭　禀一
吴宇成　禀一
王补帆　讣一
□魏卿　禀一
何香恬　信一
朱海师　禀一,又眼镜、冬豆
陆□□　邵信一
□□樵　银六两信一
□□　　禀一信一
张芸轩　禀一
宿迁县署信三

射不主皮,为力。
鄹人将知礼射也道。
鄹人之子知礼乎?
事君尽礼,人以为谄也。
金紫光禄大夫。
乐而不淫,哀而不伤。
管氏有三归,官事不摄,焉得俭?俭勤焉。
苏为利安好,邹谓恭焉得伞雨韶□。
子谓《韶》尽美矣,又尽善也。谓《武》尽美矣,未尽善也。
富,是人之所欲也。不以其道得之,不处也。
择不处仁,焉得知?

苟志于仁矣，无恶也。

耻恶衣。

造次必于是，颠沛。仁矣，恶乎成名？君子无终食之间违仁。

同治六年丁卯(1867)

正月初一日(2月5日)　晴

拜神毕，祖先前供莲子茶，率妇子行礼，又向南叩头，吾父在皖也。余自腊月十三日得病后，尚未复元，故不能往各处贺年。贺客来者三十五人。上灯后，祖先前供茗。

初二日(2月6日)　晴，暖甚，西南风，夜云

午后与澹香至厂肆，日暮始返，车钱一千四百。贺客来者二十九人。阅《篷窗集》。

初三日(2月7日)　阴

陕督杨岳斌奏称：三月初三日之变，该官兵聚众带枪炮，先至中营，协署副将罗宏裕、前营游击李玉安、城守营王金楷向前弹压，登时身受重伤。在署之知县卢树芝、游击石泽光、贡生陈鸣煌同时遇害。众兵随即直围督署，时道员吴炳崑，翰林院侍讲钟启峋同子候选同知钟祥熙及在署各员升屋，向该兵善言开导。华林山右营官兵亦由西门登城，从署后望海楼扑出，抢开大门，招呼各营官兵一拥而入，以致吴炳崑、钟启峋等或遭枪击，或遭刀砍矛刺，身各数十伤，同时毙命。江苏知府崔学敏、宁远知县杨堉亦被乱刀致毙。死者衣履悉被脱剥，血迹模糊，尸骸残缺。仅有吴炳崑、崔学敏、杨堉、卢树芝四员尚可辨认，钟启峋以下，无从分别。惟择骸骨齐全者，一体入棺，其余则捡拾残骨，藁葬高原云云。奉旨：钟启峋等均照所请，分别议恤。客来二十五人。

初四日(2月8日) 雪厚四寸余,至夜不止

采南来。李让卿昆弟一信,十一月朔所发。客来九人。

初五日(2月9日) 晴

客来二十二人。

初六日(2月10日) 晴,午后阴,天气尚暖

巳刻往各处贺年,归寓午饭,复出门,薄暮始返。与澹香赴莳栏之招。虎文、云溪、约夫、芷衡及馥生、复卿同座。昨夜大栅栏失火,延烧四十余家。客来十一人。

初七日(2月11日) 晨雪,未几而止,午后薄云漏日影

午饭后至小村处略坐,独游厂肆,得《居易录》《孟亭稿》《藤阴杂记》《彭春农赋稿》。薄暮以京蚨四百买车归。客来五人。

初八日(2月12日) 晨阴,云甚重,午后见日

至约夫处小坐,复游厂肆。薄暮,与小郇信步归寓,购得黄穀原山水小景。客来二十人。有月。二更风起,颇寒。

初九日(2月13日) 阴,冷风甚峭

午后与澹香至小村处,复约月舲亦虎文游火神庙,得《西域水道记》《随缘载笔》《廿一史四谱》三种,晚赴王一夔之招。楝塘主人以饮烧刀大醉,彻夜昏叫,寅初余始就睡。巷口遇陆光甫,不见已半年余矣。客来十三人。

初十日(2月14日) 霁色初分,浓云渐散,穿棂日淡,与积雪之光相融射,入春后第一佳日也

午后与安之访景孙,未值,同游火神庙,薄暮始归。客来五人。

十一日(2月15日) 晴

午后游火神庙,遇翁叔平师,得《历代纪事年表》。

十二日(2月16日) 晨,有雪数点耳即晴,午后阴,复雪,夜风

午后至景孙处谈,令阎玉持柬往城中各处贺年。

十三日(2月17日) 晴,冷,月色甚佳

午后与景孙、安之、孝遴游厂肆,得《望溪集》《西夏书事》两种。

夜在祖筵前供汤团。李恕皆来辞行。

十四日(2月18日)　晴

午后游厂肆,得《续资治通鉴》《御选唐诗》《姚石甫文集》《荆驼逸史》《画识》《骈体正宗》《周芸皋山水容斋小屏》,与小村同车归。路门邀看《多宝塔》初拓本。内子往平、张诸处贺年。

十五日(2月19日)　晴,月色皎洁

午刻,酉芗、酊仙招同饬庵、伯荪、晋卿、缉南、莳栏、馥生小集,傍晚归寓。景孙与安之踏月来访,烧烛而谈,稍具果核,小饮,漏尽始散。复令内子往翁、邵、夏四处贺年。

十六日(2月20日)　晴

至酊仙处谈,午刻同往天和馆应何子森之招。路门来访两次,未值。芝荪夫人来贺年。

十七日(2月21日)　晴

至路门处谈,路门复同至寓中。乔鹤侪奏:编修张锡嵘经曾国藩饬令统率淮军三营援陕,本月初六日在雨花寨与贼接仗,登时阵亡,追赠侍讲学士衔,照例赐恤。连夜看月,颇动乡思。闻李云溪大令初八日病故。

十八日(2月22日)　晴,冷,午后阴,夜见星斗

十九日(2月23日)　晴

祭祖毕,邀薛绥之、夏路门、张之腾、黄酊仙寓斋小集,陈六舟、周伯荪、平景孙、周虎文不来,署寿州牧颜晓帆海飏来。接父亲十一月廿八日谕函、三弟信、《紫竹山房诗》四册,悉慈驾于是月十二日由和州回皖城,鸿侄于廿五日回姚。路门为余购得《多宝塔》一本,精彩焕发,奕奕动人,可宝也。计银六两。绥之言熙挹云师孙世兄以疫殇,师以清德称,而竟至斩祀,可痛也。六年中今昔情形,迁变何极,慨叹久之。曾帅接两江印。

二十日(2月24日)　淡晴,甚寒

郑小山师以刑左内召暂至黄村,假余西偏院卸装,并云暂住一月。夜睡甚热,似挟风邪。子腾赠猫,自晨间逸去,至夜不归。己未同年团拜,余不能到。

二十一日(2 月 25 日) 晴,午后颇暖

刘云泉来谈。未刻,小山师到,不见六年矣。记自壬戌四月十三日晋谒后,余失恃回津,师亦外擢晋藩。重晤之下,丰采依然,反悲挹云师之不及侍谈也。复至珠朝街谒钱犀伯师,亦五年不见矣。回至慕杜师处谈良久。答颜晓帆不晤。访童子俊于福华禅林。夜有风,卧仍不安。

二十二日(2 月 26 日) 晴暖

从子腾处假得《玉堂谱》,编修共九十二人,余名正在八十。景孙来。余言近谑,殊非处友之道,记此当痛改吾过,切勿再蹈。奕䜣等奏酌议学习天文、算学章程并推广招考人员一折,称前因制造机器、火器,必须讲求天文、算学,议于同文馆内添设一馆,招取满汉举人,恩、拔、付、岁、优贡生,前项正途出身之五品以下京外各官,考试录取,延聘西人在馆教习等因,于十一月初五日具奏。再,查翰林院编修、检讨、庶吉士等官,学问素优,差使较简,若令学习此项天文、算学,程功必易。又进士出身之五品以下京外各官,与举人五项贡生,应请一并推广推考。并拟章程六条:一请专取正途人员,以资肄习;一请饬各员常川驻馆,以资讲习;一请按月考试,以稽勤惰;一请限年考试,以观成效;一请厚给薪水,以期专攻;一请优加奖叙,以资鼓励。唐义渠方伯来。名训方,交直督差遣委用。

二十三日(2 月 27 日) 晴暖

至景孙处谈。午后写折卷两开。

二十四日(2 月 28 日) 晴暖

写折卷三开半。申刻赴子腾之招,同席者薛绥之、王左泉、黄鼎三、黄植庭、刘景臣、陈桂生六同年。桂生言:“同文馆之设,当事者言耻不若人,独不思为机变之巧者无所用耻乎?”语虽浅而甚妙。

二十五日(3月1日)　晓起风雪交加,未几而止,午后阴寒

绥之招饮不能去,盖胃中尚有宿食也。写字三开,晚卧不安。

二十六日(3月2日)　晴,冷

写字两开又八行。与淡香至小村处谈。晤方勉甫。因胃中未清,吃粥。仆清祥符休致。

二十七日(3月3日)　晴

写字三开。夜仍吃粥。定儿命儿于初六日上学,尚未拜先生,择今日行礼。

二十八日(3月4日)　晴

壬戌同年在文昌馆团拜,派分二十千,惟万师来。巳刻拜客,唐方伯已于廿四日出都,并贺倭师母生日。午初到馆观剧,至寅初始归。御史阿凌阿奏劾曾相骄蹇,奉旨意存攻计,原折掷还。

二十九日(3月5日)　晴,夜有风

写字一开。接腊月初七日父亲皖城手谕,系由李宫保折差附赍,陈明今年皖南考试折便寄来。有三弟一信,铁江信、余吉舫信各一缄。并附艮师信。送鸿基回姚。长律又示鸿孙八条,谕云:西军好为大言,今重任在肩,挥金如土,不顾国计民生,务张虚声,所费新帜至万金,万余兵报四万,人间之耳目可欺耶?恐为楚事之续耳。周虎文来,以蒋子真归柩事相商,余助十二金,然近日甚窘,实不能付清也。琴西托投户部公文转交蕙舫。莳栏来。

二月初一日(3月6日)　晴,风甚暖

写字三开半。邀何俊卿及云溪、约夫、小邨寓斋小集,陪淡香也。莳栏、子美不来。张春陔侍御有言时事一疏,奉旨无庸议。

初二日(3月7日)

写字三开又十行。陈东屏同年母丧。

初三日(3月8日)　晴

写字四开又两行,由勉如赞善处接沈寅甫十二月二十日沪上信。

与淡香至小郇处谈。是晚又写字一开，自觉目光不继，足征傍晚看书最易损目，况握管乎？小村云同文馆报名者已十三人，翰林居其三焉。

初四日(3月9日)　晴

写字一开。发家禀及三弟四纸，托折弁带回。至雨人处与吴久云略谈。同小郇至蕙舫叔处，知京察未记名，并同复卿至宴宾小酌。又在莳栏处茗谈，二更归寓。上谕：夏同善奏礼贵因时请缓行幸一折，据称因道路传闻，将幸惇亲王府，并闻传集梨园各部，请即行停止等语，实深诧异。前曾传旨，于本月初五日朕奉两宫皇太后虔诣惇亲王府神殿前行礼，所以循旧章而展懿亲，断无传集梨园之理。且此事惇亲王亦并未陈奏，谅亦未敢预备。朕念典方殷，日存寅畏，何至以耳目嗜好为天下先？如惇亲王果有传集梨园之事，着即撤去。所有初五日诣府行礼之处，仍照例预备。夜，风声颇大，小山师以橙子、南枣、银鱼、虾米相馈。

初五日(3月10日)　晴，风仍未止，午后稍息

写字三开半。周伯孙来。叶帆年丈服满。皇上办事用膳召见后，出内右门、景运门、东华门、东安门，至惇亲王府第，诣神殿前行礼。用晚膳毕，仍由旧路还宫，辰正预备。辽重熙四年，以奚六部太尉耶律罕瑠为北面林牙。罕瑠性不苟合，为枢密使萧谐哩所忌。辽主欲召用，谐哩言其目疾不能视，遂止。至是召见，谓曰："朕欲早用卿，闻有疾，故待之至今。"罕瑠对曰："臣昔目疾才数月耳，然亦不止于昏。第臣驽拙，不能事权贵，是以不获早睹天颜。非陛下圣察，则愚臣岂有今日耶！"此与卓华阳以不通关节中伤吾父情事相类，故录之。

初六日(3月11日)　晴

写字三开半。夜至景孙处谈。温明叔升副宪。

初七日(3月12日)　晴

写字三开。

初八日(3月13日) 晴

写字一开。前父亲谕来,命送庆鱼杉年丈勋葬费二十金,李太世叔宗晟菲敬十二金。余适窘乏,乃将丁孺人所遗金手镯一只,托蒋约夫换银共金二两三钱九分,得市平银三十六两八钱,如前数,各缄致艮峰师相转交,并答客之来者,傍晚始归。夜饭毕,月色颇好,至雨辰处谈。公请翁叔平师之局中止,师以退食甚晚相谢也。

初九日(3月14日) 晴

写字三开。阮孝遴来。钱孺人三十四岁生辰设祭,荤素各五品。复沈寅甫信,仍托勉如寄沪。夜间踏月访子腾,悉范小岩同年德馨病殁。

初十日(3月15日) 淡晴

写字两开零九行。

十一日(3月16日) 淡晴,风

写字三开。闻蕙舫有病,与淡香往访。自去年今日叩别吾父,忽忽一年矣。定省久疏,时成梦想。送我至舟中者,吉舫、叔俯、铁江、杏孙、信余、由笙、斯臧及镇夫、仲林,羁宦长安,未知何月重与叔俯、信余得如皖城幕府中谈笑乐事,索居之感,不禁怦然。

十二日(3月17日) 晴,风稍微

写字一开。与刘景臣、李勺山、韦煦斋、黄仲鸾公请钱犀盦师于谢公祠,四下钟始散步归寓中,计派分二十一千二百文。是日仲鸾因事不能到,郑小山师枉答。是日换珍珠毛褂。皇上出花苑门、神武门,由柳树井出地安门至恭亲王府第,诣神殿前行礼,用晚膳毕,仍由旧路还宫。

十三日(3月18日) 晴,午前阴有风,申刻始见日

写字三开零四行。令楝塘君谒郑师母。

十四日(3月19日) 晴

写字一开。莳栏来。云溪来。与云溪访约夫,领得父亲春夏季俸银二十一两三钱本二十三两,内短平,余春夏季俸银二十两七钱六分本二十二两五钱,内有扣。作试帖一首,“一水尽头僧钓月”得“僧”字。

十五日(3月20日) 晴

写字三开。未刻月蚀。倭师与翁师、徐荫轩有言事一疏,俱蒙召见。闻同文馆之举已止。景孙来。发家信,致大哥一,附七政书;乙巢舅一,附参丁一斤;让卿兄弟一,附一擎执照及墓碑字,托赵东轩带至同源转交。刘仲良升山右布政,胡莲舫署。李梅生升江苏按察。崔清如补御史。

十六日(3月21日) 晴

写字两开半。至翁宅拜寿。食面后访子腾。闻张春陔侍御将归,往视之。送赵东轩行。

十七日(3月22日) 晴,大风

写字三开零四行。章采南庶子来,作诗二首,“嵇琴阮啸”得“嵇”字。夜睡不安,五更梦见吾母,大哭而醒,始若不知母之亡也。但觉母神虽未足,而体色较腴,以是白母,母不答,乃恍然母已亡,痛极狂叫,泪痕被面,至起时枕席犹湿也。

十八日(3月23日) 晴,风更狂,午前天作黄色,至夜未已

写字一开零七行。天暗不能多作,作大哥信一,并绒花、绒球等,托茅带姚。作诗一首,“卢前王后”得“卢”字。

十九日(3月24日) 晴,寒

写字两开零两行。接王燮庭粤东信。钟雨辰来。作诗二首,“山深四月始闻莺”,“深”字。是日作字,觉两眼花,甚疑由过子始睡之故。王子厚升阁学。子腾以腌菜饷余。

二十日(3月25日) 阴

写字两开。夏路门来,复招李若农、张湘涛、陆光甫、许□□在广和居小饮,漏尽始归。

二十一日(3月26日) 晴

翁复卿来。与子森访吴宇成,寻张竹楼不值。写字两开。至景孙处谈。倪叶帆年丈函来借数十金,余不能应,拟将父亲春夏俸银送去，而各处帮分又未能付，奈何？亥正即睡，以数日来失眠也。一夔招饮燕喜堂，未赴。

二十二日(3月27日) 晴

招周虎文为楝塘君诊脉。写字两开。张子腾来。至汪慕师处谈。师言近日外间有一联云："夷鬼逞雄心，逼小朝廷开同文馆；军机无远略，诱佳子弟拜异地师。"又有一联云："和而不同，然则有同焉，同归于治；过也必文，可以为文矣，文定厥祥。"

二十三日(3月28日) 晴

写字两开半。慕师取《诗韵》二册。景孙以卤爪贻余。致范小岩奠，分二金，托绥之代父亲送。祁文端奠，敬八金，倪叶翁帮分十二金。吟诗未就，约夫、云溪来，即同淡香、小村至干源小酌。闻何子英染时邪作古，子女共死五人，余遣人往探之，则苓塘之子亦于今夜化去，可惨可危。午后阴，至晚更重，颇有雨意，夜乃大风。

二十四日(3月29日) 晴，风大甚燥

疫气流行，望雨甚切，又被风吹去，可忧之至。都下目张竹楼观察所言有验，远近喧传。余与莳栏往访之，则所言皆模糊，乃知所见不如所闻。何子森招至东兴午酌。谒叶帆年丈，问蕙叔病。谒叔师，忧国之心形诸词色，又言颇有人说足下愿入同文馆者。艮相曾以问余曰："朱某何如人，乃以此相诬耶？我可断其无是心也。"知己之言，感切于心。余因往谒艮师，师言亦如叔师，又说人言朱某不愿，我必要送他人入馆，岂非大谬！都中士大夫人心叵测，中伤善类乃至于此，鉴此益当自勉。昨诗才成两联，灯下补足之，"爱竹不除当路笋"得"除"字。

二十五日(3月30日) 晴，午阴，有风

写字两开零四行。访绥之。接正月廿六日第二号家谕云，我新春以来，丝棉不能常穿，貂褂亦不能着。许教官诊脉云，两尺甚好，肝脉尚洪，试以凉血之味，未见脱然。我因身子尚健，胃口亦好，听其自然，惟日煮海参淡菜粥与莲子燕窝汤，夜间嚼桂圆肉，午饭间日用小蹄以润其肠,如是而已。所短者吉林参,参以中理结实照去不空者为佳,其价亦平,大约一两不过七八金,须托倭相转觅,买寄三两至署,以便陆续备用。近为孙等补点《四书》诸解,令由笙、吉舫抄之。树孙已作中比六韵,诗意亦清,再用一年,当有功效可见。

附录师相奏疏:

奴才倭仁跪奏:为同文馆延聘夷人教习天文算学,恐滋隐患,恭折奏陈,仰祈圣鉴事。昨见御史张盛藻奏天文算学无庸招集正途一折,奉上谕:朝廷设同文馆,取用正途学习,原以天文算学为儒者所当知,不得目为机巧,于读书学道无所偏废等因,钦此。数为六艺之一,诚如圣谕为儒者所当知,非歧途可比。惟以奴才所见,天文算学为益甚微,而西人教习正途,所损甚大,有不可不深思而虑及之者,请为我皇上陈之。窃闻立国之道,尚礼义不尚权谋,根本之图,在人心不在技艺。今求之一艺之末,而又奉夷人为师。无论夷性诡谲,未必传其精巧,即使教者诚教,学者诚学,所成就者不过术数之士,古今来未闻有专恃术数而能起衰振弱者也。天下之大,不患无才。如以天文算学必须讲习,博采旁求,必有精其术者,何必夷人,何必师事夷人?且夷人吾仇也。咸丰十年,称兵犯顺,凭陵我畿甸,震惊我宗社,焚毁吾园囿,戕害我臣民,此我朝二百年未有之辱。学士大夫无不痛心疾首,饮恨至今,朝廷亦不得已而与之和耳,能一日忘此仇耻哉?议和以来,耶稣之教盛行,无识愚民,半为煽惑。所恃读书之士,讲明义理,或可维持人心。今复举聪明隽秀,国家所培养而储以有用者,变而从夷,正气为之不伸,邪氛目而弥炽。数年以后,不尽驱中国之众咸归于夷不止。伏读圣祖仁皇帝御制文集,谕大学士、九卿、科道云:“西洋各国,千百年后,中国必受其累。”仰见圣虑深远,虽用其法,实恶其人。今天下已受其害矣,复扬其波而张其焰耶？闻夷人传教，常以读书人不肯习教为恨。今令正途从学，恐所习未必能精，而心志已为所移，此举适堕其术中耳。伏望宸衷独断，立罢前议，以维大局而弥隐患，天下幸甚。奴才管见所及，冒昧渎陈，伏祈皇太后、皇上圣鉴。谨奏。

二十六日(3月31日)　阴，有风

写字两开。孙子畴来。午后景孙来谈。郑宅一仆病亡。丁宝桢授山左巡抚，潘鼎新补方伯，恭王由陵上回京。托师相觅吉林参，并去《诗韵》两册，以日昨索及也。

二十七日(4月1日)　晴，午后有微雨，未能湿衣，夜风雪交作

写字两开。写家禀四纸，并三弟二纸，琴西一纸，又附耳封，仍托英西林折弁带回。廿九日走。

二十八日(4月2日)　晓起，则雪积盈寸，云阴四垂，春寒殊峭

写字两开半。张粤卿授云贵总督，郭柏荫调粤西巡抚。

二十九日(4月3日)　晴。寒犹未减

写字三开零两行。鲍寅初来。周虎文来，留晚饭，虎文醉矣。

三十日(4月4日)　阴晴参半

写字两开半。公送佩蘅师酒，派分二十千交雨辰。游厂肆归，天有雨意。买近光眼镜一，计十三千文。绥之来，未值。

三月初一日(4月5日)　清明。阴，午后有微雨

祭祖以下荤素各五器。写字两开零四行。庭中杏花盛放，招云溪、约夫寓斋小饮。作诗一首，“芳草亦未歇”得“芳”字。

初二日(4月6日)　阴晴参半，天寒殊甚

写字两开零十行。俞晓庐来。作诗一首，“赏应歌杕杜”得“歌”字。闻何苓塘病故。

初三日(4月7日)　晴

邵小村来。菊潭年丈于廿六日病故。写字两开。至景孙处谈。

初四日(4月8日) 晴

巳栏来。写字两开半。作诗一首,“想得新茶如泼乳”得“茶”字。胡京兆升宗丞。文百川至弘德殿与师相说话。

初五日(4月9日) 晴,天气骤暖

写字两开。至路门、莳栏处,晚与雨辰谈。

初六日(4月10日) 晴暖

写字两开。吃黄花鱼。至景孙处谈。

初七日(4月11日) 晴

写字两开。

初八日(4月12日) 晴

写字两开。成诗一首,“池塘水满蛙成市”得“蛙”字。访梅来,留吃黄鱼面。师相上第二疏。

初九日(4月13日) 晴

巳栏来。写字两开。成诗一首,“万古斯文齐岣嵝”得“齐”字。

初十日(4月14日) 晴

写字一开。小山师徙往铁厂。贺王左泉之郎续姻,并答袁小午、孙子畴、姚访梅。晚赴月舲之招。景臣来,未值。

十一日(4月15日) 晴

写字三开。酉芗来。吃黄鱼面。虎文为楝塘诊脉,留夜饮。

十二日(4月16日) 晴

写字四开。郑小山师来。与淡香访小村不值。恭王销假。

十三日(4月17日) 晨起微雨,午后阴,至晚雨点颇紧

写字两开半。

十四日(4月18日) 大风,晴

写字两开。子腾来。成诗一首,“晨露每看花蕊坼”得“花”字。

十五日(4月19日) 晴,风

写字两开半。云溪来。成诗一首,“夕阳频见树阴移”得“移”字。虎文来。

十六日(4月20日) 晴,风

写字四开。成诗一首,“饬书剧嗜炙”得“书”字。

十七日(4月21日) 阴,有风

写字两开零九行。虎文来。汪小霞寿分六千。

十八日(4月22日) 晴

写字两开。问蕙舫病。绥之、颂阁、景孙相继来访,留景孙、绥之夜饭。

十九日(4月23日) 晴

写字两开。虎文为楝塘诊脉,留夜饭。星槎、筠溪、约夫、小郇来。成诗一首,“野绿全经朝雨洗”得“朝”字。

二十日(4月24日) 晴

写字两开。雨辰来,为楝塘诊脉。

二十一日(4月25日) 晴,日有红色

写字两开,贺郑小山、钱犀盦两师徙宅之喜。问蕙舫病。答刘景臣、邓老六、倪承觅、董敬甫、黄漱栏。贺修伯升任鸿少。篝灯作文一篇,“退而省其私,亦足以发”。奉旨,倭仁着任总理各国事务衙门行走。

二十二日(4月26日) 晴,午后有大风,黄沙蔽天

是日宁寿宫演剧。写字两开又两开。贺幼甫来。淡香接家信,而余独无。子腾夫人以车来迎楝塘,午去酉归。倭师相具疏辞总理衙门行走之命,军机口传,无庸固辞。

二十三日(4月27日) 晴。午后,黄霾四塞而无风,至夜未已

写字两开半。童子俊来谈。午后,贺汪师徙宅铁厂,并谒艮峰师,具言明日复拟疏辞。至子腾处谈,适绥之在座,余极言夏路门编选保送清秘堂之说,言语过多,未免近纵,此后切宜自戒。蕙舫病势稍轻。

二十四日(4月28日) 晴

写字两开。午后复至绥之处谈,适子腾亦来。约夫来,未晤。成诗一首,"城外山光如屋里"得"山"字。师相得温旨,仍在总理衙门行走,未知何以为辞也。闻枢廷有倭仁折底并非伊自己所作等语,以之入告云。

二十五日(4月29日) 晴

写字三开。入城吊张菊潭年丈之丧。答廖縠士、贾琴岩。至余心图处借银一百两,并订明以貂褂及乌云豹袍子为质,此二物亦心图所代购者也。成诗一首,"水郭村桥晚景澄"得"澄"字。沈鹭卿擢兖州知府。倭师请召见,恭王带领,太后语未毕,恭王即趋,倭师谢恩而出。

二十六日(4月30日) 晴,午后阴

写字三开。闻蕙舫病势颇重。漱栏来,路门来,并携余数诗去。云溪来借衣服一套。成诗一首,"樱花烂熟滴阶红"。昨日出门,汗出过多,夜间吟诗至子始睡,觉眼光无力。艮师谢总理衙门行走恩。景孙来。

二十七日(5月1日) 阴,午后有微雨,天气甚佳

闻蕙舫于昨日戌刻病故,写字一开,与淡香至翁宅往吊。至绥之处谈,子腾亦来。成诗一首,"海日朝帆远"得"帆"字。

二十八日(5月2日) 阴

写折四开。至蕙舫宅送敛。江右宋君来。蔡乂臣、孙驾航均外擢。

二十九日(5月3日) 晴

写折四开。成诗一首,"别树鸟同声"得"声"字。縠士来谈。与淡香访小村,未值。

四月初一日(5月4日) 晴

写折诗八首。午后至署轮,今日接见也,至则知中堂不来。答童子俊、宋和墅,慕师处久坐始散。晤景孙,始知艮师昨在天坛坠马,体中不适,已请清秘堂中诸友代递请假折矣。令棟塘往唁蕙舫夫人。丁濂甫请开仆少缺。成诗一首,"江面山楼月照时"得"江"字。董竹坡殁。

初二日(5 月 5 日)　晴

晨起,往问师病,知天坛之说特借此以为立身之计,非真有损伤也,余因亦不复请见。午后写字四开。成诗一首,“菱叶荷花静如拭”得“如”字。

初三日(5 月 6 日)　雨,午后更畅

写诗七首,成诗三首,“寸截金为句”得“金”字,“萍开水出鱼”得“开”字,“字外出力中藏棱”得“棱”字。

初四日(5 月 7 日)　阴

倭师有信致父亲。写字两开。子腾来谈,复同车至景孙处。云溪、约夫来,留夜饮,以小村促之而去。成诗一首,“一螺点漆便有余”得“螺”字。周芝台于今日戌刻病故。

初五日(5 月 8 日)　晴,尚有寒意

写字三开。着郭升往宝录馆看小寓。

初六日(5 月 9 日)　晴

至子腾处,成文二篇,诗一首:“择不处仁,焉得知”,“君子以教思无穷,容保民无疆”,“风不来时也自凉”得“凉”字。同来作者,陈桂生也,晚座有董樵孙,漏九下始归。童师来,未值。官相到京。

初七日(5 月 10 日)　晴

写字一开。吊徐莼楼夫人之丧,并答翁、童两师。至刘薛平及桂轩处小坐。送墨合与汪师,求代为收拾也。晚间莳栏来谈,漏尽始去。余倦欲寐矣。

初八日(5 月 11 日)　晴,有风

写字三开半。少虞到京过访。读颜雪庐诗。晚饭后至路门处谈,香涛、若农两前辈均在座。接伯声去年五月中信,少虞带来。

初九日(5 月 12 日)　晴

招刘景臣来寓作课,“赤也,束带”两句,“枝亚果新肥”得“肥”字。与景臣往视子腾。晚至少虞、小云处谈。就枕过迟,不能熟睡。

初十日(5月13日) 晴

陈六舟来。从李葆斋前辈处寄到正月十五日父亲谕函并三弟一纸,又父亲致试牍十部、椒翁一书。

附录艮师致父亲书:

仁兄同年座右:

前读手书,备悉种切。近来时事,非日朝局一变,弟因同文馆一事触怒当道,致有总理衙门行走之命。三辞未允,并欲撤去授读差事,令专理夷务。当道诸公坚持己见,不恤人言,大肆排挤,借以钳制众口。时势如此,尚可为乎?自处之道,惟有引退一着,庶可保全。若隐忍不去,既无补于国事,只自败其生平,甚无谓也。饿死事小,失节事大,古人教我矣。现已请假,为抽身计,必得请而后已,祸福听之而已。侍学数年,一旦舍去,诚觉恝然,然势逼处此,无可如何也。啸庵一味附和,鲍军门引疾,朝廷措置失宜,啸翁实主之。不意此公愦愦如此,岂气运使然耶?京师旱甚,沴气盛行,三月内弟处伤四小口,病者今愈矣。委觅东参,只有数钱,价甚昂,俟吉林有乡试来者,当易得。邓六世兄来人,尚谨一饬,不知所学如何?此布,顺请韬安。年愚弟名□叩。清和三日。

写字一开。贺万师娶媳,送白金二两。家禀一件并倭师信托宋和墅璜带去。和墅将于十五出都。拜李葆斋、罗椒生、陈六舟,均未晤。

十一日(5月14日) 晴,午后有风而阴

六舟以试帖八首来。写字三开半。从高逸仙处来沈寅甫信一封,三月初四日发,二月初八日写。官中堂于十二日到署,余不能去。

十二日(5月15日) 晴

倭师续假十日。写字三开。

十三日(5月16日) 晴

写字一开。访景孙,知以病不能赴试。

十四日(5月17日) 晴,甚热

写字半开。未刻进城,寓宝录馆之总裁房,复写字两开。酉芗以漱栏寓内阁室甚暗,乃招与同寓。入夜就枕,双目炯炯无倦意,三点钟后欲入睡乡,而漱栏已醒,主仆语多,余又不能安卧,殊觉苦极。

十五日(5月18日) 晴

黎明吃饭,六下钟领卷至保和殿,七下钟有题,余即握管,至七下钟始缴卷。是日与考者共二百三十四人,余出时为一百零第七人,加鞭出城,已上灯后矣。文题“不患无信”四句,经《诗》“羔羊之皮”一节,诗题“卷幔山泉入镜中”得“中”字。余记得诗题系《九成宫》,而质之同人无可印证,乃不敢复用,返寓后检之,知余实不错,而惑于人言竟至于此,或者得差有命乎? 中心辗转,不能无悔。又余平日作字,字体虽小,而落笔当润。今日因首行题字过小,不敢变体,每行均缩小,致通卷不能动目。此二者均可觇吾今年运气未能大顺,槌床自悔亦已晚矣。奈何勉如前辈,以手战不能终卷。景孙以病不入试。

十六日(5月19日) 晴

蕙舫三七往吊之,并贺慕师生日,祝敬四两。至子腾处谈。阅卷者为朱桐翁、宝佩翁、单地山、徐寿蘅、郑小翁、贺云甫、毛旭初、全小汀。

十七日(5月20日) 晴,热甚

至翁宅陪吊竟日。未刻,陪汪啸盦成主。薄暮,始与小村、安之同车而归。

十八日(5月21日) 晴热,午后大风,有微雨

与安之合车至翁宅送殡到广谊园,午正归寓。饭后至万藕师、钱馨师处,又至倭师处问病,并会各客。又至余心图、平镜孙处小坐。从刘通典假号接琴西金陵三月十八日信,知池府试棚曾有三月十三之信,则父亲早按试矣。琴西办捐之六十金,仍托刘君汇归。

十九日(5月22日) 晴,午后阴,有风

致洪琴西信并附家禀一纸,内有倭师信稿,托刘通典假号寄。午后,访周恂伯及云溪病。雨意颇浓,为风卷去。余以三百钱买车而归。莳栏来。

二十日(5月23日) 晴,大风

午后答杨协甫庶常,谒郑小山师、宝佩蘅师,并答楼玉圃、徐颂阁。尘沙卷地,眯不见人,身上似有寒意。晚至子腾处小坐,并贺刘云泉续姻。蒋约夫、子腾、绥之、卢艺圃师过访,均未值。黄孝侯仍直南书房。少虞来。

二十一日(5月24日) 晴,风止

晨间谒翁、卢两师,未晤,并答西芗兄弟、竹堂、绥之、寅初、伯华、恂伯、芝孙及赵又铭前辈。是日午后有风。

二十二日(5月25日) 晴,午后阴

钟雨辰来,沈北山亦来。倭师再续假二十日。

二十三日(5月26日) 阴,傍晚天作黄色

黎明与淡香合车进城,巳初引见于乾清宫,缘养心殿尚待修葺也。昨日自子腾止,今日自颂阁起,每七人为一班。余在第五班第四,前则王少雯、孙梧冈、陈六舟,后则曹霞屏、冯仲山、段莲舫也。事毕归寓,胡云溪、董敬夫来。身上极有拘束之意,疑系二十日进城受风尚未发出,不敢吃饭,即就枕,发烧通夜,口舌均干,胸间亦微有闷意。是日,皇上在大高殿祈雨。

二十四日(5月27日) 晴

身热未退,但于傍晚吃粥一碗余。

二十五日(5月28日) 晴

吃饭汤一碗。

二十六日(5月29日) 晴

平景孙来。吃饭汤一碗。遣郭升往通州领父亲春季俸米。

二十七日(5 月 30 日)　晴

热退尽,始吃一小碗米饭。蕙舫遗腹子生。为景孙写扇四把。

二十八日(5 月 31 日)　晴,午后阴

蒋约夫来。

二十九日(6 月 1 日)　晴,傍晚有雨

郭升自通州载米来到,共得十六石。

五月初一日(6 月 2 日)　晴

贾琴岩来。午后,云溪偕月舲来,留饮。莳栏招同恂伯、衡甫寓斋小集,十一下钟始归。廖西崖奉典试贵州之命,副之者于建章也。

初二日(6 月 3 日)　晴

写屏扇各件。来兴平仓俸票两纸,粳米四石四斗二升五合,麦八斗八升五合,每石搭放粟米三成,换与米铺,合钱一百十六千。每米一石合廿三千,麦则合十六千也。绥之补山东道。安之来。

初三日(6 月 4 日)　晴

往翁、郑、汪、钱、万及童、卢两师处贺节。贺西崖典试之喜,并答少虞、六舟、植庭、子菁、敬夫、路门。午后进城,往倭师处,又至宝师处,并答图太守及贾琴岩。是日午前颇有雨意,忽起大风而止。

初四日(6 月 5 日)　颇有雨意,复被风吹而散

莳栏来,以蕙舫讣函托寄皖城。接李让卿四月十五日信,从薇师处寄来。午后访雨辰,谈久,复往视景孙病,傍晚始归。

初五日(6 月 6 日)　晨起甚寒,风声未息

祭祖父、祖母、吾母,□以丁、钱两妇及姚氏弟妇,陪荤素各五器。雨辰招午饮,同座者:陆云孙、朱少虞、鲍寅初、吴久云。复邀少虞及周恂伯寓中过节,虎文不来。是日风甚大,至夜始息。

初六日(6 月 7 日)　晴,风如昨

马春圃来。接王蔆川信,托寄家报并汇银京平八十两。

初七日(6月8日) 晴,风如昨

圣驾至大高殿求雨。云溪由同丰搬至寓西南房。陈翔翰过访,以陈寄舫所绘补读图来。刘景臣招饮福兴居,到者张子腾、王介卿、汪少霞也。夜甚热。

初八日(6月9日) 晴热,风稍止

答沈北山。问景孙病。与余心图谈。贾琴岩来,知珊士病甚危。是夜犬生四子。始铺席。

初九日(6月10日) 晴,热甚

骆籲门以川督协办大学士。

初十日(6月11日) 晴,日色稍淡,而闷热如昨

未刻,天作金黄色。李葆斋前辈来,未值。至莲花寺访少虞。关晓川培钧来谈。未申之间,天色尽晦,有雷声,雨数点而已。与澹香、云溪坐谈,对面不辨颜色,仆辈误谓天色已晚,卷帘上灯,群相骇,以为从来未有之事。交五下钟后天色始明,姑记于此以俟验。薛绥之招饮如松馆,同座者为简南坪、王介卿、温味秋、刘景臣、谌信卿、黄植庭、黄鼎珊、张子腾也。夜间有雷声而雨不甚畅,有冰雹。

十一日(6月12日) 晴爽

何衡甫来。申刻至铁厂吊郑师母之丧。与绥之至汪师处小坐,并访景孙。

十二日(6月13日) 晴,日色稍淡

黄植庭来。福建典试者为王莲西理少维珍、鄂菊潭学士芳,粤东为铭鼎臣安、马雨农学士恩溥,粤西为钱湘吟学士宝廉、王省斋侍御师曾。莳栏来,未晤。倭师请开缺,奉旨赏假一月。景孙嘱代问六舟向万藕师索续假折稿。钟雨辰生日。

十三日(6月14日) 晴,午后热闷。傍晚雷电交作,云头甚厚而无雨

与云溪访马德风术士。约甫就余寓置酒,招虎文、小郇等及淡香、云溪小饮。约夫即下榻斋中。

十四日(6月15日)　晴阴参半,天气仍觉闷热

访毂士及子腾,知崇朴山有疏,极言开同文馆非是。得临清牧张云骞四月廿□日之讣。是日午后雨意甚浓,入夜雷声甚急而骤雨即止,殊为纳闷。

十五日(6月16日)　阴,热闷如昨

徐莩楼来。闻景孙外擢江西督粮道。淡香患霍乱吐泻,腹痛甚,亟服雨辰药乃定。郭纪之子今日以喉症殇。

十六日(6月17日)　晴,热甚

安之、孝遴来,留午饭。孝遴以他事去,而虎文来访,遂偕两君访景孙。钟六英有元旱日久请饬廷臣直言极谏以资修省一折。两儿不上学,以淡香病新愈也。

十七日(6月18日)　阴

皇上在大高殿求雨。为景孙写谢恩折。张子腾来谈,极言交道之难,与余心甚合。午后得雨甚畅,入夜始息。星斋来。

十八日(6月19日)　淡晴,甚凉

进城答陈翔翰。贺马雨农典试之喜。至铁厂公祭郑师母,与祭者六十四人。午后景孙以事招余。马世叔佩瑾招饮余庆堂,同座者鲍寅初、钟雨辰、陈竹堂、楼广侯、朱少虞也。写白折一开。

十九日(6月20日)　晴,午后阴,有微雨

写屏扇各件。何寿山擢甘凉道。黄植庭招同薛绥之、王左泉、张子腾、刘芸泉、杜雅堂、刘景臣寓斋小集。采南前辈来,未值。

二十日(6月21日)　晴,有风

谢马世叔招饮。答张葆山、章采南、宋勋钺。郑宅开吊,余复以京平银二两往。临《灵飞经》,写字一开。周虎文来,采南前辈复直上斋。是日考同文馆。

二十一日(6月22日)　晴。夏至。尚御袷衣

申刻始交四下钟,余方看《小学》"刘忠定公见温公"一段,忽觉窗槛屋栋拉杂有声,视窗前丁香树,则叶定不动。讶为榱折之象,急往户外,则楝塘方假寐,亦同时惊醒。阿送及仆媪辈亦皆趋出,始知为地震也。夫地震,变象也,而又在于夏至一阴初生之始,不知何祥,故记于此,以志灾异。写白折开半。阅邸报,知捻匪由襄城、兰陵、考城扰郓城、寿张,分扰泰安等处,直逼省垣。奉旨:将曾、李、丁各抚分别议处。

二十二日(6月23日) 阴,巳刻有雨点

周恂伯将于廿四日出都,来辞行。壬戌同年会于扬州会馆,路祭郑师母,事毕后不能赴报国寺,即送恂伯行。四川主考为孙莱山学士毓汶、李若农编修,湖南则为王仲莲庆祺、毕东屏保厘两编修也。入夜雨点颇紧,四更梦回时,犹觉淅沥有声。连日因雨作寒,夜须棉被,昼须袷衣。余体热,初眠时每觉躁甚,半夜微醒,始能覆被也。写白折开半。景孙以肉鸡饷余,转送子腾。

二十三日(6月24日) 晨起雨点未止,午后云色稍开,傍晚微露日影,天气亦渐有暖意

作大哥信,托恂伯带归。写白折两开。与澹香、云溪再送恂伯、小村,留吃羊肉饺,余遂不去。上谕:兵部候补员外郎王家璧着以四五品京堂候补。

二十四日(6月25日) 晨起有雨,午后阴,晚晴

写折卷一开。是日城中地震。

二十五日(6月26日) 晴。申刻,有云无雨(数点),微闻雷声,虹起而止

冯久青自家中来。接大哥四月廿三、五月朔日信,并乙巢母舅四月初六日诸琴堂、李让卿各信,知二月初十后托陶令家人张福一函并梁洲去,尚未收到。久青又带到醉方一坛、火腿两尾、喉药一包、《考异》四册、春茶三瓶、雨茶一瓶、篦刷一包。知仲林于上巳日赴皖,十八日由皖赴池。父亲于廿二日由池赴徽,树基因斯减丁忧,同于三月廿二日到家。四月初三日,父亲有谕函致兄云,廿六日起马,由徽赴宁云云。留久青兄午饭,适约夫来,邀之同坐。今日剃头。写折字一开。虎文来为约夫(胗)[诊]脉。让卿于二月初四日得一子,可喜也。方子颖擢温处道,复作信一函,托恂伯带来。

二十六日(6月27日)　晴。午后颇有闷意,有疾风卷云而过,斜阳一角又挂林梢矣

写折字两开。黄卣芗来。黄孝侯开司业,徐荫轩升学士,宝珣、广寿升阁学,常恩升学士。夜静,有微雨一阵。杨协甫喜,分四吊。

二十七日(6月28日)　晴

写折字开半。佛尔国春奏湖北省馈送官职名单,交绵森。谭廷襄明白回奏,有旨申饬督抚及各路统兵大臣并部堂司各官及言事诸臣。蕙舫之遗腹男弥月矣,送桃面。子腾以萵苣笋、杏子面饼遗余。

二十八日(6月29日)　晴热

写折字一开。刘芸泉招饮福兴居,同座者为薛绥之、黄鼎珊、徐颂阁、李勺□、李次瑶、黄植庭诸同年。颂阁令伶人侑饮,余径辞归,至子腾、景孙处谈。蒋约夫来,留夜饭,即宿斋中。

二十九日(6月30日)　晴

写折字两开。景孙以《胡文忠集》赠余。候选直隶州知州杨廷勋应诏陈言,奉上谕:推原其故,总由倭仁自派总理各国事务衙门行走后,种种推托所致。此折如系倭仁授意,殊失大臣之体,其心固不可问;即未与闻,而党援门户之风从此开。该大学士着于假满后,即到总理之任,会同该管王大臣等和衷商酌,共济时艰。

三十日(7月1日)　晴

晨起往访少虞,则桂卿、久云皆在座,良久始归。子腾率其郎来。写折字一开。翁复卿来。雨辰来,未值。

六月初一日(7月2日)　晴

张葆山、邵小邨、朱少虞来。写折字开半。

初二日(7月3日)　晴

晨起往谒艮师。师曰:“人言纷纷,本所不恤,惟以我一人而致坏大局,是可忧也。"以《答汪啸庵稿》相示。余随至縠士处谈。借得《算经十书》归。縠士言宝佩翁谓其门生曰:"翰林最误人家国事,犹唐世进士也,而又以倭艮峰为之掌院,相率为伪,何异于秦桧、韩侂胄耶?"丑诋语极多,余不忍笔之书也。昨有人为余述汪啸庵谓朱修伯之封翁曰:"天气亢旱如此,直为倭中堂言事折子之沴气所结而成。"翁曰:"君预机事,有燮理责,奈何诋及艮翁耶?枢密之心化而为一,殆事事如此乎?"闻子腾于昨日寅刻举一雄,内子令施娼往视。安之以珊士奠分知单来商,余奉八金。冯久青来,以鲞鱼五尾饷余。写折字一开。往唁顾月舲丧母。

初三日(7月4日)　晴。午后有云,天气甚闷

由天津寄到陶晴初家丁张福带来大哥二月□□日一信,舅父谕函一,蔚亭信二,并《余姚县图》,又《梨洲年谱》《梨洲行状》等书。知载飏表兄已于去腊补博士弟子员,为之快慰。内人以糖面、花生、鱼鲞遗子腾夫人。未刻,与鲍寅初、钟雨人、陈竹堂、楼广侯、朱少虞、公宴马世叔于谢公祠。菜中俱有羊油,不能下箸。广侯因腹痛未愈,留至斋中下榻。

初四日(7月5日)　五更梦回,枕上闻淅沥声,未几而止,午后淡晴

广侯于辰刻赴馆。写折字一开及屏扇等件。

附录倭师《答汪啸庵总宪书》:

辱荷教言,以"意必固我"勉为化之,谆谆告诫,可谓洞见症结,痛下针砭矣。敬佩斯言,感铭肺腑。然区区之心,似有未见谅于左右者,敢布下忱,惟阁下鉴之。窃意出处进退,必以义为权衡,义所当为,鼎镬不辞;义不当为,万钟弗顾。孔子言:"无适无莫,义之与比。"若不问义之可否,而第曰"无适无莫也",其不至依违澳涊如胡广之中庸者几希矣,岂毋"意必固我"之谓哉?某以同文馆一事与当道龃龉,致有总理衙门行走之命。夫总理衙门之办夷务,国事也。弟若无同文馆之奏而或出于当道为国之公心，知其难亦当黾勉从事，岂有人为而己不可为者？今排挤之势已威，冰炭之情各异，阁下以此举公乎，私乎？出于上意乎，抑非上意乎？假朝命以逞私心，排异己以钳众口，此其意途人共见之，所不知者，惟两宫太后与我冲龄之皇上耳。一事如此，他事可知。观近时之天象，岂不垂示昭昭哉？礼义廉耻，立身大防，义所不可，而委曲求全，既无补于国事，徒自败其生平，首尾横决，名节扫地，当亦阁下所不取也。

初五日(7月6日)　晴

写扇。天气颇热。

初六日(7月7日)　晴

莳栏来谈。

初七日(7月8日)　晴。午后甚热，忽闻雷声，久之始有雨

穀士来。折字两开。子腾送菜肴及瓜桃。

初八日(7月9日)　晴

琴岩、安之以珊士帮分事托余，将知单转致小云。久青来。向一夔乞得腌白菜，味甚佳。公请马世叔派分十二千，交雨辰。

初九日(7月10日)　晴，闷。晚间雷电交作，雨未湿衣

折字两开。彭尊庭补仆少，章采南补庶子。

初十日(7月11日)　晨起清润，午后暑亦不甚酷。入夜，月色颇佳，而雷声电光发于东北，雨意颇浓，又被轻风吹散

接张石洲太守归德信，从刘馀庆来。约夫来，莳栏继至。访小云，假得《仁宗圣训》。少虞踏月过访。今日斋戒，将于十三日敬举告祭方泽典礼也。

十一日(7月12日)　晴爽。晚饭后，南有电光，薄云无风，微有雨意，而月色皎甚

写折一开半。董敬夫来。

十二日(7月13日)　晴,有凉意。午后阴云四布,雷声时送。申刻,有雨而未畅,入夜月色甚佳

吾母忌辰,适斋戒禁宰割,用荤素五器,鸡、鸭二、水鸡蛋炖鲫鱼、荸荠糕、笋尖、麻紫豆腐、甜面、以银杏、藕、枣煮。花生、馒头。同忆津门弃养,适五年矣,儿身及壮,而色笑难追,痛何可言!去夏侨寓南街浙馆,以馆宇迫隘,未能致祭,今日之事,始得令新妇亲调七箸洁致馨香,遥思往事,真觉寸心如割矣。上谕:倭仁奏病未痊愈,请开缺调理一折。倭仁着不必给假,一俟气体可支,即以大学士在弘德殿行走,其余一切差使均着毋庸管理。浙江考官为张霁峰泸卿、张孝达之洞,江西则朱修伯学勤、范鹤生鸣龢,湖北则常安伯思、钟雨人也。詹事夏同善代奏徐申锡呈请积谷练兵及裁撤各省候补人员,并实缺人员无故不准迁调佐杂等官酌量裁汰一折,着该部议奏。

十三日(7月14日)　晴

写折半开。付范小岩同辈四千。程荔畲孝廉来春藻。瑞芝生师补掌院学士。子腾、虎文来。

十四日(7月15日)　晴

写屏扇各件。黄植庭、刘景臣来。敬夫来。

十五日(7月16日)　晴

吴春海以扇面来。

十六日(7月17日)　晴

贺雨辰、修伯、香涛出差之喜,答朱亮生、杨雪渔、程荔畲、董敬夫。珊士知单交安之。□子腾拜又村太太寿,与筠溪合送桃面。亮生自军中来谈,时务甚透切,乃权奇倜傥人也。

十七日(7月18日)　晴

久云来。约夫来。

十八日(7月19日)　晴。初伏

屏山、小村来。午后阴。写家信致大兄、三弟,并致诸琴堂一信,附淡香、小宝乳娘,又孝达朱卷一本,托王一夔兄寄。姚以鲞肉、鸡子送子腾。寅初与余合饯雨辰行，雨辰以时迫辞。

十九日(7月20日)　晴。晨起有云，午后晴

午后往拜漱栏太夫人寿，同席者光晋卿、缉甫、周伯荪、黄镜清、翁莳栏、馥生。至景孙处谈。食桃子、西瓜，胸间微作痛，不敢进食，夜半始平。漱栏言，香涛曾见过考差单子，余名在三四之间。漱栏为贺云甫第三，伯荪第一，路门名亦在第三。夜中颇凉，就枕后甚适意。

二十日(7月21日)　晨起晴，午后阴，有雷声。酉刻，微雨飒然，颇快人意，惜未畅透

闻罗讦庭、吴□□均补侍讲，孙燮臣转侍读。写字两开。

二十一日(7月22日)　晴，闷，午后更甚。云峰四起，颇有雨意，而清风徐来，又觉扫荡一空矣

午刻，子腾、绥之、植庭、景臣、桂生等同在谢公祠吃梦，清谈竟日，颇极娱适，日挂林梢，始与植庭徒步而归。莳栏来，未晤。漱栏来谢寿。接李让卿五月十八日信。

二十二日(7月23日)　晴

写折字两开。江南典试者为刘□□有铭、王献西太史荣琯，庚申得差者已五人矣。安之来。访少虞，未值。至小郇处谈。莳栏借《快雪小楷》去。

二十三日(7月24日)　阴，热，似有雨意。入夜，云头更厚，兼有雷光

写折字一开。

二十四日(7月25日)　晓起有雨，雷声甚急，未几而止，片时则庭土尽干矣。

写折字一开。

二十五日(7月26日)　阴，午后略有雨点

写折字三开。谭竹崖为竹木捐事覆奏，颇得体。

二十六日(7月27日)　大雨竟日，入夜始止，为今年第一快心之事

接父亲三月十三日池州考棚信，并三弟信、洪琴西观察信。父亲近服参术甚效,痔恙亦愈一半,而苦无吉林参,余乃往谒汪啸盦丈嘱其代觅,啸翁谓须俟王汉槎来京,非急切所能得,复至黄植庭处问汉槎之子在都否,则植庭又他出,乃至绥之、子腾处谈。任兆坚补太常少卿。

二十七日(7月28日)　晴阴参半

少虞来谈。筠溪邀同月舲、一夔在寓斋小集,约夫亦来。刘世兄兰芬之长子授室,送四吊。珊士开吊,送八金。约夫宿余斋中。写折字六行。有札托小郇向程覃叔问吉林参。楝塘君患痧,刮背尽赤。高子登母分未送,误矣。

二十八日(7月29日)　晴

久青来,接云帆冯舅舅信。筠溪复买鸭子与澹香大吃。王厨子去。写折字半开。

二十九日(7月30日)　阴,傍晚大雨,更静始止

至小村、晓林、安之处坐。厨子去后,内子率同仆媪辈烧饭、煮菜。因天热颇形困惫,写折字一开。

七月初一日(7月31日)　晴霁,而湿闷如昨,恐雨尚未止

淡香晨赴国子监考到,余督儿辈课。接大哥、三弟六月初三日信,从小村来。家乡传言余已得差,即吾兄、吾弟亦未尝不有惑于斯言。三弟已于五月三十日到姚。子腾之子弥月,余字之曰"福基",并送八仙、寿星、桃面等物。

初二日(8月1日)　热闷如昨,阴晴参半

子腾以生鸡、烧肉相饷。董敬夫来。周虎文来。写家禀并秧参四支,托王献西带往金陵,献西他出,复托陆云笙转交。答虎文,谒汪慕师,知倭师有复出之意。梅小岩升运使。

初三日(8月2日)　阴晴参半,热闷如旧

一夔、月舲邀同约甫、亦籊、澹香、云溪在天聚斋小酌。一楼中峙,窗槛四开,凉风远来,颇惬吟兴。未几而夕阳西下,返照穿帘,未免带热来也。晚访孝遴，未晤。安之、穆庄、虎文来，未值。

初四日（8 月 3 日） 阴，午后有雨，颇凉爽

辰刻拜汪师母五十正寿，余以祝敬六两往，张午桥、秦文伯皆在焉。问子腾之郎病。访绥之，则以损腰故方坦卧榻下，略谈而散。景孙来谢步。瑞芝生师由天津到京。艮师病痊请安。夜间甚凉，雨颇畅。写屏数件。

初五日（8 月 4 日） 阴。午后薄有日光，入夜微觉热闷

午后与澹香游厂肆，晤路门，以京帙九千购《晚香堂帖》归。虎文来，未值。云溪述虎文言，病有转机矣。刘长佑奏，直隶枭匪从滹沱河窜往东北，人数渐多。刘奉旨严议，以次贬谪有差。

初六日（8 月 5 日） 阴晴参半，天气微闷

丁孺人忌日，用荤菜五器。刘姓不解烹调，内子率施媪为之，费省而味佳，知凡事须躬亲也。方虔甫自津到京过谈。傍晚雨甚畅。就枕之后，时闻淅沥有声，盖元旱既久，未肯骤晴也。夜睡不安，四更始能就枕。

初七日（8 月 6 日） 自昨日下雨，至夜复连沛甘霖。今日大雨如注，直作倾盆之势。空庭积水，宛在江湖，槐花满地，卷入沟中。自去春抵都后，仅见之事也

初八日（8 月 7 日） 天未明时大雨如昨，午后雨点暂止，而湿闷依然，令人不爽

接父亲六月初五日太平试院谕函，从曾侯折差来有诗。河南主考为徐颂阁、解星初，山西主考为夏路门、李苾园。大考十五名至三十二名，今年与考尚合例可放者仅十二人，而竟得九人。十四名之前及一等数人中，则放者仅二人，岂留以有待耶，抑所以示平允耶？朱实甫学笃放甘肃宁夏知府。大高殿撤祈雨坛。

初九日（8 月 8 日） 早阴，午后晴，而湿闷如昨

余发痧，刮背始愈。周虎文来。午后至绥之处，与绥之访子腾，适植庭来，良久始散。久青以周宅寄家信事相商，余用五十金。周屏山、蒋约夫来,余不能陪坐,即入室引枕,卧至四更始醒。不吃夜饭,午刻复吃云溪鸭子。

初十日(8月9日) 午后又阴,入夜有雨,夜半更畅

余胸闷作恶,吐之未尽,服正气丸。闻神机营万人于昨夜拔队往固安防堵。沈北山来。敬夫来,未晤,见陈碗筷而走也。

十一日(8月10日) 四更雨甚大,至辰始止,申酉之间又雨

贺路门主试之喜。访酊仙,视景臣夫人之丧。至衙署,则瑞芝翁上任已散去矣。以家信一封,一致一巢母舅,为周宅汇银事;一致三弟,托冯久青带回。而三弟六月初九之信适到,并附大哥一纸、望东一缄,为托方寿事代办誊录事也。稍坐,谒倭师,适昼卧未见。答方虔甫,并晤敬夫。

十二日(8月11日) 晴

写折字一开。(仿)[访]少虞于莲花寺。晚饭后踏月访绥之。固安失守后,贼复退去。

十三日(8月12日) 阴,午后晴,潮气渐收,稍觉疏爽

子美来。蕙舫表婶来谢。作家禀托曾侯折弁寄皖,云十五日准行。写折字两开。关晓川以诗见示。

十四日(8月13日) 晴。午后微闷,暝色初定,时大雷电以风,尘沙卷地,庭槐倒舞,澎湃铿訇,如孤舟居大海之中。急雨直注,檐溜如绳,令人惊骇。未几,风雨交止,雷声亦隐隐远去,而一轮明月清上帘栊矣。抚枕假寐,梦境为之一清

写白折两开。郡太尊图鳞来辞行。

十五日(8月14日) 晴

写折字一开。淡香往国子监录科,余督儿辈课。祭祖父母暨吾母,下逮丁、姚、钱三孺人,用荤素五器。张子腾来谈。今日午刻在谢公祠饯颂阁,景孙为主者十四人,余以澹香他出,不能到。至虎文处略坐。夜半大雷雨,风声如吼,屋瓦皆摇,梦中为之惊醒。

十六日(8月15日)　晴。傍晚大雷雨，而风声较小，庭前积水，如在江湖，更静始见月

赵寅臣亮熙来，沅鹊观察之犹子也。沅鹊有诗稿在余处，即交寅臣寄滇。写折字一开。至广惠寺吊刘景臣夫人送十千，景臣留余蔬食，子俊、植庭及许柱臣、刘润民同坐。

十七日(8月16日)　阴，傍晚又雨

写折字一开半。安之、虎文来。留吃冬菜饼。

十八日(8月17日)　晴，午后有雨

写折字一开。

十九日(8月18日)　晴热

写折字半开。约夫来，留午饭。与云溪同至乾源，一夔、月舲留吃烧羊肉面。访莳栏不值。馥生、酉芗以京帙三千易砚而归。

二十日(8月19日)　晴，夜有雷雨

方寿甫来，知望东誊录蕙舫已付功课银□廿两。徐耀庭来。虎文来，留夜饭。写折字一开。

二十一日(8月20日)　晴，闷

朱桐翁请开缺，赏假一月。写折字一开。

二十二日(8月21日)　雨，入夜尤大，兼有雷电

发家信致一舅、大哥。为耀廷事托天泰。写折字一开。

二十三日(8月22日)　雨，午后偶晴

晨起接子腾来示，嘱请虎文诊脉，遂坐车至兵马司中街，则虎文已他出，遂至方寿甫处，邀虎文同至子腾寓中。写折字两开。晚饭后访少虞于莲花寺，适遇亮生，邀之同行，谈久乃散。是时，天有微雨。

二十四日(8月23日)　晴，仍嫌湿闷

莳栏来，坐车往视慕杜师病，尚未愈。答赵寅臣水部。访刘云泉，因腹泻未晤。钱孺人忌日，以荤素各五器祭之。昨夜梦见，岂今日来享乎？写折字一开。闻外间有万尚书金牌使者，五藩司粥厂大臣之语。

二十五日(8月24日)　晴。早夜有凉风,颇含秋意

少虞来。敬夫来。景孙来谈,数刻始去。绥之复过谈,知李少荃宫保已由济宁移营往东去。以鸡肉鲜果遗子腾。虎文、小村相继来。

二十六日(8月25日)　晴

写折一开。西永兴银号闭歇,余存废票六十五千,又追回两千,淡香亦存廿四吊。至孝遴处,未值。

二十七日(8月26日)　阴,入夜雨颇大

写折一开。午饭后至六舟处略坐,携刘叔俛《思辨录》一部走。至铁厂问慕师病,始知自昨下后,病势稍轻,同至厂肆得《晚香居士遗集》二千、《柏枧山房文集》三千两种,与宝森买得秦刻《九成宫》一册、《五代史》合刻,计银十二两,同附元碑十余种,并王子寿《枢言》、梁茝舲《读渔洋诗笔记》、《钱南园侍御文集》各一册,以京帙四百买车而归。着女仆至子腾处问乃郎病,知危在旦夕矣。

二十八日(8月27日)　阴晴参半

孝遴来,留约夫午饭。星斋、虎文来。久青来。琴岩来。闻子腾之郎于今日巳刻已。景孙夫人至内子处辞行。夜雨甚大。

二十九日(8月28日)　自昨夜雨后至晓不止,午前始放晴,烟云四卷,可望秋霁矣

冒雨登车,往视子腾,吊其丧子矣。至绥之处谈,知莱州窜贼有仍渡胶莱河之说二十日事。山左军务甚坏,不知何以结局。瑞将军有劾奏蒋响泉之疏,亦未知作何办理。莳栏来。赵翰秋师之世兄名锡年,寓怀庆馆,着人持片来问。莳栏来,少坐即去,知俞巳生户部之俊于今日以瘵卒于横街浙馆,伤哉!夜间儿辈插香于地,盖沿俗说为地藏王生日也。写折字一开,又写屏对数件。夜卧,梦甚多。

八月初一日(8月29日)　晴

淡香至京兆署,儿辈辍学一日,余亦无心督课也。未刻得学差信,子腾得山东差为一快;以主试留任者,雨辰湖北至四川、香涛浙江至湖北、颂阁河南至江西，及于建章四人也由贵州至山西。于建章、杨霁皆系未散馆之人。浙江共得四人，雨辰、子松江苏、子腾、伯荪也，而余与漱栏皆不与。接倪小帆山西信。

初二日(8 月 30 日)　阴

访子腾未晤，趋视漱栏，泪痕承睫，殊难为情。芸泉来，未值。景孙来，并还代假银三十两。夜间至景孙处谈。

初三日(8 月 31 日)　晴

访子腾未值。晤绥之，适霞坪、六舟皆来。安之来。午后答徐耀廷、贾琴岩。吊马小谷年丈縠筌之丧。问汪师病。贺子松、味秋、子腾得差。送殷谱经阁学来问安。赵世兄名锡年微情形，余将实在情形告之老翁，兴尽而返。安之邀同景孙、筠溪广和居小酌。接余姚令陈友之益信，章采南署祭酒邵亨豫出差，谭竹崖兼署吏右殷出差，郑小山诗署礼右徐出差，翁玉甫得川臬。

初四日(9 月 1 日)　晴

写折两开。罗吉孙尔成孝廉来。内子往平、张两家贺喜。接宋和墅信，知四月初十家禀，从沈邸用官封由驿递皖。

初五日(9 月 2 日)　晴

安之来。写折两开。孙亦簪来。

初六日(9 月 3 日)　晴，甚暖，晓雨。是日阴晴不定

辰初得旨：同考官着朱逌然去。景孙来。即作家信一封，致一巢母舅及大哥，托耀廷带去，嘱淡香至乾源转交。摒挡箱箧进城，于午刻抵贡院，寓东箱第二间，所谓第十一房者是也。随余者，颜玉及安姓厨子一人。行李车至三下钟始到。四下钟，四主考穿补服来拜各房官，余于房门外迎送而已。四主考者，贾筠堂相国、瑞芝生协揆、单地山司空、汪啸盦中丞也。余寓房之北，房空无人居，未知何故。从余房往南数之，得三人焉，范粹臣前辈熙溥，时官浙江道御史，及黄漱澜洗马、曹霞坪太史也。傍晚，龚叔雨送四菜两点心来。向例三人一桌，余与漱澜、粹臣合席，即在漱澜寓中畅饮。高名林系武官送物四，鸭两尾、腿一只、鸡蛋糕一合、酒一坛。又有所谓下马宴者,亦有数碟,则不能下箸之物也。主考回堂后,同考官与监试官各具衣冠至聚奎堂回拜,相见之后,一揖而已,即回入房中。监试、收掌及回,考官互相拜谒,至夕始散。晚至陈六舟斋中,绥之、汇东、霞坪及钱犀盦师俱在焉。交十一下钟,始就枕。乡厨一名,朱姓,束鹿人,专供余房洒扫之役,虽为曰"厨子",但真名耳。有聘礼牌一个,以锡为之,所以重儒臣也。吾父于庚戌分校春闱,迄今十八年矣,余时年十五耳。今遽得与文字之役,自惭庸下,叨窃□□,不知如何报称,循分内省,兢惕弥深。犀庵先生为余壬戌房师,师生同时分校,亦一缘也。附记。

初七日(9月4日)　五更梦回,有雨声,晓起犹蒙蒙着地,但无紧点耳。申刻始止,云影渐收,残阳微透,庭中嘉植颇有欣欣向荣之意。入夜,月光露而复隐

早饭后,主考官传言诸同考官上堂掣签,所以分房数也。余与同人具衣冠至聚奎堂,贾、瑞向南立,单、汪向东立,每人掣一签后,瑞考官复聚数签而稍乱之。余掣得第一房,俟诸同人以次掣毕后,汪考官令一吏持纸来陈于案上,先将一、二、三至十八房数按次写齐,始于数目之下分注同考官之姓,如第一房为朱是也。十八人中复姓,只漱栏与晓岱前辈同姓黄,注湖南、浙江以别之。事毕各退。

一房	朱逌然肯夫	壬戌
二房	游百川梅溪	壬戌
三房	余□□新畬	丙辰
四房	宝　瑛玉峰	己未
五房	曹　炜霞屏	癸亥
六房	王之翰次屏	甲辰
七房	薛斯采绥之	壬戌
八房	范熙溥粹臣	丙辰
九房	方子望熊祥	癸丑

十房　　黄锡彤晓岱　己未
十一房　黄体芳漱澜　癸亥
十二房　梁僧宝伯乞　己未
十三房　陈　彝六舟　壬戌
十四房　谭钧培序初　壬戌
十五房　边宝泉润民　癸亥
十六房　钱桂森犀盦　庚戌
十七房　阿克丹允臣　庚申
十八房　潘斯濂莲舫　丁未
内监试　恩　虞春农　□□　陆仁恬丹梧　壬子
内收掌　温　圻甸侯　辛亥

杨济江昨日不到，□外帘派入一名为□部主事施人镜小山，上灯时始进来。同人以笺纸索书，□纷纷不绝，主考官亦来，未能免此。竟日碌碌，为此无事之忙，亦聊以此破岑寂耳。送到金杯一只，以银代之，杯盘上刻有“鹿鸣佳宴”四字，又金花一对，各以纸匣装之，又《钦定科场条例》一部。钱犀庵师及粹臣、绥之、六舟、漱栏、晓岱、序初、伯乞、梅溪先后过余斋中。余至绥之、霞屏、莲舫、子望、晓岱、伯乞处各少坐。绥之言无量大胡同某姓宅中苦为狐所扰，女媪方昼睡，忽有一铁剪刀从空而下，适中媪齿，媪惊起，剪又飞去茶碗，或空中自舞，或□子乱掷。溺器在庭外，忽陈诸室中几案上。方自念溺器何由到此，言未毕，而溺器又从窗外出去矣，奇哉！此公方在总理衙门行走之时，声势煊赫，有炙手可热之势，何气象□□。绥之曰：“出为鬼使，入为狐嬲，岂不苦乎？”咸曰：“是宜称之为鬼董狐。”众皆大笑。

初八日(9月5日)　晴，天气甚暖，夜亦有月，惟午后风多耳

昨在各房间谈，就枕稍迟，梦中闻隐隐雷声，为之惊醒，推衾静听，则棘墙后车声犹隆隆未已，始悟为应试士子齐候点名来也。余从此即不能合目，静坐许久始起，写屏扇各件，不下六七十种，几至脱腕,亦可借以消遣也。施小山来拜人镜,即改派之内收掌。绥之、梅溪、漱澜、粹臣过余斋。早间以水饺子代饭。辰刻,四考官传请阿允庭及漱澜二人至聚奎堂写题,出门后即将中门封固,至子时散,题纸二人始回斋,余已就睡矣。文题“慈者,所以使众也”至“心诚求之”、“文质彬彬”两句,“子产听郑国之政”至“不知为政”。诗题“石上泉声带雨秋”得“秋”字宋之问。漱栏云汪啸翁原拟题系“是故君子不出家而成教于国”连下三句,单地翁恐应试者贪发下三项,转失题解,改为此题云。闻官秀峰相国、罗椒生司农同署掌院。

初九日(9月6日) 晴,风颇凉,而日光尚红,夜有月

写扇屏各件,几无暇晷。钱师、梅溪、粹臣、六舟、霞屏、绥之、莲舫、子望过余斋。与粹臣、漱澜回拜施小山。

初十日(9月7日) 阴晴参半,西南风甚大

在钱师、序初、粹臣处谈。写屏扇各件。

十一日(9月8日) 晴,风亦止

早起即写屏扇各件,至晚少休,然犹堆积也。更得十日暇,恐尚未可耳。犀庵师、王次屏、范粹臣、薛绥之、陈六舟来谈。与漱澜至子望处谈,润民亦来,复至六舟处小坐。范、边、薛、谭、陈五人分写策题,经题则汪啸翁手缮者也。戌未尽,即打点击鼓发题纸矣。午正略睡,似觉神气稍足。卷布、蓝靛等件于今早开门时进来。初七日所取《易》“水流湿”五句,《书》“筱荡既敷”三句,《诗》“中田有庐”二句,《春秋》“甲午治兵”,《礼》“凤凰麒麟”二句。

十二日(9月9日) 四更雨点颇紧,侵晓则蒙蒙细缕而已,入夜始止

午后写进呈策五道,共计一千六百余字。云阴似墨,矮室无光,写至第四道,则目光无力,不能握管矣。饭后至犀师处谈。霞坪、绥之、六舟、粹臣、梅溪、漱栏过余斋。头场收卷数目:贝五千八百四十六,北皿一千四百六十三,中皿三百六十六,满二百八十五,合二百六十四,夹二百五十四,承六十,云南五十七,北皿官廿二,满官十五,南皿八百四十一,南官四十七。共九千五百二十卷,除头场被贴四十一人。雨声淅淅不已，念风檐诸君子蜷膝拥被，苦呕心血，为之三叹。我独何福，乃得逍遥于丈室之中耶？明日操笔从事，当益加懔懔，以期无负初心尔。

十三日(9月10日)　欲霁未霁

午刻，上堂阅卷，才二十余即暮。提调送火腿、绍酒八件，苹果、梨，照例受之。

十四日(9月11日)　早雾甚重，遥望烟林，恨不能策杖一往也。午晴

卯正上堂，尽酉正始散，约六十余卷。

十五日(9月12日)　中秋。早晴，午后阴，晚风

辰初上堂，主考前一揖贺节。阅卷如昨，亦至酉正回房。号舍中诸士子放声高歌，风月西南，乘卷入耳边，亦颇可听，惟喊好声太嚣耳。三场策题：《帝学》诸经；《通鉴》"考课"义□；聚奎堂刻明王衷白图诗——"禁城二月已春深，锁院亲承帝命临。万国人伦归大冶，千秋衡鉴重词林。晴开墨雾光初射，月倚奎垣漏欲沉。漫说公门桃李事，何如葵藿报恩心。"

十六日(9月13日)　晴

三场已竣矣，而锁院事方殷也。辰刻上堂，酉刻回。

十七日(9月14日)　连日无大月，今夜遂成秋雨，竟日未晴

辰刻上堂，酉正方回。连日黄茅白苇，令人悒悒，今日始豁倦眼耳。

十八日(9月15日)　夜大雨，日开稍霁

辰初上堂，酉正回。晚见大月。

十九日(9月16日)　晴，连日渐凉

上堂阅卷，酉正回。夜间不能熟睡，秉烛搜落卷彻晓。

二十日(9月17日)　晴

昨夜虽未睡而精神足支。卯正上堂，酉正回，渐有倦意矣。

廿一日(9月18日)　晴

卯正上堂阅卷，酉刻回。

廿二日(9 月 19 日)　晴

卯正上堂,阅至酉刻,头场粗了,共阅五百二十八卷。是日尚余数卷。向例自过廿二即撤堂,余因初次衡文,恐佳卷错过不少,颇为踌躇。黄晓岱前辈商之瑞芝生师及单地山太老师,佥云明日仍可上堂。遂与晓岱约定,必践斯言。

廿三日(9 月 20 日)　晴

分校诸公均撤堂。余与晓岱两人仍于辰初上堂阅卷,于是漱栏、霞坪、汇东、新畬均来,尽酉正始散,劳倦不堪。熊公堂联:"赫赫科条,袖里常存惟白简;明明案牍,帘前何处有朱衣。"

廿四日(9 月 21 日)　晴

复勘头场落卷。贾主考催贝甘卅二场卷,又催云南存卅一二场卷。

廿五日(9 月 22 日)　晴

复勘头场落卷,补荐两本。

廿六日(9 月 23 日)　晴

看二场荐卷。汪主考催贝甘四二场卷。江西刘翁买妾入门,见其色戚甚,追问之,泣然曰:"吾因自有夫也,贫且病,病且死。夫谓与其相从为殍,不若卖吾得直。吾夫生犹有以养,死有以敛也。今吾已至此,吾夫不知如何矣。"言次涕下如绠縻。翁大骇,急送之归,不复取直。其夫卧床褥且待尽,闻妻还,大惊喜,涊然汗出,病遂起。夫妇感翁次骨,乃以所得直作小经纪。又一岁,以余金若干别购一鬟献焉。翁买妾时已六十,自后连举二子,其次为乙未殿撰瞻岩先生绎。滨州杜羹臣先生肅宦成归里,一夕梦神隍来招饮,至则先有一客在,问之则同里某也。少顷,宴具,城隍揖某上坐,先生次之。既寤,以梦中状求之,乃西街卖粥翁也。招之至,问甚善,乃谢无有。因问之,乃曰:"吾小人,但知卖粥耳。每晨约所得直,不折阅即无他望,或有贫者来食粥,不能予直,则姑听之。听之既久,诸贫而无食者日日来,吾亦日日以余粥予之耳。"杜先生,其里人称为杜羹老,文端谥之祖也。

今日与六舟、梅溪谈,梅溪因举此二事。

廿七日(9月24日) 晴

看二场卷。

廿八日(9月25日) 阴多晴少

看二场卷已了。主司催贝甘四三场卷,即圈与之,将呈一览也。潘濂舫前辈及宝玉峰赞善至聚奎堂分写进呈卷总评,始知甘四已高列第五矣。

廿九日(9月26日) 晴

磨勘甘五卷,并圈三场荐卷。改甘五卷,以备发刻。又改贝举八十四第三艺单,主考之意也。久未作时艺,彻夜思之,不能成一比,岂非荒疏之效耳?

三十日(9月27日) 晴

复阅三场卷,稍暇仍改文,夜间始定稿。

九月朔(9月28日) 晴,晓渐寒

以文质诸汪啸翁,即付刻重看。头场卷荐两本,一北皿楼三十八,一北皿农五十六也。监试诸公传言,明日即发草案,不能再荐矣,今夜尚可为也。余乃袖卷交之。霞坪尚有一卷拟荐未圈,余为代圈二、三场卷,顷刻而毕。

初二日(9月29日)

再校落卷,尚有可荐者,当时何昏昏不省也?今日已无及矣。为之三叹。

初三日(9月30日) 晴

合看头、二、三场卷。

初四日(10月1日) 晴

合看头、二、三场卷。

初五日(10月2日) 早阴,午后雨,渐冷

磨勘中卷。昨日发草榜,知余房中二十人,副榜二人。漱栏尚少一本,拨去北皿佐三十一本,宝玉峰亦拨去北皿贝守堂□一本。

初六日(10月3日)　晴,大风,冷

磨勘中卷。除三房新畬中卷已列一百六十八名,贾主试以策不满三百与余副榜卷中第三、北皿农五十六互易。余房又多一正榜,即将此卷拨入三房。新畬复求益,又拨北皿遵四十七、贝贡八两卷。合看头、二、三场卷,尽亥刻始毕。辰刻,汪啸丈招余去,为拨房事。余曰卷初发交时少,中者狃于意气,谓均不愿拨入,故余亦未便问人。倘主考有言,令卷□少者自来商,岂有吝而不予之理乎?

初七日(10月4日)　晴,风仍大

磨勘中卷毕。复检阅落卷中经艺佳者,另拈批语,至午始毕。写屏扇各件,纷纷不止,烧烛书之,惫不能支,复为他人阅卷二十。

初八日(10月5日)　晴

卯正,偕同人具衣冠至聚奎堂,按次列坐。房官皆东西向,两监临与主试者南向,内外监试与提调、都统北向。辰刻拆弥封,主考填士子姓名于朱卷簿面,然后书吏执一纸条与朱墨卷送至本房。磨对既毕,即就纸条上写第几名姓氏及年岁、籍贯、出身于上,仍交书吏于各位前。唱名既毕,则填榜一卷。既毕,一卷复来。至酉初唱至二百五十名,天色渐暝,主考各回斋晚饭,则不复唱名,但填榜而已。汪啸丈邀同刘侍御毕厚、方子望、黄漱澜、龚叔雨及余五人晚饭,良久始回,则华烛灿列,满堂烂然,将填五魁矣。余房首为第五名贾炳元。五魁填毕,乃填副榜,不复唱名,至亥正始竟。

初九日(10月6日)　晴

卯刻,寓中以车来接,乃出城贺童薇师出差及世兄中式喜,始知子腾已于黎明遄发矣。归寓则其次女犹在吾家,未上车也。约夫来,留夜饭。接三弟七月廿四信。

初十日(10月7日)　晴

往问汪师病,则疮未收口。入内视之,师方蒙被卧,谈数言即退。殷谱经前辈过访。是日卯刻至午门谢恩。至御史朝房小憩数刻,同人齐集即在午门两夹道分班磕头，行三跪九叩礼。到者钱犀盦师、汇东、六舟、绥之、霞坪、新溪、次屏、濂舫、伯乞、漱澜及余十一人。李生桂森、恽生彦瑄、嵩生岩子来见。

十一日(10月8日)

谒倭师于菜厂胡同。吕生衮、张生会一、徐生金沣来见。张远澜虎文之邻亦来，为香涛胞兄，余誊录门生也。

十二日(10月9日)

写余姚、安徽两处信。拜段年丈寿。接父亲八月廿二金陵信。时已有折请赏修墓假矣。吴生华年、姜生周封来见。

十三日(10月10日)

晨问慕师病，到门始知于昨日酉刻捐馆，哭之。归寓写家禀，差人送父亲信至艮师处，而自至铁厂送敛，三更方归。张远澜来辞行，将赴冀州任也。裕生顺、华生镇、德生麟来见。

十四日(10月11日)

东城拜客。问久卿病。夜与安之谈。倭师以复信来，乃发家禀，交折差寄皖。

十五日(10月12日)　雨

从钱发荣处递到父亲七月十二金陵来谕。

十六日(10月13日)

安之送菜。

十七日(10月14日)

拜童薇师五十正寿。子菁、讯芙、敬夫、管侯过余寓，以汪师身后事来商。余觞之于广和居，吴山不来。贾生炳元来见，宗生孙亦来。

十八日(10月15日)

十九日(10月16日)

高丽参两斤，书一包，家禀一封，面交谱经前辈。李观察祝龄来，未晤。

二十日(10 月 17 日)

贾生炳元来见,恽、嵩两生亦来,吕补之以文来。

二十一日(10 月 18 日)

二十二日(10 月 19 日)

二十三日(10 月 20 日)

二十四日(10 月 21 日)

清晨与晓庐、信芙、象卿、敬夫、子菁、管侯至汪师宅分认同年处送讣,午后始归。

二十五日(10 月 22 日)

二十六日(10 月 23 日)

至绥之处谈。至蕙舫宅,则其眷属已行,蕙舫夫人尚在张宅。余令郭成回取桌椅,至三胜庵拜又村法师七十阴寿。

二十七日(10 月 24 日)

送折费京平五十两,并为父亲代作一书致桐甫,面交桐甫收讫。

二十八日(10 月 25 日)

二十九日(10 月 26 日)

十月初一日(10 月 27 日)　晴

午后,至聚亿晚饭。

初二日(10 月 28 日)　阴

与云溪至绳正胡同看菊花。小村留午饭。与何铁生、薛绥之、王左泉、童子俊、周生霖、孙梧冈公饯童薇研师于湖广馆。午后有雨。

初三日(10 月 29 日)　晴

辰刻赵琴伯着人来,问朱衍绪系我家何人,始知镇夫已中。急趋阅全录,则吾姚中七人,又副一人,吾弟获隽,为之狂喜。录绍郡中式名次归。谢星斋、董敬夫、朱亮生均来。午后拜郑小山师寿,祝敬二两,贺万藕师徙宅之喜。就月舲小饮,淡香诸君同席。久青以余姚中单来,盖伊已接九月十六家信矣。

初四日(10月30日)　晴

理庵同年到京,以大哥八月廿四信、舅父九月十二谕来,并带各件,鲞、苦条、海贼、菜干、布。知大哥同三弟于前月初七日往金陵,不复候榜也。余至中街往视理庵,畅谈久之。内人腹痛不止,延周虎文来视,服带梗苏叶,夜过半乃定。龙佩珊来访。方勉夫□北山陈六舟。辰刻往视益甫,适伯寅父子来,余去之。

初五日(10月31日)　晴

朱少虞、连书巢来。午后答客,拜倭师寿,祝敬二两。既到菜厂,又至东城根向安恒堂买熟地。晤王次屏、钱犀盦师及佩珊、云楣、益甫。徐生会沣之祖母卒,备奠敬二两。夜有风。

初六日(11月1日)　晴,有风稍寒

与理庵谈。理庵招饮,与少虞同车往,更静返寓。汪啸庵总宪于未刻病故。为关晓川写纨扇。从琴伯处借得《停云馆帖》。

初七日(11月2日)　晴

送童薇师行。答子美、卣芗。往视汪啸丈之丧。向益甫假《莲漪文钞》归。经笙师于初三日续弦,余不知也,今日始谒见。

初八日(11月3日)　晴

漱澜、莳栏、信芙及戚润如来。午后赴程丽酚之招,椒生大司农来贺喜,未值。

初九日(11月4日)　晴

理庵来。益甫过谈,因阍人未即请入,悠然而去,索假银十五两,余据实覆之。接大哥、三弟九月初十上海同源所发信,知婺源轮船十三日始开。并接诸琴堂复信,内有淡香家报。至中街午饭,与理庵同车游厂肆,日暮始归。李申甫升湖南方伯,王畊虞升湖北按察。

初十日(11月5日)　晴

蒋约夫来,留午饭。至小村处谈,复往厂肆。少虞来,未晤。

十一日(11月6日)　晴,风颇大,渐寒

莼楼来。为友人写小屏四幅。

十二日(11 月 7 日) 风大如昨,晴

答椒生司农。椒翁言国家之隐患,两宫不知外省艰难,每遇庆节糜费至三十万,且土木之工,方兴未已,传取烦多,未免劳扰,皇上读书日仅六行,毫无进益云云。贺钱师徙宅钱门。午后写李岳丈墓碑。赴少虞宴宾之招,同座为理庵、小云、申庵、桂卿。传庆败,放四川盐茶道。遣郭成至通州载米。

十三日(11 月 8 日) 晴,风稍定

赵幼白来,知江南全录已到,安徽拔贡中九人,优贡中二人。贺孙铨伯之喜,夏路门差回答。伯华至天泰购粒米一斤,计银四两。谒倭师未值,取祠堂匾额字归。何子森招至翁宅小饮,同坐者为琴伯、小村、约夫、莳栏、云溪、淡香、酉香。接伯声九月十九日台庄手书,内有伊四月问信及三弟四月宁国来信。

十四日(11 月 9 日) 风止,天气稍和

辰刻至铁厂陪吊,日暮始归,霞坪坐我车归。赴余心图之招,同座者有古孺、虎文、酴香、理庵。郭成自通州回。汪啸盦丈遗折于今日上奏,上谕有品端学粹、办事勤能之褒,追赠太子少保衔,照尚书例赐恤,并给治丧银二千两,一子举人,一子员外郎,一子及□时带领引见。谭竹崖升总宪,吴和甫调吏左,胡肇智升吏右。

十五日(11 月 10 日) 天气和暖

朱少虞来。杨芸坪书香侍御来拜。往视一夔病。访潘濂舫、黄晓岱两前辈,盖以公请主试事托办也。答刘景臣。闻经笙师甫奉旨在军机大臣处行走,并答董樵孙、赵幼白。王艾亭来,因全录中有王橥修疑系伊弟改名来查,余无黉案簿,竟不知为谁也。益甫以汪师讣状事来商。王榕吉补顺天府尹。

十六日(11 月 11 日) 晴暖

凌晨往铁厂送汪师殡,到门首则柩已行,未审绕何路,不得执佛步送,径驱车至广惠寺,坐定则送客次第来,久之柩始至。与同人行礼毕,主人留蔬面。食顷至谭序初,谭具言公局已托潘、黄两前辈代办，并嘱伊襄其事。时序初方随瑞芝翁自西陵回也。以念德堂楹联质之，益甫为易数字云：“无念尔祖，为立墓起坟，万里遄归曾茧足；惟德动天，记服劳奉养，百身能赎有封肱。”午后，程丽紛为教子胡同屋事来商，嘱转向子愚定实。写杨芸坪前辈屏两纸。傍晚访小云，知李恕皆观察病故，可惜之至。曾沅圃续假请开缺，已奉旨允准矣。理庵来借《赋汇》。

十七日(11月12日)　晴暖

丁孺人生忌。孙慎斋永修来见，余房取誊录士也。发大哥信一封，内附念德祠额字。发让卿信一封，内附墓碑字。夏路门以山西闱墨来。傍晚至益甫处谈，适张少元在座。少元去后，余约益甫至广和居小饮，并招小云、理庵、少虞、亮生、桂卿。

十八日(11月13日)　晴，风

徐生会沣以朱卷送阅。

十九日(11月14日)　晴，风止，天气又和

董敬夫来。嵩祝三以朱卷送阅。午后与月舲、筠溪访约夫。赵又铭前辈升陕西粮道。

二十日(11月15日)　晴。清晨薄雾微笼，庭树如在画中，芊葱可爱

杨理庵来。张贯庐来。薛绥之来。贺沈经师入军机。答漱澜。贯庐、寅初、艾亭及孙慎斋并走访徐莼楼于棉花七条街，留夜饭。植庭、景臣步行过访，未晤。

二十一日(11月16日)　晴

凌晨入城，至署中典籍厅门尚未开，徘徊于柯亭、柳井之间。二刻，馆人始启扃而入。孙梧冈、段莲舫、陈六舟亦次第来。贾掌院到时约已九下钟矣，匆匆数语而散。贺莼楼续姻，留午饭。闻何子森徙宅，复与淡香合车往。徐生会沣来。梧冈云山东军务甚坏，丁中丞之兵与贼习，不可用；潘方伯之勇则数与民为难，更无纪律，近日所报胜仗，全系捏饰，败仗则扰及民，间为所格杀者也。

二十二日(11月17日) 晴

少虞来谈,留午饭,同坐。访理庵未值,余乃诣绥之谈,又至汪师新宅,遇霞坪。又访黄植庭,适陈桂生亦在,同听其乡人弹琴,阕终乃归。

二十三日(11月18日)

黄晓岱前辈来谈,知邯郸、沙河一带近患道梗,徐寿蘅学使于九月廿一日抵顺德,初四日尚未成行,杨子和学使则竟遇贼于中途,骑马逸至柏乡乃免,幸眷属车后发获免,舆夫二人被杀,烧蓝呢轿而去,闻此事已入奏矣。提塘带到《春秋左传贾服逸注辑述》四部,即父亲八月初五所寄者也,从李□□交来,无家谕。孙子畴前辈到京来谢。

二十四日(11月19日) 晴

益甫索《贾服注辑述》一部,余亲携去。益甫他出,捡其案头杂作观之,良久始返。理庵今日迁家小甜水井,来访未值。戚润如来。

二十五日(11月20日) 晴,微风稍寒,午后复暖

赵益甫来谈。马新贻酌保堪胜道府人员,杭州知府谭钟麟、台州府同知李寿榛,海宁知州靳芸亭、中防同知钱塘知县萧书、江山知县陶鸿勋,奉旨送部引见,候擢用。绥之约简南坪、黄鼎珊、黄植庭、刘云泉、何铁笙、陈桂生、陈六舟及余九人为消寒第一集,十下钟始散。鼎珊言二十一日五更时有无数小星自南而北横飞,后复乱坠而下,旋有两大星随之而堕,其光烛天,过数刻之久而始散。闻钦天监亦曾入奏云。

二十六日(11月21日) 晴,微风如昨

吕海山以大卷字来。徐莼楼来。小云过谈,良久始散。傍晚至安之、孝遴处。景臣来谈。约夫来而即去,余未尝与言也。连日于暇中写《说文部首》,已有四篇矣。

二十七日(11月22日) 晴

闻莼楼家中有事,走视焉。潘绂庭封翁向余索《揽青阁诗钞》,余仅余三部,不能分送,只好以他辞却之。

二十八日(11月23日) 阴，大风，寒。午后云开见日，而凛冽如故，入夜风不止

潘绂庭来拜，余尚未起也，以有事辞。吃荞麦糊。未刻答绂翁，并赴湖广馆瑞师及贾、单两太老师之招，盖主考官请同考也，并带请两监临兴承斋廷尉恩、胡雩林少宰肇智，两监试陆仁斋、恩春农，两收掌温甸侯、施小山，共四席。贾中堂以玉牒馆奏事，起早未到，傍晚始散。寒风射人，颇觉料峭。答孙子畴前辈，时方从南来。接父亲八月初五金陵来函，盖即与二十三日寄到书籍一并托提塘带京，李公先将书送交，至今日而始捡出此信也。父亲谕中有云："艮翁止一虚名，而无别差使，三百金赏宦寺尚不足，何以养家口？尊崇师傅之体，当不止是。一入枢廷，而人心变易，此非人心之变易也，有使之不得不变易耳，可见功夫全在平日。"此数句盖指汪啸盦总宪也。总宪与艮峰师相称道义交已十年，危撼之际，乃反附当路以倾其人，可为我辈炯戒。甚矣，晚节末路之难也！上谕：穆腾阿奏，贼匪北窜，现筹进剿等语。此股枭匪仅数百人，刘长佑日久无功，前云南提督傅振邦轻率收降，致残匪复行肆扰，均着摘去顶戴，以示薄惩。夜间至小村处谈，适莳栏、昆仲均在焉。

二十九日(11月24日) 风较小而甚寒，庭树尽秃矣

何铁笙、朱少虞来。张贯庐以文来。徐管侯以汪师月助事来商，偕至孝遴处。余写每月十千，孝遴亦十千，管侯五千。冯久青病起来访，留小饮，并吃羊肉面。沈北山来。

三十日(11月25日) 风甚大，入夜愈狂

晨起至少虞、亮生两处谈。午后答客。以李次翁《左传贾服注辑述》一部、《安徽试牍》两部送倭艮峰师。师颜甚瘦，眉间已见白毫，寿征也近。为皇上讲《孟子》并言翁叔平师讲书甚好，人亦通达。宏德殿讲读之功，视洋表早晚限于时刻，故无从容自得之趣云。皇上念《诗经》仅二十余句。圣质英悟，记性亦好，惟嫌动不耐烦耳。师言李杏村先生馆吴氏时，亦屡谋面师，与父亲同寓圆通观，时杏村亦常常来,尚有姑丈吴听涛先生,亦无日不见也。并访杨理庵,取《好云楼诗文稿》归。车无绵围,尚用纱罩,故尘沙眯目也。

十一月初一日(11月26日) 晴,风甚大

王庆廷耿光孝廉到京。接大哥十月初十日上海来信,知兄于初六日由金陵开船,初八日自镇江搭婺源船至沪,天平轮船于初六日到仪凤门。父亲可于初十左右由金陵回皖,仲林亦于九月廿一日回皖,先行料理送眷南归之事,三弟则俟新任交卸后随慈驾回姚也。午后便衣访赓虞,即至厂肆购雅雨堂十种归。访莳栏昆仲,不值。陈学菴孝廉来拜,未值。约夫来,闻有辞馆之意。

初二日(11月27日) 晴,无风,天气稍和

家申盦观察来。漱澜、约夫、莳栏来,约夫辞馆之意已决,留下榻斋中。午后与少虞同游厂肆,因昨购雅雨堂《书疑》两种,易以《大学衍义》《衍义补辑要》,并找七千归。天气稍和,日暮西风微作,犹有冻意。

初三日(11月28日) 晴,天气较昨尤暖

进城至瑞芝生师、单太老师两处谢酒席。答潘濂舫前辈,谈直隶军情形,甚悉。约甫已移寓莳栏处,往视之。莳栏适宴客,留余同席,座中为赵枚卿、慕慈鹤及云楣、伯华、子森也。孙家穀以花翎二品顶戴出使海外诸国,于今日谢恩。闻三日内恭邸亲诣谭总宪宅两次,大约夷人百端要挟,其情有不可告人者矣。世局如此,为之三叹。九下钟回寓,知王孝凤京卿到京,过访未值,带到大哥、三弟十月初二金陵来信,并刘葰偗、石伯平各一札。董敬甫借余西偏屋完姻,于今日徙入,其侄孝廉宝荣同来。早晨至路门处,盖赵扐葰欲钞《高邮夏氏书目》,为之先容也。前所用王厨子来见求用,余本欲换人,因命其治庖。

初四日(11月29日) 晴,和暖如昨

清晨修容。赵益甫来谈。午后答朱申菴、陈学黯。何丹畦夫人为余表姑母，新从禹州携十六岁嗣子来京就姻，昨着人至寓探问，余因往谒表弟，已他出矣。谈及十六年前□邸往来时，亲串过从，殆无虚日。自丹畦姑夫殉节六安，亦已十二年。姑母自失所天后，连遭家忧，流寓中州，弱妾相依，兄子为嗣，晚景亦颇萧条。幸八先生廿载官囊，薄有数顷田可供饘粥以视。李恕皆观察一官远谪，逆旅寄棺，老母弱妻飘零皖上者，相去已不知凡几。姑母虽处可悯之境，而尚足支撑独悲。余见姑母于十六年后，竟不得复见吾母，追话畴曩，流涕久之，姑母亦为我呜咽失声也。进城答孝凤，未值，晤其令郎。简南坪寓中作消寒第二集，黄鼎珊、刘芸泉不到，十一下钟始归。闻枭匪扰及杨村一带。

初五日(11 月 30 日)　黎明风起，竟日不止，入夜愈甚。天阴偶露，淡光而已

昨刘景臣、谭序初考御史，往视之，询系论题为"君子无终食之间违仁"，策题为"称物平施"。答贾琴岩。至元和晤唐竹汀，假银一百五十两。访铁笙，不值。午后，约甫来，金莲生孝廉来。谒翁叔平，尚未下直，回至徐小云处谈，知考取御史第一王小岩昕，第二童起三福承，第三序初，第四贾篠樵，第五景臣。官秀峰相国署理直隶总督，刘荫渠革职差遣赎愆。颜玉求赏假回景州，许之。以两点心、两大碗菜送何表姑母。

初六日(12 月 1 日)　风止作冷，午后更厉

贺方子望前辈续姻。玉牒告成，例令百官午刻在午门跪迎，协和门跪送。余午刻至午门，虚无一人，问诸吏役，则玉牒已进去矣，余乃退归。晤王孝凤，知前月初旬在江宁谒见吾父，精神采采，不减当时，惟痔恙发时，须卧至一时许始复，稍为累尔。赵幼白、朱伯华来。夜接黄晓岱手示云，潘廉舫前辈有未肯主办公局之意。恽少薇以文来并板价至。叔平诗遣人问楹联尺寸大小。刘景臣来，未值。

初七日(12 月 2 日)　晴

张贯庐来。贺程丽畇徙宅之喜。至教子胡同旧宅，别去五年，犹有余恋,庭中两海棠已徙去矣,余则一切如前。至谭序初处谈。拜黄晓岱、潘濂舫,仍为主办公局事。午后至少虞处观奕。少虞、小云、琢珊来,未晤。

初八日(12月3日)　晴

何表姑母来,令内子往何宅。入夜,月色颇佳。访琢珊、约夫,均未值,至小村处谈。

初九日(12月4日)　晴,甚暖

父亲生日。莳栏、西艿、漱栏、约夫、云溪、淡香、小村均来拜寿,留吃午面。晚间并邀何豫生臻龄、周虎文寓中小集,漏尽始去。门生中以祝敬来者,惟徐生会沣一人。马仲良柄常上舍来拜。张立本鲁斋从九,云巢先生之孙,由金陵解卷来都。接到父亲大人谕函并大哥、三弟各信,系九月廿四日所发,即在闻捷之后。父亲之谕前半系十二日所书,并带到《春秋贾服注辑述》四部,《杏村先生夫妇诗稿》八部。四妹于八月廿六日在安庆得一子,母子均安,深为忻喜。父亲谕中有云,"四姐得子与中举一般",闻之当亦心慰,慈怀之畅可知已。以《揽青阁诗》送潘绂庭封翁。

初十日(12月5日)　晴暖如昨

答童琢珊、张鲁斋、李勺山、王左泉、金莲生及慈、浙两馆公车十人,又往黄、翁、蒋、徐处谢寿。贺汪少霞郎续姻,刘芸泉徙宅。访梁伯乞,未值,为鲁斋解交江南卷子事。黄晓岱字知公请之局已定,十九日每位酌派京蚨四十千。

十一日(12月6日)　晴,较昨尤暖

少虞来。小邨邀同陈学黯及西艿、昆玉、莳栏在宴宾小酌,拇战甚酣,余但默坐而已。是日牙痛。章采南补祭酒。

十二日(12月7日)　早晨晴,午后阴云四布,但觉春气更许有雪

午后接莳栏手札,悉天津新有汪以庄者到京,谈悉此番船中同来者余姚一车甚多,中有朱姓而未曾谋面,但据他人说。夜走访莳栏,知英士到津后已有信来,始悉履平兄实同来,并有宾于、香洲及姜、谢、邵诸人。朱修伯到京。

十三日(12月8日) 阴晴不定,夜月甚佳

管侯来,取汪师知单去。闻履平兄到津,扫除一室以待之。夜在莳栏处小酌。袁郢村、贾小樵、王晓岩、谭序初、刘景臣均记名御史。朱修伯带到三弟十月十一金陵信,知父亲退志已决,已托修伯向枢廷陈明病退实形,或能仰邀圣鉴,以遂解组初心,并附寄彭宫保《红梅》一幅。江南主试到京。

十四日(12月9日) 晴,较昨稍凉,非寒也

恽少薇、杨理庵来。接应敏斋信。黄植庭宅消寒第三集,陈桂生因病不到。漱兄招同小村、莳栏在宴宾小酌。

十五日(12月10日) 晴

吊汪啸庵总宪。贺刘景臣记名御史,并答慈、杭公车。鲍寅初、娄安之来。访修伯,不值。

十六日(12月11日) 晴

七下钟至何表姑母处为豫生就姻,马氏邀余及张念慈作陪郎。到马宅后,新人复上轿游街,而后归而成礼,申刻始归。访修伯,不值。王献西寄到父亲大人九月廿七日金陵手谕并大哥、三弟各信,又《春秋贾服注辑述》两部,《李次白夫妇诗稿》四部,《诗韵》十部,又附致倭师一信。晚间晤修伯云:“谒见曾侯于江宁,亦善打皮壳儿,不是一味严气正性的。”呜呼,是何言也! 殆有为而然耶?

十七日(12月12日) 晴

马仲良招饮,辞之。

十八日(12月13日) 晴

何豫生招陪新亲,同席者皆滇人,余惟袁筱坞兄弟耳。萼楼邀同莳栏兄弟及云溪、淡香、约夫如松小酌,又至萼楼宅闹房,二更尽始归。王献西来,未值。作信至履兄。

十九日(12月14日) 晨起,雪积数分,势犹未已。无何,微见日影,落花交飞,庭树皆作玉色,璀璨可观,此今冬一快心事也

十点钟至文昌馆为公请主试者,向例公请之局归第一房承办,余不甚谙此中筋节,托濂舫、晓岱两前辈代主其事,每人派分赀四十千。主试惟单太老师到,贾相因续假未出,瑞师则派查禄米仓不果来,十八主人惟方子望有病未来,阿允廷以他事不到,两监试、两收掌皆来,竟日落始散。是日楼上全小汀年丈作主人,有万师、桑师不得不招呼,仆仆楼梯,殊觉无谓。何宅新妇入门,内子未能去,令阿送往贺。裘孝廉冶成以金华火肉及笋尖相赠。何子森招夜饮,不赴。晤曹霞坪,知汪师嗣子于初六日以喉症殇,其从女归蒋者亦于十四日亡,何身后之惨也?

二十日(12月15日) 晴,冷,余始着棉鞋

答王献西。问马仲良病。唁童竹珊,时方闻讣。答钟孝廉、裘莼甫世叔。潘、黄两前辈因贾相昨未赴席,余菜一桌送至余处,余即两分之,以遗潘、黄两君,晓岱不收,并无庸送,潘而作札致余,谓不如送昨日不到之方子望、阿允庭。允庭路太远,只能仅送与子望。又半席,则余转送诸裘莼甫矣。刘云泉来。折差寄到父亲大人十月初四日谕函,并附大哥一纸。慈意以京用过费拳拳以鲍花潭学使举债不还为戒,缕述先德,涕泣道之。仰体吾父之心,当如何战战兢兢,以期不至陨越乎?从宝森携嘉善谢氏所刻《荀子》归。

二十一日(12月16日) 晴

张贯庐来。贡荆山开吊,余不去,送分四千。

二十二日(12月17日) 晴,午后天气甚和

答汪柳门,在元和号略坐。吊吴同年起凤之弟之丧。午后访王孝凤,不值。晤杨理庵。谒倭艮峰师,师方为人写楹联,只余二字,见余来,为搁笔。余将父亲致信面奉吾师,并谒翁叔平师,时方下直,与艮师同寓也。接子腾山西信、石洲河南信。蒋约夫在此夜饭。

二十三日(12月18日)　晴

俞赞侯来访。午后至徐小云处观棋小酌,座中有刘叔伦比部绪、周子千工部、周叔云、朱少虞、赵益甫、朱亮生,九点钟始散。灯下为新孝廉删改朱卷。夜饭过饱,未能熟睡。

二十四日(12月19日)　晴暖

蒋约夫来,留午饭。仍改朱卷。黄植庭来,同到铁笙宅作消寒第四集,同人无不早到。馔亦精洁,惜藜藿之肠,一啜即饱耳。闻汉中失守,山北一带数千里皆有贼踪,四日之内,陕督奏报四封,恐陕中军事方新耳。

二十五日(12月20日)　晴

何姑母来,嘱代写家信二封。夜改朱卷。马仲良招饮,不去。

二十六日(12月21日)　晴

访莳栏,知履平于家圩打尖,今日可入城,乃嘱复卿往沙窝门走候。余回寓静坐以待,至五点钟未至,径策车至崇文税局,遍问不得踪迹,复至三条胡同关店内,亦并无车辆,时已交戌刻,即循原道归。至莳栏寓,始知英士以天色已晚,即在于家圩住宿。余饥甚,即就翁吃饭一斗碗,真觉味美于回矣。回寓后,复吃一小碗。董敬甫招饮广和居,未及去,路门亦来招饮,均以此事不能赴。未刻,敬事房下司房失火。

二十七日(12月22日)　冬至。晴

供祭自祖父、祖母、吾母,暨丁、钱、姚三孺人,五荤五素,率妻子行礼毕,以馂余邀淡香、筠溪同食。后与筠溪偕至乾源,复至翁宅,则英士已到。未几,行李车亦来。余急回寓,则履平兄已扬鞭而至矣。两年不见,鬓发亦有霜痕,未免增感。接让卿信、大哥十月廿一日信。谢昆斋、严霞轩均在此卸车,别久语多,絮絮不止。十二点钟始得就睡。胡大任豫臬,卞松臣闽抚,李宗焘豫藩,李福泰广抚,李文敏天津,范抟九凤阳。

二十八日(12月23日)　晴,晨雾甚重,天气甚和

宝师母生日,送祝敬二两。何姑母率其子妇来。又从履兄处接一巢母舅一信,黄蔚亭一信。

二十九日(12月24日)　晨起,雪片甚紧,午后即止,约积二寸有余

娄安之过访。张鲁斋来,未晤。履平与坤斋、霞轩往翁宅夜饭。

三十日(12月25日)　云阴欲坠,室中黑漆,殊闷人也,似雪意尚浓

霞轩、坤斋于三点钟搬至文德,与香州等合寓。答王香洲、杨宾于、邵端甫。贺薛绥之本纪告成,俸满议敘,并访裘莼甫。莼甫来。久卿来。小村来。

十二月初一日(12月26日)　阴,午时微露日影,夜有风。雪后颇觉寒,入夜尤甚。朔方本多阴冱之气,独今年至近日始觉耳

张贯庐来。王一夔、何恒甫、顾月舲、何衡夫来。翁英士来。连日因公车到京,未能静坐。汪师母着人来取月帮钱,余付十千。召其家人问近日情状,为之惨然。约夫来,留夜饭,并下榻斋中。

初二日(12月27日)　晴,大风甚寒

改朱卷。淡香拜客,迟至未正始开饭。因内人分娩在即,添用女下人一名。徐子美来。张鲁斋嘱代借盘费,辞之。曹霞坪来。

初三日(12月28日)　晴,冷。砚水皆冰,寒威甚厉

徐东甫以朱卷来。履平兄往谒座师。何子森招同履平、筠溪、淡香、小村、巳栏昆仲、酉香昆仲及新到公车,共两席,余姚同乡十年来未有若是之盛也。十一下钟始回寓。黄星北、胡菊如两孝廉来,未值。胡立斋、杜星潮、洪芝水来,立斋以帽纬名片纸见赠。董敬甫来。

初四日(12月29日)　晴,冷,较昨更甚

因昨就枕过迟,今晨睡起已至巳刻。娄安之来。坤斋、霞轩、虎文、久卿来。陈桂生斋中消寒第五集,绥之不到。刘芸泉云陕西回匪已渡河,扰及平阳府城外,恐从此西北多事耳。简南坪云甲子正月二十八日,病中服麻黄三钱,即昏昏不省人事,如至一大殿外,阶级甚峻，高等于胸，无缘上升。正踌躇间，有一青衣人来，如今时补褂式，惟圆花耳。首试戴黑帽，长尺许，即拱手问南坪云："汝何为在此?"答曰："余亦不知何事。"青衣人云："余当为汝一查，即来奉报。"未几即至，面带喜色。而南坪云："汝是云南人，我是贵州人，姓路，某年进士，曾任某部员外郎，在此作判官，与君本系同乡。君官禄未尽，将来尚有得意之日，不应在此。"南坪知已入冥司，即问云："今从何路得出?"青衣人向东指云："此去有一小门，无数马队聚焉，出此即是矣。"蹒跚久之，出门即醒，家人已环守一日矣。两重棉被，热汗沾透，第二日即健饭如常云。先是初至殿外时，见江宁叶仲方同年及仪征吴□□均在焉。南坪与之酬应，皆漠然不应，赖青衣人来，始得解。不十日而仲芳病殁，又十余日而吴亦殁。仲芳是日为太夫人祝寿，南坪往贺，至门首，始知仲芳死，乃恍然于此段公案也。仲芳时官部郎中，为余壬戌同年。吴□□系文节公文镕子，为余戊午副榜同年。江苏候补知州蒋三成，汉军人，丁忧，在旂开育婴堂，借宝佩蘅师名，具疏遍募公费。余方出闱，照潘濂舫前辈捐数，亦写四两，因拮据未付。未几，有挖小儿眼珠之事，是儿之父因儿有病至堂中，往视之，则两眼之珠已失所在。询之，则云亦无所苦，惟记得蒋老爷一日与姨太太来此闲逛，将余两手往后一按，蒋老爷即用一物向余两眼罩上，亦无痛楚，一瞬即去。是儿之父与何铁笙宅打杂家人相识，曾领儿至铁笙处，故铁笙亲见其情形，闻此案已移交刑部矣。据其父云，在堂中两日，每日小儿必死十余人，或云腹痛，或云喉烂，究不知何因。借人媚鬼，此可害心，未知部中作何办法。陈国瑞引见，以头等侍卫发往山东交丁差遣。

初五日(12月30日)　晴，冷如昨。午后阴，云头甚厚，黯黯欲低，直是一幅"晚来天欲雪"诗景，惜无好句写此耳

昨日简南坪云，廿六未刻敬事亭火烧，恭王已休沐在邸，经知会后始到，到即闭宫门，不令人擅入，故朱桐轩、单地山均到在恭王之先。自恭王进宫后，即无人可入矣。倭师得信稍迟，即刻趋救，则门已闭,不能复入。南坪亲见之,故云。乃外议谓火发时,翁叔平师问倭师云:"应往救否?"倭师云:"此系旁舍火,并非正殿,大可不必。"噫!为是言者,其殆有为而发乎?天下借端以倾君子者,固未尝断此种子也。左季高报岐山解围。杨宾于以火肥鲞鱼来送,并约邵端甫来。徐莩楼来。履平赴子美之招。何恒甫招观剧,并在福隆堂小酌,余不去。访小云,知渡河者捻子也,并无回子杂其中。途遇少虞,遂同至寓中,围炉清谈。少虞闻之东宫太后之胞侄景云,敬事房之失火由太监熬鸦片烟所致。是日太后均避至神武门。欧阳容甫仍在上书房行走。

初六日(12月31日)　阴,午后微有日光。夜,月晕甚大。昨夜戌正下雪,缤纷满地,至晓即晴,约积至二寸。今冬于是见三白矣

履平兄进城拜客竟日,为余向安怀堂取口党参二斤归。

初七日(1868年1月1日)　晴

安徽学署承差金宝太、徐光裕赍到新旧任交卸折子。接父亲十一月十六日谕函并三弟一信,知父亲自十六日交卸后,即于是午携春开船,想此时可抵杭州矣。又致倭师信一件。又接杨信、余信,为代领诰轴事。午后吊童琢珊之父之丧,回拜李勺山、王艾亭、林锡三、胡菊如、黄星北、胡立斋、洪止水。访馥生未晤,即留片托查领轴事。今日天气稍和,余昨因积食未化,暂停二仪汤,今尚未愈,节饭一盂,以疏其气。王艾亭言,近来户、刑两部捐班司官,每拜堂官为师生,借以钻营美差,并可躐得优保,纷纷皆是,举国若狂,奔竞之风,为前数年所未有,殊堪太息。其稍知自爱之正途出身者,虽当差勤慎,亦终被他人挤压耳,此亦可以观世局矣。

初八日(1月2日)　晴,较昨更冷

吃腊八粥,用钱二千六百文。莳栏来。李少荃奏,十一月十四日至二十九日追贼获胜,杀髡逆首赖世就,赖文光投水身死,任柱之兄任定死于弥河东岸。今日胸腹不舒,午饭只一碗,不敢再吃夜饭,十点钟时忽觉饥火上炎,吃荞麦糊。

初九日(1月3日) 晴,冷。卧床旁盥面之水一宿即冰,至午不散,盖严凝之气至此亦足矣

一夔、月舲招同新公车余庆堂公宴,余以胸腹未舒,不去。子腾九月初九日出都以辕骡借余,并以银廿两易其车,故余自出闱后不复僦车应酬,亦自此稍烦。近日天气寒厉,少出门,舆夫无事,因令其牵车自给,余亦不复取其赢,以示体恤,自今日始也。内人为余畏寒,用新絮袭褥,觉春意盎然矣。自今冬服熟地后,旧日遗泄夜热之病尽去,虽间患脾胃不调而神气充足,无复似向时柔脆之态,觉体中无限爽快。

初十日(1月4日) 晴,冷如昨,午后稍有冻云

唐竹汀招饮同兴楼,余与履平兄同车往,复偕观春台剧,余自去年三月入都,足未尝入戏园,今同兄来此,亦殊觉无味,从此又可斩断此事矣。复至霞轩新寓略坐,诸君尚未归也。约夫来,未值。小宝乳娘施氏今日系四十岁生辰,内子代焚烛灶神前,于是家人辈亦送面、烛等物,殊觉可省。陈国瑞谢左宗棠差遣恩。

十一日(1月5日) 阴冷。围炉夜坐,火焰不能及远,足征寒威之厉

张贯庐来。周虎文来,据云回捻之渡河也,假装骆驼千余,以贩货为名,每驼用一人牵复,以一人乘之,箱篋中每箱伏一人,防河卒懈不设备,遂以次而济,共渡三千余人,到岸后即趋吉州,陷之,旋至绛州洪洞一带,今均有贼踪矣。刘景臣来谈。与履兄对饮,不觉大醉,饮苦茗始醒,然就枕后不能熟睡,浑身发热,至晓始退,从此断不向酒泉郡问津矣。

十二日(1月6日) 阴,严寒稍减,而云阴渐匀。申初飞雪,入夜更紧

霞轩、宾于、坤斋来。虎文假余虚公砝松江京平银五十两,其意足感。余乃秤三十两折费,付承差收讫,并覆杨信余一封,仍以捐请母舅封典事相托。改朱卷三诗毕。谭竹崖升刑尚,系齐小云缺。郑小山师升总宪。

十三日(1月7日) 晓起,雪积四五寸而势犹未已,至午始止,微透日光。傍晚有霞,天气较昨稍和。夜月有晕甚大,交子时起风

莳栏、复卿来。承差清早回皖。朱亮生约益甫、叔云、叔伦、子千在小云处手谈,邀余作陪,漏尽始散,就枕已十二点矣。家人就庭中雪作雪狮子、雪弥陀各一,颇有神理,惜无好诗纪此。小云说直隶盐枭已被余观察承恩打尽,可无虑矣。胡小蘧兼署刑左。

十四日(1月8日) 薄晴,未甚冷。入夜月色甚皎,而寒风吹人,不能久玩

坤斋来借《汉书·丙魏传》。午后行至绳匠胡同北口,道泞不能行,以三百钱买车至肄雅堂,购《黎洲历学》、《假如象数论》、陈硕甫《毛诗传疏》三种。傍晚,至黄鼎珊处作消寒第六集,同人均到,十一下钟始归。官文奏直境肃清。

十五日(1月9日) 淡晴如昨,风较寒而声亦不止,夜有光

坤斋以诗来。

十六日(1月10日) 晴,冷

徐东甫来。薛绥之来。淡香、筠溪、履平至大吉巷夜饭。漱澜以吴峻峰板价十金来与余对分,余以俗例所无辞之。

十七日(1月11日) 晴,冷较昨更甚

朱少虞来。章采南前辈送《列孝图说》,并以会课文嘱评定甲乙。恽少薇送朱卷来。周荇农转左庶子,翁师补右庶子。骆帅薨,吴仲宣川督,马穀山闽浙,李少荃浙抚,丁日昌苏抚。履平、筠溪在宝隆小酌。午后天气稍和,修容肄雅堂以《历代帝王年表》来。瓦雪稍融,滴滴辄成冰箸。何九太太着人来视内子。

十八日(1月12日) 晴,冷

午后访少虞于莲花寺,少伯亦来,始知小山师奉旨往山西查办事件,因山右谏垣诸君联衔奏劾巡抚也。陈国瑞请训。王孝凤来谈,以天晚赶城,未能深谈。王文辉翰臣来。筠溪买羊肉邀余大嚼,又有酒意矣。都俗于分娩前一月先令稳婆来看,余亦从俗令其来,晚饭后始到。

十九日(1月13日)　晴,冷

阅春明旧雨课卷。坤斋来。

二十日(1月14日)　晴,冷。午后云阴愈厚,寒威亦厉,又如酿雪天气矣

贺翁师升右庶、郑师升总宪之喜,并答陈钧堂、刘景臣、黄卣芗、王铭慎、金兆麒。晤徐小坡前辈,又贺金少伯升郎中,并谒钱犀伯师。郑师言贵州乡试二场,士子归号后,凡外帘伺候诸吏役忽拔刀杀人,幸留兵三百以备不虞,诸不轨之徒得以次第就缚。同时城外贼到,亦以有备无恐,盖早约期内应也。故为两主司舁舆及打扫搬挪诸人,无一非贼。是事也,殆有天幸云。小坡云,张子青师奏称山东残捻悉数荡平,并生擒发逆首赖文光,可为快事。

二十一日(1月15日)　阴冷,似有雪意

虎文来,未值。裘莼甫、张璞山来。与履平兄至厂肆得《国朝文征》归。是日遇吴少岷、彭泽甫、黄鼎珊。

二十二日(1月16日)　晴

母亲生忌。回忆避地江北,今日甫由海门抵任家港,以去就未决,迟至二十七日始由南通州下船,即值大雪,河冻不能行,光阴迅忽,倏已七年矣。回首前尘,泫然涕下。供饭后履平兄来拜,即于午刻将祭席请淡香,加两点心、八小碟,并邀安之、筠溪作陪。李桂森以板价来,即以申盦作伐事相语。杨宾于、王湘舟来。周虎文来。赵幼白来。刘芸泉家消寒第七集,铁笙、绥之、桂生不到,陈六舟最迟到,散时已漏尽矣。闻昨夜山东有红旗捷到报京。

二十三日(1月17日)　晴暖。东风初起,颇有春意。晓雾

拜翁太师母寿,并拜万藕舲师寿,各具祝敬二金。翁不设坛,在万处吃面。两世兄行礼,同席者为张宝珊、刘景臣、薛绥之、汪少霞、朱少虞。午后与履平兄游斜街花市,购佛手两本,京帙十二千。傍晚送灶,彻夜爆竹声不绝。接伯声初八日济宁营中信,时寓东门外玉露庵，并附致刘乙生孝廉元楷信。杨理莽来。

二十四日(1月18日) 晴

至元和竹汀处取银一百两，交余心图兄赎出貂褂、乌云豹袍两件。又为申庵作伐事至李观察祝三处。夜阅梅柏枧《古文词略》，将王选诗校阅汉魏人诗一遍。送何姑母、邵太亲母年礼各四色。

二十五日(1月19日) 晴

访少虞，申菴在座。霞轩来，留夜饭。

二十六日(1月20日) 晴

午后出门，晤周屏山，袖诗八首相质。答沈梅史，时方同钟峙山交卸入都。又答张葆山、俞赞侯，均未晤。

二十七日(1月21日) 晓起，大雪纷纷不止，庭中狮子颇有东涂西抹之态，黑白相错，奇丑非常。午后飞花少休，而云阴犹密布也，晚乃有星

楼玉圃来。周虎文来，复以五十金假余。何九太太馈岁四物，尽收之，以转馈虎文。

二十八日(1月22日) 晴。天气甚和，街上泥滑不能行

晨起着貂褂拜宝师寿，盖新从聚亿赎回也，今年第一日着此，不可不记。李观察来答。以糟年糕、玉面饽饽两种送翁宅。夜有风。

廿九日(1月23日) 晴

漱栏来，余尚未起。张贯庐来。午后至翁、钱、倭、万师处辞岁，并谒见汪师母。适徐管侯亦来，各用节敬二金。严霞轩来，排紫微斗数，留夜饮，更深始去。申初送年。淡香、筠溪今在乾源午饭。倭、翁两师昨日尚至宏德殿课皇上读，今日始退沐在第，足征本朝家法之善，询诸阍人云。

三十日(1月24日) 晴，天气尚和

晨起往宝师处辞岁，节敬二两，并往桑、朱、瑞、董各师处，各用门敬二千。恽彦瑄以节敬二金来。申刻祭祖父母三位，吾母一位，丁、钱、姚三孺人三位。余未得为大夫，故由吾母推之祖父母也。履平兄亦来拜。余以履平兄在都，在厅上设席邀筠溪、淡香同饮，不复入内室与妻子团坐也。去年淡香恐余出陪，未暮就枕以避之，转瞬又一年矣。遥想吾父归里，今日正在合坐分岁之时，吾父而下得侍饮者，大兄、三弟、大嫂、三弟妇暨鸿树、幹成、四从子从女、阿迟共九人。想念及仲子，当必以履兄到京为长安客中添一段联床夜话嘉趣，亦自吾父己丑成进士后不可多得事。惟余自乙丑腊月二十五到皖，除夕日得与吾弟、吾妹于亲前奉觞，忽忽二十年矣，不得退随膝下，反与妻子团聚，亦有何欢？转计及此，能无潸然乎！履平兄以客中寡欢，仿世俗例猜状元红，约筠溪及余三人，四更尽始就枕。余向不守岁，从未有迟眠似今日者，然亦太疲矣。

同治七年戊辰(1868)

正月初一日庚戌(1月25日)　晴和

昨夜眠迟，今日亦稍迟起。拜神毕后，拜祖及吾母，筵前仍供莲子茶，率妇子行礼毕后，南向叩头，吾父正乞假回姚也。午后仍与履兄、筠溪、淡香猜状元红。夜睡甚早。客来八十五人。

初二日(1月26日)　晴

翁莳栏、杨宾于、邵寅生、周虎文来。遣阿送、阿六、阿命往何九姑太太及邵太亲母处贺年。履兄患小肠气，不食。筠溪亦胁痛，余与淡香两人赌状元。桐轩师奉旨以吏尚协办大学士。客来五十八人。

初三日(1月27日)　晴，暖甚，室中不设炉火

自昨日起，晨间与淡香同车往各处贺年。午后小村来。客来四十九人。

初四日(1月28日)　晴暖，较昨尤甚

晨起吃年糕。往东城客处贺年，并贺朱桐轩师协办，并贺、皂、瑞、董、宝各师，单太老师。午正在哈达门大街小憩，市饼二枚充饥，食辕骡，然后复行，惟楼广侯寓中暂坐片刻。薄暮出城，冻涂尽释，泥泞难行，已觉人疲马乏矣。客来三十六人。

初五日(1 月 29 日)　晴暖

晨起，由大川店、珠巢街、官菜园至米市、驴驹中街、延旺庙、贾家、潘河沿、粉坊、横街、绳匠本街拜年回寓。午饭后，由烂面、砖儿、教子、上下斜街至教场胡同及香炉营、南北柳巷、草厂、椿树、永光寺、棉花、沙土园、东南园、兴胜寺、铁老鹳庙、大小安南营、虎坊桥，归寓已薄暮矣。客来二十四人。

初六日(1 月 30 日)　晴暖

晨起，由山西街、铁门绕宣武大街入宣武门，至东城根、松树、兵部洼、西交民、旧镰子胡同，至皇城拐角街，复至小麻线、抽皮等处，未正归寓。拜客三日，疲乏殊甚，当销静数日耳。客来十九人。

初七日(1 月 31 日)　阴，微冷，密云四垂。午后飞雪，入夜殊紧

履兄出门拜客。写家禀。楼玉圃送《笔耕书屋赋草》来。筠溪患肝疾颇剧，客来二十三人。

初八日(2 月 1 日)　雪飞至夜不止，惟不甚大，傍晚积至二寸许，天气较昨稍寒

阅《射鹰诗话》，枯坐终日，殊闷人也。虎文来，为筠溪诊脉。

初九日(2 月 2 日)　雪片甚紧，较昨又积寸余，未刻始止，欲游厂肆，忽又不果。入夜则朦胧冻月，与积雪相映，以未能尽扫宿云为恨

倭师相有信致父亲，并附致竹如先生一信。

初十日(2 月 3 日)　晴冷

写家禀。冯久青来，留午饭。与履兄游厂肆，至则各摊已收矣，兴尽而返。约夫夜间来谈。

十一日(2 月 4 日)　立春。晴冷如昨

顾月舲来。封家信，附履平、淡香、施妈信，又致诸琴堂一，倭师相致信一，并致竹如侍郎信一、花间图一、念德祠联一、交卸折一。十一、二月及正月初九前报一本。午后复与履兄游厂肆。薄暝始归。

十二日(2月5日) 阴寒。忽起浓云,如欲雪状,午后稍开,而未能大霁。夜有淡月

何香恬以炭敬十六金寄余。午后拜年,日暮始归。天气凛冽,为新年最冷之日。泥淖难行,车甚倾仄,为之疲惫不堪。将家信交阜康王栏皆。陈六舟寓中消寒第八集,到者南坪、绥之、鼎珊、桂生、铁生及余六人。六舟昨夜得一孙。

十三日(2月6日) 晴

晨起往各处补拜年。午后至理庵处吃面,复到西城,申刻始归寓。朱少虞来谈,留吃元宵。祖筵前供元宵,合家均分而食之。李桂森来。贼窜衡水、定州,有旨切责官左李少荃子和各督抚。

十四日(2月7日) 晴,傍晚微风甚峭

巳刻往元和访唐竹汀,未晤。午后约少虞同游厂肆。官文驰奏,捻服窜至清苑,提督刘松山、总兵郭宝昌、协领喜昌各统所部绕越贼前,赶赴保定。陈国瑞亦令张曜、宋庆各军陆续赶到。副都统春寿所部马队各军,屈计亦可绕越贼前。追贼各军尚属出力,刘松山等军由陕、豫追至直隶,星夜兼程,尤属奋勉可嘉,着先行从优议叙。夜,月甚明。

十五日(2月8日) 晴,夜阴,不见月

阅《好云楼试律》,甚佳。王一夔招饮,并有履兄、筠溪、淡香、约夫、霞轩、虎文、亦簪。夜在大街看放花,履兄等均以他约去,余独先归。天气较昨稍和。

十六日(2月9日) 晴阴参半,夜仍有云

娄安之来,写楹联四付。夜间约夫来谈。王榕告出,差胡肇智暂署府尹。

十七日(2月10日) 晨起大雾,庭础皆润,日光徐升,而时有薄云来绕。夜间风

接景孙十一月初七信,并托转送信十六件,从少伯处来。天气颇暖,犹衣狐裘,致彻夜不能安睡。

十八日(2月11日)　阴,午后晴,夜月甚皎

午后访少虞,知贼去涿州三十里,经陈侍卫截战折回,丁中丞已至保定矣。又访约夫。与履兄、筠溪、淡香猜状元红。夜半始罢。

十九日(2月12日)　晴,有风

祭祖,用十大碗。招霞轩、香洲、宾于、梅史、英士、瑞甫、坤斋及筠溪、淡香、履兄,连主人共十一人,申初散席。沈阳恩生霨来见,以兵部笔帖式差事赴都,余去秋分校所荐士也,贽敬三两。

二十日(2月13日)　晴,风较多,稍寒

阅《笔耕书屋赋草》,并择其尤者手录之。张立斋函来借银。

二十一日(2月14日)　晴,风午后始息,而寒意未减

徐东甫来,辞之。沈北山、朱桂卿均来,闻贼在南宫、冀州一带。仍阅王绹甫《赋草》。

二十二日(2月15日)　晴

访绥之,公截取引见,未晤。黄植庭为言其夫人表姊容凤喜之事,洵可广异闻而资谈柄,余别有记。谒张霁亭,仆少三弟座师也。久而后出,至莳栏处,未值,因赴何九太太之招,到门后始知因九太太昨夜病甚剧,又改期。杨庖丁烹调平常,又以家口太多,虚胃滋甚,令其回家,仍遣王姓代庖。绥之及楼次园均以烦缺知府记名。夏家镐补内阁读学士,杨振甫转补左赞,李若农补授右赞。冯子材有广西军务废弛请严申军律一折。

二十三日(2月16日)　晴

阿六今年十岁,乃母令祖先前供莲子茶,烧红烛并冶面,暂放一日学。午后至蒋约夫处,张鲁斋帮分二金送交。申刻内子腹痛腰坠,八下钟愈痛愈紧,竟举一女,母子平安。我家从无难产诸症,盖累世余庆有以致之也。余从前儿女生时,或由吾母一手经理,或由外家,未有身阅其事者,今乃安谧如常,可喜也。

二十四日(2月17日)　晴暖

蒋约夫来。莳栏招饮,余辞不赴,履兄去。新生女名之曰“同”,

为与阿六同日生也。开口乳乞诸六舟之妇，因患乳痈未与，遂从郭宅取乳。家用无所出，向唐竹汀借银四十两，令王升持归。

附灯谜：

残菊，打县名。

四黄花开完呈，打四字。钩心斗角。

天若有情天亦老，《诗经》一句，官名一。常少。

弹琴推倒仲达。兵马司指挥。

贪吏灭族，墨者夷之。

分明摩诘图章，何以模糊颠倒。维王之邛。

百牛半夏生，偃武果林放。人名。牛兽。

任怨，许人尤之。

贾中堂以太子太保大学士致仕，赏给全俸。

二十五日(2月18日)　晨起大雪，午后放晴，春寒颇重

写家禀。周虎文来。斋中作消寒第九集，南坪、绥之、六舟、鼎珊、芸泉、铁笙、桂生、植庭均来。八下钟开席，十一下钟始散。朱桐轩师充掌院学士并史馆总裁，毛旭初副总裁，椒生司农武英殿总裁，万师教习庶吉士。

二十六日(2月19日)　湿雾幂地，到地皆湿，霏霏至夜不止

邵小村、翁莳栏皆来。

二十七日(2月20日)　雨不成丝，雾如织縠，冥蒙着地，积久始呼滑滑，鸟声乍喧，林梢不动，江南烟柳雨丝过，清明光景，殆如是乎

晓起，从恽杏园处递到父亲十二月十七日谕函云，初十日到大关，家眷行李均至郑沛三行。十四日仲林及大儿、梯云送眷先行，我与三儿连日拜客，十八日即可渡江。我痔恙依旧，将家人洗面水洗患处，虽不能减，而日中不发，或从此竟渐减，行动亦好，则亦不敢以无病之体而欺君耳。现复用河车丸，系程香谷、许愚山商开，久服当自有效,或处或出,自有天定。如目前情形,断难供职云云。林蔼人世叔来。丁中丞奏,二十、二十一、二十二日克复饶阳,并追贼屡胜。上谕:钦差大臣现在行抵获鹿,所有直隶现到各路官军均着归该大臣总统调度。夜雨甚紧。乳娘雇定。

二十八日(2月21日)　雨。天气黪黩,闷坐小窗,殊无兴趣

家禀写完,写让卿、由笙二信。父亲去年俸米吃完,从市中购买白米,每石三十六千。去秋畿辅旱歉,新春兵米又增,致米价翔贵。久居都门者,何以堪此!

二十九日(2月22日)　晴

拜倭师母寿,祝敬二两。娄安之来,留午饭。

二月初一日(2月23日)　阴,冷

酉芗兄弟招饮福隆堂,同席为慕慈鹤、赵梅卿及梅史、小村、馥生、英士。

初二日(2月24日)　阴,有微雪,寒气颇重

少虞来,未值,余适在少虞处独坐,未几来,并留吃午饭。独游厂肆,购《抚州张敦仁重刊礼记》及《朱氏礼记训纂》。漱栏赠温柑三枚,余报之以《安徽试牍》。又购得《南江文集》一部而无诗。闻定州一带捻贼驱民人男女数万人,各执香一炷,乘夜压大军营。我军骇愕,徐审之,乃知非贼,顾思乘机杀戮以冒功。大炮、洋枪一时齐发,炷香之民有死者,贼以二千人乘其后,并截官军归路。四面兜战,我军大乱,死者万余人,贼势遂更炽。饶阳之失守也,知县事者率民兵驻城外,贼尚未至,即施放枪炮。未几,贼果至,而火器皆热透,药铅亦乏,令欲折回,已不及矣。故官死于城外,而城亦旋破云。丁中丞奏复饶阳归功于已革提督王心安。昨闻之杨刑部言,饶阳之民习拳勇,自京师以及直省,行李往来,每以勇士俱,今所谓包镖者,皆饶阳人也。贼破城后,或扰及乡,饶阳人苦斗数日,贼不安,遂舍城而去。东军战绩,殆未可尽信云。闻李少荃宫保已派潘琴轩及温、善两都统三军来河间一带，而大营亦随之北上矣。刘提戎铭传因病未能来。

初三日(2 月 25 日)　晨起，大雪纷纷，至夜不止。庭树皆作玉色，璀璨晃目，冬雪无此姿态。今春雪过多，亦兵象也

何姑太太招饮，余不去。

初四日(2 月 26 日)　雪飞如昨，惟稍小耳。午后仍洒洒不已，夜深始定

廿八日米一百斤，今日吃完不足，又益以糯米三碗，众始得饱。三两六钱银不能足六日之餐，今而知长安米价之高也。郑小山师署理山西巡抚，赵长龄开缺，听候查办。

初五日(2 月 27 日)　晴，冷

今日复买米一百斤，计价卅四千。米色较黑，儿女辈从未见过此，骇不下箸。事当困乏之际，始觉平日饱食真是福分，何怪蔡家儿不知米出何处也？午后至景宸处谈，复同至植庭处。约夫来，留夜饭。有旨令直隶军务紧要，各路统兵大臣及各督抚，均归恭亲王等节制。

初六日(2 月 28 日)　晴阴各半。树上皆作冰花，远望殊绚烂，或云兵象。夜有风

至莳栏处吃匾食。游厂肆。

初七日(2 月 29 日)　晴

改李生桂森卷。陶柳门自汴梁来晤。徐莼楼招饮如松，同席者翁氏三昆仲及澹香、履兄也。莳栏来。是日泥泞难行，车多倾仄，余与履兄、澹香三人同车，余在箱内簸荡愈甚，较之扬鞭驿路百里不停，反觉逊其自在也。

初八日(3 月 1 日)　阴冷。自初四日雪后，冻涂复坚，寒威更壮，去年无此景象也

在赵扮菽处略坐。少虞来谈。何豫生招饮，座中有马仲良、莫伯常、李伯音、王雪香、袁子九。久不作楷字，今日午后写白折一开，临褚登善《圣教序》。吕生襄来，以补足板价至。

初九日(3月2日)　阴,冷如昨,午后暂放斜阳,一霎而已

西宁朱生衣点来见,贽敬四两。钱孺人生忌。关晓川培钧选授湖南新化县知县,来辞行。俞晓庐来谈。

初十日(3月3日)　早阴,午后晴,冷稍减

恽少薇来。徐子美来。初五日所买之米,至明日午食毕。

十一日(3月4日)　阴,甚有欲雪意

久青来。午后食米已毕,米柜内括之去年所余米尚得七斤,可充一顿。米色较洁,下咽后亦滑如甘饴,乃知向者实未知此味也。山东曹属范县王来凤等在观城、濮州等处连年肆扰,濮州知州葛恩荣会同绅士知县王希孟等乘夜围拿,立时格毙。胞弟侄王来凤三人率党来救,并拿获正法。逆党郝油锤等在水仓抢掠,亦经葛恩荣驰往兜击多名。老刘因裁制工食,拂衣而去。

十二日(3月5日)　雪片甚紧,竟日方止,夜有月影

山西巡抚赵长龄革职,军台效力,按察使陈湜革职,新疆效力。夜间与同人谈,不觉言多,过子始就枕。买米一百斤,三十四千。

十三日(3月6日)　晴,冷殊甚

奉天联生陛号丹九来见,贽敬十二两。接钟雨辰去腊十九信,并嘱转呈倭相一函,送少伯递来。少伯又交来景孙团拜费五十金而无信,余即送交陈六舟。娄安之来,并荐孟车夫一名。夜月甚佳,访少虞,知贼大股在深州,刘松山曾得一胜仗。

十四日(3月7日)　晴

与刘景宸、韦煦斋、李勺山公请钱犀盦师于文昌馆。席未半而三弟与望东、月坡到京。余急走归寓,询知父亲大人慈体均安,甚慰。孺系三弟于廿七日由家起程,十七日而到。以车送履平兄至苏州胡同寓舍。余听剧至夜半始归。

十五日(3月8日)　晴

蒋约夫来。王孝凤奉旨发往左宗棠军营差遣。阅卷,瑞、毕、刘、万。

十六日(3月9日) 晴

宾于、约夫、香洲、坤斋、端夫同来，与望东、履兄、三弟、月坡至天聚斋吃烧鸭子。莳栏来。嵩莩来。

十七日(3月10日) 晴

孝凤来，出疏稿相示，所言甚合机宜。顾老四招饮不去，履兄去。三弟出门拜客。

十八日(3月11日) 晴

陈树庵立勋来见，贽敬四两。张少田俊德来见，贽敬二两。裘端甫送鲞鱼、火腿。张印庭来。

十九日(3月12日) 雨，入夜不止

写家禀并二月朔至十六邸抄，托乾源寄姚。何子森、赵幼白来。

二十日(3月13日) 晴

覆试名单：履兄三等，姚人惟小村、宾于列二等。邵端甫通篇"稼穑"作"稼墙"，罚停会试一科。杨孝廉燮和带到平景孙信一封。五年分江南漕运，官绅均邀奏奖，某太史亦附名其中，至请旨酌予奖叙，仕途风气概可知矣。

二十一日(3月14日) 阴

朱中堂派掌院于今日进署，余以随班到，清秘堂坐候，午刻始来。入室之后，三揖而已。童起山前辈呈请改教，援中书改教之例相恳，桐轩协揆以本署无成样可援覆之。少不自爱，老而弥穷，可悯也夫！送琢珊南归。理庵来，朱状头来示点。翟次怀、周子美来，均未晤。乾源招夜饭，与淡兄、望东、月坡、筠溪及履兄、镇弟同往，子初归。夜，雪甚大。周子美送笋脯、火腿。

二十二日(3月15日) 阴冷，雪犹未止，晓起则昨夜雪已积数寸许，寒厉之气令人瑟缩

对门张姓十日内以喉症亡者五人，惨哉！俞雪香送笋肉，林熙臣送代土仪四两。钱犀盦师答席在文昌馆，余午刻去，上灯后坐片刻即归。是日与万师接席。

二十三日(3月16日)　晴,冷甚,较春初更憀栗也

莳栏来。祝董瑞翁太夫人寿。午后雪香来寓,余送三弟及月坡入城,寓实录馆,傍晚回寓。朱少虞来,新派天津海运矣。阿同弥月,嘱三弟抱而剪发。午刻请望东、月坡吃面。左、李各报胜仗,得温旨奖勉。潘霨升浙江盐运使,刘达善调补登莱道,白长佑放□□道。

二十四日(3月17日)　晴,冷,午后阴

昨晚十一下钟就枕,两下钟即醒,披衣起坐,促令下面即进城,适前车倾覆,久之始得通行。至实录馆,三弟已饱食待矣。七下钟点名毕始归。王孝凤来,并有致父亲一禀。夜,有酒招望东、月坡同席。

二十五日(3月18日)　阴,午后微雨

与三弟、月坡同至厂肆,因雨而返。访杨宾于诸君,不值。访莳栏兄弟,清谈半日始返。虎文来。三弟列二等七十三名,大约因写错一字涂改之故。吃�溪面。

二十六日(3月19日)　雨

午睡后闻伯声到京,即坐车至伏魔寺,邀至寓中沽酒畅饮,并招望东。朱荫苍兄送广东各物,托同乡唐墨卿带来。

二十七日(3月20日)　晴

早辰拜客,晤陶吉泉、钱铁江、钱�仙。王九如来。伯声招同刘乙生、陆春江及望东、三弟在广和小饮。徐耀庭到京,接父亲大人二月初六日谕函并乙舅一谕,内附和章。

二十八日(3月21日)　晴,冷意未减

洪达之送茶叶、火腿,又影宋椠本《公羊经传解诂》两本。伯声来,余内人出见行礼。伯声送《胡文忠遗集》、茶食、茶叶、阿胶、湖颖。华生镇送柑子、虾米、檀香果、五香茶干。令郭成往城内寻小寓。接洪琴西信。丹畦夫人来,为写糙米胡同荥阳钱直生信并禹州乃侄芝龄信。椒生司农来,未晤。杨理庵来,即招同铁江、伯声、望东、月坡在宴宾吃烧鸭。

二十九日(3 月 22 日)　晴暖,傍晚甚冷

华镇来。翟次怀来。接童薇研师信。

三十日(3 月 23 日)　晴

伯声以物六件寄余处,以酒肉、点心饷伯声。铁江来,留午饭。答椒生司农、少虞、仲山、耀庭、雪香。董师兼署户部。左季高、官秀峰奏直省各路诸军大捷。

三月初一日(3 月 24 日)　晴,午后阴

出门遇余辉庭、娄安之。答伯声、九如、丁毓昆。托巳兄查洪汝濂饷票局咨覆事。谒钱犀伯师,代告感冒假十日,师进署未回,恐行文已晚。往访王介卿,托将名衔扣下,介卿亦他出,留字以待。晚接介卿片,知事可行,并函托钱师补一告假文,移咨礼部。霞坪招看吉林参。买高丽参一斤十六支,计价十七两,付白米卅七千,自十八至三十日,黑米卅五千,自十八至廿八日。

初二日(3 月 25 日)　阴晴参半,寒意未减

钱笣仙来。贾生炳元来,送物四种。徐耀廷送南物。张贯庐来谈。写家禀。伯声、少虞来。

初三日(3 月 26 日)　晴,冷

答卓斗枢、唐墨西、翟次怀、洪达三。覆试不列等,举人达桑阿革去。联丹九送板价来。贺叶帆年丈。理庵来。

初四日(3 月 27 日)　阴冷,有雪数点,午后晴,大风

封家禀并致由笙信及答陈友三大令信,丽参一斤。二月十六至三十日邸抄,托朱少虞觅便寄沪。接诸庆正月四川信,并京平银一百两。天成亨来。伯声来,留夜饭,并吃葱饼。朱云衢骧成来,三弟出见。张凯嵩以云贵总督告病革职。华、贾两生来。蒋约夫来。

初五日(3 月 28 日)　晴,大风

过竹潭湘来,送茶、烟二种。

初六日(3月29日) 晴

朱桐翁、文百川、董酝卿、继述堂为总裁会房。壬戌得四人:刘景臣、黄植庭、董瑞峰、昆小峰也。履兄、三弟、望东、伯声、月坡、筠溪同于午饭后搬入驴蹄胡同。伯声之病仆寄食余处。天气骤暖,始脱重裘。余始于今夜移床内室。益甫札索《贾服注辑述》一部赠胡荄甫,余辍案头所有归之。冯久卿以吉林参十支来,计价银十八两六钱余。翁莳栏来。

初七日(3月30日) 晴暖

晨起无事,编列书目。司农以复函来,并复陈益三信一函。周虎文来,为内人悬拟一方,以糟鸭蛋、黄鱼鲞赠虎文。走视少虞,知改迟初九赴津。吴峻峰送朱卷二本。谭竹翁、全年丈署吏尚,藕师署户尚,沈经师署兵尚。福建大吏有请将陈瓘崇祀两庑一疏。

初八日(3月31日) 暖甚,傍晚有云,热闷更甚

未明登车入城,至小寓,闻已点头牌,即到贡院,出入砖门,刻不得息。九下钟诸君始接卷归号,余即在寓中吃面,略为假寐。午正驱车出城。蒋约夫袖诗来,仆人误以为余睡,覆之,约夫匆匆即去。阎玉自景州来。佛尔国春举劾不实,回原衙门行走。

初九日(4月1日) 阴,热,傍晚有雨

初十日(4月2日) 晴

辰刻入城至小寓,伯声已出场。午后三弟来。未正月坡来。筠溪、望东、履兄至上灯时始来。余即在寓中襆被而睡,与望东、伯声同榻。阅三弟场作三篇。月坡首艺,伯声小讲。久卿在寓午饭。

十一日(4月3日) 晴

巳初送三弟、履兄等入场,与久卿同车出城,到寓已午正矣。编写书目。约夫因牙痛借参须少许。孙燮臣学使昨日来,未晤。

十二日(4月4日) 晴

顾月舲来,留午饭,与月舲走视约夫。

十三日(4月5日)　晴

午后进城,伯声、月坡、三弟、筠溪已出场,最迟者望东,至二更始归。至苏州胡同下坡视霞轩,宾于、香洲、坤斋、雪香。刘乙生来,同在寓中夜饭。何表姑母将于十六日回禹州,今日来辞行。榻有臭虫,竟夕不能熟睡。

十四日(4月6日)　晴

送履兄、三弟入场后即回寓。徐耀庭、恽少薇来。少薇以乃舅蒋子良入帘回避,不得就试。内子送何姑母行,遂答翁、邵两家。袁子久原配为何姑母女,已死矣,续娶者为余家,素无往来。姑母有未达之情,嘱内子往拜,乃奉命而行。舆子克减牲粮,万难再用,另换一人。连夜月色甚佳,惜诸公均在闱中,不得同赏。改联生陛文。

十五日(4月7日)　晴

内子往汉寿亭侯庙祔神,并至金鳌玉蛛处观宫阙之壮丽,以开眼界。送何姑母行。答谭序初、孙燮臣。贺馥卿得女。摘去白袖,用棉袍褂。

十六日(4月8日)　晴

朱状头以文来质,为廿一日带见小门生。往翁叔师、汪师母、钱犀师、万藕师、倭艮师均晤面,各备贽敬六两,共计三十两。叔师言郑小山师今日有八百里紧报到京,大约捻匪已窜往山西。汪师母言六世叔已有银汇到,慕师身后亏空,借得弥补。各师均循俗例送上车,惟倭师独否。傍晚,玉山会馆赵扔菽、阮孝遴留同食,座中有孙椝声,娄、潘诸孝廉。奉上谕:策论两项业于殿试、朝考时分别考试,散馆时自无庸再行覆考,嗣后着仍考试诗赋,届期不必奏请,以符定制。买内兴隆靴子一双。夜间蒋约夫来谈。

十七日(4月9日)　阴,有微雨

华生镇以文来。履兄、三弟、伯声、望东、月坡均由小寓搬回,伯声自伏魔寺移居寓中,云溪则移至乾源矣。接父亲二月廿七日手谕,大哥一信从魏肯堂处加封寄来,知慈体甚安,惟两足无力,时时以未能复命入都为虑。莳栏、小郇、子美、宾于、霞轩均来。望东、月坡在寓中午饭。

十八日(4月10日) 阴,有雨

写家禀交益泰,托洋行寄魏同源转递余姚,托月舲转交益成带津。为带见小门生谒宝佩师,在理庵寓吃点心。徐东甫以文来。

十九日(4月11日) 晴

朱状头来。华幼云率其弟铸来,执贽银二两以见,固辞不获,卒受之。赵子芳、王韵笙皆来。

二十日(4月12日) 晴

李、嵩二生以文来。答子望、韵笙、桐轩、霞轩、珊洲、晓庐。望东邀同三弟、伯声、月舲、月坡在天聚斋吃烧鸭。

二十一日(4月13日) 阴

换凉帽。去秋所得士公宴于松筠庵,再辞不得,匆匆终席而散。袁林以书来借银。答杨伯衡、王畏甫、贾琴岩、胡梅仙、袁云坡及篪仙、铁江。

二十二日(4月14日) 晴

改联生陛文。西院梨花半放,颇饶佳趣,与同人徘徊树下久之。宾于等来,未晤。

二十三日(4月15日) 晴,风甚大

晨起拜客,答沈穀成、味畲兄弟、马世叔、郑采臣、尹雪香、黄心士、孙慧基、曹琼、曹焕、曹荣瓛、沈素庵、傅贵予、沈小梅、钟慎斋。履平兄邀吃黄鱼面,邀铁江,未来。严霞轩来。

二十四日(4月16日) 阴晴参半

卓斗兄以家荫苍所赠胡宗元土物转寄余处,因胡已出都也。翟次怀、黄卣香、冯久青来。晓庐以团拜事来商,同访抝菽、孝遴,皆未值,嘱安之转致。晤潘伯驯。月坡邀往宴宾小酌。

二十五日(4月17日) 晴

周蓉裳赟来。筠溪来,为同乡及同寓诸君问牙牌数,小村与伯声最吉。接朱少寓十九日天津信。

二十六日(4月18日)　晴,无风

伯声买黄鱼吃面,筂仙来谈,同吃。午刻与伯声、望东、月坡及履兄、三弟历游天宁禅寺、邱处机长春宫、南观音院。至龙树院小酌,游人杂沓,坐楼下旷观。春水微积,短芦初芽,天坛一带,云树纠横,颇饶畅趣,惟肴味不堪下箸,为之兴阻耳。汪潮、程夔两拔贡来,各以墨数笏见贻。

二十七日(4月19日)　晴

袁荫庭林来,昨以手札索借银数十两,今复见访,虽以实情相告,恐难见亮,亦只听之而已。从铁江借得《简明目录》一部。三弟今日团拜。晚饭后令六儿随同至文昌馆观剧。

二十八日(4月20日)　晴

朱桐师补授大学士。今日乡祠为桐翁悬额,并为越中孝廉接场,令三弟赴席。单地山补吏尚,小山师升工尚,毛旭初升总宪,殷谱经升礼右,鲍花潭署,沈经师调户左,潘伯寅兼署吏左。录铁江手箸。

二十九日(4月21日)　晴,热闷殊甚

赵梓芳同年继元招饮松筠庵,同席者为袁小午、周紫、许仙屏、李勺山及伯声也。回寓稍睡,复答各客,至夜方归。沈梅史招饮,不赴。送袁荫庭京钱二十千。凌定甫来,未晤。

三十日(4月22日)　微雨,午后稍紧

董敬夫来。

四月初一日(4月23日)　早阴,午后雨,入夜更紧,室阶俱蒸汗,恐淅沥声犹未已也

己未同年在文昌馆团拜,并请北榜。同年到者,惟小云一人,同年不到者,惟梅史一人,又黄心士一人。共三十七人,附名于后,派分十四千文。翟次怀来谈。到小村处少坐。

赵益甫 俞赞侯 俞晓庐 沈小眉 郁秀山
林云坡 周蓉石 徐领香 阮孝遴 凌定夫
马子菁 江秀孙 王逸香 宋讱斋 胡立斋
陈蕊史 王子竹 郑讯芙 吴霞轩 董敬夫
钱珊洲 吴吴山 钱铁江 张桐轩 胡芾桥
赵芷庭 袁云坡 傅象卿 林星桥 严驿梅
李暗斋 吕沧州 褚二梅 吴冠侯 徐管侯

初二日(4月24日) 阴而暖

巳栏在寓中夜饭。方作霖来,送茶墨及《劝戒录》一部。抄录《简明目录》,为友人写直条两纸。胸中微有不适,彻夜不能熟睡。闻捻贼又窜山东东昌属县,南军仍归合肥节制。

初三日(4月25日) 午后有雷雨,阵甚紧,傍晚止

黄心士来。严霞轩、俞雪香、杨宾于来。为友人写直条两纸。杨厚庵与林远堂互参,案经穆图善奏结,并请免予议处,奉旨均有不合,着部议处。范孝廉子石钟麟来。朱申盦补云南广南知府。刘坤一保荐府县各员,措词多稚气,奏疏体裁几至扫地矣。杨书香补授户科。

初四日(4月26日) 晴,较昨稍寒,余复着棉衣

竟日无客至。三弟谒太老师,至晚方回。余抄阅总目批语,终日不息。何子森招午饮,未去。晤王月江。李少荃交卸督篆,亦有保荐知府一折。

初五日(4月27日) 晴

闻捻贼已趋至东莞一带。张霁亭光少请浙榜门生于文昌馆,三弟傍晚始归。

初六日(4月28日) 晴,傍晚有微雨

约夫来。与孙琴西观察公请张霁翁于谢文节祠,赵梓芳、黄酊仙作陪。闻晨间崇地臣有捻贼逼近天津才十二里之疏。

初七日(4月29日) 晴

戊午浙榜同年在松筠庵团拜,派分廿五千七百廿,公车半之。并请马世叔及马焕卿、连书樵三桌,会试者二十二人,余复答拜各客。三弟为司徒绪邀往,在如松馆吃梦。余写屏对各件。吊沈桐甫父丧。周镜芙祖母八十三正寿,余未去。

初八日(4月30日) 晴

崇地山奏贼去天津已远,请将出力各员奖励。张沄补御史。写对扇各件。

初九日(5月1日) 晨阴,午后雨,夜晴

晓起坐车至子长处略谈,即到厂肆福源茶馆看红录,吾浙仅见鲍寅初一名。返寓午饭,复至厂肆,吾姚得子长、霞轩两人,而寓中五人无一得与。夜饭后复与澹香、小郇同车往,至四更尽始归,犹不知五魁为谁也。澹香即在车中假寐,小郇则先归矣。吾越得十一人,不可谓不盛矣,惜寓中竟不得捷音。驱车回寓,诸公皆高卧矣。去秋分校士,吴峻峰、徐东甫均成进士,可喜也。

初十日(5月2日) 晴

霞轩来。筠溪以衣料及小儿饰具来送,余收饰具而璧衣料,前年腊辰取假五十金,如数归之。贺沈穀成、许竹篔、陶子方、邵子长、严霞轩之喜。往视黄植庭。徐领香来,未晤。

十一日(5月3日) 晴。午后大风,既作又止

晨起贺领香喜,并往视刘景臣。午后贺峻峰、东甫之喜。答复明经致台,气度雍容,声音朗润,伟器也。闻薛绥之患类中,趋视之,尚能应酬,眠食亦各如常,为慰。钱铁江来。恽少薇误记系余今日生辰,送祝敬二两。

十二日(5月4日) 晴,傍晚微雨数点而已

徐东甫来。付马太老师寿分十千。崔惠人明经国因来,馈余墨四笏。为同人写屏对三十余件。宾于、坤斋来。

十三日(5月5日)　阴。立夏

宾于、虎文、安之来。久卿来。沿姚例于立夏日秤人,余八十五斤,履兄同三弟才八十斤,伯声九十五斤,望东百三十五斤,淡香百廿五斤,宾于百四十斤,虎文百十斤,阿六四十斤,阿命卅五斤,阿昌三十三斤,阿同十一斤。

十四日(5月6日)　阴

覆试新贡士,题为“文,莫吾犹人也,躬行君子”,“山色朝晴翠溅衣”。

十五日(5月7日)　阴,午后雨,雷声颇大

覆试案出,吴峻峰第一,子长二等第一。

十六日(5月8日)　晴

晨起吃面,拜客。贺朱、董两师喜,并赵梓芳、凌定夫、林之升、董瑞峰、昆小峰、徐铸盦中进士。在理庵处午面,复贺鲍寅初、周子翼喜。答单少帆、钟慎斋。答陈蔚文、邵子长。翟次怀来。午后与望东游厂肆,日暮始返。遇铁江于途,即邀同归寓。在望东处小饮。是日望东与月坡合请寓中人也。接父亲三月廿六日谕函,知痔恙未减,便后静卧须迟至六时之久,决计奏请开缺矣。日惟在祖堂课习孙辈以消遣。

十七日(5月9日)　阴

抄《简明目录》,写屏对各件。汪步韩、程午坡来。王九如来。杨宾于来。闻捻匪窜往武定府属。王汝讷放济南知府。

十八日(5月10日)　雨,至夜稍紧

发家禀,从文茂信局寄,内附淡香信及镇甫致由笙片。宾于、坤斋、耀庭来。写屏扇各件。散馆题系“学问至刍荛赋”,以“先民有言”二句为韵;“清江一曲抱村流”得“流”字。

十九日(5月11日)　晴

翟次怀来。杨理庵来。汪鸣銮一等八,杨泰亨一等九,周岱、楼誉普二等廿六、廿七,沈成烈二等四十三。与伯声访小云,以勘合、火牌托小云转托吴超伯代交兵部。

二十日(5月12日)　阴,午后见日

杨宾于来。写直条屏扇各件。黄植庭来。

二十一日(5月13日)　晴

朱云衢来。王心士来。

二十二日(5月14日)

二十三日(5月15日)

写信致琴西,托达三转交。

二十四日(5月16日)

进城至杨理庵处,得小传胪信息,子长在二甲,霞轩在三甲,即往视霞轩、子长。

二十五日(5月17日)　晴

邀伯声、素庵、希伯、三弟在广和楼观剧,即到同兴居小饮。

二十六日(5月18日)

复写信致琴西,托次怀转寄。往视王香洲伤足。

二十七日(5月19日)　晴

素庵招同伯声在宴宾小酌。拜翁师寿。贺小云徙宅。答郑织昙、鲍花云。宾于、约夫、坤斋、次怀来,送次怀行。

二十八日(5月20日)　晴

同人公饯,伯声、玉圃、理庵、子青、柳门均留馆,小梅以部属用。写让卿、琴史信。

二十九日(5月21日)　晴

楼玉圃来吃午饭。伯声在寓请书庵。约夫以课卷来。诸二梅索借夹衫单马褂。素庵谈至夜过半始去。得朝考信,吴峻峰一等二名,徐东甫一等十一名。

闰四月初一日(5月22日)　晴

陈蔚文、程宗炽来,程以漱盂、徽墨见赠。傍晚有微雨,与望东同车至厂肆吃匾食。写扇屏各件。霞轩来,与伯声谈至夜过半乃睡。谢坤斋来,闻有旨促都兴阿来京。李帅主守运河,闻左帅复主追剿,意不甚洽。写仲林信。

初二日(5月23日) 晨起大风,有微雨,午后阴,稍冷,风亦定

黎明闻伯声装车即起,伯声吃面后即行,余与月坡同车送至广渠门外。昨夜吃匾食过饱,腹中微胀。

门下晚学生王斆朱家太老夫人。官空宥宰,我之之之。父亲大人,姊妹函外。一尺布,尚可缝。一斗粟,尚可舂。兄弟二人不相容,王羲之更始必败。内外阿连苏东坡,臀红绿脸怪骇怕。父亲大人膝下谨禀者:男于本月(下无)

艮峰师相炭敬一百两。

沈桐甫炭敬折费五十两。

承差盘费三十两。

庆年伯葬费二十两。

李太世叔及倪年丈帮分共二十四两。

高丽参三十九两,又三十五两。

还聚亿百两,还筠溪五十两。

京用百九十两,又廿两。

嵇琴阮啸

雅韵千秋擅,芳踪二妙齐。啸歌今慕阮,琴旨昔传嵇。逸调华阳秘,高情广武跻。凤姿原寡和,虱处陋幽栖。向秀知音订,孙登好侣携。德优余赋在,怀古并诗题。西晋遗声永,东平轶事稽。何如螭陛侧,解阜奏薰兮。

其二

典午风流在,遗音溯阮嵇。雅琴樵妙制,长啸出天倪。柳宅新阴重,苏门落月低。志随鸾翩远,首肯虱裈低。顾日知音绝,游山雅调齐。七弦徵淡泊,百斛太沉迷。英烈留衣浣,家声祇屐携。愔愔余德远,废礼至今诋。和声原协凤,起舞不关鸡。

一水尽头僧钓月

漫作临渊羡,山边钓有僧。水流方欲尽,月色恰初升。鸭涨分渠断,蟾光倒影澄。禅机牵一线,圆相悟三乘。投饵香攀桂,鱼丝镜罥菱。更无潮信到,渐觉露华凝。

卢前王后

已耻居王下,偏教偶长卢。自惭前路引,翻讶后尘趋。夙有才华著,何期位置殊。巧思开赋槿,好句让吟梧。才合驯鸢驾,图难竞落鹜。驯鸢名合驾,飞鹜景难摹。□幸先鞭著,还嫌学步迂。盈川终首屈,张说论非诬。

山深四月始闻莺

颇讶山居寂,闻莺兴不禁。一声流响始,四月过春深。度曲迟金缕,探幽阻碧岑。清和初转律,睍睆乍流音。只为环青章,还教啭绿阴。探幽宜鹤导,曲罢近蝉吟。幽谷从教啭,纤尘不许侵。何如依禁籞,茂对协宸襟。

其二

盼到流莺啭,时光四月临。初闻交夏始,小住悟山深。采药从兹去,携柑未许寻。□□□□□,□□谁翻金。欲教啼永昼,终碍度遥岑。乍屈清和候,才传睍睆音。金衣方恰恰,绿树已阴阴。岩幽宜鹤导,春尽误蝉吟。岚影环犹昔,春声听自今。蓬瀛欣珥笔,鹓列集华簪。

爱竹不除当路笋

竹外新添笋,闲庭日涉余。饶庐真可爱,当路不教除。翠护惊雷后,香留过雨初。生机双屐碍,美荫数竿储。扫径曾蔓草,开园但剪蔬。猫头容迸石,鸦嘴莫携锄。直节须培养,清阴将卷舒。朝班叩玉列,珥笔庆连茹。

芳草亦未歇(《游赤湖进帆海》)

(阳、香、乡、光、长、塘、藏、扬、秧、湘、偿、苍、桑、忙、芒)

极目仍春色,行行又草塘。极浦遥堪辨,沿堤引逾长。不同垂柳老,犹衬落花香。□□□□□,亦未歇余芳。有时笼薄雾,着意挽韶光。绿满蘼芜睡,斜延薜荔墙。天催生绿众,人补踏青忙。客路分江海,□怀托沅湘。试拈灵运句,向日效赓扬。

赏应歌杕杜

凯征归来日,寰区庆止戈。苴茅方锡赏,杕杜此应歌。痯痯关山远,萋萋岁月过。浓阴知味涩,朘绛□痕□。远戍檀车瘁,新恩秬鬯多。待酬□栗苦,□□□□□。微物犹如止,征夫念若何。圣朝今偃武,馆阁沐恩波。

想见新茶如泼乳

想见堂开处,春来正品茶。泛看分细乳,泼欲试新芽。……

池塘水满蛙成市

骤涨池塘满,朝来处处蛙。水平无鹭下,市小夜蚊皆。浅涨三篙没,繁音两部排。荒无尘影到,喧夺雨声偕。软碧痕移柳,浓青荫借槐。鸥乡新聚落,蜗国旧生涯。幻象原殊蜃,波平静似揩。圣朝膏泽□,茂对惬宸怀。

万古斯文齐岣嵝

（齐、低、题、提、稽、跻、黎、圭、携、奎）

岣嵝传碑后，奇文十鼓题。六书奇格创，万古大名齐。□问诗歌旐，何殊命锡圭。薙披奇字古，柳贯篆形迷。迹拟□钩古，名犹□□稽。东都留制作，南岳攀伟绩。岐阳咏遗踪，盛功岳攀跻。

金简记亲携

岣嵝镌碑后，重看十鼓题。六书奇格创，万古大文齐。绩记岐阳狩，□□□□□。东都留制作，南岳记攀跻。

六月初一日(7月20日)　晴

辰刻进署，同到者曹霞坪、冯仲山、段莲舫、许仙屏、周生霖，瑞师至午初始到。是日贾小樵至典簿厅来谈。写家禀。贺修伯升阁读学。

初二日(7月21日)　晴，早晨阴

封家禀送沈素庵行，未值。晤凌春波。访赵幼白，未晤。接三弟五月望日信，由肯堂处来，知父亲痔疮不发。马中丞来拜。李帅报滨州之捷。写屏扇各件。

初三日(7月22日)　晴

崔弟春与惠人过访，弟春将赴江西辞行，留惠人午饭。云衢、芸阶、幼白来谈。郑织云太史于今日辰刻病故。督儿辈课。写折字一开。方子望来。

初四日(7月23日)　晴

访巳栏兄弟。杨理庵招饮宴宾。由少虞处递吴少旃夫人粤东信，为其侄钰乞荐函事。闻董毓葆于今日病故。复写三弟信两纸，买大卷白折各五十本寄三弟，仍托素庵寄。致景孙观察信，托崔春第寄。罗莱翁以酒、腿、笋尖、江瑶柱饷余。

初五日(7月24日) 晴,热如昨,为今夫最热之时

张贯庐来谈。华福将旋姚,来辞,余将昨信并有甫赠扇及卷子交伊带回。写屏对各件。绵森病故,瑞芝生师调补刑部,倭师充国史馆正总裁。

初六日(7月25日) 阴,夜有雨

华福于今日起程旋姚。写白折两开及屏幅各件。子望来,言李帅奏陈贼势穷蹙,即可扑灭。左帅亦奏称贼无不灭之理,亦断无尽杀之理,大约不久即有好消息到也。汪柳门来。陈质存、焦达庵以诗字来。

初七日(7月26日) 晴,午后有风,夜颇凉,微有秋意

阿命书甚生,自课之。汪步韩、程午坡月下过访。

初八日(7月27日) 晴

石襄臣升都副。督阿命课。写白折两开。赵幼白来。天气甚热,文林阁以滋蕙《灵飞经》来,尚是初拓本,为临数行。借录《归方史记评本》。

初九日(7月28日) 阴。傍晚风声甚大,有雷而无雨

写白折两开,屏一纸。南屏为子望视安床立灶处,余亦请其向内室一视,南屏云此室余甚利,不必移动。夜间约夫来谈。

初十日(7月29日) 黎明急雨一阵,晓起颇觉凉爽,午后始放日光

廖颂山出城来谈。写白折两开。乾源送三弟训导照来。吴宇臣有安禀致父亲。文华来,横云山人《明史稿》计银十二两。

十一日(7月30日) 晴

写白折两开。久青来,留午饭。

十二日(7月31日) 晴

母亲忌日,祭菜十碗,率妇子行礼。理庵来拜,已撤筵矣,因留午饭。吴制府寄别敬二十金。刘景臣来谈,更深始返。惠人送茶点与阿六。景臣云马雨农学士新抱西河之戚,盖仲良死矣。静验世界中,事事都有缺陷,每念及此,躁妄诸念为之尽除。写白折两开。

十三日(8月1日) 晴

朱云衢来。陈桂生来。接何豫生禹州信。周芸舫乃郎事信余，嘱余函陕州。余素不往来，因托桂生将信余原件交桂生之兄寄陕州。汪柳门来。翁英士来。宋仪臣鸿卿、郑敬甫以庄月出过访，各以诗见示。与霞轩同访约夫，不值。露坐甚凉，已觉满庭秋气，虫声唧唧，树影离离，此真一年中难得之良夜也。写白折开半，册页一开，直屏六行一纸。

十四日(8月2日) 阴，午后大雨，入夜犹淅沥不止，居然秋意矣

子望以西偏屋与本命不甚合，拟别觅汪柳门接住。写白折两开。李帅奏初七日张总愚身受枪伤，奉优旨褒美。

十五日(8月3日) 阴而躁，似尚有雨，傍晚微见日光，入夜殊闷

写折两开。约夫来，午后与约夫往视屏山病。访少虞。在徐小云处视董华亭《宝龙宝迹》册页玉版十三行、"哥"字中画尚连，"合"字一捺未尖，"媒"字女尚有一半，"木"字尚存下裁。查升《金书千秋颂》未断本、《王圣教》明拓本、《雁门圣教》。"立"字尚有一点，"治"字尚少末画。少虞出示津门感事诗，音节甚佳，究是诗人之笔。程次光以《谥法考》见赠，未值。柳门送租折并房茶各一分，余适外出。

十六日(8月4日) 阴，闷如昨，午后大雨，急阵五至，更定方晴

莳栏在此略谈。余贺孙琴西观察喜。答戚润如、罗莱翁。拜邵太亲母寿。小村昆仲留吃面。访谭序初，不值。贺万师得孙女。访张价辅、李栋坡、超凡兄弟、周石卿，惟徐实庵、欧阳岳楼未值。问馥生夫人病。途中遇雨，几不能行，到家则檐溜直注，平地有注，在外厅静坐许久，候水落始能行，衣衫亦尽湿矣。

十七日(8月5日) 雨不止，而热闷如昨，入夜雨更大，为数年来所未见。照墙坍塌，床床皆有漏痕，中夜起者四五次，至五更始就枕

接伯声五月廿一日德州信，陆鹤山带来。写屏对各件，白折两开。

十八日(8月6日) 阴浓竟日,傍晚稍漏日光,扑鼻皆潮湿气,似未肯霁

今日约夫及皖中诸明经均赴廷试,余以泥泞不能走送,殊属歉然。傍晚往询约夫,知尚未出城。题为"三年学,不志于谷"一章,"双桥落彩虹"得"虹"字。

十九日(8月7日) 晴。傍晚阴,似有雨意,入夜月色甚佳

拜漱栏太夫人寿,竟夕始散。云衢来,未值。约夫来两次。

二十日(8月8日) 晴

得拔贡等第单,约甫列二等十一,皖省一等汪君牧、岑树棠、王雁臣、夏子璜、徐实庵、程次光共六人,二等第一为陈辉曜,共十一人。午后与霞轩访约夫。沈梅史来。

二十一日(8月9日) 晴

卣芗来谢。羊辛楣为阳湖吴□索三老碑,无以应之。钱世叔桂桢分发河南知县,来拜。入城拜杨年丈忌日,理庵留同桂卿午饭。至隆福寺三槐、同立两书肆小坐。访绥之于霞坪宅,座有倪治庭。答桂生不值。定夫来,未值。夜间甚凉。

二十二日(8月10日) 晴。晨起凉甚,欲御袷衣矣

张价辅、王雁臣来。雁臣言陈质存列三等末,汪步韩又在其上,知二君均以大疵,故不录。访扮荍。翰林大课题为《圣主得贤臣颂》,赋以"聚精会神,相得益彰"为韵。

二十三日(8月11日) 晴

写屏扇各件,目眩几不能终纸。梅史招饮如松,与霞轩同车去。今日优贡廷试题"为述职者述所职"也,"又随风送隔溪钟"得"溪"字。

二十四日(8月12日) 晴

少虞来谈。幼白来。约夫来。天气甚凉。

二十五日(8月13日) 微雨竟日,入夜不止,满院皆秋意矣。今日两袷衣尚觉凉甚,才数日耳,天气凉燠乃判至如此

五月间从琴西丈假得《归方合评史记本》,传录一过,今日始毕,然误字、落字尚未细校，甚矣，观书之难也。南监本多落字，阁本乃多误字，均非善本。雨声满庭，良友不至，校书临帖，颇亦自怡。蓴楼得子，送喜果。

二十六日(8月14日)　早晨阴，微漏雨点，午后放晴，天气较昨稍和

朱慎之(仁栋)来，并以茶、笋相赠。询知优贡知县未能到班。写屏扇各件。晚饭后往访约夫。今日覆试题为"忠告而善道之"，"云近蓬莱常五色"得"莱"字。

二十七日(8月15日)　晴

写屏对等件。徐东甫来。约夫来。恽少薇来。傍晚得拔贡等第单。安省一等四名：邵心艮，徐实庵，朱云衢，程午坡。二等五名：汪君牧、夏子瓀、李栋波、崔惠人、程次光。浙省一等四名：陈其章、吴庆祺子愉、曹杰珊丹、周屏山。二等六名：张莲、严蝶周、吴久云、朱桂卿、吴桐村。约夫不得列其间，可惜之至，令人扫兴。铁江来谈，并留夜饭，即在斋中下榻。

二十八日(8月16日)　晴

邀张价辅至寓中午饭。朱云衢来。林熙臣来。约铁江同游厂肆，得明刻《释名》及《笥河全集》归，计钱十二千文。崔惠人来，留夜饭。铁江仍宿寓中。

二十九日(8月17日)　时有微雨，天气较暖，午后稍觉开霁

与铁江至执菽处略坐。

七月初一日(8月18日)　晴，晨间雾甚重

张贯庐来，知张总愚一股现在运东，所肆扰者仅惠民、滨州、临阴、吴桥等九县地。运河秋涨，来往更难，各村皆结寨自守，野无粮可掠，大股贼来，各寨夜闭门而已，零星贼股亦出勇擒灭之类皆无遗。以是贼大困，大约三四月内必有好音也。龙佩珊招饮福兴居，余不去。张之万以邵又翁御寇有功，请给予谥典，并从祀江南名宦，奉旨俞允。

初二日(8月19日)　晴

写家禀及三弟信，附六月中京报及三弟训导照，林熙臣、吴宇成、朱云衢三禀。程午坡来，知菽翁原定徐实庵第一，因言而易邵。柳门来谈，良久始去。实庵来。接王燮廷五月端阳日信。丁春山司马来。伯声六月初八德州信，张秋丞处来。晚饭后与霞轩访约夫。李鸿章奏称进剿捻逆于六月二十八日在山东庄平南镇一带将逆匪张总愚全股荡平。奉旨：李鸿章等先行开复处分，惟张总愚投水淹毙，逆尸尚未寻获，着查明实在下落，无论生死务须得有确据，俟具报一律肃清，听候恩旨。最为出力之刘松山、郭宝昌、郭运昌、宋庆、张曜、善庆、温德勒克西、陈国瑞、郭松林、潘鼎新、刘铭传，着查明核实请奖。朱敏生补授鸿少。

初三日(8月20日)　晴，热闷

写屏幅各件。陈桂生来，同问铁生病，复同访景臣，时将携其子女送其夫人柩南归。恭王假满。徐闰生于今日病故，年三十七岁，母老家贫，飘零以至于死，书生不幸至于斯耶，可伤也！发伯声信一缄，托张处转寄。

初四日(8月21日)　阴，有雨。入夜雨阵较紧，天尚郁闷，似未肯晴

晨起往皖中诸友处贺喜，并道慰不得意者，仆仆终日始归。午不得餐，仅市炊饼充饥而已，并贺少薇中书舍人之喜。过竹潭云东君用“风流相赏”四字，夏君用“投桃报李”四字，均有签不录，朱云衢诗复一字，阅卷者反赏其佳句，汪君牧诗末联押韵用“荷滋培”字，而“滋培”未招，亦未签出。信乎！功名之有命也。步韩从鲍花县处抄寄今日引见点用单，知皖之邵竹村、程午坡、汪君牧均用小京官，徐实庵、夏子椟、朱云衢均用知县，内外各三人，浙江亦然，余俱以教官、佐贰两班互用。汪师母生日，送祝敬二两。

初五日(8月22日)　阴，微雨竟日，入夜不止

王燮皋来访士鹄。接张春陔侍御信，五月廿八发，时方丁父忧。送家禀一封，托叶鹤仙户部带上海魏同源转寄，并附致谢铁桥一信。

初六日(8月23日)　雨,自昨夜雨点渐紧,至晓时更甚,庭前积水如池,午后始止,晚乃放晴

丁孺人忌日。

初七日(8月24日)　晴

邵竹村、陈学黯、崔惠人来。接伯声六月二十五信并水墨山水两纸。今日翰林来投帖者,除来谒不计外,尚有六十余人。玉堂编检积至百二十人之多,为近十年来所未有,可谓极一时之盛矣。

初八日(8月25日)　晴

程次光来。顾缉廷与柳门同来,与泥木、裱糊两匠面议工值。沈筱眉兵部来,回首玉堂尚多愤激,其情亦可念也。刘韫高奏李次青廉访元度乞终养,奉旨俞允。

初九日(8月26日)　晴

朱云衢来,知已指捐江西,以封翁本在南昌授徒,挈眷侨寓已有年矣,之官犹还乡也。徐耀庭来。朱芸阶来。霞轩体中不适,请虎文开方。滕鹤琴托觅馆。写信一封致伯声,闻折差明日即发。惠人送宣纸来。傍晚颇热,更定有风,雷声电光相继交作,大雨亦下注。琴西观察以《求益斋文钞》见示,暇中为摘录数篇。

初十日(8月27日)　晴

汪师母来谢。拟将慕师馆课付刊,并令阿六在内读书。约夫踏月过访。李鸿章奏捻匪全股荡平,奉旨以两湖总督协办大学士,并加太子太保衔,左、李、丁、英、崇、官、曾均以次加恩。李梅生鸿裔开苏臬缺,李元华补授吴和甫吏左缺,沈经翁补彭玉麟兵右缺,补石赞清、杜联均为侍郎。写白折两开。今日奉旨,亲王以下至中外大小臣工均加一级。

十一日(8月28日)　晴

徐实庵来。冯久青在此午饭。月下与约夫访小村,并问馥生夫人病。

十二日(8月29日)　晴

写白折两开。以频婆果、茶点送少虞。

十三日(8月30日)　晴

夏子璜来。郑月航来谈。写白折两开半。月夜访陈桂生并同访薛绥之,十下钟归。从九卿处递到一舅五月廿二日信,内致慎斋一信,又李让卿兄弟来信一封。

十四日(8月31日)　晴,午后阴

写白折二开。午后至厂肆,傍晚始归。汪君牧来,未晤。子璜以佳墨见惠。

十五日(9月1日)　晴,午后阴,入夜有雨

供祖并为屋主备祭菜一桌。写白折二开。

十六日(9月2日)　晓起,庭阶犹有水,乃知昨夜雨亦不小,天气放晴亦稍凉矣

午坡来。芸阶、幹臣均来辞行。写白折开半。

十七日(9月3日)　阴,午后大雨,夜月色甚佳,凉气颇甚

崔惠人来。铁江出城留宿斋中,夜谈至漏尽始就枕。写白折开半。

十八日(9月4日)　晴

与铁江同访孙铨百,未值。往视馥生,则其夫人适于巳刻病逝,久坐始归。汪柳门来。蒋约夫来。今日但写折字两行,可笑殊甚。

十九日(9月5日)　晴

与霞轩同车入城,至益成午饭。偕久卿游隆福寺,购赵刻《水经注》,汪氏重刻全椒吴氏《晏子春秋》、《韩非子》、平津馆中《孔子集语》、《说文解字》四种,合银六两四钱,又以六钱购朱宫詹《小万卷斋诗文集》。吊馥笙夫人,今日卯刻已入殓矣。胡大爚来,未值,送墨十笏。

二十日(9月6日)　晴

夏子璜招饮福兴居,以疾辞。陈学黯来。翁师请假三月,送文瑞灵柩回常熟安葬。崔惠人来辞行。郑海驺太史来。曹逊甫来。龙佩珊来，未晤。海驺言眼花须早用镜，以省其力。闻诸桑百侪时云，作南徐徐氏祭田记，应耀庭之属也。曾涤帅调任直督，马縠山调两江，英桂升闽浙。

二十一日(9月7日) 晴

写屏对数种。俞晓庐来。鲍寅初来。少虞来言，黄翔云兵部以英夷行文至署有违例事，翔云不知其堂官仪征某公已在总理衙门面许夷人，持不可且投书某公，力言其不便状约数千言，有“司官手可断，笔不可改”等语。吴鉴塘同年云鬼子要在口外买马，例须由兵部发票，董韫卿已许鬼子，今鬼子径牒部中勒令出票，黄翔云以不合例相难。次日，翔云进署谒某公言：“昨日所上书，大人已见过否？”某公即向翔云作拱手状，曰：“恭喜吾兄已有出守之命矣。”越两日而雅州之命始下。都中相传以为某公实阴黜之，不然，翔云于壬戌考取之章京，月内即可传到也。午后送崔惠人行。在沈筱眉处小坐，谒见倭师及汪师母，并问翁师行期。唁黄鼎珊新丁父忧号桐村。戴穗孙来辞行。今日送桐卿并送吴霞轩。邵竹村招饮文昌馆，以病辞。阅彭雪琴奏请开兵部侍郎缺一折，极佳。

二十二日(9月8日) 晴

写屏幅各件。壬戌同年在谢公祠举办月团，到者二十人，共四桌，申正始散。谢麟伯言，六月初五日倭师充国史馆正总裁，先一日同文馆之人尽散，故有是命云。徐铸盦来，未值。柳门以《国朝文录》两部来，每部计本平银三两。左帅追贼无功，请收回太子太保成命，奉旨，其毋固辞。高辅山比部来。其镇，南皮人。

二十三日(9月9日) 晴

写折一开半。程午坡来，知签分刑部，与竹村同，君牧得户部。朱云衢招饮同兴居，同席者有吕昼卿世叔、吴钻太守。

二十四日(9月10日) 晴

写折字一开零八行。丁孺人忌辰，邀夏子璌、朱慎之、徐铸盦、林熙臣、程午坡、汪柳门及霞轩在寓中小叙，胡醒芙、汪步韩、李子长不来。龙佩珊来，为团防奖叙嘱转行借三十金，余无能为力。

二十五日(9月11日)　晴

写折字一开零七行。凌定夫来。李勺山国楠以公请钱世叔事来商。陈镜人来现保守备，未晤，云是云南人，与何姑母太太有亲，系先祖妣陈太夫人族侄。约夫来。

二十六日(9月12日)　晴

写折字两开。

二十七日(9月13日)　晴

写折字一开半。冯久卿来。写屏对各件。朱芸衢分发江西来拜。贺周屏山分发广东，始知徐实庵得甘肃，夏子瓆得江苏。答陈镜人表兄。贺修伯得三品京堂小云花翎。吊黄鼎珊父丧。答李德颖，即在莳栏处夜饭。龙佩珊来，未值。今日考教习题为"请益曰无倦"，"归雁喜青天"。

二十八日(9月14日)　阴，夜大雨

张贯庐来。赵幼白来，谈久始去。写折一开零两行。日来为两儿督课，目不暇给，至更定始止，偶他出，则令内子从旁捡摄，然儿往往因是不能专心，殊觉两困。傍晚即雨，更定未止。

二十九日(9月15日)　晴

儿辈上生书后，徒步往文昌馆为翁氏陪吊送二十千。午刻复徒行至余庆堂赴楼广侯之招，同座者为寅初、玉亭、少虞、若洲。复至文昌馆小坐，访约夫，知教习已取名在二十三。写折字三行。夜间仿姚俗插香于地，以祝地藏王生诞，儿辈为之，二更就枕。向琴西观察索阅谒选以后诸作。

八月初一日(9月16日)　晴

徐实庵来。胡曙芙来。

初二日(9月17日)　晴

写白折半开。陈韶次学黯来辞行。徐耀廷来。

初三日(9月18日)　晴

写白折开半。小云来,知杜莲衢年丈亦请开缺。作家荫苍信一封,交伊化李荣带去,并送笔、墨、诗韵、试牍四种。

初四日(9月19日)　晴

孙琴西年丈来辞行,并以《遂叟文稿》见示,云作古文须从退之、介甫入手,若下笔遽学欧、曾,易入平境,近看许海秋文,觉有进境,用笔便清娇,亦未易才也。程午坡来。程次光以简恪公奏疏来,欲请吾父作叙。陈镜人表兄以普洱茶见惠。温明叔补礼右。

初五日(9月20日)　晴

送琴西丈行,贺宋仪臣取教习。走视子长病,又送陈韶次学黯行。与霞轩同应徐耀庭之招,在同兴堂小酌,座中有曹鸿、廖颂山。晚赴卣芗昆季之招为孙琴翁饯行,陆广敷、许仙屏均有诗送行,漏三鼓始返。约夫来,未值。汪君牧来辞行。

初六日(9月21日)　晴

董逸峰来。步浦男其端来见,询系香田年丈之侄孙,其叔□□嘉襄去秋亦因余荐成副榜,以家事未见京,嘱浦男并以其文至。虎文、约夫来。写家禀并三弟一纸,舅父一纸,又京报一本,干尖马褂一件,银三十两,托霞轩带姚。又作来赋唐同年信一封,托霞轩面交。

初七日(9月22日)　阴竟日,傍晚颇热,似有雨意

辰刻霞轩登舟赴通,孙琴西年丈亦于今日出都,余以课子未能远送。令内子往吊馥生夫人。

初八日(9月23日)　雨点颇紧,直至明日黎明始止

郑月航以《颍上禊帖》始末见示。吕品律来,吕衮之兄也。徐亨父开吊,余以雨不能去,送分四千。左季高奏王家璧,奉旨以四品京堂候补,仍着在左营差遣。李帅奏倪文蔚始终兵事,未进一阶,廉让可风,奉旨以刑部郎中即补。今日本与勺山、煦斋等共饯钱师叔行,席设湖广馆,世叔来辞。书房裱糊煤黑,静坐令人郁闷,令役人重糊,觉耳目为之一新。接钱伯声七月十一日德州戎幕信,知东捻案以知府留苏保峰,汝静带来。

初九日(9月24日) 晴

送馥生夫人殡,至妙光阁,则主人以事毕归矣。送孙尚友、张价辅、李栋坡、凡超、汪君牧行。答吕品律。张价辅以留别诗见示,复与孙尚友来辞行。贺林蔼人世叔选铜仁府。

初十日(9月25日) 晴

纸窗新糊,书签重理,率儿辈吟啸其中,亦一乐也。虎文来,为内人开方。郑月航来谈。王润云恩光来辞行,将□童晋侯赴保定小作句留,即至德州。写白折半开。

十一日(9月26日) 晴,夜有微雨

虎文复来。写折字开半。

十二日(9月27日) 晴

左季高到京。陈质存来。接沈勉棠、魏肯堂初一日信,从全泰阜康来。薛绥之来,接子腾山西信并团拜费三十两。左季高赏朝马,郑铁盦补宗丞。

十三日(9月28日) 晴

写折字一开零八行。朱少虞、桂卿同来过谈。娄安之来。步浦南来,以《杉屋赋存》见赠,并送板价。陈镜人来。

十四日(9月29日) 阴,夜雨颇甚

王孝凤到京请安。至倭、万、钱、宝师处并汪师母、翁太师母贺节。答郑海驺、刘鹤笙、沈毅成、高辅山。铁江来,下榻寓中。接伯声朔日信,内附少虞信。杨观察来。

十五日(9月30日) 雨犹未止,午后始晴

邀陈镜人与铁江在此过节。夜有淡月。吴峻峰、徐东甫、步浦男、嵩祝三均以节敬来。

十六日(10月1日) 晴

铁江进城。朱慎之来。袁小午交左营差遣。

十七日(10月2日) 晴

冯久青、蒋约夫来,留饮并吃面。访宋仪臣、郑月航。又访谢麟伯,未值。王孝凤适于是时来拜,又不晤。闷甚。

十八日(10月3日) 晴

朱云衢来,知《古文汇钞》南中尚有印本。少虞来谈,留饮并吃葱饼。仪臣、月航均来谈。为两步生改诗文。

十九日(10月4日) 晴

谢麟伯来。王孝凤来谈,询知左营大略情形,并言李帅开屯田为数世之利堂,自谓朝廷不掣肘,三年内陕可小治,五年后可大治,又言曾涤帅德优于才,李少帅才优于德,我则才德俱优云。其幕中惟桐城马莪园复震善挑唆,令人不安其职,今已他去矣。徐实庵来辞行。傍晚,伯声自德州到京,知李协揆亦于今日抵城外,遂邀至宴宾,招少虞同席,归时已二更尽矣。莳栏夫人请内人往正觉寺观剧,竟日始返。

二十日(10月5日) 晴

胡烛门来谈此廿一事,将于明春挈眷赴川。早晨吐泻交作,胸中积痛不止,昏昏终日,遍身刮痧,亦未松动。伯声复来谈。是日天气甚闷,入夜雷电交作,有雨。李中堂到京。

二十一日(10月6日) 晴

写家禀及三弟信一,付福四带往家中,伊将随子长南归也。余昨日不食,今日胸窝仍作痛,不能进饮,羹儿至涓滴不能入口矣。伯声来。李中堂赏朝马。令郭升往阜唐取汇项。

二十二日(10月7日) 晴暖

接三弟八月朔日信,内有父亲大人谕,为郑心雅缔姻邓氏事。慈体近患大便燥结,总由脾肺不润之故,拟于今月朔日服药。慈意以家用浩大,难乎为继,忧见词色不才,不能为老人分肩,如何如何,中夜思之,万分焦急。篦箕、包头均带来。三弟又拟以亚苏之女字阿六,余无成见,嘱其禀命于大人而后行。因复作禀两纸、三弟两纸,仍交福四带去,内附邸抄,徐实庵、张价辅两信,并带去杏仁三斤,嘱福四在津买梨五十枚以归。复作肯堂信一,沈勉棠信一,亦令福四带往天津。勉棠所汇之银,比京平多三两,比市平少一两。接久卿札,知霞轩于十二日自天津开行。从铁江处假得黟县胡《说文校本》。余三日不食矣,今日用萝卜丝作汤饭,食之甚甘。钱师生日,送祝敬二金,余不能去,令郭升持往。

二十三日(10月8日) 阴,天气微暖。日色时露而澹澹欲无,恐是雨象

余与李勺山、王艾亭、汪少霞、韦煦斋、吴蕙吟、高辅山合作主人,在湖广馆办第二次月团,艾亭承办,共四桌,每人派分二十九千八百文。郑海驺来谈,言左帅抚闽事甚悉,并言治陕之道首在开屯田之利,以富为强,以剿成抚,五年之后,可以大治云。闽省械斗之风,自到任衰歇,此其大效之最著者也。答王孝凤、杨艺芳。孝凤客颇多,不能长谈,因日暮而归。闻童薇研得副宪,景剑泉得阁学。今日校《说文》尽第一卷。俞晓庐来辞行,未值。

二十四日(10月9日) 晴

钱铁江来,言孙铨百有庆元本《春秋集传》初印本、宋本《后汉书》,极佳。徐东甫言大课卷有列四等者,人数颇多,为近科所希闻。柳门自天津来,知眷口已抵通州。接沈勉棠信,廿一日由天津发。伯声笼烛来谈,二更尽始去。约夫来言,将于九月朔南归。

二十五日(10月10日) 晴,天气愈暖

少虞来谈。伯声于午后移寓西斋。孝凤来别,准于明日随左帅启节西行。孝凤于甲子闻父讣回里后曾得一梦,似与皇上唱和,年约二十许矣。命约"椠"字,即成句云:"脱簪事躬耕,志不历载椠。未忍忘斯民。"下笔时觉语太自负,即改"忍"为"敢"字,而续之云:"所顾时旸雨。"又和七律一章,但记一联云:"始富版图资教养,莫疑官礼误苍生。"余则忘之矣。余谓左帅治陕川,开屯为根本之计,君将总其成乎?识之以俟验。

二十六日(10 月 11 日)　晴

写屏对各件。校《说文解字》第二卷。冯久青来。为徐耀庭写祭田祀,将以勒诸石也。王思沂擢庐凤道。汪柳门眷口到京。伯声进城赴刘鹤笙之招。

二十七日(10 月 12 日)　晴,暖甚。入夜雨,有风

钱芝门恩棨观察来拜。接杨信余六月初四信,石韶九带来,云并有领轴银十二两,拟明日去取。谢麟伯约余及颂山往游西山,颂山以事未果,两人偕行,未免寂寞。余已函致麟伯,未知以为何如。杨理庵来。柳门招同顾缉庭、吴少莲小酌,封翁及令叔均同席。

二十八日(10 月 13 日)　晴

麟伯云游山之约改定在初三后。午后与伯声访少虞,即偕至书肆流览,叶昆臣藏书均在市中,善本颇无,惜无力得购也。少虞招宴宾小酌,同席者为俞又山及伯声、小云、恒甫、桂卿。朱云衢来辞行,未晤。郭靖侯绥之大令在此下榻。

二十九日(10 月 14 日)　晴

午后复往厂肆,见《过秦论》刻本尚有姿态,以银二两易归。约夫来辞行,未晤。接三弟及履平兄信,从久卿处来,八月朔发。曹霞坪来,未过。

三十日(10 月 15 日)　晴

张贯庐来,云将于月初南归。徐实庵、欧阳岳楼来辞行,未晤。送约夫,谈久始归。少虞来。发魏肯堂信,即托约夫带去。

九月初一日(10 月 16 日)　晴,天气颇冷

戚润如来。

十月初一日(11 月 14 日)　晴

少虞邀同伯声至广和园观剧。申初又至致美斋吃萝卜饼。归接麟伯札,约明日同游西山。铁江出城见访,留宿。

初二日(11月15日) 晴

辰刻,麟伯过余斋,联辔出彰仪门,行二十五里至卢沟桥,饱啖麦饼,即逾桥行二十五里,历王庄、新庄至石佛,溪泉已涸,山石细攒。石佛距慧聚三里,山径盘仄,舍车而行,久之始抵寺中,僧妙如迎至西斋,时已薄暮,晚饭后即就枕。

初三日(11月16日) 晴

观殿墀古松四株,皆千百年物,有九龙、莲花、卧龙、活动诸名。一松旁树石碣,刊高宗御制活动松诗,松身直巨,偶摇一枝,全身皆动。两松一卧一侧,若龙相逐。北院又有九龙松,众干分耸,一枝名为"凤凰窝",俨垂翠尾。循殿而后至戒坛,坛在殿中,白石为之,设十大师座,四面遍列戒神,结构壮丽,相传明鹅头禅师始在此说法。复登千佛阁,可以望远。时晓云未散,蒙蒙在空,不能极览塞外诸山。再上一层为洗心殿,为石禅师习静处。麟伯因欲游潭柘,遂回斋早饭。乘舆而行,过罗喉领,俗呼罗锅山,不甚峻而乱石破碎,颇艰于行。下岭抵刚子涧,皆碎石,约十余里至苹果园,始望见塔影。西山石多树少,至此始见林木。又里许遂至寺前,泉声瀌瀌,松影森森,夷然有出世之想。入门则一坊竦峙,额曰"翠峰丹泉",为圣祖御书。超凡、圣修二僧延入,瀹茗相饷。谈数刻,即由延清阁后循岭而行。过歇心亭一里许,至姚少师庵,有塑像病虎,形容犹堪仿佛。导者言离此三里许为此峰之顶,有龙潭在焉,遂舍舆而行。时红叶已落,泉流不闻,路渐仄欹,亦渐峻,余与麟伯踏落叶而上,良久至潭庙。出庙门而遥望,有亭翼然于山际者,为潭所在也。又行半里始至潭上,围以白石,凿石作龙口,泉从龙口喷薄而出,蓄朱鱼数百枚,滉漾成彩。有奇石一,列于潭中。倚栏小憩,神志为之怡然。与麟伯题名石上,返至歇心亭小坐,修乃导至延清阁观傅雯画诸尊者像。西上观音殿,瞻元妙严公主礼佛砖,双趺隐然,几透砖背。询以红木箧子二青所在否,僧云现已入蛰,二月后始出。又出御赐金书佛经六百册。内有宗室永瓒偕夫人合绣《楞严经》全部,寺僧目为雌雄经,余惜未之见。登陟既倦,僧具伊蒲馔，饭余方丈之西斋。俗传寺本海眼，殿基即潭，唐时华严尊者说法，龙来听经，顾舍潭为寺，一夕大风雨，龙徙潭平，而至今泉仍涓涓不息。柘已久枯，高八九尺，上有瓦亭覆之。超尘云此来稍迟，红叶已落矣。山后有泉二汇于歇心亭前，分注殿中，终夜有声。交冬后，溜易成冰，恐妨行，故泉俱放入别溪。殿中泉经处，以泥封塞之，俟春融始开云。夕阳初斜，众僧皆礼佛。梵呗之声，殷于殿陛。与麟伯由旧路返慧聚寺，下罗喉岭，暝色四合矣，复宿寺中。寺僧大半托钵天津未回，故甚寥寂。妙如亦粗朴，不足深谈也。

初四日(11 月 17 日)　阴，有风

晨起，复登洗心殿题名，乃乘舆寻观音洞，循马鞍山行约三里许，路甚仄，旁有深涧，不可逼视，久之始达。洞前石塔一，妙如执烛前行，余与麟伯鼓勇而进。洞大如屋，深约里许，有石乳下垂，点滴成潭，以石击之，有大声发于中。僧以洞黝黑不可进，相戒勿入，余不听。久之，穴渐小，匍匐而入，约数丈，别有石室二，石皆作黑色，扪之若湿。僧曰："此上天梯也，已到尽头处矣。"乃题名石上而出。见有一峰西峙，如侧方山子冠者，乃极乐峰也。化阳、黄莲、极乐诸洞，因欲为碧云寺之游，不复去。遂由旧路至孙膑洞，洞甚小，无圣迹，返寺早饭，揖松而别。下山为三条鱼，经柯家屯、何谷村，约十二里渡浑河，望石钟山，复二十余里过皇姑村，入杏子口，过四王府，至碧云寺。山门东向石狮二，雕镂甚丽，时天已昏，不能再游。僧多闻延入留宿，饭甚佳。是日东北风大作，余两人适从西南来握隅，竟日彻体生寒，盖至此而游亦稍倦矣，欲于明日约至卧佛一游，即返城中。

初五日(11 月 18 日)　晓起，阴，有雪，寒甚，未几雪止

麟伯复欲为大八处之游，昨约复中辍。早饭毕，多闻导游大殿罗汉堂，仿净慈塑像五百，复至天光云影试泉悦性处，泉源颇长，僧云有硫黄气，不可饮。出山数里气尽，始煎茶可啜，复绕正殿后登数十级，至金刚宝座塔。院前石坊有高宗御书"西方极乐世界阿弥陀佛安养道场"十四字。座凡三层，上列洞龛，顶建七塔，纯用玉石。前六角亭,勒圣制金刚宝座塔碑文,乾隆十三年立。余与麟伯登塔四望,题名而下。出寺门,循溪行,至卧佛寺,即十方普觉寺,门前五色琉璃坊,高宗额曰“同参密藏”。再前为驰道,长里许,入道处又立棹楔,气象宏丽,与碧云埒。至后殿观卧佛,长丈六尺,范铜滲金,考《元史》至治元年诏建西山大寿安寺,冶铜五十万斤作佛像,或即此耶?殿前婆罗树二株,相传唐贞观创寺时,自西域移植于此。叶七开,每二十余叶相沓捧,已作黄色矣。匆匆别去,复出杏子口往南行,从桑干河故道踏乱石而行,约二里许,一塔凌霄矗立崖际者,则灵光寺也。过长恩寺,至翠微山麓,小憩四方台,循石径入寺。寺建于金大定间,原曰“觉生”,后改今名。塔计十层八棱,俗称画像千佛塔,绕塔有铁镫笼十六座。寻翠微公主墓不得,有轩曾敞,僧云近年洋酋到此避暑以为常,遂绕寺右至三山庵。三山者,觉山、卢师山、翠微山也。翠微一名“平坡”,三山鼎峙,高而不锐,故名。又上为大悲寺,导者云中无胜迹,不复入。绕寺觅山磴行至龙泉庵,俗名“龙王堂”,有池深广五尺许,其西凿龙口吐水,禅房静深,可以望远,惜未能久留。黄叶满地,乱石凌崖,复拨草而上,作香界寺之游。寺为唐诗旧刹,本名“平坡”,明洪熙时改名“大圆通寺”,康熙间又改称“圣感”,乾隆十三年始易今名。明姚少师尝言平坡最幽胜,学佛者所宜处,好游之士所必至也。邱壑绝佳,有小阁,尤为寺中最胜处。是日天气骤寒,阴云四布,危栏凭望,但微见昆明湖、玉泉、瓮山,蒙蒙寒烟而已。出门望宝珠洞,盘旋以登,行至绝顶,有才坊,一外额“欢喜地”,内额“坚固林”。过访至观音殿,额曰“诸法正观”,皆高宗御书也。殿后有宝珠洞,洞石本黑,白点滲之,中坐海岫禅师像,俗称“鬼王菩萨”,与天台山魔王并称,问以原委,僧不能答也。师号桂芳,在洞焚修,每夜诵经施食,四十年如一日,名闻京师。圣祖召见,赐紫,有“驯鸽檐前应受戒,游麟花下亦参禅”之诗赐之,命住持“圣感寺”。循山径而下,行乱石中,过深涧至卢师山,石益多,落叶堆径,不辨所从入,遂踏石而行。

《杨子云集》六卷
《蔡中郎集》六卷
《孔北海集》一卷
《曹子建集》十卷
《嵇中散集》十卷
《陆士龙集》十卷
《陶渊明集》八卷
《璇玑图诗读法》一卷
《鲍参军集》十卷
《谢宣城集》五卷
《昭明太子集》五卷
《江文通集》四卷
《何水部集》一卷
《庾开府集笺注》十卷
《□子山集注》十六卷
《徐孝穆集笺注》六卷
《东皋子集》三卷
《寒山子集》一卷，附丰干《拾得诗》一卷
《王子安集》十六卷
《盈川集》十卷，附录一卷
《卢昇之集》七卷
《骆丞集》四卷
《陈拾遗集》十卷
《张燕公集》二十五卷
《曲江集》二十六卷
《李北海集》六卷，附录一卷
《李太白集》三十卷
《分类补注李太白集》三十卷

《李太白诗集注》三十六卷
《九家集注杜诗》三十六卷
《黄氏补注杜诗》三十六卷
《集千家注杜诗》二十卷
《杜诗捃》四卷
《杜诗详注》二十五卷,附编二卷
《王右丞集笺注》二十六卷,附录二卷
《高常侍集》十卷
《岑嘉洲诗》七卷
《孟浩然集》四卷
《常建诗》三卷
《储光羲诗》五卷
《次山集》十二卷
《颜鲁公集》十五卷,补遗、年谱、附录各一卷
《宗元集》三卷,附录《元纲论》一卷、《内丹九章经》一卷
《杼山集》十卷
《刘随州集》十一卷
《韦苏州集》十卷

家大人所嘱带书目:

《致用堂章程》《方舆纪要》《五种遗规》《明文授读》《孙星衍说文》《绎史》

葆堂嘱买书目:

《吴梅村集》《小板翁注困学纪闻》《四书典林》《五经典林》《吴穀人骈体文》

洋百元　皮袄一包

家兄嘱带书目：

《萧选韵系》《历朝词选》《六家诗钞》《蒋心余诗集》

书目：

《书经》《诗经》《易经》《礼记》《左传》《夏小正》《秘书廿一种》

集目：

《绝妙好词》《绝妙近词》《古文词略》《岳忠武集》《词选》《吟秋楼诗》《真意斋诗存》《浣花阁词抄》《寄龛词》《揽青阁诗》《随园卅种》《袁文笺正》《笃旧集》《雨村诗话》《渔洋诗话》《姚选今体诗》《格雨集》

赋目：

《敬修堂词赋》《少岩赋》《竹笑轩赋》

文目：

《浚灵集》《四书合讲》《目耕小题》《四书题镜》《四明试钞》《四书典林》《绀珠》《十三经类记》

试帖目：

《宣南鸿雪集》《佩文诗韵》《形胜试帖》《字学举隅》《秋景诗》《诗韵合璧》《金铃集》《增注字类标韵》

待带书：

《佩文诗韵》白纸四本、黄纸十本

《揽青阁诗》白纸一部、黄纸四部

《书院课艺合选》二部

福孙书：
《杜诗》

嘱买书目：
《有正味斋尺牍》《四书全注》《寰瀛画报》《格至金元》

闲书：
《聊斋志异》缺

杂物：
镜一面　水板一方
铅墨盒一个　洗笔磁盆一支带架
印色两盒　水壶方式一个
图章盒一个
小铜墨盒一个
搭联一个
鞧页两个
有茶叶二十斤　上海时式青缎色帽绵夹二顶
有双丝手巾　上海金桂一板
吐铁　淡青布官人谓之纺布

上海软花囊　上海秋叶
上海绣花红绿手帕　有本色湖绉

《孔子家语》十卷汲古本，佳
《荀子》二十卷卢抱经、谢墉笺，佳，有翻本
《盐铁论》十二卷嘉庆丁卯张氏刊本附考证，佳

古賨国

宕渠县有渝水，夹水上下，皆賨民所居。汉祖入关，从定三秦，其人勇健，好歌舞，高祖爱习之，今巴渝舞是也。

宕渠县有车骑将军冯绲、桂阳太守李温冢。二子之灵，常以三月还乡，汉水暴涨，郡县吏民，莫不于水上祭之，今所谓冯李也。卷之九潜水

《史记》所谓下析郦也。汉武帝元朔元年，封左将黄同为侯国。注：《史表》《索隐》曰：《西南夷》“瓯骆将左黄同”，则左是姓，恐误。

菊水，出西北石涧山芳菊溪，亦言出析谷，盖溪涧之异名也。云此谷之水土，餐挹长年。司空王畅、太傅袁隗、太尉胡广，并汲饮此水，以自绥养。是以君子留心，甘其臭尚矣。

冠军县。湍水西有魏征南军司张詹墓碑，背刻云：“白楸之棺，易朽之裳，铜铁不入，凡古丹字器不藏，嗟矣后人，幸勿我伤。”自后古坟旧冢，莫不夷毁，而是墓至元嘉初，尚不见发。六年，大水蛮饥，始被发掘。以下节虚设白楸之言，空负黄金之实。

湍水又径穰县为六门陂，汉孝成之世，南阳太守邵信臣，以建昭五年断湍水，立穰西石堨。至元始五年，更开三门为六石门，故号六门堨也。赵按：建昭是元帝纪年，立堨在元帝时无疑。《沟洫志》云：宣帝时，郑宏、召信臣为南阳太守，岂久历宣、元之世，不易其任，故能成其功业耶？

溉穰、新野、昆阳三县五千余顷。汉末毁废，遂不修理。晋太康三年，镇南将军杜预复更开广，利加于民，今废不修矣。二十九湍水

均水发源宏农郡之卢氏县熊耳山，山南即修阳、葛阳二县界也。《魏书·地形志》作盖阳，盖、葛音同通用。双峰齐秀，望若熊耳，因以为名。

均水南径顺阳县西。应劭曰：县在顺水之阳，今于是县则无

闻于顺水矣。二十九均水

粉水径上粉县，取此水以渍粉，则皓耀鲜洁，有异众流，故县、水皆取名焉。赵按：上粉县不知何时所立，两汉、晋、宋、魏皆无之，与涢水篇之临涢县同一可疑。

粉水旁有文将军冢。闾邱羡之为南阳，葬妇墓侧，将平其域，夕忽梦文谏止，羡之不从，后为杨佺期所害，论者以为文将军之祟也。三十九粉水

白水出朝阳县西，东流过其县南。应劭曰：县在朝水之阳。今朝水径其北而不出其南也。盖邑郭沦移，川渠改状，故名旧传，遗称在今也。二十九白水

泚水，《经》云：泄水从南来注之。然泚阳无泄水，盖误引寿春之沘泄耳。

泚水又西南，右会马仁陂水，水出潕阴北山，泉流竞凑，水积成湖，盖地百顷，谓之马仁陂。陂水历其县下，西南堨之以溉田畴，公私引裂，水流遂断，故渎尚存。

泚水又西南流，谢水注之。水出谢城北，其源微小，至城渐大，高岸下深，浚流徐平，时人目之为渟瀯水。

东隆山，山之西侧有《汉日南太守胡著碑》。子珍，骑都尉，尚湖阳长公主，即光武之伯姊也。庙堂皆以青石为阶陛。庙北有石室，珍之元孙桂阳太守玚，以延熹四年遭母忧，于墓次立石祠，勒铭于梁，石宇倾颓，而梁字无毁。盛宏之以为樊重之母畏雷室，盖传疑之谬也。

司马彪曰：仲山甫封于樊，因氏国焉，爰自宅阳，徙居湖阳，能治田，宅至三百顷。二十九泚水

稽，从禾。禾，木曲头，止不能上也，极于上而止。郑同也

钦，欠皃。欠，张口气悟也。刘曰："民受天地之中以生，所谓命也。是以有动作、礼义、威仪之则。"

邸居日记(1872—1876)

起于同治十一年壬申七月(1872 年 8 月)
止于光绪二年丙子闰五月(1876 年 6 月)

孙云舫《春秋》《礼》在录　梁州人　火　玉石
王雅台兆熊《毛诗辨言》子小雅死后书亦失　孝廉
姚再洲若《周易郑注引意》生前已失,芸台甚赏之　学

雨歇连峰翠。(虞世南《奉和幽山雨后应令》)
风生蘋浦叶。(王勃《泥溪》)
垂衣文教成。(沈佺期《昆明池侍宴应制》)
余花尚拂溪。经术引关西。(韦抗《奉和圣制送张说上集贤学士》)
细雨莺飞重。(独孤良弼《上巳接清明游宴》)
晴山烟外翠。(高弁《春台晴望》)
骤雨松声入鼎来。(刘禹锡《西山兰若试茶歌》)
静入风泉奏。(张九龄《西山祈雨辄应言志》)
河堤柳新翠。(宋之问《龙门应制》)
丛筱亦清深。(张九龄《晨出郡舍林下》)
江弄琼花散绿纹。(元稹《早春寻李校书》)
有时水畔看云立。(元稹《过襄阳楼呈严司空》)
绕郭烟峦新雨后。(元稹《重夸越州宅》)
雨晴双阙翠微峰。(温庭筠《休浣日西掖谒所知》)
门前堤路枕平湖。红藕香中万点珠。(温庭筠《寄卢生》)

傍檐山果雨来低。(许浑《送张尊师归洞庭》)
高阁卷帘千树风。(许浑《夜归驿楼》)
野烟浮水掩轻波。(李绅《滁阳深秋忆登郡城望琅琊》)
烟惹翠梢含玉露。(李绅《南庭竹》)
紫芝图上见蓬莱。(李绅《海棠》)
细浮松月透轻明。(李绅《别惠山寺石泉》)
柳转斜阳过水来。(贾岛《题虢州三堂》)
笋迸邻家还长竹,地经山雨几层苔。(贾岛《田将军书院》)
连山半藏碧。(钱起《登胜果寺南楼雨中望严协律》)
天向数峰开。(卢象《峡中作》)
帘帷竹气清。(孙逖《同邢判官寻龙湍观归湖中》)
恩厚别成春。(孙逖《上阳水窗赐宴》)
花柳发韶年。(苏味道《春日应制》)
花绕傍池山。(祖咏《韩少府水亭》)
丹青画松石。(宋之问《初至崖口》)
雨后洲全绿。(张说《早霁南楼》)
雨歇青林润。(崔湜《冀北春望》)
月随碧山转。(李白《月夜江行寄崔员外宗之》)
心清松下风。(又《秋夜宿龙门香山寺》)
风生松下凉。(又《水阁纳凉》)
长松入云汉。(又《游太山》)
风泉有清音。(孟浩然《题终南翠微寺空上人房》)
群峰悬中流。(储光羲《秋霁曲江俯见南山》)
风泉清道心。(刘长卿《龙门杂咏》)
飞泉引风听。(长孙佐辅《山居》)
远峰带雨色。(岑参《林卧》)
溪承瀑水凉。(沈佺期《乐成白鹤寺》)
卷幔引诸峰。(又《携琴酒寻崇济寺僧院》)

悬溜泻鸣琴。(王勃《郊园即事》)

炉烟细细驻游丝。云近蓬莱常五色。(杜甫《宣政殿退朝晚出左掖》)

数家留叶待蚕眠。(包何《春东郊即事》)

玉芽修馔称清虚。(王贞白《洗竹》)

九华春殿语从容。(杨巨源《寄同年中书舍人》)

水声闲与客同寻。(李建勋《钟山寺避暑》)

野庄乔木带新烟。(郎士元《冯翊西楼》)

柳边风紧绿生波。(罗邺《洛水》)

流水带花穿巷陌,夕阳和树入帘栊。(韦庄《贵公子》)

纵棹洄沿萍溜合。开轩眺赏麦风和。(李乂《兴庆池侍宴应制》)

条风半拂柳墙新。(李适《奉和立春游苑迎春》)

柳陌乍随州势转,花源忽傍竹阴开。(郎士元《春宴王补阙城东别业》)

渠柳条长水面齐。(王建《早春五门西望》)

九成初日照蓬莱。(杨巨源《早朝》)

云生磵户衣裳润。(白居易《香炉峰下草堂初成》)

门前种柳深成巷,野谷流泉添入池。(高适《寄宿田家》)

数枝分作满庭阴。(储光羲《蔷薇》)

日暖花明梁燕归。(钱起《画鹤篇》)

绿沼翠新苔。(唐太宗《首春》)

泛水织纹生。(又《咏风》)

爽气澄兰沼。(又《秋日》)

梅雨洒芳田。(又《咏雨》)

迎风带影来。(又《春池柳》)

功因养正宣。(明皇《温泉》)

膏雨自依旬。(又《喜雨》)

窗中月影临。(又《千秋节赐群臣镜》)
风条出柳斜。(陈叔达《早春桂林殿应诏》)
移风韵九成。(李百药《奉和正日临朝应制》)
山居云作缨。(姚崇《故洛阳城侍宴应制》)
晴光脆柳枝。(钱起《秋夕与梁锽文宴》)
风归叶影疏。(王勃《郊兴》)
水洄青嶂合。(孟浩然《武陵泛舟》)
溪水碧于草。(岑参《终南东溪》)
绿竹半含箨。(杜甫《严郑公宅同咏竹》)
交轩岩翠连。(陈子昂《游晖上人房》)
青翠常在门。(岑参《缑山西峰草堂》)
连山半藏碧。(钱起《登胜果寺南楼雨中望严协律》)
旧蒲雨抽节,新花水对窗。(常建《白湖寺后溪宿云门》)
窗中见树阴。(李端《题从叔沆林园》)
柳枝经雨重,松色带烟深。穿池集水禽。(张谓《郡南亭子宴》)
曲水浮花气。(贾至《对酒曲》)
远山芳草外。(司空曙《题鲜于秋园林》)
松间对玉琴。(李端《云阳馆寄袁稠》)
水花晚色静。(杜甫《夏日李公见访》)
山径入修篁。夏云生嶂远,瀑水引溪长。(吴巩《白云溪》)
幽篁别作林。(蒋涣《和徐侍郎中书丛筱韵》)
开轩绿池映。(张说《凤楼寻胜地》)
风静听溪流。(张九龄《耒阳溪夜行》)
夹岸生奇筱。(李德裕《东溪》)
斜阳雨外山。(顾非熊《桃岩忆贾岛》)
斜阳照竹扉。(张祜《晚夏归别业》)
翠筠入疏柳,清影拂圆荷。(杨巨源《池上竹》)

风帘半钩清露华。(张祜《和牧之九华》)

立近清池意自高。(朱庆余《台州郑员外郡斋双鹤》)

片帆香挂芰荷烟。绿摇江澹萍离岸。谭用之《赠钓鱼李处士》

一端晴绮照烟新。(陆鲁《望蔷薇》)

寒声偏向月中闻。(韩溉《松》)

高下麦苗新雨后,浅深山色晚晴时。(杜荀鹤《山居寄友人》)

平野花枝鸟踏垂。(同前)

树头蜂抱花须落,池面鱼吹柳絮行。(韩偓《残春旅舍》)

远山如画雨新晴。(李中《江边吟》)

引下溪禽带夕阳。(李中《竹》)

翠浓犹带旧山烟。(李中《吉水县厅前新栽小松》)

自有潺湲济物功。(罗邺《题水帘洞》)

洗来疏净见前峰。绕径莎微夏荫浓。(郑谷《竹》)

药院爱随流水入。(钱起《宴王补阙城东小池》)

花里寻师至杏坛。(钱起《幽居春暮书怀》)

流莺百啭最高枝。(温庭筠《杨柳》)

健思潜搜海岳空。(王建《上武元衡相公》)

桥边平岸草如烟。(刘禹锡《和牛相公游南庄》)

雨余田水落方塘。(来鹏《与友人游玉塘庄》)

时看雨歇云归岫,每觉潮来树起风。(张南史《江北春望》)

药圃地连山色近,樵家路入树烟微。(刘沧《题王校书山斋》)

坐对寒松手自栽。(皇甫冉《秋日东郊》)

濯枝霡霂榴花吐。(刘兼《对雨》)

贵地栽成碧玉林。(殷文圭《题友人庭竹》)

声敲寒玉乍摇风。(刘兼《新竹》)

上句:今年通闰月(入夏展春辉),九歌扬政要。(明皇《首夏花萼楼观群臣宴宁王山亭》)

时清日复长。盐梅已佐鼎。向水觉芦香。(明皇《端午》)

朝光上翠微。(太宗《赋秋日悬清光赐房玄龄》)

舟楫功须著。(明皇《饯王晙巡边》)

敦俗劝耕桑。(明皇《早登太行山中言志》)

崇儒引席珍。(明皇《集贤书院成送张说上集贤学士》)

同治十一年壬申(1872)

七月十三日乙未(8月16日) 晴

昨就广侯之招食,过饱,四更始睡。接六月十九日家书。父亲四纸,大兄一纸,三弟二纸,内附张师及施、顾三书。孙永福兄带来。朱亮生来,知新移寓伏魔寺。莼客来,留午面。右目流水更多,不能看书。夜凉甚,露坐片刻即就枕。

十四日丙申(8月17日) 晴

午课毕,约少虞至张祥伯寓,观所藏书画。雨人、芍洲亦来。雨人约至宴宾小酌。招子韬、沚蘩同席。月坡患腹泻、眼疮,自馆移至寓中。莼客馈莲秋鸭。吴玉粟来。

十五日丁酉(8月18日) 晴

祀祖。别设一席,以祭前之居是屋者。撰三等承恩公崇绮及追封公妻一品夫人宗室氏诰命文。目疾少愈。以沈寅驭《世系纪年编》授两儿读。

十六日戊戌(8月19日) 晴

陈质存来,索折楷。杏师来,为月坡诊脉。留午饭。杏师携《病榻梦痕录》三册去。夜月初上,浮云蔽之。接张芗涛丈札,期明日晡时入城,至十刹海泛月。言花辰月夕,两美具备,过此数日,时难再逢云。余已就枕，心诺焉。丑刻，梦回，闻雨声淅沥，即不能成寐。

十七日己亥(8月20日)　小雨竟日

陈子奉分二千。

十八日庚子(8月21日)　晴

天气晴朗，欲游十刹海，以儿辈课程未了，不果。绿槐清润。庭前已有秋意。

十九日辛丑(8月22日)　阴，午后开朗

少虞、理庵招饮宴宾。座有子韬、沚蘩、雨人、广侯、竹堂。未几，杨蓉圃亦至。边润民奏劾直督，所言甚当。闻功臣馆保举开列者，满五员，汉六员。又闻纂修缺出，谋之者多至八人，且有托中朝大官转求者。馆阁为储才之地，不料风气日下，一至于此。访麟伯雅堂，不值。阅肆，得李养一先生集。杏师来，视月坡病。留午饭。同车至祝三处。

二十日壬寅(8月23日)　晓雨，午后阴

天气甚凉，加袷衣。直督奏永定河堤北下汛十七号，因大溜越堤而过，随致漫口。宛平县丞唐照，永定河道李朝仪等，皆革职，留任效力。傍晚有雨，未几即止。入夜，星斗灿然。

二十一日癸卯(8月24日)　晴

答小云、亮生及戚润如人铣。访子长、小村，留午饭。独至厂肆，傍晚归。钟荏山前辈得讲学。旷课竟日。雪楞来，未值。

廿二日甲辰(8月25日)　晴

晨起，闻钱肆有闭歇者，市街四家，横街一家。余有天和永缗钞十五千，遂作废纸矣。陈妪前月佣值四千，留为御寒之资，至是几欲泣，予怜之而再给焉。阿六《考工记》读毕，始读《天官》。杏师复来看月坡。

廿三日乙巳(8月26日)　晴

六舟言汪帖误投，欲索还。余以汪世兄礼敬父执，不当以乡谊固辞告之。霞轩来。田寿安同年植仁于六月二十三日在籍病故。闻昨日钱肆闭歇者十五家,设阱陷人,薄俗可慨。

廿四日丙午(8月27日) 晴,入夜雷电交作,遂大雨

殷莼庭来。漏尽雨更甚,雷声亦愈急,大风乘之,如坐大海中,波浪汹涌,百怪起伏,房槛皆为震撼。为今年第一次大雨。钱孺人忌日。

廿五日丁未(8月28日) 晴,雨止而无风,故不觉凉

麟伯来。漱栏招饮,王星初、光缉甫、晋卿昆仲、莳蓝、莼庭同座。竹堂、笛渔招饮万福居。席间有沚虋、理庵、勗斋、少虞、钧堂,又有曹珊泉昌燮。伦同年五常分四千。陈巽卿以所书扇来。又作画于其后,气韵远出,洵为隽才。杏师为月坡诊脉,可进补剂矣。留晚饮,以车送之。

廿六日戊申(8月29日) 晴朗

今上纳采之期也。久不作楷,写十八格折卷,三开。闻廖馗宾孝廉善推五星,访之于永光中街。楼广侯来。孙泳福将归姚,来问有无信件。

廿七日己酉(8月30日) 晴

写字,二百十六。鞠圃来,留午面。所言甚中近事之失,并称其同乡袁绍庭、祁子禾、郭心吾及赵吉士履道,皆端人也。余交鞠圃久,至是始得畅谈。接周石卿六月廿九济南书,五月廿四出京,六月初二到。接慎斋廿二日津寓书,初十日从居弥勒庵胡同赈局。剃头。

廿八日庚戌(8月31日) 晴,午后阴有雷声,而仍漏日影

写折,二百十六字。午后,作家书,未毕。而本月十七日家谕,从福兴润寄到,才十二日。父亲谕三纸,三弟三纸。家书写竟,并购狗皮膏、紫金锭等,待寄。又以荄甫所刻篆文同封,缘三弟喜作篆书也。

廿九日辛亥(9月1日) 晴

月坡回馆。访孙泳福,未晤。进城,至孝凤处稍坐。在理庵寓中午饭。适采南前辈来,为述庚辛滦河行在遗事,薄暮始归。贺荏山前辈擢官。写折,一百零八字。

三十日壬子(9月2日)　晴

写折，二百十六字。以家书托福兴润寄南。麟伯招饮广和居。席间有六舟、逸三、清卿、莲生。晤游梅溪。访莼客，少坐即归，已傍晚矣。

八月朔日癸丑(9月3日)　阴

昨午后渐暖，今日更甚。闻张芗丈昨遭穿窬，所失颇夥。写折，二百七十字，并屏对各件。夜半梦回，闻雨声乍有乍无，既而大作。

初二日甲寅(9月4日)　晓倚枕边，雨声犹淅沥不止

起望庭中，积水寸许矣。绿槐倒影，如傍江干，俯玩者久之。午后雨止，阴而不风。傍晚有绛云。写折，二百十六字。

初三日乙卯(9月5日)　晴

写折，四百三十二字。晡时，至斜街，买桂花两盆，秋海棠四盆归。访芍洲，携雨人旧作而归。闻今上得长公主。

初四日丙辰(9月6日)　晴暖，入夜尤甚

清晓，赴中街汪宅，同年到者共五人，六舟成主，霞坪与余副之。傍晚始散，旷课竟日。访莳蓝，同至子森处。子森市蟹沽酒，快啖一时之久，归已漏尽矣。

初五日丁巳(9月7日)　晴暖，夜有风

写折，九十六字。

初六日戊午(9月8日)　晴

写折，三百二十四字。为祝三写泥金便面。接补帆前辈五月初十日函，并附《应元书院志略》。“西风吹雨放新晴，万叠岚光入眼明。古蹬侵云流暗水，荒祠拥树作秋声。路于白鸟飞时引，人在苍龙脊上行。欲问秦皇留跸处，空林萧瑟不胜情。”《登秦亭诸峰回至桃源岭》。“青峰飘渺何飞来，翠屏十丈芙蓉开。飞来何事不飞去，占断竺林作虎踞。我欲问山山不应，振衣直上同飞腾。绝顶苍茫一长啸，坐看东海红霞升。”《登飞来峰》。“高秋风景宜关塞，独客穷愁仗友生。”《偕子授之永平》。“旷古无斯局,思之泪满巾。立功嫌大将,鼾睡任他人。苍狗天边气,啼乌幕上身。西风吹羇栗,瑶水感雕轮。鸱鸮何太恶,毁室自摧伤。有意挠人事,无才论鬼章。六州成大错,一炬痛阿房。安得朱云在,从容请上方。”《书愤》。“昔年甘苦此中深,今日重来敢负心。漫说朱衣能暗点,要凭青眼托知音。桐焦有幸收虽早,叶落仍多感不禁。无限黄金台下客,可怜转眼判升沉。”《分校》。“打篙便尔付东流,呼吸无端阻石尤。偏是斯人能失足,古来何事可忘忧。”《舟子堕水》。“宦情似酒分浓淡,诗境随年判浅深。抱膝安知天下计,微吟时见古人心。”《柬友》。“半角遥山双塔影,千林落叶一归僧。”《夕阳》。“长安在天上,天街多路歧。王道何荡荡,徐行未必迟。捷径虽便易,崎岖终可危。”又“明知离别苦,长揖为欢容。”《北上》。以上皆雨人旧作,摘录数首于此。查九遣其仆媪来,复言徙屋事。

初七日己未(9月9日)　晴

辰刻,至中街,送汪师母柩,出彰仪门而归,已午正矣。写折,百四十四字。儿辈但授生书,无暇温书矣。以《春秋左传贾服注辑述》一部送张芗丈,附自制月饼。莼客向潘司农索得邵位西诗一册赠余。连日闻邻家有被窃者,余寓中惟破书数簏而已,无贵重之物,不足以起盗心。杜老所谓“侧闻夜来寇,幸喜囊中净”者也。

初八日庚申(9月10日)　晴

王莲生索取《贾服注辑述》一部,余仅有两部,今尽矣。竟日不写一字。晚间为祝三饯行,并邀莳蓝、杏师、月坡。

初九日辛酉(9月11日)　晴

写折,百余字。小云来。莳蓝、馥生招陪祝三。有杏师、月舫、衡甫、小邨。莳蓝以龙门魏碣拓本见赠。为霞轩作字一方。

初十日壬戌(9月12日)　晴

徐寿蘅寿分四千。晡后,莼客来谈,留晚面。乘月偕过孝达丈,适逸三、清卿、廉生及胡石垞户部皆先在坐,遂设饮清谈,二更始归。庞保生丁忧。桑百师为刑尚,胡小蘧左都御史,彭久余转吏左,童薇师得吏右，何地山得工右。

十一日癸亥(9月13日)　晴

晨至巷北看屋。麟伯来谈。

十二日甲子(9月14日)　晴

吴霞轩来。得莼客札。

十三日乙丑(9月15日)　晴

洪云轩来。诣城内各师处贺节，并答崇文山、李鞠圃，兼贺锡厚安缜擢任江右粮道。饭于理庵处。杨蓉圃亦来。徐寿蘅得太常少卿，文格补广西布政使。儿辈旷课竟日。

十四日丙寅(9月16日)　晴热

署中送秋季俸银二十两一钱，付米肆。午后放学，杏师、月坡各从馆来，即留寓中过节。李书贾来，知胡荄甫同年澍于昨夜病卒，惜哉！绩谿胡氏世精三礼之学，荄甫劬学以终，有志未逮，闻之不胜絫息。

十五日丁卯(9月17日)　晨晴，巳后阴，下午微晴

十日来无日不晴，今日更觉躁热。两单衣足矣。晨至万尚书师贺节，兼答浙江粮道，如冠九山于劈柴胡同内南宽街。归与杏师、月坡过节。午后，出彰仪门，至天宁寺，盖昨夜孝达丈所约也。至则孝丈、麟伯、逸三已先在，莼客亦至，仅五人耳。孝丈携酒，莼客携蟹，麟伯携月饼，逸山携诸果，余携炙凫，菜餤曼头，杂然前陈，布席而饮，谈笑甚欢。日暮将归，而六舟至，复至新营土榭小坐片刻，与六舟同车入城，至巷口而别。午后，杏师入城。夜有云。二更，月色渐佳，余倦极，不能赏月，即就枕。

十六日戊辰(9月18日)　晨晴，巳后阴，晚雷电小雨，四更后大雨

访陈逸三，读其近作。接本月初三日家书，三弟三纸，大兄一纸，知履斋寄件已到，内附陶紫珍致弟书。写折，百四十四字。管侯招饮宴宾斋，霞轩、讯芙、玉粟同席，四人皆乙未生，霞轩九月，讯芙十月，管侯十一月，玉粟十二月。访少虞。子森邀同杏师、茗仙、子长、小郇、莳栏、馥生、月坡、子美过节。杏师回杨宅。

十七日己巳(9月19日) 晨阴,有小雨,午后有日影,夜晴

月坡回张宅。写折,百八十字。写家书,未竟。今上纳征之期也,拟往观,不果。九月初八日接三弟书,知父亲是日往八字牌轩观里中演剧。

十八日庚午(9月20日) 晴

广侯来。作家书竟,并以纨扇两柄、膏药杂件一小包、猫四只,交祝三带归。接伯声七月二十日河工局信,少虞处来。访祝三于宴宾斋。①

十九日辛未(9月21日) 晴

徐东甫来。杏师来。芍洲来。写折,四百五十二字。祝三以车未雇就不行。接朝阳令全鉴三同年士锜书。程瑶田《九谷考》以粱为今之小米,其在田时曰禾,禾实曰粟,粟实曰米,米名曰粱。北人食以粟为主,故但呼谷呼米,犹南人食以粳为主即稻。亦但呼谷,稻为谷为米,禾粟米本粱之专称,而黍、稷、稻亦假借通称之,其说甚晰。又谓小米之采俗穗独垂而向根,故禾字象形,然稻采亦下垂,惟高粱即稷黍麦等不尔。夜至广和居,为赎回寓屋事。

二十日壬申(9月22日) 晴,晡后阴,有雷声,夜晴

写折,二百二十六字。午后,送祝三行不及。至中街看屋。访月舫。

二十一日癸酉(9月23日) 雷雨,午后阴,晡时又雨,夜大雨

排比书籍,为移居之计。莼客馈曼头、果品,复招饮。同席者,朱蓉生一新、史宝卿慈济两孝廉。南邻无赖子非理取闹,召其母告之。夜肝气作痛,辗转不能成寐。

---

① 底本存有两处"同治十一年八月十八日"记载,另一处内容相较略于此处,文本抄录如下:"作家书。广侯来。以纨扇两柄、膏药等件及猫四只交祝三寄归。夜访祝三于宴宾,附让卿一信。接伯声七月□□日河工局书。"以供参考。

二十二日甲戌(9月24日)　晴霁

华生镇来,馈酱菜虾米。诣钱少司成师拜寿。访芸舫,陈子弢在坐,言甘肃之事失在无信,信既不足恃,又无威以济之,官军死伤大半,而勉为抚局,不及三年必有变故,书之以俟验。朱少虞来。晡后,阴有雷声。夜见星,继乃大雨。

二十三日乙亥(9月25日)　晨雨,午阴,竟日不开。天气犹热,恐雨意尚浓

广东布政使邓廷枏来京,另候简用,着俊达补授。张瀛着补授广东按察使。

二十四日丙子(9月26日)　阴,午后大雨,晡时止,晚有小雨

肝气上逆,牙齿作酸,夜中屡起坐,不能合眼。阿六录莼客文毕,并日记一册,送致。叶竹郇同年笃生来。广侯来。

二十五日丁丑(9月27日)　阴,午后大雨,入夜雨更密

午后,访雨辰前辈,出示所著《养自然斋诗话》。访芸泉、季和及杏村师,皆不遇。邀沚蘩、子弢、雨辰、少虞、笛渔宴宾斋持螯。芍洲不来。徐同年士銮由内阁侍读选授台州知府。清卿招饮,辞之。查九徙家具于西偏屋,并挈妻子同来。

二十六日戊寅(9月28日)　晴,凉飙送爽,落叶满庭

余亦徙家具于兵马司中街慈谿馆,先赁二人以书箧往。吴玉粟为霞轩饯行,邀余作陪,座有张迪斋。张祥伯以叔未先生所书联见赠,嘱少虞送来。从子弢处假观其世父肃州同知《倬庐文集》。倬庐名墉,道光乙未进士,博学能文,与怀宁陈雪庐世镕同宦甘肃,时号二陈。

二十七日己卯(9月29日)　阴,风有冷意

徙家具,竟日始罢。月坡来。阅邸钞,谢棨照擢右江道,王衮放直隶遗缺知府。锡席卿之弟喜,分四千,托广侯转致。

二十八日庚辰(9月30日)　晓有日光,辰刻微雨,巳后晴霁,冷

全家移寓兵马司中街慈谿馆。月坡助余整比书籍。自丙寅八月二十四日赁寓南半偈胡同，至今日移居，前后六年更赢四日，计其时月，皆以仲秋，高槐两株，落叶满径，如作可怜之色。难忘始至之时，十载浮居，一官不进。人非长孺，每慨叹于积薪；官异仲文，亦咨嗟于枯树矣。张芗丈亦于今日移居贾家胡同，折柬相邀，不克去。申刻，饯霞轩于宴宾斋，邀讯芙、玉粟、杏师、月坡作陪。少虞来。莳栏、韵士、玉粟馈饼糍。

二十九日辛巳(10月1日)　晴暖

月坡复来助余理书。莳栏、寅初、杏师及孔生宪曾来。夜与杏师、月坡吃蟹。阅邸钞，方略馆保奖已奉谕旨，翰林院五人，文澂有三品缺出开列，杨绍和四品缺出开列，梅启熙、吴仁杰、汪鸣銮皆以应升之缺开列在前。许应骙转左庶子，林天龄擢右庶子。

九月朔日壬午(10月2日)　晴

陈雪楞来，留午饭。胡荄甫分六千。李莼客、张芗涛、谢麟伯、朱少虞、费芸舫、徐东甫来。子长馈物。

初二日癸未(10月3日)　阴，暖

课儿辈读书。午后，答客，并贺芗丈新居。晤少虞、莳蓝、茗仙、莼客、芗丈。接济南叶柳初三月中书，又孔吉士继钰书。小云是日随桑百师自定陵回京。

初三日甲申(10月4日)　晴暖，午后薄阴，晡时微雨

月坡复来理书。洪云轩来。夜，杏师招，同小村往宴宾小酌。晤麟伯、桂生及胡介卿前辈。

初四日乙酉(10月5日)　晴

陈子骏来谈甚久，方出门而莼客至，留莼客夜饭，以车送之。接慎斋弟津门书。漱栏来。闻李合肥奏保吴清卿才堪大用。

初五日丙戌(10月6日)　晴

季和霞坪来。读子骏《幸存续草》。黄植庭来。彭雪芹署兵部侍郎。

初六日丁亥(10月7日)　晴

答麟伯、霞坪。访子森。孝凤招饮余庆堂，有徐李侯封翁、于次棠前辈、简南屏、余□□开沅。访莼客，晤孝达及吕庭芷前辈。

初七日戊子(10月8日)　晴

小云、蓉浦、理庵、竹堂、珊泉来。雨辰招陪单少帆，二更与子弢同车归。蓉浦以其世父岭隅孝廉行程日记三册见赠。

初八日己丑(10月9日)　晴

吊庞太夫人分八千。赵子新兄随黄履翁北上，于昨晚抵京。今晨，履翁送至寓中。接八月十七日家书，父亲四纸，大兄一纸，三弟七纸，并附吉舫寿序一篇，《余姚县志》一册，《文庙纪略》一册。让卿书两纸，附小布两端，载飏表兄书一。三弟又寄笔廿支与阿六。余与子辛自己未、庚申相聚后，一别遂已十三年，面目依然，微觉苍老。吾父以余自课儿辈，无暇读书，令子新远涉重洋相助，盖望子之心至是愈切矣。子森来。招同杏师、茗仙、莳蓝宴宾斋，小酌。雨辰来。西邻粤人有烟霞之癖，终夜不寝，婢媪亦扰扰达旦，今夜愈甚。余所蓄狗误以为贼也，亦追逐不已，终夜有声，甚苦之。

初九日庚寅(10月10日)　晴爽

杏师来。家祭。子弢、沚虆来，同载至陶然亭，望西山苍翠远横，明秀可爱。回厅，已为人先占，遂登文昌阁，啜茗。雨辰挈其子，与芍洲联辔继至，各出所携酒果同酌。余方食一蟹，莼客即至，遂同到龙树院。麟伯、六舟、莲生、清卿及吕庭芷前辈已先至，味秋与周荇农世丈相继至，芗丈最后至。命尊促坐，返照入林，复同登西楼，远眺则夕霭远横，众山欲睡，非复午后浓翠矣。回忆昨秋慈仁之集，董研樵前辈远宦秦州，陈逸三户部于前月乞假回粤，不无怀旧之思，大有失时之惧。芗丈与麟伯、六舟谋徒步而归，余倦于足力，与莼客同车先行。余既回寓，复以车送莼客归。子新为月坡妻兄弟，月坡来视子新，晚饭后始去。

初十日辛卯(10月11日) 晴

午后,与子新同阅市。得莼客札。

十一日壬辰(10月12日) 晓微雨,旋晴

写家书。接朝鲜闵经园枢判致庠书,附寄四隅扇、圆扇各一柄,真墨五笏,一笏刻“卫正黜邪之墨”六字,背镌“洋夷侵犯,非战则和,主和卖国”十二字。华笺两种,亦如之。字形则拟长乐瓦当也。又锦城茶四十瓣,从芗丈处送来。其副使朴绮园已奉讳云。茗仙、子弢、子森来。子弢以《九日江亭登高醉后放歌》诗见示。子森言杨某愿备五十金为杏师寄家信,嘱余转致。

十二日癸巳(10月13日) 晴

答云轩、雪楞、理庵。在小甜水井午面。闻翰林京察撰文者,例亦得与。余惧得此,欲豫辞于掌院,而全小翁入署未晤。月坡招陪子新,小聚于宴宾斋。答黄履翁。

十三日甲午(10月14日) 阴晴相间,天气甚暖

朱宅拜寿,雨辰、理庵、芍洲、笛渔、小云同席。张竹晨夫人接阿送入城观大婚典礼。蔡芷斋弟分二千。杜雅堂子分四千。寿甫嫁女,送礼四色,但受其一。孝侯得阁学。叔恬自津来京,寓西永盛店。

十四日乙未(10月15日) 阴晴相间。申刻,薄云中有雨数点,旋止。夜三更,浮云尽散,月色湛然。是为十五日子时正

皇后凤舆入交泰殿时也。晓以车送子新至月坡处,同入城。令老张偕两儿至小甜水井。余于午初坐车进西长安门,至保和殿后出,至朝房,小憩,换朝服、朝冠,与同人集太和殿下。申刻,皇上升座,随班拜贺,行三跪九叩礼。圣驾退,复至朝房,使者持节出大清门,旗、伞、灯、舆络绎相继。日落后,自大清门至乾清门外皆燃灯。灯用琉璃,画龙凤形双喜字,以云蝠间之。两道齐燃,光明如昼。与同人步至天安门外桥上小立,回朝房吃饽饽,倚墙合眼,不能熟眠。闻传筹至弟四次,门外马号声相继,各披衣出门,则前驱已到矣。正十五日子时也。无炮无音乐。伞廿二,扇十六册,宝亭各一,旗十余,高灯八十，提灯八十，马百十四而已。凤舆以十六人舁之而行，由太和门历中左门后，左门入乾清中门。舆既入，门即闭，但开右门。余与芸舫、雨辰在墀下席地小坐，片刻仍回朝房。是时薄云散尽，皓月在天，万里光明，气象甚好。芸舫出城后，即闻内传吹灯。余等亦倦而就枕矣。同宿者，张芗丈、谢麟伯、吴清卿、王莲生、钟雨辰及余，凡六人。是日奉上谕：委散秩大臣承恩公崇绮以内阁学士候补，员外郎凤秀开缺，以四五品京堂候补。

十五日丙申(10 月 16 日)　阴，暖如昨，夜有风，旋雨

黎明出城，回寓后以车接儿子归。午刻，先生上馆。申刻，邀朱少虞、黄履斋、翁莳栏、姚叔恬及杏师、月坡作陪。作家书，未竟。归安严九能元照《悔庵学文》八卷，许周生为之序，其自记一首，题嘉庆十五年十二月书于德清北城外靓吉堂，文多可采，摘录于后。书《尔雅正义》后云：此经自开成而下，尚有宋本存于人世，即明人如郎奎金、钟人杰、吴元恭、国朝王朝宸所刻，皆胜明监本、阁本。注疏又自汉魏到北宋典籍征引颇有异同，学士未能博综以资参订，间有巨谬，恐滋疑误。《说文解字》可以证明雅训，而踳驳甚多。“俅，戴也”，《说文》训为“冠饰貌”，引《诗》“载弁俅俅”，义同不引，而云“说文作絿”。“絿”义为“急”，于此何与？“十羽谓之縳。”《说文》训縳为白鲜色，非其义不引可也，乃引“縳，束也”，且曰：“十羽可以束，是不识叀、専之之辨矣。”“素锦绸杠”，“绸”，“韬”之假借，乃引《说文》“绸缪”也，于此奚取？有《说文》无此字，误仞它字以当之者。“玉谓之雕”，引《说文》“雕，剥也”，援《左传》“剥圭为戚”。案《说文》：“琱，治玉也。”“彫，琢文也。”则“彫”“琱”皆可用从刀者，俗书也，其训剥者乃是劀字。它若赈训富、偲训声，僨、许、僵、弄训玩，忝训辱，“浒，水崖”“革中绝谓之辇”，《说文》皆同。或引《玉篇》及《说文》它训，若《说文》无此字者，算数也。引《盘庚》，“选即算也。”“翿，纛也。”引《陈风·宛邱》，“翿”作“纛”。音义又改窜所引书籍，而于释文尤甚同。所以“止扉谓之阁”，引《左传》“高其閈閎”，“閎”本或作“阁”，皆未尝有其语。又“外为限”,云唐石经作“鞫”,石经固作“限”也。“六畜”二字,石经无之,而云据石经补,是石经未尝读也。景纯之注,监本伪阙,可以宋本补正。邵于《释山篇》据《诗礼疏》补注若干字,乃宋本所无者,中有宜音之字,释文无音,则知是音义之文,以之补注,失之专辄。景纯既别撰《尔雅音义》,而注中仍是有音,宋本已多漏落,监本删汰尤多,邵所增者未能赅备,且有不明句读致误读者。“虪虎”累注云:“今江东呼为虦。”虪音涉,虦字句绝,虪音涉,景纯之音也。监本删“音涉”二字,邵遂误以“虦虪”连文,此则一检邢疏,即可了然者。其沿监本之伪者尚多,所引书篇中卷数多错,案籍求之,辄不可得,校勘之疏,尤难悉数。学士当日较官书既繁冗,而人就时艺者且以百数,退直谓肄之暇,以余力成此书,其不能甚精,固所宜耳。当其中稿未定,虽朋好不得见,归安吴孝廉兰庭、德清许兵部宗彦与学士往还最久,皆未之见,刻成后,亦时时修改,惜改之终未能尽。又有《孟子正义》,书未成而殁,稿在今大学士诸城刘公家。书《抱经先生札记》后云:“先生所校书,自付梓者,《逸周书》《白虎通》等是也。它人出资者,则不自署名,若《荀子》则嘉善谢,《吕览》则镇洋毕,《韩诗外传》则武进赵,惟以书之流传为乐,不务以刘向、扬雄自诩也。己之文集,则无暇力,以及垂殁之年,始以付梓,未及五之一即下世。”山舟侍谓出白金五十两,布告同人,倾之年余刊成五十卷。其编次芟汰,有不可解者,姑以序论之。凡所校刊书之序皆存,而独芟《独断》序、《论语义疏》《翰苑群书》等序,亦宜存者而皆芟之。《解春集》,先生外王父冯山公之文也,先生编刻而为之序,其序岂可芟乎?更可异者,此书自序亦不存于集,又以记袁孝子割肝事列于后记,而不知记事之文,乃传之别体也。先生为祖父行述及其配三人者,欲别编家乘一卷,尝为元照言之,今则一篇不存。予向先生二子借手稿,将为更定一本以报,先生二子固不肯,未几即散落,书估手不复可聚已矣,复何言?使先生迟一二年殁,得手定之,岂至于此?书《潜邱答记》后云:“考证经史,颇多裨益,然于己所知者,虽甚微,必铺张而扬榷之,且有矜色;于人所不知者,虽甚微，必指摘而痛诋之，务求胜乎口齿间，而不觉失儒者谨厚之风矣。”钱塘张仲雅为言其表兄山舟侍讲入都，阻风泊舟，与钱辛楣少詹相并，推篷快谈者七日。侍讲携此书行箧中，少詹借读，随笔为评注十数科还之。予后叩之侍讲，则曰：“所评注皆地理、水利二书，其本已畀曜北。”叩曜北，则封以在仲雅所，予终不得见也。书《五代史纂误补》后右纂误补四卷，同县老友吴胥石先生所撰。书成于乾隆四十三年，后刻于京师，晓徵少詹极赏之。鲍氏亦刻于丛书，此其晚年重定本也。嘉兴冯氏所刻，与鲍本不同。先生此书，承二云学士所属而作，此重定本，属草未成。先生归自京师，懒不肯写定，予从臾之力，始稍校录之，财尽一卷，即染疾几殆。予往候之，握予手曰：“吾家人皆以为吾为子校书而劳惫也。”相与一笑。既而疾愈，乃校写成书。先生自言不通算历，故《司天考》不能详核。书中称引它人，其姓名缀当条末者皆已说，而分属于友朋。《帝纪》中有一条，托诸元照，其笃于气谊若是。先生所校《元丰九域志》，最生平用意之作，畀人刻之，不存己姓名，其不屑屑之于名可知。此书不托名它人，偶然尔，殊非先生意。吴兰庭，字镇南，一字胥石，熟精乙部书，尤究心于地理、职官，于其沿革、建置，纷拿繁乱，卒不可理者，钩稽探索，书得其条贯，上下千余年，了如指掌。会稽章君学诚亦善史，不许轻可，尝言今之可与言史者，惟二云与胥石耳。《胥石墓志》。

十六日丁酉(10 月 17 日)　阴，寒甚

写家书竟，交福兴润寄南，内附赵子新家书。以车送接阿送归。连日有事，体中甚惫，夜眠复不能酣，殊以为苦。

十七日戊戌(10 月 18 日)　晴

今年九月，天气甚暖，两夹衣足矣。自昨日风雨，陡觉作寒，竟非重棉不可。叔恬来。拜客，晤植庭、竹篔、王彭年、经，江苏通判。王仲声。绶，广西通判。朱亮生已出都，答拜过迟，甚觉怅恨。

十八日己亥(10 月 19 日)　晴

黎明进大清门，至太和殿观东西阶所陈琴瑟、管箫、钟鎛、编磬诸乐器。巳刻,皇上升殿,随班拜贺,行三跪九叩礼毕,驾还宫。礼官捧恩诏至天安门上宣读,臣等跪聆于桥南,俟宣读毕,复行礼如前,始退出大清门归。子弢来谈。张芗丈来。叔恬由西永盛店移住寓屋西斋。今日始写折字一开。

十九日庚子(10月20日) 晴

童宅拜寿。接沈书森信。读《汉书·匡衡、张禹、孔光、马宫传》。

二十日辛丑(10月21日) 晴

戊午,同年公请徐畹卿士銮、司春岩两同年及王氏昆仲于安徽馆,共两席。畹卿新选台州府,春岩新选遂安县。拜客,晤漱栏。读《宣元六王传》《王商史丹傅喜传》。

二十一日壬寅(10月22日) 晴

麟伯来。子骏来。子弢、芰声来。广侯来。读《萧望之传》《冯奉世传》。三弟书来,要篆字各碑。托王廉生农部觅得赵刻石、旧拓秦琅邪刻石、汉嵩山三阙刻石、三公山碑、吴禅国山刻石,共五种。邸钞,钦奉慈安皇太后、慈禧皇太后懿旨:前因皇帝冲龄践阼,时事多难,诸王大臣等不能无所禀承,姑允廷臣垂帘之请,权宜办理,并谕俟皇帝典学有成,即行归政。十一年来,夕惕朝乾,未敢稍涉懈弛。皇帝辑典学,日就月将,当春秋鼎盛之时,正宜亲总万几,与中外臣工共求治理,宏济艰难,以仰酬文宗显皇帝付托之重。着钦天监于明年正月内选择吉期,举行皇帝亲政典礼。一切应行事宜及应复旧制之处,着军机大臣、大学士会同六部九卿敬谨妥议具奏。钦此。又奉懿旨:本日已降旨,令钦天监于明年正月内择吉举行皇帝亲政典礼,因念坛庙大祀,典则崇隆,皇帝尤应躬亲致祭,以严封越而昭诚敬。着自本年冬至大祀圜丘为始,皇帝亲诣行礼。所有一切应办事宜,着该衙门敬谨预备。钦此。

二十二日癸卯(10月23日) 阴,微寒

刘芸泉来,读《盖宽饶、诸葛丰、刘辅、郑崇、孙宝、毋将隆、何并传》。

二十三日甲辰(10月24日) 晴

子彂来。陈月舫招饮万福居。尹壬斋分四千。写大字三纸，为子骏书《甲辰杏苑簪花图诗》。月坡来。阿六初作论。

二十四日乙巳(10月25日) 晴

雨辰来。子彂来。杏师来。履斋来。拜客，晤广侯、莼客、小村昆仲。子骏来。闻梁伯乞有疏请皇上于坛庙大典亲诣行礼等语，知前日懿旨所本。读《赵广汉、尹翁归、韩延寿、张敞传》。今日不作折字。胸多俗事，即学字看书，皆多作辍。岁不我与，如何如何！

二十五日丙午(10月26日) 晴

黄履翁来，以寄归葡桃干、杏仁、查糕等先交渠装入匧中。六舟来言，万师不得优旨，良师不得援瑞芝生例加恩，皆为恨事。所言亦确。然欲以此事问之新赏头品顶戴之人，殊可不必其言。某自言年来运气不好，须过此两年，方能脱尽。鸣呼！身作尚书，计较至此，每忆莲塘年丈十六年侍郎，满腹牢愁，始信天地间事无独有偶，类如此。夜，芗丈来谈，余为言亲政之后，宏德殿万不可撤，此事须高阳独立主持，游移不得。此诚目前一大关键也。纵言及泰西事，适莼客送镇夫近作来，芗涛取视之，极嘉其文笔之秀，而微嫌其冗。读《王尊、王章、眭孟、夏侯始昌、夏侯胜、京房传》。前湖北巡抚严树森到京。

二十六日丁未(10月27日) 晴

黄履翁又来，为代措银五十两。访麟伯。毅士来，嘱叔恬录《金石萃编》中汉秦篆字碑跋尾，将以寄南也。莼客来，留夜饭，以车送之。读《翼奉传》。黄同年煦寿分四千。

二十七日戊申(10月28日) 晓起，庭前地甚湿。午后有风

录琅邪台秦刻释文。作家书竟。徐东甫来，言单中堂催刻戊辰馆课诗赋甚急，又言自奉亲政懿旨后，外间又谣传大考云。余久不作诗赋，万一有此，听命而已。履翁又来借银十两。少虞约同叔恬至宴宾斋。读《李寻传》。贵州学政刘青照丁忧，奉旨着韦业祥去。

二十八日己酉(10月29日) 晴,寒

始着絮袍。莳栏来辞行。午后,与子辛同车至杏师处,并送莳栏、履斋行。封家书交履翁带归,附绿蒲桃、杏仁、查糕、汉碑五种、被囊、包袱、木头底。读《魏相丙吉传》。

二十九日庚戌(10月30日) 晴

始着长袖棉袿。杨协卿招饮,同席者郑工部世恭、林锡三庶子天龄、黄济川中翰贻楫。协卿出观旧藏宋拓本《争坐位帖》,本颜修来家物,翁覃谿先生题识甚多,目为《阙里颜氏帖》云,又出宋拓《礼泉铭》一本,诒晋藏斋所藏者。二帖皆秘宝之物,《坐位帖》尤海内好古家所未有。惜晷影西倾,主人处促命酒,不得畅观,为之怃然。殷谱斋侍郎到京。读《韦贤传》。孙母寿分二千,高传循兄分四千。

三十日辛亥(10月31日) 晴

方勉甫、陶定夫来。翁兆祺来。简南坪来。雨辰以所著《养自然斋诗话》卷五、六属校。读《薛宣朱博传》。接董纯甫慎言讣。

十月初一日壬子(11月1日) 晴

子弢来,以雨辰诗话示之。读《翟方进传》。

初二日癸丑(11月2日) 晴

沚蘩与子弢来会,余将出谒客处,遽辞去。接族叔子美八月二十一日淮安河下黄家香院书。贺少虞保升员外郎,答张芝圃、徐小云,皆晤。阅王益吾《汉铙歌释文笺正》,皆以汉事牵连比附,取境颇新。付房租八金,以朔日为始,吴文塄父分二千,施小山人镜父分四千。徐玉亭同年凤喈今日子时殇,伤哉!自方望东、陈容斋、郑梦周于去年相继怛化后,今年江子勉与玉亭复继之殁于旅舍,较望东诸君尤可伤悼,凄然者竟日。读《谷永、杜邺传》。奉懿旨:着于明年正月二十六日举行亲政典礼。钦此。严渭春中丞树森补授广西按察使。康国器来京。

初三日甲寅(11 月 3 日)　晴

写寿康宫等春帖子。费芸舫来。叔恬邀同杏师、子新、月坡小酌于广和居。就枕过迟,不能酣睡。

初四日乙卯(11 月 4 日)　晴

访芸舫,又访子踆,不直。读《游侠传》。夜有雨。

初五日丙辰(11 月 5 日)　晓微雨,午后晴

午后得报,以大婚典礼成,本衙门撰文者皆得蒙恩,臣逌然加侍读衔。奉旨依议。钦此。子踆来,言通州馆事已成。读《何武、王嘉、师丹传》。大婚礼成,各执事者皆蒙特予恩施,固其宜也。翰林本有撰文之职,而为之长者亦复援例乞恩,滥及辁材,辞之不得,徒增惶惧而已。

初六日丁巳(11 月 6 日)　晓大雾,至午始收,后即晴霁

黎明进城,至朝房小憩。周荇农寿昌、许筠庵应骙、赵朗夫曾向、黄小琴师訚、徐季和致祥、温味秋忠翰、张芗涛之洞、解星垣煜、张叔平观准、梅小岩启熙、周伯荪□□、文秋瀛澂、杨子和霁、松听涛森、李鞠圃用清、曹吉三秉哲、锡席卿珍、嵩犊山申咸集,掌院全小汀庆、单地三懋谦代奏谢恩。折既下,咸趋至乾清门外,向北行三跪九叩首礼。礼毕,各退至两掌院处陈谢,一刺到门而已。古所谓受爵公朝拜恩私室者,殆即指此耶。饭于理庵处,出吾父前月初九日与龚克家书相示,盖谓小宝定亲事也,书系我弟笔。理庵云单掌院向人言,有三十二岁者来求保举,言其家贫亲老,状词甚苦,答之以年少须用功,不必躁进。其人懵然,所求者益坚,然第给侍讲衔云。闻其家实大富,胞兄又新任闽学,旋典试山右。一门之内,弟兄先后入翰林,其人亦新分校礼闱者。众人方以谓金昆玉友,望若登仙,不自爱惜,计较至此。吁!其心尚可问哉?未刻到广谊园,玉亭之柩已先到,偕同人哭之。是日到者,钟莳珊、钟雨人、楼广侯、陈子踆、朱少虞、潘笛渔、鲍寅初、凌韵士、陈少侬。雨人留夜饭,商谋所以归玉亭之柩及恤其家之法。雨人三十金,寅初三十金,莳珊二十金,余与理庵、少虞各十金。一更后,与子弢同车归。安徽布政使吴坤修殇,奉旨照布政司使例予恤,从英之请也。按察使裕禄升补布政使,孙衣言补授按察使。

初七日戊午(11月7日) 晴

接刘子彝佥赞信,自福州发。读《货殖传》。大风竟日,入夜愈甚。上两宫徽号。

初八日己未(11月8日) 晴,风甚寒

写王莲塘扇。读《酷吏传》。上两宫徽号。

初九日庚申(11月9日) 晴,寒,午后有风

琴岩约同访莼客,遂至广和居小饮。未刻与莼客同车到安徽馆,偕芗丈、麟伯、荇丈、廉生、清卿邀朝鲜使臣朴瓛卿珪寿宴于碧玲珑馆。芗丈出耿信公文会图,属朴君题名,文字均雅。皇上升殿受贺,臣不克到。雨辰、芷弢遇访,洪云轩来,均未晤。读《循吏传》。

初十日辛酉(11月10日) 晴,寒甚见冰

着羊裘褂。理菴招饮天福堂,同席者为温棣华、杨蓉圃、吴望云、费芸舫、李莼客及采南前辈。夜,子弢来谈,言《庄子》"去以六月息","息"字当作"风"字解,则上下文语气一贯。读《淮南子·说林训》。读《儒林传》。

十一日壬戌(11月11日) 晴,寒少减

子弢邀同雨辰、少虞、寅初、芍洲、笛渔饮于龙源楼,于厂肆遇芸泉。读《儒林传》《淮南子·原道训》。午食过饱,腹甚满,夜不复食。校改《忠义画一传》第七卷。刘大庆,甘肃武威人,西宁镇南川营都司,道光二十一年在香沟河阵亡。附马三元。杨禄,河州人,宁夏镇标千总,二十二年在哈拉哈兔阵亡。附何进宝。刘运昌干贵,隆德人,凉州镇土门堡守备,廿三年在双圈湾阵亡。张士秀,西宁人,巴暖三川营把总,廿五年在金羊岭阵亡。张奉明,河川人,西宁镇标左营游击,廿六年在果岔遇番贼卒。花富,张掖人,署甘肃南城堡守备,廿七年十月因剿番伤卒。附魏进官。

十二日癸亥(11月12日)　晴和

接周华泉世骏九月初七日书，又陈介甫一书。华泉之世兄入都赴试，拟从杏师学制艺云。读《淮南·说山训》。读《儒林传》。陶定夫招饮寓中，有子长、小郙、退庵、叔恬及其戚田君、芗丈与黄漱兄到宴宾小酌，招余，以陶处散迟未赴。月色甚佳，西邻失其妾，哭甚哀。

十三日甲子(11月13日)　晴和如昨

许筠庵嫁女分四千。到国史馆。答周世兄于安怀堂，以补赴县试未晤。子弢、雨辰徒步过访，未晤，留札招饮，归后亟赴之。橄榄、橘子、咸子、带鱼，皆南中佳品也。二更与子弢同坐，归。子森招饮，辞之。接访梅书，内附潘琴轩书。子弢言凉州孙云方著有《春秋礼在录》一书，毁于火。杭州王雅台孝廉兆熊著《毛诗辨》，言其子小雅亡后，书亦散失。又其师姚再洲茂才若著有《周易郑注引意》，芸台先生甚赏之，其书今亦亡。著作之传不传，信有命存乎其中耶?

十四日乙丑(11月14日)　晴

子弢将于明日往通州，来话别。周少华来，留午饭。酒客田洪轩禹范赠绍酒两小瓶，以前日所煎梨膏托其带归。写家书。少虞来谈。读《汉书·艺文志》。

十五日丙寅(11月15日)　晴暖，夜有风

送子弢行。接本月初二日家书。父亲三纸云：天气干旱，咸潮进而不退，冬春间待大雪来方能退咸，此非意计所及；谷价日贱，佃业皆苦，棉花种者多，其出息较好。舜水先生十月十二生日，我与同志约即在四明阁中招魂而祭，亦梓乡将来故事。近乡演剧，可以消闷。痔恙虽未绝，而精力不减，半日能支，坐可慰汝远系耳。大兄、三弟各两纸，内附九月廿四日三弟一纸。此书十四日而到京，可谓速矣。祝三于前月十二日到家，封家书交田洪轩寄姚。芍洲将考通商。章京来借墨合。至厂阅市，见秦刻《九经》甚精，携归。读《王吉、贡禹传》。

十六日丁卯(11月16日)　晴

数日不作折字，执笔为之，便觉散漫无纪。芍洲来还墨，合题系政入农功。访漱栏，谈久，晤光晋卿、赵梅卿。至翁宅问玉泉夫人病。读《艺文志》。

十七日戊辰(11月17日) 晴

丁孺人生日。申刻邀张芗丈、吕庭芷前辈及麟伯、味秋、六舟、清卿、莼客小叙。王廉生不到，以房室窄小，请叔恬同子新往外观剧。客散时二更已尽矣。吴春海嫁女分四千。

十八日己巳(11月18日) 晴暖

访茗仙、子森，招饮不去。至厂中阅市，天色已晚，匆匆即归。读《两龚、鲍宣传》。

十九日庚午(11月19日) 晴暖

陈东屏娶媳分四千。答客，访雨辰、莼客，皆不值。小村考取总理衙门，章京第四名。邵信芙持吴冠云所具汪师母奠敬十六两、银票一纸，嘱转交。读《隽不疑、疏广、于定国、薛广德、平当、彭宣传》。袁小午得詹事，颂阁转侍读，漱栏补侍讲。

二十日辛未(11月20日) 晴暖

王孝凤来，叙初于昨日移居巷西，徒步往贺。以墨四笏遗莼客。接三弟托沈勉棠交福昌行。朱粹甫转寄之信亦初二日发，而金肘未到。读《赵充国、辛庆忌传》。茗仙来。王左泉娶媳分四千。

二十一日壬申(11月21日) 微雨竟日，夜有风达，晓甚寒

入城至理庵处午饭，傍晚始归。得考取总理衙门信，知张少原第二改第一，小郇第四改第二。浙江取者尚有余烈、周蓉第、李廷献、方恭钊、徐宝谦、章耀廷、洪九章、□□，共十人。闻所取者皆与中朝要人有故，非是则不得焉。循是以推可知已。呜呼！此志士所以洁身而去也。接彭朗卿济南信，丁子迁带来。读《傅介子、常惠、郑吉、甘延寿、陈汤、段会宗传》。

二十二日癸酉(11月22日) 风止，晴，甚寒，午后稍和

李芍洲来。作札缄致理庵。月坡来。与子新在巷口闲步。接钱篴仙重阳日吴门书。读《霍光、金日磾传》。

二十三日甲戌(11月23日) 晴

黄鼎珊母分四千。至莼客处谈。闻广侯移居香炉营二巷,访之不遇。月坡生日,叔恬、子新为具以祝。读《杨王孙、胡建、朱云、梅福、云敞传》。

二十四日乙亥(11月24日) 晴

早辰,理庵以事来商,往访黄植庭,遂偕钟莳珊前辈回寓,留午饭。申初,莳珊、理庵各入城。读《公孙贺、刘屈氂、田千秋、王䜣、陈万年、杨敞、蔡义、郑弘传》。

二十五日丙子(11月25日) 晴

芰声来。接子璲二十二日通州书并诗两章。少虞来。两接荏珊前辈书。与子新同往杏师处。植庭来,不晤。芗涛丈以《曾文正集》一部见示,索银五钱,挑灯阅之,至漏尽乃已。读《东方朔传》。

二十六日丁丑(11月26日) 晴

辰刻进城,至理安处,莳珊前辈亦来。申刻出城,往访植庭,未晤。读《严助、吾邱寿王、朱买臣、主父偃、徐乐传》。

二十七日戊寅(11月27日) 午后大雪

遣郭升进城。叔恬回津。雨辰前辈及张子骏先后来谈。杨寿生由盛蓉洲处移寓斋中。接钟莳翁缄。莼客以《说文粘字》见示。读《徐乐、王褒、终军、贾捐之传》。

二十八日己卯(11月28日) 早辰犹飞雪,午后阴

黄植庭来谈。读《武五子传》。戾太子、齐怀王闳、燕刺王旦、广陵厉王胥、昌邑哀王髆。周少华自安怀堂药肆移居寓中。

二十九日庚辰(11月29日) 阴晴参半

读《司马迁传》。

三十日辛巳(11月30日) 晴

读《张骞、李广利传》。

十一月初一日壬午(12 月 1 日)　晴

味秋、南坪借安徽省邸作消寒第一集,同集者六舟、麟伯、叙初、景臣、朗川、植庭、蕙吟、少霞、桂生、介卿、芸泉、东屏、次瑶、左泉、子骏、丽生及余十九人。访雨辰及吕竹岩同年宪瑞,未晤。又答丁子迁日超。

初二日癸未(12 月 2 日)　阴

访陆云孙,知清卿、缉庭放棉衣去矣。入城在理庵处午饭。访子腾,六年不见矣。子腾死丧相继,所遇甚酷,而豪兴正复不减。访莳珊前辈。答徐铸菴。读《张汤、杜周传》。

初三日甲申(12 月 3 日)　晴

徐小云来。总理衙门章京今日引见用二十八人。读《公孙宏、卜式、儿宽传》。

初四日乙酉(12 月 4 日)　晴

读《司马相如传》。

初五日丙戌(12 月 5 日)　晴

黄漱栏来。读《司马相如传》。接张同年尔遴四川信。施启宗来。

初六日丁亥(12 月 6 日)　晴

寅初,邀小云、雨辰、芍洲、少虞、笛渔、西林、少帆在寓斋作消寒第一集。以《史记》《文选》校《汉书》。

初七日戊子(12 月 7 日)

笣仙寄到《通鉴纲目》《明纪》《文选》三书而无札。寿生昨日发热。莼客来谈,同访孝达丈,日暝归寓,留夜餐,以车送之。翁竹坪将往汴梁,来辞行。以《史记》《文选》校《汉书》。

初八日己丑(12 月 8 日)　晴

盛蓉洲为寿生诊脉,以手心见痘点,不敢开方。汪少霞、吴蕙吟邀饮余庆堂,六舟、子骏、丽生不到。

初九日庚寅(12 月 9 日)　晴暖

王孝凤、徐铸盦、徐东甫、黄漱栏、潘笛渔、朱少虞、杨理庵、洪云轩、陈雪楞、何子森、张杏师、邵小郇皆来拜寿。孝凤备祝敬，余辞之。许霁川为杨寿生诊，知是名“七焦痘”，亦曰“温痘”，七日即愈。

初十日辛卯(12月10日)

十一日壬辰(12月11日)

十二日癸巳(12月12日)

十三日甲午(12月13日)

雨辰为消寒第二集分题，得火锅，限“图”字。朗川、植庭招饮余庆，不去。

十四日乙未(12月14日)

十五日丙申(12月15日)

十六日丁酉(12月16日)

十七日戊戌(12月17日)

十八日己亥(12月18日)

十九日庚子(12月19日)

子弢自通州来。

二十日辛丑(12月20日)

廿一日壬寅(12月21日)

廿二日癸卯(12月22日)

廿三日甲辰(12月23日)

廿四日乙巳(12月24日)

竹堂为消寒第三集分题，得点香火。

廿五日丙午(12月25日)

廿六日丁未(12月26日)

景臣、叙初招饮于谢公祠。

廿七日戊申(12月27日)

子弢生儿弥月，招集小饮。答何秩九。

廿八日己酉(12月28日)

廿九日庚戌(12月29日)

十二月朔辛亥(12 月 30 日)

初二日壬子(12 月 31 日)

延杏师为妇诊脉。

初三日癸丑(1873 年 1 月 1 日) 阴,微雪

邀何秩九家驄、陆云孙前辈、杨蓉浦、张芝圃、慕慈鹤、张安圃寓斋小聚。小云为消寒第四集,少帆不到。

初四日甲寅(1 月 2 日) 晴

进城拜寿,在理庵处小坐即归。招雨辰为妇诊脉,用川连、青蒿子。麟伯招饮宴宾斋,不得去。陈善夫来。

初五日(1 月 3 日)

致夫招,阅文不得去。

初六日(1 月 4 日)

初七日(1 月 5 日)

香涛招饮宴宾,座中有吕庭芷、麟伯、清卿、莲生、莼客。

初八日(1 月 6 日)

初九日(1 月 7 日)

初十日(1 月 8 日)

刘景臣、谭叙初招饮谢公祠,李勺山由保定来京,晤于座上。

十一日(1 月 9 日)

往愢园画小照。昆小峰、刘厚庵来,藕师及三位世兄皆来陪。

十二日(1 月 10 日)

十三日(1 月 11 日)

十四日(1 月 12 日)

笛渔作消寒第五集,分题得《河间怀古》七律。

十五日(1 月 13 日)

十六日(1 月 14 日)

十七日(1 月 15 日)

与致夫同作消寒主人于致夫寓中。

十八日(1月16日)

十九日(1月17日)

月坡解馆来寓。

二十日(1月18日)

二十一日(1月19日)

少虞作消寒第六集。介卿、桂生招饮,余庆不去,分题得黑窑厂。

二十二日(1月20日)

母亲生日。先生散馆,理庵来招子长、小村、茗仙、杏师、月坡、寿生、少华陪先生。

二十三日(1月21日)

万师生日,在愳园观同年小像。

二十四日(1月22日)

翁玉泉夫人作古,往唁馥生。

二十五日(1月23日)

往翁宅。漱栏来。

二十六日(1月24日)

往翁宅。接父亲冬至日手谕、三弟三纸。

二十七日(1月25日)

杏师解馆来寓。

二十八日(1月26日)

各处贺节。

二十九日己卯(1月27日)

卯初一刻生第四女,产妇气脱三时之久,用傅青主参、芪归身,荆芥炭、姜炭,方绝而复苏。

三十日庚辰(1月28日)

子弢来,知通州馆已失去。午后往万师处贺年。接慎弟津信。得倪豹岑荆州书。

同治十二年癸酉(1873)

正月朔日辛巳(1月29日)　风冷

初二日壬午(1月30日)　晴,风冷

接钱铁江江西书。

初三日癸未(1月31日)　晴,有风,冷如昨

三日,来与寓中诸君为升官图状元筹诸戏事。闻汤古如病故。

初四日甲申(2月1日)　晴,风稍微,夜冷亦减

至理庵处拜年伯母寿。子腾处小坐。夜间与诸君行红楼梦图戏事。雨辰嘱转约子骏往访,不遇。在城里贺年。寅初来,未晤。

初五日乙酉(2月2日)　晴和

雪楞来。观儿辈放风筝。复潘琴轩书,附李镇戎请封三轴。复叔恬书及慎弟家书,均托阜康寄津。自今日起,复校萧选。

初六日丙戌(2月3日)　大雪,午后阴,夜有月

子骏来谈。谒钱太师母寿新年七黼。唁张芗丈妻丧。以杏师馆事托寅初转恳荏山前辈。李雨亭授江督,张振轩补苏抚,文质甫补漕督,李采臣升山东布政,长赓升臬使。

初七日丁亥(2月4日)　子初立春,天气和暖

荏山前辈及杨理庵、洪云轩、尹秋雪来,留秋雪午饭。偕子新、月坡游厂庙。接访梅信并橄榄、皮糖。晤锡厚庵,以钱江之言告之。《文选》第二十四卷校毕。

初八日戊子(2月5日)　晴暖

午后访莼客,同游厂肆,得世德堂六子《玉堂嘉话》《金石萃编》归。与杏师偕至南柳巷,问卜象甚吉,记此俟验。

初九日己丑(2月6日)　阴寒,午后雪,酉刻始止

子骏来,同游厂肆,冒雪而行,至宝森买烧饼、冬菜,饱啖。

初十日庚寅(2月7日)　晴

午后游厂肆。雪楞来午饭,言近接家书,知腊月初四、五日家乡皆得畅雨。

十一日辛卯(2月8日)　晴

凌韵士作消寒第七集,潘笛渔以妇病不到。常润伯开侍郎缺调理。莼客招饮,不能去。

十二日壬辰(2月9日)　阴

十三日癸巳(2月10日)　晴

子腾来。

十四日甲午(2月11日)　晴

鞠圃来谈,适李少石自保定入都,引见。十年始见,鬓发已觉老苍,幸五年前已得一子,此其为善之报也。清卿招饮广和,座有少石、莼客。

十五日乙未(2月12日)　晴

子弢来,与少石游厂肆,午饭于万兴居,竟日始归。夜放花炮,内子复患眩晕。少石以《新刻地理韵编》《史姓韵编》诒阿六。

十六日丙申(2月13日)　晴

荏山前辈来。午后访植庭,问笛渔妇病。复同少石游厂肆。子森招饮。接昼卿书。夜接荏山札。接少芸书。

十七日丁酉(2月14日)　晴

答少石、竹潭,未晤。晤荏山,与理庵同至聚丰堂,宝公以疾辞。马世叔及荏山、小云均不来,来者韵士、汉三、勖斋、月汀、东父两世兄也。楼广侯、潘笛渔各以事不到。贺子腾得子。接伯声书,少虞处来。

十八日戊戌(2月15日)　晴

理庵来,留寓午饭。徐管侯以吴广庵、汪师母奠分卅金来。寅初、勖斋以团拜事来托。方虔甫来。与少石游厂肆,并约李雨亭饭于万福居。

十九日己亥(2月16日) 大风甚寒,夜月甚皎,而寒亦愈甚

寿生进城。雨辰招陪子彧,与寅初同车归。吴玉粟、邵子长、龙筠浦三处招饮,皆未去。杨滨石请开缺。今年南斋赐匾者,潘得"文摛锦绣",黄得"□□□□",欧阳得"记言书动",孙得"独步文章",徐得"□□□□",杨得"长参都知"。杨所得者,语不可解,故颇以此自危云。

二十日庚子(2月17日) 大风如昨,午后风止

子新上馆邀过竹潭,李少石、黄漱栏、朱少虞及同寓诸君作陪。

二十一日辛丑(2月18日) 晴

竹潭与董逸峰来。洪云轩来。

二十二日壬寅(2月19日) 晴

往翁宅。李次瑶、王丽生两同年招饮余庆堂。阅游汇东治河一疏,言甚简直。

二十三日癸卯(2月20日) 晴

少石来谈,同游厂肆。阅韩宅售出诸书颇有善本,惜余力弱不能有也。得殿本《三通》,作价一百三十金,先付卅金,交宝森装订,余价尚无着也。少石得《嘉禾征献录》五十卷,与提要所言不同。致潘琴轩、姚访梅及慎斋书各一,托姚宅家人带津。内子患耳鸣目眩。

二十四日甲辰(2月21日) 晴暖

内子服参麦散,头痛及耳鸣目眩诸症均止。写折字四开。昨闻贵州肃清奉上谕。

二十五日乙巳(2月22日) 晴暖

午后至宝森阅韩氏书。赴汪少霞余庆之招,同席者小云、南屏、桂森、味秋、芝生、镜湖。闻云南大理收复。接荏山前辈书,知杏师馆事已成。

二十六日丙午(2月23日) 晴暖,微风,午后阴

皇上亲政,辰正御太和殿受贺。臣卯初起盥漱,啖饭两盂,卯正登车,至少石处,邀之同入城。适漱栏侍讲车亦到,时天尚未明也。

三人偕至午门外朝房小憩，俟晓日初升，即入午门，在殿下恭立。届时随众行礼，退至天安门桥上，恭听宣读诏书毕，归寓已午初矣。午后吊翁玉泉夫人之丧，傍晚归。

二十七日丁未（2 月 24 日） 晴

晨间漱翁来，约同赴刘介五衔福处，值其病未晤，访少虞晤。午后送殡至下斜街妙光阁。访子彂，以近作《书杨贞女事略后文》见示。至宝森访小云。晤周惺庵。访莼客不值。寅初来。子松前辈来。闻昨今两日召见大臣数起。

二十八日戊申（2 月 25 日） 晴

云轩、雪楞来。杨蓉浦招饮文昌馆，同坐者梁檀圃、许筠庵、黄植庭、曹朗川。至莼客处，读其近作。

二十九日己酉（2 月 26 日） 晴，夜有风

第五女满月剃胎发，请杏师抱焉。适少石来，留同午饭。吴玉粟招饮广和居，座中有讯芙、秀珊、定夫。

二月朔日庚戌（2 月 27 日） 大风，晴，午后风止

子彂来。寅初招饮，辞之。壬戌同年团拜，公宴万师于安徽馆，余邀杏师、莼客、少石、子新、少华灯下观剧，两下钟始归。是日两儿亦偕往。新值年者琴岩、芝生、少舫、次瑶。梆子腔中有所谓十三旦者，色艺冠一部，徐颂阁甚与之狎。今日宴师，召令侑卮焉，秦声急促，本伊凉边塞之音，近年长安衣冠之会，亦复尚此。哀弦促节，满耳金戈铁马之声，岂为盛世之气象耶？

初二日辛亥（2 月 28 日） 晴

秋雪、雪楞、子森来。与少石同游厂肆，夜饮于庆福居。访漱兄不遇。吊芗涛丈妻丧。

初三日壬子（3 月 1 日） 晴

杏师同子松前辈出京。小云、雨辰来。韩聪甫、李季荃来，均未晤。

初四日癸丑(3月2日) 晴,夜有风

少石来,复同游厂肆,归饮于宴宾斋,并招少虞、秀珊、玉粟,独少虞至。

初五日甲寅(3月3日) 阴,大风,寒,大风彻夜

答李季荃运使,吊赵子方妻丧。答韩聪甫、郁秀珊。接王补帆前辈福建书。作诗二首《平远山如蕴藉人》《源水看花入》。凝思数刻,通宵不能熟睡,何衰之易邪! 陈善夫来。上见载龄童华。

初六日乙卯(3月4日) 大风,寒甚,笔砚皆冻,始复笼火

接鹿芝轩粤西书。撰奉先殿祭文成。成诗二首《柳絮才高不道盐》《开窗月露微》。上见索布多尔札布、皂保,翰詹京察圈出者王之翰、徐郙、徐致祥、孙诒经、毕保釐、董兆奎、曹秉浚、尹萧怡、王绪曾、孙凤翔、梅启熙、张清华、宝瑛、赵曾向。

初七日丙辰(3月5日) 晴,寒,午后风又作

小云来。得诗一首《山向吾曹分外青》。作家书。上见英元、潘祖荫。

初八日丁巳(3月6日) 风止,而寒未灭

食饺。得诗一首《青山绕吹台》。以寿星、八仙、铃钏、颈圈等件贺子腾郎。请雨翁为内子改方。寄家书,附子新、魏仆、施媪书。觅得乳媪刘,为内子乳不足也。

初九日戊午(3月7日) 晴和

今日恭上两宫徽号各二字。先室钱氏四十生忌,内子制冥镪两篋,阿送持斋念阿弥陀佛,祭品亦较常祭加丰。少石来,同游厂肆,得《陈倬庐钞本文集》。子彂云诗集被毁无存,此本犹附诗四卷,可宝也。西邻沈云卿延禧家演剧,令儿辈往观。向李玉田取笔二枝。今日折字结构稍紧,似有进境。

初十日己未(3月8日) 晴

访小村,不晤。晤子彂、寅初。韩聪甫来晤。

十一日庚申(3月9日)　晴

少虞招饮于福惠堂，有聪甫、小云、芍洲、寅初、吉斋。

十二日辛酉(3月10日)　晴

沈退庵招陪少石，座中有小云、少虞、竹篔。午后与竹篔同车至其寓斋小坐。赴扬州馆，麟伯、六舟、左泉共为消寒第九集。知覆带京察圈出者，同年共得四人：徐颂阁、董瑞峰、曹朗川、孙文起。而六舟、左泉皆不与，坐中为之减兴。夜月朦胧。

十三日壬戌(3月11日)　晨间有雪，颇寒

阿送二十岁生日，邵宅有人来贺。接家中正月二十日书，父亲、大兄、三弟各有数纸。又接正月廿二日书，附赵子新家书。镇夫近喜作篆，家书亦然，笔意不落凡，近可爱也。

十四日癸亥(3月12日)　阴寒

吊徐勉如前辈。访莼客、漱栏。少石来谈，留午饭。为莼客写寿联。王芷庭来。上见钱宝廉。

十五日甲子(3月13日)　阴，天气稍和

闻莳栏于昨日到京，访之。访子实不遇，途遇芸舫。看屋于教场六巷。晤盛蓉洲。张会一赠面粉四十斤。徐萼楼招晚饭，有莳栏、馥笙。子腾来，未值。本衙门送到春季俸银二十两。

十六日乙丑(3月14日)　晴和，午后有风，颇大，夜中止

丑刻进城，至神武门，五下钟圣驾出神武门，祭关帝庙，七下钟即返。臣等道旁跪接，事毕即散。是日相识者惟许柱臣、孙梧冈及继世兄曾而已。理庵留午饭，子腾以炒面来，食之甚饱。访子森不遇。接慎斋天津信。上见惇王、温葆深。闻泰西各国欲觐圣而不肯下跪，诸大臣颇有难色云。

十七日丙寅(3月15日)　晴和

黎明送少石进内引见，即至理庵处与子弢、芍洲畅谈。余以前夜失睡，在雪楞床中小憩。未初至佩师别业，雨辰、少虞、广侯、寅初、小云、韵士、聪甫、笛渔先后至，佩师陪坐终席，出城已傍暮矣。即赴勺山丈之招，壬戌消寒之第十集也。肴馔多南品，味亦甚清，惜午醒未醒，不能多食。今晨嘱月坡送子彂弟。秦生进宝隆，倬甫先生之遗孤也。余于夜间往视，并面谢子森。

十八日丁卯(3月16日)　晴，有风

己未团拜不到。成诗一首《瑾瑜匿瑕》。张石洲到京请安。

十九日戊辰(3月17日)　晴，午后有风

谒钱犀师。李少石来。陈子彂来。黄漱兄来。己卯团拜，不到。杨寿生今日出都。接潘琴轩初七日天津书。接朱少芸书。

二十日己巳(3月18日)　晴，午后阴

赴李少石福惠堂之招，座中有袁镜堂及理庵、少虞、小云、竹篔、渭伯、退庵。同理庵往教场六巷看屋。访雨辰、芍洲、子彂。适聪甫来，谈久始归，已薄暮矣。张石洲廉访及刘景臣来，均未晤。孙琴西年丈到京请安。为月坡馆事作片致孙铨百。

二十一日庚午(3月19日)　淡晴，夜甚暖

内子往视张子腾如夫人。余徒步访吴子实，遂至厂肆访寅初、桂生，均未晤。访莼客，适史宝卿在座，莼客留晚饭，九下钟始归。过聚亿小憩，回寓已子初矣。琴西丈来，未晤。接姚叔恬津信。

二十二日辛未(3月20日)　晴暖，夜微雨

午后到湖广馆，拜单地翁七十寿，与芝生、景臣匆匆数语而出。答孙琴西丈，未值。晤其友王□□，又以一片留致李国士绍衣。贺韩聪甫引见，补授宁都州。张芗丈来谈，一时之久而始去。钱子密寄到《新刻甘泉乡人稿》一部。

二十三日壬申(3月21日)　晴

黎明即起，答拜张石洲于豹房胡同法华寺，未晤。至小甜水井，与子腾、理庵、鞠圃各作赋一篇，王会图以“形容万国朝贡之象”为韵。久不作此字句，每觉见长，始知研炼之作在于工夫也。酉初出城，漱兄移尊于三台馆，为琴西丈洗尘，招香涛、六舟、咏樵、伯荪、寿甫及余作陪。食品中有鳖、鳗两种，坐客皆不举箸，琴丈素嗜此，故主人为之特设。

二十四日癸酉(3 月 22 日)　晴,午后阴,有风

至孙铨百处,适查如江为延师事来,余即以月坡相荐,如江即欣然订定焉。午后至巳栏处小睡片时而归。访漱兄不值。夜为阿六改论。风声殊大,云气四合。得莼客札,还其《金石萃编》一册。李少荃到京接驾,召见。

二十五日甲戌(3 月 23 日)　晴暖

皇上现换珍珠毛,复召见李鸿章。荏山前辈、泽臣侍讲合请桑叔雅、杨理庵,招余与吴望云、杨蓉浦、朱少桐作陪。阅分选单,知余姚县丞缺,新选李维楂,贵州廪生。

二十六日乙亥(3 月 24 日)　晴

接琴西丈片。至芗丈处,会课赋题《大礼与天地同节》,以题为韵。漱兄及清卿、少岩、咏樵同作,余成七韵先归。子骏来谈,同车至万福居,与芍洲同请韩聪甫,邀雨辰、少虞、笛渔作陪。由少虞处交到伯声苏信,外附《通鉴》百八十册、茶叶四瓶、银六十两,尚在雨槎处未到。石洲、廉访叠来两次,未晤。六舟来,未晤。

二十七日丙子(3 月 25 日)　晴

南街申宅演剧,内子亦搭一席请客,令儿辈同往,夜分始归。余至厂肆,携《金石萃编》归。莼客来言,晋惠帝戆騃可叹。

二十八日丁丑(3 月 26 日)　晴

月坡午后到查氏馆。与刘景臣、张南庵、韦煦斋公请钱司业师于浙绍乡祠,并饯李勺山冀州行,夜半始归。是日绍府同乡团拜亦在楼上,余不赴席。

二十九日戊寅(3 月 27 日)　晴

至小甜水井作赋,以"不贪为宝"赋,以题为韵,共六段。少石来谈,言合肥相国颇怪余不往谒,嘱余先往,以全大兄十年托迹之情,余颔之。子骏来。

三月初一日己卯(3月28日)　晴

谒李少荃中堂，未晤。至理庵处小坐。到翰林院候荃相到任。闻名二十年，今始得见之于稠人之中，然荃相初不余识也。出城至芗丈处会课“大禹惜寸阴”赋，以“君子法乾，自强不已”为韵，余成而不写。夜即在芗丈处晚饭。

初二日庚辰(3月29日)　晴

访六舟于扬州馆，值其会课，留一饭。至莼客处小坐，遂访吴玉粟，不晤。留一札为请琴丈事，嘱其转恳定期。少虞来访，刘芸泉晤，遂以少虞事托之。访雨辰，适聪甫、沚蘩皆先在，余亦在彼小饮。周伯荪招饮宴宾，不去。

初三日辛巳(3月30日)　晴

芗涛丈与麟伯来谈，具酒食小饮，晚复同至宴宾斋，三人对酌而已。招清卿、廉生、漱兄，皆先他出矣。芗翁议泰西夷情，甚中窾要，惜言多不能附记于此。

初四日壬午(3月31日)　晴暖

治尊为张石洲，请刘芸泉、王孝凤、孙文起、龙芝生、张子腾、贾琴岩作陪。午后莼客来谈，遂偕至芗丈处赴饮，盖为孙琴丈而设也。座中有王莲生、吴清卿、陈六舟、龚咏樵、黄漱兄，归时已一下钟矣。圣驾谒陵，于今日至燕郊。

初五日癸未(4月1日)　晴

少石以合肥相国别敬二十金来，适韩聪甫至，留午饭。访盛蓉洲，在雨辰处小坐，赴吴清卿福兴居之招，座有少石及陆晓山、胡云楣、费芸舫、顾缉庭。

初六日甲申(4月2日)

至芗丈处会课《礼义为器赋》，以“礼义交举，圣贤是崇”为韵。晚赴少虞宴宾之招，有雨人、竹堂及王□□年侄绶新自沪办海运来京。少石今日出都，不及走送。

初七日乙酉(4 月 3 日)　晴

晨赴子腾天福堂之招。午后徐铸庵招饮余庆堂，座有方子言、汪泉孙、黄济川、刘小云、徐挹泉。晚与霁川同至中街，盖龚咏樵请琴丈招余等作陪也。座有麟伯、六舟、伯荪、香丈、漱兄。龙云浦来，未晤。答马笛生家葆。途遇杨理庵。

初八日丙戌(4 月 4 日)　晴暖

管侯以张文心所寄汪师母奠敬十金来。聪甫来。与六舟、莼客、清卿合请琴丈于松筠庵，招芗丈、麟伯、漱兄及吕庭芷前辈作陪，庭翁不到。答云浦不值。韩聪甫来。昨日谐语有可采者，如陶然亭对张之洞，赤奋若对朱逌然，乌发药对黄体芳，麦秋至对桑春荣，青龙棍对朱凤标，士冠礼对孙衣言，胡义赞对李慈铭。

初九日丁亥(4 月 5 日)　雨

初十日戊子(4 月 6 日)

十一日己丑(4 月 7 日)

十二日庚寅(4 月 8 日)

十三日辛卯(4 月 9 日)

十四日壬辰(4 月 10 日)

十五日癸巳(4 月 11 日)

十六日甲午(4 月 12 日)

十七日乙未(4 月 13 日)

十八日丙申(4 月 14 日)　晴

余约漱兄、芗丈到寓作课，《鹤立鸡群》，以“如野鹤之处鸡群”为韵。

十九日丁酉(4 月 15 日)

二十日戊戌(4 月 16 日)

二十一日己亥(4 月 17 日)

芗丈处作课，拟白居易《敢谏鼓赋》，以题为韵。

二十二日庚子(4 月 18 日)

二十三日辛丑(4月19日)

漱兄招芗丈来余处作课,《风过箫赋》,以题为韵。

二十四日壬寅(4月20日)

二十五日癸卯(4月21日)

偕莼客游慈仁寺,适云孙、清卿、缉庭至,席地茗谈,颇得幽趣。晚至广和小酌。

二十六日甲辰(4月22日)

芗翁处作赋《孔子石砚》,以"必藉兹器,用成斯文"为韵。

二十七日乙巳(4月23日)

晨访云孙前辈。

二十八日丙午(4月24日)

在芗丈处作赋《知白守黑》,以"白之能知,黑之能守"为韵。

二十九日丁未(4月25日)

赴雪楞、云轩天福堂之招。吊孝凤伯母之丧。答杨滨石。访陈芭亭,读其近作。接让卿昆弟书。毛器之来。徐萼楼来。

洪饴孙孟慈:

《世本辑补》十卷,《三国职官表》三卷,《史目表》二卷,《毗陵艺文志》四卷,《青埵山人诗集》十卷皆成。《汉书艺文志考》《隋书经籍志考》《诸史考略》《世本识余》各数十卷皆未成。

钱衎石:

《三国会要》《晋会要》《南北朝会要》《姓氏通略》《艺文通略》。

《三国志证闻》采何义门、姜西溟、陈少章、李立侯、杭堇浦、赵东潜、钱辛楣、孙颐谷之言。

嘉定陈莲夫诗定　桐乡程密斋同文　阳湖董方立祐诚

《三国职官表》用心甚勤,惜牵于经纬之体,分隶处犹未尽善。杂号将军,尤禁如乱丝。而吴之平戎,蜀之安还,俱重出。其安还一注王嗣、邓方,一注蜀无,尤误也。录尚书事,脱姜维。

又如太子家令太子仆、中庶子、舍人，见于蜀志者五职，凡十有四人，而俱云蜀无。魏官品所列诸职，尚多未采入者，品秩又往往不同。

陈左海：

《尚书大传》《洪范五行传辑本》《五经异义疏证》《礼记郑读考》《说文经诂》《欧阳夏侯经说考》《齐鲁韩诗说考》《两汉拾遗》《左海经辨》《春秋左氏礼》《公羊礼》《穀梁礼》未成。仙游王捷南《诗》《礼》《春秋》、诸史，晋江杜彦士小学，惠安陈金城汉《易》，将乐梁文性理，建安丁、德化赖其煐、建阳张际亮诗、古文词，惠安孙经世学成蚤世。

《董宣传》末：诸本此下有说蔡茂事二十五字，亦有无者。案茂自有传也。

樊晔：马适匡，俗本"匡"止有"王"字；"宁见乳虎穴"，诸本"穴"字或作"六"误。

鯀姁：占佪轻薄也。

公孙丹：酷。

水丘岑。

马适匡：《前书》有马适达。

处兴。

茨元：南阳太守循。

锡光：交阯太守。

劈（撤）；動（⿺辶重，古文）；勫（礌）；縈（勞，古文）；勮（劇）；券（倦）；勢（豪杰）；觔（勇）；戫（勇）；叶（协）

五月十八日乙未(6月12日)　晴

山东门人在京者均来送行：王芷庭、王万庆、马裕民、孔宪曾、王守训、王保基、王保奎、杨保升、万青田。丁沚蘩毓琨、吴玉粟琮、杨理庵、张子腾、朱少虞、张芗丈、王孝凤、吴清卿、钟荏山、盛蓉洲皆来。请蓉洲为内子诊脉。二更时黄漱兄亦来。子美、月坡尚在寓中料理。检还书册、料量家务至五更,始和衣假寐。

十九日丙申(6月13日) 晴

卯刻装车就道,至于家汇尖,行六十里至安平宿。回忆壬戌十月二十七日随先君由津抵京,时值大雪,驱车过此,岁星一终,猝遭大故,形单影只,痛哭南行,不孝者何以为人,何以为子哉!郭成送至天津,余坐自所养车。

二十日丁酉(6月14日) 晴,有风甚凉

未明即开车,行八十里至杨村尖,店中客车已备,余即在柜房小憩。午后令郭成坐余车先行,往托访梅雇船,余亦随行。六十里至浮桥姚宅,家人已在桥边望候,遂驱车至南斜街。伯庸同至紫竹林,为定永清轮舶官舱。访梅、翀甫及慎斋弟先后来舱相视,十下钟各别去。同在官舱者严筱舫经邦也今名信厚,慈溪人,与余旧相往还,而未曾识面,萍水相遭,同居一室,亦一缘也。船中司事朱文池,镇海人。郭成坐车至姚宅,定明早回京。官舱银每人十两,一主一仆,共交船价廿两。

廿一日戊戌(6月15日) 晴,有风

五下钟卯初由紫竹林开船,至十一下钟到大沽,候潮出口。日斜之后,风声渐大,潮亦渐至,复于五下钟酉初至大沽口作长行矣。海气昏沉,云皆由东南往西北,风势尚未已也。回忆壬戌九月初七日,在二道街姚处忽得一梦,梦见我父坐小艇泛泛海上,如无所适者,并见四妹诸侄病苦状,为之惊醒曰:“岂我父已到大沽,不能来耶?”急遣华福速至大沽,日落到关口,适我父率吾妹及诸孙辈坐小艇来,其时赵君宗德在关上,华福因昔知赵君,赵君留我父及眷口至其家中两宿,至初十日始到天津。是日我父病痔甚殆,微华福往,全家皆露宿小艇中矣。思之思之,鬼神通之,此梦亦奇矣哉!顾今年为此大变,不孝独不得一梦。端著布策,不离求禄之痴情;和墨舐毫,犹作迎亲之妄想。伤心至此，啮指无因。毋乃情恋利名，则孝哀父母，遂并其孩提之性而尽失之欤？呜呼痛哉！不孝其何以为人哉？夜有雨。

廿二日己亥(6月16日)　雨甚紧，风亦甚大

午后浪大作，不能在舱中静坐，和衣而眠，时作呕吐之势，夜不能合眼。

廿三日庚子(6月17日)　雨止，而风仍大

船首尾低昂，合船人尽吐，不能食。余拥衾竟日卧，不能起来一坐也。宿食尽吐，满口酸苦。

廿四日辛丑(6月18日)　风止，而软浪起伏如昨

船左右摇摆。午后得西南风，船人以布篷佐之，其行较迅，船亦稍稳。薄暮至舱面小坐，浪少平矣。十二下钟廿五子时过佘山。

廿五日壬寅(6月19日)　晴朗

七下钟到上海，泊船下海浦，发家书附红灵丹四瓶，又寄访梅一书，内附致杏村师及李少石保定，托筱舫转交信局。九下钟又移船泊东浦马头，今日宁波轮船无有开者，故船上客尽登岸，惟余犹留舱中。晤船中正司事杜思卿。午后，魏肯堂、张其荃各来视。余腹痛不能坐，日夜泻十一次，结啬不爽。夜间独坐不能合眼，百感交集。

廿六日癸卯(6月20日)　晴

以舟中就厕不便，往访肯堂，在彼假寐，泻五次，肯堂出素面食余。三下钟坐轿下舟山轮船，叶福生为余照料行李。四下钟开船，东南风大作，舟行甚迟。舟山轮船乃余辛酉十月偕三弟奉母避兵沪上所坐，规模宏创，非复似当年局促。追忆当日，吾母既于壬戌病殁天津，正室钱亦于是秋在嘉兴以瘵卒，转眼十三寒暑。余又以闻吾父之讳，坐此南归，旧痛转悲，一时交作，达旦不寐。

廿七日甲辰(6月21日)　晴，日色甚淡，风自西南来

七下钟至宁波，致和陈□□来视，为唤小乌篷船送余至家。让卿亦来视余。由小西坝出丈亭江至东十三渡，天已黑矣。

七月初五日辛亥(8月27日) 晴

父亲百日,四妹携其次子来。云香、蕙生暨五房子侄皆到,理斋、月岩两皆不来。午饭内外八席,其可记者郑槐庭、韩勉夫、家瀫庭、陈介夫、黄海岩、谢小渔、施逸仙、倪子阳、徐廉峰、叶佩锵、杨馥笙、韩王哥、家奕仙也。夜延城隍庙僧在本街诵经施食,两点钟始就枕。

初六日壬子(8月28日) 晴,午后微雨数点

陶晴翁见过,以本月决科卷属代阅,辞之不得。九里山守冢人严姓兄弟来询,知其家已中落,子侄渐众,皆能以耕种世其业。黄砚生自石堰馆中来,借伞而去。借金陵所刻《荣哀录》一阅。

初七日癸丑(8月29日) 晴

寄童卷与由笙,请其代阅。午后接定儿闰月廿三日禀,内附少虞廿二日书云:中丞代递遗折,甫于二十日到京,虽枢廷有人,而格于成例,未得邀恩褒恤,然公论自在,所争疏不在此云云。父执无存,幽光莫发,代请者谨发而遗貌,执政者拘例以屯膏,吁可痛已!定儿禀云:廿七千米价今加三十千,余物皆昂。理庵前月初十赴长沙,畿甸苦涝,水及腰腹。寅初,黄海岩来云:子新家两牧童牵牛饮水,无心失足,牧童皆溺死,并及于牛。奇哉!童之父率众索命,殴毁什器,势汹甚。鉴塘逃至城中,不知若何结局也。

初八日甲寅(8月30日) 晴

佩香族叔来。接姚访梅信,内附合肥相国唁函,奠敬五十金,挽联一副。赵老四成德八金、幛一悬,贾生炳元两金、幛一悬,马菘圃太守绳武六金,各有唁函。午后徐廉峰辰来。夜卧甚凉,嘱奴子布新絮添制洋布棉被。

初九日乙卯(8月31日) 晴

宽夫兄生日,余往行礼。吉舫自浒山陈氏馆中来,留午饭,晚即归。

初十日丙辰(9月1日) 晴,午后阴,有小雨数点,夜有薄云

郭侄出黄山桥、祭忠台及文成祠前《井阑铭词》拓本相示。夜,逸仙、小渔同黄海岩来。夜间甚闷。

十一日丁巳(9月2日)　晴

接肯堂初□日书,附到钱子密唁信、幛一悬,内附李雨亭江督宗义信、幛一悬,又程桓生尚斋观察奠金八两、呢幛一悬,内附李筱荃湖督瀚章奠洋五十元、幛一悬,何汝持芷舫、维键奠银二十两,陈翔翰孝廉熙治四洋,崔惠人太史国因十四洋,皆有信,倪豹臣太守文蔚亦有一信。连日校阅书院决科卷,今日略分甲乙,送交晴初。午后作吴冠云、杨雪渔复书。晴初来谈。接程尚斋信,亦从同源寄来。毛氏子弟以新修家谱见示,属序简端。

十二日戊午(9月3日)　晴阴相间

县令以祷雨禁屠,闭水门不开。自前月十八日至今日,将及一月仍未得雨,晨间忽开门弛屠禁,而山中人盼雨不已,犹祠老白龙迎行郊野。天意难测,何竟吝此肤寸之云乎?得由笙复并课卷百十七本。得伯声初七日新桥巷书,云其长女病势甚笃,渠亦患齿痛身热。伯声前年署常州篆时已失一子,何运之垂蹇乃尔!得吉舫片,索山东乡墨,无以应之。三弟送树侄恒侄赴试。晚潮开船,郑、韩两西席均来送。月晕甚大。阿幹自念德堂移榻守灵。

十三日己未(9月4日)　雨淅沥竟日

令念德堂学徒作两文一诗,课题为“止于敬”,“欲贵者,人之同心也”,“乡音未改鬓毛衰”得“衰”字。让卿、琴史赴杭,过此来视。雨势甚酣,淋浪到晓,余归里后第一日也。晚饭后送让卿昆仲冒雨登舟。

十四日庚申(9月5日)　雨

昨日得一缸,夜得一缸,今晨又得一缸,大约干土可透矣。午后雨止而阴云不开,尚含雨意。钞吾父自订年谱,自庚申一岁起,至丁丑十八岁止。海岩来,知子新家佣工溺死案已结,鉴塘给死佣亲属各十六贯,并备棺殓之。仲声妇归省其母。

十五日辛酉(9月6日)　湿云未归,微露日影,午后晴霁,月色甚佳

李丈日炽由衢州学邮递唁赙,信到而银已失去,因作片与晴翁,恳其代覆，并陈不孝兄弟感激情状。盖此信到署时，已有扶毁遗失各情，故从陶处作覆，较为直捷。否则又多两处家人辗转相授一层，反启李公之疑矣。钞年谱，自戊寅十九岁起，至壬午廿三岁止。天气又热，但着单衣。

十六日壬戌(9月7日)　夜，子初初刻十二分，白露八月节。天日晴朗，雨意全收，晴

峰叔之子复初弟来。范子良赴杭秋试，过此晚饭，夜半西行。夜在宽夫嫂处谈，时素珍归宁。自五月初六日闻讣后，至今日已百日矣。日月如流，音容渐邈，不孝循俗剃头，仍以麻编发而已。呜呼！终天之憾，礼有尽而意无穷。不孝将持是以殁吾世耳，复何言哉！钞年谱，自癸未廿四岁至乙酉廿六岁。

十七日癸亥(9月8日)　晴

得严以幹片，递到高梓苑运使卿培、万篪轩方伯启琛唁函，各附呢幛一悬。蔚亭孝廉来谈，留午饭。小楼独处，终日著书，今年五十有九，儿齿重生，健于饮啖，学人中之有福者。蔚亭为诵梨洲先生自题一小像云："初锢之为党人，继指之为游侠，终厕之于儒林。其为人也，盖三变而至于今，岂其时为之耶？抑无人知有遐心。"余始悟谢山之言，即本于此。蔚亭修辑《黎洲年谱》，借余粤雅本顾、阎两谱而书。钞年谱，自丙戌廿七岁至戊子廿九岁。里中作中元会，笙歌达旦。余夜间过三更始能熟睡，感竟至鸡鸣，当由饮茶太多之故。

十八日甲子(9月9日)　阴

履平兄五十冥寿，余以在苫不行礼。勉夫来。接三弟十五日杭州书云：十三日抵通明后，人坐划船，行李起运至蔡山头而水涸，人坐楼轿到王渠源宅。午后又用其轿过江，行李发长挑至下沙徐凤伦行，又发短挑至有水处，再用小船到东关，过三道龙门，船人则坐脚船会集。自东关开行，皆绕下江过钱清市，又绕下江至萧山，转坝头而水涸，人用长舆，行李发长挑，到省城府前道院巷，已十五日巳刻矣。风雨交集，路途阻滞，皆平生所未经者也。钞年谱己丑三十岁、庚寅三十一岁。徐月川来谈。

十九日乙丑(9月10日) 阴,夜雨

接三弟十七日书。魏肯堂寄到洪琴西观察汝奎金陵书,并奠敬十二洋。知竹如先生于闰月初一日作古。连夜失睡,两眼昏花愈甚。钞年谱辛卯三十二岁。

二十日丙寅(9月11日) 晓雨,风甚大,居然秋声矣。雨旋止而云犹密

接定儿初八日家书,知都中自初伏后无三日晴者,道路泥深数尺,煤米价皆高,米三十千,煤五千,外附杏村师家信,荫苍兄、琴西丈两信。小村于前月十九日得一子,可喜也。定儿有寄其舅李让卿一信,作书致三弟,将致李书附递。钞年谱壬辰三十三岁。傍晚晴,小渔、少岩在此晚饭,海岩亦在坐。

二十一日丁卯(9月12日) 晴,风如旧,甚凉

钞年谱癸巳三十四岁。夜间不能熟睡,三更时忽闻风声,雨随之而至。檐溜淅沥,到晓不止。眼角微微有水,昏夜亦然,当由火气上炎之故。

二十二日戊辰(9月13日) 晓雨甚大,至午止。晚间又雨

钞年谱甲午三十五岁,未竟。夜间闷热,不能熟寐。

二十三日己巳(9月14日) 昨夜雨声至晨不断,午后成倾盆之势。檐溜直注,室内砖础皆湿,雨势似尚未已,夜止

接三弟十九日书,知近晤杨雪渔言陈恤之折,庄仲求以为此事须属我,不过数行文字,即得循例归之,刑席无能为力矣。冠云竟殁,子才十四岁。于养心堂研臣处得浣岳先生考订上房谱,获睹柳庄、石仓端二三公遗像,系嘉庆初由吾姚取来养心堂讳杭者,依样摹出,即嘱省中画工钩摹一二像寄归云云。吾家祖象至养素公而止,今获此本,瞻仰有凭,直至三四百年以上矣。今日课题“鲤退而学礼”二句,“则谓之水不胜火”,次题“看花直到秋”得“秋”字。

二十四日庚午(9月15日)　晴热

作三弟书并寄挽吴冠云同年云:“至性似钱唐杜栖,毁不自持,士恸竟符京第梦;交情比秣陵刘沼,悲逾重答,中途犹有孝标书。”托廉峰带杭。勉甫来话别。接伯声十八日苏信,内附书单并子密信。又接吴引之、秦澹如书,公送素幛一悬。钞年谱乙未三十六岁。灯下又作三弟书,并附伯声、子密书附缴。夜有北闪,恐雨犹未已。刘祝三自扬州来。

二十六日壬申(9月17日)　晴热

接高梓苑书,附寄补帆一书,奠敬百金;存斋一书,奠敬二十金。淡香来。胡启垞来,自上海晤面后,至此已十三年。复高梓苑、王补帆、陆存斋、万篪轩、吴引生、秦澹如、洪琴西书。琴西处附定讣十分,均带交三弟。王、陆二缄则托高转递也。今夜闷热殊常,余至不能着单衣,通夜不寐,闻打四点钟始有倦意,苦极。

二十七日癸酉(9月18日)　阴,午后乃雨,有雷声一阵。霏微到夜,天作绛色

戴太守盘寄红烛呢幛。已未杭州同年公送联额祭幛三事,具名者:李暗斋日章、蔡义臣世俊、樊超伯兆思、钱子雍金镐、董敬甫慎行、王砚香彦起、张桐轩绍奎、吴霞轩凤墀也。附到冠云七月三日之讣,即作复致霞轩,嘱三弟转送。接三弟廿三日书,仲养廿二录遗题:“或学而知之”至“知之,一也”,问“马班异同”,“灯欲成花听雨声”。仲声廿三录遗题:“君子义以为质”两句,问“马班未入传《循吏》”,“清凉常愿与人同”。伯声嫁女添箱,物已交何子修带苏。袄镶一副,裙镶一付,挽袖两付,马面一付。楞仙殇子,小云父忧。《通志堂经解》经广东钟都转翻刻,另有汉店《古经解汇函》之刻。

二十八日甲戌(9月19日)　晓阴,微雨,午后加密,竟日乃止

夜间甚凉,余连宵失睡,遍身作痛,两腿者尤甚。日中亦有倦时,但能合目养神而已,不能睡也。钞年谱丙申三十七岁。课题:“虽不得鱼”,“归与”第二个,“灯欲成花听雨声”得“声”字。桂花盛开,先从祠中拗取一枝，供父亲灵座前，香气扑鼻。

二十九日乙亥(9月20日)　晴

凉，始着袷衣。接树侄廿六日杭城书。沈素庵同年来吊，留午饭。选卿来。背骨连头顶直至鼻孔，重胀不堪，用手推拿之，大致稍轻。夜间竟得睡，半月来所未有也。作书致见心，借楼《攻媿集》。

三十日丙子(9月21日)　晴，微风

肯堂自乡间携其妻回沪，过此来谈，托其代购吐铁两瓶、素包头一双寄京，余送茶食四种。适市者未回，而肯堂以潮落解缆矣，为之缺然。接三弟廿七日杭城书。接钱竹楼宝堂书，附联幛、奠洋。身热畏风，气逆骨蒸，已五六日矣，今夜似有不能支撑之势。发京信谕定儿，又与子新两纸，内附乳娘家书、三弟妇与陆氏姊书。

八月初一日丁丑(9月22日)　晴

惫极，不欲看书。适海岩来，闻兄与之谈青鸟家言，娓娓可听，惜无此脚力也。夜梦吾父到京来，三日即行，余仓皇走送，而坐船已开，从船亦相继解缆。余心急甚，有大舟人投篙于岸，过其舟，梦中自言此非吉兆也，大哭而醒，时天已将曙矣。是日，又书一纸与三弟。伯声往鄞。

初二日戊寅(9月23日)　秋分。晴暖，午后阴，夜有微雨

作廖穀士书。接见心，复知理庵七月十四到汉口，次日赴长沙，带到楼《攻媿集》一部。是夜又梦见父亲约在五厂厅之东首一间。

初三日己卯(9月24日)　自昨夜雨作至今午始止，晡时颇有日影，旋即云从东来，杳杳无际

接六舟、麟伯、子骏、景臣公复，将壬戌同年之官于外省者开单附寄今书于后。此书在十一号家书中，七月廿一发，并无定儿禀，只有此书，或因十号信甫经寄出耳。

盛锡吾一朝　湖南芷江县

刘銮坡承辇 江西候补同知
陈汝霖汝霖 江西知县
梅古芳雨田 江西知县
党汉章汉章 江西知县
王百生霖 直隶乐亭县
刘孟馨开第 陕西知县
张少渠铭焕 广东候补道
饶柳夫继惠 广东候补县
饶□□世贞 广东候补同知
袁敦斋祖安 广东琼山县
郑时斋履端 广东电白县
唐伟观泰澜 广东候补同知
熊秋帆镇湘 山东茌平县
李小坡长春 甘肃知县
徐琢章 四川
于飞卿腾 四川知县
张云衢 四川知县
石□□会昌 四川知县
王松潭尔锟 直隶知县
李勺山国楠 直隶蓟州直隶县
马玉山 山西知县
何坤三 山西知县
周子政 山西知县
鹿芝轩传霖 广西桂林知府
吴采九起凤 湖南同知
吕芝岩宪瑞 湖北知县
寻锡侯銮晋 直隶
李兰翘庆云 直隶知县

谌瑞卿命年　直隶知县

今日课题："然且不可"，"食而不知其味"，"诗虽苦思未名家"得"家"字。灯下又闻雨声。余身热已大减，而胸口尚闷，每啜少许，辄患倒饱。不钞年谱已六日矣，恐胃郁不舒，不敢据案作字也。

初四日庚辰(9月25日)　夜雨，初晴

头痛筋胀，畏风滋甚，胃顿减。饮建曲茶，夜间神气清爽。接定儿十七日十号禀函，内有子新书。此缄本交德翁，因其沿路有事，改由局寄。接三弟初二日杭寓书，附到伯声七月廿五日书。

初五日辛巳(9月26日)　晴

病如昨夜，不餐。发京信，内附致廖毂士书。淡香、祝三来。鸿基自鄞回。

初六日壬午(9月27日)　阴，有雨

发汉口信致程尚斋，内附李筱荃湖督、何汝持监道、陈翔翰孝廉谢信。发金陵信致钱子密，附李雨亭江督谢信。发天津信致访梅，内附李伯相谢信。发苏州信致伯声，内附张中丞、应敏斋、廉舫、杜小舫、李叔彦观察、潘玉泉郎中谢信。接三弟杭信，中附谢信各缄。午后又作补帆一书、三弟一纸寄杭州。

初七日癸未(9月28日)　阴，夜间有雨，数点即止

接赵子新七月廿五日书，内附其家信一缄。自昨服兄方后，胸鬲宽松，无结塞闭气之患，今日复加桂枝再服。

初八日甲申(9月29日)　晴

入场，士子定多喜色矣。幹基、恩元、培孙作赋，课题为"雨添山翠重"，赋《秋砧》五排二十韵，"舟人夜雨觉潮声"得"人"字。厚基、绥然作文，课"可以人而不如鸟乎"，"欲齐其家者"，诗题同。

初九日乙酉(9月30日)　雨，午尤甚，傍晚止

改昨日课卷三篇。夜甚凉，有风。

初十日丙戌(10月1日) 霁,凉,风甚大,午后有日光,晚风小而凉殊甚

祝三来,今日病体霍然,惟昨夜又不能熟寐耳。余久堂送呢幛,得鲍寅初太夫人七月十三日之讣。祝三来,海岩连夜在此谈天。

十一日丁亥(10月2日) 阴晴相间,风未止

得各省学政信息,惟奉天不见。芗涛、麟伯、漱栏、清卿、星叔、采南、芸舫、峻峰皆联翩出使矣。得三弟送场日书,子珍寓中所发。

十二日戊子(10月3日) 晴

得三弟初十日书。从头排出场者知首题为"人之过也"一节,次三"天命之谓性"三句,"天子适诸侯"两段,诗题"州傍青山县傍湖"得"湖"字。得汪柳门太史书,并洋两元、幛一悬。俞英甫前辈挽联由陆表叔寄到。

十三日己丑(10月4日) 晴

课题"则曰,古之人"两句,"管仲且犹不可召",诗即乡试题也。三弟寄到浙江官生姓名三十五人:吴凤葆、吴福英、王庆钧、许之奇、孙贻绅、颜祐谦、颜祐宽、颜祐慈、徐士瀛、徐士澜、徐士均、钱恂、童揆尊、童开、童积厚、童师厚、童祖谟、沈钟彦、章灏、杨家骕、杨家驯、陈翊清、郑鸿寿、郑绶祺、郑良鋆、鲍诚书、周之帧、马家奎、马家坛、钟绍璜、朱树基、唐寅亮、唐志恒、黄绍箕、孙话燕。杭五,嘉六,宁十三,绍六,湖一,金二,温二。

十四日庚寅(10月5日) 晴

履斋丈由京来,带到七月十九日京信,内附子腾、月坡、小郇书。又姚伯庸信,内附丁乐山观察寿昌奠敬廿四金,张芸轩协戎秉铎三十金,李蓝翘同年六金,华生铸镇呢幛一悬。丁、李有唁函。《唐碑馆选录》、蓝绳、蓝球皆到。

十五日辛卯(10月6日) 晴暖

履丈来谈,夜间月色甚佳。海岩在此谈,至夜分而寝。履翁前月廿六日出都,二十日而到。

十六日壬辰(10月7日)　阴,天气甚暖,谚云此二桂花蒸也

得三弟十四日书,附到仲养父之篇,情华朗润,亦可望中。惜三艺与题有不合。作家书,定儿五纸又子新两纸,少华一纸。履丈复来。月色朦胧,殆有雨意。大家醉打老帮。

十七日癸巳(10月8日)　晴

得本月初三日都门家书,命儿所书也,附子新一纸。又子新交宝成与其兄一书。阿连定初八日种牛痘。雨皆来,余桓里后弟一日来谈。也得李广父日爔书、奠洋一元。

十八日甲午(10月9日)　晓间屐齿声,乃知有雨,未几即止

从魏宅借屏架三间。作书致由笙,附三次课作。今日课题:“今以燕”,“以左右望”,“马上相逢无纸笔”得“无”字。薛接屏七月七日济东道署书,从百官来。将暝,雨势甚大,饭后又止。日来学隶书,先摹《史晨》《曹真》两碑,苦无入处。

十九日乙未(10月10日)　雨

得三弟十五日书,徐门斗带来。

二十日丙申(10月11日)　阴

晨得椒生尚书书、奠银五十两,从裕和寄来。得十一日定儿禀,知七月三日信已到,子新初六日搬入试寓。杏师为儿辈权馆事,定十三日赴易州。杏师另有一函,并家书一缄,汇银十六金。周华泉一书,奠银廿金,想京寓收用矣。纯之族叔祖来。傍晚放晴,斜阳一抹,红上东楼,又是三秋,好天气矣。

廿一日丁酉(10月12日)　晴

邵憩斋来。

廿二日戊戌(10月13日)　晴

由同源寄到尚斋信,附刘幹臣协戎奠银五十分、幛一悬。何香田观察五十金,冯观察礼藩八金,黄蒙九太守克家廿四金,孙君孚侃幛联,张角仙观察炳堃四元,又寄到陈虎文天令艾十六元、幛一悬,曹大令荣黻十六元,胡月樵观察凤丹幛一悬,王笈甫、朱省三合幛一悬。又从马封寄到孙琴西廉访年丈示言一缄,内附其世兄同年书。又洪文卿学使钧呢幛一悬。

廿三日己亥(10月14日)　晴暖

课题:"不耻下问"两句,"厉"至"以为厉己也","勾践事吴"得"吴"字。内外厅悬挂联幛。徐月川兄来。顾斯臧兄来吊。三弟挈两侄由杭抵家。谢珏人在此夜饭。

廿四日庚子(10月15日)　阴,甚暖,夜有雨

顾观察寄轴一悬。仲林来,知吾妹病尚未脱体。

廿五日辛丑(10月16日)　微雨数阵

选卿来。接伯声初四日书,附包头两个。得家荫苍兄书,奠敬十元往生咒。

廿六日壬寅(10月17日)　晴

廿七日癸卯(10月18日)　晴

四妹挈两甥来。

廿八日甲辰(10月19日)　晴

廿九日乙巳(10月20日)　雨,风起而止

九月初一日丙午(10月21日)　晴

初四日己酉(10月24日)　晓间大雾,作雨两阵

时方在后园督圬者葺殡屋也。至承德堂,五房皆高卧未起,移吾父遗影于念德堂西室中间,吾父平日寝息处也。三弟出杭城所得书相示。接王子裳唁函,附奠敬两元。

初五日庚戌(10月25日)　晴暖

谒父殡所至念德祠,焚香上楼,阅藏书。午刻覆坟。三姑母、四妹皆来。由学来,与之渡江过访。夫人出见,并见其次女小宝,二十岁矣。日暮回家。

初六日辛亥(10月26日)　晴暖

接前月廿五日家书,有榖士复书、汪砺臣同年廿金唁信、京报一封。四妹归家。午后叶姑母回鹤场。夜间王次亭与范阿奎回鄞。由笙来，问稷初五房中事，问寿生叔点滴堂中事，问仲林伊十房兄弟近事。发家书，内附汇票两数，又发一书，附钱来包头。大哥遍谢两城诸君。

初七日壬子(10月27日)　阴暖，有雾

黎明以便舆循江西行，至小渣湖，谒吾母墓。不肖自乙丑秋间到此，匆匆九年，岂期今日复抱终天之憾。父母养我何为？不孝之罪，擢发难数矣。谒鹤野公墓，复至蒋墓前。舆夫曰：“老爷当日过此，未尝不行礼也。”下山，在坟丁沈阿有家小坐，其妇烹茶以进。乙丑来时，阿有只一子，尚哺乳。今此子已殇，续生两子，大者六岁，小者三岁。未正回家，大哥往看韩姓祖墓，冒雨而归。酉香今日往姜渡。

初八日癸丑(10月28日)　竟日雨

初九日甲寅(10月29日)　晓雨初止，西风犹微，傍晚复雨

午后谢客，晤英士、履斋、杏观、亚苏、学黯及陶晴初邑尊。登蔚亭，留书种阁，得见黎洲先生遗像，主讲海昌时所作也。题识皆海昌之当时门下士，惟秦小岘一首为近年添入耳。其子砚方自石堰馆中归，出见。连夕啖热大菱，味甚佳。

初十日乙卯(10月30日)　湿云犹渍，午后始有晴色，夜有月

复谢客。晤竹安兄弟，纯之族祖，旧香、乐香两叔。问施哑子，不在家。至义庄，至一本、济斋两祠谒祖。至泰生食。过桥晤绂庭叔、徐月川、黄海岩，适小渔、蕙生皆在座。复晤洪宜孙，广文、衍庆、奕仙族祖，渡归。张韬劬、徐莲峰来，由笙亦来。晴初邑尊招饮，以嗽病醉。四妹以豆酥糖馈余。

十一日丙辰(10月31日)　晴

偕大兄、仲声侄与海岩同舟由汪姥桥至景嘉桥，又数里抵石姥山寻地，薄暮返至澄清桥，徒步由后横潭归。陈亚苏、学黯昆仲来谈。晴初以肴菜见饷，留海岩食。

十二日丁巳(11月1日)　阴,暖,有薄雾

偕大兄、三弟与海岩、由笙棹舟至合山江口,仲声侄从。循盘龙山行,至由笙所买山小憩。由原路至大洋湾,谒十世祖养素公墓。海岩、三弟先下舟,由笙惮于涉山,坐墓前石以待。余与大兄、仲侄由墓后觅路而行。过胜归,下峡,复登龙舌岭,小坐片时,下山归。雪香来邀饮,辞之。与大兄、三弟及海岩就由笙饮,肴膳甚精。余持斋半载,为老友之情,不欲坚持己见,清酒沾唇,便觉恭然不自持矣。引枕假睡,闻拇战声而醒。自庚申在此度岁,复已十四年,重醉斯堂,不无感慨。昔欢今情,一时交集,为之尽兴而归,时已二更矣。

十三日戊午(11月2日)　晴暖

复偕大兄、三弟与海岩至商林庵埔头,仲声侄从。抵昨所登龙舌岭两时之久,始各回舟。至六浦桥,寻竹山王槐里先生葬所,新建伯祖墓也。邹秋帆培杰邀至其家茗饮,薄暮归。荷田族祖来。由笙来。以杏师此月十一日家书交由笙转交世兄。

十四日己未(11月3日)　阴,晚间有微雨数点

杏苑来。族祖纯之携其县族弟槐来。午后偕大哥、海岩棹舟由竹山桥过战场桥、大丰桥至余家桥,上岸游瓜藤山,憩农家周氏。薄暮下舟,由兰墅桥归。

十五日庚申(11月4日)　晴

由笙、海岩皆来。月川、廉峰、小渔、少岩在此午饭。勉夫、逸仙、佩锵、湘塘、福升先后至,晚饭后回。三弟、廉峰、由笙过泰生候榜,两城高才生皆集。亥正月食,子正食既,丑初生光,丑初复圆。至接官亭,宁波报船飞桨来,言余姚得三人。至滴露庵,遥见数船至,或云此余姚报船也。逐队至水门口,知胡雪峰价人、沈葆华冰鸿皆捷,又一人则叶雅南和声。与由笙过雅南处阅全录,会稽秦秋伊树铦,诸暨陈□□濬,严州陈建常,山阴陆寿臣、姚鉴赓,安吉施浴升,富阳朱宝儒、夏震川,萧山陈吉阳鼎煊,仁和姚棫卿櫆,鄞县蔡叙功,慈溪叶庆增、杨家騋皆获隽。抵家已四更矣。是日候榜不持斋,以明日赴杭将旅食他处，不守前见矣。

十六日辛酉(11月5日)　晴

发直隶信，少石、乐山、芸轩、菘圃、桐孙、亮生、兰翘、慎先八缄托访梅。发湖北信，月樵、鹿仙、香恬、蒙九、价庵、关馀、幹臣、笈甫、裳吉八缄托程尚斋。午后偕大兄、三弟过叶雅南并访玉田，途中遇陶葶楼，同至试棚。葶楼邀至邑署，晴初出见，阅其年来所得书，俞雪香亦来。傍晚归。晚饭后过念德祠，与勉夫、槐庭谈。

十七日壬戌(11月6日)　晴，风自东来

闻彦甫表兄昨夜病殇。海岩、蔚亭来。午后偕三弟下船，挂帆行。薄暮过横河，舟中与弟集华山碑字，得数十联。贺秋伊云："南安子孙，始登天府；山阴少长，重集君门。"贺杨孝廉云："闻报秋风，王人在道；长承爱日，孙子登云。"贺雅南云："六冠文场，初□□□；五逢秋举，代有闻人。"

十八日癸亥(11月7日)　晴暖

晓起，即偕弟由文昌阁徒步渡曹江，雇两划子至东关，饭于旅店。午刻至小皋，步访秦秋伊树娱主人。入城，其婿陶叔鸿出见，仲远孝廉弟也。游娱园竟日，殊觉寂莫。二更，秋伊归，宿留鹤盦中。

十九日甲子(11月8日)　晴

观娱园藏书，读其社中联句诸作。午后，陶子珍孝廉方琦至。申刻，与三弟、子珍同坐秋伊船赴杭。夜抵郡城，仲远亦来，同舟五人作竟夕之谈。有联句诗一首，倒用《九月归舟》联句三十韵。四更各就枕。

二十日乙丑(11月9日)　晓阴

辰刻抵西兴。早餐后肩舆过钱江，抵保右桥鼎源绸庄卸行李，即秋伊寓也。小雨淅沥不止。午餐后张伞行至种德药肆，海如遣取行李，留寓肆中。得大兄十八日书，内有八月十八、九月初三都寓书，附杏师、少石、子新各一纸，王百生霦、李勺山国楠、薛绥之斯来、陈襄夔锡麒四同年书，方柏堂宗诚书，吴挚甫太翁讣启，九月初三前邸抄。夜寄大兄书,附闱墨一本。

二十一日丙寅(11月10日) 雨,午后愈紧,晚乃止

至书肆得秦刻《九经》,以两洋六角易。归作漱栏学使书,附入京信内。又致子新一纸,交局寄。钱蘖卿承祖孝廉来,未晤。沈季鹤解首寿慈来,丁卯同年稼轩孝廉道墉之弟。三弟由谭仲修处来,在此晚餐,为言季鹤榜前梦上天,见“福”“禄”“寿”“喜”四字,凝视之,则上二字渐模糊不可复辨,下二字乃愈显,循梯而下,但闻钟鼓声如世间演剧状,醒而思之,以为其母寿考之征也,不知沈名为寿慈,已预为发解之兆。温州武秀才以市药口角喧闹,逾时始定。

二十二日丁卯(11月11日) 晴朗

筱仙来。谢客,晤徐季和、高滋园、吴霞轩。适王砚香、樊超伯过霞轩处,坐谈片刻。归与筱仙共食。筱仙别去,复拜客,晤钱子邕、钱念劬,途遇董敬甫,并晤秋伊。

粤东新刻《古经解汇函目》,鞠甫精舍山长陈栏浦礼校本,监院杨慈舫孝廉监梓。

《周易集解》《周易口诀义》《尚书大传》《韩诗外传》《毛诗草木虫鱼疏》《毛诗指说》唐成伯玙 《月令章句》《大戴礼注》卢辩 《春秋释例》《论语义疏》《经典释文删》附《孟子音义》《白虎通》《方言》《释名》《广雅》《急就篇》《玉篇》《广韵》《论语笔解》《五经文字》《九经字样》《说文》大徐、小徐 《篆韵谱》《春秋纂例》唐陆□ 《春秋辨疑》《春秋微旨》

筱仙云曾语陈君《集韵》刻本甚少,何不并刻之?陈君唯唯,然尚未完,钟运使已刊《通志堂经解》,故《释文》不复付刊。陈君后欲以卢校本付梓,不知果否?

二十三日戊辰(11月12日) 晴

谢客，晤胡筱泉学使，知家眷甫于昨日到署。孟和卿如圭来，未晤。钱子邕、叶雅南、金中孚太史宝泰先后来。林笃生太史国柱来。秦秋翁、吴仲耆寿朋来。三弟与紫畛同来。未几，仲远亦至，同到后园看鹿。因过同巷某氏园，台观富丽，甲于东南。天籁堂之碑、南万柳堂之石，充物其中，弥深太息。高滋园送菜，邀秋伊与仲远、紫畛、海如同饮。三更，客皆去。

二十四日己巳(11月13日) 晴暖

晓起，谒石泉中丞，张少原在坐。谢客，晤董敬甫。李□□遇春、李暗斋、张少原、樊超伯、高白民云麟、□□□骖麟来，均未晤。晤秋伊。午后，宗室竹坡主试宝廷来。据言此次定榜，比正使少中十余本。发榜之日，携一仆襆被宿湖心亭，颇足觇其志趣。范子良将于明日东渡，来索书。洪芝仙亦至。适吴仲耆送菜来，旧仆王琴亦以一品锅进，因留二客同食。秋伊约持螯，不能去。中丞以奠仪祭幛来，不敢却也。前余姚令陈益友三来。永嘉已委署他人，不得到任。由雅南处送到大兄一纸，蔡棻卿书，附梅伯书目三册。

二十五日庚午(11月14日) 晴

树侄堂，备卷交子良带归。吴霞轩、李暗斋来。三弟、紫畛至寓面食，紫畛出示《游某氏园诗》。偕行过养心堂，至涌金门，谭复堂、陶仲远已候于金华将军庙前。因出城下船，主人秦秋翁已先至。放舟至三潭印月，循石桥而行，凭栏观鱼，城中人放生处也。彭雪琴侍郎方筑退省庵于湖边，短墙新立，高阁未成，循湖而行，放乎中流。至湖心亭小憩，旧时所建，某年为龙风吹去，兹则其重葺者也。响泉、慰农所书联语皆已撤去，惟余中丞一联而已。复至诂经精舍，谒正气、先觉、遗爱三祠，读孙润如《新建精舍记》。登所谓湖山第一楼者，即英甫前辈著书宝也。设席行觞，肴膳精美，清谈亹亹，不觉日影之西坠。令舟子舣船于平湖，秋月以待。循石径行，过苏文忠祠、照胆台，复折而西，拨蒙茸而入。至孤山，谒林处士墓。祠中有宴客者不得入，小立于秋柳之下,寻旧路还舟,抵岸已暮矣。复堂别去,同人偕入涌金门,抵秋伊寓,持螯晚饭,九点钟肩舆归寓。杨润生新贵家駥到省过访,久谈始去。高滋园、董敬甫、吉春帆、胡雪峰来,均未晤。是日途遇叶雅南。

二十六日辛未(11月15日)　晴

胡筱泉学使来。杨石泉中丞来。答拜竹坡编修,询知到天竺去矣。杨见心来寓,中途相左。戴涧邻师槃在塘工未回。晤叶雅南、胡雪峰及其兄,少逸亦在坐。杨雪渔来。接大兄廿三日书,附到张石州廉访四、何地山学使廿、徐□□分守十六三书,又伯声一书九月十七日,九月十二日二十日到都寓定儿禀,有题名全录。刘乙生元楷、陆春江便衣来谈。王砚香彦起来。海如邀杨见心、秦秋伊、陶仲远、陶紫畛、杨润生及余兄弟在斋中便集,秋伊、紫畛、三弟各成第一楼小集诗一首,出以见示。

二十七日壬申(11月16日)　晴,微风作寒

施恒甫自湖州送试来省兄过。家砚臣兄来,同至保佑桥秦寓。陶仲远邀至市楼小饮,紫畛、三弟亦至。未几,谭复堂至,同上吴山茶肆小憩,托寄云李道士设素席于太虚楼,邀秋伊、复堂、仲远、紫畛及秦戚、赵君栏畦小集。溯自咸丰丁巳与三弟侍吾父借榻此中,卓人从叔、乙巢舅、郑氏暨郑君、陈君、徐君皆同舟,忽忽十七年。重到此室,友松道士已化古,其弟子寄云尚存,畴昔之人,独我兄弟在耳。天伦之戚,人事之哀,触发于中,不能自释。夕阳在山,复堂、秋伊从他道归。余与三弟、紫畛循望仲桥河下,访杨见心明经,晤其同乡刁孝廉。归寓后,紫畛、三弟亦去。陆渔笙来,未值。戴保卿有恒率其子孝廉兆登来,并以年丈文节公《刁苦斋诗文集》见赠,惜不相值,甚叹于怀。

二十八日癸酉(11月17日)　晴

童竹珊来。戴青来孝廉来。恽杏园观察来。敬甫来看鹿,留同午餐。李寄云道士士清来。午后游书肆,遇吴霞轩,同至亦西堂小憩。走视竹珊、恒甫,邀恒甫来寓晚餐,三更始去。夜作伯声、柳门书并陆恂友、沈书森两缄，封交伯声转致。

二十九日甲戌(11月18日)　阴，暖

徒步至保右桥，与紫畛、三弟到鹤阳楼小酌后，至珍宝巷答拜陆渔笙廷黻。游郑谱香都转怡园。其子经伯归余杭，未值。园有林石之胜，廊榭亦曲折宜人。梧桐一本甚大，槐尤佳，老绿参天，入门即望见，真入画也。途遇杨雪渔，遂访谭复堂于崇文义塾。即其斋，则经史列架，峻洁无尘，方刻《宋史·宗室世系表》，以殿本相校也。复堂出所得经史碑碣目出示，书以甲乙丙丁分目，仿《四库全书》例也；碑以因秦汉魏分世，仿《金石萃编》例也。虽不大备，亦颇揽其精要矣。王松溪孝廉□□来，未几即去。复堂出粉餈饆饠饷客，食皆饱。陶仲远亦至，同出塾门，而张子虞孝廉预亦至，遂偕至莱木桥书局，即戴文节故宅，晤黄元同孝廉，秦秋伊已先到。观元同尊人儆斋《论语后案》《周季编略》两书。庭畔秋菊盛开，大如盆碗，可爱也。并邀元同至金衙园，即近年所建浙江忠义祠也。林石与郑园相似，而地势较宽，倍觉萧疏入画，寒菜数畦，尤有野人家风味。凭栏小憩，不忍遽归。晤蔡春畴鼎昌、冯子因。时日色已暮，急觅原路，过袁子才旧居近属沈氏，仍到谭氏惟善堂小集。秋伊先归，余兄弟首座，元同、子虞次之，为主人者，仲远、子畛、复堂也。戌刻，肩舆归。卢方伯定勋来，未晤。吴仲耆送《南北史识小录》一部。朱莘畊孝廉祖任，又号仰墅来。王同年兰生来，其子名以祥，乡试获售。戊、己两科同年中子登贤书者惟杨、王两君，皆宁郡人。莘畊言其先名夔者，当南宋末造，由台州刺史迁至大岚山蹊踪，与吾家相似，惟官秩时代不合。谱中有名廷碧者，叙在迁祖之前，似与吾家远祖美甫之言隐隐相符，不知支派何如，非得家谱参考，无由知其原本也。夜雨亥刻。洪沂孙来行庆，不值。袁爽秋来，不值。陈友三大令益索观《顺天题名录》。

三十日乙亥(11月19日)　霁，午后阴，有风，甚凉

三弟以《太虚道院》《过玉玲珑山》两诗见示。衡甫来，留同午餐。吉瀛帆贰尹正常来。张子虞、黄元同来。见江南录，朱明灿中举，焦景昌得副车,何小山楷亦获隽。杨润生移尊种德,邀余兄弟、芝仙、海如小饮。成试帖二首,并为海如撰叶葆莲孝廉挽联云:“一第喜名成,犹忆篝灯谈旧事德。隔江惊讣至,更谁觅药起沉疴。”李协恭送肴馔四种,曼头两柈。

十月初一日丙子(11 月 20 日) 晴,晓有寒气

李协恭来。接大兄廿九日书。研臣兄名大勋邀秋伊、仲远、紫畛、栏墅及余兄弟乐山楼小集,获观族曾叔祖若溪太守一家鹤聚图。海昌公有五言律诗一首,已生兄同在坐,其子现官金华守备。与三弟同归,途遇杨见心,挽之来,留同夜餐,二更别去。闻复堂、子虞有约游灵隐之意,三弟已面辞之矣。雅南四友、少逸及族叔先后至。

初二日丁丑(11 月 21 日) 晴

复堂来。润生来。至高梓苑处答张少原、袁爽秋。过秦秋伊寓,则陶仲远以妻柩来自湖北,紫畛以其叔来自山西,皆于今日东渡矣。作片致仲耆,乞《定盦集》。见心嘱孔君邀酒楼小集,辞之。

初三日戊寅(11 月 22 日) 晴

卯刻即起,三弟亦自保佑桥来。餐粥后,与海如肩舆出凤山门,循沙麓行。至范村,折入石径,约八里,抵云栖禅寺。日将午,方道和尚出伊蒲馔供客。周览殿宇,规模粗具,山竹参天,嫩干□挺,绿荫无缝,以百四十株竹接之为笕,导山泉入厨中,烹本山茶,味甚甘。至莲池大师塔院小憩。循石径至轮珠念佛处,又至放生处,上舆寻原路,向山麓行。约十余里,至徐村,复折而入山,所谓九溪十八涧也。夹路皆山,峰峦合沓,时间泉声濊濊,落于涧中。居人皆种茶,茶花盛开,黄白相间。又数里,至理安寺。劫火之余,败墙犹立,僧鹤昌葺屋二楹,以为栖止之所。汲香雨泉,烹茗以进。出至御碑前,观高宗诗。复乘舆行,过山村,又数里,抵石屋洞中。洞甚大,可容我辈数十人,石壁上有苏轼、陈襄等题名。右一洞微低而深过之,有万历十九年孙雪居题名，旁刻“虚谷”两大字。刘玉坡制府自浙抚擢闽督时，大刻“变云”二字于洞口，自谓搜奇得之，不知孙题在数百年前也。由中洞左行，为别石院，洞甚小，亦有题名，不能辨矣。又数里，谒张忠烈苍水先生墓。进清波门，日已暮矣。城中车骑甚众，想由皇华亭送天使回城也。

初四日己卯(11月23日)　阴晴相间，天气殊燠

书楹帖十余副。午后至街中间行。秋伊今日东渡。

初五日庚辰(11月24日)　晴

遇李暗斋。午饭后，同三弟、海如乘舆出望江门。过桥，大风揭舆盖，路旁槐柳皆向东披靡。下船后，白浪大作，如在清水洋，低昂万状，舟中人相视有惧色。幸归舟东行，可以一帆侧受其势，瞬息之间，已抵南岸。用水牛驮车，乃得渡。抵来天成行小憩。下黄阿三乌篷船，即宁波信板船也。傍晚，过萧山城。夜甚寒，篷背霜颇重。

初六日辛巳(11月25日)　晴

侵晓入郡城，抵大虹桥坤记参店。陆有章以羊肉粥饷客。即乘舆谢客，晤谢青芸、杨春生。午刻，有章又邀至市楼小酌，龚太尊、谢协戎皆至。严桂芳、余辉廷、胡梅卿、杨春生亦先后来，并见望成之子阿秀。过味经堂书肆，得黄刻《国策》《易林》，查批《秀野堂本韩诗》《宋文宪集》《七经孟子遗文考正》《泽古堂丛书》《孙子十家注》《洪氏疆城志》《汉魏音》《乾隆府厅州县志》《钱氏考异》及《元史艺文志》《氏族表》。夜饮牛乳。下船，三更出城，守门者索钱廿四个，如数与之，不与之校也。

初七日壬午(11月26日)　晴暖

晓抵青浦，以水牛负舟行一里许，至曹江。水浅舟重，雇中船分置行李，约行十里至何家埠，又以水牛负之而行。至内江，又□里至淞下，望见夏盖山在五里外，一峰独峙，惜无胆登览也。与三弟沿江而行，廛市鳞列，村落颇修整可观。在桥东严氏祠前小憩，候舟不至，返。行至酱园前下船，日已午矣。傍晚抵河清堰，二更抵横河，三更过斗门，人已倦甚，和衣而寝，汗出透背，不知船之已过江桥也。

初八日癸未(11月27日) 晴

破晓推篷起，谒父殡所。留海如早餐，潮落即别去。接琴西九月廿九日金陵书，附部荻洲书，涂朗轩、关培均兴化令、方慰苍、徐实庵、崔琴友书，张石洲书，永平府游智开书，翁常熟师书，郭筠轩中丞书，曾劼刚纪泽书，伯声九月廿五日书，小云昆仲书，邓六昆仲书。

初九日甲申(11月28日) 晴

与大兄、三弟入城间步。是日吉舫来，同午饭。

初十日乙酉(11月29日) 大风

九里山扫墓，复至桐湖海昌公、孟亭从祖、条青伯父墓所。过山家严姓小憩。午刻，雨皆兄处散胙。接肯堂书，递到程尚斋汉口书，内附吴制府及其子书百金。又赵幼白去庚四川满营少城书院，酆都令马子贻世叔佩玖二十金八月十四发四月丁忧，夏路门学使十二，彭县吴铭斋大令鼎立三百金，山□十金，胡明府大爚四金，书其银四百四十二两，内除交蔚丰厚银十二两，实寄问平五百三十两，又魁将军玉暟函一扣。

十一日丙戌(11月30日) 晴

寄补帆书，附致周华泉书，从木行海路寄去。

十二日丁亥(12月1日) 晴，霜甚浓，有风

乘兴出南城，至石婆桥老屋。视先室厝处，远者廿年，近者亦十年，乃至从子之妇，亦复相随附此。死生须臾，曾不转瞬，我亦何由得发如漆耶？吾父入土之期，尚难预决，又安敢遽议及此耶？旧邻媪犹存二三，皆衰败，惟张氏子尚知力田。在陈七表母处小坐，归。午饭后渡江，至姜渡视吾妹，盖不到此已十四年矣。彦甫前月殁，今日始往吊之。中表昆仲存者六人，皆相见，独不见四十四。

十三日戊子(12月2日) 晴，有霜，寒

午食于彦甫家，夜食于云骧家。是日辰刻，仲林自城中来。余与其昆弟行田野中，话十年来旧事，皆可听，独吾父在此设馆时事，则彦甫已死，无有能道之者。云襄、俅甫皆幼稚，一无所知也。是日庙中演剧，余不往观。夜深谈久，身上似作微热，得汗而愈。

十四日己丑(12 月 3 日)　晴

得陈雪楞带来九月廿日都门书，内有李同年用清书。夜食于梯云家。

十五日庚寅(12 月 4 日)　晴

赵鉴塘率其弟云溪来，将之上海习贾，来索书。余作一书与之致肯堂，又嘱三弟作一札致渭人，令其携往。夜中甚热，卧后复起，与仲林夫妇谈，漏尽始散。

十六日辛卯(12 月 5 日)　晴暖

次甥开学如礼，仲林为设席，云襄、俅甫、梯云、阆如及水香皆来。

十七日壬辰(12 月 6 日)　晴

午饭于俅甫家，夜食于阆如家。是夜就枕，最迟已四更矣。昨今三席同座上皆有严鹤洲，盖亦以事来省其妹也。

十八日癸巳(12 月 7 日)　晴，风甚寒

余头上生虱，吾妹为我理发，七日而绝。姜氏以农起，家近十年中落矣。其子弟犹知佣人耕种，不失家风。一门之中，家法虽无足观，然大小数十指，尚无吸鸦片烟者。其先不以卤莽得之者，其后亦不至以卤莽灭之也。午饭后，乘舆归。得高滋园□日书，附补帆□日书，中有周蓉石同年绍适一缄，奠敬廿六两。吉舫来留宿。陈雪楞于日前过访，未值。

十九日甲午(12 月 8 日)　晴，寒

二十日(12 月 9 日)

夜中与三弟同舟至叶姑母家，早辰过石堰，午抵横河，水涸船缓，至晚始到。

二十一日(12 月 10 日)

舆轿往伟溪桥，食于陈雪楞家。又访沈书森，薄暮始返。

二十二日(12 月 11 日)

游金仙寺。午后放舟至白沙,为余姚地。沼溪行至沈氏丙舍,归舟至蔬墨林,循山而归。姑母设肴以待,饭毕下船。

二十三日(12 月 12 日)

晓过浒山,陈稽山到舟边相语,余方披衣而坐。又十里抵历山,访吉舫、荇舫,同游历山,观镜佛泉。登山颠小坐,下山背,憩于舜祠。僧煮茗饷客,味甚劣,复易山泉以进。风甚大,归饭于吉舫家。午后,三弟访陈练江。余先至翁杏园处,杏园唤其两子妇出拜,炙鸽饷余。三弟、吉舫、荇舫及练江之侄陈□□同坐,三更下舟。

廿四日(12 月 13 日)

清晓回家。

十一月初七日(12 月 26 日)

接杨中丞咨文一角,为会办书局事。

初八日(12 月 27 日)

县试第一场。余于昨夜到泰生钱肆送幹侄入场,天雨不止。题为“事君尽礼”至“以礼有如时雨化之者”,“安得广厦千万间”得“安”字。是日候至五更始归。

十一日(12 月 30 日)

三更案出,幹侄第二。

十三日(1874 年 1 月 1 日)　大雪

初覆题为“不得其门而入”,“肆成人有德”二句,“雪后过功臣家”得“行”字。

十五日(1 月 3 日)

郑槐庭、韩勉夫两先生设席于念德祠祀父亲。接涂朗轩九月廿七日发书,内有彭雪芹侍郎唁函、奠敬二十元,由杨理庵交到。理庵赠《湖南文征》一部。

十六日(1月4日)

案出,幹侄复列第二,胡骏声第一。

十七日(1月5日) 雪后风甚寒

次覆题为"时子因陈子"两句,"白战不许持寸铁",以题句为韵。《水仙花》七律两首,拟《陌上桑》一首,"昼樵夜读"得"书"字,为马怀素事。

十九日(1月7日)

案出,幹侄第一。

二十日(1月8日)

复至泰生。雪冻初释,泥涂殊甚。是日三覆题为"好勇斗很","欲清诗思更焚香"得"诗"字。

自十二日大雪后,寒气凛冽,至二十日始有日光,南中近二十年来所未有。望后接都中前月廿七日书,知杭州所发一缄尚未到。得伯声书。

二十二日(1月10日) 阴

出案,幹侄仍列第二,胡从周第一。是日,协生邀余兄弟食鱼生粥,吉舫在座。四覆题系"如有所誉者"。午后郑姨舅母肩舆到姚,为丹阳诬控事留宿。至泰生接场,天又雨。

廿三日(1月11日)

晚间雨更紧,姨舅母回半浦。

廿五日(1月13日)

案出,幹侄第一,胡从周次之,周维翰、张承浩、陈炳星又次之,厚基第十九。夜饭后侄辈赴郡府试开船。

廿六日(1月14日)

接王补帆长至后十日书,知十月初八日书已到。

廿七日(1月15日) 阴,微雨,申刻大雪

海如书来。在谷书来。枕縠复由半浦来,因作一书与见心兄弟,恳其向慈令一言此事,委折着阿冈送去。陶晴初来。发京信,内附周少华致子新书、张世兄易州书,又致沈退庵一书,内有施衡甫捐封执照。

廿八日(1月16日) 雨

余昼兄之弟自鄞来。

廿九日(1月17日)

夜,大兄、三弟与海岩兄联舟赴慈。先至杨宅。

十二月初四日(1月21日)

霞轩来。让卿及其戚表姓来。是日,着人至杨陈,幹基府试头场第四,题为"夫如是","日月星辰系焉","腊酒诗催熟"。

初八日(1月25日)

大兄、三弟自慈回,知所事已有转机。从肯堂处寄到汉口来四川件,有尚斋都转书,又孙琴西一书十四元,外附何太守家骢卅两,刘小松呢幛。

十一日(1月28日) 阴,东风

载飏自慈来。酉香之弟自芜湖书寄到,李五先生卅金,潘鼎立二十元右幛,又刘丞履泰一信。馥笙谱序书就,着人送交毛月川。

十二日(1月29日) 阴,西风,夜有雨

接高芝园信。履斋先生来,为书扇一、册页一。与仲林同船往姜渡,在舟中宿。再飏亦同时解缆。

十三日(1月30日)

至姜渡早餐。午刻挂帆行,薄暮过半浦,初更抵宁波大道头。徒步至李宅夜饭,即宿其书楼中。

十四日(1月31日)

李宅亲串有来视者。傍晚至汲绠书肆,得新刻《浪语集》数种。

十五日(2月1日)

与让卿同往菉卿处,阅其所藏书,菉卿在沪未归也。夜访梅卿,邀予饭,借所藏《管子》,以轿送予归。

十六日(2月2日)

葛先生送菜,邀仲林及费衡山同饮。仲林饮酒太多。夜雨。

十七日(2月3日)　雨

梅卿二更来,雨滋甚。

十八日(2月4日)　立春。有微雨

答王芝亭。以名片投陈鱼门而归。夜饭后,又至汲绠斋看日本国售来之书。过致和寓,则载飏以学师传谕来郡,俟其轿回,乃与仲林下船,让卿、琴史、衡山、翊春及寓中诸君皆送至船上。四更解缆行。

十九日(2月5日)

辰刻抵半浦,饱饭。与仲林徒步至舅氏家,小栏、春驽先后来,庶舅母设肴以待。余未坐定,复生轿访杨见心及其弟理庵。子弟皆出见,并见理庵夫人以水磨粉团饷客,余尚饱,不能食。理庵示余云轩书,余乃两寓书于京师,一与黄植庭,一与张子腾,即托其加封寄北。仍回半浦夜饭,与仲林坐轿下舟。

二十日(2月6日)

辰间抵姜渡,从东埠头上岸,着屐行。在吾叔处午饭,日落归家。接月坡前月二十五京寓书,知二十四日酉刻举一男,内人患虚脱,仍服旧方而愈。由笙、海岩皆来谈,至夜分别去。作书致理庵,交其郎桐生、菊生带呈,菊生方以就医归也。夜不能寐,直到天明,闻堂前报锣声,知幹基又得府案首。披衣欲起而睡意方来,然不能合眼矣。

同治十三年甲戌(1874)

正月元旦(2月17日)

晓起拜神拜祖,至吾父殡所拜,又至念德祠,又至济斋祠、一本祠。午后与三弟、阿幹、小嘉拜于点滴堂。至近房各家拜岁。

初二日(2月18日) 阴,有风

与大兄肩舆往小渣湖,谒吾母墓,又拜庙功公墓,遂至陈尚书祖墓。

初八日(2月24日) 晴

先生到馆,魏梧轩亦来送其子入学。肇基之子和钧亦从郑先生读。

初九日(2月25日) 雨

坐船至甬,树基同行。夜,东风甚大。

初十日(2月26日) 霁

午刻过半浦,饭。申初抵李宅,为妻母杨年六十。让卿兄弟延道士诵经,彻夜不得眠。

十一日(2月27日) 阴

宾客来拜者颇众。树侄午后往省其母舅。余日暮倦甚,不能食,即就枕。夜有雨。

十二日(2月28日) 阴

与琴史同诣汲绠书肆。晚饭后下船。是日,蔡梅卿招饮,辞之。

十三日(3月1日)

抵半浦,风雨交作。谒先舅父遗象。小栏来,延余其家。其父似栏出见客,比吾父长一岁,精神犹矍铄,元旦得曾孙,可羡也。为言吾父寿联有"孙将生子,欢溢含饴"之语,以为今日吉兆。饭后拟下舟,而风雨愈甚。其父子强余宿,余亦畏成山之大浪,不敢行也。小栏从梦舟夫人处取黎洲先生文案原稿相示,索番饼五十元,力不足以致,卷而还之。载飏与余同宿于楼上,布衾冷似铁,终夜不暖,忽忽至晓。

十四日(3月2日) 晴[1]

肩舆下船,潮甚大。未刻到姜渡,拜姑夫、姑母象,饭于吾妹家。

---

[1] 底本存有两处"同治十三年正月十三日"记载,由于两处天气、内容不同。考本月十四日后为十六日,缺一日,知后"十三日"为"十四日"之误,因改。

吾妹又留宿一夕。云芗、梯云、阆如、水香皆来谈。

十五日(3 月 3 日)　晴

午饭下船,阿庆、阿余及水香送我至船头,阿安立于屋边之巷口,遥送而已。过郁家湾始遇顺风,而帆不足以张之。夜间灯下拜像,至念德祖祠,复肩舆至济斋祠、一本祠,二更而返。是日家谱告成,特祭于庙,是时余尚未归也。

十六日(3 月 4 日)　雨

由笙来谈。是日晨间犹晴阴相间,余与三弟偕由笙寻春至天后宫,谒巽铭公墓毕,至东岳庙,庙僧浩然具茗延客。过施忠愍公墓后,登后山觅路而归。至翁祠遇雨,摄衣疾趋至念德祠。由笙于晚饭后别去。

十七日(3 月 5 日)　阴雨相间

余访由笙谈,由笙留午饭,嫂夫人捧茶进饭,劳有加。饭毕而雨至,余持伞归。刘老八奉晴翁之命,以龙山书院关书至余,曰:“我请舍弟代任其事矣。”杨酉香来,同至同茂木行。海岩、由笙俱在坐。

十八日(3 月 6 日)　雨

宽夫嫂收象。余与三弟同拜。

二十日(3 月 8 日)

收列祖及吾父母遗象。荷田族祖来。

二十一日(3 月 9 日)　阴

以异居异财之议告诸兄,兄唯唯,余遂为之序。

二十二日(3 月 10 日)　雨

祭时澄公邻叔及理斋、稷初、仲养皆来拜。海岩来。余于申刻下船赴杭,大兄与两侄送至船头。

二十三日(3 月 11 日)　大风,雨

由小越堰而行,约午前抵百官。余徒步至曹江徐凤伦行,以一千二百雇小龙门船一。下船后,急霰挟风而至,篷画掩,如坐漆室中,不能仰视,闷不可闷。询之上人,云海门师娶妾生子,子又夭,昨岁其弟妇归嫁其女,尚无归期消息也。夜间风愈大,舟不能行,闻邻舟樗蒲之戏,笑语甚哗,彻夜不能合眼。

二十四日(3月12日) 阴,风尤大

未刻抵西兴,至戴六房,主人云已禁渡矣。因假榻延余,录所作文四纸,又书一纸与吾兄,时已四鼓矣。日来以用心之苦,舌尖甚痛,不能多食。

二十五日(3月13日) 晴,冷甚于寒冬

黎明,肩舆过江。宁人自家赴杭者殆以千数,络绎于道,盖皆作以服贾游者也。到江口,望见江西诸山尚有积雪。是时日尚未出,群山皆在黯淡中。未几,则山颠有日影矣,冉冉而下,渐见于群山。俄焉,则城郭楼台皆作黄色,然江中帆影有带日光者,亦有无日光者。回视越山,亦黯然相送耳。舟既抵岸,则满江皆日色,如水银之无孔不入矣。恨无一枝好诗笔记今日之所见。抵种德午饭。又访高芝园都转卿培,知补帆有由宁至杭之说。

二十六日(3月14日) 阴

访谭仲修、张子虞,皆不遇。遇钱笣仙,知铁江已行。高滋园来。是日晤梁敬叔观察。

二十七日(3月15日) 晓阴,午后雨

拜杨石泉中丞,以事辞不见。晤卢午峰方伯、蒯土芗廉访、陈伯敏太守,以胡学使待按试绍郡,引嫌仅报一刺。灵□□运使、如冠九粮储、何青士观察皆未晤。

二十八日(3月16日) 雨

谭仲修来。郑梓人来。陈蓝洲来。秦澹如、吴霞轩来。自此至初一日始阴而不雨,初四、初五两日大雪,初五申刻尤大。秦澹如招饮,坐有赵朗夫太守、张少原刑部、邹□□太守。是夜,寒更甚,至初九夜始有晴意,见月光。

[二月]初十日(3月27日)

笾仙来谈。与方□□同游各书肆，遂登吴山，直跻紫阳之颠，茶话而归。

十一日(3月28日)　晴

海如买妾置于灰团巷，余往观。得京都正月廿六日书，黄漱兄、张杏师、赵子新皆有函。三弟初八日书。笾仙以三弟扇来。冯梦香、家小溪皆来。接钱铁江初三日上海书、唐厚夫泰洲书，附绫挽。

到省后来往人姓名住址：
胡学使。
杨中丞。昌濬，抚。
卢午峰。定勋，藩。
蒯士芗。贺孙，梁。
何青士。北瀛，杭嘉湖道。
灵□□。杰，运使。
如冠九。山，粮储。
陈伯敏。鲁，杭府。
梁敬叔。逢辰，书局提调，马市街。
秦澹如。湘业，马所巷，廿八日来。
恽杏园。祖贻，真珠巷，初九日来。
邹□□。仁溥，□头巷何宅，初七日来。
赵朗夫。曾向，过军桥，初六日来。
吉瀛帆。正常，学院前。
刘□□。叙伦。
陈□□。毓麟。
高梓苑。紫木巷。
吴庆焘。
钱笾仙。贯巷戴宅。

许子遂。郊塔儿巷。
金小□。同善，小义巷。
方杏园。肇麒，铁线巷。
戴相卿。贯巷。
黄立彬。质夫。
家小溪。恂，寓江宅，十一日来。
冯梦香。一梅，柴木巷，来二次。
金少伯。田修，佑圣观巷，送豸华堂骈文。
周麟叔。家勋，东横江桥，初十日来。
濮少霞。庆孙，崔家巷，初六日来。
蔡义臣。世浚，海师口，初九日来。
江小云。清骥，金刚寺巷，初十日来。
张少原。元普，珠冠巷洪宅，来二次。
董敬夫。慎行，金谷园。
王砚香。起，横河桥南岸。
谭仲修。延献，皮市。
李暗斋。日章，通江桥下，不会试来二次。
钱子邕。金镐，三圣桥河下。
樊超伯。兆恩，豆腐山桥。
金中孚。保泰，城宾巷，又吴仲耆。
吴霞轩。凤喈，城宾巷。
陈蓝洲。豪，招宝堂、汪宅同居。
王松溪。麟书，丰乐桥觉院寺巷内。

书局中未拜者：
沈芷渌。住理堂巷，廉叔次子。
邹典三。住双眼井巷，仲虎先生之子。
徐锷青。维锟，平湖人。

吴左泉。超，通江桥河下。

张蕴梅。真珠巷。

汪熙荗。东山巷周宅。

仲修初四日与蓝洲、松溪同舟北行。余托致李莼客书，银八两；盛蓉舟书，为房子事，封在定儿信内，又京用银五十两；吴玉粟书，还款银五十两。以上两项，均托仲修转交莼客，如冠戊戌编修也。余以治悉弟帖往见，未晤。后晤李暗斋，有前辈之说。询于少伯信，始悟称谓之失，托澹如谢罪。缘冠翁已于初一日督粮至沪，不及亲自负荆也。敬夫与砚香同船，初一日行。子邕与超伯同船，亦初一日行。秋伊、紫畛廿六日过杭，余未见。正月廿六日，定儿来禀，今日到，附廿六之前邸抄，知张英麟、王庆祺皆在弘德殿行走。梁敬叔观察以《仓颉篇校证》三卷委余校字，客中无书可检，正其讹夺之处十余而已。又以《称谓录》八卷嘱余增入。敬叔颇嗜利，局中皆熟之。澹如言侯子勤之文甚佳，澹如撰《祁文端神道碑》，从朗夫太守假阅一过。三弟廿五日书、初四日书、初八日书皆到。余于昨日带归益母八珍丸半斤、鳖甲煎丸半斤。

十二日(3月29日)　晴

游书肆，扶雅旧书残本颇多，《黄山谷集》《吴郡志汞续》皆得一半，傍晚始归。接笣仙书，知定明日至沪。笣仙有寄蔚亭各件。

十三日(3月30日)　阴

复至扶雅。午后与方九兄到帖店，薄暮始归。接三弟十一日书，附到《小学类编》一部、《思元赋》一篇。书局送书两箧来。

十四日(3月31日)　微雨

终日写京信。又姚信一封，附冯梦香课卷。

十五日(4月1日)　阴，夜间有雨

午后至灰团巷观海如新屋。接高梓苑书，知补帆改由上海进京。

十六日(4月2日) 晓有微雨,旋即晴霁

海如纳姬,余以素服不能贺。接三弟十四日书,有叔田前月廿八日书、退庵书,附蘅浒捐封照一纸,即作书致蘅浒,请其代觅《古经解汇函》。余贺海如联方:“织锦竞夸中妇雌,含饴要博志人欢。”盖述其志也。至书肆,得楼《攻愧集》,洋十六元。途遇李暗斋,拉之归寓。海如方以席来,并邀冯梦香同饮。月色甚佳。

十七日(4月3日) 晴暖

买《周季编略》三部,还文稿于澹如。向仲耆索取沈东甫《新旧唐书合钞》,靳不肯与。午后贺海如纳妾,写楹联二十余副。发余姚信,定十九日清晓东渡。王琴自湖州来。

十八日(4月4日) 晴

巳刻,肩舆出涌金门下船,放至三潭印月处,返至湖心亭小饮,遂至平湖秋月、孤山苏公祠,又到照胆台水榭茗饮,复下船寻岳墓,薄暮归。同行者王祥林、楼容坤、冯梦香及主人海曙也。晚饭后诣少伯处谈,漏十二点始归。

十九日(4月5日) 清明。阴

吴同善来。马春阳前辈来。定廿四日崇文开课,又为购《新旧唐书》一部。申刻回,访春阳前辈于沈容远客寓,尚拜客未回,晤其从弟。晚饭后至海如家小坐。

二十日(4月6日) 晴

午后,东风颇大。巳刻,肩舆东渡,以一千八百钱买两道龙门船。未刻,过萧山。

维咸丰五年岁在乙卯冬十二月戊戌,我师母诰封淑人晋封夫人晏宝魏夫人终于浙江臬署之内寝,春秋五十有五。哀哉!娲石陨精,婺星辍耀。镜鸾孤掩,笄翟虚陈。时我彤甫夫子,上念枫廷倚畀之殷,近怀萱室晨昏之奉。伉俪之重,虽结于衷肠;不言之伤,惧形于词色。越岁春正月辛亥,将迁殡于仙林寺。长君玮奁世兄，衔索茹怨，寒泉结痛。言述茕迷之绪，载扬令善之声。门下士具官某等，合陈奠醊，备悉徽音。夫珩瑀流芬，不出于中壶，而厚于积者必流光；楷模宗训，无与于齐眉，而亡于礼者以义起。绛帷之淑范，炜管芳踪，不可没也。敢竭芜疏，式陈崖略。其辞曰：

昔闻南岳有魏夫人，曾随宦辙，终列仙真。芬华代谢，惠闻常新。以今况古，兹或其伦。懿矣夫人，邗江茂族。干荫早摧，依依慈竹。乌哺情殷，鸡鸣礼肃。爱晷延阴，孝泉养淑。清门俭约，要襋缝裳。勤遵孟母，劳师敬姜。天吴谱绣，星杼成章。无嗟压线，式追倾筐。峨峨豸冠，早年感逝。待接摧弦，肃将聘币。高行克谐，古欢永系。馆乃宜甥，乡还号婿。高堂逮事，婉娩无愆。君舅有疾，调护尤专。参苓配剂，寒暑节宣。附身之具，皆手制焉。肥泉毕出，恩勤鞠子。灵苗自种，劬劳课女。取瘠推肥，调和筑里。分燠嘘寒，下逮佣婢。藁砧远道，以笔为耕。红盐白米，裙布钗荆。维兹中馈，黾勉经营。言纾内顾，励学求精。洎官词曹，六珈有耀。缓缓筊舆，煌煌芝诰。瀚濯躬亲，娄娸式效。勖哉夫子，益坚冰操。姑恩有曲，如影随形。自称冢妇，卅载俄经。鸠筇扶老，鲤馔流馨。承颜伺色，和气满庭。岐嶷文孙，幼而失母。含饴钟爱，不离左右。秉德以慈，居心惟厚。匡困资无，嘘枯泽朽。盛名典郡，始自吴兴。安舻从宦，风物清澄。雀钗品晋，燕寝香凝。处膏不润，在贵无矜。继迁武林，湖山胜处。禹策宣猷，金堤典务。政繁事剧，弥资内助。惟俭与勤，弗渝其素。粤氛播毒，延及维扬。瞻言母氏，浩劫罗殃。巢倾卵覆，城毁鱼伤。全家并命，感为国殇。许穆思归，载驰托讯。长江莽苍，故居煨烬。刻木写容，招魂飞磷。布奠倾觞，天乎难信。帝命陈臬，疆寄方殷。寝馈戎幕，睇眄阵云。王臣蹇蹇，靡盐殚勤。琐兹家事，胡可使闻。忧能伤人，毁斯灭性。枯树神摧，卷施心病。龙悲出骨，丝难续命。眷言慈姑，妇职未竟。呜呼哀哉！雕年急景，泉路无春。嵰山雪陨，瑶阙光沦。偕老虚愿，中寿未臻。侻回鸾驭，上证仙因。七钿翔华，五花锡宠。兴庆班高，饰终典重。輮人乐乐，攀号擗踊。丹旐风翻，素车云拥。呜呼哀哉！小子狂简，旧托门墙。燕台人选，洱海依光。窃瞻函丈，经案绳床。敢辞固陋，述德能详。肃肃琳宫，载移灵輤。象服俨陈，穗帷深蔽。懿范常昭，崇仪罔替。酌礼用中，陈文以祭。清酤在甒，庶羞在笾。前楹设奠，物薄心虔。白蜺婴茀，灵气周旋。冀停云軿，歆是琼筵。呜呼哀哉！尚飨！

可录出，刻《孱守斋诗文稿》。

盂鼎铭拓本

粲粲盂鼎铭，吴陈考已备。
侍郎精古籀，抉摘无遗义。
我所三摩挲，尤在玟珷字。铭文玟王三见，珷王一见，俱左见玉字。
于古无可征，请更对以意。
吕伋谥丁公，《说文》作玎谊。
丁癸本殷号，周人始制谥。
偏旁随事增，古盖有斯例。
唐虞及三代，以玉共神事。
大夫有石宔，郊宗详其制。
王公当用玉，疑非起后世。
谥为作主用，加玉所以志。
此乃真古文，千钧一发系。
寄语一孔儒，挢舌莫诧异。
所贵金石文，为可证故书。
佚事或创获，小学犹其余。
兹鼎郑重言，宗周王命盂。

锡以鬯一卣，黻冕车旗俱。

邦司四百人，仆驭至庶夫。皆铭中语。

是当为重臣，何以名泯如。

成王廿三祀，警酒资吁谟。

初疑武之穆，盂本可通邘。

然此述王命，岂容以国呼。

又疑盂于借，唐叔字子于。

然曰祖南公，世系难强诬。

班表有邘叔，时地亦未殊。

其人又无考，傅会滋成愚。

祝雍与陶叔，一例同嗟吁。《大戴·公冠礼》：祝雍，定四年，陶叔授民，皆成王时人。

仰屋徒自笑，秋风在庭梧。

齐子仲姜镈

同治初出山西荣河县，铭百二十七字，首曰："唯王五月初吉丁亥，齐辟鲍叔之孙跻仲之子紟作子中姜宝镈。"我读齐鏄文，书阙乏左证。独取圣祉字，古谊籍以正。亲殁称考妣，从女疑非敬。《说文》有祉字，乃训祀司命。此文两皇祉，配祖义相应。文有曰"皇祖圣叔、皇祉圣姜，皇祖又成惠叔、皇祉又成惠姜"，俱从示作祉。幸得三代物，可与洨长诤。《左传》有声姜，《公羊》乃作圣。圣、声字本通，俱从耳能听。附会不生国，《谥法解》云"不生其国曰声"。谥法未可凭。"圣之训为睿，义亦同善令。圣叔与圣姜，兹文非假倩。以此裨雅说，博搜倘非病。""齐景赐晏子，邸殿鄙六十。或谓即都昌，先为丑父邑。"《齐乘》说。此曰鲍叔孙、鲍疑逢之别。下述侯氏命，锡邑三百室。其外邑又九，加田进以律。邶独兼都鄙，古文犹可识。文云"厌氏易之邑二百又九十，又九邑与𨚵之人民都鄙"。厌氏者君也，易即锡也，𨚵即邶字之异文。锡之邑二百又九十者,二百九十户也。又九邑者,又锡以十室之邑。古者赐采地,田与邑殊列。卿田禄万钟,赋稟有定则。邑乃出特赐,置宰守宗祏。用以旌殊功,归老为世及。意者逢丑父,惠叔名是易,故云劳齐邦,子孙食其绩。刻画颇曼患,吾党重盖阙。宝书秦尽焚,世本宋又绝。"徒抱好古心,展玩三太息。"

楚南才为天下雄,文忠文正人中龙。提挈群贤廓氛雾,遂成一代中兴功。其余彭左亦奇杰,若罗若李勇无敌。一时骧首攀风云,生画麒麟死埋血。所惜文教犹未昌,剽窃理学成猖狂。先诋阳明及许郑,欲以学究升明堂。何晏清谈老逾恣,彦伦山居不识字。后生佻达习大言,涂抹以外无余事。依草附木诚无尤,妄校尉亦能封侯。功名凌猎到学术,不持寸铁争伊周。三载宾兴国大典,使者一双帝亲选。激扬风俗在此(易)[行],舞袖回旋易为善。君承恩眷尤独偏,三年两使湘南天。沅芷澧□拾不尽,望衡面面开红莲。慈湖自昔讲学地,龙山蕺山一脉寄。东邻鄮县西余姚,黄全文献实职志。薰风马首双旌开,文章为国勤储材。儿曹鏖战曲江捷,北堂高举南山杯。

题吴硕卿小象

投分京华十四年,凤麟才调自翩翩。师门衣钵今谁嗣,祖武科名尔必传。

夜烛闲情三瓦笛,秋风乡梦五湖船。相看一事同惆怅,桃叶江头思渺然。

题吴清卿古器图即送其视学秦陇

当代论金石,潘陈古癖推。翰林谁继起,吾子擅清才。余艺兼图画,高斋足影罍。读书期有用,都赵等兴台。

百(三)[二]秦关启,山河接陇凉。至尊方侧席,大帅已平羌。慷慨登车始,文章致治长。此邦多古迹,余事及缥缃。

秋日大风偕六舟麟伯出大通桥泛舟至三闸而回逸伯绘玉河秋泛图以赠麟伯奉使山西属予题句

玉河之水西山来，西湖太液相萦洄。东会潞河设闸七，建瓴之势如轰雷。神庾百亿此津逮，千夫转运万缗费。舟楫虽通不敢行，徒供鸥凫水中戏。火云三伏天爞爞，追凉逐队驱城东。绿沉西瓜玉乳酪，轻车怒马行如风。大通桥旁百肆集，动波万道溅飞雪。游人掷钱群儿争，出没惊涛狎鱼鳖。我来正值秋深时，沿河十里无酒旗。空舟三两乱渔椮，红阑黯淡摇寒漪。谢公休沐理游屐，陈子放生载鱼出。粤东二客皆好奇，我亦茸衫挈蛮榼。西风飒飒吹榆杨，苍茫烟霭遥天长。前朝废寺惟秋草，公主坟园空夕阳。回舟忽入芦花际，萧骚大有江南意。相怜方麴骑驴人，何日鱼菱作家计。夕风转动不得留，回车买醉天街楼。幸有画图常在眼，明年相忆晋汾秋。

重九后三日饮城东夕照寺饯某督学山右酒毕同游万柳堂

又展重阳饮，东郊策骑便。路平知水近，野旷得秋偏。远树因藏寺，高城欲切天。言寻磬声去，不觉入林烟。

蹋叶山门里，萧间衲子家。讲台依翠竹，禅榻映寒花。池小泉声闷，林疏塔影斜。最怜秋柳外，夕照带归鸦。

昔日平津馆，风流最可传。爱才贤相业，行乐盛朝年。花木凭谁记，楼台尽作田。荒池留一曲，曾与照华筵。

画筱明将发，乘轺上太行。河声三晋壮，日气九边黄。地险风犹古，民贫学易荒。澄清吾辈责，话别暮云苍。

京邸冬夜读书

日入夜气定，皓月当窗隅。晷短课常绌，爇烛还读书。插架虽无多，撢经颇有余。意专生默悟，力猛忘前纡。随时理旧业，道一无岐趍。礼为六执本,名物尤根株。此事未剖析,安足名为儒。所苦乏记忆,一密嫌百疏。深思始知艰,博搜乃愈殊。亦或遇创获,孤怡慰积痡。间复及百家,浏览息我劬。有生秉孤尚,谁能惑他涂。

庭树叶尽落,上承月与霜。银烛与相映,内外通清光。茶炉养余火,风帘敞虚廊。旷然无一物,星斗在我旁。遂觉肺腑莹,清新发文章。啸咏一俯仰,天地相低昂。岂不患饥饿,明晨尚无粮。此乐足予饷,进修安其常。霜厚宿鸟噤,我亦梦礼堂。

街头叫卖物,果饵酏饧糕。杂以乞儿呼,月惨声弥高。驱车忽雷动,隐辚一何骄。上者走贵要,次亦竞酒肴。苦乐虽云别,身心同其劳。亦有就灯火,高视群儿曹。摇头诵帖括,攘臂谈风骚。生死橐聋瞽,吐纳侪蛴螬。其间稍才俊,大言益嚣嚣。碑摊汉魏字,器列商周朝。问以五经目,茫然堕云霄。人怜不自愿,啖名忘中枵。荏冉岁华逝,姓氏吹枯蒿。同有此夜月,万窍争欢号。闭门不相闻,冻竹风萧萧。

昨日中旨下,率钱修离宫。读诏私太息,此举宜从容。圣人秉纯孝,不暇权始终。长乐楼百尺,积庆花千重。取足天下养,承欢良无穷。四海幸平壹,物力犹未充。岛夷怙群丑,鼾睡长安中。诚宜法文景,励治威诸戎。安可舍禁钥,危照甘泉烽。台疏间一上,未得回宸衷。贤傅造辟言,主德本至聪。岂不念民瘼,何难罢新丰。事关国根本,连章期诸公。冗官未食禄,涕泪徒沾胸。伏阙讵可效,草奏谁为通。负此读书力,仅争章句功。漆室夜深议,四顾无予同。

绂丈以令子典试京兆纪恩述怀诗见示次和

桃李长连玉树荣,文章佳气重持衡。笑他神庆夸三戟,行见春卿拜五更。祖德亲承天语奖,庭闻时励素风清。遥知珠履新昌第,预卜抡材致治平。

爱吟红药九重知，内制丝纶一手持。牙笏满床花下宴，宫衣待漏月中诗。即今退傅堂开日，何似郎君谷隐时。此事韦平那敢望，孙曾偏绕万年枝。

星斋丈以新刻诗补集见示

石湖松雪不同时，风雅中吴有主持。邓尉梅花三百树，一齐香入侍郎诗。

老辈吴程接迹难，桐城娄县迭登坛。误他落第罗昭谏，也作贞元朝士看。

题黄冈邓献之集献之以蒲县令改官入都者

黄州诗人晋阳吏，十年宰县乏生计。苦吟每和蒲鞭声，载酒时联入山骑。京官比屋无炊烟，仰望守令如登仙。君独胡为解黄绶，翻携琴鹤栖寒毡。揭来示我好诗句，别有风怀托毫素。衣上犹飞句注云摄宁武令，杖头曾拂天池树。长安寥落无往还，余亦经年常闭关。相约结邻枕书卧，还支手板看西山。

和绂丈

摄静焚香侍翠蛾，谢庭佳事近如何。料知万顷梅花海，不及园林雪色多。

琢罢珠玑一串诗，烹茶暖酒事都宜。多应已入吴中画，风帽红阑倚杖时。

读史感事

瀛海空环大九州，覆棋全局几时收。河流东走鱼龙壮，烽火西连鸟鼠秋。台筑轩辕谁敢射，圃觞穆满已难留。被衣一睡浑闲事，便解钧天万古愁。

黜陟山中岂与闻，罪言谏草重纷纭。将军铁券赊三死，大贾金钱策异勋。已为免冠憎汲黯,徒传请剑出朱云。洛阳痛哭真何益,输与当年万石君。

癸酉除夕守岁用东坡除夕寄段屯田韵

我读佛氏书,论字分满半。儒家反不识,伏猎贻笑叹。文章学俳优,师友供狎玩。淫声益侏离,大义日破散。入耽博弈戏,出逐鸡狗伴。置身或庙廊,遇事同盍旦。钤尾听吏胥,俯首刮几案。谬种束一辙,驯致酿大乱。咎由昧六书,昏睡怠沃盥。所以宣圣言,正名岂容缓。我老颇嗜学,孤陋乏讲贯。幸为麻中蓬,扶此达心懦。竭泽慰羡鱼,伐山恣取炭。二君今旧雨,岁寒适我馆。会计终年功,煦妪一室暖。试看广长舌,共斗烛花粲。

妻授恭人即以为五十寿戏寄

一封花诰下红云,暂慰齑盐半世勤。削竹拟添新首饰,曳柴仍是旧襦裙。五旬不愧称邱嫂,四品居然比郡君。肠断二亲都未见,虚衔天语待黄焚。远典朝衫寿孟光,黔娄垂老作赀郎。岂真晚贵同翁子,且自斋居学太常。搔背牛衣终岁少,伸眉鸾镜一时忙。待卿百秩称觞日,满试花钗九树妆。

除夕东庭芷木夫

我闻行百里,九十止者半。前者一失足,后人辄嘲叹。所以涉世艰,跬步不可玩。志苦诱每甘,神凝光易散。独寝求魂恬,孤行畏影伴。残膏方恋灯,旭日已戒旦。嗟此桑榆阴,起坐不离案。积瘁苦健忘,处贱易拂乱。所藉书味浓,时时相馈盥。举世弃痴钝,家人笑拘缓。吕安我旧友,承明滞华贯。陈重厉风义,壁立气不懦。同度金门岁,满贮榾盆炭。佛火分佳儿,村醪映孤馆。不忧布衾寒,惟愿大裘暖。相勖崇晚节,力作供薪粲。

邓献之惠银柬谢

廉泉一溢劝加餐，顿觉春生苜蓿盘。市上悲歌屠狗绝，袖中冰雪藐姑寒。新交真挚如君少，名士风流作吏难。闻说晋阳迎竹马，不容僵卧伴袁安。

伯寅仍直南书房以此柬之

喜闻天语与春回，压袖黄柑锡宴归。内署名言思李绛，外廷公论属钱徽。恩深阶级何须较，心恋承明肯暂违。又看宫花携满手，宜阳里第霭春晖。

题燕子笺后

防乱虚将一揭夸，伎堂终日按红牙。可怜火迫成江令，一载南都玉树花。

变相重登点将坛，此才真似没遮阑。笑他浪子钱红豆，同演明妃雉尾冠。

伯寅招集夕照寺为万柳堂补柳

廉公好客今所无，笙歌十队红氍毹。殊斋松雪踞上坐，当筵一曲千明珠。刘姬双手白于玉，笑折荷花倾玉壶。盛事风流久消歇，遗迹沧桑向谁说。四百年后佳山兴，种柳名堂后先埒冯文毅。仁皇御宇滇海平，词科大举罗群英。相公翘材启东阁，城东驿骑纷将迎。竹垞词赋西河舌，伽陵乐府湛园笔。吐茵唾地千万言，卢赵有知应失色。庭前万树堆绿烟，柳花乱扑春酒船。几辈朱衣引驺唱，两行红烛斗新篇。平津老去珠履散，佛火钟鱼一朝换。幸逃马厩坏朱闼，留得书楼映宸翰。仪征太傅重停车，山人补柳传画图。亭台倾尽寺田鬻，东风一二摇纤株。侍郎退食命畴侣，载酒招提共延伫。疏畦便插千万枝，顷刻浓阴满庭户。俯仰何胜兴废哀，眼前无数菜花开。荒池水碧犹依旧，更补新荷听雨来。

晓湖入都赋答二首

风涛万里御征舵,差喜天涯见故人。升斗服官贫似旧,文章知己老逾真。千秋豫订名山业,四海谁忧曲突薪。同是名场迟暮感,羡君奉檄为娱亲。

喜闻襆被款柴关,二子连朝共往还。久客琴书成老伴,闭门风雨似深山。荒年蔬蔌粗相劳,别后诗篇待细删。为约同舟归镜曲,从君北渚结三间。

王廉生扇头李香君小影

粉本南朝绝可怜,扇头璧月尚婵娟。清流何与人间事。花下长翻燕子笺。

倾城一笑太情多,十斛明珠奈若何。毕竟秀才空嫁与,输他一品顾横波。

秋柳情深大道王,掌中犹见舞时妆。只怜曲里桃花扇,唐突当年郑妥娘。

送施均甫赴陇

匹马临洮去,狼居正筑台。关中天下险,幕府一时才。战伐今初定,风尘眼暂开。受降城上月,迟尔一徘徊。

局促长安陌,惟堪语蒯缑。文章非本意,科第待常流。鞭影千山雨,河声六月秋。此行诗更健,边调入凉州。

元色洋布皮套马褂一件　　白大布长衫一件
粗夏布长衫一件　　粗夏布小衫两件
白布小衫裤两付　　洋布小衫三件,裤二件
蓝布小夹袄一件　　蓝布夹背心一件

青布棉马褂一件　　青布夹马褂一件
蓝布套裤一双　　白布单套裤一双
元色黑布马褂一件　　单袜两双
夹袜两双　　蓝呢祭幛二十事
联十四事

乳娘每年八千，六千作阿梅饭钱，二千归伊姑家用。
上海带八宝红灵丹。

惟善以为宝　行不由径　教之　匹夫不可夺志也　见利思义　见善如不及　爱之能勿劳乎　为君难　乐多贤友　使于四方一句　敬鬼神

河源上大树，有黄龙绕之，以口吐毒气，手书檄文，令左拾遗张宣抗声读之，黄龙解树而下，悉诸军诛之。张说《郭代公行状》。我昔在乡里，骑快马为龙，与少年数十骑，拓弓弦作霹雳声，箭如饿鸱叫，耳后风声，鼻头出火，此乐令人忘死。

自八月十五(9月25日)出都，廿九(10月9日)到上海，小住半月。

九月十五日(10月24日)

由上海坐江西轮船。

十六日(10月25日)

到宁波。

十七日(10月26日)

买舟回家。

十八日(10月27日)

清晓抵树行街，寓念德祠、实获斋，即吾父归田后栖息处也。

廿一日(10月30日)

祭沈祖姑。宽夫嫂值年。

廿二日(10月31日)

追远。宽夫嫂值年。

廿三日(11月1日)

念德祠秋祭。宽夫嫂值年。

廿四日(11月2日)

祭巽铭公。凤林叔值年。借寓八叔家。

廿五日(11月3日)

坐船往小渣湖,扫鹤野公祖墓。

廿七[日](11月5日)

肩舆往云山,扫济公墓。饭于松寿山庄。

廿八[日](11月6日)

肩舆往九里山,扫曾祖倚公墓。又往桐湖,扫海昌公墓及叔祖孟亭公墓。倚祭,宽夫嫂值年。桐湖祭,雨阶值年。是夜,病痢。

(次日为)十月朔(11月9日)

痢愈剧,不能到东庄谒邻龙公墓。

初二日(11月10日)

杨理庵来。

初三日(11月11日)

钱铁江来。病体遂愈。服金小谷药,药甚验。

初四日(11月12日)

晚饭后,理庵归。朔日得定儿廿二日都寓书,初三日又得杏村师书,皆言月坡病甚危。

初九日(11月17日)

拜吾父殡所。是日午后,黄海岩以事至沪来辞。

初十日(11月18日)

往小渣湖谒吾母墓，以舆往，以舟归，同行者三弟与鸿、幹两从子也。

十二日(11月19日)

张吉舫来。久无日记，将自今日始，故□识出都踪迹于前，冀后此无日可忘尔。

(十月)十四日(11月22日)　晴暖

仲声家今日迎妆，与铁江、吉舫往观，留午饭。晚饭后铁江别去，送至鼎和园步头。夜卧风起，有雨声。木匣一个，托铁江交同源寄津，附书致叔恬。

十五日(11月23日)　阴，有风，午后风亦甚，雨点亦稍紧

黄选卿来。郑槐翁到馆。夜阅《太平广记》，至油尽始睡，约四更矣。是日午刻，往点滴堂拜庙功公像。茂林伯母值年。

十六日(11月24日)　阴，风甚寒，傍晚雨霰交作，寒益剧

终日在仲养家，三更与勉甫肩舆回。吉舫在实获斋吃粥。

十七日(11月25日)　雨。巳刻雪，雪尽复雨，直至三更不止

终日在仲养家，贺客甚少。吉舫不别而去。黄勉卿来。马渚洪来。

十八日(11月26日)　晴，冷，夜有月色

胡立斋承秦以其戚范氏叔侄构讼事来问，余辞之。谢履之来。胡雪峰、胡启垞来。

十九日(11月27日)　晴，冷，有冰

二十日(11月28日)　晴，午后天气稍和

韩王哥来。石堰人有以红禀叩求者，余不知其事，麾之令去而不去，余遂阖户而睡。杨酉香来。

二十一日(11月29日)　晴

澹香来。晴翁以龙泉课卷来。馥生到姜渡去。得本月初六日京寓书，定儿两纸，杏师一纸，伯庸两纸，知月坡病势加剧，内有让卿贡监照两纸,即为寄甬。

二十二日(11月30日) 晴暖

方养吾来。得铁江十八日上海书。十九酉刻,附徽州轮船到汉口。发京信。定儿一,杏师一,伯庸一,退庵一。伯嘉今日未刻得一女。书楹联六副。黄海岩于昨日回姚。得高梓苑书。

二十三日(12月1日) 晴

养吾来。卢立斋来。刘子珊来,云将于廿六日赴杭。得杏孙太夫人讣状。作札与云湘,为言月坡侍疾乏人状,请其着次子入都。沈铁珊来。令塾徒作两文一诗会课。

二十四日(12月2日) 晴

泛览各书,心中忙乱殊甚。

二十五日(12月3日) 晴

赵鉴堂来。金小谷来,为槐翁诊脉,留午饭。得理庵书,并寄《泷冈阡》《中典颂》拓本。夜,与三弟至宜春堂赴刘祝三招饮,有陶萼楼、叶海六。夜中热甚,出汗过多。

廿六日(12月4日) 晴

复理庵书,附寄羊肉、冬笋,交月樵寄去。

廿七日(12月5日) 晴暖

久青来。小縠来。馥笙来,言姜渡以殴差被讦,邑令发差十七人拘拿为首者,仲林昆弟亦与其列。得由笙书。四妹整理先君遗衣。黄蔚庭六十生日,送联语为祝。

廿八日(12月6日) 阴

庙功公墓祭,三弟去。馀甫来乞援,三弟为言于邑尊,邑尊以兹事所关较大,不从所请。仲林昆弟素行不检,宜今日遭此外侮也。严筱南来。是日,蕙生奉其母来求余兄弟,竟无如何。云帆寄到《别下斋丛书》、泽存《篇韵》两书。三更有雨。

廿九日(12月7日) 微雨竟日

馀甫又来,言今日差役已到仲林家,嘱三弟转恳邑尊缓颊。邑尊出姜渡新旧逋赋，数目一巨册，恳三弟饬令竦甫回家邀集清理，再作道理。竦甫晚饭后去，县署复送姜渡零星逋赋一单来。朱新鸥来。叶佩锵来。潘月香与其弟□□来。

三十日(12月8日) 阴，有雪意

饬仆送车到姜渡，知差役犹在仲林家，尚不至毁伤器皿。竦甫与仲林来，竦甫去而仲林留，余馆之于所寝后室。闻署中又遣十役往善渡矣，闻之，为之纳闷。三弟与筱南联舟往浒山。潘月香来，余以番饼六圆，托其转奉师母。

十一月朔日庚子(12月9日) 阴，微雨，夜雨乃甚

点滴、念德两祖堂焚铃。彦甫表嫂又来，余竟无能为力也。树侄往上海。恒泰送闽中柚子。

初二日(12月10日) 晴，有风

早晨作书与邑尊，其略云：

姜渡逋赋之名，实始于敝表兄芷庭舍人。其余诸表九人，尚知畏法奉公，不敢玩欠。外人以舍人之故，遂举他人他里未纳之款，无不嫁名于姜渡。姜渡居人甚多，又无不指目为九房。为官未必有令全完，可解而免也。于是姜渡欠粮之名，众着于青吏之口，甚且挟此以塞县大夫之口矣。此日前三四千两尚未完纳之说所由来也。执事方熟闻姜渡可恶之说，又言积欠之如此其多且欠也，遂假其宗祠殴辱李张富一事，指为全村抗粮之征，赫然震怒，名吏进捕，大加惩创，具见大君子宽猛相济妙用。究之自七年至今年，姜渡之旧逋未清者才二百余两耳，而逃丁绝户亦在其中，与全村抗粮者情形迥别，即与吏者所言三四千两之数亦甚悬殊，昨日清钞册簿可覆视也。其宗祠殴人之由，则以其无礼于姜氏之祖宗，并非由征粮使然。三更之后，既非征粮之时，数人之中，又无积欠之赋，其虚实大可知矣。姜氏如仲林、梯云辈，向尝耻其舍人兄之缓于输纳,每皆先众清缴,以讽其宗人。居尝吏胥不知,误入其门。仲林辈方恃其身无积逋之可索,假加呵斥之语,亦时有之。不料其积怨于心,一发至此。既知仲林等身无积逋,无可指名,遂假阿方挟嫌之说,窜名其中。使他人骤而观之,未尝不惊其案之有根,而事之有据矣。究之姜祠殴人之时,宗长方诃责于堂中,众人遂喧哗于阶下。仲林等虽欲力阻,而势有不能。且众人已拖曳李役,将加毒殴矣。仲林独排众拉回,禁止践辱,卒以人众被挤,其左臂至今受伤,未能高举。李张富亦以此时挤倒,执事可召而问之也。及诸差遣捕之时,众人欲鸣锣以拒,赖仲林邀同其兄悚甫苦口力争,遂得解散。是则其功可录,不但其冤宜雪也。今差役在伊家已四日矣,惟执事矜而释之。昨得悚甫书云:"本家人以差役在此,率皆逃去未回,不能邀集商议,亦嘱转恳缓颊,饬差回署后,俾得赶紧要集。如有抗延者,再请由尊处饬差牌拿,亦尚未晚。"云之不胜急切待命之至。再是日看戏者,惟李张富一人,并无三人。李张富亦未受伤,今闻乃有三人受伤之说。此差辈平日伎俩如此,不足计较,惟求执事保全良善耳。

嘱灶媪持与其妾转交,邑尊不答,而令其弟蓴庭来言,欲借姜渡以激厉回境之意。悚甫来言,陈粮查出二百两,皆可即日输纳,惟芷庭名下六十余两,请稍缓,嘱余转达。复遣人言其故,蓴庭持不可,谓芷庭所欠必全输,且姜渡今年新粮,亦须尽纳云云。惟悚甫所查各户外之陈粮,请其由署自催,不必再问悚甫一节,尚见许耳。余亦不能复有所言矣。悚甫夜饭后去。

初三日(12月11日) 晴

施淡香来。得沈云帆书,寄到《元和郡县志》、《毛诗古音考》、雅雨堂刻《金石录》,又《广雅疏证》、《集韵》、韩轩所著书孙五种各一本。

初四日(12月12日)　晴

黄砚方来。徐廉峰来。陈学暗来。复云帆书。得三弟昨日浒山书。曾榖来。慎斋弟妇与其姑同来,问慎斋近状。

初五日(12月13日)　晴暖

曾榖来。久青来。

初六日(12月14日)　阴,暖

履之以蒸羊、虾饼、鱼松见饷。三弟自浒山回,又为姜宅事转达邑尊芷庭陈粮有仲林代纳,始下令撤差回城。肯堂自乡来,邀至其家观剧,余辞之。韩老继同来,以潮长解缆去。曾榖、翁阿桐皆来。

初七日(12月15日)　晓起有雨,旋止,阴晴相间者一日

徐星阁来,再飏亦来,并送牛乳饼,皆留午饭。仲林肩舆回家。子长廿四日出都,于昨日抵姚,知月坡已于廿四日晨间病殇寓中。南北同时有事,皆我家为之料量,何其不谋而合耶!连日胃气不顺,常作呕逆之状。韩王哥来。彻夜不寐。

初八日(12月16日)　晴暖。夜有月色,庭前黄梅花烂漫极矣,尚未得雪

阅书院课卷毕。选卿来,知天台县令丁因私增粮价,每两一百,致乡民入城□官。前月底事也,不知确否。今日神气惚恍,当由失寐之故。

初九日(12月17日)　晴

潘月香来,到信天堂拜吾父像。悚甫来,为完粮事,留夜饭。施逸仙来。云帆寄到《岁遍斋》三种,孙氏五种,《广雅疏证》《寰宇访碑》《巽轩丛书》。

初十日(12月18日)　晴暖

选卿来。复云帆书。发京信十二月初二到京,定儿一,杏师一,伯庸一,退庵一,子腾一。

十一日(12月19日)　晴雨相间,夜有月色,亦有雨

由笙来。仲林来,留午饭。仲林以晚饭后去。四妹归姜渡。徐月川来。夜中失睡。

十二日(12月20日)　晴,比昨稍寒

自初九后胃气不开,饭后辄多饱噎。由笙偕大哥来。

十三日(12月21日)　晴,夜有月色

竟日无客至。月夜,砚臣哥自杭归省祖墓,与其友施石农过访。石农,姚人,以薄技游于杭者,诸琴生之妻兄弟。

十四日(12月22日)　冬至。晴

一本祠大祭,余偕三弟同去,鸿、幹两侄从为昨夜据礼相争事,祠中读书人面皆土色。三弟函加诘问,余不复与之辨矣。到泰生小坐,回。答砚臣、石农,皆不值。悚甫来,晚饭后去。

十五日(12月23日)　阴

月坡之弟寄生来问兄病状,持其兄十月二十日枕上家书相示,阅竟为之凄然。点滴堂冬至祭大哥代懋运房办、巾帼祭,余皆往拜。饭于仲养家。午后由笙来,同至其家夜饭。

十六日(12月24日)　大雨竟日,夜三更飞雪

由笙来,余尚熟睡,呼之始起。济斋祠每二十年合族进主,自乙卯后迄今正及廿年。族人启请于明日敬移吾父栗主入祠,及族中之主未入祠者,一同祔入一本祠。族人则公启专请崇祀,不祔他人,第祔履平兄。即于今日申刻,在念德祠敬备祭品两席,率弟侄上祭,三更始罢。亲友中亦有闻而来拜者。为族人拟《一本祠告祖文》一首:

呜呼!明德之后,必有达人。或为孝子,或为名臣。畴则兼之,体于一身。出为国宝,处作家珍。肃肃我祖,石仓高蹈。历宋元明,立家作庙。磅礴润亭,无潜不耀。六百余年,笃生文孝。懿惟文孝,早岁典声。洎登上第,洊陟清卿。江汉粤皖,遍擢豪英。老而致仕,犹是书生。世仰楷模,天慭硕彦。名宦建祠,吏宦立传。综厥生平,无微不擅。顾于奉先,孝思大眷。许家山侧,柳祖幽宫。秋霜春露,阙焉美供。蓬藋不翦,公心忡忡。吉圭为饶，朕圣斯融。其最大者，曰惟收族。悁我宗人，损彼赐禄。继长□高，旌惠茕独。有谷满仓，有书在塾。或丧其夫，载粟往哺。或失厥父，遗之三□。昔有患难，莫我肯抚。今相扶持，鳏寡不侮。我族是赖，我祖是嘉。忆昔祖墓，枯干无花。适闻吉语，公擢巍科。孝弟为瑞，祖实获□。公尝自言，知本者鲜。薄植易颠，浅流不演。爱亲敬长，不敢不勉。夷考所从，罔不及践。遗徽未沫，明德维馨。允宜崇祀，合食幽冥。敬躬大典，虔迓精灵。云车神马，潚乎有形。昔在庙中，偕公奔走。今公之归，在祖左右。洋洋灵爽，靡处蔑有。矧我族人，食德孔厚。冬至阳复，吉日良辰。歌笙击鼓，肴醴肃陈。衣裳黼黼，俎豆莘莘。敢告列祖，特荐明禋。

十七日丙辰(12 月 25 日)　昨夜得雪寸许。晓起雪止，而檐溜尚患

午刻，奉父亲栗主至一本祠，又至济斋祠祭祖。族人皆来拜。设席于一本祠，以宴族人。夜宴于济公祠。大哥以病不能行。余至三更自祠中归，问兄病。

十八日(12 月 26 日)　晴见日光，午后阴，夜乃雨，风甚大

九叔公来，今日宗祠□会。陈月樵来。得理庵书。得徐星阁书。砚臣、石农来。午后倦甚，假寐祠中。送祭席，邀佩锵、湘塘、选卿及郑、韩两师同饮。稷初执壶，又请三太公与塾徒合坐一席。闻坤斋今晨到家，遣问家信，先以恒甫、霞轩敕轴各两卷来，并附小衫裤两副。

十九日(12 月 27 日)　晴，冷，入夜愈甚

遣人往坤斋处问家书，得定儿十六日一纸、杏师二十日一纸、退庵两纸，盖月坡病势甚危时也。晚饭后问大兄病。适海岩来，久坐至三更方归。体冷如冰，齿牙交击，拥被而卧。得由笙书。

二十日(12 月 28 日)　阴晴参半，峭冷殊甚

午后海岩来。薄暮小谷来，为郑槐翁诊脉。覆被太厚，遗精两次，惫极矣。以霞轩敕轴交张霞轩寄去。

廿一日(12月29日) 雨入夜不止

韩王哥来。九叔公送蹲鸱糟蛋。得王渠源书。得由笙书。得曾劼刚母欧阳太夫人讣状。八月十三日卒,劼刚廿八日在桃源闻讣,十一月三日合葬善化平塘伏龙山,五十九岁。夜间大哥冒雨来谈。选卿来取蘅浒敕轴。闻学暗殇子,今日纳妾。复云帆书。牙甚痛。

廿二日(12月30日) 阴雨相间复初

小山来。蕖源自梁湖来,留午饭,饭罢即去。送至江干,见南山积雪如画,始知昨雨中有雪也。牙痛未已。

廿三日(12月31日) 早阴午晴

巾帼祭伯嘉值年,往拜。约勉夫散胙。卢立斋托办指事来城,共至恒泰夜饭。吉舫自乡来,在协生久谈。洪雅寅来。牙痛愈。

廿四日(1875年1月1日) 晴

淡香、吉舫、肯堂来。留肯堂午饭,饭毕即别去。胸鬲张满,夜不食。郑槐翁回家。

廿五日(1月2日) 淡晴

吉舫回历山。久卿来。得杭城陈子发同年书,知已于九月杪挈眷回白马庙巷老屋。巽祭,三弟去凤龄值年。廉峰来。久卿来。次亭来。今日天寒稍杀,荷池冰已泮矣。

廿六日(1月3日) 晴暖

竟日无客至。读大谢诗三十首。复云帆书,寄还书廿三本。月岩之女今日遣嫁鸿侄,自上虞归。夜间合眼甚迟,约逾四更矣。当由多读伤气之故。

廿七日(1月4日) 晴暖

陈稽山来,族祖纯之来,亦祭稷初值年,与三弟同去。写族人奕仙翁像赞,三弟代撰。

廿八日(1月5日) 晴阴相间,天气甚和

家小山来,同塾徒会文。廉峰亦率其婿史纯甫父成来。廉峰小坐即去。致伯庸书两纸,附立斋履历训导。捐银票五百七十七两二钱，托通泉寄阜康转交，附定儿一纸、杏师一纸。

廿九日(1月6日)　阴

得越东家荫苍书，附未丸药、木镳等物。

三十日(1月7日)　小雨，积阴终日，晚间甚暖

十二月初一日(1月8日)　阴

复沈雪帆书。月樵来。

初二日(1月9日)　阴

理庵赴杭，泊潮过访，食以曼首。同在协生午饭，即送下船。选卿来。履斋来。史老九送奠分四元、山查糕一匣。

初三日(1月10日)　晴

梁干拔佩刀，亲芟牙中秽草。隋，孙晟喻旨。

初四日(1月11日)　晴，午阴，夜有小雨

肯堂之沪，三弟附舟而行，聚春从。得十一月八日定儿及杏师各一纸李宅来。访梅得护运司，月坡病愈，皆可喜也。

初五日(1月12日)　阴，有雨

昨不诵诗，今日复上十行，欲多读而不能，盖气分弱极矣。夜阅惜抱文，日临声小字数行。

初六日(1月13日)　小雨竟日

三弟可到沪矣。得云帆书，寄来《古文苑》《会稽掇英集》《明文在》《金石存》《东原遗书》《汪选明诗》《云林子昂诗》《皋文集》《内传征》《空同集》《姓氏辨误》《白沙集》《东山集》。阅书院卷毕。“问管仲”合下一章，“公明仪”两句，“细考虫鱼笺尔雅”。

初七日(1月14日)　雨，午后益密

写京信。定儿一、杏师一、伯庸一。得陶子缜书。子初地震，子正再震。

初八日(1月15日)　昨雨，入夜益甚潇潇，至晨势犹未已

得定儿十一月廿日书，有杏师一纸。附张姜魏施家书。又吴峻峰学使书,具言车夫王七甚妥。宝云、悚甫来。杏园父子来。入夜雨更大。

初九日(1月16日) 雨止而云犹密,有风

复陶子缜书,兼还其诗两册,托坤记转交。发京信。种德寄丸药来。胡杞垞浼人为其宗塾会课,请余出题。

初十日(1月17日) 阴,午后复雨

得三弟沪上初八日书,知于初六日抵同源。

十一日(1月18日) 阴,西北风

王次亭、范子良皆在信天堂相晤。午后买舟往甬,至成山泊。风狂甚,夜不能睡。四更至宁郡东门外,鸡已鸣矣,方熟睡。

十二日(1月19日) 阴,风如昨

过大石碶四十里,过五乡碶,又十里至斗门桥葬所。晤让卿昆季,费衡山、张一擎亦来。夜在船上宿。"银枪"。李存勖诛乱首,张彦以其兵五百自卫。"苍鸟群飞,孰使萃之?"《天问》言将帅勇猛。

十三日(1月20日) 阴,风尤甚

李氏亲友皆至。酉刻下窆。寒气至不能久立,三更始睡。余即欲回舟,以琴史将返城,又舣棹一宿。

十四日(1月21日) 淡晴,风未已

辰刻,由斗门桥解缆,舟子负篷行四十余里,至盐桥门上岸。至仁成绸庄午饭。风水皆逆,舟子请于明日旋里,不得已许之。即在楼上襆被而卧,琴史为伴。

十五日(1月22日)

卯刻下船,风势略小,然软浪甚大,摇桨者不能施力。傍晚至车厩,潮落即停,三更行至姜渡,闻篷背淅淅作声,则下雪矣。

十六日(1月23日)

傍晚抵家,雪犹未止。得伯声书。初五日新桥巷发,附洋三十元。寄覆云帆信、书十四本,价洋廿九元。适海如往杭过访,托其携之坤记转交。午刻开朗,日色甚明。选卿来,由笙自刘宅解馆来。得季绥札复。

十七日(1月24日) 晴

由笙来。寄让卿书。

十八日(1月25日) 晴

理庵自杭回。风利不泊,登舟而谈,匆匆即去。是晚树侄自沪回,得三弟十一日书,知已于十二日附海马船往闽矣。

十九日(1月26日) 晴

胡宅送文来。

二十日(1月27日) 晴

为驿亭路盐舍事致书晴翁。

廿一日(1月28日) 晴,午后大风,阴

槐翁以病解馆,送至江干。得琴史书、洋九元,即寄与杨春生。闻某太史有代人索取发逆时讹索之款,为之太息。晴翁送王盐场信来。

廿二日(1月29日) 阴晴相间

吾母生忌,设祭于信天堂。为韩勉夫解馆,邀由笙、廉峰、海岩、久卿作陪。筱南送礼四色,余收其一春饼,即以山鸡报之。慎斋弟妇送礼,却之。韩老继来。闻京都本月初五日讹言,傍徨终夜。当此四裔凭陵之日,岂堪更有此事耶?其信然耶?其传之非其真耶?

廿三日(1月30日) 晴

勉夫解馆,仍留祠中为恩元督课。今日祀灶,尚有四人会文,可嘉也。傍晚得十九日申报,知昨所传闻,果非虚妄。言圣躬自前月出天花,二十九日忽现变证。本月初五日申时,龙驭上宾,王大臣等谨奉两宫皇太后懿旨,以惇亲王之孙继承大统,年方四岁云。小臣衔恤南旋,方痛失父,不获从诸臣之后,缟素哭临,北向长号而已。外忠凭陵,家国多故,静念身世,如何如何!

廿四日(1月31日) 晴

亦祭稷初值年,到者五人,余读祭文。秋叔公馈肴馔一席,却之。

得沈云帆书,寄示日下旧闻。得种德书。潘世兄来。复种德书。复云帆书。仲林来。李老丙来。由笙来,留晚饭。寒夜忧来,四更始睡,有风声。

廿五日(2月1日) 晴

得定儿本月初四日都寓书,附杏师一纸有赵子新家书,言皇上天花已愈,于十一月望谢痘神矣。旋于腰间生癣,每日流黑血甚多,服十全大补剂稍安,已迎贝勒载治之子入宫云。季绥、由笙来。蓓香叔来。杞垞送金华猪蹄、板鸭。陶邑尊来。九叔公馈菜,邀季绥、佩锵、逸仙、月川、由生、勉夫小酌。得吉舫书。得霞轩、严州书。

廿六日(2月2日) 晴暖

得三弟十八日福州中洲晋德号所发书,言十二日自上海启轮,十四日午刻行抵福州罗心塔稍南,地名马尾,船政大臣驻扎于此。坐小船行三十里,到省城南门外中洲地方。所谓南台者,尚隔一桥。中洲在万寿桥之北,四围皆水。迤北过小桥,为欧罗巴人之居。行李卸于李友三升泰号中。陈介夫留寓晋德。一昔入城,补帆即遣取行李入署。居嵩山之麓,有榕树离支十余本。此间向未见雪,日内冷似吾乡。鼓山顶上颇见积雪。昨日开霁,又入暄和。菜鬣蚕豆,早登厨馔。西施之舌,百钱入市。五里一步,皆有肩舆。赤脚蛮女,担卖不绝。槟榔农业,末利拌茶。侏侨之语,舌人体委而始达。天气土风,别有世界。却念故乡时近祭灶,请邻馈岁,街巷喧阗,则又梦觉,蛮方悔为逋客矣。台湾生番不尽归化,淮营十三,佐以闽勇,以次开阔,不乏膏腴。船政沈公请将抚署改驻于彼,专设学政,用牖山夷,未知中朝克如所请否云云。得严筱南书。徐廉峰来。由笙来,同晚饭。坤斋来。东风甚大。

廿七日(2月3日) 晴

得陈子弢杭州廿三日书。复初来。作三弟书,信局已暂止不发。刘厚庵自杭州来。撰姜十七表姊像赞云:“孺人姜氏,国学生翁君杏苑之配。贤明仁孝,逮事舅姑,佐杏苑能敬且和,教三子二女,咸中礼法。同治十一年殁，年五十有七。”杏苑次其行事，以授孺人之中表弟朱逌然，俾为之赞，逌然有感于患难时事，每念吾姊，不能忘，乃为之赞曰：

我姑六人，长归于姜。生三女子，其次最良。孝乎惟孝，愉婉相将。线纩箴管，熸醎洴洸。少习养性，以说峹媓。维时世父，授经左厢。诸甥来学，书声琅琅。尤爱孺人，为凤求凰。擯翁作配，逮事尊妇。克相夫子，柔以济刚。络车纺砖，灯火荧煌。祭祀宾客，洁沽酒浆。内言不出，久久自芳。训子范女，协于义方。或儒或贾，执业无荒。修于家者，庸行之常。然皆荣荣，里鄙称扬。顾念往事，我感尤长。岁在辛壬，巨盗披猖。吾父避居，假馆于张。去姊所居，十里而强。猝然寇至，空我箧囊。风饕雪虐，手皲足创。或以告姊，谋致衣裳。衣裳在笋，高切飞榔。踦足发笋，形势仓皇。心进足退，一践而僵。勿药有喜，眉间色黄。我父语逌，有泪盈眶。谓以我故，几致羸尪。或值阴雨，酸彻心肠。告汝兄弟，他日无忘。及闻姊殁，往哭影堂。老泪难制，被面淋浪。曾未数月，我父亦亡。迨我之归，姊已北邙。哭不凭棺，奠不亲觞。今见姊象，云胡不怆。自失我父，我心已伤。我心则伤，我言能详。和泪濡墨，拉杂成章。以赞代诔，鉴我中藏。

自闻皇上大行后于今五日，臣心哀悚，不能读书。今日始温旧业，然衷曲烦乱，不如从前之专一矣。

廿八日(2月4日)　立春。晴暖

晓起，磨墨书昨所成姜表姊像赞，付阿桐持归。韩郎犹来与恩元会文。伯嘉明岁轮值时祭，今日悬象往拜。刘子珊自杭来晤，述台州丁令因加赋激变事，皆由于其子之贪妄。又言嗣皇帝明岁建元永康，沪上来书云然。续南堂送年余行礼。

廿九日(2月5日)　晴暖

读杜诗。选卿来。由笙来。续南堂祭祖,念德堂、信天堂皆去拜谒,即在兄岁分岁。海岩来,已近二更矣。

光绪元年乙亥(1875)

正月初一日(2月6日)　阴寒终日

晓起拜祖,先念德祠,次济斋祠,次一本祠。到泰生略坐。答拜陶晴翁、刘厚庵、刘子珊、邵子长。回实获斋午饭,复至点滴堂焚纸。今日有言建元光绪者,以意解之,近是。

初二日(2月7日)　晓雪,着瓦甚白,旋止

肩舆往小渣湖谒母墓,复向鹤野府君墓前行礼。至守坟阿有家小坐,其妻方于十二月望日举一子,绷儿烧茶,操作如故,乃知富贵家妇女之娇怯也。舆人吃年糕既饱,复行。风自东南来,轿帘不能蔽,揭而复下者数数。过曹市桥,几吹其上盖去,缚以腰带而行。经七里浦,有骤雨,风愈急。至滴露庵小憩。寺僧出茶果饷客,饮而甘之,复索一瓯,乃坐舆归,时已昏黑矣。是日,舆中诵陶诗五首。陶晴翁着人来,言哀诏已到,恭设明伦堂中。陈月樵、王香阁、龚□□来。

初三日(2月8日)　晓雨,午阴,薄暮复雨,旋又止

伯嘉值时祭,德夫值九垒祭,皆去拜。由笙来。天气略和。翁阿桐来谢。读陶诗四首。

初四日(2月9日)　小雨竟日

阅《老渔闲话》,节录数则。

地之大:

地之大,东西二万八千里,南北二万六千里。《山海经》。

东西二亿三万三千里,南北二亿三万一千五百里。《河图括地象》。

东极至西极三亿三万三千五百七十里，北极至南极二亿三万三千五百七十里。《淮南子》。

直行北方者，每路二百八十千里。觉北极出高一度，南极入低一度；直行南方者，每路二百五十里，觉北极入低一度，南极出高一度。则征地每一度广二百五十里，地之东西南北各一周，有九万里实数也。利玛窦《地图说》。

日随天行，一日一周。地面有十二时，较交食时分得若干里，因知地体围圆实九万里。庄廷旉《地图说》。

古之言地者，或以亿计，或以万计，其数悬殊。后人以南极北极出地入地之数及测月食分杪里差，以推地之里数，似为有据。《老渔闲话》。

地之厚：

地厚二万八千六百三十六里零百分里之三十六分。利玛窦《地图说》。

地有四大洲：

南赡部洲、东毗提河洲、西瞿陀尼洲、北拘卢洲。《大唐西域记叙》。

南赡部洲、西牛货洲、东神胜洲、北具卢洲。《海国图志》。

地有五大洲：

亚细亚洲、欧罗巴洲、利未亚洲、亚墨利加洲、墨瓦蜡尼加洲。《明史》引利玛窦之言。《皇清通考》《职方外纪》并同。

魏源曰："佛经所谓四大洲，西人止得其二：亚细亚，欧罗巴、利未亚，共为南赡部洲也。墨利加则西牛货洲也。此外必有二洲。"《海国图志》。

张维屏曰："二洲即在五洲之内，墨利加州多产金铁，默深遂以此为西牛货州之证，音随译转，'货'字似未可据。岂唐人已知之洲西洋人反不知者?"

昆仑:

河出昆仑墟。《尔雅》。

昆仑山为地首。《河图括地象》。

葱岭之水分流东西,东为河源。《水经注》引《凉土异物志》。

是葱岭名昆仑之证。洪亮吉。

魏默深谓昆仑即葱岭,十征之儒籍,一征之释典,一征之西洋图说,一征之本朝纪载,而稚存先生已先言之。《老渔闲话》。

高宗纯皇帝御制《五天竺说》曰:"昆仑居大地之中,天下万国环之。昆仑以东,我大清国最大;昆仑以西南,五天竺国最大;昆仑以西北,鄂罗斯国最大。今回疆与痕都斯坦相接,其国即印度故境。以中国之力,欲通五天竺国何难,但出于招致,非彼之慕德向化而来,故不为耳。"《高宗御制文集》。

海:

《左传》:"表东海者。"东海始见于此。《礼》:"推而放诸西海。"西海始见于此。《禹贡》:"入于南海。"南海始见于此。《左传》:"君处北海。"北海始见于此。以上三代言海,大都就近言之,即《汉书》所云西海亦地中海耳,非大西海也。《老渔闲话》。

东海:从小东洋至大东洋为东海。西海:从小西洋至大西洋为西海。南海:近墨瓦蜡尼一带为南海。北海:近北极下为北海。艾儒略《四海图说》。

海包国国包海:

寰海:国在海即大瀛海之中,海包乎国者曰寰海。

地中海:海在国即裨海之中,国包乎海者曰地中海。《四海总说》。

渤海:《战国策》:"北有渤海。"《列子》:"渤海之东有大壑,实为无底之谷。"魏源曰:"朝鲜、辽东、与登、莱中隔渤海。"《海国图说》。

里海:《水经注》谓之雷翥海。一名北高海。在地中海东北。

一名腾吉思海。

冰海：北海半年无日，冰叠成山，故曰冰海。《四海总说》。

黑海：俄罗斯之南，四面环绕，不通大海。《海国闻见录》。

东红海：西印度之东，小西洋之北。

西红海：西印度之西，小西洋之北。凡海色皆绿，惟东西红海其色淡红。《四海总说》。

太平海：中有七千四百四十岛。《四海图说》《四海总说》谓为东海，《海国图志》则在西南洋之间。《老渔闲话》。

洲中海：欧罗巴洲中亘一海，其袤几与地中海相亚，向无专名，今以洲中海名之。《海国图志》。

《魏书》始知地中海：

大秦国，其海傍出犹渤海。《魏书》。

地方六千里，居两海之间。《魏书》。

大秦者，西洋之意大里亚国也。自汉晋以来，皆误以地中海为大西海，独《魏书》始知其海犹渤海。自古言地中海者，莫先于此。所云"居两海之间"者，大秦之北又有洲中海。《海国图志》。

地中海、洲中海二名之始：

《魏书》但言其海犹渤海，艾儒略撰《职方外纪》始有地中海之名，《魏书》但言"居两海之间"，魏阳《海国图志》始有洲中海之名，此二海尚未为寰海也。

《七政推步》：西域玛哈穆特所作，明贝琳辑。回历即西法之旧率，泰西本回历而加精耳。《勿庵书记》。

《乾坤体义》：明西洋人利玛窦撰。万历中航海至广东，是为西法入中国之始。是书以人居寒暖为五带，与《周髀》七衡说略同。以七政恒星天为九重，与《楚辞·天问》同。《提要》。

《表度说》：明西洋人熊三拔撰。谓地小于日轮，谓地本圆体非方体。地圆地小之说初入中土，骤闻而骇之者甚众。《提要》。

《简平仪说》：熊三拔撰。以平圆测量浑圆之数，弧三角以量代算之法,实本于此。《提要》。

《天问略》:明西洋人阳玛诺撰。是书于诸天重数、七政部位、太阳节气、昼夜永短、交食本原、地形粗细,皆设为问答,以明其义。《提要》。

《新法算书》:明徐光启及西洋人龙华民、邓玉函、罗雅谷、汤若望等所修。西洋新历也。论西法之权舆者,有考于斯焉。《提要》。

《圜容较义》:明李之藻撰。亦利玛窦所授。形有全体,视为一面。从其一面,例其全体,故曰借平面以测立圜。面必有界,界为线为边,两线相交必有角。析圜形则各为角,合角形则共成圜。故曰设角以征浑体。《提要》。

《几何原本》:西洋人欧几里得撰,未详何时人。此书为欧罗巴算学专书,盖亦集诸家之成。《提要》。

初五日(2月10日)　小雨竟日,夜大雪

夜在信天堂为樗蒲之戏,与黄海岩同食。泰生招饮,不去。由笙来。发三弟书,内附紫缜、筱南各一缄。

初六日(2月11日)　寒,有雨,入夜不止

杏苑两子来谢。叶竹安来,留午饭。勉夫到馆,始令塾中作课。续南堂祭祖,有女客,复在信天堂吃饺。小渔、逸仙、海岩父子皆来,二更回。月樵言王书吏之弟某,心术叵测,几为所陷,始知余向者所见之不谬。然为其所绐者,不独一月樵矣。

初七日(2月12日)　晨间有霁象,午后复阴,甚寒

由笙来。闻翁英士已刻病殇,大兄往视之。闻嗣皇帝御名上载下湉,即十一月十六日大行皇帝推恩诏中以头品顶戴赏食辅国公俸者。于大行皇帝为兄弟,不知所生今为何王也。夜月朦胧,有圆晕。月樵来。鸿侄往娄家闸。久卿来,余欲以吾父遗田百亩质于徐姓,属久卿往,议定借番银一千三百圆。先取获稻簿籍,付其持与徐姓,语之曰："此吾父清俸所置，情不忍久假于人。他日傥有赢财，先当赎此耳。"夜读陶公"主人解余意，遗赠岂虚期"诗，知昔贤胸次清旷，正未免顾虑及此。

初八日(2月13日)　晴霁，尚寒

久卿先以番银五百圆来付泰生。韩寄沧来。由笙来。方表弟、叶表侄、春林同来，留吃年糕。作书与郑槐翁，问其病状。吉舫来，由笙亦来，同晚饭，二更各散去。是日为经理布捐事，函托邑尊转致廖度堂，从吉舫之言也。县署送府行哀诏文底来。采龄亦自天津钞寄初六日谕旨数道，知今上为醇亲王之子，入继文宗，俟今上有子，再继大行皇帝。此系两宫懿旨也。

初九日(2月14日)　晴

吉舫、由笙来。方守初来。致和送菜一席，邀吉舫、澹香、海岩、由笙同食。培升、恩元执壶，廉峰、坤斋、小渔不来。寄肯堂一缄。叶佩锵来。

初十日(2月15日)　晴，西北风甚

与在谷弟及其侄曾縠肩舆往穴湖，先谒高祖时澄府君墓、沈节孝祖姑墓，遥拜七世祖庙功府君墓，然后往祭外祖母郑太夫人墓。行礼毕，越张岙，至桐湖励家坟小憩。命舆人往寻管坟吴小狗，遥见隔堤吾家群从皆来，遂趋至海昌公及叔祖孟亭府君墓所焚纸，又至世父孝廉府君墓，又至九里山曾祖倚亭府君墓。行礼毕，饭于管坟严家。是日到者，雨皆兄、德甫弟、稷初、伯磐、叔贞与余六人。饭罢，至下陈渡答拜花布局委员廖度堂，广西人，以军功保知县，曾任天台、昌化两县者。余去时已逾午，犹未起，盖亦一鸦片鬼也。待至许久而后出见。出白酒、鸡子一瓯饷客，为之勉下一箸，即登舆而回。县丞李维楂同刘厚庵来谈。厚庵代晴翁送龙山关书。恩元、培升往季绥家中会文，月色甚佳。

十一日(2月16日)　晓阴，午后有日光

仲林来。听香来。由笙来，留午饭。魏元琛到馆来。魏慎斋来。

载飏表兄来。夜有云,风甚大。月樵今夜回慈,来谈。

十二日(2月17日) 微雨,风如昨

仲林复自马渚来,将往历山。张耀廷来。李老丙来。得洪凤洲书。赵云溪已荐于慎益钱庄,主其事者为姚采明。得槐翁复,复以一缄寄之。致让卿书。午后雨点甚紧,入夜不止,直至天明。

十三日(2月18日) 晓起雨止,复作

季绥、竹安子皆来会文,共八人,嘱小渔批阅。微雨竟日,独坐无聊。云帆寄到汪氏丛书,翻阅至夜分乃寝。得种德书,知前账重算,实系误写。

十四日(2月19日) 细雨蒙蒙,绝无晴意

由笙冒雨过谈,郁怀暂释,留一饭而去。月坡之弟来,问都寓消息,盖惑于城市之讹言也。恐方守初事不谐,致书吉舫,专人去。绣章婶母请先生,邀余作陪。余方患脚瘃,勉强一行。

十五日(2月20日) 雨,午后尤甚,入夜少

得吉舫复。得让卿复。寄三弟福州书。得肯堂复。拜祖于续南堂,又至念德堂,又肩舆至忠义公祠,又至一本堂,二更归。

十六日(2月21日) 阴

云瑞来。塾徒往季绥处会文。闻茗轩封翁初八日病故。吉舫来,留午饭。由笙来。夜,月色甚佳。与由笙闲步,行至信天堂,吉舫亦至,二更归。在协生小坐,见树上积霜甚厚,冷不能耐。是日,晨间有雪,傍晚露日。

十七日(2月22日) 阴少晴多,寒气犹甚

选卿来。东泰门族叔来。舆轿而行,至姜渡,往视吾妹。东风狂甚,遂复阴云四垂,又有雨意,归家则暮色合矣。吉舫来,知方守初事不谐矣,余言此事宜从此作罢,论若必欲夺其所与,必因忤而相斗矣。枕上闻雨声,不寐,雒诵所读诗。

十八日(2月23日) 晓霁

吉舫、由笙联袂过谈,余始披衣起。市葱饼,饱啖后皆入城去。

午后阴，旋又开朗，重裘盎然，觉今日大有春意。陈君儒标来拜吾父遗象，自言笃疾三年，未能赴吊。盖文字知己之感，常耿耿于心云。闻郑槐翁病势甚危。续南堂祭祖。吉舫回历山。东泰门族人邀陪先生，辞以感冒。勉夫将适馆慈溪，夜话良久。二更，月光甚皎，未几又有浮云蔽之。始闻城中两钱肆主人有违言。仲养内兄弟叶吉园来见。

十九日(2月24日)　阴

族叔九畴来。由笙来。月樵来。午刻雨，旋益加密。作札与廉峰。廉峰来送勉甫行，留夜饭。勉甫冒雨登舟，送之江浒。廉峰至二更持伞而归。两声浪浪，入夜不止。闻伯嘉与博徒游，又与市娼狎。"借曰未知，亦既抱子。"吾亦安能常以苦言相督哉！

二十日(2月25日)　大雨竟日

祠中会文者八人。"博学"至"吾何执"，"非必丝与竹音"。由笙将之方桥，来别。佩锵来，同吃荞麦饺。姜蕙生来。读陶诗，竟一卷。昨阅邸钞恭悉嗣皇帝于去腊奉两宫懿旨，择于今日登极。臣在三年丧中，惟有北望阙廷，私自颂祷而已。夜诵左太冲、郭景纯、刘越石、卢子谅诗。

二十一日(2月26日)　晨间微雨，午后云阴稍开

得杏师去腊廿五日书，云京寓内外均平安，可以放心；又云都中少雪，天气较去年略冷。十一月廿八日所发书已到。两宫垂帘听政，朝事安静如常。王仲莲学士经陈六舟劾奏，奉旨革职，永不叙用。据都中传言，曾以春册进御，得邀弘德殿行走之命。故此次折中另有密片，云书系张子仙世兄由航船寄来。黄履斋来。寄都寓书，定儿一纸、杏师两纸，又附子仙家报一缄。读明远诗。阴云黯黯，至夕不开，良友不来，古书相对，以自怡悦而已。

二十二日(2月27日)　雨止而云犹渍，傍晚愈密

东泰门族人来。

二十三日(2月28日) 阴,有日光

晓起得郑钟骅书,知槐翁昨夜病卒,惜哉。得定儿本月初六日都寓书,知腊月七日所寄书初四日收到,内附桐孙书一缄,嘱代送蒋约夫奠仪四金,施乳娘家书一缄、狗皮膏三个,嘱另划付伊家钱十千。得沈云帆书。得肯堂廿一日书,云已为虞官街公局购得洋龙一架、灌水袋一箱,计壹百五拾圆。得春生二十日书,附题目一纸,即作书寄与琴史。午后天气开朗,刘厚庵来谈。致伯庸昆仲书。得吉舫片,为浒山书院请邑尊开课出题事。

二十四日(3月1日) 晓阴,午后又雨

廉峰今日到馆,请月川、海岩、久卿作陪。树侄自甬回。塾徒往叶处会课,两文一诗。入夜,雨甚密。余因午餐过饱,啜粥。日耳曼兵一百三十二万九千六百,将士三万一千八百三十,共一百三十六万一千四百三十人,战马三十一万四千九百七十匹,炮三千三百二十架,今增至一百七十二万二千一百四十八人,运粮军士三十三万五千人。法郎西兵一百零九万八千四百人,可临战阵者六十余万人,现增额兵较日耳曼少十万人。俄罗斯兵一百三十七万六千八百六十人,可临战阵者七十六万人,现因日耳曼增兵,亦议大募重兵,屯于连界之所。英吉利兵最少,除印度与各岛驻兵外,本国仅二十八万人,可临战阵者九万三千人。

二十五日(3月2日) 阴,有风,傍晚欲雨,未成

东泰门送糟蛋。龚心一来。方轶廷俦来。得勉夫书。云头浓厚,如坐漆室中,不见天日,枯坐纳闷而已。

二十六日甲子(3月3日) 晴,有风

入春来第一日好天也。遣诸媪以致和钱折持与四妹,并以书示仲林,言其积亏太多,暂时相助之意。足疮初愈,过信天堂,临郑文公碑数十字。张玉声适来,与之偕至实获斋吃水饺。晚间大嫂招吃曼首饺子,味甚佳。因海岩将于明日往山上立界碑,坐候其来。不来,遂归。云瑞来。

二十七日乙丑(3 月 4 日)　晴,风亦止

蔚亭先生来谈,留午饭。季绥、佩锵、小渔同来。徐墟来。请复初为先生,而复初已应郭聘,不克去。宗孙来,为余言其故。

二十八丙寅(3 月 5 日)　晴

让卿来,晚饭后在舟中宿。久卿来,又以徐氏家酿见赠。祠中会文者十一人,两文一诗:“身修而后”至“修身为本”,“如彼其专也”,“新松恨不高千尺”得“高”字。属云瑞于让卿荐入致和习业。

二十九日丁卯(3 月 6 日)　晴暖,似三月

让卿来,旋往元泰,午后复来。夜间热甚,四更始倦去。元泰、致和皆招饮,皆不去。招让卿下榻实获斋,则已宿于致和,叩扉不开矣。

三十日戊辰(3 月 7 日)　淡云微雨,时露日光。础石皆湿,午后阴云愈厚矣

祠中木笔作花。谢老薇来,知连山已由沪至。让卿午后解缆回去。久卿以番银七百三十圆来,盖押田价也。即交泰生,内少七十圆,系代还月坡欠款。塾徒到小渔处会文。作书致海如。作寄家书,定儿一纸,月坡一纸,附魏厨家报,托子长携往都中,附布五匹,银三十两。汪婿家有人来,对余言聘币之色若何,又无渠源之书,但持其名柬遥相问讯,其语俚鄙不可听,麾之令去。夜雨,疏密相间。蔚亭寄理庵之件,付其仆携归。

二月朔日己巳(3 月 8 日)　阴,微雨,稍寒

念德堂谒祖焚纸,到者八人。作让卿书,言致和退出半股之意。肩舆送子长明日入都,即以家书托其转致。徐月川与曹达夫、史九成来。佩锵来。得三弟正月廿四日福州书,云腊月廿七、正月初二先后吐血两碗,痰中见血半月有余。现有郑香岩茂才发药,以温脾为主,目下尚未吐得,惟咯痰未止,喜胃口已好,夜眠尚熟。畴昔之夜,父亲忽来,抚吾背而谓之曰:“阿三,汝去不成!”俄而宋仆持药来,被他唤醒云云。执函流涕,食不下咽,为之废餐。伯嘉来祠中读书。

初二日庚午(3月9日) 阴

作三弟书四纸、王补帆中丞书三纸，附刘厚庵与三弟书，寄中洲晋德号陈介甫转交。塾徒往叶宅会课。“思无邪”合下一章，“何以异于人哉?”。诸一斋以查声山所书徐健庵尚书《黄忠端祠堂记》见示，真迹也。三弟书中至华、泉两署赔缺，强赴龙溪之任。杏师之事无力攸助，俟诸异日再作一纸寄杏师，托子长转致。子长定今夕启程。午后大哥有一纸寄与三弟，复封交恒泰转寄。三弟之远行也，为月岩房米账、姜渡殴差两事，有诬之者，遂决计他出。余亦力劝其行，恐其以忧致疾也。不谓行甫二十余日而病作。今晚招德夫弟、稷初侄问米账事，并使往问月嫂。又招陶萼楼于县署，问其众差催粮之时，何以向姜渡人说。“陶十四老爷叫我推到三少爷身上，所以我们说三少爷叫我来的。”此言必有所受，非你则司阍，非司阍即库房，必须推问明白，以剖其冤。以弟疾恐致伤生，忧之颇甚，当食而废。夜间风雨交作，益增愁思。为德夫、稷初作月岩房薪记、米钱字据。薪记洋银三百零六圆五角六分，系月岩、雨皆合做米业所余之款。做米停止之后，月岩无帐簿，雨皆有帐簿。据月岩云，此款应归月岩；据雨皆云，应归雨皆。两人争论未决。姜仲林将此款存放致和酱园，不准两家动用。此同治九年十一月事。自九年十一月廿八、十年正月廿一、三月初四、廿九等日，先后付月岩房二百八十四元，其年年终揭账存洋钱廿二圆五角零八分。十二年十二月初十日，收月岩房洋钱一百六十二圆零，年终收息洋十八圆零，揭账存洋钱二百零三圆零。十三年二月初十，收洋廿八圆零。七月二十日，收息洋拾二元零，揭账存洋二百四十三圆零。时月岩患病，公议将薪记洋款划入致和月岩房承记名下，作钱二百九十八千八百十二文，尽归月岩。惟此款系月、雨两房所共，今既议归月岩，月岩倘有不测，不能向雨皆别生枝节。议甫定而月岩去世，经纯之、南亭两族长公议，令雨皆出钱三百千，为月岩超度医药之费。雨皆典屋付价，共付月岩房见钱一百九十五千，票钱一百零五千清讫。其时雨皆贫病交迫，公议因雨皆既另出钱文为月岩身后费用，商同月岩嫂从划入承记名下薪记之钱，提出一百零五千归与雨皆。月嫂当下答应，并无异言。以上皆十三年七月事也。光绪元年二月初二日，各房公议之人恐日后无凭，立此字据，各执一纸。

初三日辛未(3月10日)　阴晴相间，午后有雨

刘厚庵来，为言冒托镇夫催粮之言，差役必有所受。究其主使之人，镇夫之冤不辨自明。我意实在萼楼。惟既为邑尊胞弟，旁人必不能显言。现惟于萼楼之下，差役之上，于司阍库房之类，究办数人，则虽于萼楼无与，而此事可得其要矣。不得以打差革役苟且了事。不然，当辞退讲席，送缴关书耳。厚庵唯唯而出。陆有章书来，带到一巢母舅丰大参局洋七十元、坤记息洋十二元，即送交致和。得海如书，寄到书局正月分修金一缄。夜作与刘厚庵书。廉峰今日不来。

初四日壬申(3月11日)　晓雾甚重，天势欲垂，未几即雨

久卿来。谢老薇来。经连山道候，不复来见。大哥来，余为言去年为仲声辨诬，急谋遣嫁阿绣事。当时仲声之诬，因大嫂言系仲林与月嫂串通，嫁名仲声，冀以关大哥之口。其时愤气充塞，断而行之，立罢仲林生业，逐阿绣远去，函致其母舅，速为遣嫁。凡此皆以为仲声也，即以为大哥也。大嫂及从子女皆已切齿于仲林、月嫂之串污仲声，大哥反信月嫂污蔑之言以疑仲声，令其改服贾业。苟有人心，岂忍坐视，况为亲阿叔者哉！余与镇弟为仲声辨诬，而大哥反疑两弟有欺侮月嫂之事，怀疑不解，致镇弟愤极出奔。倘不幸我两人先死，大哥其何以自安？天日具在，大嫂及阿迟之言，至今可质也。阿绣弱女子，不足深责，仲林与月嫂何故疑惑吾兄一至于此！且仲林之罪，大兄今已知之矣，何犹疑其两弟不止耶？

初五日癸酉(3月12日)　阴晴参半，傍晚雨，夜有雷

黄海岩来。三太公来。陈月樵来。有陈崇恩片来拜余，未识其人，不见之。大哥自署中来，知涂朗轩方伯为人杀死，想由散勇哗饷之故，抑哥老会乘时蠢动耶？台州又有滋事之说。

初六日甲戌(3月13日) 雨止而阴,不散

连日为三弟得疾,心中作恶殊甚,日仅一餐,夜不能寐,口中作苦,殆无生机矣。东泰门族祖来。黄履斋来。塾徒会文八人。"至于用力之久,而一旦","若于齐"。捡楼《攻媿集》《明文授读》两书,付还理庵,令其仆持归。

初七日乙亥(3月14日) 午晴,未几有雨,旋止,风甚狂

海昌公忌辰,伯嘉值年。行礼后不能与饭,即归祠中。得定儿正月十二日一缄,内有子腾初十日书、退庵初四日书。又得正月十一伯庸津上书。海岩来。胸间胀痛。韩王哥来,到承德堂闲谈,旋至协生小坐。月色颇佳,惜东风狂甚,风止而云合矣。子长之姊来慰其妹,谓余盍劝弟不必归。月樵来借《通鉴》。仲声送恩元往虞。

初八日丙子(3月15日) 微雨竟日

晨间,大哥在案头作书,劝三弟速归共营葬事,余亦作数行,一同封寄,托恒泰。肩舆往护军潭,扫邻龙府君墓。天雨,设祭丙舍内。饭毕,访海岩不值。海岩访我实获斋。得海如复,初五日寄。四更,闻韩、魏两童起,趁县大夫试。余以大雨初止不能着履走送,在枕上私祝其文字得意而已。

初九日丁丑(3月16日) 阴,微寒

得仲声昨日虞城书。得定儿正月廿七京寓书,内有梅先家信。张师廿四日就金井胡同何吏部之聘矣。伯庸廿七日回京。都中前月廿三日大雪一昼夜,厚至三寸,而吾姚则是日转有晴景,晴雪之不相同如是。毛雅舫来。晚饭后,踏月入城,至泰生守候小试者,伯磐先出,元琛次之,漏尽而培升尚未,余与元琛先归。晤谢昆斋、胡雪峰、叶佩锵、刘祝三、谢珏人、杨酉香、姜馀甫、翁杏苑诸君。与卢立斋书。县试首题:"止于仁,为人臣","将之楚"至"道性善"。

初十日戊寅(3月17日) 薄云四布,不漏日光,夜雨

黄蔚亭以其新编《忠端年谱》二卷属校谈,久始去。蒋约夫子曰衔来。作家书。傍晚,身上作寒,拥衾而始卧,始愈。培升今夜回家。

培升、元琛、绥然、厚基各以试作来，闻昨日枪手颇多，小渔、佩锵、逸仙及胡宝华、黄福垌皆在其中。子长之姊着媪至余处，筹所以解其妹之忧者，请伪造三弟书，言病已不发云云，余诺之。祠中一桃、一杏、一柳，萼破小红，芽抽嫩碧，于浓阴奄霭时对之，倍觉可爱。遥想长安二月，尚是满目胡沙矣，无处觅一点春色也。

十一日己卯(3月18日)　小雨未成，浓云犹渍

得仲声书，寄到恩元试作，首题"上焉者"，次"虞仲、夷逸"，诗"海鸥戏春岸"得"春"字。恩元首艺未能认清上字，兼有侵下之处，恐不招覆矣。午后，与龚心一登四明阁远眺，暮色四合方归。

十二日庚辰(3月19日)　晴，晓寒午暖，夜有月

肩舆扫忠义公墓于大风山，即在招寿山庄享饭。午后至泰生候案发，日暮方知培升第二，元琛第十，厚基十四。二更归。晤佩锵、小渔、逸仙诸君。以头图案钞寄勉夫。泰生所存之洋目暂时清账，嘱谢老薇划存元泰。

十三日辛巳(3月20日)　晴，东北风甚大

肩舆往穴湖扫庙功府君墓，归家午饭。养吾来，知莳栏昨夜自扬州回。金三表兄自山中来谈。刘厚庵送县试前十名卷来。得仲声书，知恩元考列三图第四。龚心一宴余于四明阁，招廉峰不至。卢立斋过谈。

十四日壬午(3月21日)　春分。晴，午后有云而风

立斋来。选卿来。廉峰来。严筱南来。吉舫来。王芸阁来。知理庵三郎县试头场第一，与大哥同。吉舫、廉峰至泰生接场。亥正放头牌，题为"其不改父之臣"至"为士师"，经题"桃始华"两句，诗题"尽在苍梧夕照中"。伯磬、元琛丑初出场，余与元琛同归。在泰生同席者，有逸仙、佩锵。慈邑县试题"民之不能忘也"至"前王不忘"。

十五日癸未(3月22日)　晴

得铁江正月三日成都书，云十月廿二抵汉口，次日与周松仙大令同行，十一月朔至沙市镇换船，初三开行，初八至宜昌府，初十开行，廿三至万县登陆，廿六由万县陆行，十二月初十到成都，廿一日钟蘧庵观察报销局总办兼管康家渡厘局。邀往同居。日昇昌银号转寄四川省城布后街候补道，钟转交试用知县酒资百钱。自到省七八日中，各宪均已见过。十八见制宪，二十即蒙札委新设尊经书院事，月得薪水二十金，银价每两一千四百九十。知县补缺之例，大八成三人，大四成一人，各班一人，川省虽即用，亦须指花样方能即补，他无论矣。省场同年有彭毓药署泸州、马德征、茅晟熙、程燕昌湖北大挑、黄康年广东大挑、熊士英贵州候补县及王子竹七人。一本堂春祭，余往行礼。今日为山货大市日，自接官亭至滴露庵，行人如蚁。登城下观□，见朴风未散。饭余到泰生小坐，即归。送严筱南行，筱南今日奉母到省也。杏苑来。陈月樵招饮，有吉舫、乾纲、云楼。昨睡过迟，今日巳刻始起，然不能支矣，二更即枕。

十六日甲申(3月23日)　晴，微寒，午后暖，有东风

肩舆往一本祠小坐。出老西门至鹤园拜扫毕，复至祠中享饭。上虞头覆题“而不与焉。子曰：‘大哉！’”“帝德广运”，诗题“日月光华”得“华”字。午后甚倦，殆由前日夜坐过久故耶？灯前温前所读诗。以泰生余洋九十三元收致和铁箫记下。

十七日乙酉(3月24日)　晴

立斋为改捐大八成训导事，棹舟过谈，适吉舫亦至，留午饭。饭毕，同往泰生候初覆案发案。培森仍第二，元琛第六，厚基第十三，绥然自三图拔至第五，可喜也。案首邹洪，吉舫以他事留。余与大哥出东门，在信天堂晚餐。韩王哥同席。点滴堂义祭，有客不去。

十八日丙戌(3月25日)　晴

侵晓，与恒、幹两犹子肩舆出江南新南门，过南庙，穿左溪，越金嶼，至冠佩始祖墓前。族人到者城乡二十余人。行礼毕，享饭于族兄维昆家，共四席。自甲寅春随吾父来此，已二十二年矣。山色依然，松楸无恙，念之慨然。未刻回至金嶼，金三表兄、四表兄具茶果以待，絮谈良久。到鲁家巷赵子新家，晤其兄鉴湖，并令子新二子出见，长曰桂生十二岁，次曰黄生五岁。子新之母夫人方患头风卧床，右目几成废疾矣。话匆匆而别。至南庙小憩，又至战场桥金小穀家索茶，饮罢即行，归已日暮矣。知刘厚庵与胡光甫仁耀过访，适余已入山，仅啜一瓯茶而去。今日天气暖甚，微躁，夜有大风。寿生叔之妻言旧有款在致和，属转查。呼甲名至园中查帐，知此款已于同治七年付清矣。

十九日丁亥(3月26日) 晴

书折扇三柄。盥发。编书。晚饭后与大哥、海岩步至泰生接考，幹侄、少岩从，十二下钟归。昨日坐轿入山，脊骨痛甚，今日犹未愈也。二覆文题"或相什伯"；诗题"一一吹竽"；赋题"如姬窃符救赵"，以题为韵。伯嘉五牌出场，韩、魏两童天明缴卷。四妹以鱼松、茶叶蛋见饷。使者云吾妹牙痛新愈。

二十日戊子(3月27日) 晨阴，午后有雷声，骤雨

得定儿京都初九日书，附到龙门令杨生成爻、广西学使吴生华年两书。杨去滕接篆，吴有炭敬五十金寄京寓。有和祥家信。邵懋斋先生与其戚俞姓来，坐久无一语，不知其何为来此。龚心一得一子，邀吃喜面。编书。仲林自第四门过此来坐。午后骤雨即止。夜暖甚，复闻雷大雨，廉纤至晓。紫荆花大开。夜卧不安。

二十一日己丑(3月28日) 晓雨，风甚大，午后阴而风不止，颇寒

案发，韩一、周二、伯嘉四、魏五、史久成八。上虞二覆题为"亦有外与"，诗题"二月湖水清"。闻肇基于今日得一子。写楹帖二十五副。到信天堂小坐。夜卧不安。

二十二日庚寅(3月29日) 阴

得上虞二覆案，恩元复由头图四十七下至二图卅五。谒祭吾父殡所，邀海岩、佩锵、韩王哥享饭。海岩午睡，余同佩锵登四明阁眺望，徙倚久之，佩锵辞去。今日县试，三覆题为"窃比于我老彭""归伴儿童放纸鸢"，拟王右丞《桃源行》七律六首：《息妫》《邓曼》《简璧》《季芈》《齐姜》《燕姞》。作伯庸书、子新书。夜风甚，有雷有雨。

二十三日辛卯(3月30日) 晴,西风

侵晓下船,往小渣湖谒吾母墓,鸿、幹两侄从,海岩、韩王哥亦同去。午刻行礼,并拜鹤野府君墓。云贵嫂值年,锡元、锡桂叔皆去。未刻归舟散胙,申刻到家。季绥中风,今日卯刻逝世。方欲拥衾小睡,廉峰、霞轩来谈,遂至信天堂。次庭由鄞往杭,陈表弟由绍归姚,皆晤谈。马明鉴上是镜字寄到陈生文炳霞轩炳会试卷四本,又黄漱兄贵州闱墨一本,而无信。晚饭后即睡,夜半即醒,诵所读诗。杨馥生来。

二十四日壬辰(3月31日) 晴,风未息

由笙侵晓来谈,季绥之妾请其主丧也。三覆案发,周一、韩二、邵三、魏四、伯嘉九。复吴峻峰学使书。嘱馥生孙书。陈书玉吉士、胡光甫舍人过谈,大哥招令作陪,三更始归。是晚,徐老廷因廿一日得一孙招吃面,不竟席。

二十五日癸巳(4月1日) 晴

县试第四覆题为"君子之至于斯也"一句,塾徒皆缴卷。早出,得上虞信,知三覆题为"夫达也者"二句,《谢傅东山赋》以"斯人不出,如苍生何"为韵,《书声琴韵》七律两首。由笙来。蔚亭先生来,言自营寿圹于玉井亭,朝出暮归,已数日矣。拟自题其前曰"清孝廉黄蔚亭山人之墓"云。陈亚苏来,吊茵士、啨士栏。徐老廷复招吃面,勉赴之。闻朱修伯太常病故,邵茗仙归家。

二十六日甲午(4月2日) 晴

得上虞三覆案,恩元考列头图十一。肩舆往九垒山拜扫曾祖资政府君墓,暖甚汗出,散胙于德夫家。大哥处晚饭,海岩同食。从亚苏处假观《三希堂董帖》。亥初,县署送统案红单来:一、韩培森,二、邵文濂,三、周维翰,四、魏琛,五、张瀚,六、王榛,七、杨文江,八、史久成,九、朱厚基,十、谢正树。正树,菊生之子也,年十六,能诗。

二十七日乙未(4月3日) 晴,东风

寄都寓书。峻峰一、子新一、伯庸一,内有立斋汇票,定儿一。肩舆往桐湖拜扫祖父海昌府君墓、叔祖孟亭府君墓,信天堂散胙。士栏来谢。实获斋紫荆盛开。稷初往上虞，令甲名同仲声往王婿家。作光甫、书玉两缄致歉意，令仲声持与。勉夫自杨陈来。

二十八日丙申(4月4日)　晴，暖甚

肩舆往后横潭祭扫四世祖，亦中府君墓。旋往穴湖扫高祖时澄府君墓及曾祖姑妣沈节孝墓。行礼甫毕，忽觉雨点沾衣。遥望山头，皆有雾意。急归，则风从西南来，雨势尚缓。途遇半浦郑氏表弟，亦以扫墓来姚，立谈而别。魏元琛归家。致三弟书，又致肯堂书。陈表弟来。郑宅庶舅母从穴湖扫墓回，棹舟来此，续南堂留晚饭。紫藤花大开，已有落英矣。园丁刈草，余亦持铲相助。夜有雷电，初更即雨。

二十九日丁酉(4月5日)　清明。雨，疏密相间

陈由笙来。忠义府君清明祭，肩舆往祠中享饭毕，在泰生小坐。吊叶季绥之丧，遇咫颜兄弟，不语而归。上虞四覆题"故进之，由也兼人"。勉夫来，唤其子扫墓。由笙云邹洪二覆，第一文乃吾父旧作，邹转假于姜渡而录之者。令阿幹钞底存稿。今晨着凉，肌肤有拘束之意，蒙被早寝。

三月朔日戊戌(4月6日)　阴，雨意犹浓

得张子仙信，假洋八元，如数予之，托云瑞转交此昨日事。追远祭，雨皆值年。由笙、勉夫皆至，留同散胙。

初二日己亥(4月7日)　晓有日影，午阴甚重，大有雨意

念德堂义祭，拜者四人。实获斋享饭。得三弟廿五日中洲书，云下趟海龙船便即来。大哥持示翻宋本《柳州文集》。

初三日上巳庚子(4月8日)　雨

率韩、魏两童及伯嘉侄进见邑尊，留午饭，厚庵、可斋、叔贞侄同饭。韩王哥来。仲声与恩元自上虞回，恩元统案廿三。伯磐侍谈良久始去。

初六日(4月11日)

夜塾徒往，招树、幹两从子同去，勉夫□。

初十日(4月15日) 晴

明日为余四十生日,有以贺物来者皆谢。

十一日(4月16日) 晴

为余四十生日。晨起谒祖庙,焚香于吾父、吾母前。与家春山、陈月樵往东岳庙观乡人礼神,盖为吾姚今日社事之始。僧浩然出素面饷客,食之甚甘。薄暮归,大哥为设酒肴,并招黄海岩、韩勉夫、家克恭同席。

十二日(4月17日) 晴

十三日(4月18日) 晴

得定儿初一日书。

十四日(4月19日) 晴

观龙舟。得三弟初七中洲书,言雅南、林颖叔往楚,船到秣陵转,有聚庆家信。

十五日(4月20日) 晴

先祖海昌公生辰,伯嘉值年。

十六日(4月21日) 晴

坐舟至黄山桥江口观社事,陈月樵并具酒肴相款。未刻回棹,仍在协生为叶子戏,三更方归。蔚亭、偲颜、竹安见访,不值。月樵拟与海岩家春函。

十七日(4月22日) 晴

十八日(4月23日) 晴

黄尉翁来,言余姚潘笋如余庆之质信不可多得,惟文采稍乏耳。为冯省垒书墓碑。夜,凤亭乡灯社人在门口佶阵,观者甚多。

十九日(4月24日) 晴

到实获斋捡书,闻都中又有火丧,黄选卿言沪信云然。东泰门族叔来,言嘉兴令□□游诏书已于昨日到县。忠愍公祭,令伯磐去。

二十日(4月25日) 阴

为□叶子戏。福垧自沪至夜有雨。发都信,附致莳香小题一册。

廿一日(4月26日)　大雨竟日

帖贾承烛半两宫七帖□□□□□族人有□□者。

廿二日(4月27日)　雨止而寒殊甚

非□□不暖。卖笋人云山中□□□□□试案,周一、张瀚二、韩三、魏四、朱七、邵八。

廿三日(4月28日)　阴寒

拜扫鸿胪府君墓,兼谒天后宫。作海如书。

廿四日(4月29日)　晴,渐和缓

亚苏札索还三希帖。履斋来。西香来。吉舫来。

廿五日(4月30日)　晴

伯磐自石堰回,西香亦至,共为叶子戏。得镇第十七日关署书、定儿十五日京都书。得树侄昨日书,知恩元二覆案出第一。

廿六日(5月1日)　晴

与伯磐往闸波桥烧纸。饯邀西香与俱,遂肩舆登茅岗,晤陆道士及其徒曹未。岭□峻仄处,舆不能行,复至罗□山高禖祠,□□□以□接而行,汗流彻体。小憩,遂下山,至沈闸舟中,归已暮矣。大兄亦自石堰归。

廿七日(5月2日)　阴

黄莳来,言潘笋如之质信,属余纪其略。午后同大哥访亚苏,适学暗自萧山归,晤谈良久,薄暮始归。

廿八日(5月3日)　晴

杨馥笙来。致三弟书。

廿九日(5月4日)　阴

□□、海岩来。食鲥鱼。□□□斑鸠。

四月朔日(5月5日)　阴

谒祖祠。海如自杭来,以龙井茶见饷,为代购杭纺一斤,又市得余姚茶叶三斤,价一千五钱零。廉峰来。夜有雨。

初二日(5月6日)　立夏。阴雨相间

秤人,余得九十七斤,大兄得九十八斤。二太公来。澮香来。

初三日(5月7日)　晴

二太公来。九叔集适旨试案到,绥然十一名。得幹农慈溪书。

初四日(5月8日)　阴,夜有雨

君扬族祖率其从弟季栏来。季栏先生麾东电其父澄海官取回家小试也。亚苏、学黯来为叶子戏。得树侄书,恩元二覆第三。

初五日(5月9日)　阴

午后在协生,夜在恒泰。二太公来,不值。

初六日(5月10日)　阴

塾徒自杭归。午后得信,余姚邵一、周二、韩三、史四、魏五、朱六、杨七、王八、谢九、吴十。午饭在协生,夜间在恒泰。何老中来。海岩来。黄鞠令弟来。夜有雨。

初七日(5月11日)　阴

忠义公忌辰,到祠谒拜。至泰生小坐。晤吉舫、海岩。致书酉香,索观蒋刻《汉纪》。得恩元府试第一信,得半浦郑氏信。

初八日(5月12日)　阴,微雨,郁闷殊甚

闻书年到京,寄去茶叶一瓶。得定儿廿五日书,知阿伦将种痘。选卿来,四明阁为叶子戏。夜雨甚大。得吉瀛帆书。

初九日(5月13日)　阴,有雨,午后止雨,云不开,仍作暝色,较昨微寒

三姑母送余四十礼物,收寄首盖误以为四月十一也。家中饲蚕无暇,日觉树□□君为叶子戏。

初十日(5月14日)　阴,夜有月色

履斋翁来,告适京之期。翁莳栏来。

十一日(5月15日)

得让卿书。作致笛仙书。昨夜睡迟,今日颇觉疲惫。写楹帖。

十二日(5月16日)　晴

种德寄到三百分,局修七十四圆。廉峰来。逸仙来。

十三日(5月17日)

十四日(5月18日)

在四明阁。王老筠回家。吃蒸馄饨。

十五日(5月19日)

得三弟十四日沪书、阿六初五日京书、伯庸前月廿二日津书。在四明阁。谢茗仙来。为致伯声书一缄。

十六日(5月20日)

在四明阁吃烧麦。

十七日(5月21日) 晴

与三弟书,托买金桂子。吃松花年糕。

十八日(5月22日) 晴

王质甫来。得杏师三月十六日书、汇银四十两,即付云瑞四十九圆,以是五十七圆之数。

十九日(5月23日) 晴

逸德□先生以萝卜干、茶簪送天津姚氏,又托致京寓书夹、簸箕、大小布、纺绸之类。到泰生吃黄鱼面。得蔚亭书。署中送课卷来。

二十日(5月24日) 晴热

陈蔡卿为课税事来。

廿一日(5月25日) 晴

福建书范带到。翁俊鸾来。陈挺香着人来说添捐事。吃黄鱼面至饱。小谷来,为恩元诊脉。王次亭来。得让卿复。翁阿桐来。费华客来。

廿二日(5月26日) 阴

卢立斋以捐款尾找五十七洋来。

严中丞枉驾见过

元戎小队出郊垌,问柳寻花到野亭。
川合东西瞻使节,地分南北任流萍。

扁舟不独如张翰,白帽还应似管宁。
寂寞江天云雾里,何人道有少微星。

奉酬严公寄题野亭

拾遗曾奏数行书,懒性从来水竹居。
奉引滥骑沙苑马,幽栖真钓锦江鱼。
谢安不倦登临赏,阮籍焉知礼法疏。
枉沐旌麾出城府,草茅无径欲教除。

严公仲夏枉驾草堂兼携酒馔

竹里行厨洗玉盘,花边立马簇金鞍。
非关使者征求急,自识将军礼数宽。
百年地僻柴门迥,五月江深草阁寒。
看弄渔舟移白日,老农何有罄交欢。

送路北侍御入朝

童稚情亲四十年,中间消息两茫然。
更为后会知何地,忽漫相逢是别筵。
不分桃花红胜锦,生憎柳絮白于绵。
剑南春色还无赖,触忤愁人到酒边。

送王十五判官扶侍还黔中

大家东征逐子回,风生洲渚锦帆开。
青青竹笋迎船出,白白江鱼入馔来。
离别不堪无限意,艰危深仗济时才。
黔阳信使应稀少,莫怪频频劝酒杯。

章梓州橘亭饯成都窦少尹

秋日野亭千橘香，玉盘锦席高云凉。
主人送客何所作，行酒赋诗殊未央。
衰老应为难离别，贤声此去有辉光。
预传籍籍新京尹，青史无劳数赵张。

奉待严大夫

殊方又喜故人来，重镇还须济世才。
常怪偏裨终日待，不知旌节隔年回。
欲辞巴徼啼莺合，远下荆门去鹢催。
身老时危思会面，一生襟抱向谁开。

奉寄高常侍

汶上相逢年颇多，飞腾无那故人何。
总戎楚蜀应全未，方驾曹刘不啻过。
今日朝廷须汲黯，中原将帅忆廉颇。
天涯春色催迟暮，别泪遥添锦水波。

奉寄章十侍御

淮海维扬一俊人，金章紫绶照青春。
指麾能事回天地，训练强兵动鬼神。
湘西不得归关羽，河内犹宜借寇恂。
朝觐从容问幽仄，勿云江汉有垂纶。

将赴荆南寄别李剑州

使君高义驱今古，寥落三年坐剑州。
但见文翁能化俗，焉知李广未封侯。
路经滟滪双蓬鬓，天入沧浪一钓舟。

戎马相逢更何日，春风回首仲宣楼。

奉寄别马巴州

勋业终归马伏波，功曹非复汉萧何。
扁舟系缆沙边久，南国浮云水上多。
独把鱼竿终远去，难随鸟翼一相过。
知君未爱春湖色，兴在骊驹白玉珂。

将赴成都草堂途中有作先寄严郑公

得归茅屋赴成都，直为文翁再剖符。
但使闾阎还揖让，敢论松竹久荒芜。
鱼知丙穴由来美，酒忆郫筒不用酤。
五马旧曾谙小径，几回书札待潜夫。
处处青江带白蘋，故园犹得见残春。
雪山斥候无兵马，锦里逢迎有主人。
休怪儿童延俗客，不教鹅鸭闹比邻。
习池未觉风流尽，况复荆州赏更新。
竹寒沙碧浣花溪，菱刺藤梢咫尺迷。
过客径须愁出入，居人不自解东西。
书签药裹封蛛网，野店山桥趁马蹄。
岂藉荒庭春草色，先判一饮醉如泥。
常苦沙崩损药栏，也从江槛落风湍。
新松恨不高千尺，恶竹应须斩万竿。
生理只凭黄阁老，衰颜欲赴紫金丹。
三年奔走空皮骨，信有人间行路难。
锦官城西生事微，乌皮几在还思归。
昔去为忧乱兵入，今来已恐邻人非。
侧身天地更怀古，回首风尘甘息机。

共说总戎云鸟阵，不妨游子芰荷衣。

……鹊桥。
更肯红颜生羽翼，便应黄发老渔樵。

登　楼

花近高楼伤客心，万方多难此登临。
锦江春色来天地，玉垒浮云变古今。
北极朝廷终不改，西山寇盗莫相侵。
可怜后主还祠庙，日暮聊为《梁父吟》。

院中晚晴怀西郭茅舍

幕府秋风日夜清，澹云疏雨过高城。
叶心朱实堪时落，阶面青苔先自生。
复有楼台衔暮景，不劳钟鼓报新晴。
浣花溪里花饶笑，肯信吾兼吏隐名。

宿　府

清秋幕府井梧寒，独宿江城蜡炬残。
永夜角声悲自语，中天月色好谁看。
风尘荏苒音书绝，关塞萧条行路难。
已忍伶俜十年事，强移栖息一枝安。

凉已难禁冷未成，一重镇日下帘旌。未沾树有萧骚意，欲雨虫多细碎声。灯影近人差可爱，簟纹如水却无情。绵衣早晚安排得，病骨年来太度生。《笠湖》

轻云隔树作烟散，昨月上阶如水流。笑语喁喁凉叹变，乱虫吟碎一庭秋。

光绪二年丙子(1876)

正月二十日壬子(2月14日)　晴

陶杏垣来。子新辞去移寓东江米巷安怀药肆。铁笙来。邀杏垣、秀珊、玉粟、芍洲、笛渔、少虞、季和及杏师小酌。

廿一日癸丑(2月15日)　晴

吊殷小谱庶常及勉甫兄弟母丧。答曾舍人金章、温味秋。续消寒会,招同人小集,刘景臣、陈桂生不到。黄植庭放大顺广道。

廿二日甲寅(2月16日)　晴

伏生小便复不畅。杏垣来,复同至钱犀伯师处视疾。应童副宪师与张竹晨世文之招。縠士、仲山招陪六舟,曾金章、季士周、陆伟、朱子京同席。希伯、元甫招饮广和居。容甫学使来。

廿三日乙卯(2月17日)　晴

得芸泉札。访蓉洲、子鹄、芝浦,不晤。晤蓉浦。应铁笙之招,容甫、味秋、桂生同席。温侍郎葆琛奏请开缺,以翁常熟师升补。子骏篆刻岳书《出师表》、杨少师《韭花帖》见赠。得蓉洲书。

廿四日丙辰(2月18日)　晴,午后阴

是日,上自祈雪。雅南来。星垣来,方以黄柏为君。入城贺翁师。晤孝凤,答倪孝廉钊。陈芑庭中允翼来。

廿五日丁巳(2月19日)　晴,较昨微寒

子新来。星垣来,言肺热结于膀胱,以阿胶为君,川楝子等佐之。味秋馈川物四种,受其二。藕粉、薛涛笺。答张幼樵、陈桂生,不晤。晤子骏、学黯。万师自隆福寺回京,往谒不值。夜阅庶常赋课。

廿六日戊午(2月20日)　阴,甚寒

星垣来,仍用川楝子加胆草,佐阿胶等多品。午后服药而呕。夜饭后,腹痛七八次,遂泄,泄已复吐,干呕而止。熟睡至丑时,索饮,言腹难忍,复泄,泄止作呕吐状,干呕而已。无小便,屈身覆睡,以枕承其胸，旁皇至晓。访孙前辈钦昂不值。赴子骏、嵩云草堂之招，到者南坪、监唐、味秋、桂生、植庭、景臣、云泉、芝生。片致袁子久保龄，索观《实录馆凡例》。贾小樵放登州府。原放者为刑部奎光，丁忧而军机不与扣除，故自请议处，而改放贾。"阿兄曾入红楼梦，佳婿能烧赤壁兵"，此贾小樵戏语也。句甚佳，录之。"出乎其类，拔乎其萃，不容于尧舜之世；未能事人，焉能事鬼，何必去父母之邦。"晚应少霞之招，雨人、砺臣、韵士、希伯、笛渔、沅甫皆来。未刻，叔田来自天津。

廿七日己未(2月21日)　晴

得子久复。吊崔劭方之叔于广惠寺。赴后孙公园应子腾之招，植庭、左泉、味秋、芝生、景臣、春海同席。星垣言伏生药多伤胃，宜暂止药。竟日小便甚少。莼客来问金陵书价。实录馆总承供事陶庆禀请朔日到馆。杨蓉浦来。

廿八日庚申(2月22日)　晴

得雨辰札，知本署文于昨日终到，即令出知会云。付崔宅幛分六千。片复子骏，并还课卷九本。伏生小便渐长，以水芦菔食之。阅《实录编纂凡例》。崇厚署吏左，崇绮署户左，刘传祺调补皖南道，李荣补所遗江安粮道。

廿九日辛酉(2月23日)　晴

子新来。丁卯房荐温季贞绍来谒，季贞为棣华编修之弟，味秋中允之从子举山西乙亥乡试者也。拜童子木栻、刘博泉思溥、曹吉三秉哲、嵩犊山申，不晤。晤颜雪庐前辈。陈雪楞送菜，邀少虞、退庵、希伯、沅甫、杏师、子新、二姚同饮，席罢掷升官格。

三十日壬戌(2月24日)　阴，午后得雪寸许，夜有风

黄植庭来。星垣来，言伏生肺火已清，可止药饵，惟留一方备用耳。向雪庐借观《文宗实录》五本。裴韵珊兵部维侒来。少虞以分宜县丁同年信来，嘱转致。

二月初一日癸亥(2月25日)　晴,风颇寒

辰刻到实录馆,晤提调官锡、厚庵缜、钟雨人、嵩犊山,纂修官周生霖德润、龙芝生湛霖、洪文卿、温棣华,详校官徐绍圃炳烈、季士周邦桢。分纂同治九年四月分供事曹之桢、杜延佑。访子腾,晤谈良久。联生陛来,送榛子、旱烟、关东参。片致味秋,取起居注稿本。味秋馈鸡爪、黄连。

初二日甲子(2月26日)　晴

阅剿捕档、月档、起居注。刘生笃来。拜客,晤子长、小邨。吊杨协卿侍读。少虞来,不值。联生陛又来。韩寿亭、樊春林来。

初三日乙丑(2月27日)　晴

到馆查看折包,初一日至初十日。吊陶珠航大使于文光寺,晤其叔鞠生。是日,晤朱砚生、洪文卿。内人率阿送诣邵宅贺喜。

初四日丙寅(2月28日)　晴

笣仙来谈。贺邵宅遣嫁。于生莲科来。赵幼白来。曹吉三来。

初五日丁卯(2月29日)　晴

到馆查阅折包,晤童子木、颜雪庐、刘博泉。答子新、幼白。柯凤孙凤孙兄劭敬,号敬孺来,不值,以其先集见赠,佐以宋元嘉廿年砖及汉魏碑碣拓本。初写折卷,笔墨不调,攲斜殊甚。伏生小便通利,渐不如前。

初六日戊辰(3月1日)　晴

写字六行。子新今日适临桂王氏馆。小邨来。壬戌同季公宴万尚书师于谢文节祠,并为曲靖太守、大顺观察饯行。王荔生司其事,人派京帙捌缗,薇生、萸生、葵生三世兄亦到,福世兄辞不来。钱笣仙来。少虞来。诣莼客谈,并晤梅卿。以实录稿本格式质诸芝生,得芝生复。同年京察圈出者六人。王荔生、张子腾、温味秋、刘芸泉、吴蕙吟、陈桂生。

初七日己巳(3月2日)　晴

卯刻,内子患腹痛甚亟,耳鸣眼花,昏晕数次,投以参汤,至辰巳间始定。希伯为开方，用高丽参炙棉芪、白芍、归身、炮姜、首乌、香附等味，颇效。汪柳门来。闻轮船初三日到天津。

初八日庚午(3月3日)　晴暖

始置火炉于帘外。臧生济臣持近作相示。贺荏山前辈长子授室。荏山病，不见客。晤子松前辈及钟六英学士。到馆查阅译汉各档科场条例。晤砚生、文卿、生霖。往法华寺问张石洲方伯病，不得见。写字六行。王生珠裕来，不值。

初九日辛未(3月4日)　晴

得选青正月十七日书、理庵十八日书。施崧生、叶湘塘两孝廉到京来谒。得徐贡生垚、徐日川书。伏生小便涓滴俱无，兼患伤风，昨夜又不能熟睡。此子久病不愈，可虑之至。夜访陶星垣。夜中念儿子病，竟不能交睫。

初十日壬申(3月5日)　阴，颇寒

退安之女弥月送礼物四事。星垣来，方用元明粉、厚朴、枳壳、阿胶、莱菔子，而伏生不肯服，竟无如何。以崧生覆试事片致笤仙。得周生霖复。

十一日癸酉(3月6日)　阴，有雨意而风作，至夜未息

管生、士修廷献与柯风孙来。得徐廉峰书，有折笔十枝。崧生馈金肘一双，玉粟馈鲞鱼。缄《醴泉铭》，照本价银拾金交致夫。访龙芝生。答崧生、湘塘及朱子京。问钱师病。晚赴退安广和居之招。重誊实录稿底，令阿六分写。伏生昨晚有大便拉杂黄色，今日小便微通，然面肿殊甚。曹供事来。严礼耕家让来，不晤。闻陈玮卿同年毓秀昨日化去。

十二日甲戌(3月7日)　晴，有风

陈六舟约芝生同来。六舟言望日将出都，不复再来矣。缉庭太夫人生日，具酒、烛、桃、面票。往拜于谏草堂，晤君标、柳门、砚生、刘璧甫中度、孔云生继钰来。答严礼畊家让、范□□大治。孙幼青友莲来，不晤。幼青之弟花楼友萼癸酉中，竹亭友闳乙亥中。管士修廷献弟荐秋廷鹗、柯凤孙兄敬孺劭敬，皆乙亥中。伏生昨日大便又不利，今日复投以雅观斋万应散，连下四五次。曹供事来，以稿本交与誊写。

十三日乙亥(3月8日)　风犹未息，尚寒

田仲平来赓和。伏生小便微通，始服药，阿胶、莱菔子、麦冬、枳壳、吉更，盖昨日希伯所立方也。晚饭后，子新来。

十四日丙子(3月9日)　晴

子新来。雪楞来。本署送到春季俸银二十两一钱八分。应支二十二两五钱，内扣去丁祭银三钱，办公银一两一钱二分，短平银九钱。国史馆送到月费钱十一千百廿文十二月初三日补纂修。复请希伯为伏生开方，今日小便颇长而不得大便，惟胃气渐佳耳。程沅甫移寓城内。写折字三十行。

十五日丁丑(3月10日)　阴，甚寒

到馆，晤蓉洲、砚生。雅南来。实甫来。得伯磐侄□月□日书，知叶湘塘丁母忧。汪南陔瑞曾来。翰詹京察覆带记名者，嵩犊山、张子腾、黄泽臣、温味秋、钟雨辰、杨子和、曹吉三、逢子政。写折字六行。覆试题“禹闻善言则拜”，“林花不待晓风开”。

十六日戊寅(3月11日)　晴，寒稍减

施崧生执贽来见，欲以弟子礼事余。杨叶封珪到京来见。写折字六行。为儿辈改诗四首。伏生小便甚畅，叔恬言合藕、梨、蔗、勃荠四果汁温饮，大利肺胃，如其言试之。向甘次庄太史醴铭借阅三月分起居注，云已送缴馆中。寻曹供事不得。周同年信之之兄斐堂广欠奠分二千。得宾于书。作家书，八纸寄大兄，两纸寄续南堂。

十七日己卯(3月12日)　晴

孙幼青来。曹供事来。沈小樵到京来见。得杨馥笙书、续南堂所寄竹篦茶叶。得严霞轩书。唁湘塘失母，并送其明日南归。诣子森，小坐。答杨叶封。晤蒋省三。写折字二十行。寄南信，附施媪、和祥家书。着人到馆取起居注，仍不得。伏生仍服知母方第二煎，小便甚多。孔云生送诗赋来。得粤东□□□兄书附陈皮。

十八日庚辰(3月13日)　晓阴，午后雪中有雨，晚霁而风起

杨□□际云来。柯凤孙以新拓碑见示。雅南来。张□□肄三来。蒋省三来。梁编修仲衡太翁奠分四千。写折字廿四行。毛编修松年补考大考于保和殿《奉三无私赋》。

十九日辛巳(3月14日)　晴

崧生来请题。王薪傅、王肇麟来。陈秉钧来。陆雨香师郊来。得陆表叔书。黄春署、袁□□各遣仆送到让卿昆季信一缄、余姚布六四端。唐景崧家奠分二千。少虞来。笆仙来。曹供事来。写就底本廿四叶留校，嘱其明日持书到馆交与杜供事。写折字十六行。为儿辈改诗二首。

二十日壬午(3月15日)　晴，有风

孙鼎臣、李春元来。送陈六舟出都。答汪世兄绍志，不值。昭汪南陔、李暗斋及其世兄崧生祖寿。答何宝珊远鉴。王鹤文奠分贰金。傅子莼片索壬戌会试首艺，云将选付梓人。姚访巢镕来。许鹤棠赓飏来。得让卿前月十六日书，附油纸包一个，由陈希彦来。写折字二十一行。京察圈出记名人员，见自今日始。

廿一日癸未(3月16日)　晴，有风，入夜尤甚

何宝珊孝廉来，年七十矣，五子、七孙、二曾孙。自庚戌报罢归，逾二十七年，复出而求仕。追述吾父当日，相对凄然。并言因吾父往见倭父师相，时文端方官大理，勖其读《近思录》以自励。自言垂暮之年，得免罪戾，皆师友鞭策之功云。宝珊貌有道气，犹见乾嘉老辈遗范，真不可多得也已。洪云轩来。柯凤孙以潍县金石拓本见示。贺万德化师要弟三子，妇曹氏。孙厚卿汝赞、施敏仙启宗、陆□□葆德喜分各四千。问钱犀庵师病。钟雨辰来，言昨日分书，余得十三年正月。施崧生来。子新来，留夜饭。写折字十二行。

廿二日甲申(3月17日)　晴。午后风渐作，至夜愈大

明日上将诣大高殿，恐复不能成雨矣。郑少封来，孔宪曾来。午后至阜康，借白金百两。赴衍庆堂傅子莼之招，座有贾小樵、吴春海、沈江梅、受谦。新选福建德化知县，肖梅同年从子，壬戌举人，戊辰进士，分工部，与履平兄同年。陈立卿、嵊县人，补山西垣曲知县。赵懿伯。泰州人，兵部。陶仲彝来。缪晓山来荃孙，均不晤。晓山温雅有文学，尤精目录、金石，铣志精进，铁江之友也。晓山携到铁江十一月三十日书，言将阅成都府试卷，以新刊《韩诗外传》《孟子音义》及同门录各一部见寄。夜与伯庸兄弟谈。

廿三日乙酉(3月18日)　晴。昨夜风不止，至今晨尤甚，午后渐息，入夜定而寒气殊甚

晨间到实录馆，知廿日所分书实系十三年二月分，档册尚未从军机处送到，无从编纂。据馆吏云，恐须迟至三月间。稿本总裁徐荫轩侍郎到馆，并晤童、曹两总纂及盛蓉洲。子腾留午饭。打磨厂答会试友人。访惠臣，不晤。答缪筱山，亦不值。颜雪庐来。得杨馥笙本月十二书，内有补帆中丞讣状、小宝乳媪家书。叔恬今晨回津。保和殿补覆直省举人，题为“无为而治者”二句，“春江水暖鸭先知”得“□”字。邵竹村心艮来。

廿四丙戌(3月19日)　阴寒。午后有风，晴

孔云生来。袁庆升大顺掌教、袁启庶、单械森、单炳翰、王昌运、周于澍、高鸿渐何杭亭家授读来见。孙渭百服阕抵都，来谈。钱笣仙来。杨润孙着人送到李让卿信一缄、油纸包两个。又接韩勉夫书。杨叶封、沈小樵来。屈冰卿传衔来。味秋、雨辰今日召见。孙琴西年丈到京。

廿五日丁亥(3月20日)　晴。午后大风，入夜遂定

郭杭之来。步其端来。杜供事来。写就底本二十叶，并现月剿捕档册两本，遂合曹供事所书廿四叶合校之，正其讹字，补其脱字。写折字十八行。崔应科芝生来，赠墨四事。许鸣盛来。王同年蓝孙率其子□□□似祥来。李崧生祖寿来。伏生二便大通，十日肿势大减，仍令食粥以清肠胃，今日左眼角又有红色，岂火势尚未尽息耶？

廿六日戊子(3月21日)　晴,风

孔庆鳌来。甲戌在赵蓉舫可寇家处馆。杨润生来,留其同寓,以有数友作伴,不复他徙矣。潘笛渔来。写折字廿四行。莫坚卿峻来。还伯庸代付卢立斋捐款银十八两。

廿七日己丑(3月22日)　晴。当午风甚大,申刻息

写折字六行。到馆,以所纂四月分实录稿本交与总纂刘、曹两君。晤李小川鸿逵供事,言书库中十三年军机处档册尚未送到,怅然而归。答杨润生、陶仲彝。两目被风吹干,静坐片刻而愈。少虞来谈。子新来,留夜饭。又写折字十二行。以慈溪会试公文五件托钱笾翁代投,由凌韵士处送到。扬所带正月廿三李让卿书、油纸包一个、糕一匣。

廿八日庚寅(3月23日)　晴暖,午后有风

陈毓庚来。伏生今晨面上略有浮象,请希伯酌定一方。写折字四十行。今日五更,偷儿窃去水烟管两只,大钱千余,闻浙馆中亦有失去衣物者。冯翊方、邵端甫来。秦宪文来。柯凤孙来,不晤。

廿九日辛卯(3月24日)　晴。午间天色黄暗,不知何处复作风霾也

陈毓庚来。王自超来,施崧生以所作来。今日五更有贼穴视吾窗,其尚有无厌之思乎?伏生浮象略增,小便之通利亦不如前。写折字二十行。

三十日壬辰(3月25日)　晓日甚淡,未午而阴,沉沉竟日

写折字十二行。伏生面肿较昨又增,午后大便两次。答客,晤笾仙、雨辰及其弟仲龢,又晤邵端夫、冯翊方。贾炳元来。王廷槐来。闻陶子缜寓永盛店,访之不遇。曹供事来。

三月朔日癸巳(3月26日)　昨日云阴颇重,大有雨意。夜半忽起大风,黎明暂息而复作。扬沙竟日,不掩日光

宋宝清来。子美来谈,留午饭。写折字三十行。为植庭作直屏一纸。许筠庵督学甘肃,甘肃专设学政,自今日始。伏生肿象又增,小便亦少。

初二日甲午(3 月 27 日)　晴,有风

为贾小樵作直屏一纸。写折字廿四行。崧生来。雅南与坤斋来。得仲声前月初三日书。朱衣点来。

初三日乙未(3 月 28 日)　晴,午后风甚大

写折字三十四行。刘介臣来。王鼓来。希伯得家书,父病甚亟,相对不乐。吊致夫伯父梧冈先生。答坤斋、介臣及陈书玉。取到续南寄来糟坛。得石洲方伯书。

初四日丙申(3 月 29 日)　晴,午后有风,少顷即止

孙琴西年丈过谈,言制夷之道在于临时与之变化,不在修筑炮台、仿造机器。今当局者以有用之财全付于此,以为平日自强之术无逾于此,适足取笑于彼。左帅出关,尤为非计,不如留张曜一军,予以万人,仿充国屯田养兵,作经久之计,勿急复新疆,亦勿言弃故地。相持数年,徐观动静,而调左帅于远方,不必责以西事,庶不至弊中国以复无用之地。中国亦可稍聚财力,俟其既厚,且足以备仓卒之用云云。郭筠仙言制夷之事,李少荃得其大,丁雨生得其精,不知是何言也。翁馥笙来。送石洲出都,已不及矣。访润孙,不遇。到实录馆,知今日又派分纂十三年四月、十月两分事绩,调取译汉科场条例,而不得六科史书。诸吉士可炘来。得石洲巳刻书。得叔恬书。昨夜有梁上君子,为更夫逐去。伏生夜卧不安,小便更缩。今日剃发,斑白矣,何星星者逼人太甚耶!

初五日丁酉(3 月 30 日)　阴晴相间

张春陔来。访秦秋伊,不值。刘□□来。曹供事以二月下旬折色及随手档来。鲍寅初来,舍馆犹未定也。陆师郊来,托觅馆地。夜纂实录,睡时已过三更矣。

初六日戊戌(3 月 31 日)　晓有日光,午后阴,有雨意

得会试考官信,董、桑、崇、黄房考无旗人。徐季和、陈桂生、朱砚生、杨蓉浦、谭砚孙、黄啸洲、李麟洲、姚馨谱、邵实孚、顾焕辰、崔惠人、邓右峰、袁心穀、陈韬原、梁□□、沈粟眉、陆凤石、夏伯舟、孔云生以所作诗赋来。汪世兄以近作时艺见示。琴西年丈赠永嘉丛书五种:一《水心集》、一《二刘集》、一《守城录》、一《蒙川稿》、一《浪语集》。从邵处递到续南堂书。两日不作折字,心绪烦乱,竟不得一刻静也。胡淇笙补御史。子新来。

初七日己亥(4月1日) 阴,有日影,天气渐暖

杏师及希伯、沅甫皆徙寓。得易州二月十五日书,内有寄朱蓉裳信件。吴京兆以三品京堂为船厂大臣。得续南堂书。

初八日庚子(4月2日) 阴晴相间

遣大儿、次儿送杏师入场。余痛吾弟之不得与试,不欲往送也。回忆戊辰此时我送弟,而琴西丈亦送其子,今送子者又来,而我独无弟可送矣,悲夫!写折字三十行。朱子京来,以其尊府贵阳太守右曾所撰《周书集训校释》十卷、《周书逸文训释》一卷、《汲冢记年存真》二卷、《周年表》一卷。灯下纂十三年二月分实录稿本竟。张霁亭先生沄卿由少京兆擢大京地。

初九日辛丑(4月3日) 晴

到馆,以稿本交与曹供事誊写,取四月分档册折色归。答寅初,贺大京兆,俱不晤。是日,晤甘次庄查阅正月起居注、于次棠、季士周及四总纂、一提调锡厚安也。伏生小便不畅,上渐收而下愈肿,恐成去腊前状,以希伯廿八日方煎汤饮之。

初十日壬寅(4月4日) 清明。晴暖

设祭。午后入城,至雪楞处小坐。访星垣,尚未出场。即至水磨胡同,晤任同臣燕誉、朱蓉裳及雅南。又走视暗斋、希伯、沅甫、素苍,晤叶子川庆增。六下二刻,杏师尚未出。又往星垣处,请其为伏生立方,用酒制大黄二钱,佐以阿胶、生地、茯苓、知母、麦冬等味,三更煎服。陈书玉来,不晤。杨雁湖鸿吉得府丞。

十一日癸卯(4月5日) 晴

杨晋笙来。王芝庭来请题。子新来。伏生得大便两次,而不得小便,合家焦急。孝凤得府丞,雁湖调理少。

十二日甲辰(4月6日)　晴

伏生服药不效。晨至徐立生处,言德安堂曾医可寓御河桥因延之来,云温毒未解,病在筋络而不在脏腑,宜以清化消毒,用蝉退、僵蚕、山甲、银花、土贝、山栀、黄柏、归须,而以小黑豆煎汤代水。崔琴友原名登,今名澄来。段莲舫来。写折字十六行。以十三年四月分实录稿本付曹供事钞出清本。周荇农詹事得阁学。

十三日乙巳(4月7日)　晴暖

写折字三十行。伏生小便太少,仍服曾方,不得速效,心殊焦急。入城看杏师及雅南,晤俞竹堂载清、陆晓岩。得伯磐朔日书。曹供事以十月分书卷来。寄南信,伯磐、续南各一纸。窗前榆叶梅始作花,遥想故乡,社事方盛。渣湖九里,上冢船归时也。

十四日丙午(4月8日)　晴

写折字十行。实甫来。曾医来,言温毒胶滞经络,故既愈而复作。用吴又可三甲饮,仍佐以前方诸味,不知能否见效。托人觅肾金子,不可得。风甚大,雅南入场,不知如何,甚切系念。

十五日丁未(4月9日)　晴,风势稍缓

伏生小便愈少,奈何,仍投以前方。郁秀珊来,为公请汪世兄与己未公车同年。写折字廿二行。得陈学暗片。景秋坪入直枢府。严渭春殉于位,代之者为徐朗轩。

十六日戊申(4月10日)　晴

杏师、雅南同车来寓。伯庸三十初度,以笙歌侑酒,宾客极盛。余夫妇独以伏生病势不灭,心甚焦急。

廿八日庚申(4月22日)　晴

报子来,知抄出科本,奉旨:翰林院侍读着欧阳保极转补,朱逌然补授翰林院侍讲。钦此。即到陈芷庭处,问一切规矩如何。复访子腾。随与戊午同年公宴佩蘅师及月汀、亨父两世兄。谒毛掌院煦初世叔。至翁师处。复至署唤张供事询问,托其代办谢恩事。

廿九日辛酉(4月23日)　连日日光甚淡,风来亦凉,似有雨意

谒钱犀庵师、万藕舲师。藕师已往邯郸迎铁牌,不及见。

四月初一日壬戌(4月24日)　晴

进城到署,知谢恩定初三日,翰林值日期也。谒童师,不晤。到实录馆,答王孝凤,已下通州。答陈书玉,不晤。雅南回殷宅。子新来夜饮。

十五日(5月8日)

引见讲官。奉旨圈出瞿鸿机、朱逌然、张登瀛。

十七日(5月10日)

谢恩。

廿四日(5月17日)

小传胪,臣与文治、瞿鸿机、英煦直班,状元曹鸿勋,榜眼□□□,探花冯□□,传胪吴□□。

五月初九日(5月31日)

引见新进士,臣与文治、徐致祥直班。是日,浙江、福建、山东。

十三日(6月4日)

三坛祈雨,恭王分祀地坛,讲官陪祀。到者王之翰、瞿鸿机及臣三人。

十四日(6月5日)

午后移寓实录馆,子腾同居总裁房,雨人招同食。

十五日(6月6日)

黎明,雨辰复招同食。就试保和殿,文题"雅颂各得其所",经题"峄阳孤桐,泗滨浮磬",诗题"罨画溪光碧玉泉"得"洲"字。陶子缜于初十日由永盛店移寓同居。

廿二日(6月13日)

三坛祈雨,恭王分祀地坛,余以讲官陪祀。翁常熟师、夏子松、乌达峰、王子屏、吴望云皆到。

廿五日(6月16日)

酉刻,伏生殇。

廿六(6月17日)

巳刻,敛。

廿七(6月18日)

厝于上斜街长椿寺南妙光阁。

闰五月初一日(6月22日)

延僧众讽经,夜作瑜伽佛事。

使湘日记第一本(1876—1877)

起于光绪二年丙子八月(1876 年 9 月)
止于至光绪三年丁丑四月(1877 年 5 月)

光绪二年丙子(1876)

八月初一日(9 月 18 日)

奉旨:湖南学政着朱逌然去,钦此。

初二日(9 月 19 日)

偕同人谢恩。

九月初三日(10 月 19 日)

卯刻,偕贵州学政臣张登瀛各具黄折三分,进内请训。劻贝勒带领,召见于养心殿内室。慈禧皇太后问:“汝今多大年计?”对曰:“四十一岁。”又问:“湖南去京多远?”对曰:“四千五百余里。”又问:“幕友有额子否?”对曰:“无定,须看卷子多少定幕友人数。”又问:“家人有定额否?”对曰:“大约十余人。”又问:“教官定额几人?”答曰:“每处二人,亦有一人者,则皆边地小县。”又曰:“南边有教匪,汝等知之否?”对曰:“知之。”又曰:“与哥老会是一起否?”对曰:“非一起,哥老会川、湖有之,江、浙不闻,而今江、浙有教匪,似非一起。”又曰:“教匪剪辫子是作什么用的?”答曰:“不晓得。”又问:“几时动身?”对曰:“十五。”张登瀛对曰:“十一。”又问:“家眷同去乎?”对曰:“同去。”张登瀛曰:“臣家眷不去。”太后遂与劻贝勒言,大约言皇上近日甚肯读书,臣跪听玉音，似慈安太后之言居多。嗣又闻慈禧太后谕云："你们两个好好用心，关防严密，去取公平。"臣两人皆答曰："是。"太后谕："可跪安。"臣等遂起，退三步，复跪，口称："臣朱逌然等跪请圣安。"即起，复退出，时觚棱已有日光矣。

(九月)二十二日(11月7日) 晴，有风

巳刻出都。轿二，太平车一，轿车六，大车五，幕友二人杜淑秋、徐□□，家丁十九人，女仆四人。张杏师、朱少虞、张少蕖、曹祝龄皆来送。钱箎仙父子、姚伯庸兄弟与缪晓山庶常饯行于天宁寺之塔射山房，茶话匆匆而别。未刻至长新店尖。酉刻至良乡县，县令为王松潭同年尔琨，遣人来接。瞿子玖学士亦于今日出都，同寓良乡。夜，风甚大。

二十三日(11月8日) 晴，有风

十五里至窦店馑火食自备。四十五里至涿州宿。州牧为泾县吴祉山履福，丙午举人。赏办差家人银二两。

二十四日(11月9日) 晴，有风，颇寒

三十里，高碑店馑火食自备。七十里过定兴，换马渡河，至北河宿。定兴令为锦县朱元乡乃恭，己未举人，戊辰进士。

二十五日(11月10日) 晴

三更即起，行四十里天色始明。又三十里至安肃县馑，日尚未午也。安肃令为成都叶介之祖蕃，自完县调署者。又行五十里，至保定西关外新行馆。清苑令淄川邹岱东振岳来见。岱东为辛酉优贡、壬戌举人、癸亥庶常，乙丑与余同散馆者，选授怀安五年，与郑惺斋同官，故颇能言余家事。即肩舆往拜方伯孙省斋前辈观、臬使范梅生梁、叶冠卿观察、伯英，怀宁人。李静山太守培祜，丁未前辈，昆明人。及冷副将庆。孙、范均晤，李以府试不见客。又访王子寿前辈于志局彭年，则已于十九日回襄阳，晤其子再同庶常樊云门孝廉增祥志局在莲华池畔，残荷衰柳，画意萧疏，惜为时太晚，不能延揽其胜。又访朱亮生于小巷，知沈子楣已南归矣。张灯回寓，诸君皆来答。范、叶两公在馆中相候久之，天晚，始各上舆去。得少石十七日书。范梅生送四物，收茶叶、酱菜。夜，风甚大。

二十六日(11月11日)　晴，风稍息

黎明行六十里至方顺桥馆。方顺桥地属满城，县令为南康安义胡仁山，寿嵩，行三。持帖差接。又四十里至望都县，县令为锦州张鹤汀彭年。鹤汀久在天津，与慎斋相识，又以辛酉有年谊，到馆中相见。今晨得樊云门赠诗，气韵格律俱佳，特录之：

侍臣衔命出京华，宾从风流驿路赊。
玉诏新除香案吏，宫衣远泛洞庭槎。
木天词赋争传草，湘水□[兰]茞尽着花。
至竟汉廷恩礼重，明时持节到长沙。

二十七日(11月12日)　阴，无风

日未出开车。鹤汀复送至路歧，停舆作别。三十里至清风店，道旁小憩，又行三十里至定州馆。州牧为西华李莪亭。璋，辛亥举，丙辰进士。午后行三十里至明月店。又二十里至新乐县宿。县令为济宁张君恒吉。是日买眼药少许。

二十八日(11月13日)　晴，无风

四十里至伏城驿馆，驿属正定。又四十里至正定府宿。恭甄甫太守钧、贾叔言大令孝彰皆来见。恭为琦侯子，贾即筠堂相国从孙也，余即答拜。厨馔丰美，为数日来所未有，家人皆饱餐早睡。两儿往游大佛寺。剃头。记得癸亥八月与伯平、仲林联骑往游寺中，忽忽十四年矣。

二十九日(11月14日)　终日阴

遥望西山，如在烟雾中。四更开车，至滹沱河，候行李车渡毕始渡，已天明矣。过二十里铺，未及十里遇汪柳门司业鸣銮、杨子和编修霁自中州典试归，停舆道旁交语，移时而别，云今日即宿正定，以有贤主人也。共行六十里,至藁城县馆。县令为合肥陈君以培,号序东,今日到任。饭后,又行四十里,过赵州城,至大石桥宿,已上灯矣。州牧为蒙古承君禄,号诚斋,己亥翻译举人,庚子进士。

三十日(11月15日) 阴,有淡日,午后微风

破晓,行六十里至柏乡县馆。县令为武进吴熙之光鼎,壬辰举人。午后,行三十里至尹村小憩。又数里,过马峰冈,共行六十里。初更,抵内邱县宿。内邱令为云梦王纶阁福谦,由科中书降捐归军功保举班,曾署盐山、河间。其父壬辰举人,前怀安知县,言吾父督学楚北事甚悉,盖习闻其乡前辈左瑶圃、吴宇成诸君之言也。纶阁以《子华子》及鱼面见赠,受之。

十月初一日(11月16日) 淡晴,无风

天明,行六十里至顺德府,晤太守薛绥之同年,须之黑者无多,而精神笑谈犹似当年。并令其七岁儿子出见,知近年又得二女。外官清闲,胜于京畿道之丛杂多矣。止余今日不必就道,当备一餐以叙间阔,许之。邢台令安福彭筱渠美,己未举人,乙丑进士。以考武场不来见。作伯庸书一纸、雅南书一纸,托太守寄京。晚,赴其招西席,慕西作陪,二更归馆。绥之又别具一品锅送眷属,受之。午后答拜,亦令两小儿出见。今日府试出案,候榜童生甚众。太守署前灯光璀璨,颇不寐寐云。刘芸泉甫于前日过境,由此赴陕。

初二日(11月17日) 晴,四更启行,微风作冷

行三十五里,东方始白,已抵沙河城下矣。舆人买饼小餐。复行二十五里至临洺关,地属永年县,县城相距四十五里。县令邹少仪钺,江苏人。遣家人备席行馆以待,有先贤冉子庙,儿辈敬谒。饭毕,复行十里至邯郸县宿。县令为会稽周子元锡璋,即壬戌秋间吾妹病亟时赖其诊视者也。云有二子,其一以瘵卒,存者亦二十一岁。子元面目较丰,惟须已白其半,坐舆往答之。

初三日(11 月 18 日)　晴

五更,由邯郸启行,十余里而有曙色。共行七十里至磁州馆,州牧为垫江程光滢,不来见。饭后又行三十五里,过漳河,至丰乐镇宿。行馆精洁,保定之亚馔亦丰美。镇属安阳。

初四日(11 月 19 日)　晴

黎明,行三十五里至彰德府。太守满洲辑庭名清瑞、安阳令泾县赵鹤舟名集成均来见。据鹤舟云,伊子癸酉出梁斗南房中,榜名梦奇,无从查询也。午后往答之,即到西街谒刘芸斋姻丈于其第,年七十七矣。扶杖出迎,令其两子越生秀才锡恒、次子十二岁名锡存、胞侄阶平大令之子荫普秀才树森出见,精神谈笑尚似当年,惟面上血色不及耳。余以四物赠之,丈报以许先生三礼文集一部。一宾四主,促膝坐谈,不知日影之移。以今夜宿站尚有七十里,即匆遽拜别。丈曰:"待汝三年归,可为我作八十岁寿序,我尚冀重宴鹿鸣,未知能否耳?"复扶杖出大门,送上舆,固辞之,不可。出城,则越生、荫普两叔侄已鹄立于道旁矣,下舆致谢而别。行三十余里,过汤阴县,县令为□□□,不来见,第设茶于南关旅店,停舆小憩。又行四十里,至宜沟驿宿,地属汤阴。

初五日(11 月 20 日)　晴

由宜沟开行,过浚县地界。令浚者为闽县程道南同年光溥,壬戌殿试褫职,后赦归,以军功得今官,余从未谋面。共行十里,过淇水,至淇县馆。县令清河陈子俊士杰来迎,复到店相见。饭后,行四十里抵卫辉府宿。府尊为汉军马永修,号慎斋,第差人来接。汲令吴江萧子坚晋荣,乙卯顺天举人。来见。今秋乡试分校后新回任者,在张子青中丞营中以军功补官,言大府屡欲调补差地,尚未果也。供馔甚丰,具满汉合璧之体。余以夜深不能答拜。

初六日(11 月 21 日)　晴,无风

黎明,由卫辉府启行。行五十里至新乐县。县令孔云巢广电,庚子举人,癸丑大挑。来见,迎送皆到。又行四十里至小冀镇小憩。又二十里至亢村驿,日已暮矣。驿属获嘉县,县令为无锡丁少云秉变,离城甚远,惟遣馆吏供应。上虞桑子方以湖北通判管解乡试卷入都,来见于逆旅中,余已弛衣就枕,云明日可见。

初七日(11 月 22 日) 晴

四更起,而桑通判已来,复欲送至江干,固辞之,不可。约行二十余里,见道旁衣冠而立者,则已在前矣,下舆谢之,始返。约共行五十余里始至河干,大风不止,至是稍息。赖先遣家人督护行李及儿辈坐车先渡,故得从容过河。然中流沙滩浅阻,篙师撑距良久,始达南岸之大王庙属荥泽,时已申初矣。又行十余里至荥泽县宿。是日午后甚热,渡河后车殆马烦,不能勉强就道。县令会稽章蔼堂庆保来见,言今日不必再行,姑从其言而止。然行李车已先至郑州,可谓劳矣。

初八日(11 月 23 日) 晴

由荥泽启行,四十里至郑州。州牧诸城王吏香莲塘,字雨舲,丙午举,癸丑进士。到馆相见,询知为观廷太守同祖兄弟。观廷两子皆其授读者,言诸城刘、窦事甚悉。午馔后行,地皆高原,从原隙辟道而行,如在幽谷中。又行五十里至郭店驿宿,郭店属新郑。向吏卿借《郑州志》翻阅。一过夕阳楼、仆射陂,皆为此州胜。重□玉溪生与王弇洲两诗,遂使蕞尔之乡可供吟眺。文人之笔,岂为地增重如是!

初九日(11 月 24 日) 晴

由郭店驿启行,共四十里至新郑县。县令为皋栏张北楼,怀仁,壬子举人,壬戌大挑。差接馔后,行六十余里至许州所属之大石桥,天已曛黑矣。

初十日(11 月 25 日) 晴

由大石桥开行,共三十里。至许州,尚未交午刻也。州牧为奉天锦县杨印川,宗颐,庚子举人,壬戌大挑。到馆相见。饭后又行六十余里至临颍。县令为陇西王燕祥。

十一日(11月26日) 晴暖

三更即起,行五十余里至郾城。郾令为滦州王子林凤森,以新丧其子妇不见客。饭后,又行五里,过河,以舟渡。又五十里,过河,以桥渡。又五里至西平县。代理县事者为蒋师竹麟书,天津人,以本地团练保举得官。是夜寓文城书院,月色甚佳。

十二日(11月27日) 晴暖

辰刻,由西平县行三十里至蔡村寨馆,寨仍属西平。午后,又行三十里至遂平县署,县令为娄县瞿研农承业,到省四十年矣。

十三日(11月28日) 阴,云头甚重,大有雨意

由遂平县启程,行五十里至练江寨,俗名驻马店,馆。茅屋一间,家人杂坐,野老围看,草草设餐,匆匆就道。又行四十里,风势甚大,确山令戴铁珊凤阳人,丙午举馆之于城隍庙,设馔甚丰,并出素册索书。余致宋仪臣一书,即托其邮寄。铁珊西席黄枚岑,今年得庶常。祥符王编修廉,其丁卯分校所得士也,被难,复由袁营保举得今官。是日行路最少,家人皆有生趣,儿辈皆剃头。

十四日(11月29日) 晨雨霏微

出郊即有风来,雨止而云愈厚。西南之山,时露日光,然东北黯黮愈甚。计行五十里至新安店馆,犹是确山所属也。饭后行四十里至信阳州之明江驿宿,遇湖北主司叶恂、余赞善大焯、梅小岩侍御启熙,晤谈良久。

十五日(11月30日)

由明江启行,冈峦起伏,云气冥蒙,风止而雨意愈厚,村堡寥寥,荒残景象。行四十里至长台关馆,借德和烟店为行馆,街窄不能容车。舆出南关,车出西关,过淮水,又行五十里至信阳州南关宿。州牧武进张仲甫嗣麒到馆相见,知从此而南车路已断,须用小轿二把手。夜雨达旦,馆中屋宇不完,然纸阁芦帘佐以布幔,夜间颇能熟睡。

十六日(12月1日) 天晓而雨不止,午后始有晴意,竟不成行

答拜张仲甫,借《信阳州志》一阅,附录任宏业《三关考》:

> 大隧,史作广岘,又名黄岘,又有白雁、百雁之称。今名九里关,在罗山县境内。《志》称在罗山县西南一百二十里。直辕,史作武阳,又名大胜,今名武胜关,在州南七十里,与湖广应山县接界。《应山县志》:在县东一百二十里。冥阸,冥与鄳同。史作平靖关,一名行者坡,在州南九十里,与应山接界。《应山志》:在县北七十里,又名大龟山。三关居豫、荆二州之界,南北朝尤为必争要害,《梁》《魏》二书载之甚详。魏宣武景明四年、梁武天监二年,梁司州刺史蔡道恭拒守,道恭卒,弟灵恩摄行州事,梁遣马仙琕助战,皆败降。天监七年、普通五年皆有战争。

孙静君同年体仁之子子静祖光具衣冠来谒,询知现居祖母忧,家有一母一弟,以读书训蒙为业。其父成进士后以知县用,签掣湖北,即于是年七月以疫卒于京师。

> 《梁书·武帝纪》:建武二年,魏将王肃、刘昶攻司州刺史萧诞甚急,齐明帝遣左卫将王广之赴救,帝为偏帅隶广之。行至熨斗洲,去诞百里,众莫敢前。帝诏诸将曰:今屯下梁之城,塞凿岘之险,守雉脚之路,据贤首之山,以通西关,以临贼垒,破之必矣。广之益帝精衔枚,径上贤首山。肃、昶单骑走,帝以功封,寻为司州刺史。此则司州城即今州沿贤首山、下梁城、岘山皆有可据。任宏业云:贤首山又名贤隐山。汉章诏议贡举,韦彪上议曰:国以简贤为务,贤以孝行为首。其时选举甚盛,汝南周磐其一也。磐,安成人。《汉志》:安成有武城亭,今州境东北有武城岭,山名由磐而起。楚之灭蔡也,灵王迁许、胡、沈、道、房、申于荆焉。平王即位,既封陈、蔡,而皆复之礼也。沈宏业曰:许即许州,沈即

汝阳，房即遂平，道即确州，申即信阳。楚文取申为加封之谢楚，云迁申为始封之申。

《志》为乾隆十四年清苑张毅亭钺修，南汝光道山阴任开宗弘业鉴定，皆为庚戌进士。

十七日(12月2日)　辰刻，阴云解驳，晴日流辉

由信阳行，渡浉水而南，孙子静送于三里外，停舆，一揖而别。历翟家冈、柳林镇，共六十里，申刻抵李家寨宿。信阳以南，群山合沓，行者循山磴而行。近城二十里，雨后积水，舆夫颇艰于行。午后云开见日，路亦稍坦矣。行馆即依山而筑，室中见遥峰一角，徙倚帘前，极似冠佩山中。夜，月色甚朗。

十八日(12月3日)

清晨由李家寨启行，见晓日初升。由西岭冉冉而下，行十里至武胜关，为河南信阳、湖北应山交界地，即沈尹戌所谓"直辕"也，从者皆在此换马。又行十里至孝子店，又行二十里至东篁店，饘。周瑞云癸酉黄潄兄过此馆，犹以卖米为生，今歇业矣。午后阴云渐布，微有风来。两边之山相距稍远，觉地势平旷多矣。山中人皆有积水之塘，编石为堤，以资灌溉。山石皆粗犷，有似粮艘烂船板者。竹竿摇翠，枫叶留红，岚翠千重，晴沙百里，涧水虽涸，时闻泉声，炊烟乍生，如曳云影，真山居一幅好画图也！共行三十里至广水镇崇兴号邹氏宿，信阳送者自此而返。应山令为四川吴华溪茂先，行一，甲子举人，乙丑进士。差迎。午饭香软，晚饭甘洁，逆旅中不可多得者。午餐自买野蔌烹之，味尤佳。邹氏屋以幔隔作两间，黑如漆室。邻人从墙隙瞰客，扰聒滋甚，兼鹅鸣豕啼，同居者又有扶柩借宿，击磬招魂，彻夜不能熟睡。

十九日(12月4日)　阴

以应山人夫不齐，迟至巳初开行。冈重峦复，四山都在积霭之中，沉沉欲睡。少焉，云散日出，豁然开朗。前数日皆依山脚而行，兹则皆由山腰或经冈脊,起伏离合,石少沙多。行三十里至汉东镇,俗呼郭店,馆,亦借民居暂憩者也。自昨日午饭至此,皆由应山县支应。午正,由郭店行至十八里湾小憩。天气甚暖,市莱菔一枚,食而甘之。计行三十里渡河。有桥,此河通湘水。至小河溪镇,廛肆鳞列,大聚落也,已入孝感县界矣。县城距此百二十里,令是邑者为德清蔡舜臣炳荣,行馆宏敞,为渡河后第一,供膳亦皆可口。夜间室人患腹痛,吐泻并作,急以生姜汁饮之,又服附子、干姜、丽参、白木、甘草,始少止。寅初,始和衣就枕。

二十日(12月5日)　阴晴相间,午后有风

辰正,由小河溪行四十里至柳店,借义德号饭店馆。午后,行五十里至柳店镇宿。午前所经道,冈阜居多,午后所经,畦畛居多,皆属孝感。柳店馆宇不及小河溪之宏敞,而精洁过之。蔡令差接,巡检□□□亦持帖请安。行李有落水者,炽炭烘之。所过村堡,战垒犹存,想见咸、同时兵事之盛。今则婴儿稚女生齿日繁,熙熙然久为承平景象矣。天气甚和,尚觉羊裘之重,惟昨夜浓霜峭寒殊甚耳。行馆为今年新修,几榻皆朴而廉雅,位置得宜,距城五十里。

二十一日(12月6日)　云阴甚厚

行三十里至大石桥,雨点骤紧,四面皆成一幅水墨图。稍顷,风作而雨止,又行三十里至双庙,属黄陂地,驿站即在于此。民居寥寥六七家,不成村堡。借秀才家宿,屋有秽气,烧香以辟之。有营勇扎于此间,更鼓声不绝,不能熟睡。署黄陂令为合肥戴□□,昌言,甲子举人。差接,又有一典史□□□,亦如之。

二十二日(12月7日)

破曙即行,大雾一白成海,对面不能辨,篼舆为之尽湿。行四十余里,至滠口,烟销日出矣。滠口尚属黄陂,为去秋粤西主试陆太史芝祥蜕化之地。奉使者过此,俱有戒心备网行馆。饭后渡河两次,又行数十里至汉口镇,渡河,进汉阳府城朝宗门,抵试院宿。汉阳令为己未同年仪征濮椿余文昶,来晤。

二十三日(12月8日)　大雾如昨

拜客,晤汉阳守严湘生昉,云南宜良人,己酉拔,辛亥举,丙辰进士。濮春余以事他出,程尚斋观察桓生亦以渡江未晤。其子霞坡明经以午坡托带信件转交之寓大亨巷督销局。复晤德化李玉阶观察明墀,玉阶言石伯平广文前数日留此奉候,不至,留书一函而去,展视之,则为其兄南樵觅幕席也。到旗昌洋行,对过乾裕官钱,晤谢子贤萧山人,言胡趾祥已归杭,戚彬容方他出云。见《浙江题名录》,余姚六正两副,吾家九畴得正,蓓香得副,韩培森、黄福坰及徐廉峰明经皆得中,可喜也。官生中者,瑞安之孙郑之童,此外所知者,冯梦香是好手耳。薄暮,程尚斋张灯过访五十八岁。夜,大风。

二十四日(12月9日)　阴,风甚大

晨起,出朝宗门,渡江至武昌,入汉阳门。谒方伯孙琴西年丈衣言,言蕖田学士亦在署中,请见,以眼病辞。琴丈留午饭。饭罢拜客,晤王晓莲廉访大经、蒯蔗农监道德,张蓉江之渊、张鹿仙炳堃、李□□临驯、沈鹭卿锡庆四观察。经心书院山长刘叔俛恭冕中丞以校武未回署,胡月樵凤丹、王石农嘉敏、何汝持维键、金子向星榆、恽杏耘祖冀、吴□□元汉、刘斡臣维桢均未晤。汪仲伊宗沂,吾父优贡门生也,来拜,不值。在叔俛处得杨信余令郎鸿远书。是日午后,眷口行李俱下船,由汉阳放至鲇鱼套。

二十五日(12月10日)　阴

蒯蔗农、张鹿仙、刘干臣、吴□□均来答复。到经心书院与叔俛谈,言书院高才生有可治小学者二人:蕲州许少琛拔贡士莹、黄陂范亦坡拔贡轼。可治史学者二人:罗田周伯晋优贡锡恩、江夏钱季香廪生桂生。服膺宋儒之说颇能体究者,武昌府拔贡袁宅贤承祖。浩博者,汉阳优贡黄省予嗣翊。聪颖者,襄阳廪贡吴文鹿庆恩。淹雅者,黄冈廪生梅书山植。此八人者,史论、诗、古文词及制艺俱可观。本科举人应山左笏卿绍佐,谨静好学,今将入都矣。沔阳拔贡刘国香,学识通博,惜不永年云。叔俛以《论语正义》及《晋略》见赠。余复渡江至汉口大亨巷淮盐督销局,应程尚斋之招,严湘生太守、濮春余大令、汪仲伊孝廉同席。尚斋复具舟相送,归船已二更矣。叔俛已在舟中久候,留之同榻。是日,周子鹤邀两儿观泰西人所居屋,夜深方归,并留子鹤于舟中。广西生试今日由此到汉阳,以闱墨来。

二十六日(12月11日) 阴

署武昌守武进王□□福、江夏令□□□均来见。李玉阶、程尚斋来送行。中丞翁玉甫年丈来答,琴丈亦来。汪仲伊再来访,邀与叔俛同食。杨馥笙自余姚附番舶来。得大兄书及树侄、四妹、三弟妇、小渔、逸仙各书,又蔡梅卿书,为请石南樵襄校。覆伯平广文书,附关聘托玉阶观察转寄黄梅。仲伊、叔俛皆辞去。余赴同乡诸君之招,为主人者,琴丈及晓莲廉访,鹿仙、若农、月樵三观察也。馔甚精美。琴丈赠自著古文。月樵以《金华丛书》见赠,云将觅便寄湘也。二更回船,答拜文星同年之子,以奉母、送妹、遣嫁事毕回湘也,言明与之同行。

二十七日(12月12日) 阴

舟上人以小事未了,不能开船。军需局程希禹以辅,六安人、张蓉江两观察派炮船二护送,哨官为守备刘世德、都司黄德华。李采臣方伯弟元才,号藻臣,以拔贡同知在此候补来见,言为吾父岁考六安取入学中者。因以延请宋仪臣襄校一节告示,嘱代为转催。张两世兄来。儿辈与馥笙游黄鹤楼。

二十八日(12月13日) 阴,西北风甚微

由江夏开行,六十里至京口泊。

二十九日(12月14日) 阴,云头甚重

从京口开行,七十里至邓家口。出折扇,令馥生书之。

三十日(12月15日) 阴

昨日见江豚上水,知有风雨之兆。今日由邓家口开行,细雾冥蒙,江容杳霭,不能望远。约行数十里至郝家墩,风逆而浪起,雨亦至,入夜殊大,浪浪彻夕,不能熟睡。张世兄船自昨日即不见,想已独行矣。

十一月初一日(12月16日)

风挂帆行□里,泊嘉鱼。

初二日(12月17日)　晴,风

嘉鱼令善化徐□□到船来见。以天色已晚解缆行,不及一里而泊。

初三日(12月18日)　阴,风

由嘉鱼开行。

初四日(12月19日)　阴,有风

日暮泊岳州巴陵县。巴陵令江夏伍熙廷懋绩与主簿□□□到船来见。

初五日(12月20日)　阴,有风

岳州守张松坪前辈德容来。府学训导长沙吴焜廪指、巴陵教谕醴陵汤越凡、咸丰七年补壬子、乙卯举人,辛未大挑选到。浏阳谭寿龄廪指皆来见。午后,答拜张松坪。松翁出所得旧拓《石门铭》《韩敕乙瑛》《天发神谶》《醴泉铭》《八关斋》各本见示,又以所著《金石聚首编》见示。古香触鼻,不能遍观以饱眼福,未免阙然。顾子清学使遣号房彭国用、承科凌权衡、日行房书办蒋楙林来。

初六日(12月21日)　冬至。云阴稍开而风即止

由巴陵开行,泊扁山。

初七日(12月22日)　晴,无风

泊湖中,舟行两日仅三十里。

初八日(12月23日)　晴暖,有南风

船行愈缓。

初九日(12月24日)　晴暖,南风时作

仍泊湖中。吾父生日,不能于舟中设祭。

初十日(12月25日) 晴,午后南风愈甚

舟不能行,泊芦林滩。本定昨日辰刻接印,今已不能赶到,遣傅承差回长沙报知。

十一日(12月26日) 晴

泊湘阴署。湘阴令为平度州孙□□儒卿,辛丑举,戊辰主事,三年改捐,选授祁阳调署。言陆主试过境,家人太不检束云。

十二日(12月27日) 晴

教谕沅陵石光锐咸丰七年补壬子乙卯举人,由景山教习累署耒阳,善化、衡阳等处选授湘阴。以病不来。训导武陵陈序徵陈竹伯中丞胞侄来见。午后开船,行三十里。

十三日(12月28日) 晴

中丞派炮船来接,行六十里泊金港。

十四日(12月29日) 雾,有日光

光绪三年丁丑(1877)

二月初九日乙未(3月23日) 阴

出黄道门西南行,过豹子岭,黄□□同知派队伍送于野次,并以燕菜款待,茶话而别。约五十里至摩云司宿。前日中丞阅边经此,故供帐尚未撤去。夜闻雷,幕中诸友以行李已渡江至湘潭,皆和衣而卧。余深抱不安,不知何以令我至此也。

初十日丙申(3月24日) 阴,午后晴

行五十里至湘潭。潭令黄冶卿教镕与教官渡湘来候,遂以舟济,宿昭潭书院。屋甚宏敞,书院有摹刻潭人书迹于壁者,笔墨尚无俗气。冶卿以其叔海华太守诗文集见示。

十一日丁酉(3月25日) 雨

冶卿出城,送行五十里。宿云湖桥客店。

十二日戊戌(3 月 26 日)　晨雨,过午晴

行五十里至湘乡县宿。县令欧阳平方以病假不来见。陈□□大令建常在此管厘局,来谈。夜,大雷雨,有雪。

十三日己亥(3 月 27 日)　小雨

过朱张渡、石子铺、城江铺、塔泥铺、瓦石铺,宿鱼塘,计行五十余里。遥望湘中诸山,宿雪未消,浓翠犹湿,田水皆满,泥潦纵横,山光倒纳水中,令人作舟行之想。

十四日庚子(3 月 28 日)　小雨

过牌头铺、测水、青石、铜铃铺,宿永丰,计行五十里。永丰,大镇也。顺德黄缵在此作巡检,即郝存之从堂弟也,邀之共饭。

十五日辛丑(3 月 29 日)　小雨,午后见日

过毛栗铺、吴湾铺、杨柳井、黄田铺,过二岭、武障铺、油榨铺,界岭宿,行六十里。界岭者,言湘乡、邵阳交界之岭也。

十六日壬寅(3 月 30 日)　晴

过乌石岭,由界岭行,五里邻湘铺,十里金仙铺,十里长塘铺,十里楮塘铺,十里白马铺,十里黑田铺,馆。又行十里,双泉铺,十里山塘,十里洪桥宿。共行九十里。宝庆巡捕□□□来,邵阳令李烈堂来。

十七日癸卯(3 月 31 日)　晴,有云

自洪桥行十里至雀塘铺,十里至蓝江铺,十里至石井铺,又十里向西行,共五十里至宝庆府城。各学教官与典史等迎于郊外,太守侯、晟,云舫。邵令李、大绪,烈堂。副将陈梁辅迎于接官亭。茶毕,上舆过青龙桥入试院,各官皆来见。太守送《宝庆府志》一部。

十八日甲辰(4 月 1 日)　阴

卯刻,至文庙行礼,各官皆到。听廪生讲书。寄长沙家书,交善化令送去。

十九日乙巳(4 月 2 日)　阴

考生员经古,“河内女子坏老屋,得古《太誓》三篇”,以“宣时事见于《论衡》”为韵,“雪花消尽麦苗肥”得“肥”字。生员一百三十余人。

二十日丙午(4月3日) 阴

毅皇后忌辰。考童生经古,《鹤处鸡群赋》,以"为野鹤之处鸡群"为韵,"快晴生马影"得"生"字。夜闻厨房争竞声,不能熟睡。应经古试者七百□十□人。

二十一日丁未(4月4日) 昨夜雷声甚大,且久而雨不甚

四更点名考试,合属生员共一千二百□人,天明良久始毕。府学"一也"至"或困而知之"、邵阳"一也"至"或勉强而行之"、武冈"一也"至"知耻近乎勇"、新化"一也"至"则史"、新宁"一也"至"则立"、城步"一也"至"仁而已矣"。经题为"王曰:封,以厥庶民"一节,诗题"神祠叠鼓正祈蚕"得"祈"字。诸生有至二鼓缴卷者,虽令之不从,吾浙及安徽所未见也。阅童古卷,放头牌,发生古案。夜眠甚酣。

二十二日戊申(4月5日) 雨

覆生员经古,拟宋言《渔父辞剑赋》,以题为韵;"买得一蓑苔样绿"得"苔"字。

二十三日己酉(4月6日) 阴

试邵阳文童,共四千二百余人。昨夜二更起即点名,至今晨辰正始毕。犹赖邵邑众绅先在头门督率,以前尚不至于陵躐无次也。题为"何以为孔子"至"食牛","诸侯多谋伐寡人者","小蝶穿花似茧黄"。留武冈教官谭□□世翊、陈□□北英,新化教谕杨□□书霖监场。发六学生员一等案。

二十四日庚戌(4月7日) 霁

覆一等生员,"子曰:臧文仲其窃位者与"两章,"神祠叠鼓正祈蚕"得"祈"字。堂号覆童生经古,《朱虚侯行酒赋》,以"请得以军法行酒"为韵;《插柳》《摄桑》七律各一首,前限歌韵,后限麻韵。

廿五日辛亥(4月8日)

试新化童生,自昨夜十点钟起至天明始毕,题为"吾与女弗如也","宰予昼寝不得其将至"至"沽酒"。

廿六日壬子(4月9日)　雨

提覆邵阳童生,题为“斯出矣”至“馈药”,“周公岂欺我哉”至“若药”,尽有佳卷。

廿七日癸丑(4月10日)　雨霏微

竟日考武冈、新宁、城步童生。武冈“适市”至“布”,新宁“帛”至“麻缕”,城步“经絜”至“五谷”,次题“怨是用希”至“微生高直”。童生场规今日较整肃,新化次之,邵阳最下。

廿八日甲寅(4月11日)　有雨

提覆新化童生,题为“求为后于鲁”至“晋文公”,“柳下惠不以三公”至“而不及泉”。发邵阳案。

廿九日乙卯(4月12日)

考教官。合属诸生补岁考。挂武、宁、城提覆牌。发新化案。

三十日丙辰(4月13日)

提覆武冈题“三思而后行”至“其知非疾痛害事也”;新宁题“从吾所好”合下两章,“先生之志则大矣”;城步题为“兄弟也”至“善居室”,“然且仁者不为”。新宁县首陈伯元文理不通,未与提覆之列,教官固请覆试,许之,而文之不通如故,然已头上汗上蓬蓬然不可止矣。得阿六十九日禀,廖项山、朱少虞各一。发武冈、新宁、城步案。

三月初一日丁巳(4月14日)　雷雨

合覆宝属文童,题为“以能保我子孙黎民”,“骅骝开道路”。新化廪生梁舟呈报童生陈祖桢病故,以备卷西昃四十曾镇南补额,牌示来辕覆试。

初二日戊午(4月15日)　晴,午后雨

韩霁舫太守来见。考武生岁试共四百人。

初三日己未(4月16日)　晴

考邵阳武童九牌,副将合肥刘梁辅监射。

初四日庚申(4月17日) 阴

考邵阳武童十牌。得阿六禀。

初五日辛酉(4月18日) 天气晴朗,到此后第一佳日也

考邵阳武童十一牌。刘梁辅言新得中丞札记,大过二次。

初六日壬戌(4月19日) 天阴,甚暖

考邵阳武童十二牌。

初七日癸亥(4月20日) 天晴暖,入夜愈甚,亥刻大雷雨

考邵阳武童毕,共十牌。

初八日甲子(4月21日) 昨夜雷雨,今日仍阴

试武冈武童十牌。夜间李烈堂来谈,烈堂请无须再请监射,曰可免开销十余千,余诺之。而湖南省章如此,不请又启官场之疑,甚难措置,如何何之?阅武冈州人揭帖,皆以新修志书不合众意也。夜间躁甚,连泄三次。

初九日乙丑(4月22日)

接试武冈武童毕,共十四牌。自卯正起至酉正止,惫甚矣。得定儿廿九日内有顾子清书。出邵阳提覆案。

初十日丙寅(4月23日) 晴,闷甚,午后雷声大作,雹随雨下

适试新化武童至第九牌。瓦溜湿几案,与刘副将移笔砚曲避,而校士如故。是日共看十二牌。辅梁送烛爆为余寿,府县皆至,辞之,请幕宾同席。出武冈提覆牌。夜,又有雨。

十一日丁卯(4月24日) 晴雨相间,夜间亦有微雨一阵

试新化十牌、新宁三牌。邵阳两矢武童纷纷呈请入马箭场,许之。烈堂送席,仍延幕中诸君同饮。挂新化提覆牌。

十二日戊辰(4月25日) 阴,偶露日光,夜有雷雨

新宁六牌、城步八牌步箭毕矣。城步童杨时若顶替杨时雨,经教师指出,枷号示众之后,临点不到者甚多,竟场遂无重名者。

十三日己巳(4月26日) 阴

出南门,向西行至教场,试合属武童马箭七百余人。武冈未毕,大雨如注，遂午饭以待。未正又霁，续试至酉初皆毕。归则夕阳烂如，暮色渐起矣。

十四日庚午(4月27日)　晴

试邵阳技勇，看三牌。得平庆泾道魏午庄光焘书，续刻《海国图志》一百卷，共廿四本。

十五日辛未(4月28日)　晴

试邵阳二牌、武冈一牌余、新化一牌。得王柳汀同年之讣。

十六日壬申(4月29日)　晴

试新化一牌余，新宁、城步共二牌毕。发武童案。石南樵自长沙肩舆来，年六十七矣。有定儿十一日禀，附烘青豆、葡萄干各一瓶。烈堂来，知前日又得第四孙。

十七日癸酉(4月30日)　晴

换戴凉帽。今日无事，与幕中诸公闲谈。侯太守来，言云南事甚悉。

十八日甲戌(5月1日)　晴

合覆武童挽硬弓而已。霁舫太守送獾皮、外袜、皮垫、六安茶、绿窗纱，使者往返四次，始尽受之。

十九日乙亥(5月2日)　阴

午刻大覆文、武新进童生毕。答拜侯太守晟、李大令大楷、刘副将，皆晤。雨。申刻赴太守署中之招，夜半始归。

二十日丙子(5月3日)　阴

李烈堂来谈。发落一等生员及新进文、武生，给贡生六人。新化廪生梁舟即前此滥保枪替陈祖桢者，特予斥革，并降派保为附。新化艾章黼以其师彭焯南号笙陔所著《明史论略》四册见示，赠彭生扇对各一件，以为读书者劝。又新化廪生陈钦明以不肯滥保武童陈大新子，被大新等辱詈，特拔置一等末。申刻赴刘副将之招。大雷雨。是日冒雨往府县副将处辞行。

廿一日丁丑(5月4日)　大雨竟日

八下钟起身,侯守、李令、刘副戎送于郊外,各学教官及诸生二百余人,皆出城十里之枫木铺相送。雨甚,不能多语,惟匆匆一揖而已。教官则勖其谆嘱廪生,勿保顶替;诸生则勖其读书安分,勿管闲事。十里至檀江铺,十里至岩头铺,十里至锡岭馆,十里至塔岭铺,十里至泉口铺,十里至涧口铺,又行三十里至郦家坪宿。以和祥不具菜菹,怒碎两碟,未免波及无罪矣。杜淑秋不来。以上皆邵阳县属。

廿二日戊寅(5月5日)　立夏。晴

将发而淑秋至,却以肩舆者私逃之故。黑行二十里,因蜡尽借宿民家也。约行五六里入祁阳界。祁阳令孙彦臣儒卿着人来迓。又行三十余里至湘南铺馆,又二十里至文明铺,宿于书院中。是日天气晴朗,行山中景光甚好,到文明时有把总来迎,彦臣亦由城中至。

廿三日己卯(5月6日)　阴晴参半,薄暮转燠

晨间由文明起身,地势渐坦,较昨日行万山间有奥旷之别。然冈岭起伏无定,农家皆插秧,荞麦乱开,楝花、丁香之属点缀于青林赤嶂之间。计行三十五里至丁家岭茶馆,又行二十五里至祁阳县城,宿于行台。中丞阅边过此,故窗纸犹新,室中均尚精洁。孙彦臣大令来,编修士騄来见。

廿四日庚辰(5月7日)　晴

卯正启行,渡湘江,孙彦臣送于庙侧。约行三十里,过黄泥桥茶馆,即起身行。过永固关,关上向南,望群峰起伏如大海波浪,鱼龙百变。衡伯言石逆到此不能入,遂折窜宝庆,然则亦一天险矣。约行二十余里至孟公山宿。此由广西驿路也,故有驿馆,零陵县属。是日微雨数阵,旋即消散。

廿五日辛巳(5月8日)

卯正,由孟公山启行,过冻青铺、画眉铺至吉利铺馆。零陵令恽心耘(祖祈)来迎,杏园之胞弟、心农之同祖弟也。又过竹栗铺、永泉铺,又行十里至永州府城,太守张东墅前辈修府与永镇□□□、游击

□□□及各学教官、两巡捕、千把总等迎于官亭，茶话后入城。东翁来，心耘来，各学教官皆来见。今日有雨数阵，风亦随之，雨点甚密。农家妇皆赤脚分秧，盖男女皆勤于南亩者。

永府教授彭舒英。六十五，长沙庚子副，五品衔捐纳，三次俸满。
训导刘源淏。四十六，浏阳岁贡，主事衔捐纳，夔斋。

零陵教谕陈昙。七十，善化，癸卯举，中书衔保举。
训导左寿朋。四十七，长沙附贡，五品衔保举，宾门行五。

祁阳教谕陈纪。五十一，耒阳廪补，己未举，辛未大挑。
训导张鐈瑞。五十，善化廪，捐纳五品衔，知县即选保举。

东安教谕周良椅。六十一，彬州附，保举。
训导李九成。七十，桂阳州贡生，五品衔保举，二次俸满。

道州学正杨焕琛。六十一，善化戊午举，保举。
训导傅秉忠。四十七，巴陵廪贡，典簿衔，捐纳。

宁远教谕李鼎春。五十二，桃源廪贡，捐纳，郰园行三。
训导李洵。五十九，新化岁贡，就职保举。

永明教谕罗梅。四十九，湘潭廪贡，典簿衔，捐纳。
训导首焕一。六十五，彬州岁贡，保举，两次俸满。

江华教谕欧阳祖述。五十七，桂阳县附贡，五品衔保举，初次俸满。

训导李正钦。四十五，沅陵辛酉拔贡，教习，用署任。

新田教谕张暄。五十七,华容补,辛丑举,捐纳,初次俸满。
训导唐树桐。五十八,临武补,辛酉举,捐纳,初次俸满。

内巡捕。
外巡捕。

廿六日壬午(5月9日)

五点钟即起,六点赴府学谒圣,又至明伦堂行礼,听九学诸生讲书。张东墅前辈送湖南局刊《通鉴辑览》《柳文惠全集》,恽心耘送《宁陵县志》。午后有雨兼有雷,夜间雨尤大。

廿七日癸未(5月10日) 晓起,雨止

分试合属生童经古。生题"申包胥逃赏"赋,以"君既定矣,又何求"为韵;"未到晓钟犹是春"得"犹"字。童题"马伏波诫兄子书"赋,以题为韵;"绕朝赠策"得"人"字,《柳子厚论》,各有七律四首。申刻大雨,雹子甚大,暖阁皆漏,退坐以避之。入夜雷雨不止,淋浪达晓。余今日至定更始退回,盖已危坐终日矣。秀才为童生递抢陋习,视为固然,殊属芒刺在背,刻不能忍。

廿八日甲申(5月11日) 有雷雨,午后尤甚

合属生员补岁试五十余人,题为"子夏闻之,曰'噫'"一节,"岸引绿芜春雨细,汀连斑竹晚风多"限"芜"字"多"字。又"洞口仙家绿树春"限"家"字。下二诗题为补两次、三次者出也。阅生古卷,东安王正锜最佳,宁远杨世珪、祁阳伍瑞辑次之。

廿九日乙酉(5月12日) 阴,有雨

覆九学生员,岁试共一千□百余人。子正点名,天明而毕,欲惩其补点之弊,祁阳不得入者数十人,另坐廪生于堂上,以绝其传递也。永府学为"天下有道,则礼乐征伐"六句,零陵"天下有道,小德役大德"六句,祁阳"邦有道,贫且贱焉"六句,东安"邦有道,谷"五句,道州"邦有道,危言"四句,宁远"邦有道,如矢"二句,江华"邦有道,则仕"

二句，新田“邦有道，不废”三句，□题“骏发尔私”四句，“山向吾曹分外青”得“曹”字。湖南生童，正场无不接烛者，相讼殆百余年，余既警之于前，而昨日生童经古之卷，阳以犯规戳记，盖其继烛之卷曰：“吾照例不阅也。”正场犯此者，即以此法待之，故今日竟无继烛者，惟有两本尚未写毕耳。未初放牌，戌初而止，场规肃然，惟吃烟脱帽不能禁止。是日刘夔斋、张寿云监场。发生经古案四人，又于犯规卷内发出十二卷，共得十八人。今日食道州香粳米甚佳，不减江南之产。夜眠酣甚，又得遗精之症。

四月朔丙戌(5月13日)　阴

覆经古生，赋题为“汉文帝与冯唐论赵将”，以“因□李齐，收功魏尚”为韵；“伯仲之间见伊吕”得“间”字。十八人者皆不继烛，惟零陵陈显仑作赋未毕，交卷而出。其正场之卷，运笔甚灵，有帆随湖转之势，而讹字三四，诗又甚劣，余固知其赋非己出也。得孙梧冈广信函。夜阅今日覆场诗赋，以新田陈希蕃为巨擘，宁远杨世珪次之，祁阳罗教经又次之。

王器成公辅　刘璋寿倬卿　曾鸿才雁峰　冯景略贵溪　昆冈小峰　翁曾翰海珊　康模近山　赵林宝斋　谢鸿诰小云　周信之启堂　汪熙慧生　谈起清问渠　伦五常孟臣，伯平　顾树屏翰臣　福钊伯申

——以上不出分者

黄煦霁亭　杜瑞麟石生　谢元麒　吴福钟吉人　周芳朴问村　薛尚义少方　谢祖源星海　于荫霖次棠　薛浚小云　崔穆之清如　李璠伯玙　孟继震东瀛　王墩璞卿　温忠翰味秋　赵国蔺耐卿

——以上出分子

张观跸叔平　李廷猷芳洲　李慎儒子均　许赓飏鹤巢　全霖雨三　徐炳烈绍圃　李汝弼筱良　顾肇熙缉庭　施之博济航　王允善膺之　廖寿丰榖似　马文华焕卿　英森杰

张庆子巷乾裕号戚彬容　趾祥　子贤
大亨巷口督销局程尚斋　四子　霞坡

孱守斋日记(1879)

起于光绪五年己卯六月(1879年7月)
止于光绪五年己卯九月(1879年10月)

前任代理芷江县张鸿寿,号心泉,浙江海宁县人。由监生加捐,考过本届县岁考。

现任芷江县曹震东,号星岩,系正黄旗汉军崇继佐领下人。由廪膳生中壬子科举人,考过本届科考。

前任黔阳县陈忠煐,号朗轩,考过本届岁考,湖北公安县人。由附加捐。

现任黔阳县施廷弼,号星南,广西横州县人。由监生中丁卯举人,戊辰会试二百八十四名贡士,殿试二甲进士,考过本届科考。

前任麻阳县吕懋恒,号慎伯,行一,江苏阳湖县人。由监生加捐,考过本届岁科县考。

现任麻阳县邱培蕃,号杏生,行二,广西昭平县。由贡生保举。

凤凰厅徐培元,号心畬,浙江桐庐县人。考过本届岁科考。

晃州厅赵绍华,号胜青,行一,浙江归安县人。捐班考过本届岁科考。

秦　黔中郡地。

汉　武陵郡地。镡成县地。西南夷。

案自汉迄唐之世,今靖州、会同、通道皆镡成舞阳龙标地;绥宁则汉为都梁、镡城二县地,刘宋亦为潕阳地。

蜀汉

晋

宋齐梁陈

隋　扬州。

唐　黔中道。

梁唐晋汉　附马氏。

周　杨氏据十[峒,辟徽]诚州,[诚]即靖州,徽即绥宁。

宋　太平兴国五年,杨进宝入贡,命为诚州刺史。

元丰三年,改[徽州为莳竹]县,隶邵州。

元丰五年,改沅州贯堡寨为渠阳县,隶诚州。总治本寨托口、小由、丰山、四堡寨户口。

元丰六年,[析莳竹县隶州],移渠阳县为州治。

元丰七年,废丰砦。

元祐元年,[知诚州周士隆。抚纳溪峒民千三百余户]。

元祐[二年,废州为渠]阳军。

元　靖州路隶湖广行省。

至元十二年,靖州安抚司移托口砦,属沅州,析邵州。

至元十三年,靖州路总管府。

明　太祖乙巳年,靖州军民安抚司。

洪武元年,靖州、永平、会同、通道。

洪武元年,绥宁属武冈府。

洪武三年,靖州府,又有靖州卫,又有五开、铜鼓二卫,无始立年分。

国朝　顺治十八年,裁靖州卫,以其屯田散入州县。

康熙三年,属湖南布政司。

雍正四年,[拔]铜鼓二卫[地及天柱县,隶贵]州[省]。

秦
汉
蜀汉
晋
宋齐梁陈
隋
唐　唐季蛮酋分据叙州地，自署为刺史。
　　[贞观]八年析龙标地置，朗溪县在今[黔阳]。
梁　附马氏，叙、奖仍为溪峒地。
周　周显德时，附周行逢。
宋　元祐三年[废军为寨，隶沅州。]
　　元祐五年，复以渠阳砦为诚州，复置渠阳县。
　　崇宁二年，改诚州[为靖州]，渠阳县为永平县，三江县为会同县，罗蒙县为通道县。
　　靖州[名始]此，领[三县：永平、会同、通道。立]安抚司。
元　至元十四年，绥宁属武冈路总管府。
明　洪武四年，靖州府降为古隶州省永平县。入州三年，以武冈府之绥宁县。来属领三县：绥宁、会同、通道。属湖广布政司。
　　洪武十年，通道省入州。
　　洪武十三年，复置通道县。
国朝　雍正十年柱县入贵州[镇远]府。
　　乾隆三年，以宝庆府之城步县来属，领四县。
　　乾隆六年，复归城步于宝庆府，仍领三县。

会同、黔阳、通道地。《湖南通志·沿革》：[通道]至唐为朗溪县南僚地。

崇宁五年，分莳竹为二，一曰绥宁一曰临冈，并隶武冈军。后废临冈入绥宁，仍隶武冈。

熙宁，中。复沅州(故叙州)，置。县四：无。朗溪三江名疑史失之。

[熙宁九年废绥宁县，崇宁九年复。绍兴十一年，移治武阳寨，二十五年，还旧。后废临冈来入。临冈，元丰四年，以溪洞徽州为县，隶邵州。八年，建临口砦。崇宁五年，改寨为县，隶武冈军。]

洪武二十五年，于州西二百里置天柱所。

万历二十五年，改天柱所，析绥宁、会同地益之为天柱县，领四县：绥宁、会同、通道、天柱。

崇祯[十]年，东迁龙塘，名龙塘县。后东迁雷寨，后还旧治，复故名。

天宝改为[潭]阳郡治，乾元后改为巫州治，大历改为叙州治，又为朗溪县，地属江南西道，又属江南西道、黔中道□□使。

光绪五年己卯(1879)

六月初二日(7月20日)　晴

由船溪驿启行，冈阜甚多，起伏无定。下坡处积潦未干，行者均有难色。十里至散水塘，二里白岩塘，八里乾溪塘，为诗人刘禹锡鉴水沐发之处，本名鉴溪。溪之北山有弹子洞，欲游不果。十三里至十里铺塘，茶馆。辰溪令杜理堂夔来迎，言由至此归，尚有隔于水至三四里者，已备舟以渡矣。四里至泥底，四里祥云庵，则今晨备舟待渡之处，水皆退落，偶有沮洳，无庸方济矣。辰州训导兼理辰溪教谕李长蕃来迓。又二里至县城行台，为去秋中丞过境所修葺，故粉壁颇新。饭后过浮，即朗江也。有一水自西南来，于丹山下合流入朗者，麻阳江也。渡江而后即沿麻阳江迤逦而西，溪流初落，泥泞尺余，舆人蹩躠蹒跚，一步一顿。百尺之树，涂潦顶蒙，其顶连崖之屋，水痕齐其檐下，遥望对岸人家甚多，近水禾田皆填淤矣。十里至石牌，四里至白坳，五里寒冈铺，十里山塘驿。村屋高大，胜于他处。把总杜必荣来接。临溪之田尽苗莠荇徒者。

初三日（7 月 21 日）

由山塘启行十里，辰初三刻至寺前铺。十里，小龙门铺。巳初一刻，买茶饮之，数折上大坡，俗名山木洞，有涧有桥，石道有坏者。又行二里上坡，曰桃树嶼，茶树蒙密，五六里不断，闻子规。下坡龙门溪，路纯作青黑色，似煤窑厂，为雨冲失者然。十里，中火铺，留云庵馆。树随山路，高下环□，市庵疏敞，最后老尼居之。出村得桥，过之，复入山十里，近前铺。午初二刻，十里大山铺，五里花岩，为辰、芷交界所，芷江令遣人设茶于此。又十里，怀化驿巡检归安胡光燧号放松与千总闵遇知出村五里来接。巡检前日到任，问以驿站名目，不甚了了。沅州教授刘士先来投批，言廿九日自沅城起身，今日始到此地，可谓极行路之难矣。

初四日（7 月 22 日）

卯正二刻由怀化启行，十里至小田塘辰初一刻，十里至石门塘辰正一刻，十里至板桥塘。又数里榆树湾，茶馆许真君庙中。芷江县丞陈樽来见，山阴人也，号侣琴，愦愦不省人事，蹒跚而行。十里至盈口塘，十里迴溪塘，又十里瓦崽塘。又三里，拱坪驿，芷江令汉军曹星岩震东来迓壬子举，巡捕沅州经历叶德济汝舟上元、芷江典吏李纯仁萃庵广东人皆来，叶满面酒气，李尚可用。驿舍颇整洁，余地即为鸟号，甚宽大。豆棚、瓜架、老树亦纳凉佳处。小僧买竹鸡丁。

初五日（7 月 23 日）　阴晴相间，有风颇凉

卯刻自拱坪驿启行，仆妾彭文贵送于驿庵。夫头悭于发钱，故幕友及行李枕不得发，迟迟久而始行。十里至石桥塘，又十里至罗旧塘。王文成自龙场归，过此有诗云：“客行日日万山头。”又十里巴州塘,又十里烧火铺,茶馆。豫桂樵太守章迎于道左。又十里七里塘。又七里至郊外,五里各学教官与巡捕皆来迎,沅州协副将施承侯鸿恩,湖北随州人率都司黄立志迎于郊外。午刻抵试院,院即偏沅巡抚旧署,署外规模及大堂号舍比他处宏敞。此次重修甫竣,木石皆易旧为新,惟幕宾栖止之房尚嫌其少。午后,自副将守令以次皆来见。施承侯为吾父视学所得士,道光三十年,曾见吾父于淀园,问李寿庭、黄蒙九、陈桂生家情事,能言大略。黔阳、麻阳教官各以新修县志来。沅州教授刘厚甫、士先,溆浦丁酉举人,由龙阳教谕升授。芷江训导胡湘琅、寿鋆,长沙举人。黔阳教谕谭介臣、与龄,新化举人。麻阳教谕周定轩、发藻,湘阴戊午举人。凤皇州导刘曙轩、明晓,永定。晃州训导彭星台华炳皆来见。

初六日(7月24日)　阴,有日有风。薄暮闷热,闻雷而无雨

寅刻谒圣,听诸生讲书,卯刻试生童经古。生题:《老妪吹篪降羌赋》,以"快马健儿,不如老妪"为韵;"湖目"得"莲"字,七言八韵。童题:《瓜战赋》,以"以数子的数为胜负"为韵;"贯鱼,以宫人宠"得"鱼"字。中庭架于棚,低不能遮日,西厢幕友房后无棚,皆令改建。

初七日(7月25日)

岁试沅州四学、晃州凤皇厅两学生员,到者六百六十四人。寅初点名,晓色微明,即下题纸,府"惟仁者为能以大事小"三句,芷江"惟智者为能以小事大"三句,黔阳"取之而燕民悦则取之"三句,麻阳"取之而燕民不悦"则句取三句,晃州"臣闻七十里为政"至"天下信之",凤皇"昔者大王居邠"至"非择而取之"。次试题同,"有卷者阿"五句,"松桂影中旌旆色"得"中"字。芷江廪生张崇贤不终卷首艺未完。自晓至午,有风而凉,午后风止渐闷,入夜尤甚。府学教授刘厚甫士先、凤皇训导刘曙轩值场。曙轩,永定人,自言其婿罗姓此次岁试列一等,其子挑覆而未录入。刘厚甫与黄恕皆、郭筠轩丁酉同年所言,皆老成可听。自述因任龙阳,迄升授沅州,作教官数十年,未尝坐一日轿,自养一骡,恒乘之而行。其家在溆浦,由行往还,虽数百里不以为苦。今年七十四，而筋力不衰，举止轻趫，胜于我辈远甚，殊可羡也。发生员经古案。

初八日(7月26日) 晴

覆生经古十一人。正取黄忠灏黔、李景山芷、蒋寿湘府，次取龙之镬芷、朱骥凤、宋生辉凤，备取滕国枬凤、汤日卿黔、杨应培芷、易梦周黔，次备黄忠弼府、蒲璟辉芷、戴式藩凤、王士登麻、杨翠亭晃，惟戴式藩不到。高力士《咏荠赋》，以"五溪多荠，兴感两京"为韵；"马上凉于床上坐"得"衫"字，七排入韵，朱骥所作较佳。补岁试十二人，"君子不以言举人"至"有一言"。因西厢凉棚未盖，小渔、衡伯终日在日光之中，别无避暑之处，牌示雇工盖棚改明日。芷、晃童正场，期于初十日考试。服小渔药。

初九日(7月27日) 晴，午前有风

县令遣人以木材松枝来添盖西厢凉棚，竟日而毕。又于中庭之棚改高二尺，使风得入。地方官听命于差总，草率了事，致余不得已而为此，此县令不善用人之故，非余之求全责备也。提调送席碗碟各八，受之。又服药。

初十日(7月28日) 晴，风甚凉，入室则闷不可当

岁试芷、晃文童，芷一千二百八十余人，晃二百卅人。寅刻点名，天曙出题。芷题"滕固行之矣"，"《诗》云：雨我公田"，"然终于此而已矣"；晃题"是为王者师也"，"《诗》云：周虽旧邦"，"是亦不可以已乎"，诗题同"有母之尸饔"得"饔"字。黔训谭介臣、麻训周定轩值场。发岁试一等生员案。

十一日(7月29日) 晴，有风，白云时翳

日覆六学一等生，"文犹质也"一节，"大小篆字生八分"得"字"字。坐堂上则倦而欲卧，入室内则热而难眠。午刻退堂后，惟周旋于诸友室中而已。写字看书皆不能耐，殆所谓疰夏耶？晃州文无一合格者，芷江略胜，而俚鄙之语，浅稚之词，累然满纸，为湖南最劣地。

十二日(7月30日)　晴,有风,不及昨日之凉

岁试黔阳童四百九十六人,麻阳六百零二人,凤皇二百二十八人,新童二十九人。丑初点名,天明而毕。芷训胡湘琅、晃州彭星台值场。黔题"则不眩",麻"则不跆",凤"则不固",新童"则不孙"。次题"予也有三年之爱于其父母乎",诗题"冬温夏清"得"冬"字。尚闻子规声。今日为吾母忌日,客中不能祭。薄暮腹痛。芷廪李景山、周长灏等合控阜隶杨芳之孙杨同文等三人实系嫡派,因拜县幕友金姓为师,考列前茅,又因金幕拜豫太守为老师,复得前列,请予扣除,以清流品。牌示提调无庸送考,滥保廪生杨连辉等一并斥革。挂挑覆芷、晃文童面试牌。

十三日(7月31日)　雨点颇密,檐滴溅桌上

芷、晃各童屡求转徙坐号,久而后定。芷题"公孙丑曰:伊尹曰",晃题"怨乎",及午而毕。未刻雨止。申刻提调进见,为廪生代求开复,并言此地农田盼雨,今日既幸而得此,二十日后再得畅雨,可望丰收。酉刻,发芷、晃新进文童案。夜间挂挑覆黔、麻、凤文童面试牌,文风以黔为优,麻次之,凤又次之,芷、晃不及也。

十四日(8月1日)　阴,有微雨数点而已

挑覆黔、麻、凤三邑童生。刘、胡两教官复言廪生杨连辉等实无贿串之弊,请予开复。黔题"亲亲而仁民上",麻"亲亲,仁也上",凤"亲亲,则诸父昆弟上"。麻、凤各加一题,麻"则不眩",凤"则不孙",仍以前诗题也。午刻出场,酉刻出案,并发岁试生员卷箱。晚霞一抹,夜见月色,亥刻大雨如注。凤皇厅案首田兴钧言忘记次题上文,请阅讲书,不许。既出复来,言已忆及矣,无人能熟四子书,具见此邦之陋。芷江令请病假三日,闻嗜阿芙蓉,不能早起也。饮请臣茶而甘之,通夜不寐。沅州府学十四名,芷、麻各四点得六。

十五日(8月2日)

昨夜不得睡,侵晓而起,雨止而檐溜犹滴,积水满庭,可以浮芥,虫声在户,鸟声在林,欢惨虽殊,皆能洗耳。合覆六学新进文童,四书文免。经题“峄阳孤桐”两句，“蜂穿窗纸尘侵砚”得“侵”字。巳刻微雨一阵。芷江廪生张守贤以岁试首艺不完，牌示降附。得阿六初六日书，小宝初四日到署，雅南得嵊县讲席，不来湘。又钱伯声五月十九书，郑逊庭书，逊庭不知何人。伯声次女于去年嫁高氏子。

十六日(8月3日)　晴

科试生童经古，生五十七人，童百六十五人。生题《今月曾经照古人赋》，以题为韵；“误笔作蝇”得“弹”字；《谒薛文清祠》七古不拘韵。童题“重与细论文”，赋以“海内长句，山东李白”为韵，“子不驱蚊”得“驱”字，《松棚竹帘》七律，限阳庚韵。夜仍不寐，绥宁训导陈尊海名明升来投批。□□人，丁卯推选。

十七日(8月4日)　晴热

科试六学生员。寅初一刻，踏月而出，扃门之后，曙色熹微。教授刘厚甫、芷训胡湘琅值场。府学“有罪不敢赦”三句，芷“周有大赉”四句，黔“谨权量”两节，麻“审法度”二句，凤“继绝世”二句，晃“所重：民、食、丧、祭”，策问“五溪源流，沅州府县沿革形势”，“山钟送曙出云迟”得“迟”字。晓日炎歊，移布帐于堂东，诸生始得安坐。发岁试新进卷箱。发科试古学案十一人，正取四名：蒋寿湘、黄忠灏、杨开烈、王士登。得崇署抚文，知新中丞于初九日由岳州陆行抵任。

十八日(8月5日)　阴，微有日景

覆生古《虞芮让田赋》，以“乃相让，以为间田”为韵；“乐毅报燕王书”得“谚”字；“李陵与苏武书”得“降”字。午后，有雨一阵。豫守进见，为芷童代求多拨府学二名，又为凤厅案首张胜岩求从宽录取。闻芷、凤童有争殴事，而未之言及，第言中丞之迟来，由其家口自都来，待之同行，故曹令续假。

十九日(8月6日)

科试黔、麻、凤文童。丑正点名，小渔尚篝灯阅文也。下题，二刻天色始曙。题为三“几希”，一“几希矣”，黔“存心”章，麻“山木”章，凤“舜之居深山”章，新童“齐人”章。芷训胡湘琅、晃训彭星台值场。午时大雨,入夜不止,堂上秽气扑鼻,雨势未已也。出科试一等案。晚饭后,以府学案首钞录潘高翔作过半牌示降等,取古学者皆列一等,惟府学宋生辉以控补试卷不列。

二十日(8月7日) 自昨午雨后至今日不止,午后尤大,庭左右积水如池

覆一等生员,凤厅陈其殷以病不到。题为"卫灵公问陈于孔子"一章,"山雨樽仍在"得"樽"字。

二十一日(8月8日) 夜雨达晓,至今日戌刻小止,晚饭后复大雨

科试芷童九百廿五人,晃童百九十二人。丑正点名,未曙而毕。芷"虽被发缨冠而救之",晃"被发缨冠而往救之",次题"子曰:然,有是言也","山影分云落砚池"得"砚"字。麻训周定轩、凤训刘曙轩值场。芷江曹令销假,今日与提调同来。芷童邓启录、杨世卿指场枪手,张盛连、余善宣讯问口供,坚不吐实,姑令各作文如例,放头牌交提调讯问。发挑覆黔、麻、凤面试童生牌。

二十二日(8月9日) 卯刻,雨点小歇

提覆黔、麻、凤童。黔"以予为多学而识之者与?对曰:然",麻"非与?曰:非也",凤"然,非与"。过午而毕。麻童优于岁试,而黔童劣于岁试远甚。巳刻大雨,午后止。堂上洒扫未净,秽气扑鼻,烧艾乱之,仍不能久坐。得阿六十二日书,伯声苏州书,仝年丈又得协办,李宪之出守青州,袁小午病殁,赈次以赈饥出力,赏吴清卿学士衔,胡光墉、黄昌桂、姚访梅二品封典。提调夜来禀,急讯明两枪手事,知顶替张盛连者郭有章,四川重庆人;顶替余善宣者□□□,保清人。

二十三日(8月10日) 晴,云开见日

提覆芷、晃童,芷"以其所为主",晃"以其所主"。夜饭后,发六学新进文童案。黔、凤、皇县案首张胜岩。沅州拨府芷六、黔三、麻五。

二十四日(8月11日) 大暑。阴

合覆六学。新进童免作四书文,经题"于以采蘋"二句,"一片冰心在玉壶”得“阳”字。芷江廪生傅作霖、李灿华禀拔入府学之曾炳南前二场皆确系枪手，今日来学，容貌不符，扣除以西驹集补额。未正雨，时作时止。提调夜来见。夜阅覆试卷，油腔滑调，唯供嘔噱而已，难矣哉！

二十五日(8月12日)　晓阴，午霁

斥革府学附生张祖斌，以郭有章之顶替张盛连，实祖斌为之说合也，又以张盛连派保实系李灿华而非张翰华，因并斥李灿华归案讯质。而后张邦材考教官，题为“六十而耳顺”两节，“嗟我兄弟”四句，《纳凉联句》得“郊”字。芷江胡训导卷最佳，经艺尤得骚意。覆芷江补额文童滕代俊“韩侯”“饯之”两句，岁科两次一等生童誊解部卷。

二十六日(8月13日)　阴，午后有日

廿八日皇上万寿，以在孟秋庙祭斋戒期内，例先二日行礼。寅刻，各学教官皆到。礼毕后复就枕，至辰正始起。岁试武生二百余人。酉刻，发科取新生及科试一等生员卷箱。

二十七日(8月14日)　晴，有风

偕随州施承侯协戎。午后风小，而亦久坐。试芷江武童步箭，共六百人，挂挑入骑射牌，得三箭者六，二箭者四十，附县府发列，一箭者五，县首彭瀛川，无箭亦附于末，共五十人。申刻，阅黔阳步箭，共三百人，阅三分之一。小渔、馥生、衡伯、孟丹出南门，过龙津桥，龙津桥上茶店最佳。游景星寺归，言寺僧松亭名慧敏，能诗工琴，又善吹笛，艺花满院，牡丹最多，惜不遇其开时也。廪生周长灏等呈请分别请情复李灿华廪生。武陵刘采九观察凤苣，犀菴师典试楚南所得士也，以道员在云南候补，今日由长沙解饷往滇，道出此间，以年家眷名帖来候。

二十八日(8月15日)　晴热，无风

阅黔阳步箭二百余毕，麻阳三百六十余人，凤皇四十九人，晃州四十二人，以次校阅，薄暮始毕。武童以争箭喧嚷，掷砖毁灯，提调桂珊、监射施承侯闻之先后来院弹压，得无事，由于捡箭者不发与教习，教习既散，无从分教，而直生遂致其事也。

二十九日(8月16日)　晴，无风

施承侯晨间来约。辰刻出东门，至教场阅五邑骑射百七十余人，巳刻回院。午饭后隐隐闻雷声，云头突起，有大风自东面来。阅芷江、黔阳技勇。方阅黔阳技勇，帷帐飘荡，尘土四起，堂中人皆掩口回身以避，余冠亦吹落，不能南面坐，遂退入静候。一刻，风静而出，复阅五十余，尚余七十余人，不能阅毕，天已暮矣。又以留箭不发，致武童鼓噪。革承差彭善述驱逐回籍，不许复充卷房。刘书办以其祖墓在芷江，置田一亩有奇，交芷江草书为修理之费，请咨县存案，以期久远，许之。李注《尔雅》："焚轮，暴风从上来降谓之颓。颓，下也。扶摇，暴风从下升上。故曰猋。猋，上也。"孙注云："回风从上下曰颓，回风从下上曰猋。"

三十日(8月17日)　晴热

辰刻，接阅麻阳技勇六十二人，凤皇十余人，晃州二人，巳刻即毕。此间技勇以麻阳为上头，号三□，往往不得录取，缘地产林□而学额又少也。麻阳、凤皇两案首不录。未刻，发七学武童案，拨府学者芷五、黔四、麻三。衡伯、朴庵清晓往游景星寺，馥生、靖臣、孟丹又于昨日往视书院古柏。

七月初一日(8月18日)

覆新进武童试，只令开硬弓，教官合词为革彭承差求恩，不许。发新进武童卷箱。作阿六书，附致仲林一纸，为伯声购得辰砂。

初二日(8月19日)　晴热

大覆新进文武生后，即拜客。豫桂珊、施承侯、曹春岩徐稼生门生皆晤。承侯令其子楚翘茂才国材及其八岁孙出见。午后，楚翘来答。申刻，出南门，过龙津桥，约行半里，至叶家山，循磴而上，得景星寺。豫桂山于此置酒，招余及承侯共饮。禅室面崖，颇幽静，别一室雅间，莳花木盆盎颇多，皆属于物性，借根以生者。和尚名慧敏，独精此事云。提调又为承差说情。二更罢宴归。遥见西北电光，闪闪而无，云影中流，闻于明声幽火。

初三日(8 月 20 日)　晴热

发落一等生员及新进童生。午后闷热。致汪汉青书、伯声书各一，与前信俱寄长沙。申刻赴施承侯之招，豫桂珊一人而已。得阿六二十日书，云仲林病尚未愈，现服胡医之药。叔田于四月十六日作故，自知死期，此人可惜。又得陈亚苏五月廿七书、邵中丞书、潘星斋三月三夫妇讣。五月十九日谕旨：万师调吏尚，徐荫轩升礼尚，翁姓师升总宪，潘伯寅户左，冯展云刑左，童师史馆副总裁，大约毛尚书丁忧矣。开复□先科李灿华廪生斥革曾炳南认保傅作霖。承侯招饮于署东偏田醉月亭，其下曰小明瑟，前副将玉山所署。面一方池，荷叶茭菰杂莳其中，养鱼数十头，花鸭唼喋于其上。又南为竹园，皆细叶纤干，葱蒨可爱。主人即取竹编篱以隔之，云自用家乡法，此地人不解为此也。旁有楝树中空，前日被风吹断。转点□流而坐，络纬声满地，竟似秋意矣。

初四日(8 月 21 日)　晴

卯刻，起马出南门，豫守、曹令、施副将率各学教官送于叶家山前，即景星寺侧也。过寺后即上坡，约十里至杨溪桥，两巡捕均送至此，而余已假寐，未及招呼。十里至桃树塘，又云十口坳，又十里板山塘，又十里关口塘，又数里罗葡田，为芷、沅分界处，以桥为界，借店家饭馔。自罗葡田折上铁墩，坡甚高，袤延约五六里。其畦处不减□□坡。又十里至楠木塘，微有薄云，隐隐闻雷声。偶过山口，风亦习然，故虽热而不毒。又十里竹坪垄，又十里赤土塘，又五里甘矶坪，居人颇多，黔令来迓。上大坡，又五里牛角塘，山势环曲如牛角，最高处望见县城一牛角塘角。黔阳令施廷弼星南，南宁横州人，由监中丁卯、戊辰联捷，归部铨选，光绪元年签掣选。来迓。黔阳在汉唐幅员辽阔，今芷江、靖州、会同、通道皆古驿，咸龙标地，即麻阳、绥宁亦有与焉，宋始定今名。又从山垄中行，忽高忽下，约十里至西门外，渡潕水，潕水自玉屏县城东流二十里至挂榜滩，入芷江界，东流一百七十里至沅州府城西，又经城南折向东南流，一百八十五里至城西入沅水，遂不复以潕名矣。上南门，抵北门行馆宿。馆宇背城颇洁，铺张亦较他处丰备。摘花朵为供，有蕙兰二盆。闻向日黔阳吏书借学差过境，为苛敛夫马钱于民间僵其争者，每年入已至万余千之多，三年而复已。学差又过境来，民间受累不堪，虽经大吏勒石永禁，而以今日之事观之，恐此弊尚未尽绝也。后有小院可以纳凉。典史吴立志海丰人，由实录馆供事议叙选授。施令送物八色，收芙蓉楼石刻、潘氏文集、凉扇、砂仁。夜饭毕已三更。

初五日(8月22日)　晴

卯刻早饭后，屏从骑北门而西，循潕水而南，百余步至香炉。晨访芙蓉楼遗址，严伯雨、杨馥生已先我而止。楼自嘉庆二十年曾令钰自东城外移建于此，道光十九年龙令见田光甸奉修。楼下中祀王少伯，左曾钰，右雷铎，左右石刻少伯宦楚诗及芙蓉楼落成等诗，龙翰臣手书。东石壁钩刻米襄阳《西山书院碑记》，西刻鲁公《麻姑仙坛记》黄虎痴藏本。楼左有碑亭，左刻鲁公“浮玉”，右刻岳忠武“墨庄”，中为黄虎痴集张文敏书《岳阳楼记》字七律二章，右嵌陈梅仙女史篆字，虎痴配也。祠后有曾、阎二令诗，背郭临江，怪石嶙立，为兹邑第一胜迹，惟黎夫人所作《芙蓉楼阁》，余竟不见，买拓本而出。至南门，渡沅水，水源出遵义府，竟自会同县东北流入，至托口与朗江合。朗江，即樠溪，一名郎溪，又名狼江，今托口。唐贞观八年析龙标，置朗溪县。《一统志》：“黔阳西南四十里有诸葛城，为朗溪故城也。”又东至城西七宝山，与潕水合。至此向潕水之名，而后见沅水之称，直至于洞庭。又东径城南，至县东与洪江合。又至县东北一百八十里侗湾，入辰溪县界。水面不宽，上岸过桥二洞即县，龙阳洲即在其侧邑，谚所谓龙阳洲出状元来者也。南驿行五里至柳溪，又五里至田溪塘，肥饘足征岁稔。又五里至马蹄坪小憩，忽见水光，盖沅水自托口合朗江南来也。沅之西岸，山隐隐低如邱垤；沅之东，山体渐峭拔，舆即循山脚行。又五里至大岳塘，施令备茶在此候送，匆匆数语即别。过三洞桥，不复见沅水，盖又入山中矣。峰势四合，见有一小凹，问之舆人，云此界牌也。入场行十里至板溪塘,有白鸟背人而飞,寥落三四人家。又五里得大树两株,绿荫数亩,居民买茶其下。小憩片时,问之路人,又云此界牌也。由此五里至马鞍山,云红日方午,微风不凉,命从者摘树叶覆舆顶以避炎威,日影微斜乃行。里许,至一狭口,路窄而陡甚,约三十步而下,树下有卖茶者。过木桥,又至一狭口,状如前,约三十余步,送者曰此小马鞍山也。里许,又至一狭口,窄如前而长过之,四十余步得坦处。又折而下,约六七十步,戍兵前迓,榜曰"永乐塘",居民十余家,盖即马鞍山也,与会同□界。同治中,粤逆黔苗窜会同,留驻兵防守于此,俗语"大小马鞍山,四十八个湾"。村尽得高大木桥,桥甫竣,溪水出其下,清可见底。沿溪行,路多石,崎岖难行,闻击鼓唱田歌,犹是沅州城外所闻者。又行二里许,崖转地旷,见傍山人家两三,颇修整。又里许,过木桥。自沿溪行至此,约五里,名黄土桥。暂憩树下,蝉声在林,牛鼻浮水,男女皆出观种,桐树独多,一望皆是。又行五里至湘涧,借村店为行馆,门壁倾侧,作欲仆之势,后临稻田数十亩,风自远至而积汗未干,不能披襟而受,偃窗键户,暂息片时。幕中人皆别居,惟福生寓我处,民居十余家。会同地黔阳供樵。

初六日(8 月 23 日)

梦中闻雨声,人语颇喧,视窗间已有曙色,遂起吃饭。卯刻,由湘涧启行,稻穗垂雨,灌木鸣蝉。诘曲行岸,两崖逼峙,溪流于中,潺潺清绝,崖倾桥断,似守令发民新修者。其灌聚丛蔚处,烧痕犹新,足见平日之田野不修矣。约十五里至新路铺。两三人家过此,山势渐开,田畴渐整,惟冈岭起伏无定,忽田忽坡,转折处颠顿不堪。又十里至平涧,山头稍低,稻壤相接,村民亦多从舆后回望。北山颇有瓦屋人家,不似向来窄陋。暂憩茶亭下,舆人买饭饱食。行二里许上大坡,一松自山腰倒植而下,横出崖侧,舆行其下,得野庙投牒诉者数人,地名铺子坳。下坳一望,豁然开朗,西山低横如案,东山屏列,四五人家散处其下,禾穟黄茂,溪水曲折贯其中。又半里得一市,十余家坮集之期,果蓏充肆。村口荷叶一池今为白的,迎白未收亦有红者,香气入舆中不散。十余步过一小坡,约三里至娄罗,会同令安肃张子遇名鸿顺来迓,辛酉拔贡,李高阳表侄,杨诏中门生。茶话良久,先行。补投杨积科斥革开复之文,暂收之。娄罗村杪大桥三洞,过桥之后,山势又拓。十里至木臻桥,又十里至清溪塘。此二十里皆山也,两山之中,种粳稻而已。又十里至城,进东门,抵行馆,时方未正也。供张精美,盆花尤可爱。张令复来见,问以杨积科事,索观志书,云尚未刷印,送旧志一帙。行馆供张丰于黔阳,楹联语皆按切人地,出于新撰者,盖此番调补。申正雨。《志中沿革表》:"秦黔中郡,汉武陵郡,寻改牂牁郡,属益州。三国隶蜀,晋又名武陵郡,南北朝为彝、播、溆三州,隋因之,唐为诚州。元和中,会溪蛮南勾牂牁以叛,柳公绰自潭帅师屯武冈,平之。五代属楚。宋建隆三年,节度使周行逢死,诸酋各为雄长。太平兴国四年,诚州长杨通蕴纳款,杨通宝来贡,为诚州刺史。淳化元年,杨正岩纳土贡,子通楹袭位。章子厚开梅山,两路招纳。熙宁九年,诚州始为中国洲。元祐二年,改渠阳军。三年,废为寨,隶沅州,寻复诚州。崇宁二年,杨晟增纳土贡,赐名靖州,领县三,永平为治邑。原郎江寨城北在郎江上,寻移三江,置三江县,隶靖州,旋改会同县,移治今所。元拨属辰州路,后隶沅州路。至道二年,改靖州路。至正十年,改靖州军民安抚司。明为靖州府,洪武九年,改州,裁永平,隶湖广布政司,领会同、通道、绥宁。万历二十五年增天柱,国朝因之。雍正八年,拨天柱归黔、靖三属,会同为首,东至洪江一百里,西至天柱六十里,南至靖州九十里。"

【按】樠溪,《水经注》土俗作"朗"。《一统志》:"郎江源出贵州锦屏县湖耳山,东北合渠河,又北流入黔阳县界。一名狼江,又名朗溪。宋狼山岩以此名。"

初七日(8月24日)　阴,热

姚朴庵下利,暂留行馆。卯刻启行,出西门,典史朱燦□两人,把总吴自申入靖州郊送。约五里许渡江,俗名头渡河,即入山中。行十里至双岩,又十里至连山,张子馀备茶□送。出镇五里,左沿渠江,右并群山。《会同志》:“郎江入县界,过郎坡,横流入狼洞,会于三江口,上受渠河、潭溪之水,至托口入沅。”《靖州志》:“渠水在州南,源出通道县佛子领,至流垣入州境,绕城东过土溪铺,北经会同入朗江。”《一统志》:“渠水源出通道县西南,北流入州界,又北流至会同县,西北入朗溪。一名渠河,一名渠江,又名芙蓉江,亦名南川河。”《方舆纪要》:“渠水经通道县东北七十三里门峡中入州界。”又《明史·地理志》:“西北有播阳河,自贵州黎平流合焉。”《黔阳志》曰:“播阳入渠,今靖州地。”据此,播阳至靖州入渠,渠至会同入朗,朗至黔阳入沅,今托口也。山势皆不甚高,砖岸颓沙,处处皆是。遥望隔水诸山,其大小高下,几似桃源道中,惟绿萝蒙密,差不及耳。水势随山势为曲直,望之不甚深,委行如炬,崖石横亘,怒涛沸沫,时时间作。木牌自西南浮之而下者颇多,间有瓮尚小,茅篷船以渡两岸。又三四里,闻雷声,得急雨一阵,前山堕入冥蒙,几不可辨,霎时而止,忽见日光,湿闷气扑。自此又五里至土溪铺,为靖、会交界地,在茶亭暂憩。又十里至沙溪,沙溪间有行馆,今已废。胸腹胀满,欲谋一憩息之所而不能。又十里,午正至火甲,靖州牧仅遣两家迓,饭馆于此。猪游于庭,牛鸣于户,耕夫□紧环立于阶。小渔、衡伯不得食而行,靖臣、孟丹、福生以轿夫向例给饭,今悭不发,喧诉久之,给而后行。余感受暑气,昏昏不能饮食,因假榻静卧两时之久。申正复发,十里至连城铺。自会至此,所见铺房中,标识地名,惟此一处而已。有桥甚巩致,四洞皆建亭于其上,观者满焉。过桥即上坡,此今日最峻之道。下坡后得一村,始有民壮四人来迎,舆夫以天色已晚,急足而前,簸荡颇甚。十里至锦袍铺,十里至飞山铺,山路既旷,于会同郊原远望,颇有平衍丰饶之象,大致与吾姚相似。其稻尚有未结穗者,视芷、黔以上较迟也。又五里,天色已黑,微有月色,从者皆张灯而行。以体中不适,腹中雷鸣欲泻,谢郊迎诸公,可先入城。既暮,进西门,抵试棚,谢绝诸客,并不暇问讯幕中诸友,即键户而眠,反覆终夜。州牧送午时茶,服之,又服小渔药。

【按】会同之相见连山，靖州之沙溪，皆有公馆。而今日学使经过，皆借民冢圈、牛栏为之。会同纤夫亦有号衣。

初八日(8月25)　阴

卯刻，竭圣庙，改坐舆至明伦堂听诸生讲书。回院后，接见靖州知州鹤山劳芗林铭勋、自咸丰二年以从九品到湖南，历署桃源、长沙、衡山等县，补今职。靖州学正长沙何莼轩、卅八，绍远，甲子捐选，以拣选知县保奉□尽先。训导长沙曹杏庄，四六岁，焕湘，甲子举捐选。绥宁教谕长沙陈星海、明曦，丁卯举捐选，祁阳教谕，改选今缺。训导郴州邓希文，丕显，廪捐署。会同训导益阳龙冈廉，昌澍，六十九岁，以岁贡捐，同治元年选。通道教谕郴州陈秋垣。善奎，廪保知县，选婺源，署青阳八年，吴竹庄以□顶奏降归教选授。其会同教谕长沙柳云楼先赓，廪生，庚子解元，会试六次，捐教，咸丰五年选，年七十一岁以病假不到。内巡捕补用经历胡炘，靖州零溪巡检张萃，外巡捕靖州吏目寿皆来。昨日出城来迎者，又有酆汲堂协戎登科江西总理靖军营务处，并带左营知府储先堃靖州人，帮带靖字左营贵州副将夏起凤，协中营都司詹存忠，靖字营左哨龙开科，右哨王福才，左营前哨杜祖铭，右哨高文敏。午后，州牧送午时茶，服之，又煎小渔所开药方服，昏昏终日，入夜，夜凉少清。州牧送《靖州志》来，为道光十七年觉罗隆恩所修本，闻志局今已告竣，尚未印刷也。朴菴腹泻今日略止，于申刻由会同肩舆到此，言昨日之雨行馆中屋宇皆渗漏，与途中所遇不同。窗外芭蕉高出屋丈余，绿阴分占东西两角，却补院中之空。幕友房皆宽敞于他棚，惟圊厕无安顿处耳。

初九日(8月26日)　晴热

阅州志，芜秽矛盾，凌乱之弊百出，为作一沿革表，以省观览。苦行箧中无书可检，草定出枕，俟他日呈之。未刻雷雨，为时颇久，入夜始止。天气骤凉，夜间尤甚。服小渔药。

初十日(8月27日)　立秋。卯刻晴凉，而湿云犹霈

发试生童古学生题《登台履薪赋》，以“与其子女登台请命”为韵；“露竹风蝉昨夜秋”得“蝉”字；“吟诗莫作秋虫声”得“声”字；《侍郎山》

《鹤山书院怀古》七律各一首，限“寒”“删”韵。童题《栾针使行人执榼承饮，造于子重赋》，以“夫子尝与吾言于楚”为韵；“大富贵亦寿考”得“仪”字；“树罅忽明知月上”得“明”字；《初九立秋雨次日晴》绝句，不拘首数。继而知为今日立秋，写题皆误矣。

十一日(8月28日)　阴凉

补试岁考，从《广雅》摘出与《庄子》义相发明者四十余条。

十二日(8月29日)　晓阴，午前有雨数点，午后见日，未几又阴

丑正起，皇太后万寿，望阙行礼毕即点名。岁试靖、绥、会、通四学生员六百余人。东方微白，下题纸，靖州“乐节礼乐”二句，绥宁“乐节礼乐”，会同“乐道人之善”，通道“乐多贤友”，次诗题同“牧人乃梦”三句，“溪声凉傍客衣秋”得“秋”字。监场者为通道教谕陈秋垣、绥宁训导邓希文。陈秋垣同胞兄弟皆作教官。申初，雨势甚紧，淋淋入夜。前山正对暖阁，东西翘然而隆起，中为一凹，如月之环，两头纤上。居人筑塔于其中，以助耸异之势，而不能抵两边之高也。浓云厚积，今日不复见山矣。

十三日(8月30日)　大雨竟日

覆生员备取诗古四人，靖州杨荣溯、赵泽芬，绥宁苏华实，会同梁鹏。赋题《晋悼公赐魏绛金石之乐》，以“如乐之和，无所不谐”为韵；“安得猛士兮守四方”得“方”字。夜卧撤席。

十四日(8月31日)　大雨竟日

寅初点名，题下而天明矣。岁试靖州童生五百三十二人，新童二十三人，通道文童五十八人，新童五十五人。通道之木字四童，皆由侨寓入籍者，院试时刻此木字识于卷端以别之。县额四名，取土童六、木字童二，不能相通也。靖题“东夷之人也”，通“西夷之人也”，次“季桓子受之”。一日靖新童不启，通新童不发。次“季恒子受之”，诗“渔家灯影半临流”得“流”字。绥宁教谕陈星海明曦、训导邓希文值场，以会同训导龙冈廉已笃老，故邓再入场矣。靖州童李万朝病不能言，特放牌令巡捕遣勇丁负之而出，其弟亦入场。收卷五本，发一等生员案。陈教谕云:此邦读四书后,惟读《诗经》,书香家间有读《礼记》者,《左传》则无人读之者。故前日经古题,生童甚以为难云。

十五日(9月1日)　雨

覆一等生。靖州三名:戈炳□、胡述文、覃唯藻。以第四赵麟褒首次不称,命别坐亲试之。绥宁三名:苏守渔、刘绣林、苏华实印戳独迟。会同:张承锡、林元仕、伍锡麟。通道:吴启相、奚开箕、吴昌忠、吴习何。覆试题"子曰:君子食无求饱"一章,"绕壁秋声虫络丝"。午后雨止。食时闻谡谡声,以为复雨也,福孙云此茶炉声也,审之良然。未正又雨,芭蕉叶上淅沥不止。入夜后大雨,卧闻小渔读书声,反复未安枕,已放二炮矣。

十六日(9月2日)

岁试绥宁、会同两县童生。丑刻即起,适雨势甚大,执事者皆执伞着屐而至,狼狈殊甚。绥宁文童五百十三人,新童九十人,会同六百零七人,实到一千二百一十人。雨声与人声相乱,故点名甚缓。至曙,尚有五牌余人,自校试中收来,未有若是之晚者。封门后,雨仍不止。留靖州学正何莼轩绍远、训导曹杏轩焕湘值场。会同教官柳云楼,年七十一矣,余到此后,即以足疾乞假,今日暂到案前相见,复言病足不能久立,许之。劳芗林封门时复来进见,亦自今日始。绥宁题"而贵德,所以劝贤也",会同"而薄来,所以怀诸侯也",新童"薄敛,所以劝百姓也",次题《君子之志于道也,不成章不达赋》,"旅雁初来忆弟兄"得"秋"字。绥、会同新童,次题"如不可求"二句,"凉风至"得"秋"字。午饭后,雨止云开,对面山皆修容而出,髻鬟可数。晡时后,日光下照,天气又融和矣。辰绵酉葛,汗犹渍体。何莼轩言靖州秀生有在道光十七年蔡学使时入学者,至今未到省应试,无怪人文之陋也。绥宁童生侯三元,藏怀挟于篋底,搜得之,哗而诉诸学使前,谓官人怀考,具势汹汹。余欲枷之,固不可,令长跪以俟封门时交巡捕扶之出。又有认保无押者数人,亦不令入场,所以绝枪手之弊也。夜月入窗。

十七日(9月3日)　晴,午后已作小热

卯初,面覆靖州童四十二人,新童六人,通道童十五人,新童六人。靖"其为人也小有才",通"其为人也好善",两新童,一"其为人也孝弟","其为人也发愤忘食"。午正,皆交卷出场,以胸膈气不下行,服小渔药。夜月观书,过子时始就枕,倦甚矣。

十八日(9月4日)　晴热

卯正,面覆绥宁童四十二人,新童六人,猺童一人,会同童四十人。绥题"禹之声",会同"汤之盘",新猺"文武之政",午刻皆交卷。酉初发四学新进文童案,靖州学额二十一,猺童三,绥宁十五,新童三,内有一猺童。向例猺童来试者,分拨一名取进,无则归新童,如猺童只一人,亦取猺而不取新。今年一猺应试,即占一名,其文理无一字能通也。会同二十一,通道八,新童三。灭烛而寝,月影入窗,忽闻芭蕉作淅沥声,倏作倏止,盖前数日雨意犹未尽泄也。

十九日(9月5日)　晨间有雨,当午而晴

合覆四学新进文童,题为"彼身织屦,妻辟纑",新童题"用之以礼",诗题同,"远山晴更多"得"多"字。申正一刻,大声来自前山,如有剧风暴雨,惟旌飘荡,拉扢有声。应试者恐卷子为风掣去,各以手按之。遥视前山,坠入云雾。迨风息,雨意全收,来日已冉冉下东檐矣。发岁试生员卷箱。

二十日(9月6日)　晴

科试靖州合属生童,经古生二十四人,童七十八人。生题《露似珍珠月似弓赋》,以"露脚斜飞湿寒兔"为韵;"桑竹参差映豆花"。童题《秋燕已如客赋》,以题为韵;"云归溪树作秋阴"得"阴"字。发岁试新进文童卷箱。今日看书过多,虚阳上越,两目昏花,夜间亦不能酣睡。

二十一日(9月7日)

科试靖州合属生员。寅初点名,绥宁杨子云于补点时始到。学师识其面目禀非本身,当欲扣留,适有言:"会同生员有杨子云姓名否?”会同教官答言:“有之。”遂不复问。迨补点会同,并无此人,始知会同教官之妄言,而杨子云之实请代枪入场也。共四百零一人,靖州、会同、绥宁、通道。留靖训曹杏轩、通教陈秋垣值场。靖题“谨而信”两句,绥宁“主忠信”两句,会同“无友不如己者”两句,通道“事君能致其身”两句,策问“《诗》二家、《春秋》三传异文”,“助尔添修五凤楼”得“楼”字。放二牌时,教官率杨子云进见,据称子云前日患病,有闻其信者,顶名入场,□场内为人替作文字,子云实不知情,质之,子云所言相同,因令默写,正覆两场一字不误,笔迹亦同,遣之出,而札提调查拿顶名者。体中不适,夜不能睡。出古学案,备取四人,会同张积善。

二十二日(9月8日)　晴,热较昨为剧,居然秋阳暴之矣

覆取古生员六人。《伯仲伊吕赋》,以“伯仲之间见伊吕”为韵;“屐齿”得“游”字。以会同张积善为最佳。昨夜失睡,出题后即退堂假寐,体中倦极,然不能酣睡,可怪。小渔为去参用生地。午后神气稍清。

二十三日(9月9日)

科试绥宁童四百廿二人,新童八十七人,会同童五百五十二人,共一千零六十一人。丑正点名,月色甚皎,微有薄云而无风。封门下题“咄咄且旦”,留会同两教官值场。绥宁廪生苏□□临点不到,牌示革廪降附。绥宁题“故达”,会同“不达”校之改下,新童“未达”,以绥宁县试出过此题,因以新童题命之。次题“彼以其爵”至“朝廷莫如爵”,新童次题“请辞,御者且羞与射者比”,诗题“凭栏投饭看鱼队”得“投”字。晨晴而风,午阴而热,坐室中如着火笼上,汗流不止,尚不及堂上之疏敞通气也。午前喉痛旋愈,饮酸梅汤而甘之,耳目为之一清。发四学生员科试一等案,诸生于《诗》三家、《春秋》三传不甚明白,钞袭策料,别字破句,重贻惟缪,至遍体疻痏,因择其稍知句读者置之前列,不欲以首艺为高下也。会同柳教谕今日侍立颇久,目光炯炯,无龙钟态。绥宁堂号卷气皆顺遂,惟州案首不佳,会同堂号不通者居多，皆州前列也。秋虫嚼肤。

二十四日(9月10日)　丑刻有雨，晨间云气冒山，隐隐闻雷，无雨而热，日光徐露，溽湿之气浮于空际

覆四学一等生员。“人之言曰：为君难”两节，“乱山衔月半床明”得“衔”字。申刻大雨而雷，凉飙袭衣，《宋玉赋》所谓“清清泠泠，愈病析酲，发明耳目，宁体便人”者也。棚簟渍雨而重，不能以绳曳之。室中幽暗，仍至堂里久坐。挂挑覆绥宁、会同童生牌，绥宁州案首周克明不与。

二十五日(9月11日)　阴雨相间，秋气渐凉

因今日忌辰，改正场为提覆，绥宁童三十一人，新童五人，会同童三十九人。绥题“止，吾止也”至“语之而不惰者”，会题“小人学道则易使也”至“偃之言是也”，新童“未见其止也”，“子曰：苗”。绥宁廪生求予州案首周克明覆试，不许。竟夕小雨，疏密相间，夜卧不安。绥宁童吴佩南二本皆佳。

二十六日(9月12日)

科试靖州文童五百人，新童二十二人，通道文木童四十九人，新童五十二人。寅刻，冒雨而出。黎明，封门，留绥宁两教官值场。靖题“圣者吾不能，我学不厌”，通道“夫圣，孔子不居”，靖新“伯夷、伊尹何如”，通新“皆古圣人也”。靖、通次题“千里而见王，是予所欲也”，新童“岂舍王哉？王由足用为善”，诗题“小屋如渔舟”得“舟”字。小雨竟日，改着袷衣。指南面山问两学师，皆不能名，惟答言此地名胜以飞山夕照为一邑之最。城中有曹氏园林，有池，有台，有亭，有山，亦有游览。州案首周克明、吴才九并无徇私之处，其师为靖州詹孝廉，于周童府试时为之交通，故得袖然举首。又言袁□□工部去年自都回里，日来已到靖州云。湘中餐席，以邵阳为肥壤，零陵、祁阳、宁远次之，桂阳、长沙、清泉又次之。靖州童胡□□以怀挟被搜，愤愤不已，归号后复至搜检处寻觅书本，吏人阻之，诈言卷子抢去，请另给此之出。夜凉。靖州前列许第抗只作一破承题，詹泰阶只作首艺而未竟。

二十七日(9 月 13 日) 阴凉

考教官。午后有雨。录科监生一人，长沙何凤藻，即靖州学何教官之侄。题为“夫道一而已矣”合下一节，策问“选举”，“风含翠筱娟娟净”得“娟”字。午闻蝉声。“君子之守”两节，“蟏蛸在户”四句。

二十八日(9 月 14 日) 阴

提覆靖州、通道各新童六十余人。靖题“水哉水哉”，新童“归与归与”，通题“未信，则以为厉己也”，新童“未信，则以为谤己也”。晚饭后，出四学科试取进文童案六十六名，附三学新童九名靖州无新童。今日以武场在即，打扫号舍，于泥中捡得靖州胡□□卷子一本，始知该童遗失之故，非该童诬赖，亦非官人抢去也。

二十九日(9 月 15 日) 晓有日光，旋为云翳，闻蝉声，方知李义山“疏欲断”三字之妙。午后阴，有风。夜乃大雨

合覆四学新进文童，题为“秋省敛之秋，寒蛩吟露草”得“吟”字。得余姚戴菊人训导进书，为其子锡恩以从九分发江苏，嘱致函太守予以一席。发科试一等卷箱，会同柳教官禀称取入该学第三名之杨春旗其人可疑，仍请面试，许之。真草俱全，虚字通顺，知前两作均为己出也。杨贤科手持禀帖跪于公案前，似欲有所诉者，大声叱之曰：“汝若再欲与讼，当褫汝衿。”挥之而出。外巡捕府候补经历靖州吏目寿嵩禀称，去年有绅士戈韦新被游勇涂面持仗明火强抢一案，缉拿未获，已在部议二参之列，求转恳调罢他处，以避处分。

八月初一日(9 月 16 日)

岁试靖属武生二百余人。自昨暮大雨，至今午方止，申刻有淡日。劳芗林来见，请将靖州考滋事之武童九人，被人告发、身家不清、延不到案之武童三人牌示扣除，许之。夜读《毛传》，漏尽始睡，达旦不寐，听小渔吟诗。

初二日(9 月 17 日) 晓阴，巳刻密雨，午霁，晡时见日

与鄷汲堂协戎阅武童步箭，靖州七牌，实到二百□十□人，绥宁十五牌，实到五百三十六人。阅至五牌，暮色已合矣。鄷汲堂幼陷贼中，随石达开入蜀，归顺后随征甘、陕、晋、豫、直隶等处有功，补榆林镇，以改近归湖南，任沅州协三年，去年调补靖州，十月到任。自言同治十一年始娶耒阳人为室，尚未得子。追叙伪翼王当日踪迹，尚有眷恋旧主之情。

初三日(9月18日) 阴

得阿六七月十一日书，云连世兄已辞馆，小邨五月十三日知谢麟伯、何衡甫皆以春温病逝。又得李宗莲妻讣状。请衡伯为孟丹书，言洋儿子欲在岳麓山边规起墀头水道，湘潭常德、长沙善化两县令以舆迎其酋入城，又同至湘江边相度地势，土人遍贴告白于城厢，云欲与之为难云云。阴晴相间者竟日，巳刻有雨，未刻日中有雨，申刻有日。阅绥宁步箭毕，接阅会同四牌约百余人。天气闷热，不能久坐。

初四日(9月19日) 晴热，有风

接阅步箭，会同三百余人，共四百卅六人，通道二十六人，午刻毕。何教官以喉痛请假。鄷汲堂送物，收其普洱茶、杂拌烟。午后阅技勇，靖州二十六人，绥宁四十人。幕中人出游书院，晤学院山长，事者为长沙罗海安孝廉，曾任邵阳教谕。据云我常常教伊辈字画要整齐，庶几易于悦目，终不肯听云云。此言大有讥讽，诸君尚未知之也。

初五日(9月20日) 晴

卯刻出南门，至大教场阅骑射。城中□道升降屈曲，略类王村。一出城门即过桥，有水东西贯之，浅濑无波，顽石腭立，傍岸人家皆以树干支屋，市肆尚不寂寞。市尽又得一桥，微有水痕，似溪涧水入江之路。再至南即教场，绿芜一片，可营数万人。鄷汲堂云：田兴恕曾以二十营分驻于此，尚未占其一半，林木余利，亦岁入数千金云。鹤山正在城西十里，形似覆屋，上起铁顶，东南均有山，不知其名为何也。巳刻回棚小憩。午饭后，接阅绥宁、会同、通道技勇。天气又郁闷，汗出如浆，昏昏半日，薄暮方竣。州牧以教场一席见贻，与幕中诸君小酌，体惫不支，不能斟酌去取，俟明日再为出案。子初有雨。

初六日(9月21日)　自昨夜半雨,至今午始止

发岁试新进武童案,靖十六,绥宁十五,会同十七,通道八。绥宁县首步十支而不举刀石,屏之不与。靖州首以步箭六支皆空补予挑覆,见其人无恶相,已拟取入矣。因技勇在后,误夹箭条于他册,检引不得,亦不在列,岂非命耶?申刻有淡日,戌刻又雨。覆视会同州县前列单,县之所取,岁科无不入学者;州之所取,于县案外特拨七名,皆覆落矣。《遵大路》:"不寁故也。""故,故旧也。""不寁好也。""好,爱如也。"《唐·羔裘》:"维子之故,维子之好。"笺:"故为故旧,好为爱好。"复绥宁苏守廉廪生。

初七日(9月22日)　阴。霉气满室,雨意方浓

覆新进武童试,会同取进末名□□□开二号弓不符,欲扣除另补,会廪生以前日开弓伤筋为辞,乃止。酆汲堂、劳芗林皆治具相邀,订期明日,余皆辞之。芗林复来,仍还其柬。午后犹闻寒蝉声。夜雨,三更时愈大。

魏鹤(翁)[山]

《侍郎山》诗:风引征衣堕古城,手披荆棘上前京。侍郎山下寻仙李,枉史亭前访老成。蜃雨蛮风鸢外落,洞云溪月雁边明。惊心忽忽未全稳,似听哀猿如啸声。

《鹤山书院》诗:天运驱人人不觉,古道违时时不学。玉相隋胫回荆山,昭质依然未经琢。因思胥靡逢殷宗,精神动悟声气从。砺岳霖雨到梅蘖,变化气质天同功。朝歌屠叟无与语,一日投纶见明主。大车槛槛行周道,轮辐中规箱中矩。人生天地同一原,自诚为圣明为贤。地殊势远犹合节,矧此同宇相周旋。自从浇风散遗直,世不乏材无匠石。未能登车习射御,人人自视邮无恤。出门浪战触与蛮,半生少得须臾间。不为夷甫辱汝水,即似介甫逋钟山。古人洒扫先庭户,岂问他人莫予顾。只忧原头欠渟滀,才见天根便呈露。人言阴浊胜阳清,阴一阳二分三停。

谁知阳德本无间，根心枝叶长相亲。君臣大分虽有止，终不能忘乃天理。世无我知将自知，不待雷风问诸史。投沙屈贾占所归，九州博大归何之。虽云忠愤语伤激，律以洙泗犹津迷。前村虎啸晚风起，跕鸢酸嘶雁将子。君恩未报臣忧深，暇起壶头较乡里。江公劝我姑少安，新诗句好如璧环。敢许忧诚谢庆语，仍戒牍史毋钞传。

《芙蓉洲》诗：严风吹衣落南土，手披䝟猱藉封虎。缘山跨谷三里城，架竹编茅百家聚。天公似为羁人谋，闭藏佳境城东陬。介然用之便成圃，下视更得芙蓉洲。水间木末高下照，名字既同形亦肖。自从羸豕伏群龙，红白相辉转明耀。人怜风雪拘系之，委弃衰草蟠寒泥。谁知炯炯含内美，正于槁瘁先生辉。大书三字为吹送，唤起渠阳百年梦。却疑二华痴绝人，身既隐矣名焉用。

程惇厚，字子山，绍兴间以言事忤秦桧谪此，立书院讲学于侍郎山，兼建观亭。魏华父，宝庆间以工部侍郎言事忤史弥远谪此，构鹤山书院于纯福坡下。薛河东《读书录》："一日在湖南靖州读《论语》，坐久假寐，既觉神气清甚，心体浩然，若天地之广大。"罗念庵有《游中华寺》七律。宋西溪，以方，字义卿，宏治进士，官瑞州知府。宸濠诬奏，下狱十四日。濠反之日，械至鄱阳，望康郎山，曰"此我埋骨处也"，投水死。未第时，夜泊鄱阳湖，梦吏持檄召作靖州城隍，公本靖人，甚骇，及守瑞，乃知瑞古靖州也。后复死于鄱阳。

初八日(9月23日)　晓阴，微雨

大覆新进文武童生。发新进武童卷箱。午刻发落。未刻日光□灼，天气尚似夏日。酉刻，拜客劳芗林州牧、酆汲堂副将，皆晤。汲堂折桂花遣人送来。得阿六七月十九日书，知定初七日由省赴苏，仲林腹痞未愈，尚服胡医西药，小牛亦有病，现请书巢诊视。得少虞六月廿一日书，去年七月十日，今正月七日。云年岁可望丰收，惟情面未能被除,库款依然支绌,封事颇多而不能补救也。又得张名洲之讣。九月帮办陕西赈务设局同州府,病殁西安富平县差次,四年一月十九日,六十二岁。回信寄富平县城寓。又得刘思傅之父陕东封翁讣。七十五岁,二月十一。劳芗林送礼八色,却之。

初九日(9月24日)　清晓有雨

卯正,云色渐开,偕小渔、福孙游飞山。舆行出西门,涂潦未干,市阛既尽,遂历畛畦。村农竞打稻,烟叶皆作花,似牵牛而小,色白而微红,似莺粟。嘒蝉未息,黄蝶乱飞。约行六七里,越平冈三四重,抵山下。过桥,瀑布自岩崖下洒,如珠如丝。入桥,磴□而陡,作之字形,凡六七折。过茶亭一,山门一。约行二里余,抵邓将军主碑处,即所记"夕阳逢拂荡",万历十年作。坐于寺西室,寺后石榴一株,叶长于吾浙数倍,犹□花甚大。紫薇本亦掺结,团之可得尺余,花方盛开,藤萝曼衍,篱落向作花,如扁豆色,叶似□支。州牧备莲子茶,复坐舆出门。上山不及一里,又至一寺,舍舆行而前。寺楼面南,开其□面,遥望远山,众皱纷露,如稻堆,如黄牛脊。远山数十里,横列如屏,迤逦不断。其东楼阁鳞沓,林树郁然,则靖州城也。住僧碧林眉宇颇无俗气,具茶果以饷,言野□之乱,此屋独未堕劫,每岁遇三月三日、六月六日、九月九日,为四方进香之期云。复上山,历一百四十石级而跻。至其颠,有屋两楹,仅二方许,雏僧守之。门东北向,下临绝壁,出足外立,惴惴恐坠,碧林插干,外一带平冈同此,即徒僧同道也。徘徊良久,仍下至南楼小坐。日景方午,回至夕阳峰饭。申刻归,至鹤山书院,晤山长罗治安孝廉其子岁考二等第六。孝廉亦出钱犀师之门,辛未会试后,选邵阳教谕,到任四十五日而闻讣,于今年二月到此。据言院课每月六届,每届一百余卷,可谓多矣。余曰:"盍添读经之课,以植其本乎?"治安亦出茶果相劝,余腹方饱,不能下咽,顺道往州牧处辞行而归。小渔于晚饭后忽疾作,呻吟达旦,余亦不能安枕。夜雨。

初十日(9月25日)

子正，靖州学恭祀文庙，余徒御已具而未发，礼应行礼。丑正二刻起盥漱，寅初至文庙主祭，偕靖州牧劳芗林、靖州副将酆汲堂敬谨行礼，赞引者皆学中诸生也。黎明返，即发行李，小渔服药而行。辰初出南门，绕至西门，酆副将率守备送于五里亭。亭在大坡上，宽可容数千人，诸生皆在亭东相送。又遥视飞山，半山以上皆是云气，不复见其颠矣。三里，龙井龛，劳牧与各学教官、巡捕官在焉。又里许，储太守令其弟率弁列队于平冈相送。又半里为飞山铺，过此即雨。又五里，屋宇颇多，而□居人皆逆旅之居也。又五里为锦袍铺，至此雨止。又五里，过城田铺。自靖州至锦袍铺，路不甚竣。自锦袍行约数里为进山坡，路渐高，桥下水声甚喧，两旁林木亦蓊郁。又十里至锦塘东头，即火甲也。大雨如注，庭中积水数寸。小渔病困在床，不能行，余为之食不下咽，于三里外觅得一舟，复借枕褥送之下船而后发，时已未正矣。自火甲行十里至沙溪，自沙溪十里至土溪，货傍渠水行，水比来时大，船只亦多，茶树满山。路甚长，泥泞难行。又十里至连山，会同令张子余来迓，具茶相款。出门，暮色四起，列炬而行。十里至双岩，又五里过河，又五里，亥初一刻抵城，啜粥一瓯而眠。检点行李，严衡伯失去衣箱，至晓不到。小渔于五更遣彭贵市药，知病势已有转机矣。

十一日(9月26日)

卯刻，自会同冒雨而行，十里清溪塘，十里木臻塘，有木桥，新进生龙炳章家于其侧。又十里娄罗塘，有石桥。此上皆来时旧路也。张子馀设茶桥侧，小似鸡笼，仅容两人坐，茶话久之而行。自娄罗行约三四里，即与旧时分路。过隘口，野田稍坦，溪水间之，路尚不竣，惟崖际垂蔓，拂幔钓帘，簌簌不止。又十里为夯口，东仲梁姓住，颇有人家。又五里至梨娄，大雨一阵。又五里至辛金坪，舍于梁氏，于屋后水上结亭，船楫三丈余宽也。列□槛迤，而此为衡伯、福孙寝所。东对山，山下有庙，庙前傍溪，越溪为田塍，下即余所寓。亭下之水虽污浊无秽气，□区豆架拨映其间，鸡鸣于山，马散于野，粳稻半刈，秋虫喁鸣，荛丰筱重，隔水朝观。亭父和衣而眠，亦足以暂息尘扰，游心物外者焉。梁氏花圃在西邻，衡伯、福孙皆往观，余惟于窗隙间裂纸观之，间有薝卜、黄杨、盘松、盘柏诸盆景。申刻，云气四幂，东南一山坠入冥蒙，雨大至，溪声益壮。霎时，虹见于东西脚，下属于岭，满山皆作黄澹色，盖日影率射，雨亦止矣。岩上人家炊烟渐起，暮色四合，烧烛会既，忽闻雨声潇潇飒飒，询之侍者，云是溪流声，向晦人定，遂成清响，彻夜不绝。午夜有月，清光照池，斗室之中，半日之间，而云气、□□、雨声、溪声、日色、月色六者皆并，当作一则小记，以识游踪。

十二日(9月27日)

卯刻，自辛金坪启行，过木桥三，始出村口。十里至塘簸箕，十里至裹田冲，十里至桐木田，茶饘。房宇尚洁白，桐木田以往，乱山矗起，溪涧怒流，行岩腰一线碎石之路，约过数十重山头至落安楼。又十里至江坪，又值渠水，不见一船水下甚驶，颇有木簰浮之而下。水师提督周□□遣弁来接，云已至托口料理木厘矣。烟市渐盛，贡生杨文锦等联名控告教谕柳先赓，暂收之。又十里至洪江雄关外，洪江司江阴张溥鋆四月到任、把总凤皇厅□□□道旁来迓，廛市鳞列，舟舶毕集，五溪一大镇也。憩于武帝宫后，以行李未到，天气郁闷，邀衡伯、福生共食，张灯下船。薄暮，雷声殷地而无雨。三更，闻篷背淅沥声。

十三日(9月28日)　晴

以严衡伯失去衣箧，令靖州役回署查取，限两日回，故不开船。风甚凉，午后较热。

十四日(9月29日)　晴热

泊洪江，舟中不通风，皆赤膊。□庵欲市经注疏，余以阁本编刻纸太薄劣，易破碎不便乃止。衡伯、福孙、孟丹皆去观剧，会同家人以其主人之意，留明日在此过中秋，余云“俟靖州有还报”即发也。

十五日(9月30日)　晴，热甚于昨

午后，专足持劳芗林书回，云担夫自会同散归，各归无从踪迹，请按失所失物酌定一数，由会令赔偿以便速行，一面缉差查究等语。余问于衡伯，衡伯以为然，自估价直六十五金，于酉刻由张处送给衡伯。复芗林书，又复张子遇贺节书。张令送藕、梨、葡萄、月饼，又备席夜宴，余临觞目视而已，不能下一箸也。小渔利已全去，尚不思食。月色时为云掩，未能皎洁也。

阳明先生自龙阳驿丞量移庐陵知县，归过辰溪，游大酉山钟鼓洞，题诗于石。旋至辰州，喜郡人士朴茂，质与道近，因留虎溪隆兴寺，寓凭虚楼弥月，与武陵蒋信往来讲论，沅陵唐愈贤从之游，刘观时、王嘉秀诸人咸执贽受学。凭虚楼前有古松，先生为题曰“松云轩”。后三十年，徐珊、梁廉为郡守丞倅，立祠虎溪像祀之，额曰“思贤”。杨珂又即其屐履所及，手题于石曰“杖藜坞”，以先生有“杖藜一过虎溪头”句也。隆庆、崇祯间，守道邹善、樊良枢，后先增置讲堂，故虎溪书院之名闻天下。

辰溪米元偶吉人《三峰诗草》：“三峰者平山、香炉、丫髻也。”弟元侗，字同人。

阳明先生《庚辰与辰中诸生论放心书》：“谪居两载，无可与语者。归途乃得诸友，方以为喜，又遽尔别去，殊怏怏也。绝学之余，求道者少，一齐众楚，最易摇夺。自非豪杰，鲜有卓然不变者。诸友宣相砥砺夹持，务期有成。近世士夫亦有稍知求道者，皆因实德未成而先揭标榜，以来世俗之谤，是以往往隳堕无立，反为斯道之梗。诸友宜以为鉴，刊落声华，务于切己处着实用力。前所云静坐，非欲坐禅入定，盖因吾辈平日为事物纷拿，未知为己，欲以此补小学收放心一段功夫耳。明道云：‘才学便须知有着力处，既学便须知有得力处也。’‘学要鞭辟近里着己’‘君子之道暗然而日章’‘为名与为利，虽清浊不同，然其利心则一’‘谦受益’‘不求异于人，而求同于理’，此数语宜书之壁间，常目在之。举业不患妨功，惟患夺志。只如前日所约，循循为之，亦自两无相碍。所谓知得洒扫应对,便是精义入神也。”

甲戌《书王嘉秀请益卷》。嘉秀,字实甫,辰州人。

李群玉《卢溪道上》诗:“晓发潺湲亭,夜宿潺湲水。风篁扫石濑,琴声九十里。光满觉来眼,寒落梦中耳。曾向三峡行,巴江亦如此。”

《薛文清年谱》:“宣德六年在辰州元日书:‘履端者,时之新也,为学当与时俱新。’”

十六日(10月1日)　晴

卯刻,解缆行。辰刻,过安江,巡检□□□迎送。巳正,过黄丝洞,有村落,有滩,分设炮船。又行四五里,停舟午饭。风自船首来,不甚大,故舟行颇缓。酉刻,行至铜湾泊船,为会同、辰溪交界之所。日入船窗,炎威可畏,夜有月色。

十七日(10月2日)　晴

丑初,由铜湾乘舟开行,日出至龙头庵,居民颇众。对岸山刻四大字者数处,视之未审也。巳刻过茶湾,未刻过江口,申刻抵辰溪。杜理堂夔来见,其三子皆孝廉也,均来见。月色甚佳。

十八日(10月3日)

舟人以水脚不足未发,促之使行。杜夔堂□来送。午刻自辰溪放舟行,未正饭。过浦市,有厘卡,村落、市廛不及洪江,亦五溪一大市集也。自浦市至泸溪,山水□发。《志》称:“沿江绝壁间架木为屋,层叠若楼,似鸟巢。然今屋已毁而断木犹在,人皆呼为仙人屋。”又有船,《志》称□□舟,在桐木凹,陡崖半壁,船置其间,至今不朽。又有木箧赤色,舟人指之为兵书箧,然木箧甚新,讹说流传,无稽甚矣。又有石马山,凿空对穿,确似马眼,疑椓杙之属,当日系船山下遗迹。二更至泸溪城外,约行七八十里。泸令陈□□荣第、教谕□□□来见。陈令言:“永绥土匪滋事,曾于七月中围城一次,现均解散。”县丞□□□及新生五人均来见,辞之。

十九日(10月4日)　阴

行三十余里，辰正过荔溪，有溪水来入沅，村居甚多。未初，抵辰州城外，沅陵令潘兆奎、辰州教授李长蕃、训导邓光绳、沅陵教谕□□□、训导□□□、辰州守刘曾撰皆来见。邓训导赠其叔祖所纂《沅湘耆旧集》五十六册，刘守赠三防备□□。至西郭外里许，虎溪山，为酉水会沅江之处，上筑虎溪。书□谓阳明先生于当仁堂登。下为癸丑亭，咸丰癸丑刘宽夫太守筑，故以……见山轩中龛祀孔子，左祀薛文清，右祀王文成，独文成有像。下有辰守州潘经画象记，而未叙画象之所本，州撰"当□"二字，隆庆庚午分守道邹善所名。"老材两株不作花。"远望溪山，了了在目。自沅入酉及自泸至沅二处，有雁翅间之。下为杖藜坞，今为肄业生斋房。又前为隆兴寺，肄业生杨学谦等六人咸出见。刘守言甚多，以其部下有关税，税金专归太守，故知府以辰为最肥，三节两寿之俗规，可以谢绝，故于属吏之能力，颇能言之，无欺饰也。

【按】嘉靖乙丑，郡丞余姚徐珊记其师庐陵梁廉讲学事，杨珂书额。

二十日(10月5日)　晴暖，有东风

黎明，自辰州开行，行十里至百曳滩，为武威将军刘尚征蛮征旨，以江流湍急，命百夫曳舟得名。又十里焦溪滩。又十里九矶滩。《志》称："石矶有九，盘曲嶙峋，水流泻滃。"既过九曲，余始起视。又十里为横石滩，滩下居人成村。《志》称："有石梁横水底。"今未见。又十里为北溪，疑即《志》所称"北斗滩"，有怪石七，合斗星之数，故名。又十里为□洪溪，溪水自北注江，村居临溪向外，望之仅数家已。又十里为楚滩，此舟人语音也，不□是此字否？舟中闻沙沙作声，如丝竹然，又如环佩然，起而觅之，不得其处，福孙云此沙石相磨使然也。又十里约怡溪，大晏溪之境。又数里至乌鸦坪口。申正二刻，以东风颇劲，不敢过清浪滩而泊，岸上仅一家。蚤声、络纬声，终夜不绝。明景泰时，御史秦纮襄毅谪北，陪驿丞构茅屋三间，题曰"安遇"，日读经史，泛江渔钓。又于轩前题曰："有言不信，处困而亨。"后官尚书，功业著西陲，自以为北溶之功也。

【按】文成自龙阳驿归，过辰郡，喜辰人朴茂多近道，因留隆兴寺弥月，与武林蒋信道林讲论，辰州唐愈贤从之游。及刘观时、王嘉秀执贽门下后三十年，徐珊为立祠宇像祀之，杨珂题为"虎溪精舍"，又以"公有杖藜一过虎溪头"句题之为"杖藜坞"也。文成又手书"白沙"二字于白沙滩石上，端楷遒劲。又有凭虚楼，为文成流寓所，以庭中古松一株榜其旁，曰"松云轩"。

二十一日(10月6日)

破晓，闻撑篙声甚起，知舟已入清浪滩。唤福孙早起，推窗同看，怪石满江，十余里不断。崖屋鳞列，晨烟众起，小船散泊其下，装载薪刍。渔家子踞石撒网，或羸而入水以取鱼。榜师瞻礼伏波宫于船头，酒醴祀神。伏波宫以今年为水□啮，沿屋人家往往破坏，比已兴修，旁即救生局。又十里至洞庭溪，有山桀然而高出一头也。崖岸与清浪仿佛东岸架屋报赛，人尚未集。沿岸用方船，以板为屋，盖瓦其上，放乎中流，葱蔬盐酒，杂置船头取，以便行者之酤鬻也。自此以下，澄波镜澈，謬乎无声，拥篙环坐而已。又十里至雷桅滩。又十里至缆子湾，石势错愕，不及清浪，激湍盘涡，时时间作。自晨行至此四十里，在初一刻始见日光。又十里至麻伊洑。又行约七八里至明月峰，冈峦迤逦，其冢上平，有若桃者，有若镜台者。忽一峰突起，临江削立千仞，亭台耸峙，竹树相交，如美人拥□临江，轻装绰约，风致不减小孤山，惟不及其成削耳。与福孙泊舟，循仄磴而上，孟丹、衡伯亦抠衣继至。历五百余级，两崖中断，石桥架之以渡。又一百余级，□于唐氏之庵，于其顶凭栏西望，沅水自麻伊洑两折而至峰下，两头织之，形如环珠，江崖水落，白沙如霜。《水经注》云"沅水又东历临沅县西，为明月池、白壁湾，湾状半月，清潭镜澈"即此也。其言池者，望江如池也。《元和志》"下有明月池，素崖峭壁，若披霜雪，松篁插水，池水清漪，皎然月白"造语致工，似尚误会《水经》"池"字之意。庵僧三人皆下山获稻，无门焉者。环山而居者，皆唐氏子孙，自明正□烟爨万余家，其与唐杂处者，惟冯氏一姓，世为婚姻，无他姓也。又百余级，跻于其颠之文昌宫，四面无窗，独留一穴，不能尽揽其胜。山上杂艺檀栩之属。有垒专为灶者，人言昔年救生□，攫财沉命之盗窟聚于此，自刘太守痛绳以法，别设救生局于沿江上下，此祸遂息云。午初，循旧路归，小渔过舟同食。午正，过瓮子洞，沙碛横江中，碛左右皆可通船，水声汹涌，石皆隐于水中，不可得见。救生船此向独多，非无故也。又五里至界首，桃源令遣人来迓。日影入东窗，热不能观书，以幔障之。薄暮至麟趾滩，去桃源城六十里。自界首而下，有黄鳝滩、罗家湾、木马口、癞子滩、挂榜山，皆麟趾滩以北。沅水自壶头山北东流五里，经高都驿东，简家溪水入之。又北五里大洑溪入之，万阳山亦在其侧。又北五里小洑溪入之。又东北过罗家湾，十里彝望溪入之。彝望山弧峙中流，浮崄四绝，昔有蛮民避寇居之，故曰彝望，杨嗣昌谓即今水心岩也。彝望之溪径其下而注于沅。《水道提纲》谓之“渡河”，其西源即三渡水也。北即木马口。又东八里，小仙人溪入之。又东二里大仙人溪入之。此在彝望山下，《提纲》所谓“小洑溪”，《水经注》所谓“关溪”也。南则梅子溪入之。又东十里北则新湘溪入之。沅水至此，平聚澄碧，众山围束如池塘，沙石多白，《桃源志》即《水经》《武陵记》所谓“明月池”也。又东十里至四牙石，为白壁湾空舲峡，又东马石溪入之。《寰宇记》：“朗州有空舲峡。”《水经注》：“白壁湾状如半月。”今穿石上有舲经滩甚险疾，河湾曲如半月，即其地。又东为溶洲，龙家溪、阳溪、大杨溪入之。

二十二日(10月7日)

麟子滩开行。又东十里沙萝溪，夏家溪入之。又东十里至沅溪，沅溪入之，北则剪家溪入之。又东十里过白磷洲，水溪入之。置船于水溪口，与小渔、福孙、靖臣、孟丹、衡伯游桃源洞，舆行。沿水溪一里，折而西，傍山行数里许，见“洞天福地”砖坊一，即洞之前殿也。从殿左入桃林中，为江东之所建碑亭，皆明人取刻诗石。又前为方竹亭,已圮。左□转百余磴,至渊明祠,右丞东坡配之。从祠左又历数十磴,为元宫,拓其前为轩三楹。前山迤逦如屏,即所谓黄闻山也,曰“闻山”。鲍坚《武陵记》“昔有临沅黄道真,住黄闻山侧”即此。轩前冬青二株,本大干修,为山中老树,竹木交荫其下。武陵训导蔡绍襄有联句:“先生岂必因桃源乃重,此地固应较栗里为佳。”桃源令麻师竹手书陶徵士至王文成诸名人诗砌石壁间。自正室左出为客斋乡西,壁粘诗笺殆满。寺僧菜溪,名常林,工诗,著《洞山诗》二卷,今年七十六矣,病卧不能出。其再传弟子挹湘,挹湘之弟子月岩,亦均能诗。挹湘从客斋导行,循山径而下,至泉流泱泱处,指其下曰:“此遇仙桥也,今为观瀑亭。”又指其上曰:“由此则为秦人古洞。”遂循山而上,过“劈开真面目”处,数折而至洞前。有池一,洞石如光,树根积溜,皱苔又如蠹蚀。前令李维丙临之以亭,坐亭望山,以无路不能陟,遂折而至于观瀑亭。泉自秦人洞左泻下两峰之间,涓涓而下,且行且听,声如扣玉。崖石削立约三尺,泉自上流,清如鸣琴,愈锵锵可听,声闻百步外。下至遇仙桥,桥亭为荣铭勉所建。小坐片时,反于前轩撷观音苋为茹,啜饮而甘之,复至客斋小坐。蔡绍襄赠菜溪和尚联云:“莫怪倏然而秦,倏然而汉,但与君坐论,移时便成旦暮;看来不必有洞,不必有花,得此地栖迟,毕世已是神仙。”又下至遇仙桥久坐。申刻,过方竹亭故址,升舆归。舟行不及一里,船势偏重,急遣启视,则水已漏入四五寸,汩汩不止,以絮塞其联,余犹不敢信别,遇小渔船而行。又东十里至白马渡,北岸曰“白马渡”,南岸即桃源洞山。山滨有洲,曰“缆船洲”,桃花溪自南注之,溪口即由秦人洞来者,至方竹亭汇为潭,伏行山下北三里复出桃花溪,至桃源反回入沅。又东十里乾溪入之。又东五里渌水入之。又东五里过绿萝岩。又东北五里至绿萝山,群峰绵亘,颓岩临水,悬萝钓渚,望之若浮若坠。山多中空,蹴之有声,逸韵浮响,音若钟罄。又东径吴家洲,梅溪水入之。又东五里,径赵家洲抵桃源县,文溪入之。天色已暮,县令方□试童生,正场未毕,不来。教谕严秬香省亲回省,惟训导姜□□来接,赠《桃源县志》、桃源石朝珠。典史……均来见,以夜深辞之。

二十三日(10月8日) 晴热

自桃源县开行。沅水又东一里有洞,神溪水入之。又东四里至延口,延溪水入之。又东南五里为石灰州。又东南五里为潼汸州。又东十里过曜日岩为白马湖,焦岩河自潼汸洲西来会之。又东北十里为杨洲、鹭鸶洲、李家洲,诸洲相连。又东十里为陬溪市,市东陬溪水自北入之。又东南十里径平山,即武陵河洑山也。南临沅水,冈峦绵亘,方数十里。《水经注》言:“寒松上荫,清泉下流,栖托者不能自绝于其侧。”山阿有耆阇寺、卓刀泉,旁有崔婆井。昔崔婆于此酿酒,甚美,张虚白嗜之。旁有一洞,则虚白醉卧处也。其西麓有巨石焉,回流激薄,弯环如牛角,俗名“犀牛口”。石根潜入水中,名“石骨渡江”。沅江至山南,折东南流,有大溪口,丁家港水自西南来入之,又折东北至府城。自河洑山至此,陆行十五里,水行□十里,故暮色已合矣。刘善初太守、常德府训导兼理府教授朱国大、武陵训导兼理教谕蔡绍襄及……皆来见。舒令以积劳病下利,未起床,势颇危笃云。太守言七月十五日之事,由于马军门义子马元本姓李,名顺已被军门驱逐,不回籍,潜入桃源哥弟会,私约二百余人,是日入城杀军门,劫狱为变。会天大雨,为逻者所觉,告发其事。十六日,捕得三十余人,讯知为首三人,一即马元,一为□□□,皆被获;一为马仁甫,绰号三将军,逸出。军门当将马元手割其肉,凌迟处死,而置于重典者十一人,余囚未释。五月十三日五更,沅水决半壁街三百八十弓,冲去房屋无数,人口无虑数千人。沅源发源于黔,合辰、沅、永、靖四属之水,建瓴而下,常德适当其冲,势固难于捍御。渐水来源虽短,而游历诸湖,每至春夏之交,沅水北泛,沣水南溢,一望汪洋,直接洞庭,兼以荆江泛涨,沅、渐之水逆上,是为让水,至弥月不消,为患尤剧。杨性农前辈送诗文集二部,制艺四部,《武陵县志》一部。

二十四日(10月9日) 晴暖

刘太守来送。舒令遣其子孝廉到船相见,知昨日所服药去高丽参，胸鬲稍宽，知外感尚未尽也。由洪江来者，习于滩险而不知江路舟子，拟遣之西还，别雇常德水手，故巳刻始得解缆。过半壁街，有枉水自南来注之，《楚词·涉江》篇“朝发枉渚”即此水源。出安化界分水坳，东流为花岩溪，东源亦近安化界，出孔家坳，合出两仪港，至此注沅，约行百七十里决口处。东南十里过善德山，本名枉山，又名枉人山，山最高处为孤峰顶，顶有善卷坛，其下一塔，吾姚翁蓼野重修之，刻《常德八景诗》于其上。有石矶临江，方广丈余，传为善卷钓台。山内有白龙井、乌龙井、钵盂泉、莲花池、桂花园诸胜。又十里为二十里铺，亦名石马铺，泊舟。

二十五日(10月10日)　晴暖

由石马铺开行，十里至沧港。龙阳令武清吴□□来迓，原籍江苏，轩爽可喜，言今年五月沅江起获会中枪炮船，七月十五常德□发会中谋变，八月十五益阳有会匪杀伤练勇等事。龙阳为哥弟会著名之区，又适处此三邑之中，难保必无他事。又自五月沅水下注武龙，沅安独当其冲，被患尤剧。武陵已拨厘金修理决口，而龙阳尚不敢上请云云。申刻抵马头，教谕郴州陈□□、训导□□□、守备□□□皆来见。沅水自武陵出德山下，东行有老渡口，水自南来注之。南分支流环龙阳、大汜州，东至牛鼻滩之南，仍合沅水。大汜洲即吴丹阳太守李衡种橘处。沅水经县东十五杨树潭，又五里为德胜潭，又十里为白沙洲，又五里为芷湾，又五里为牛鼻滩，又十里为龙阳地，沧港水入之。沧港自桃花溪约行二百余里，至此入沅流。又东径龙阳县城北至鼎口，与渐水故道合，又东至沙夹，合今渐水，东入洞庭湖。今日不□山，江面亦阔。

二十六日(10月11日)　晴暖

巳刻，由龙阳北门河坡开行，七里至新港，又八里至接港，又二十里至岩王湖。江面宽及一里，两岸人家皆在绿杨之下，数十里不断。竹筏于江，毋以绳而晒网，络绎不绝。岸上无人家，或以板为□，或以篾卷而成之。又十里至游汛塘，壁舍渔庄，历历可数，所谓江干尽是钓人居也。未抵塘时，见白鹭鸾立满沙际，望之如荼，呼福孙出视，福孙曰此帆影也，既而知为渔舟之集也。每舟二人，各着白襜褕，一人立船头，进口撒网于江，一人在后摇舻，衔尾往来，如梭之织。落日后，有气上指如虹然。

二十七日(10 月 12 日)　晴

黎明，解缆出游。汛塘即为天心湖，宽约十里。微风徐动，澄波无声，挂席东行。俄而日影照人，□衣袂。约三十五里至羊角脑，为龙、沅交界之所。东岸树阴中，村舍不断，闻竹木茶桐之利，由此直至湖北云。地颇缭曲，放牛草际，鹭鸾立牛背上而牛不知。五里至独子哨，又十里至竹鸡塘，又十五里至层埠，亦有水市，炮船停泊其侧。由层埠而东，江面复阔，浸淫可数十里，约二十里为五步洲。沅江令赵健菴惟镤，南丰人，己未举人，辛未进士来迓，具言今年大水为同治九年后所再见，平日此地皆无水，今日退一二寸，再一月则复港竞出，虽小舟亦不能行。哥弟会昼伏夜聚，流言欲劫城市及水师营火器，故日来巡防，彻夜不懈。健菴曾任辰溪，于公款丝毫无欠，又闲居二年，始得今缺。自言书生不工作宦，虽得缺而亦瘠苦，命也。又五里为半边湾，袁教谕琼林来言此亦资水也，从益阳分直到此，与沅合流。又五里抵沅江，沅江无城，与安乡同，道光以前无水患，物力浩穰，故所修圣庙特为一府之最云。水师营副将□□□过船相见，派都司营捕水师沅江营左哨把总杨朝富护送。船窗外□者林立，上灯后即以板障窗，风不能入，热蒸汗流，殆不可止。赵健菴谒见三次，欲请中丞酌委，一比沅江稍优之地。而袁训导亦言此地有督销分局设在学后，可否请之观察，许其兼理。沅州太守亦有州县稍多府分之说。永顺唐令、靖州寿吏目、武陵余巡捕均有转恳之言。辰州太守又以永兴周令为托，奈何！

二十八日(10 月 13 日)　晴热

卯刻，自沅江县河开行，北风微作，挂席而行。十五里过瓦阳塘，七里至大潭口，风止持缆。八里至清江口，炮船□□□来见。十五里至西湖口，村民竖木筑梁为截鱼之计，长数十丈。又五里至黄口潭。十里至北湖舌，泊。自昨日到羊角脑后即溯流而上，北风不作，故今日仅行七十里。昨夜买鱼食之，味佳甚。今日又买一鱼，而无姜、葱、酱、酒以和之，腥气不能下咽。

二十九日(10 月 14 日)　晴

自北湖舌挂帆行十里，过南湖洲。辰正，五里至西林港，又十里至将军庙，又十里至排口，午饭未初一刻。又十里至神白潭，又二十里至乔口，两岸俱有人家，坐小船乞钱者甚多。自乔口开行，始得顺风，薄暮将出口，篙师努力推挽，久之始入湘。约行十里至靖港，为沩水入湘之地，泊船。今日之热颇似盛夏，汗流竟体，至夜不止。火食船不来，小渔过舟同食。夜闻弦歌声。

九月朔日(10 月 15 日)

由靖港挂席开行，梦中闻已过新港靖港至此十里。披衣起视，则山光树色，两岸相迎，风影水声，一时互答。朝景既上，微云翳翳，凉意微生，炎熇尽敛。又行十里至白沙洲，两岸峰峦，静靓可爱，岩居林汲，将及百家。

初七日(10 月 21 日)　晴，热如昨

卯刻谒圣，听诸生讲书。入夜愈热，儿女辈皆不能安枕，余亦傍晚辗转，不合眼者一夕。署提调又来见。

初八日(10 月 22 日)

寅刻，科试生员经古四百四十人。赋题《买菜求益》，以“买菜乎？求益也”为韵，“垂露悬针”得“书”字，“莫道不如宫里时”得“时”字。汗出过多，服参麦饮。晴热如昨，而南风益甚，尤患干燥，饮茶不止。夜得广西广南巡检邵彬禀函，以旅资告罄求助，与大钱四千。

初九日(10 月 23 日)　阴热，傍晚有风有云，似有雨意

寅刻，科试童古九百九十余人。赋题《浯溪磨崖碑》，以“安知忠臣心独苦”为韵；“十鹿糕”得“糕”字，“雁来红”得“来”字。湘潭童生控告廪生陈□□、陈□□父子劣迹，斥革交提调办理。益阳武举控告贿卖县首方以智，留禀不发。

泸溪　东至沅陵县界五里大龙溪，南至辰溪县界七十里。

沅陵　东至苏黄溪与桃源太平铺交界一百六十五里，西至泸溪县秤砣山交界六十里，至泸溪县城一里。

溆浦　西至辰溪、椒坡交界七十里，自界至县九十里，水路抵江口六十里，由江口上至茶溪、虎皮溪，与辰溪交界。

中国近现代稀见史料丛刊【第十一辑】

张剑 徐雁平 彭国忠 主编

朱逌然日记（下）

（清）朱逌然 著
彭国忠 陈淇烨 舒心亦 整理

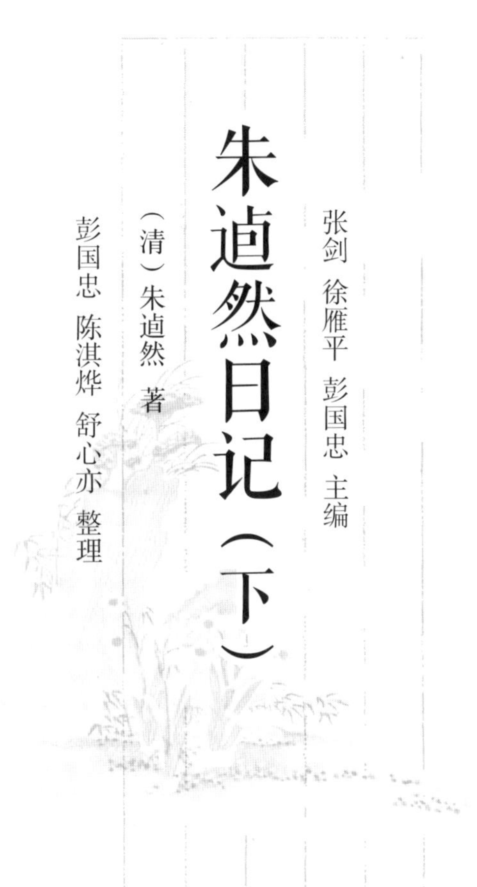

本辑执行主编 徐雁平

凤凰出版社

庚辰日记(1880)

起于光绪六年庚辰四月(1880 年 6 月)
止于光绪六年庚辰十月(1880 年 11 月)

光绪六年庚辰(1880)

四月二十四日辛酉(6 月 1 日)　晴

陈阜嘉来。巳刻,朱少虞同年奉母赴粤,与子密、伯庸送其行,朱桂卿亦至。知殿试近呈十本名次,首黄思永,次曹诒孙,次谭鑫振,桂卿第十,黄仲韬第九。成漱泉孝廉来。肇麐,大挑一等。黄少岩来,与之同往中街新屋。屋为直隶先正祠产,每月租金二十两。自二十日起,访梅乔梓与钮蔚春锦文,为我拂尘布席,位置楚楚,送家具桌椅、几床、书架、凉箪共九百八十千。及烛爆、糕饼。张南皮师来。吕凤岐来。刘肖甫燡来。李果仙郁华、顾缉庭肇熙来。

二十五日壬戌(6 月 2 日)　晴

晨起赴太和殿,阶墀下随班行礼。出长安门,俟三鼎甲簪花上马始归。汪少霞来正元。姚朴庵来辞行。钮蔚春来。

二十六日癸亥(6 月 3 日)　晴暖

蒋艺林来。赴谢公祠,应钟雨人之招,姚访梅、朱蓂生、沈退庵、徐小云、方勉夫、钟仲和同席。李莼客、廖穀士来,未值。徐伯缙来。

二十七日甲子(6 月 4 日)　晴暖

拜翁常熟师寿。晤孙子授、廖穀士。答云门、缉庭、肖甫。至安徽馆赴费芸舫之招。许星叔庚身、郑芩泉溥元、邬筱珊纯嘏、施济航之博、张子贻同席。陶心耘濬宣、王□□、庆诒，原名万庆。王仲声庆钧来，未值。贺犀菴师得司业。仲山欲延小渔入幕，穀士嘱致书促其行。为访坤斋，督其发信于今夜寄出。得游汇东、连书巢书。访梅夜谈，同食。

二十八日乙丑(6月5日)　芒种，五月节。淡晴

寅初，驱车入前门，残月一钩，挂于城东。至中左门，则贵午桥已先在矣。卯初，新进士皆集，点名半时许之久而毕。晤黄慎之，知伯声病愈，赴常熟矣。答吕凤岐、严家让两吉士，引见未归。返寓，即寄伯声两纸。犀菴师以五月忌诸事，先于今日进署。午后，族叔雨范九畴与韩子侨培森自姚江馆移居，寓于南对室。未刻有雨，湿闷之气未散。得散馆消息，云门改知县，伯驯改部曹。县考题：耕耤田论、“芳郊花柳遍”。

二十九日丙寅(6月6日)　晴热

姚朴莽来。得赵鉴菴安化书。从周芳朴处来。费芸舫来。杨叶封、姚访桥来。吴介堂来。

三十日丁卯(6月7日)　晴热

雨辰前辈来，言朱致堂先生寓此时，莲衢前辈居于西，陆云生居于东，槐树绿缛，今已删除大半。王夔石少农来，言鲍春霆二月十四日有未奉谕旨，之前一折，廿八日又有一折，皆由五百里封递。情节之谬，不必深责于武夫，惟核计所调旧部，每月马步各营口粮须十六万一月，每年二百万，奉旨责其冒昧。春霆得此，不敢前进，遂至天津。李合肥为陈其养病情形，奉旨仍俟痊愈后旨来京陛见，昨放湖南提督，所以安其心也。诸臣疏荐人才，言及春霆者二十四人，朝廷不得已而召之。其实胡、曾已亡，无人可以统帅，若令其独当一面，未有不偾事者。统将带兵三千，实数不过二千。春霆则三千之外尚有三千，每攻一城，即以无籍无饷之三千人冲锋陷阵。城破之日，掳掠一空，故所到辄有战功，惟遍地皆贼之时用之，可以奏效，否则实无安顿处也。嘉兴办理垦荒及代山私盐，两翁皆已致书谭中丞矣。得朝考等第单，黄绍箕第一，陈与冏第二，王懿荣第三，吴成烈第四，杨澍先第五，浙江一等十人，黄仲弢外，蔡世佐、盛炳炜、汤绳和、朱福诜、徐琪、褚成博、汪受礽、王□。婺源余慕堂祖香，由庚午举人大挑一等，掣分山西，母老告近。慕堂言："丁卯第一案入学，其兄第二，慕堂第三。"吾父言："汝兄本列第九，覆试乃在弟上，无心为之，何其巧合！"又言："汝兄弟同母生否？何以衣服异制？"盖其兄着外袿，其弟着蓝衫也。奖以试牍、诗韵各一册。慕堂之父，甲辰大挑，分发江苏，历任娄、青浦等县。丁春农来，出陈伯屏房，拨与鲍敦夫。

五月初一日戊辰朔(6月8日)　晴热

答客，莼客、心云皆未起。晤蔡嘉穀，同馆有黄成采、英采兄弟，同中进士。答程午坡，不值。晤汪仲伊。仲伊熟于兵农礼乐之学，精奇门，所言皆中，而不敢先事而发。午坡之入词林，渠之得部曹，皆于事前占得。余请占之，言得地当于邑城之北，辛巳之秋始得之。奇门真传，惟《大戴礼记·盛德篇》《乾凿度》及《抱朴子》而已，余皆伪书也。晤费芸舫，言其妻受暑而食乌梅，故药下咽而即毙。中年丧偶，诸事不谐，自课弱女，亦无聊之极耳。访梅到部诏选。晤退菴、韵珊。午后，翁馥生来。严吉士家让来。陈煜地来。煜地与甬生同年月日生，一辰一午。钱笵仙来。陶心云、孙佩南及林元荬来，均未值。心云画扇以赠。

初二日己巳(6月9日)　阴晴相间，颇有雨意

作书寄湖南何相山、张子遇、崇星陔、夏芝承、陈少轩、童砚芸、张东墅、陈右铭、裴樾岑、连书巢、盛雪湖、吴才九，共十二函，皆由相山分致。刘笃来内阁中书。余子瀓托觅馆。徐伯搢来。作孙春皋书，托梅蕴卿埏为蕴卿书院事。孙子授来。朝考阅卷，陈与冏是其第一本。得小宝二十二日到上海禀，知眷口亦于是日午后到，寓天保栈，阿六以其岳母廿六日五十生日，定廿七日自苏来。书面系恩元笔迹，而无一禀寄我，甚奇。得书巢十五日醴陵书，有冲叔家谕。心云来，言云门门卷锡席卿得之，以问潘伯寅，伯寅曰："此名士也，不好，可殿二等。"未及竟散。知县梁斗南来，斗南房价每月廿四金。树阴浓缛，可不搭棚。晚饭后，连冲叔来，奉旨宝鋆、徐桐充教习。庶吉士朱桂卿来。子樵感热头痛，微患咳嗽。宝森书估李雨亭来索旧债，无以应之，废然而返。

初三日庚午(6月10日)　晴

蔡嘉穀以通判之闽来辞，其至都也，钟子宾观察有书，因复一函，附亦敬十金，托其带往兴国。钟世兄，号谨斋。寄大哥两纸，寄伯声两纸，托福兴润。洪梅艇倬云来，梅艇大挑一等，呈请改教，将于节后南归。南皮师授侍读，张楷授侍讲。得雨辰复为领俸事。邀梅艇同夕餐。

初四日辛未(6月11日)　晴

贺黄慎之殿撰。拜于次棠荫霖、施济航之博。贺张南皮师擢官，又至各师处贺节。袁棣生大令思韩以教习知县分发湖南来见，嘱致书童研芸。李木斋移寓炸子桥，托寄其父玉阶中丞一书。伯庸来，知福绥里天保栈即其所开，少虞已于初二日附船南去。雨帆族叔得家谕，嘱其速归，遂有南辕之意，余劝其再候后谕。

初五日壬申(6月12日)　晴

丑正初刻，入内直日，贵坞樵同班。坞樵，辛未翰林。小教习为谢麟伯，因言昨见小教习单，宝佩师点余与尚夏珍、温棣华、陆凤石，沈经师点刘叔陶、许竹筼，徐荫丈点张南皮师、高抟九，共八人，余未之知也。遇孙燮臣、王次屏两前辈，耀芸舫同年。辰初三刻归寓。各衙门直日，常服挂珠，斋戒亦然。逢朔、望及五、十日，补服挂珠，忌辰元色褂，忌辰而遇斋戒，常服不挂珠。遇有挪动，例应站班，则亦补服挂珠，珠不用雕空者，平日亦然。坞樵云访梅今日验放。午初祭先。通家中以节仪来者，王芝庭、孙佩南、徐东甫、王联璧、孔宪曾、林元荚、王昌年、王绰。佩南近况甚窘，却之，余八人共得十六两，即为翁、钱、万、宝四师节敬，无阙亦无溢也。夜吃扁食。

初六日癸酉(6月13日)　晓雨一阵,嗣即阴晴相间。酉刻,又时时有雨

赴聚宝堂应过竹潭之招,同席为袁心毂编修善、光绢甫熙、陶小琴玉珂。答余慕堂大令、汪少霞刑部,遇董广信同年兆奎,又答袁棣生。张子腾来,言皇上读毕《礼记》,将读《左传》,覆讲《衍义》《读史论略》《鉴撮》皆已讲过,又讲魏裔介所著八册,选读《御选唐诗》五绝每日两首,五律每日一首。圣质聪颖,超出寻常。今日拈"贺""雨"二字请对,答以"望云关"。何以对"望云"?答曰:"贺雨是既雨之后,望云是未雨之前。"冯翼方将于明日南归,来辞未值。架棚。子腾自言初二日又得一子。竹晨太守于朔日出都。袁心毂、沈粟眉皆连三科会试分校。

初七日甲戌(6月14日)　雨。马缨花大开。午后雨止,门前积水成潭

今日吾浙引见诸新贵,不免两立矣。访梅来,言威妥玛欲以俄事居间,经合肥书致总署,总署谓不如由合肥奏闻,相持未决。送翼方行,即与同载往邑馆,又同至寓,沽酒二斤饮之。是日,馆中惟不见少岩、甬生。

初八日乙亥(6月15日)　雨后有云。午后见日,天气清润,致为佳晨。马缨之香,塞于一院

坤斋、月坡来。

初九日丙子(6月16日)　阴,微雨,落红纷委矣

陶心云以新乐府十章见示,为晋豫之饥而作,题为《野无草》《市无粟》《食无榆》《哀富儿》《哀青衿》《卖儿行》《乌啄肉》《使者车》《真赤子》《大有年》。其《卖儿行》云:"育儿数年勤,卖儿钱数文。生儿饿儿死,不如卖与人。卖与人,长已矣。此去千里与万里,不知为奴还为子,耶娘抱送不敢视。儿去必不归,还闻悲儿饥。儿卖儿或生,身在命无期。旁有一老翁,啜涕前致词。三男一饿死,二者命如丝。昨卖一儿去,闻已炊为糜。朝在娘前饿,夕在釜中啼。为奴亦云福,鞭棰宁所辞。噫嗟嗟，父兮母兮谁不子，厥子卖儿或缓须臾死。”《真赤子》云：“君不见饥民啸聚千万群，前有赤眉后黄巾。由来寒饿忍作贼，往昔纷纷难具陈。我朝岂弟讴万姓，三百年来圣继圣。沦饥浃髓皇天仁，肌枯髓绝无二心。海水有时倾，井水有时堙，吾皇之泽终尔深。噫嗟嗟，百万饿黎阖门死，不侵不叛真赤子。”有唐人乐府体格。谭探花鑫振来。得阿六初七日津沽来禀，知初一由沪开行，初六到津，暂寓姚宅。王益吾祭酒先谦来，陶心云亦来。心云为益吾使浙所得士，故并见之。袁鹏图、葛咏裳、夏庚复、叶维干、于式枚、汪宗沂，皆今年分校所得也。得点用信，浙江得庶常十人。黄绍箕、朱福诜、盛炳纬、徐琪、蔡世佐、王□、袁鹏图、汤绳和、汪受祃。莼客归本班，翀叔中书，秋田主事，裴维侒、丁象震、林元炃皆庶吉士，汪仲伊知县，夏松生主事，皆可惜。

初十日丁丑(6月17日)　风雨交作，凉意飒然，午后霁

张贯庐会一以大挑一等掣陕西来别。廿九岁。清泉周名建亦将赴南通州视其外舅。自心云处得浙局新刻二十二种子书，所据皆善本，价银六两，并送心云《船山杂著》《涪溪考》岳麓题名墨一笏、扇一柄。钮蔚春来。

十一日戊寅(6月18日)　晴

贺莼客送心云行，适心云亦至莼处，偕鲍敦夫送其上车。贺丁春农、李丹崖、任秋田、金琴舫、朱桂卿。答杨叶封、姚访樵。又贺黄漱兄。漱兄以英、法二使臣借俄国有不赦崇厚，即不礼曾纪泽，且调兵船驶至天津之语，为两地居间，名为排解，实乃劫持，亏损国体滋甚，遂特具一折，于今日缮递。漱兄言宝竹坡亦有疏陈云。漱兄于初八日至夔后处询得此事，枢府坚持成见，故于此未免摇动。刘岘庄与李合肥复附和之，疆枢一气，此事可知矣。贺洪蓉生、裴韵珊。答陈汝翼、吴介堂。午后雷声隆隆，雨点不多。邀叶封、坤斋、月坡、植珊夜饭，坤斋不来，植珊亦未终席而去。余饮两杯，便颓然就枕，及觉时则客去已久矣。

十二日己卯(6月19日) 阴,午后有雨,酉刻晴

拜客,晤张贯庐、汪仲伊、程午坡。接陈子弢同年铦讣状。沈退庵、连冲叔、王孝凤、汪少霞来。韵珊来,未值。孝凤初三日陈奏吉林防务,大约言由鸭绿江抵吉林,不必走陆路,宜慎江防。少霞言近数年有五鬼之目,指崇地山、丁雨生、董酝卿、郭筠仙、曾劼刚也。俄夷之事,枢廷明知崇地山之与外夷沆瀣一气,令其奉使以出,其请全权大臣之名目,又复许之。地山至俄后,俄未与之议,一日,忽邀之上高楼密议,两日即如约矣。地山交部议罪,枢廷复以劼刚代之。劼刚以荫袭侯,从未更事,亦不知朝廷何以取之付兹大任也。丁春农来接帖。

十三日庚辰(6月20日) 阴,午后雨

孙佩南来。公请钟雨翁于龙树寺。黄漱兄来,言俄、法两使臣恐俄与中国启衅,请释崇厚,已奉懿旨交各衙门于明日辰刻会议矣,本衙门无知会来,大奇。漱兄又言李高阳于召见时言可与该使臣说,已奉旨饬部将崇厚一名无庸入今年秋审册,以示不杀者所以俯从所请之意。枢廷同直者愈以为然,而竹坡请交廷臣会议之疏适入,遂有昨日会议之旨。雨辰前辈来,问会议所见如何?余问以此事原委,则曰:“俄皇以崇厚下狱为其大辱,故两使臣来华为之请赦,否则俄兵一动,英、法亦随之而动,中国祸在旦夕。”又言德国怂恿俄国动兵云云。总理大臣一疏极言此事利害,所关甚巨,说颇调畅。黄、宝两折持议甚正,而不及总理一疏之切近可行。余问:“尊意如何?”答言:“亦尚未定。”余曰:“两使臣为中国弭衅,请赦使人其意诚美,我当因而许之。惟所定十八条,须由该使臣与俄皇说明全行更换,然后贷其一死,则中国赏罚之权不至游移旁落,而亦足以答两国解围之意矣。”雨辰既出,余访南皮师,不值。晤钱子密枢部。又晤黄漱兄,为留晚饭,命其侄优贡叔镛侍坐。今日黄三郎满月,有肴馔。又至莼客处谈。回寓,得本署知会内阁,又称本月十二日,军机大臣面奉懿旨:

有应行会议折件，着王公、大学士、六部、九卿、翰詹、科道会同妥议具奏，醇亲王着一并议奏等因，钦此。本衙门定于本月十四日辰刻，在内阁大堂公同会议，请于是日晨刻赴内云云。

黄少詹疏言，奏为轻释罪臣，徒长敌骄而辱国体，请饬枢臣妥筹审处以免流弊，恭折具陈，仰祈盛鉴事：

窃臣闻英、法两国使臣恐国家与俄寻衅，请释崇厚之罪，从中调停，南、北洋大臣均以为然，怂恿总署诸臣入告。臣闻之始而愤，继而幸，终而不能无疑。臣等议防备战，责重疆臣，乃平日则耗饷购船，张皇声势，一旦有事，惟冀幸与国之讲解，免起兵端，其不能胜疆寄、荷时艰，已可概见，此臣之所窃愤者也。英、法使臣果能忠于我朝，解纷排难，将帷幄重臣不劳筹策，封疆将帅不讲戎兵，罪人一出，成约顿改，诚为二千年来驭外之捷径，此臣之所窃幸者也。罪崇厚为俄国之辱，释崇厚独非中国之大辱乎？去年治使臣之罪，两集廷议，屡颁谕旨，环海内外谁不闻知？甫越数月，忽然赦免，一经宣播，天下臣民必至惊异骇愕，众论哗然，将以九重之震怒为不足畏，国家之刑章为不足凭，草野黎庶从此皆有玩视朝廷之心，纲纪荡然，何以立国？其流弊尚不止外洋之藐视已也。况英、法空言调处，至于能否改约，亦无把握，徒损国威，并无实济。中外大臣何至视为转圜妙策，汲汲赶办，此臣之不能无疑者也。伏乞饬下枢臣，详酌妥善，再为办理。事关安危大计，亦不争此三两日之间，不可张皇失措，过于急迫。若发之太骤，稍涉轻率，以后倘有流弊，反讦为难，御侮之谋更将无从措手矣。臣焦思迫切，谨缮折密陈云云。

十四日辛巳(6月21日)　晴

辰初，至内阁会议，有总理衙门折片各一件，黄、宝两少詹奏疏各一件,李合肥致总理署书五件,威妥玛书一件,法使臣宝□、德瑞琳、马道说帖各一件,大要言俄中恐以崇厚事启衅,奉其国君之命与宝使臣居中排解,赦崇以宠俄皇,庶曾劼刚入俄,俄可以礼相接,而十八条要改之款亦可复为商量。刘岘庄到津,亦谓此乃转圜极好机会,故合肥怂恿总署入奏,总署之言亦谓虽不能伐俄人之谋,尚可联英、法两国之好云云。惇邸、醇邸以下各衙署堂官及翰詹科道皆集,全中堂庆主稿,似系朱敏生手笔。翁常熟师与潘伯寅、徐荫轩两尚书润色之,略言赏罚者朝庭之大柄,生杀者天子之大权,崇厚之治罪,天下皆以为然,本于外国无涉,况朝审时或勾或免,出自圣裁,非臣下所敢妄议,今既据威妥玛奉其国主之命,请减其罪,自为见好中国起见,皇上以爱民为念,亦何屑贷崇厚之一死,以弭衅端,合无仰恳天恩,准照总理衙门所奏办理。自此之后,所有改约章程,想应更有把握。应请转饬总理衙门转商两国使臣,于中朝条约之必须更换者,始终其事,商量办理,以固邦交云云。余以改本词气较得体,亦随同画一奏字而归。月坡来,留夜饭,坐檐下望月。李心吾荫生自湖北来,得小荃制府书。访梅来,云已见吴江相国矣。

十五日壬午(6月22日) 阴

午后答李心吾于兴胜寺,未晤。赴程午坡编修夔余庆之招,同席者为文裔生镛侍御,朱子典观察,守训,曾沅圃所保。汪少霞,正元,少霞今日提补郎中。李□□、章琴生洪钧两太史。席未终而雨大至,积水成池,排砖而渡。雅南来,以雨后不能雇车,留宿。余马老而疲,亦不能送往。

十六日癸未(6月23日)

丑初入城,沿顺治门城脚而行,至东华门,夹道水没马膝,几不能行,至朝房,则南皮师已专折递上矣。知今日递折者,惇邸一,醇邸一,祁子禾侍郎一,锡席卿、钱湘舲一,胡淇生、王益吾一,钟六英一,周桂午一,李伯南、孔玉双一,徐东甫、黄瑾腴一,于次棠、王可庄、冯莲塘、冯听涛、杨雪渔、黄再同等十六人一。邓铁香已入公折,复补一折云。大雨数阵，流水汤汤。巳刻，得各折留中之信。午刻归寓，李心吾送物，收普洱茶、上清丸。得退庵片，云蔡辅臣、徐花侬欲执贽门下，复书辞之。

十七日甲申(6月24日)　晴

午后，张升来，知津船于昨日抵通州，令与李珍同去，给银六两，买板床九张。访梅来。伯庸来。子密来。申刻，定儿与恩元自潞河来，知胜归山侧得一吉穴，本属邬姓地，尚未得之。

十八日乙酉(6月25日)　晴

眷属到京，访梅送菜。伯庸来。

十九日丙戌(6月26日)

张南皮师来。知本日召见醇王与刘岘庄制军，尚未得有的信。午刻，大雨三时之久而止。赴漱兄宴宾之招，馥笙、咏笙同席。得张薇容、王□□汉口书。

二十日丁亥(6月27日)　阴

过南皮侍读师处谈，留同午食。漱兄与黄再同亦至，知昨日已奉旨免崇厚死，而监禁如故。如十八条不复更换，仍当立正典刑，不明发诏旨云：

> 侍读奏稿云奏，为生杀威福宜顾国体，敬陈经权二策，以备圣裁事。
>
> 窃自冬春以来，俄事初起，臣屡次上疏，大意不外修备筹防，以为操纵之地。悠悠数月，军容阒然。今者，俄人恫喝，英、法居间，首以赦免崇厚为请，而南、北洋大臣张皇入告，枢臣不再计廷议无深谋，既无能战之人，安有万全之策。睹此时局，不胜愤惋。然臣谓当此难于着手之时，尤不宜仓皇失措。谨筹二策，为皇太后、皇上陈之。
>
> 守正之策曰：必诛无赦，以存国权。在请免崇厚者，不过曰使臣不诛，则俄人不怒，俄人不怒，则兵端不开。臣愚以为不然。

英、法之调停,但保接新使,不保翻旧约。俄人以罪使为辱,必更以翻约为辱。若我必欲翻约,兵端不仍开乎?谬约不能翻,罪臣不能杀,是俄再胜,而我再辱也。从此,赏罚不信,威令不行,听命敌人,受制诸国,贼臣有护符,奸民无忌惮,纪纲荡然,何以立国?且即使条约之无关紧要者,略改数条,俄人见我甘受要挟,不待数年,一修约,而十八条仍尽许之矣;再修约,而十八条之外又加十八条矣。故既不能正崇厚之罪,而谓能改崇厚之约,此必无之事也。为今之计,惟有善言以覆英、法,婉词以谢俄人,明谕中外,谓我自治罪臣,并无侮辱邻国之意。令邵友濂先行达知,或将英、法二使赏给宝星,酬其厚谊,托以转圜,属其致书俄邦,先告以伊犁可缓,偿款可给,俾俄人知我之另议条约,但欲除其窒碍,并非一味翻驳,以此作为和好实据,自然接待使臣。夫与其屈法而仍无把握,何如持正而别图转机哉?昔晋文公不肯弃信取原,何况刑赏大柄非止一诺之微乎?宋华元不受楚人之鄙而杀楚使,卒之宋亦不亡,何况中国非如宋之小弱乎?诸葛亮不肯废法而诛马谡,何况崇厚非谡之有用乎?此古来谋国之常经,兼是非权利害,而并非迂阔难行者也。

变通之策曰:赦此罚彼,以示不测。如俄怒必不敢撄,英、法之请必不敢拒,崇厚必不敢诛,则莫如明诏昌言,径出诸狱,而姑驱策之,质其家属,责令仍往俄国,交曾纪泽差委,戴罪自效,更议条约。如条约不改,边衅终开,即令曾纪泽在彼处将该革员即行正法。盖使过弃瑕,恩犹自上。畏邻贷死,转属无名。至北洋大臣李鸿章、南洋大臣刘坤一,身为干城,甘心畏葸,不能任战以解君父之忧,但恃曲赦以为侥幸之计,致令慈安端裕康庆昭和庄敬皇太后深宫旰食,慈禧端裕康颐昭豫庄诚皇太后扶病临朝,何以为心?何以为颜?如果欲释崇厚,则必将南、北洋大臣立加严谴,仍责令戴罪急修水陆防务。枢臣等职司筹笔,亦宜训谕督责,饬令实心捍患,战守兼权,无得专恃迁就为长策。但一赦一罚,势如张弛相资,必须并用。诸大臣身受厚恩,为国受过,当亦有所不辞。若不能用臣之言而谴疆臣,即亦不必因臣之言而赦罪臣。海外各国见中朝刚柔互用,恩威不测,死囚虽赦而名仍正,排解虽听而气尚雄不挑,敌不怒邻,而御侮之备不弛,杀人之志不衰,则彼莫测我之浅深,或犹长虑却顾而不敢逞。此英主应变之权略,或不得已而用之也。

由前之策正也,由后之策变而犹不失其正也。若犹豫不决,既无斗志,又昧机宜,是为无策。总之,今日国家大势,中原无事,金瓯屹然。溯自咸同以来,巨寇数十起而难卒平,奇灾数千里而民不变。比年绥丰成象,时阳时雨,有祷必灵,良由祖宗累朝之泽厚仁深,皇太后、皇上之至诚求治,上苍眷佑,福应昭然。方今虽似有才难之叹,积弱之形,然而中外将吏正不少智勇杰出之才,草野士民未尝挫忠义激昂之气,天命如此,人心如此。即使四邻窥伺,果其将相得人,或刚或柔,相机维持,大局断可无虑。惟望两宫皇太后宽怀颐养,万勿过于忧劳,但使慈闱安健,餐卫日强,万几之繁,从容措置,自可徐图修内攘外之方,此则薄海臣民之大愿也。臣悬悬愚忱,谨抒一得,以为因时补救之计,伏乞皇太后、皇上圣鉴。谨奏。再,臣钦奉懿旨前往内阁咨商,因会议覆奏迅速,臣折若由本衙门代奏,恐致周折稽延,即由内阁代为呈递,合并声名。谨奏。

伯庸送席,邀雅南、馥笙、咏笙、蓉生、少岩、月坡同食。雅以病发,馥、蓉以无车,皆不到。蓉生掣签得户部。钟雨辰送席,受之。

二十一日戊子(6 月 28 日)　阴之终日

南皮侍读来,为言幼樵之疏,当轴误疑为出于余手,吉林、常熟皆衔之。常熟之父本为教习师,其兄药房先生视学黔邦,适先子守贵西,校士三次,均承以礼相接,并今我兄弟出拜,以诗文就正,极蒙奖许。迨先子回省,又命儿子晋谒。此之洞生平,第知一己也,岂有受知其父，而力劾其子者哉？常熟既以世谊而兼同年，平日交情不论，即前年议礼一疏，承常熟袖稿相商，虚己下问，不废刍荛，并无不合而暌之意。果使常熟立论制行，有误国家，虽君子不贵苟同，亦只专劾常熟，断不至于劾及小山。常熟误以为出自余意，且疑侍读毓庆不见汲引，为存怨望之心，去年赐寿之辰，延坐密室，自咎不能荐贤，吁嗟再回。夫放差升官，众情所喜，名为君子者，亦何独不然？至于师傅之职，肩荷甚重，责备甚多，孰敢有觊觎之意？苟或有之，其生平亦可想见，何至疑及鄙人？且至以不相汲引之故，遂怂恿他人，禁锢其子弟哉？吉林能断大事，夙昔仰其风采，从无鄙薄之心，及癸亥廷试，朝臣多有斥余卷为不合体式者，吉林独言屡奉诏旨，许新贡士直言时事不复循用旧式，今既有此，宜拔置前列，以符朝廷求言之意，故亦闻而感之，断无劾及其弟宝森之理。宝森在直在川，糊涂专愎而已，其心地尚好，即使心地不好，亦何暇毛举及此。去年吉林相见时，盛气而言幼樵，其意实斥余也。余若以实相告，转无地以处幼樵，故惟点尔而受而已。自刘太史其年奏劾吴台朗兄弟，人皆知为余作，迨李合肥进呈瑞麦，边润民特疏参劾，人又误认为余作，遂致幼樵。此文亦疑出自余手，一似今日除余外竟无能文者，遂乃疑谤丛生，嫉媢竞起，为之奈何！午后，至姚宅拜寿，吉斋、雅南、月坡皆晤。答雨辰、汴生，皆未值。朱桂卿吉士来，为定儿处方。

二十二日己丑(6月29日)　有霁色，从此后可不雨矣

二十三日庚寅(6月30日)

廿四日辛卯(7月1日)　阴晴相间

廿五日壬辰(7月2日)　晓大雨

为月坡作张霁亭学使书，又以一书寄让卿，助月坡途费十二洋。巳刻到馆送之，装车未毕，午刻始行。月坡、坤斋为一车，咏笙、泽山为一车，少岩、雅南为一车。余问雅南，如不别觅馆地，可专为小宝批改文赋，每季当以二十五番相助。雅南以为然，遂与之约定。未刻，雨又大至，不知南归诸公正复何如耳。

廿六日癸巳(7月3日)　晴雨相间

姚访梅招陪雨辰，同席者敏生侍郎、小云太常、子密枢部、退菴中书，以会议后廷寄若何措词，两使臣若何回答，问之皆答不知，但商量福晋薨逝公祭送礼与邸中索取章京住址单耳。答吴廉访德溥于法源寺，未晤。贺吴蕙吟擢太仆。

廿七日甲午(7月4日)　晴

王□□吉士家讳来，朱子典观察守谟来，皆未晤。答陈芰生、张子腾，以前日南皮之意告之，令其转达常熟。子腾新得之郎方患痰热，余又以让卿家事托之。德和丈送吐铁来，七十老翁不惮远贾，壮哉！嘱袁棣生大令思韩寄童砚芸一书，即送去。

廿八日乙未(7月5日)　阴

赴谢公祠，縠士招陪访梅，同席者粤西新贵居多，亦有湘中人，公请戊午年谊，辞。侍郎边润民方伯宝泉于财神馆派分十千，不克往。许竹筼、汪少霞来，不值。作字问雨辰同乡赵效曾寓处，得复。得十五日大兄书云，四月初九日于同善堂义冢丛中见嫩土一坪，青葱可拭，旁有小溪，到头尺木格得甲乙卯之山，独辛之水，可为吾父安葬地，知为邬小山家祖坟旁地。于五月十三日立议据，史良庄作中，十五日勘明四至，丈量弓步，邬割亩分送，付纸来送祭银两，即批明议据之尾，不另立契券。邬宅地券为嘉庆戊寅年由月江先生继妻毛氏仝子文瀚、文沅出售者，迄今六十三年。又云葬期约在八月，迟则冬月。附《赖钤记钞》示。汪仲伊、仲声侄与小宝皆有与阿六书。

廿九日丙申(7月6日)　阴

答许竹筼，竹筼于去冬崇厚事以三言约之，必诛崇厚以儆不忠，尽许条约以昭大信，急治战具以图自强，语甚简当。访汪仲伊，并晤程午坡。仲伊签掣山西，拟先乞假旋南，于腊杪禀到。浙东之行当在七月，余出百金助其刻书，仲伊著书十余种，不能得京官以遂其谈述之志，我辈亦不能留其居此以获其切磋之益，同志寥落，相对黯然。吴蕙吟来，未晤。任幼庭户部朝栋奠分六千。得章琴生复。福幼依吉士棫骑马来见，文端公胞侄，福世侯胞弟也，年廿四岁。在谢星海房得张子腾书，言已将尊意婉达师门，想不设城府者必更豁然也。

六月初一丁酉朔(7月7日) 微雨竟日

蔡辅臣世佐、徐花侬琪两吉士俱以弟子礼来见，辞之。浙江都转惠菱舫年来。雨入夜愈甚，凉似九月天气。

初二日戊戌(7月8日) 又竟日雨

吊陈子蓬编修振瀛妻丧，奠敬廿千。晤费芸舫、陈芰生。湖北廉访庞省三前辈庆云来，未值。漱兄来谈。彭三自通州持帘帐来。入夜雨甚。

初三日己亥(7月9日) 雨止而云未散

还《云气占候篇》及《龙经》于汪仲伊，得其复附《胜归铃记注释》。午后，赴章琴笙编修之招，有汪少霞、李丹崖、孙栏。泥泞及马腹，十步九停，顿于嘉兴馆，首遇莼客，各在车中，数语而别。答庞省三于圆通观。蔡辅臣送药方来。

初四日庚子(7月10日) 晴，午后有雨即止

高邮杨骈卿吉士福臻来见。芗涛师欲来谈，余往就之，为买饼同食，四更而归。崇厚之归也，总署先具折劾之，迨芗翁将所许十八条按旧约逐条驳斥，吴江相国又逐条驳斥芗翁，芗翁又驳之，吴江始怒矣，然其后卒用芗翁言，又推广之以交曾劼刚，先后刺谬如此。吴江廉谨而勤于事，惜不学问，又无才气，因暗弱而谬误，因谬误而回护，因回护而意见，因意见而颠倒，逞私求胜，遂置国事而不顾矣。

初五日辛丑(7月11日) 晴

袁海帆吉士鹏图来，误持侍生帖坐临海书院二年。商城蒋仲仁吉士艮来见，说前两年就湘中石门令之聘，去冬始返。泾县吴辅侯吉士维藩来，吾父甲子岁试录取即补廪者也，已住含山教官五年。得过竹潭湘书，言将与夏松生同回江苏。沈子梅能虎到京引见，来谈。

初六日壬寅(7月12日)　晴

福山王理堂吉士乘燮来见，莲生之族叔也，丙子举于乡。午后，雷雨一阵。王孝凤京卿家璧来，寄大哥、小宝各一缄，内有仲伊《钤注》。阿六复往桂卿处改方。文卿得左庶子，芗翁得右庶子。夜有雷电，有雨。

初七日癸卯(7月13日)　晓间大雨

张升来言，通州行李于昨日就道，作字请伯容，转托招呼。午后晴。余子澂来谈。优贡何卓英到京来见，知子缜按临永州，得吐血之证，嗣即全愈。试宝庆府学，题为"子曰孝哉闵子骞"三章，后改作两章，旨初七日抵棚适大风雨，旗杆折去一枝云。钱篴仙来，言去冬会议崇厚，事理通达者无如南皮师，练习时务者无过翁常熟，坚持正议者无如黄再同，痛诋枢府者无过宝竹坡。阿六服桂卿药未得效，施乳母说可以艾灸足后之穴，如言行之。姚怡亭伯庸来，知宝佩蘅师家有丧事初五日其弟妇开吊，余竟未之闻也。周生霖娶儿妇，分八千。郭成来，知行李到齐化门外。

初八日甲辰(7月14日)　晴

天津李嗣香吉士士鉁来见，二十五岁，丙子乡榜，丁丑进士。乡试在徐挹泉房，会试在李殿林房。其父办津中赈务，活数万人，宜得是报，其兄亦于丙子中举。黄州蕲水周又褚吉士遂良来见，其父与其伯叔皆吾父录送入学者，今年三十六岁，癸酉举人，丁丑会试荐卷。在王祖光房，今年在陈汝翼房。得周艺梅廿四日汉口书。子鄂初九日病殁，可惜！黄仲韬吉士绍箕来。黄研芳来。

初九日乙巳(7月15日)　阴

竹潭来。丹徒吴右之吉士福龄来。丙子举丁丑进士，与丁廉甫学使有连。邵汴生前辈来。伯英试卷为麟书所斥，湘中行李亦于初五日续到，进城之时大费唇舌。长洲王黻卿吉士颂蔚来见，丙子举人，黼卿与伯寅为姨表兄弟，又与柳门交，寓渭南会馆戴宅。吐属风雅，是善读书者。鹿滋轩同年传霖，滋轩以循吏擢桂林知府，辛未来都引见，以回避姻亲补广东廉州府，遂调广府，升高廉道，擢闽臬，云广东人心吏治之坏为天下最，其故由于督抚之不知爱才，其读书有志节者，必使之穷无复之，出于干请营求，始予一差，而人才之能自立者寡矣，欲吏治之得人，必由不迫人于穷厄始。尝为振轩制府力言之云："孙驾航之贪昏，出于人之意计之外；吴子实之好利，亦自贻伊戚也。张铣之擢，由于丁雨生之密荐于李合肥，盖喜其柔懦易制也，若事之持正，则貌为恭敬，而心实衔之矣。藉端倾陷，无所不至也。"徐小云来，言与敌决战，必有精卒十万人，沿海数千里，开铁路，设电线，不与外夷共之。距海口约百里之遥，覆可东西策应。赴嵩云草堂应犀菴师之招，同席者胡淇生学士聘之、王益吾祭酒先谦、钱子密枢部、龙芝生编修、徐叔鸿户部树钧、唐□□侍御树楠。大雨一阵，霎时见日，通州行李皆到。伯容来，得汪斥青调任江阴信。子密云洪蓉生偕上虞朱瀫卿孝廉来裳，未晤。

初十日丙午(7月16日)　晓阴，午后微雨，夜雨乃紧

命家人将南来行装弛韬解缚，竟日乃已。作谭叙初、钱伯声二书，竹谭所属也。进城衣箱费银四十两，小车犒赏霍宅家人，饭犒及零碎开销壹百七十余千，皆交伯容转给。犒姚纪洋拾圆。

十一日丁未(7月17日)　晴

答客，晤滋轩、竹潭，贺芗丈庶子之喜。晤沈子梅，并晤冯申之、刘雅宾，又晤温棣华。黄慎之殿撰思永来见。六希还《汉儒通义》两册。连翀叔来。得仲伊札，本衙门知会充咸安宫总裁。晚饭时大雷雨一阵。

十二日戊申(7月18日)　晴

先母郑夫人忌日，适汪仲伊来，邀莼客作陪，与雨帆、子樵、儿婿辈享饭。仲伊言葬术《龙经》外，《催官篇》亦可读，理气峦头兼者，张宗道《训子集》、沈六圃《地学》、江西新刊本《地理四书》苏凤文刻、蔡氏《地理发微论》，专论理气者，陶中洋会稽人《青天白日》、纪大奎《地理末学》，绘图极细之书，则人子须知也。又云德清徐养原精于乐律，其所著《律吕臆说》一卷、《笛律》一卷、《管色考》一卷，仲伊移录副本，惟

《琴学原指》四卷，则戴子高索之于徐氏之近族者，以原稿寄江宁，竟于中途失之，此极恨事。竹谭定明日出都，索《湘英文挹》一部。龙筠圃吏部文霦将于七月南旋，先来话别，有别诗八律，筠圃派实录校详，总裁、总纂皆欲以不论题选咨留，遇缺即补奏请。会有欲夺之者，伪作筠圃书，言己不愿此，请让他人，总纂遂删去此节，但请赏戴花翎。筠圃年六十矣，白首潜郎，不得序补，遂浩然有归志，而夺之者以不合例，亦不得保也。七秀扑跌，脑后流血，涂七厘散。为莼客领俸补缺事，函托蓉洲。

十三日己酉(7月19日)　晴

赵伯远庶常曾重来。费芸舫索取《湘英文挹》。访梅今日生辰作十刹海之游，余循例致贺，不受。

十四日庚戌(7月20日)　晴

欲出门答客，以骡蹄伤损而止。排比书籍，粗有条者。徐东甫妻丧，送分四十千。作字致仲伊，问改灶吉日。未刻，赴黄宫詹三兄之约，同坐者南皮庶子师，许仙屏振祎、黄再同国瑾、冯莲塘文蔚三编修。闻徐荫轩宗伯有"用人须别贤奸"一折，内有今之所谓熟悉洋务者崇厚、丁日昌。今崇厚误国，天下共知，愿勿再用丁日昌。又闻澂贝勒率众抢宗室尊行之女，女即自尽，经惇、醇两邸告知恭邸，恭邸拟治以圈禁之法，经某尚书劝阻，然尚幸无人告发云。游汇东升川臬，黎简堂升漕督，文彬病故。谭叙初署漕督，于莲舫补左中允。朱伯华福荣以道员分发直隶，适当停止分发，部议覆准之时例不验看，拟仍往津营，今日来见。

十五日辛亥(7月21日)　晴

得笣仙缄。送到书架、倚几各二。

十六日壬子(7月22日)　晴

答客，晤曹竹铭、尚雅珍、刘叔陶、吴□□、赵伯远、王孝凤、龙筠圃，又至贾家胡同拜又村夫人寿。申正二刻，日光下有雨。得六月初四日小宝、初五日斡侄禀。壬戌同年公请鹿滋轩，分十二千十二日。

朱桐翁孙女出阁,分八千。

十七日癸丑(7月23日) 阴晴不定

高抟九翰讲来万鹏。午后答客,晤访梅、退盦、子密及李丹崖吉士经世、胡绶卿孝廉。祁门人,吾父视学时录取。

十八日甲寅(7月24日) 晴

怡庭、蔚春来。华竹轩编修金寿来,以贾子贞炳元大挑分发闽省事,嘱转致滋轩一言。洪云轩舍人九章、唐□□给谏树楠、黄□□观察彬来。王孝凤京卿家璧来。黄彬之言曰:“余姚谢姓一案,由于唐艺农观察偒信营官之言,指称私窃军火,谋为不轨,赖梅小岩覆奏,措辞平淡,尚未冤害人命,高令坐是撤任,亦诬以纳贿也。”黄彬以道员得营务差,呈验谢氏军械,实与其事,器甲朽敝,火药亦只数斤云。唐艺农者,即唐树楠之兄也。丁春农来,言谭叙初任徐道时,能剿办土匪而暗于知人,幕友孙去年中浙闱三十九名、门上郑委员、知县龙士互为交通,贿赂狼藉,游击李书办又左右之,俗有五鬼闹判之谣,而谭观察不知也。其待属员也,动之以三端,无不契合,一曰面谀,二曰表己之长,三曰讦人之短。得莼客札。

十九日乙卯(7月25日) 晴

闻德化尚书师今日销假,往视之,已奉旨准其开去,兼管顺天府尹矣。顺道答客,晤丁春农、朱伯华定明日往津、周福清由江西金溪令改官内阁、盛炳纬、朱黻卿裳。得彰德五月三日刘锡恒书,内有芸斋丈《寿言节略》。从保定提塘寄京,迟迟始到。婺源查石生荫元即用知县,分发浙江,吾父丁卯科试录取入学者也,今日来见。鹿滋轩留别二十金,即作为六月廿一屋租,送张庶子处。资江梁□□吉士枚来乙亥举,点用后即以误服凉剂患喉证,几至不救,后服升提之品得有转机,满面发斑,至今结痂未落也。昨日考优题为“赤也,束带立于朝”两句,中有“孙阳念义心”得“心”字,潘尚书所拟。汪仲伊来,留同晚饭,招莼客,以病热未愈辞。仲伊书示辟疫解毒方,开府檄发散:辰砂二钱、雄黄二钱、白芷二钱、藿香二钱、苍术三钱、川朴三钱、郁金三分、陈皮三钱、白蒺藜四钱、黄土四钱、银花四钱、甘草四钱，研细末，磁瓶盛，临用吹鼻，及水调服一二分，急则点眼。寿字香料：干红枣二两、桂枝四两、连壳白蔻仁二钱、鬼箭羽五钱、细辛五钱、甘松二两、降香切研四两、檀香研四两、柏树末半斤、白芷三两、苍术四两、藿香二两、蕲艾三两，共研细末。

二十日丙辰(7月26日) 晓阴，巳刻雨

陈阜嘉来。优贡正取廿三，吴熙第五；副取廿四，陈阜嘉第十共七十余人赴考。二子皆不工于至于书，而居然入选，可喜也。尚雅珍侍读贤来房金每月七两。黄慎之殿选来请公局之期，辞之。林□□吉士元菼来，林生幼随其父官鄂，近又主于裕中丞家，由大梁之越东，于彼土情形颇能熟悉。吴子实学使声名之坏，实由于买赌闱姓及贿买遗才二事。遗才每名银二百两，高才生往往斥落，所以驱之归于一路也。众论哗然，久而愈甚，弹劾之类，犹取其轻者言之耳。张振轩到任，励精图治，然惟闻裁革陋规而已，尚不闻举其大者。盗风之盛，盗术之奇，令人百思不到。绅士把持，洋人要挟，吏胥噬肥，种种为他省所未见。冯子立因得罪色绅，致被参劾，尤属可惜。前南皮云得罪梁檀圃也。

二十一日丁巳(7月27日) 晴

作家书寄大兄两纸。李福、刘升皆乞假去。吴劭之优贡熙来见。萧尺珊侍御韶来，言曾劼刚有请复伊犁之折，意欲于五百万罗卜之外，增数以偿之。又云彭雪琴侍郎疏荐人才，有李仲景镐、李仲云桓、段□□起、麻师竹维绪、汪篮。昨据仲伊云有程尚斋。又云蒋艺林每念家事，辄放声大哭，故病久不愈，今劝其留考教习，尚未定见。访邵子长，为丁春农执柯。子长言崇厚出使，实由吴江，于荫霖之劾合肥及吴江也。禧太后扶病临朝，对枢臣曰："人言未必无因，有则改之，无则加勉。"吉林出而语人曰："今日沈中堂亦被人参劾矣。"

二十二日戊午(7月28日) 卯刻，雷电以雨，午刻，雨止

奉旨：朱逌然转补翰林院侍读学士，洪钧补授翰林院侍讲学士。

钦此。吴子实降调之缺。万师于十九日请开兼尹差使,奉旨允准,乃二十日奉旨:董恂着开去。总理差使,岂出于特旨耶,抑出于臣下之请耶?借专心部务之名,以便其恋栈贪荣之计,殆所谓钟鸣漏尽,夜行不休者矣。今天气殊寒,入夜尤甚。刘玉、周瑞皆乞假去,以寓中无事,不必多人也。边润民宝泉来。亲拜,不请会。

二十三日己未(7月29日) 阴

连翀叔来,得书巢五月书。晨问崇星陔一书,自折差寄来。胡梅卿与其戚陈廷瑛招饮,辞之。孙佩南来,言今日为恭邸福晋发引之期,因言澂贝勒凶淫无赖诸恶状。亥初一刻,雷电风雨交作,蓦地而止。今日巳初一刻,地震,撼动门窗,惟为时甚暂平,青虫寸许长扑窗竟夕,其声如雨,不知何祥。

二十四日庚申(7月30日) 晴

丑正初刻,进内直日。嵩犊山同班晤祁子禾侍郎。率其同乡官谢溪觅钱粮。犊山言抚屏于昨日抵京,寓黄酒馆,卯初返贺。陈子蓬出守抚州。奉上谕:曾国荃着来京陛见,山西巡抚着葆亨护理。钦此。黄宫詹以鄂儿生百日送礼,收冠履二色。晚饭后,芗涛师欲来谈,余往就之,漱兄亦来。雷声大作,若暴雨之将至,已将行矣,张幼樵侍读至,遂又久坐,主人沽酒煮汤圆会食,丑初一刻始归。幼樵言恪靖有言,与张阆斋拟分散路进攻伊犁,俄兵不过万人,器械亦朽旧,可一鼓而平也。徐荫轩前日奏称督抚之贤者,李宗羲、曾国荃,而于次棠参劾李相之折,请罢斥合肥,以岑毓英、曾国荃代之。今日之旨,或本于此。南皮师谓此非易北洋大臣也,欲补董酝卿总理之差耳。黄宫詹言次棠已呈请开缺,请假四月,归省其母矣。幼樵言杨子和之无文理,赵粹甫之偏听幕友,误杀两命。漱兄言子长之为乃弟掩饰,敏生之前后两次会议,如出两人,于次棠之面责吴江。南皮言张芝浦为翰林院后墙解与鬼子力争,终能折服,而吴江于开课之际,反有谈虎色变之象。又言次棠呈请代奏之折,漱兄宜以内有参劾座师一节,让与竹坡作主,则师友两处皆圆。

二十五日辛酉(7月31日) 阴晴相间

绍府同乡京官公宴惠荟舫都转于嵩云草堂，共三席，谭五叔、钟六英、罗讦庭、朱少桐、楼广侯、施敏轩同坐。酒半拜客，季和病假昨日续假十五日，雨辰到馆，皆未晤。晤汴生前辈，言夔石有俄罗斯兵船已到香港者二十余号之说，恐秋初未免震动。沈中堂自言谙练洋务，而办法殊未得窍；季尚书自言不知洋务，而口角时露锋铓；董江都熟于农曹成案，而心术殊不足恃；万九江达于铨部成法，而兼尹之日未免偏信家丁。李丹崖、陈书玉来，未晤。得子长缄。

二十六日壬戌(8月1日) 晴

丑正起，寅初驱车入城，至朝房与祁子禾、钟六英谈。卯正二刻，庆贺皇上万寿，随同在乾清门外行三跪九叩首礼。蟒袍补服。晤梅小岩、朱敏生、王次屏，返至康家巷小憩，辰初归。王莲生吉士懿荣来，自言丁丑丧偶，遗有二子，不复作续胶之想，秋深当省亲川中，终年侍奉，不敢与名臣讲经济，亦不与名士谈学问，人生至乐，无过事亲，不遇考试事，亦不复到京。盖到户部十八年，而京官之况味已知，妻病逾七载，而妻子之苦累亦受尽矣。汪仲伊来，因犀盦师欲与晤谈，偕至师处，则以请其谈相也，甚戚，□□□太史亦同在坐。回至寓中，沽酒小饮，研芳适至，令作陪，戌初始去。仲伊言曾文正督畿辅时，幕中无可恃者，故办理天津教案，竟以崇厚贿通吴挚甫之故，全易其初定之稿，迨三任江督，亦专倚任文人之无行者，与前办军务时前后如出两人。

二十七日癸亥(8月2日) 晴，热今夏第一日始来

傅祁门、胡绶卿廷琛训导来。程午坡来，手录仲伊所著《声谱》，竟。

二十八日甲子(8月3日) 晴热

童薇研师来。访梅夫人生日，遣阿送往。午后，钟雨辰来。晚饭后，箎仙来谈，露坐有雨，复移至书厅，半夜始去。姚朴庵有书与箎仙，得阅。

二十九日乙丑(8月4日)　阴

答客。晤王次屏阁学、钟六英少仆。送边润民,则已于二十七日出都矣。得芗翁复。胡匡伯送物,言将于七月三日南归。汪仲伊冒雨来谈,以《羡门式》见示。曾劼刚已到俄都,李心吾云。阿昌于今日逃塾,晨出而暮不归,迹之不见,惟至连翀叔舍人处假银二十两而已。翀叔夜间来谈,余问其何以假银之故,翀叔言阿昌以葆堂失银,银本置于渠书案上,遂以见疑,故愿急得此以弥其事而息其怒。言之成理,故遂如数畀之,而不知其伪也。

三十日丙寅(8月5日)　晴

录仲伊《羡门式》十余页。遣周瑞、刘升、刘玉、张升觅阿昌,竟日不得。过夜半,腹痛殊甚。丑正,唤孝生煎万应散之,少止。缘今钞书久坐,始食西瓜,夜间露坐,又着凉气也。

七月初一日丁卯朔(8月6日)　晴

访梅来,知小邨于俄罗斯发兵至吉林十余日后始知彼国有谋,遂发电报于前月望前到京,总理衙门匿不以闻,又十余日而始达于上,遂有旨令曾国荃陛见,日间谣传长埼地方俄国之兵船十只均交日本国,令其率之往我东南诸省作牵掣之师,而自以精兵至东三省云云。沈退菴来。张子腾着人来问阿昌消息,翀叔亦来。得李让卿前月廿二日书。前交子腾信,已到。有小宝与其兄两纸。朱桂卿来,为余用辛通苦降之方。旋覆花、川连、茯苓、川楝皮、白蒺藜、栝蒌仁、郁金。胸口较平,腹中不适,不思饮食。

初二日戊辰(8月7日)　晴。未初一刻四分立秋,七月节

仲伊来,假万卷楼刻本郑注《葬书》去,还其《九宫秘旨》《葬书丛注》各一册。洪蓉生来勋。得杨理菴书,言小宝当来京读书。有人能圆光者,令其来则焚香念咒,后举所噀之水涂诸左掌,令人视之,无人能见者,拂衣遂去。温棣华送明日引见单来:第一排满六;第二排满五;第三排汉七、读学朱、右庶张、侍讲陈宝珍、洗马周德润、右赞刘、廷枚，感冒。编修尹萧怡、李端药，检讨周冠；第四排汉七，编修施之博、陈学棻、韦业祥、刘海鳌、许振祎、徐文洞、许景澄。

初三日己巳(8月8日)　晴

丑正二刻入城，至朝房则许仙屏、陈桂生两人已到，芗翁继至，至卯初到齐，徐揾泉最后至。卯正，引见于养心殿，宝、沈两中堂递签事毕，即在朝房恭候。辰刻得旨：朱逌然、张之洞、陈宝琛着充日讲起居注官，周德润着署日讲起居注官。钦此。出景运门，适薛抚屏将入，立谈片刻，知西宫病体始患木来克土，泄泻，不思饮食，夜卧不安。今患火不生土，前恙已愈，渐加温补云。出城至许竹筼处，吃粥而归。拟谢恩折底。黄漱兄来，知竹坡有请吕恪靖入朝之疏，拟明日奏御。夜有微雨。得程丽芬五月书。

初四日庚午(8月9日)　晴

得芗翁复得无名氏近事私议云：中俄近局，衅端渐迫，就目前事势论之，使臣远隔数万里，惩鉴前辙，事必请旨，朝廷无明晰宣授之条，总署无切实指使之策，往返稽延，坐失机宜，可虑者一；前使铸错，公愤不容震怒，因之一旦决裂，警报猝至，两宫宵旰，又不能无郑重审顾之图，兵船既临，复谋转圜，迫切求和，原约不改，再偿兵费，亏损愈多，可虑者二；吉林边备空虚，俄人于珲春厅界搜练军实，日伺我隙，若海面蠢动，必举兵以取吉林，事定议和，已定之地，必不肯归，可虑者三；北洋战备，恃有淮军，然而揣量强弱，尚嫌不敌，海口既不胜防，登陆非易御，可虑者四。此数端者，朝廷高远，或未尽鉴，枢臣知之，顾忌踌躇，不敢尽言，国家大计所关，而以含隐敷衍，枝枝节节为之，此危局也。为今日计，宜有重望大臣，疏请通筹全局，熟审利害，以定大计。大意谓和战之局万无中立，我谋改约，彼必坚拒。外国故智每于两不相下时，以兵船临境，先声恫喝，我若因此迁就，则受其迫胁，国体愈伤，若我不为动，必出于战。惟能战与否，先在自量。各路筹办防务已及半年，若据疆臣奏报确有把握，即当严饬使臣，将必不可许之条据理力争。即至决裂，亦仍坚持定见，决计主战。若以仓卒修备未甚足恃,则当亟令使臣就条约窒碍难行者,曲为调停,可了即了,免启大衅。现在曾某计已抵俄,俄国兵船传闻已驶至东洋,安危之机,争于旦夕,惟请早定大计,弗至临时纷纭,贻误事机云云。谋国之术,莫要于此。方今二三謇谔之臣,其激烈者,不顾成败,等于孤注一掷;其深切者,如良医治病,对病施方,奈方中要药市肆未有真品,或不及煎制,则急病仍无转机。杞人之忧,所愿就现在朝局而弥缝斡旋之也。笣仙来谈,属子樵写谢恩折。徐小民来,今在广聚金店,十九年前,余寓天泰参局时曾见之也。追话吾父与朝鲜使臣李雅郊借地班荆事,犹历历在目前。

初五日辛未(8月10日) 晴

子正一刻开车,进内谢恩。丑初一刻至直房,则周生霖已先至,芗翁继至,陈伯泉最后至。龙芝生补中允,亦于是日谢恩。卯初,在乾清门外行礼,遂各出城。访薛抚屏于黄酒馆,知西圣服药后气体日佳,抚屏意在重用半夏、干姜、肉桂、补骨脂,而圣之意以天气炎热,拟至秋凉始服,故一时惟以陈皮、煨姜代之,不能急于奏效,太医院又擅加升麻一钱,赖坚执不服,尚未受害云。顺道答客,晤广聚徐氏父子。过芗涛师处谈。晤许竹筼。子长来,始知俄国有五十余号兵船之说。竹筼亦言劼刚有书来,言条约恐难抽换,伊犁尚可索回,惟不能在外断而行之耳。晚,得常熟师十六字,云来示悚切,暂存敝处,时事如此,忧心如沸。润民同年送别,敬十六金。

初六日壬申(8月11日) 晴

辰初,至庶常馆,分教庶吉士者七人,余与孝达庶子尚雅珍贤、高抟九万鹏、温棣华绍棠、许竹筼景澄、陆凤石润庠先后到,惟刘叔陶因病不到,大教习宝佩蘅师鋆、徐荫轩丈桐亦到,内厅阶上迎入东厅。巳刻,宴于西厅,合两席为一,宝、徐东向,余西向,张、温、许、陆南向,尚、高、朱北向。庆□□、朱石泉文镜皆翻译教习也。坐上之言,惟尚雅珍最多。午刻,大教习回寓,余等俟新庶常诗片交齐,亦各出城。“今夜银河万里秋”得“秋”字;《天孙云锦赋》,以“手抉云汉分天章”为韵。得见姚伯承与其兄书，知阿昌于初四日搭船至津，今已扣留，即令阿六致书姚处，定遣人接归。分教习题为《有文事必有武备赋》，以“夹谷之盟，齐归鲁田”为韵；“玉堂金殿要论思”得“思”字。崔惠人来，为余开方。荆芥穗、川芎、白术、陈皮、茯苓。

初七日癸酉(8月12日)　阴

遣郭成往津。巳刻，有雨。子腾来，言常熟为慧妃修楼事约，恭邸力争，迨进对，恭邸不能如约。芗丈来，为言竹篔近事私议之意。午后，答王恩光、焦景昌、黄彬、潘受、吴熙、陈阜嘉、汪受礽。访谭廷彪及黄砚芳。至子腾处小坐，随谒常熟师，适夔石在坐，云因孙子授之奏，有旨令鲍超部带府万人督兵入卫，为天津、山海关策应，又令曾九师带刘连捷一军二千、郭宝昌一军二千、刘维桢一军二千，共合万人，为东三省重镇。曾劼刚于廿四日到俄，已经俄国接待，于廿九日相见，其翻译官因驻俄英使有言俄皇以崇厚暂免罪名而不开释，使臣虽来，毋庸与之议事等语，劼刚遂于是日发电报，请代奏施恩，于昨日到京。今日西圣临朝，枢臣以电报入奏，面奉谕旨开释，已发钞矣。向例使臣到国，第一次相见，谓之接待，第二次，始议交涉之事。计今日发电报到俄，约望后矣。常熟师谓我中国并未开衅，何以彼国先发兵船？可以此语。今劼刚诘问，亦辞令之一端也。夔石谓已语其副使矣，余谓不如达诸俄皇、俄相之耳。此言虽简，包括许多道理。夔石云俄国之总署谓之外部，大臣三人，一尚书、二侍郎。冯贵云湖南折弁言子缜学使试衡州，患失红证，甚重。漱兄来，未值。

初八日甲戌(8月13日)　晴，有凉风

走视姚访梅、丁春农、张芗丈，知姚怡亭亦于昨日回津。许竹篔札言，隔膜已通，机局顿转，数日间所以不惮饶舌者，正此关捩耳。上下截搭已是有情，即无庸作渡，可即索回前草，不然，则以斡旋之要旨疑于怯懦之常情，阁下与侍皆当一白也。徐东甫来。筂仙与其郎念劬来。筂仙以爽秋之故，不乐于南皮，愤懑之词至欲等于绝交之列，念劬从而激荡之，望之为之生畏，留同午饭。连冲叔来，赴李礼莼之招，有陆九芝封君凤石殿撰之父、田丹屏太守、辅墀，新选梧州府。李仲宣优贡经义三先生子、文裔生侍御镳。夜，过洪琴笙谈，琴生藏有《西岳华山碑》拓本，为赵绍祖家中物，其子以五十金质诸章封翁者，当借钩一本也。汪仲伊来，得邵阳胡云卿大令书。从邵汴翁处来。

初九日乙亥(8月14日)　晴，无风

许竹筼来，索回私议一则，因作笺与常熟师。焦景昌以浙运来见，言明日出都，托其寄大哥信乙件、京靴三双。答黄漱兄，知崇厚拟罪，实其首发难端，今已赦罪，建议者无两立之势，已于今日疏请病假十日矣。余谓讲官不同言官，言而不听，不必以去就相争，且时艰如此，正赖吾辈随时匡救，多一人去国，即少一人立言，所关甚巨，似可稍安，漱兄不以为然也。因顺道访竹筼，知陈伯泉今日有封奏，张芗翁明日亦有封奏参用竹议二条。竹筼出示《亮生书》三通，略云德、美、法诸使齐抵津门，美使之太迟，可惜之言。俄与日本合谋图我，前者赫德曾密以告，并言纠约西班牙、葡萄牙两国，西以古巴招工有隙，葡以澳门有违言，日以垂涎台湾，南北齐举，江浙虚惊，台有实祸。俄兵约分三路，津门、珲春、伊犁。珲、津为东路，伊为西路，西未必进，不过遥为牵掣。至其经营珲春，已近廿年，开屯建埠，制器练兵，废约已后，战舶云集，距吉林一千三四百里，距兴京不及千里，得寸得尺，最当防遏。论津门者，皆谓海口甚浅，又有拦江沙以阻之，我之淮军，犹为瑕中之坚，又为各国通商口岸，然吉奉之迂，不如津门之径。俄若图小获，则踞吉奉以要盟，否则直扑京都，何求不遂？我之辽海口门毫无备御，则牛庄、锦州关内外皆可乘虚而入，总之皆东路也。闻俄已向英借银一千五百万磅，合中国银五千二百万两，近又借银于邻。贫而弱不足畏，贫而强大可畏，盖将取偿于我也。与其议和于既败之后，不若议和于未战之先，盖既败之后，全权皆在敌手也。今日之俄与甲戌台湾之倭，孰强孰弱？其时廷臣噤无一语言战者，何近日纷纷若是？此时英、美各使游说讲解，凯阳德亦有先定边界陈案之说，趁此定约，虽有吃亏，尚可望见其底，否则或为海上之盟，或为城下之盟，十八条外必将大偿兵费，另立条款，利权将为所夺，自立之权将为所劫，各国从而要求，莫知所届，恐为五印度、安缅之属耳。至于自强，本计全在朝廷，否则一波未平，一波又起，终于灭顶而后亡，不如决诛崇厚之为愈也。莼客来，未值。夜不能寐。得笾仙书，有悔过自讼之意。

初十日丙子(8月15日)　晴

为南归者作屏联十余事。笾仙来，言前日愤而成谬，自讼甚力，言人生之患皆起于希冀之一念，因希冀而生怨望，因怨望而生悔尤，遂至愈趋愈远，言极有理。夜月颇佳，访莼客未值。芗翁今日递封奏。

十一日丁丑(8月16日)　晴，闷

访梅来。午后答客。晤莼客，以访梅转属为其子叔怡墓志。又晤笾仙与崔惠人。又入城访廖穀士。穀士出，视其请调鲍军一折，知谢小渔已到汴梁矣。朱澂卿孝廉来。

十二日戊寅(8月17日)　阴

芗翁来谈。闻漱兄亦至，遂与芗翁过其寓斋午饭。宝竹坡亦至，与漱兄反覆去就之义。申刻，与漱兄便步回寓。王夔石夫人来视余妇，漱兄避坐书斋中，傍晚以车送去。连翀叔来。鲍敦甫送子缜五月郴州道中书。郭成到津，有禀来。夜，雷电，有雨。

十三日己卯(8月18日)　晴凉

王芝庭编修来，言病后两脚无力，适余以内人牙痛，遣迓惠人诊视，即令候芝庭之脉，携方而去。惠人言，牙痛先降胃滞，再服滋阴之品。送花椒十余粒，言含此即痛止。访梅来，言其夫人留阿昌读书之语在郭成未到之前，因作一书寄津，令郭成速与阿昌来京。许竹筼来，言为目前之计，惟有速与日本使臣讲明琉球中岛与日南岛与中之议，以弭从旁挑衅之端，速召李合肥来京陛见，命其联络各国使臣与之言，中俄兵端一动，如中国力不能支，势必令俄独雄海上，于欧罗巴大局亦甚有碍，不如合词为中国向俄转圜，庶可为暂安目前之计。孙佩南来，言初三日总理衙门所奏之事，即劾刚请释崇厚之电报也。是日崇地山家令老婢请一盲者算命，谓主人何时得出。盲者曰：“初七日必出。”崇家即留盲者于家，五日而果得旨，犒瞽者银八两，纵之归。佩南馆于盛处初五日始知了，而吾辈则未之知也。城南之士大夫不及崇家之老婢，时局如此，从可知矣，然则朱敏生、孙子授、邵子长之封事，其即崇厚家老婢之身分乎？钟六英来，言十一日许筠菴有封奏，大旨请联英、法、美、德诸国之交，又言祁子禾亦有封奏，则不知其何所指也。

十四日庚辰(8月19日)　淡晴

陈富春来辞行十七日出京，奉上谕责军机大臣办事迟延，实难辞咎，着交各该衙门议处。汪仲伊来。李大先生请看茔地。黄仲韬来，留晚饭。仲伊借《玉函》辑本而去，时已交丑初矣。仲伊谓孙仲容好内过度，于丧中去娶妓，琴丈不能禁，李三子优贡强奸世好范家新娶之妇，复捏词未昏时本已相染，遂至新妇闻而自缢，李四子庶常亦途遇美姿首者劫之归。仲容之事由琴丈经营家产，误信湖州人庄姓而起。仲韬言太守进二妓于布政君之公子，受其一姝，由是琴丈官声大减云。汪少霞来。

十五日辛巳(8月20日)　阴，有日影

樊云门来。得叔贞小宝初□日禀、郭成十二日天津禀。午刻，祀先。与陶子缜学使书附子腾一函、奏稿两分，从胡万昌寄。翁常熟师来。酉刻，与雨帆叔、子樵、葆堂、七秃游陶然亭。暮至龙树院小坐而归。晚饭后，至芗翁处小坐，漱兄袖稿相商，不知其何事也，事竟即去。余与云门问话，问芗翁近日情形，亦未了了，余遂回寓。

十六日壬午(8月21日)　晴

查石生来。将赴浙江，于十九日出京，约九月望后禀到。钱笣仙来，言学算之弊将至于无父无君，其言闻之骇人。云门以会试卷易《湘英文挹》去。笣仙云，季仙九有新台之耻，故遗折上时有言行不相符之朱批，意殆为某尚书而发。陈富春来取信，蒋艺林亦来辞行。上谕：御史文镭奏，内阁会议事件，请饬安定奉程等语，着该衙门议奏。钦此。旨：胡聘之补授太常寺少卿。钦此。

十七日癸未(8月22日) 阴

周生霖来，属为其女作伐。年十七岁，意在丁郎。吴劭之来。遣阿送至妙光阁烧纸，为其弟伏生也。闻陈竹堂昨日病殁京寓，简南坪、李雨亭奠分各八千。许鹤巢舍人赓飏来。今馆张幼樵家，课其六岁郎。惠菱舫留别廿四金。夜静，露坐甚适。

十八日甲申(8月23日) 晴

阿连、七秃往凌宅，阿连不来。

十九日乙酉(8月24日) 晴，凉，有雷雨，傍晚霁

自昨日体中不适，腹中作痛，今日愈甚，熬建曲饮之。漱兄销假。

二十日丙戌(8月25日) 晴，凉

姚伯承与阿六书，言阿昌与郭成俱下利。孝凤来，以病不能见。南皮庶子师来，知周桂午侍御、周生霖洗马皆有请勿召左相之疏，意在迎合枢廷，固其把持之局。漱兄亦至，言昨日销假时，又递一折，极言崇厚之罪与枢臣信威使之过。枢臣读之，云骂得好，不知指何语而言也。云南马加利一案，其始经滇抚奏闻，枢臣请旨以"加意防范"四字谕之，滇抚误会其意，拨兵三百杀之于野人之地。马加利死，并及从者四人，而逸其二。夷得其实，令威妥玛来京诘问，言此事颠末，彼此皆知，今惟请杀滇抚，重治都司同知之罪而已。郭筠仙适在都，特疏言重治滇抚以了此案，免生支节。枢臣皆以为然，已面奏矣。独高阳力争以为不可，西圣亦云然。枢臣不敢再言而退，别谋以野番五人议抵，后出金以恤死者之家。威妥玛索二十万，吴江许八万而靳其余，威固争必如其数，吴江固不与，威出都以要之。吴江草旨寄李合肥与沈文肃使截留威使，又亲至威使署，宣示廷寄之意，威使愈骄，过天津，李留之不可，遂抵沪，沈文肃置之不答。而英主不欲以此事开边衅，电报亦到，威使无如何，进退失据。经他国使臣公商，请于适中之地，两国会议此事。遂有旨命合肥赴烟台，与威使定约，置滇抚及抵命事不言,第以银恤死者之家。复准于温州、大通、武穴及云南等处,开设马头,而事始竣,付租价银二十两谦兴票。乙丑翰林汪柳门、胡淇生、潘任卿、张芝浦、王益吾、周桂午,皆为清流所薄云。文文忠之在枢府也,总理衙门诸事,皆其一手创造。秉性朴忠,熟于夷人情伪,故能与外使力争,不可者据理析之,不听,即闭口绝不与语,夷使亦谅其忠,往往和颜婉词以承之。故办理交涉事件,尚不至十分棘手。吴江从文忠学习洋务,每晨自枢府出,即亲造焉。文忠以其细密,尽其法而语之,并语恭邸,引以为助。恭邸亦喜其留心,而爱其软弱,倚之如左右手。枢府之权,遂尽归于吴江。文忠薨,吴江即兼办洋务,由是军机及总署两大任,吴江以一身兼之矣。岂知其力小任重,小小棘手时,并不能画一策,夷使又不服其所为。故马加利一案,以靳予十二万之银,致国家送多少口岸;索还伊犁一事,又以所遣非人,致国家添无限后患。又其性情猜忌,惟恐讲官执正论以相争,每遇小臣疏入,辄摘其词句小疵,概其全体。昔文文忠尚请湘乡入参枢密,以同事不悦而止。今言事者竞奏请召左相入辅,而枢臣顾授意于人,阻其此举,贤不肖相去,奚啻霄壤! 文文忠之赤心报国,朝野咸知,病在不能知人,其所赏拔者,如蔡又臣世杰、丁价藩、孙家穀、成林、沈桂芬之流,皆无一可用者也。助白默安药,资银八两。以车接阿连,凌宅留之,不放行。尹壬斋同年萧怡引见赞善,得之。

二十一日丁亥(8月26日) 晴

得仲伊复还《玉函丛书》,余亦捡还其所著业书七种。朱桂卿为余立方,言病由冲脉为患,宜用苁蓉萸肉枸杞当归丸而服之,于滋润之中用温通之法,庶可渐愈。服药后,夜间两足顿和,无牵掣之患。

二十二日戊子(8月27日) 晴

辰刻,改灶火,门西向。梅艇所定日期,则仲伊择之也。仲伊言是时当有朱衣人到,而连翀叔、朱黻卿皆以辰刻至,意殆足以当之乎?午刻,买面而食。夜间,读《通鉴》至睿宗禅位,闻邻鸡四鸣,月色满地,始就枕。今日作楹联十余事。

二十三日己丑(8月28日)　晴

徐小民同其子来，知翁馥卿由蜀解饷十八万抵都。得裴樾岑七月二日书。得魏观察光焘书。得李莼客札。子密明日夜班来辞。杨骈卿吉士福臻来别。

二十四日庚寅(8月29日)　阴，郁闷

朱同年兄父以堉以增母寿，分廿千。未刻宴客，芗丈、漱兄、穀士、再同、云门、竹篔、桂卿，惟陈汝翼不到。穀士以进城先去。桂卿有客，上灯后去。云门饯黄冈邓友行，亦去。芗、漱、再、竹至亥正始去。夜有雷，急雨一阵。

二十五日辛卯(8月30日)　晓有雨数点，午后晴

何卓英归湘，来辞。阿连自凌宅归。林元荄乞假出京，来辞，言抵历城十余日，取道镇江至武昌省视其妻子，拟十月间赴粤抚之馆。并言俄皇以曾纪泽不足言，仍欲崇厚充使以竟前议，崇厚以足疾辞，此外廷尚未闻知也。又言崇厚自俄回粤，以一船载两大鼋以归，大者长一丈，次者八尺，舟次香港，外国驻中官留其一丈者蓄之博物院中，而以八尺者还崇云。

二十六日壬辰(8月31日)

黎明，雨帆叔与韩子樵以明日考试教习，于今日进场。翀叔云知书巢同年经李玉阶中丞以医奏保，已于初十左右自湘启行。汪仲伊来，病甫脱体，不敢饮酒，为备素面共食。仲伊欲往见南皮庶子，遇于中道，庶子复与仲伊至余室共谈。闻十七日电报廿三日到。曾袭侯已见俄皇，礼意周挚，初无为难之意，惟俄皇欲至黑海避暑，恐其成行后，则事又中阁，已催外部大臣速为部署矣。仲伊言崇厚出狱后，见其子所为，斥其“不爱脸”，其子反唇相讥，谓此三字不知是你是我，我当问个明白云。丁春农将于廿九日出京，闻以邵宅姻事，犹以未得其家书为辞。

二十七日癸巳(9月1日)　黎明，闻雨声，晨将出而止，午后晴

至财神馆拜桑柏斋大寇师八十寿。芗丈联云：“门前驷马于廷尉,天外睿皇白尚书。”张编修联云:“贤哉疏太傅,岿然鲁灵光。”莼客联云:“为杜正献致八十仕,继虞皋陶追百余年。”皆佳。祷文亦以芗翁所作《直隶京官公祝》一篇为佳。王孝凤来,不值。薄暮闻雷,有雨有电。室人答拜王侍郎夫人,并往视子腾如君。今日晤祁子禾侍郎及芸舫、棣华、襄伯及黄同年彬,彬欲托余转觅票号假银,愿以凭作押,余方无从自觅,焉能为人张罗耶?谢之。

二十八日甲午(9月2日) 晴

张子腾来,言今日午刻皇上诣皇史晟在南海子行礼,故不复入内。孙燮臣阁学家鼐亦来。雨帆叔与子樵昨日出场,宿都察院衙前周宅,今日回寓。文题“原闻子之志”,诗题“梧桐秋露晴”。黄研芳来,取《湘英文挹》而去。郭成自天津来。得访梅夫人书。廿四日下船,昨日到通州。

二十九日乙未(9月3日) 晴

周又褚吉士遂良来辞行。仲伊来,并还《淮南天文训补注》。朱黻卿来。徐小民来。

三十日丙申(9月4日) 晴

丁问梅同知象乾自清江押运至通来见,春农之胞兄也。教习今日出案,雨帆、子樵皆未与。小民送螃蟹、阿胶。

八月丁酉朔(9月5日) 晴暖

吴玉粟来,气弱而喘,言将于今冬南旋。午刻,为龙筠圃吏部文霦及汪仲伊饯行,并邀吴蕙吟、费芸舫、章琴笙、程午坡同食。崔惠人、陶小琴皆来辞。访梅来而客未去,遂去。仲伊以《后缇萦》及《逸书言经事纬》各一册见示。蕙吟言劼刚十九日所发电报,廿七日到,已将条约中最要之件,如全还伊犁、嘉峪关不设领事之类六条,先与争辩,外部概未之许。总理覆称,该使当刚柔互用云云,仍是笼统之词,无所分晰于其间也。嘉兴办荒之案,已据邓铁香奏闻矣。杭州书吏之正法,皆云冤极。

初二日戊戌(9月6日) 阴

访梅来。得张忻木孝廉王熙六月二十日书并《宋史》一百本,从永大正寄来。前去曹平银十二两一分,兑钱十九千五百五十八,付书价十六千九百二十,箱价六百廿,篾二百六十,油纸卅八,挑力百四十,报税水脚英洋一元二十钱、小洋三枚。汪生庆长解饷来都,赠《敬使君碑》拓及《龙门石碣》拓本附银二十两。得大兄七月廿三日书,有小宝一禀,文三篇,另有幹、基、小宝与其兄弟书,又小宝与又郇夫人一缄。晚饭后有雷电,有风,遂雨。二更雨甚,雷亦不止,萧萧瑟瑟,渐作秋声矣。

初三日己亥(9月7日) 阴凉无风,薄暮有返照

答祁子禾侍郎世长、耀芸舫侍郎年、永子健学士顺壬子进士,新得讲官。晤钟雨辰前辈、王筱岑太史贻清。筱岑于甲子秋九相晤于山东逆旅,又与三弟于戊辰轮舟相遇。其兄近官绍兴同知,其父名广业,去秋已卯在浙江重宴鹿鸣。筱岑为犀盦师亲家,故昨来拜。又答翁复卿于广升店,复卿有子四岁矣。许竹筼来,言廿七日电报寄谕已发复南皮,又有一折于廿九日寄谕曾侯。大约劼刚于此事轻重实未细审,故十八日开谈先以五事与辨,惟索还伊犁全境为要著,余四事皆无关大局。不知俄势如此可畏,尚留必不能许之事,待他日商量,恐朝三暮四,适足资为借口之端。又云折之以刚,恐虞决裂,不知朝旨如何,将许我用刚乎,抑不许也,此劼刚特慑于彼之威势,不敢尽吐其言,顾以用刚之说特诘朝廷,以为异日卸肩之地。是不独力小任重,患其不胜也,抑亦近于巧滑矣。陈雪楞来。今日为芗翁生日。

初四日庚子(9月8日) 晴,凉

午后拜客,晤陈书玉、缪晓珊、章琴生、李莼客及馥生、复卿、绂卿、韵笙。琴生有赵琴士先生家《华山碑》藏本,假归。晓珊传钞沈钦韩《汉书疏证》未毕,余亦拟假录一分,共三十一本。前汉疑《地理志》,后汉惟《郡国志》。此书向在郁泰峰质库,冯林一太史假录一分,晓珊自太史令嗣申之处借录。闻原本已由郁处流转,到吾杭索价三百金。陈伯潜侍读来,未值,昨已转补侍读。周生霖转补侍讲矣。上谕:张树声奏大员庸弱废弛，请予原品休致一折。广东按察使张铣嗜好渐深，精神委顿，琼州镇总兵殷锡茂人材委顿，器识庸暗，均着改为勒令休致。钦此。

初五日辛丑(9月9日) 晴

贺连翀叔移居。答仲伊不值。晤午坡，知曾九帅不复来京，已率所部往山海关矣。又晤许竹筼，言朱邸之好贷日甚一日，一时之风气为之大变。仲伊来谈，始定到上海后先到我家。汪兼山世金自保定来。致书玉一缄，有儿辈八字。上谕：倪文蔚着补授广东按察使。钦此。七月廿七电报，见外部：一、索伊犁全境。一、塔喀界各派大臣面定。一、嘉峪领事外暂不添设。一、巴古哈仅许一处留货。一、关外西路不全免税。格艴然。今送节略仍照昨议，且看答复。闻俄派海部为公使，以兵船挟华照前约。

初六日壬寅(9月10日) 晴

丁卯副榜，今选顺天府学满洲教谕。瑞甫来见，家锦州府之宁远州，光绪三年始补今缺。寄大哥书二纸。午刻，赴陶然亭王子裳、袁海帆之局，与黄少詹、许竹筼、樊云门同陪张南皮师，知初三日所到电报，言俄国已不与劼刚论此事，命布策至中国来议。又云小郇即欲归来面陈此事本末，乃知蕙吟昨夜所示之信尚系十九日所发之报也。初三之报乃廿五日所发张幼樵今日到。程午坡南旋，来辞行。晚邀陈书玉、翁馥生、翁复卿、洪蓉生、丁春农及雨帆叔、韩子峤便酌。子长以今夕进内有事，不到。丁问梅以赴通州，不到。任恺补授河南开归陈许道。

初七日癸卯(9月11日) 阴

李壬叔户部来，令年七十一，发黑，须亦微白，不过似五十余岁人。自言每日饮铁水三小杯，可以补血。午后，黄研芳来，得夏子松因病出缺之信。奉旨：江南学政着黄体芳去。钦此。吏部右侍郎钱宝廉调补刑部，左侍郎孙诒经调补工部，左侍郎孙家鼐补。钦此。子松加恩照侍郎例赐恤，前月廿四日病故。夜雨连绵，通宵不止。

初八日甲辰(9月12日) 微雨竟日

贺陈伯潜侍读及漱兄江苏学差之喜。赴陈汝翼之局,同座者为许竹筼、陆凤石、诸幼菊、樊云门、王可庄。申刻归寓,访子长不值。前日有折参劾余姚令浮收钱粮。汪仲伊定明日出京来辞行,荐姚朴菴于漱兄处襄校,并荐家人冯贵。辰刻,访梅冒雨来谈。

初九日乙巳(9月13日) 晴

寅初入内,退直答李壬叔,复至井儿胡同送仲伊、午坡行,仲伊定明日出京。午后,连翀叔来。晚,赴陈书玉之招,同坐者羊辛楣、钱篴仙、吴介堂、周介甫、方勉夫。辛楣有全还伊犁索兵费二千万之说。

初十日丙午(9月14日) 晴

尹壬斋来新授赞善。午刻,赴王孝凤之招,胡公度编修、左虎卿吉士、孟心泉理问同席。壬斋正月十七日渠与于莲舫、樊云门、贵坞樵各具一疏,协议主战,太后始定此意,嗣经南北洋大臣覆陈兵力不足恃,遂徐徐中变云。旨:张之洞转补左庶子,陈宝琛补授右庶子。钦此。

十一日丁未(9月15日) 晴

廖縠士来,昨问蕙吟近事如何,答以不知,胸中殊增结轖。吴劭之来辞行。袁海帆亦将南旋,来辞。高唐州人余馥前在谢星海处,今以冯贵之荐来试工。

十二日戊申(9月16日) 阴

丁春农来,言得其伯父书,姻事俟回去再定。汪生庆长来辞,云将十四日旋汴。连书巢同年自长沙到京过访,知程丽芬与之同船到津。

漱兄十九日奏疏云:

奏为贼臣逃罪,害不胜言,恳请责成枢臣惩前辙以挽狂澜,恭折仰祈圣鉴事。

窃本月初七日忽闻释崇厚之旨,臣明知此举非出于朝廷之本意,既恨罪臣挟寇以要君,又痛当事诸臣畏敌而辱国,隳我士气,授人事权,从此大局将不可问,拊膺叹恨,寝食俱废,愤不欲生。嗣又闻议处枢臣之旨,不觉霍然而起。盖皇太后皇上深知中国之示弱受制,皆由枢臣之贻误而然,此诚至圣至明控御外国之要领,而今日事势之转机也。

自崇厚出狱以来,街谈巷议,万口沸腾,无不以总理衙门为诟病。或曰诸臣与崇厚素有交情,故乘机为之营救也;或曰曾纪泽自为计,故先以此要挟也;或曰崇厚贿嘱洋人,为之造言恐胁,枢臣、使臣均受其患也。臣诚不欲为此苛论,绳以深文,然诸臣不能修备以抗敌,而惟知曲从以款敌,惶惑谬误,百喙何辞!前旨许以暂免,已属法外施仁,既以曲全邦交,又可稍存国体,果使约而可改,则肆赦犹为有名,此乃朝廷万不得已之苦衷,为臣子者自当曲成圣旨。今曾纪泽未递国书,约之改不改,未可知也,何所据而乞恩?俄国已经接待我使,尽可从容辩论,并非不容启齿,遽召兵端也。何所迫而渎请,故违前诏,不放不休。“杀”之一字,固不许中国得行其权,即“暂”之一言,亦不容慈圣稍伸其志,果何理哉?果何心哉?试思外洋诸国威妥玛诸人,与我有何亲爱,何至于言之可信,事事可从。即如前数年,英人为喀什噶尔乞免,劝我勿攻,幸赖朝廷不许,而左宗棠亦不肯罢兵,卒能克复,以竟西陲之全功。假如听之,不徒纵一叛酋乎!又如马加利一案,英人必欲我诛岑毓英,幸赖朝廷不许,而沈葆桢亦能坚持不赴上海,卒亦无事。假如听之,不徒杀一无罪之大臣乎!前事非遥,何诸臣之执迷不悟如此也。若由诸臣之所为,敌国意旨必仰承,邻国指挥必听受,电报一至,而十八条之原约已允开办;电报再至,而数千万之兵费已允赔偿;电报三至,而割地屯兵种种怪妄之要求概已画诺。国事有几,能堪诸臣之无求不应乎!

诸臣之贤否功罪,以前所办各事是否乖方,以后如有缓急是否可恃,皇太后皇上自有洞鉴,自有权衡,非小臣所敢妄议。至于目前之补救，惟望严饬诸臣，遇有俄事，务须审度是非，权其轻重，如再有非理之要求，万不可遽行听许。力修战备，以折狡谋，则虽不能挽回既往，或可杜绝将来。

至崇厚卖国要君，天下人思食其肉，目前虽有权宜之诏，终久必无幸免之法。其平日贪劣无状，罪恶多端，除擅定条约外，有死罪三：崇厚曾任三口通商大臣多年，每年侵吞关税十数万入己，致成巨富，人所共知，合计赃私已逾百万以外，一也；中国全权大臣原属臣职，外国之视头等公使则待以敌国之君，崇厚此次抵俄及经过各国，竟以外国头等公使自居，敢受万不可受之礼，二也；不候谕旨，擅自回京，查军营将士私逃离伍，例应正法，出使外邦，关系尤重，此而擅自逃归，与逃军何异，三也。合此三罪，按律皆应斩决籍没。伏望皇太后皇上乾纲独断，密饬枢臣，俟和约议定后以一书告知俄国，谓崇厚出使之事已毕，该革员因另案被人参劾查办，中国自惩官员，不干他国之事。然后数之以吞帑、僭越、私逃三罪而杀之，庶几圣怒伸，人心服，以后贼臣之效尤者少，而中国犹可转弱而为强。臣五中愤激，披沥上陈，伏祈皇太后皇上圣鉴施行。

十三日己酉(9月17日)　晴暖

漱兄来，知南皮庶子又疏陈八条，于前三日奏上，并言昨见吴江相国，反覆辨论，吴江颇自引咎而无以自解，于办理之毕方问其如何挽回，亦不能言其所以然也。漱兄云言事诸折不独能优容，当能兼采今日建议之人，即为他日办事之人，不得以其白面书生置之不解事情之列，吴江唯唯而已。邵讯芙来，言拟南旋觅馆，属转托李和代谋，不知李和尚与余未见面也。夜间，拟走访书巢，因闻其在勉夫家而止。

十四日庚戌(9月18日)　阴

卯刻诣各师处贺节，午刻返。书巢来，留同晚饭，言明日报到，后日移寓王侍郎家。得童研芸书。得张辛伯书。研云寄鄙儿文裸,书巢送锡盘。

十五日辛亥(9月19日) 小雨

陆渔笙到京来,托城门口招呼行李,为作札致子长,索其名片,以东便门属其管下也。蔡嵋青与渔笙同来,为遣车去接,而嵋青不来,傍晚始来,知菉青已于五月病故。得少虞七月廿八日广州书,知拟补琼州府,以不能迎母侍奉为虑。七夕到粤,书从小云处来。孙佩南以古文一卷来。寿荷田族祖母施云:"当三月,开七旬筵,喜佳儿攀桂搴芹,都成翘秀。晋一觞,阻千里道,待他日囊茱斟菊,共祝灵椿。"寿徐廉峰母李孺人七秩云:"以捧檄毛生,归田陶令,为射策郤诜,拜五花封,归献萱帏娱色笑。有调羹新妇,索枣稚子,更传经高第,当重阳节,敬持葡酒祝修龄。"寿子峤母叶氏云:"雅阕贺新郎,溯绮席叨陪,家老频夸福相。仙筹添大衍,喜彩衣归舞,佳儿早掇科名。"门下士来者,孙佩南、王芷庭、徐东甫、孔也鲁及王联璧、王昌年、王庚年、王绰、刘笃。教习新贵者,黄慎之、黄仲韬、蒋仲仁、李嗣香及汪致炳。湘人惟余佑铨而已。

十六日壬子(9月20日) 密雨竟日,薄暮而止,夜月甚清

徐小民携其子来。雨帆叔及子峤拟明日南旋,以无车中止。奉旨:龙湛霖转补左中允,温绍棠补授右中允。钦此。天气甚凉,添棉褂。

十七日癸丑(9月21日) 晴

伯庸来。初更,明月渐上,邻鸡忽号,至六七声而止。

十八日甲寅(9月22日) 晴

吊陈竹堂,晤竹筼、小亭、雪楞、瑾腴。为朱敾卿访陈书玉。送金琴舫、姚访桥行。答陆渔笙、蔡梅卿,并晤许竹生。阅邸钞,知今日召见军机、惇王、醇王、六部尚书、都察院左都御史宝廷、张之洞。归至南皮师处,出门未返,其家人言,詹事府知会以八下钟至,故入内而朝班已散云。连翀叔来,知书巢今日入内诊视,用药六味,与公拟方同,不同者只三味。书巢已移寓王侍郎家。又言盛伯熙云，恭邸拟不发吉林饷，留之以为俄人之兵费。朱黻卿来，宿雨帆叔室。

十九日乙卯(9月23日)　阴

午初，据署吏禀称、内阁文称，光绪六年八月十八日大臣面奉皇太后懿旨：现有应议事件，着惇亲王、军机大臣、大学士、六部九卿、翰詹科道暨左庶子张之洞会同妥议具奏，醇亲王着一并议奏。钦此。等因。今本衙门定于本月二十日辰刻在内阁大堂会议，相应知照各衙门转知会应行会议各堂，均于是日辰刻赴内阁大堂会议等因。得刘叔俛七月廿四日书，附《孝经义疏》二册，言芙卿以年高，明岁决意辞去，冕处调课之人未免太滥，殊难与之共学，若湘中有人招呼，便可舍旧图新云。章琴生来，与雨帆、子峤同车至宴宾斋。邵子长招饮，有姚访桥、翁复卿、夏松年。作函与书玉，请其代留黻卿。

二十日丙辰(9月24日)　晴

送雨帆、子峤行时尚未上车，后即赴内阁，王大臣、军机大臣以下皆集，有曾劼刚到俄后来电及总署发电折一扣，因俄国不与劼刚商议条约，径遣使臣布策到华商所以保全大局之意，公折不知为谁。主稿略言："布策挟兵船来，必有挟制恫喝，应分饬沿海守臣，慎修守备。各国疆围，顾兵凶战危，不得已而用之。若使臣商改条约尚在与我可行之列，则亦不妨姑与之和云云。"宝竹坡于折尾添入："俟使臣到华，再由总理衙门会同此次集议诸臣商议具奏云云。"闻李合肥有书与总署，布策来华，请枢臣面奏定议，毋庸交外廷集议云云。总署面奏两宫，圣意不以为然，故有十八日之召见及今日之交议。南皮答醇王云："修备之事，王爷何不切实言之，自然较庶子所言更能得劲云云。"小云言："近来军机大臣之言，两宫不甚信，故'和战'两字，须两宫自主。"许星叔云："若与外国人开仗，本地土匪必起事。"又云："外国不比长发贼，贼打得完，外国人打不完。"所言皆可笑，此所谓无心肝者也。连书巢来云："西圣病体已安，因程丽芬未到，恐其虚此一行，惭对荐者，故必俟其诊视而后报大安也。"书巢问夔石云："何以不杀崇地山？"夔石云：

"若杀崇地山,君岂有坐在此间之日?"此言亦可笑也。蔡梅卿、许竹生来,留同夜饭。漱兄四十九岁生日,往贺。

二十一日丁巳(9月25日) 晴

送租金二十两。钟雨辰来。姚访梅来。

二十二日戊午(9月26日) 晴

章琴笙来,言将于日内南旋。汪仲伊之子拟聘琴笙之女,须归定此事。缪晓珊来。笣仙送木犀两本,天香郁烈,塞满庭院,却令人驰念湘中不已。李果仙属写屏对数事,又为汪砺臣作一联。犀庵师生日,往贺,并贺徐挹泉补御史。为梅卿整理书室。朱绂卿来。

二十三日己未(9月27日) 晴

拜朱绂卿,定明日上学,并晤书玉。傍晚书玉至,言明日是闭日,不宜诸事,因改定廿八日。午刻,在越缦处久坐,又晤翀叔,知书巢因内侍索费不得,进内视病。

二十四日庚申(9月28日) 阴寒

寅初进内,内阁递会议公折也。惇王一折,醇王一折,万尚书一折,翁尚书一折,徐尚书、祁侍郎合一折。张孝达庶子、宝竹坡少詹,徐挹泉、洪聘臣侍御各一折。召见军机之外,惟见醇王。访孙佩南于盛氏意园,午刻回寓。陆渔笙来言,常熟疏请合肥来京商议此事。黄慎之来言,顷到夏伯英家,知今日内阁又有会议,其事甚密,人莫得而知也。恐黄言未确。申刻,请瀫卿,邀李莼客、钱笣仙、许作賔、陈书玉、姚伯庸作陪。竹賔云左相奏:至于九月间交卸后,自哈密启行来京。笣仙云萧韶、周开铭合奏:请左恪靖进兵伊犁,击其必救,以掣全局。

二十五日辛酉(9月29日) 阴,暖

巳刻,赴童总宪师招,同席者陆蔚庭、黄吉裳卓元、曹竹铭鸿勋、吴燮卿树梅、潘椒堂宝镄五翰林,皆去秋得试差者。散席后答陆渔笙,访子腾,皆未值。漱兄来谈。得钟雨人复廖縠士札。冯贵自天津至。潘椒堂云俄以兵船至高丽,要其通商。

二十六日壬戌(9月30日)　晴

文斎生侍御镛来，言廿三日有封奏请办五城团练而未奉旨，因言漪贝勒又有强夺人妻，于被窝中取去。案交刑部，归谢星斋讯问，星斋欲据供提出贝勒，潘尚书大怒，力阻之。斎生因去年澄贝勒强夺人妻，具疏言王公贝勒宜戒约子弟，思所以保全之道，而不明言其人。两宫与恭邸读之，皆知为澂，而发恭邸令章京别录一分，曰："此折甚好，我当持示家中子弟也。"上疏之次日，旗人皆来拜斎生，历言澂所识无赖子弟著名者六七人，求疏其罪恶闻于上。斎生因事连恭邸，不能竟其狱，皆覆绝之。袁爽秋昶来，浙中大名士，亦丁卯同年也，言仲伊学问尚高莼客一筹，惟儒多文少，但以适用为贵，故名反不著。王子裳博于记诵，而未免闭门造车之失。得子缜书，无月日，大约由桂阳归舟中作。捡得去年《使程诗》一卷，今日始交与莼客。得何相太守书七月廿三日，知李玉阶定八月二日赴永州巡阅，因鲍营募勇改迟至中秋节后。子缜七月杪可抵衡郡，重阳后可以旋省。得子腾复云，常熟师折中所述，略言布策之来，并无月日，如其兵船先到，则要约必多。臣患以为此事有次第，有节目。何谓次第？须承曾纪泽减去五条而言：不允，则许之缓索伊犁；不允，则许以西路通商；不允，则许以伊犁赔偿原数；不允，则邀集各国使臣公议是非。即嘱其转圜，所谓次第也。何谓节目？从前办理宜速，此刻必须郑重，断不可今日总署商议，明日即行请旨，恐一经直捷，后来之事措置更难，且失体统，即恭亲王亦不可与之面晤，以为地步，所谓节目也。师盖因总署慌张，有欲以十八条即日允许者，宜以静镇之耳。访南皮师，竹篔在坐，言前日二十四日曾劼刚电报到，言布策初九日往曾处辞行，不请见，初十日曾答之，亦未见，十一日即行。本月十七日，为俄国商议条款满一年开办之期，吴江欲尽许十八条之约，请旨定见，以符俄限。两宫是日将所上奏片留中，十八日谕军机使大家晓得也好，于是有会议之旨。吴江遂于是日以再展四月之限告知海扬得，而曾纪泽言俄已遣布策来华之电报亦到，复于十九日入奏，二十日遂并将十八日来电及二十日谕旨交议。盖与十八日尽允十八条之议，画然分为二起也。汪少霞来新随邵汴生自东陵来，言其大父以治眼患著名，因令阿六出问其右目起星之故，云系肺经处火血热不流行所致，用去刺白蒺藜二钱、全当归一钱五分、丹皮一钱五分、防风一钱，服之自愈。

二十七日癸亥(10月1日)　晴，有风

贺徐李侯封翁七秩。晤季和阁学，因以邵讯芙馆事恳其函托恽杏园观察。答文裔生，方从山左馆祭先师归，言科道中惟邓铁香、孔玉双可称气类，余皆求富贵者也。王孝凤来，知山海关统领屡易，而奉天驻扎之左军又调至天津，曾九中丞以客将领客兵，饷皆各着本省，势甚涣散。此由枢臣明与言事者为难，必使各隘口尽失其所恃，乃可一意于讲而不敢起而议其非，所言皆中时弊，惟云恪靖来京，难保必无盗杀元衡之事，亦所谓意过其通者矣。

二十八日甲子(10月2日)　阴

辰刻，遣车接绂卿到馆。巳刻，上学。午后，得子腾缄，为郑小淳事。内人答翀叔夫人，遂至邵、姚两家。

二十九日乙丑(10月3日)　晴暖有风

答袁爽秋，贺温棣华升中允，并贺蔡嵋青。又得子腾复陈次虎索《湘英行牍》，即交子腾寄南。得十九日家书，中有大兄十六日书，知盼仲伊甚切，期于九月初十前，不知仲伊已到否？张南皮师欲来谈，余即往就之。师言二十六日电报云北洋电论与张相反，不知张梗阻否？又问兵费可出多少。邵子长初二日一疏劾奏言事诸臣漏泄章奏，措词甚重，殊出意外。陈伯潜来，黄漱兄亦来，谈至丑初一刻，而主人已倦，倚屏风熟睡，余等亦各散归。

九月朔日丙寅(10月4日)　晴

拟疏请旨饬令使臣稿底送南皮庶子师阅。午刻，赴殷萼庭之招，有黄少詹及许石生太史有麟、杨客初太史晨、殷秋桥刑部、贡幼山寺评事成绶同席。

初二日丁卯(10月5日) 晴

朱桂卿来,为恩元立方。

初三日戊辰(10月6日) 晴暖

凌韵士生日,送礼四色。徐式斋来鼎琛。

初四日己巳(10月7日) 晴

得夏芝岑粮储书。宝森书估来,还其《佩文韵府》一部,又以胡刻《通鉴》、毕《续鉴》、《金石萃编》各一部归之,议价银四十两。午刻,赴陈汝翼、樊云门之招,有漱兄、竹篔再同知。二十九日奉懿旨,派惇、恭、醇三王,潘、翁两尚书公阅会议后单衔各折,于今日覆奏。竹篔与王益吾各于初二日具疏言事。廿九日去电,言松花江行船、西汉通商陆行二事须力争,又申之以缓索伊犁,云漱兄夫人于今日往山东矣。入城访子腾,问公阅覆奏情形,不得端绪。访竹篔不值。黄研芳来,未晤。夜饭后南皮师来谈,十二下钟始去。贺钱世兄聘妇,张午桥观察之侄也。南皮之言曰:"今日中俄交涉之事,办理迁延数十日不决。禧圣既以病体不阅诸臣奉奏,枢廷诸臣又仰慑于两宫之诘问,外迫于外僚之条陈,依违观望,莫适为主。会议之折,公阅之折,既畏枢臣之疑忌,但为敷衍不切之言。疆臣如李,使臣如曾,又慑于敌势之凭陵,但为批绳言官之计。天子不执其权,太后不决其事,问之枢臣,枢臣茫然于办法,问之疆臣,疆臣昧然于机宜,问之使臣,使臣亦莫名其方略。俄人闻之,必骇且怪,以为中国之心,殆难测度。使臣初与外国商议五条之中,惟'索还伊犁全境'条为最重。塔、哈界各派人面定疆界,商议犹之不商议也。嘉峪不设领事,而加一'暂'字,二三年以后必准其设领事矣。关外西路俄税甚少,合数处所约者计之,少则每岁数百金,多则一二千金而已,尽免何妨?而云不尽免税,所争亦太微矣。至巴古哈仅许一处留货,本不在要求十八条书中,当时以问语及之,乃亦列为一条,而云'仅许一处留货',是又商所不必商者也。前之所议者止此,而彼已艴然。今能举松花江及西安、汉中等条,与之一一商换乎?吾知曾小侯之必不能也。与其令曾侯于万里之外与布策面定,诚不如令布策来华,与总署面定之,尚可设法耳。”又云:“议事如下棋,然满盘皆输时,须着着相应,变化从心,而不能以言语预拟。今枢廷之采纳众言也,前后不相照应,或去其首尾,或去其中间,采取三四十分之一,又以己见参之,又以他说乱之,忽生忽死,必至满盘尽输而后已。即如商换条约一事,层折极多,有于十八条中减轻一半之法,有判拚送十余条以并力于必争之三四条之法,有于十八条之外以为轻者抽换之法,有于十八条之中以轻者与重者抵换之法,临事变化,不能预拟。枢臣既无此方略,使臣又无此心思,余难言之。又未闻以电报转达曾侯,奈之何哉!两宫既讳言用兵,又不(不)肯轻许条约,枢、疆、使三臣欲尽许条约,而上不敢明与两宫言之,外遂不敢外国许之。会议者畏枢臣,枢臣又畏太后之撼于清议,而疆臣、使臣亦视枢臣之风旨为进退,遂至如此。大事谋之数十日,而不知明旨若何,诚千古未有之局面。”

初五日庚午(10月8日)　晴暖

得姚朴菴八月廿三日书。翁复卿来辞行。言游汇东到京时照拂之说。王孝凤来,言胡文忠与王子寿云子言克复某城即应进攻某隘,收复后即应进攻某路,分攻某城,所言极是,惟我军皆得自召募,其攻城克隘岂皆激于忠愤使然,亦由克复之后必有所得,要须俟其寄顿有地,再令以师众情,始为之效用,倘不体察到此,虽以名将临之,未有不败事者。曾文正亦云:“我营中之勇,有其父阵亡,其子复求补额,其兄碎首,其弟亦仍顶充者,岂伊真抱不共戴天之恨哉!”湘军口粮稍丰,若坐在家中,无从觅此机会,故虽捐顶糜身,后先相继,而来者无一怯心。凌韵士家汤饼会,其妻来邀内人去。李升为季和所用,来见。长春之孙学田自津来。

初六日辛未(10月9日)　晴暖

以公阅会议折奏事,两宫召见惇邸、恭邸、醇邸、潘翁两尚书,适漱兄于今日请训,亦召见于养心殿。出,始召见军机大臣,午正始散。未刻,为漱兄饯行于余庆堂,同作主人者廖穀士、张子腾、郑小淳也。

子腾述皇上之言曰："黄体芳身子不高，面荐某，某宜重用。"漱兄以他语乱之。迨城中主人尽去，乃为余言曰："我今日入见，知军机尚未宣召，恐未尽所怀，故不待两宫问及，遽面请曰：'臣将行矣，愿大胆一言，非为臣私，实为国家大计起见。'因历言现任某官某学问识见才气，臣友之有年，每晤面必及社稷大事，目今人才实少，如某者实不可多得，愿皇太后重用。太后曰：'是能办事的。'我又曰：'皇太后破格录用，无庸商之廷臣，一经商及，必迟疑不决，威妥玛、海扬德将群起而阻之。军机大臣亦知其才，知其学，特以太后知之，故未敢挤之，然未必信之、服之、推让之。此须出自圣恩，不然，太后知之，臣何必再言。臣官职小，不能保荐臣某，臣某亦不待臣保荐。臣之所以言此者，正为此耳。如臣者，才识学问，在可有可无之列，如某者，乃国家不可少之人。'太后唯唯，乃论学政事宜。既毕，又谕曰：'汝虽在外，所欲言者，言之可也。'"漱兄之告余如此，此诚余平日之心藏之而未敢发者也，得此一言，胜于十上荐书矣。漱兄言得学差后，此心皇皇，若有所失，冀得一当面言。此事今日自稍慰矣，戒余不与他人言，曰余并不告我子弟也。得小渔七月廿七日八月八日发书，云六月十三到汴梁，仲山由河南府于二十日回省。陈书玉来，未晤。

初七日壬申(10月10日)　黎明微雨，巳刻晴

午后，应袁子九之招，有黄漱兄、张南皮师、孔珏双侍御、陈伯潜宫庶、王可庄殿撰。可庄云曾沅圃与人书有"自作自受""谁能戡定之哉"等语，李合肥语人云要挟多方，俄亦不肯自居于理屈。又云十八条之外，不过给与兵费而已。高丽使其臣投文礼部，请至天津机器局向西人学习制造器械等事，已许之矣。范次典处寄到汪厚青呢幛、红烛，受之。黄仲韬送酒菜，亦受之。王侍郎夫妇送礼，不受，受粉圆、槟榔袋。

初八日癸酉(10月11日)　晴

丁象乾来。午刻，赴陈伯潜、王可庄之招，有漱兄、张南皮师、袁子久、许竹筼、黄再同。知初四日曾劼刚电报，布策已回俄国，尚未开谈。初六日，发一去电，初七日，又发一去电。竹篔言，争论条约二条外，又加不添设领事一条。南皮云，不知缓索伊犁一节，又申明之否？拚弃伊犁以争此二条，又加一条而漏言缓索，恐曾已开说前二条，以伊犁作抵矣，不更另生支节乎？吴清卿移扎三姓，喜昌定扎珲春。鲍春霆前月廿九自湖北发报，言船到即行。阅陈庶常与冏天津书，论时务颇详。张幼樵言，电报之有无，敌船之多寡，皆不必问，惟一意办防，敌来则决计主战，此诚探本之论。南皮言，幼樵之主战，合肥之言和，皆不变其说者也，若一战而胜，合肥必变而主战，一战而败，幼樵必变而主和，此又其说之不能不变者也。送翁复卿行。送程丽芬菜一席。凌韵士、姚访梅皆送礼。蔡嵋青来，知已分兵部矣。

初九日甲戌(10月12日)　晴

室人四十初度，贺客有姚访梅、沈退菴、连翀叔、王畊石、姚伯庸、蔡嵋青，门下士来者徐东甫、王芷庭、孙佩南，女客则王夔石、凌韵士及姚、沈两家而已。得钱篯仙札。因作书与漱兄，并其疏稿还之。

初十日乙亥(10月13日)　晴暖

得陶子缜衡州书、单生孝钧长沙书。答客，晤漱兄，知南皮庶子昨已缮折，将奏会凯阳德。问总署云，布策回俄而不与曾纪泽开谈者，恐曾纪泽之言中国不以为然，一如崇厚也，如中国不以不信崇厚者待曾纪泽，惟其言是听，我当发电报与布策，请其商议。枢臣遂缘是请醇邸近内相商。醇邸口气甚硬，与前会议时异，庶子遂辍不具奏，今日又缮折矣。前日之折可庄书，今日之折仲弢书。晤许竹篔，观其驳斥、调停、抵换之策，每条必具三义，洞达时务，言详且尽，可以见诸施行者，未知总署发电时能否详细指授，曾使商议时能否按条辨论也。徐小民来。得小宝廿四日与其兄书，知仲伊犹未到。伊妇因阿逊病而受惊，又患胎漏。夜赴马焕卿、钟雨人广和居之招，有黄漱兄、楼广侯、郭少蓝、方勉甫。访篯仙礼部，则已开门呼不醒矣。

十一日丙子(10月14日)　晴暖

拆卸凉棚。钮蔚春来，言李芝龄尚书书画有求售者，令阿六与之同往，有萚石宗伯《紫藤》为子密所得云。访梅以董元宰《烟云万里图》《董临十七帖》，姜西溟、何义门墨纸见示，不能别其真赝也。慎斋寄到自廿二日至初一《申报》。凉月甚佳。

十二日丁丑(10月15日)

翰林院直日，与嵩犊山同班。寅正起，卯初至朝房，晤邵汴生、钱湘吟两侍郎，南皮师亦以封奏同在直房，会全小汀年丈，万藕师及灵芗生等俱集。余偕南皮出，至乾清门西，晤李苾园。卯正，偕南皮出，余往答畊娱及书巢。辰刻归。未刻，招连书巢、王子裳、陆渔笙、黄仲韬、蔡嵋青饮于寓斋，程丽芬、姚访梅、沈退菴不至。漱兄来，以客未散而去。书巢云范次典妻病泄利，其次子割臂疗之。闻陈学暗来京验放，寓顾缉庭家。

十三日戊寅(10月16日)　晴

内人入城答客。晚饭后送漱兄视学江苏，晤可庄。漱云总署本欲展限三月，今定九月底为限期矣。醇邸有布策不来，可无庸主战之言，语颇鹘灾。宝竹坡自咎不知条约情形，颇悔去冬卤莽，上书陡形畏葸。又过翀叔处久谈。邵汴生武会试总裁，祁子禾为之副，知昨日直房之言，汴翁乃自道也。以姚朴庵关聘事缄问筂仙，得复。阿六痰咳作痛，颇甚。

十四日己卯(10月17日)　晴暖

漱兄赴江南，以阿六足疾，心绪不宁，不护送至郊外。令郭成至子腾处问马培之徵君诊候情形。许竹筼来谈，言曾劼刚函致总署，极言办事之棘手，因荐参赞陈及张南皮与竹筼两人可以奉使。曾沅圃奏调人才折内兼及王夔石子庆钧，而赞其晓畅戎机，殊不可解。方大湜到津，问沅有何防备，沅曰："既无军饷，又无可用之兵，惟拚老命一条而已。"

十五日庚辰(10月18日)　晴

吊胡东乔封翁。答朱述盦、钱篴仙。与筂仙同访方勉夫，遂至顾宅访陈学暗，以赴吏部验到，未晤。访程丽芬于龙王堂，未晤。入城，饭于东江米巷。过子腾处,今其婿陆郎光九岁,能作古风矣。申正,谒见常熟师,恳其为大儿转约马培之诊视,培之许于明午在广宅等候,余乃归。翁师谈及公阅覆奏及去电事颇详,大致战备不可不修,而辨论条约当责使臣,盖沈文肃执海防必买铁甲,李合肥谓我兵断难必胜,二公之言毕入于常熟之耳,故绝口不敢言兵,惟冀使臣争得一分,则国家受一分之益,无如劼刚非其人耳。

十六日辛巳(10月19日)　晴

辰刻,龙芝生母丧赙二金。晤南皮师,师以为枢臣咎两尚书,两尚书亦咎枢臣,大约意见相同,初无梗议,其交相咎者,特自解于外廷诸臣耳。午刻,至锡蜡胡同广少峰家,访马医培之,遇其自内退归,因述阿六得病原委。未几,阿六车亦至。培之云,由气血亏少,寒痰入络,不治则将成偏枯瘫痪之证。用当归、威灵仙、独活、秦艽、川牛膝、乌药、桂枝、苍术、赤芍、甘草、桑枝、丝瓜络等味,而以陈酒为引,曰先服两三帖。培之至景宅,余令阿六先归,而自访程丽芬观察于东华门,知西圣服药有效。今日面谕:“汝要用麖茸、肉桂等药,只管放胆用去,我今放心矣。”盖前日服他医藿香等味而泄泻也。出城贺陈桂生续姻送八千,寄云之女也。访钮闰生,不值。陈学暗来,不晤。丽芬送物,收其云苓川朴万应散。得初五日家书,仲伊、叔贞、大兄各一缄。仲伊廿八日到吾家,初五日行胜归之地。仲伊所见与大兄同,惟定穴处相距一丈,其说较异,仲伊以兄所定之处右边凹风宜避,兄意以仲伊所指之处为不知理气,仲伊留书作别而去。

十七日壬午(10月20日)　晴

晨起,诣前门关庙问签。先问兄所定穴,得十六签,云:“王祥卧冰。官事悠悠难辨明,不如息了且归耕,傍人煽惑君休信,此事当谋亲弟兄。”次问汪所定穴,得九十四签,云:“提结长者门。一般器用与人同,巧斫轮舆梓匠工,凡事有缘且随分,秋冬方遇主人翁。”夔石侍郎夫人去湘时与内子约,欲得小牛为寄男,内子许之,择今日携之过王处谒见成礼。陈学暗来,留午饭。伯庸今日赴通州,来辞。陆伟庭编修来，索《湘英行牍》而去，言修备一节。吴江至今不以为然，以为徒縻国帑，不知何所见而云然。阿六服培之药，腹中气稍疏通，而足疾如故。夜作大哥书。冯贵押送黄学使书簏赴津，今夜来辞，为作一书致慎斋。

十八日癸未(10 月 21 日)　阴，夜有风

何太史福堃母寿，送分四千。作书约丽芬为阿六诊治，得复。刘廷枚得洗马。

十九日甲申(10 月 22 日)　晴，风未止而不寒

巳刻，与阿六至锡蜡胡同就医，去丝瓜络、苍术，加白茄根、穿山甲片，又膏药两张。程丽芬因往谒瑞睦莽将军不得出城，期以廿一日来。午后风定，得天津贾炳元禀。是日，在培之处晤沈粟梅。

二十日乙酉(10 月 23 日)　晴

内人谢客。凌、连、姚、沈。书巢来，知昨日奉旨先回者共四人，书巢与焉，出于钮闰生之奏，不知如何措辞也。阿送漏胎，夜间邀书巢诊治，方用杜仲续断香附。

二十一日丙戌(10 月 24 日)　晴

午刻大风，候丽芬不至。傍晚，南皮师来谈，言十七日曾侯电报到，云松花江行船，俄云可以商量，并许还伊犁南路全境。枢臣与二王两尚书仍主缓索伊犁，力争“西汉通陆”之说，恐伊犁竟不收复，但视曾侯权其轻重如何办法耳。钮润生十八日之奏，大旨谓目前苟且了事，事后须亟筹自强。徐挹泉有“请责成枢臣”之说，谓恭王及沈、宝诸大臣办事多年，公忠足恃云云。皆灵巧之作也。留南皮饮，亥正始去。朱大令成烈来。梅小岩授内阁学士，徐、钟皆不得。

二十二日丁亥(10 月 25 日)

寅初起，月色满地，霜气如水，为皇上至太庙展视册宝，行礼站班。卯刻入城，辰刻驾到，与英□□煦、宝□□、钮闰生四人同立于西柱之南，礼毕而出，日影已向觚棱冉冉而下。皇上更衣至东华门，送实录、圣训、玉牒，尊藏盛京。余等出长安门而归。午刻，徐式斋招饮广和居,有金梅垞、娄丙衡、姚子静、陈书玉、顾泮香。书巢复来,为阿送开方。书玉来。筦仙来。王子裳送《黄岩集》一部。是日,遇黄煦、徐用仪于太庙。

二十三日戊子(10月26日) 晴

与阿六就医马寓,始用附子七分。访丽芬未值,盖以久服马方而得效甚小,更思变计也。申刻,为俄约事作说帖十余行呈常熟师,托子腾转交。

二十四日己丑(10月27日) 晴

请书巢为阿送诊治,复为阿六开方,云自环跳废痛延至右少腹,按之有水气,其声漉漉,乃肾虚风邪留连骨髓,恐有附骨疽病,及早以温补化之,勿作痰入筋络治。熟地盐水炒五钱,白附子二钱,姜黄二钱,党参四钱,炒怀药二钱,陈萸肉三钱,净白归身三钱,川芎一钱,艾茸三钱,小茴香一钱,宣木瓜三钱,菟丝子三钱,甘枸杞子三钱,知母五分。丽芬亦来持论,与书巢有阴阳之别,往觅学暗决之而未值。夜间翀叔来。

二十五日庚寅(10月28日)

翀叔凌晨以附桂膏来。得臧敬甫书,从陈太史秉均送来。学暗来,言连方熟地嫌腻,萸肉嫌敛,不如试服程方,主意遂定。午后复至马培之处,改方去附子,用炮姜、肉桂,言万不可补,又别开水洗方,送银八两,犒八千。出城答储观察裕立。檀编修玑自望江服阕到京来见。以老鹤草煎汤与阿六洗痛处,其妇往姚宅午饭。阿六服丽芬方,其案云:“肺脉独旺,余部均沉细而缓,证属寒热伤脾,脾主四支,且寒湿下注,以致右足疼痛先见,法当温脾化湿,能泻最佳。”大附片五钱,茯苓五钱,淡干姜三钱,生于术三钱,桂枝尖三钱,炒茅术三钱,虎骨胶二钱,鹿角胶二钱,炒川柏一钱,巴戟天二钱,泽泻二钱盐水炒,淮牛膝一钱。

二十六日辛卯(10月29日) 晴暖

书巢又为阿送诊治,言脚筋由肾虚,与阿六亦同病,若不谨慎,必成瘵疾。古人言服药百裹，不如独卧，况今人受气之薄乎？王六潭将移黄岩，来辞，言鄞县刘□□，柳泉弟子也，镇海陈□□，皆精经学，工词章，后来一辈之杰。为南皮庶子转请丽芬诊病约于廿九日，阿六仍服丽芬药。

二十七日壬辰（10月30日）　晓风甚寒，水初生缬，晴

得张子仙书。寄大哥五纸、小宝一纸，从福兴润递南。阿六仍服丽芬药。写屏对数事，以凤滩研一方、陶集一部赠王子裳。周德润补侍读，刘廷枚得侍讲。

二十八日癸巳（10月31日）　晴

寄陶紫畛书，托胡万昌。寄李让卿书，托福兴润。寄张子仙与连经莲珊，托阜康。阿六仍服丽芬药。张南皮师以再同之郎患病日久，嘱特请丽芬，许之。以让卿所寄印糕、鱼鲞等分送书巢、访梅、韵士，盖六月二十日寄来，昨日始到者。

二十九日甲午（11月1日）　阴，夜大风

送金梅垞、王子裳、任秋田行。贺梅小岩得阁学。候丽芬，竟日不至。夜得南皮师札，问廿一日相语事。莼客来，黄再同来，未晤。

三十日乙未（11月2日）　晴，大风

午后，丽芬便服来，为易方加黄芪。据云，午坡之弟亦患此，服药四月而愈。此子精力更弱，赖年少易有起色，要永忌果食、鲤鱼，可常服龙眼、核桃。筋缓主寒，缩则主热，不宜用威灵仙等搜风通筋之剂。丽芬又言，全小汀年丈脉象可至期颐，师曾可至九十，富贵寿考有按脉而知者，如夏子松之贵而不富，李小荃之贵而兼富，及全师等皆是也。令余福随之往再同家，诊其病，见之脉，言不易得年云。连翀叔来，言昨日与其父同车诣同乡京官家，笑语甚乐。

十月丙申朔（11月3日）　大风竟日

阿六仍服丽芬药。

初二日丁酉(11月4日) 晴

书巢父子来谈，言马、薛、汪三医昨亦不进内，想西圣已大安矣。赴吴介堂广和之招，有筂仙、竹篔、书玉及蔡松甫，蔡蓉江往视再同，竹篔言子长两女一子皆以患喉殇，已挈眷避寓余姚馆矣。陈学暗来，询之诚然，其子则误服补药也。学暗言电报有索兵费一千二百罗卜之说，不知确否？得仲伊九月初七日义桥舟中书，附墓图三纸，大约言大哥所定胜归之穴，其病有五："一、朝山不正对也。一、后无靠也。一、去水太直不曲绕也。一、朝西山太压也。一、壬子癸方凹风被吹也。"言此事虽未定，倘不以吾言为谬，无论后在何处，闻信即行，以誓了此未竟之志。

初三日戊戌(11月5日) 晴

汪新妇生日，备面。阿六服丽芬药，右脚背微有暖意，惟申酉之间微觉头重，大便每日一次。寄大哥两纸，申言"北方凹风不可不慎，愿深思""杨公穴内避风如避贼，《葬书》噫气能散生气"两语。芗涛丈来，言今日往寻程丽芬，幼樵、再同皆去，言皆中肯，足征脉理之精，其解《内经》"自鱼口至高骨却行一寸"，尤得训诂家意，足洗二千年谬说相承之陋习。

初四己亥(11月6日) 晴

兵部引见武进士百名，为武殿试小传胪。丑刻进内，偕宝朗轩、永子健、高抟九诣养心殿侍班。晓烛初销，禁中曙色熹微时也。事毕而退，访程丽芬，未起，待之良久，为讲诊脉之法，云徐灵胎曰："《素问·三部九候论》明以头面诸动脉为上三部，以两手之动脉为中三部，以股足之动脉为下三部，而结喉旁之人迎脉，往往与寸口并重，两《经》言之不一，独取寸口者，越人之学也。自是而后，诊法精而不备。"《难经》同："从关至尺是尺内，阴之所治也，从关至鱼际是寸口内，阳之所治也。"徐曰："关者，寸尺分界之地，《脉诀》所谓高骨为关是也。"《脉诀》乃俗传伪书，言不足据，斥之者代不乏人，所指"高骨为关"一语，江西熊氏有《难经经释图注》，曾摘其谬而删订焉，惜是书坊间罕有藏本。“关下为尺，主肾肝而沉，故属阴。鱼际，大指本节后内廉大白肉名曰鱼，其赤白肉分界，即鱼际也。关上为寸口，主心肺而浮，故属阳。”徐又按：“《内经》有寸口、脉口，尺寸而无关字，盖寸口以下通谓之尺口，若对人迎而言，则尺寸又通谓之寸口、脉口也。”又按：“关以上至鱼际为寸，则至尺之尺当指尺泽。”《难经》又曰：“故分寸为尺，分尺为寸。”徐言：“关上分去一寸，则余者为尺，关下分去一尺，则余者为寸，此言尺寸之所以得名也。”“故阴得尺中一寸，阳得寸内九分。”徐曰：“关以下至尺泽，皆谓之尺，而诊脉则止候关下一寸，关以上至鱼际，皆谓之寸，而诊脉止候关上九分，故曰‘尺中一寸，寸内九分也’。”“尺寸终始，一寸九分，故曰‘尺寸也’。”程曰：“此二句又于尺寸中定其起止之处。终始者，即起止也，寸止九分，寸之终也，尺起一寸，尺云始也，寸取九分之终际，尺取一寸之始际，故曰‘尺寸终始，一寸九分也’。”归而知阿六晨间转侧未定，痛遂愈剧，即招学暗至商之。中心辗转，为大哥定穴、阿六足疾两事，夜不能寐。

初五日庚子(11 月 7 日)　巳刻立冬

得学暗札，云伯鼎宿疾，恐由节气所致。丽芬嘱服淡附子、高丽参各五钱，麋茸二钱，如法服之。午后，丽芬来易方，加麋茸一钱五分，去虎首、鹿角两胶，言左部浮大而濡，右部沉细而缓，脉象寒湿流注，非急切所能奏效，因急煎一服，丽芬覆看。再同之郎为其所留，而余处已□具以待。学暗亦至，再同、孝达札嘱移尊会食，而其势不能，惟与学暗对饮而已。

初六日辛丑(11 月 8 日)　晴

书巢将回长沙来别，余具一品锅饯行。作童研芸一书，附内子赠其夫人花袖两对、绒毯一床，托其带去。汪君牧寄《杞菊延年图》一帧。得幹侄前月廿四日与其弟书，知胜归先茔已定初七、八、九三日营办，惟愿仲伊所述悉属谰言，庶体魄永安，可无遗憾。未得兄手书，恐终不免游移耳。夜间书巢父子复来，为阿六写方，又为阿送换方。因前月服小金丹似有微验，复向书巢乞得数粒，令阿六服其一。洪琴西汝奎以江苏题补道擢广东运使。何青士送部引见。

初七日壬寅(11月9日) 晴

丽芬将往视子恒中风证,顺道来视阿六,复易一方,以午坡之弟相比,言必须服此,勿为浮言摇撼,勿服小金丹以泄正气,且减前数帖药力,不听吾言,必成残疾,言之甚切。午后,至嵋青及陆伟庭、陆伯葵处,均未晤。晤徐式斋及顾康民。复视子长于羊肉胡同,因丧子而迁居,其母亦拟徙居对门。送书巢行。

初八日癸卯(11月10日) 晴

闻丽芬在孝丈处午饭,往视之,则幼樵、伯泉、可庄均在。丽芬言今日出城宿张湾,恐未的确,送之出门,复坐语移时。访钮闰生,假去年《京报》一阅。祁子禾嫁女,奁资八千。谈鸿鋆继娶,奁敬四千。书巢今日出京,不能送其登程矣。

初九日甲辰(11月11日) 晴暖

陆渔笙招饮安徽馆,坐有徐颂阁、温棣华、陈学暗。颂阁云今日有电报到。得子腾札,明日慈宁门侍班可以代值,即请其代矣,张芗丈欲替去侍班,以子腾代值告之。阅去年邸钞。贺子密移居横街。

初十日乙巳(11月12日) 晴暖

慈禧太后万寿。许竹筼移寓香炉回巷,请客,坐有筱仙、书玉、敦夫、介唐及蔡松山。访雨辰、幼樵,皆未晤。访王廉生,亦未晤。姚访梅、蔡嵋青来,皆未值。

十一日丙午(11月13日) 晴

送蔡嵋青行。晤陆渔笙,以莲子壶、凤滩研、枬木帽架、文竹箸为别,遂往访程丽芬,晤其子雪门运判承洛。知丽兄实以初八日至张湾,乃以买麋茸事托雪门。是日,访梅、退菴皆晤。余在谦益假百金而未归,今日始告诸退庵也。薄暮,答徐小云。小云请为其年伯云鹤先生诗作序,云丈粤东循吏也,于吾父同生于庚申,同殁于癸酉。小云言姚□□令海盐欲以清查荒田之事分责邑绅,次云亦与其列,小云嘱其勿与闻,可亟来京避之,次云遂往避于沪。姚令乃以海盐之不肯还漕，皆作俑。自徐氏上禀中丞，戴少梅以书告，小云问其端末，始以姚令之挟怨语之，不知谭中丞尚信其言否。夜饭后，诣犀伯师谈，晤朱述菴。犀伯师以国子监加课卷相示，嘱代加墨。

十二日丁未(11 月 14 日)　晴

仰汴生前辈夫人六十生日，余以帏烛往祝，晤其父子并访严六希。欲往问张幼樵足疾，而幼樵出门不值。欲取王廉生朱卷，亦不值。伤风发热，夜卧不安，饮葱汁、核桃汤。

十三日戊申(11 月 15 日)　阴

王孝凤来。饮梨汤而恶寒愈甚，食不知味。午后访桂卿，请其诊治，言肺燥不行，宜辛降。夜间服药。得慎斋寄来《申报》。是日访莼客。

十四日己酉(11 月 16 日)　阴

病有间，仍服桂卿药。薄暮有雨，程门以麋茸一架来，价银十八两，留之。函致也梅问嵋青临行时语，得复。夜得芗丈札，要盐笋豆，送一器与之。毛煦初太宰服阙召见。绂卿持野术数钱来。阿六前足痛息，现患足跟上及臀间，今日又觉耳中时时气出，并非耳鸣，不知何证。

十五日庚戌(11 月 17 日)　晴

昨由陈书玉交到张杏师奠分，程丽芬廿金，陈学暗五金，即交也梅寄与子仙。还雪门麋茸价银。头面风尚留连，牵掣殊甚，煎汤洗之，耳目为之一清。赵寅臣来。徐小民与其子来。昨以起居注后跋托东甫拟作，以钮处假得之邸钞一并付去。心思瞀乱，不能坐定一刻，翻摘谕旨不能数行，岂由体中不适之故邪？上谕：洪汝奎调补两淮盐运使，段起补授广东盐运使。钦此。王溥勒休。牙齿浮痛。

十六日辛亥(11 月 18 日)

本衙门直日，与贵坞樵同班。丑正趁月光而行，适吏部带领赞善一缺李苾园以下至者十六人。寅刻风起，诸君皆集朝房内晤谈，颇乐。卯正引见毕，余亦归，支枕小睡。又至龙王堂寻程雪门，问其错茸之法。得朱桂卿改方，煎服一剂，凉沁心肺，为之爽然。桂卿又赠孙欢伯所刻《金氏礼笺》《方正学逊志斋集》。得蔡嘉穀福州书，索当道信。毛煦初太宰仍在总理衙门行走。竹篔言琉球岛一事已经王公议定，陈、宝、张三讲官排日疏争，遂以此案往问合肥，至今未结。余以儿病，竟不知前日杪有此事也。箢仙札问定儿病状，复谢。

十七日壬子(11月19日)　晴，有风

头痛滋甚，以刮痧之法行于项领背脊，痛为之稍弛。恩元由舌痛及喉，请韩医诊治。程雪门来。得陶心云孝廉书。小宝亦有书与其兄，初五日寄。申刻，邀徐挹泉、陈学暗、方勉甫、沈退葊、姚访梅小饮。

十八日癸丑(11月20日)　大风竟日

头痛未愈，阿六病足渐有起色，为之心喜。为施乳娘作家书，并寄小宝一纸。阿连腹痛不上塾，晚间扁食。戌刻，孝达师来，谈日本分岛事，甚详。伯潜意主两驳，竹坡意主郑重，而未能言其故，渠则许其江海各口通商，视泰西一例，而驳其分岛一事，俟俄事既定，然后再议，大旨与俄议战则当和倭，与俄讲和则当责倭，事无定法，随步换形。总署议论，以为和倭之议倡自南皮，既见采用，又复立异，意欲以此为我咎，故不得不辨。

城五十金　　万纶师五十金　翁常熟师五十金
钱泰州师五十金　吉林师百金　南皮师三十金
童鄞县师廿四金　汪世兄三十金　阜荫方师十二金
董酝卿□□□
己未团费二十金　　己卯团费十金　戊午团费十金
本省戊午团费十四金
中街屋租四十金，打扫二十金，茶十金
陶心云书价六金　还阜康旧备息银百金
寄程丽芬朝鲜参一斤廿四金　端午节敬十六金三项共七百

张幼樵奠分八金　　桑酝卿□金

贾年丈帮分二十金交子莼

莼客帮分二十金　钟太老师十金蔡家穀去

杨雪渔十二金　吴柳堂侍御归榇十金

黄仲弢贺分十金

画价十两五分　信局同乡帮分四两　门包三十金

白默暗标帮分八金　赵同年林奠分四金

桑师寿分六金

使蜀日记第一册(1881—1882)

起于光绪七年辛巳四月(1881 年 5 月)
止于光绪七年辛巳十二月(1882 年 2 月)

光绪七年辛巳(1881)

华州郭宗昌,字胤伯,著《金石史》。盩厔赵崡,著《石墨镌华》。牧斋诗云:“关中汲古有二士,郭髯赵崡具嵯峨。”

四月初八日内阁奉上谕:四川学政着朱逌然去。钦此。臣由湖南学政任满交卸,于六年二月回京覆命,未与己卯考试试差。骤闻恩旨,感悚交并,已拟具折力辞矣。师友皆以翰詹词臣,视学乃其本分,本朝无此故事,且补放学差,与三年例放不同,更与考试试差无涉,且与其不能终辞,多此矫激沽名之举,不如今日不辞。遂于初十日具折进内。值孝贞显皇太后初满月祭,皇上诣观德殿行礼。臣谨于神武门外道旁,恭候驾出,叩头谢恩。二十八日,恭请圣训。巳刻,皇上召见于养心殿东暖阁,六额驸景寿带领入跪。皇上问:“汝在衙门几年?”答云:“十八年。”问:“你今年多少年纪?”答云:“四十六岁。”又云:“你此去当严密关防。”答云:“是。”遂跪请圣安而出。自三月初十日孝贞皇太后升遐后,自京至蜀,驿程里数:

京师。七十里良乡县。固节驿望大防诸山。七十里涿州。涿鹿驿渡涿水。七十里定兴县。化驿。七十里安肃县。白沟驿。五十里保定府清苑县。清苑驿金台。四十里满城县。陉阳驿。四十五里庆云县。霍城驿。六十里定州。北十里，渡唐水。永定驿。五十里新乐县。西乐驿。四十五里藁城县。伏城驿苏天爵春风亭。四十里正定县。恒山驿。六十里获鹿县元好问北渡后居。门宁驿。出获鹿西郭，西屏山自南来，入土门口，土人能指目抱犊、海螺数峰。抱犊即《史记》萆山。九十里井陉县。井陉西南二十里龙窝寺，石壁小松，类卢师山石壁松。陉山驿。入山西界。《蜀道记》："是日抵胡桃园。"

山西。八十里柏平县。柏井驿有柏井故城。五十里平定州。有上下二城，赵秉文建涌云楼。平潭驿。八十里盂县。芹泉驿。芹泉，一名桃川水。七十里寿阳县。使院中有昌黎使成德绝句，元祐孟天常重刻。春秋马首城。《蜀道记》："抵什贴镇宿。"太安驿。七十里榆次县石言于晋即此。鸣谦驿。七十里徐沟县。同戈驿唐高祖起兵处。六十里祁县。祁奚邑。东南山最奇秀者，曰麓台。贾古驿。五十里平遥县。隶汾州府。古陶地，帝尧初封。洪善驿。《蜀道记》："三十五里，憩张兰镇，为商贾辐辏地。"八十里介休县。介子推庙，庙侧文潞公祠。县东五里，郭林宗墓。介休西南二十里，两山夹立，汾水贯其中。二十里，登韩侯岭，祠中诗版以沁水常伦为冠。义棠驿。八十里灵石县。灵石驿。隋文帝幸太原，于此获一石，文曰"大道永吉"。自灵石西南，尽日行嵜嵚间，南望高峰入云，即霍太山，《禹贡》所谓岳阳也。汾水过城西，与彘水合，又曰彘县。《蜀道记》："午次赵城县。"四十里仁义驿。六十里霍州。霍山驿。十八里洪洞县。即杨县羊舌大夫叔向邑。有师旷里。清泉万道，弥望稻塍。洪洞驿南十里过皋陶祠墓。六十里临汾县。平阳府治古冀都，赵朝为平阳大夫。建驿。九十里曲沃县。姑射山在西南，汾水经城西南，入襄陵界，自是不复沿汾行。《蜀道记》："暮抵赵曲镇。"蒙城驿。过蒙城驿，有豫让桥，在太平、曲沃界。五十里侯马驿。八十里闻喜县。裴晋公、赵忠简故里。《蜀道记》："午次董泽。"即董父之畷川也。古曲沃也，今曲沃乃古新田。有涑水。东川驿。九十里安邑县。弘芝驿。《蜀道记》："暮抵猗氏县。"猗氏即令狐。古郇伯国，又曰郇瑕，地沃饶而近盐，子厚所谓"猗氏之盐"是也。七十里临晋县。秦伯伐晋，战于韩原，作高垒以临晋。西南望中条山，表圣避地王官谷，谷在中条。樊桥驿。七十里蒲州府。古蒲州阪,唐河中府,又为中都,五代、北宋之重镇。中条在城南十里。入陕西界。

陕西。七十里潼关县。并中条山行,柿林数十里。过首阳山,至夷、齐庙,下见黄河。河南,见华岳。至风陵渡渡河,戴延之所谓"风塠"也,对岸即潼关。潼关驿。潼关,即《左传》"河曲",河水历船司空与渭水合即此。古桃林塞,汉武废秦函谷,守潼关。今关西一里有潼水,有关西夫子墓。四十里华阴县。古阴晋地。潼津驿。《蜀道记》:"晚抵岳镇,宿万寿阁。"万寿阁南对太华,东指河潼,北眺泾渭,西望终南,上悬明高帝御制《梦游西岳文》。七十里华州。过汾阳王里,故郑地。华山驿。少华在州城南,与太华本一山,终南、华山之阴,泉流交错。五十里渭南县。南倚丰泉,北负渭水,有湭水,白傅、莱公祠墓。丰源驿。过鸿门坂,有留侯、舞阳侯庙。慎夫人鼓瑟处。五十里临潼县。秦骊邑,汉阴盘、栎阳地。骊山羯鼓、斜阳、吹笛之楼、明珠、南筝、长生之殿,及斗鸡、舞马、饮鹿、球场诸迹,皆为樵牧之场,惟东西绣岭,绮石层松,尚为登眺佳处。浴罢,宿泉上公署,即九龙殿故址也。新丰驿。过灞桥,古名"销魂桥",有灞水。浐水,上长乐坡,望终南,绕长安城东北。五十里西安府咸宁县。京兆驿。经汉武通天台,望高帝长陵。渡澧水。五十里兴平县。过武帝茂陵。周懿王所都犬丘地,项王封章邯为雍王。唐降金城公主于吐蕃,驻此。西三十里马嵬坡太真葬始平原。百渠驿。九十里武功县东有漆水。郿城驿。六十里扶风县。凤泉驿。六十里岐山县。岐周驿。五十里岐阳驿。九十里宝鸡县。陈仓驿。七十里东河驿。七十里凤县。草凉驿。七十里梁山驿。七十里三岔驿。六十里松林驿。五十里留县驿。五十里武关驿。六十里褒城县。马道驿。四十里清桥驿。五十里关山驿。五十里沔县。黄沙驿。四十里顺政驿。九十里天安驿。九十里宁羌州。柏林驿。五十里黄坝驿。入四川界。

四川。过七盘关。六十里广元县隶保宁府。神宣驿。四十五里望云铺驿。四十五里问津驿。五十里昭化县。昭化驿。四十里大水树驿。四十里剑州。剑门驿。六十里木州驿。四十里柳仙驿。四十里武连驿。八十里梓潼县。梓潼驿。六十里棉州城驿。六十里德阳县。罗山驿。六十里德阳驿。六十里新都县。有唐僖宗行殿遗址，石础尚存。新都又名新郪。新都驿。五十里成都府。成都县。过升仙桥相如题柱处。锦官驿。

礼部谨奏：为遵旨议奏事。光绪二年四月二十六日内阁奉上谕：张奏整顿川省考试积弊一折，暨惩办生监健讼等语，着该部议奏。钦此。钦遵。抄出到部。查原奏内称：考试弊端，各省皆有，未有如川省今日之甚。臣多方整顿，渐觉廓清，特立法必要其久，除恶务绝其根，若不立为成法，恐作奸犯科者逾时复萌，仍无裨益。谨择其尤切要者，分条胪举，敬拟上陈。窃维士为民望，边者尤甚，欲治川省之民，必先治川省之士。仰祈敕部核议。如有可采，伏望明颁谕旨，严饬遵行等语。臣等查该学政所陈各条，并片奏惩办生监健讼等语，系指川省现在情形而言，其士习民风既与各省不同，所议整顿惩办之法，自应参酌时宜，以收实效。臣等细核原奏，详稽例案，谨逐件议覆，恭呈御览：

一、原奏惩鬻贩一条。内称川省枪替之多，固不待言，尤可恶者，莫如贩卖。廪保于府州县试时，多撰空名，觅人代卷。院试时，则雇枪顶名朦取，并代覆试，悬价出售，卖与同姓之人。其府县试卷，早已暗贿礼房抽换，无从核对笔迹，且有此人已经顶买，又得善价，遂复转卖，有贩至三人者。若仓卒不得售主，便报此人病故，久之售主，又报病愈。前禀云系讹传，至覆试册上，三代与正场册结往往不符，或云原系过继，或云当初是号非名。若卖与异姓，则云出嗣外家，呈称归宗，或弟转为兄，或叔推与侄。所以能如此混乱者，由于川省童试册结，所填三代之名，多非真实，故可任意推移。拟令以后册结，务填祖父真名，不准妄填假名、别号，祖父有功名者，无论捐考、保举，职衔必须注明。其出继者，兼写本生祖父某字样。府州县试时，即如此办理，含混者，不得给卷录送取进。覆试日,查出参差不合者,扣除。此法似尚简易。至于廪保,饬府州县,试卷须印封存内,不容私换。由学臣严饬办理,应请敕定专条,若贩卖问实者,认真惩办,以挽颓风等语。

礼部查例间,童生考试,查照格眼册,令各亲填年貌、籍贯、三代,不得假捏姓名。又廪生府、州、县试原卷,合钉封固,于学政按临之日,解送提调。俟院试取进后,连三卷逐一磨对。如笔迹、文理不符者,即行查究各等语。今据该学政所奏,是川省童试竟有假名鬻贩之弊,实属大干法纪,自宜查照定例,设法禁革。应请嗣后川省童试,填写册结三代式样,即如该学政所奏办理,并饬将府州县试原卷合钉封存,届时解送提调,于院试取进后磨对以防抽换。至所称贩卖问实者,请定专条惩办之处。刑部查例载,指称买官买缺及买求中式等项诓骗听选及举人、生监、生员人等财物,如诓骗已成,财已入手,无论赃数多寡,不分首从,于该衙门门首枷号三个月,发烟瘴地面充军。其央浼营干致被诓骗者,免其枷号,亦照前发遣。若诓骗未成,议有定数,财未接受,应于军罪上减一等,杖一百,徒三年,加枷号两个月。被骗者,杖一百,免其枷号。但经口许并未议有定数,应杖一百,加枷号一个月。被骗者,杖八十,免其枷号。若甫被诓骗,即行首送者,诓骗之人照恐吓未得财律,准窃盗论,加一等治罪,被骗者免议等语。兹据该学政以廪保于府州县试时,多撰空名,觅人代卷,院试时,则雇枪顶名朦取,并代覆试,悬价出售。请定专条,若贩卖问实者,认真惩办等因具奏。系为整顿士习、严惩弊端起见,惟例无贩卖生童作何治罪明文,自应比照指称买官及买求中试等项诓骗之例,分别已成,未成科断。庶鬻贩者知所儆畏,而弊端可期尽绝。

一、原奏"禁讹诈"一条。内称川省讼风最炽,遇有试场,遂为此辈利薮。凡身家不清、刑丧歧冒，一切违碍，府州县试及院试放告日大率不攻，必待榜后始行呈控。大抵被控者，必须有因，而攻人者多由讹诈，初则联名迭控，势不两立，及至传讯，或原告不到，或并无其人，或初讯时极力攻击，覆讯则认诬具悔，避匿无踪，盖溪壑已盈，因作罢论矣。拟令以后凡攻讦一切违碍者，止许文武生童呈控，此外非学校中人，无论职员、武弁、贡、监、军、民，一概不准；榜发多日始来呈控者，不准；府州县试列在前二十名，而院试榜前不先呈控者，不准。盖生童人数不少，尽能稽察，何待局外插讼；一学新进有限，其根据易于访知，若发榜已久必系索诈未遂，因以一呈恐吓，至府州县前列姓名昭彰，尤可早为清查，蹈此三条，图诈无疑。应请敕部明定条例，此类置之不理，即或所控似有端倪，应饬提调另传学校中人询访研究，不容此辈到堂搅扰，图利朋分。倘有敢有插入混扰者，即按事不干己，健讼图诈之条治罪。如学校中人呈控并非虚妄者，应饬该府州县暨提调认真讯究，不得徇庇回护。若府州县暨提调徇庇不公者，应请敕部严定处分等语。

礼部查例问，童生考试，以同考五人互相保结，取行优廪生出结识认，不得有顶冒、倩代、假捏姓名、匿丧冒籍，及家系优隶、身遭刑犯等弊，容隐者，五人连坐，廪保黜革治罪等语。是本身朦混应试，与保结识认各生通同容隐，一经控实，自应照例严惩。惟据该学政所称，是川省讼风最炽，讹诈尤多，又不免有具呈恐吓、图利朋分之事，自应严行禁止。应令嗣后攻讦违碍者，止许文武生童呈控，此外非学校中人，无论职员、武弁、贡、监、军、民，一概不准，榜发多日始来呈控者，不准，府州县试列在前二十名，而院试榜前不先呈控者，不准。至所称非学校中人，插入混扰，按事不干己，健讼图诈之条治罪等语。

刑部查例载，官民人等告讦之案，察其事不干己，显系诈骗不遂，或因怀挟私仇以图报复者，内外问刑衙门，不问虚实，俱立案不行,若呈内胪列多疑,或涉讼后复告举他事,但择其切己者准为审理。其不干己事情,亦俱立案不行,仍各将该原告照违制律杖一百,再加枷号一个月。系官革职,已革职者与民人一例办理。如敢妄捏干己情事,耸准及至提集人证审办,仍系不干己事者,除诬告反坐罪重者仍从重定拟外,其余无论所告虚实,诈赃多寡,已未入手,俱不分首从,先在犯事地方枷号三个月,满日发近边充军,旗人有犯,销除旗档一例问发等语。兹据该学政奏称,川省讼风最炽,遇有试场,遂为此辈利薮。凡身家不清,刑丧歧冒,一切违碍,府州县试及院试放告日,大率不攻,必待榜后始行呈控。大抵被控者属有因,而攻人者多由讹诈,初则联名迭控,势不两立,及至传讯,或原告不到,或并无其人,或初讯时极力攻击,覆讯则认诬具悔,避匿无踪。拟令以后凡攻讦一切违碍者,止许文武生童呈控,此外非学校中人,无论职员、武弁、贡、监、军、民,一概不准。应请照定条例,不容此辈到堂搅扰,图利朋分。倘敢有插入混扰者,即按事不干己,健讼图诈之条治罪等语。系为严禁讹诈,以清讼端起见,应如所奏办理。呈所称学校中人呈控并非虚妄,府州县暨提调徇庇不公者,请严定处分之,交吏部查定例,官员徇庇者,降三级调用,私罪等语,应请嗣后倘学校中人呈控一切违碍等情,并非虚妄,府州县及提调徇庇不公,即照徇庇降三级调用,私罪例议处。

一、“禁拉搕”一条。兵部查原单内,称川省考试恶习,凡新进稍有疑似可议者,即有匪徒探知,先与索钱,若拒而不与,则纠党将本童、廪保拉至僻处殴击、拘押,逼出银票乃释,名曰“拉搕”。常有多人持械辕门将本童、廪保拉去者。于是新进有瑕者,亦必拥众自保。每至招覆日,试院门外彼此汹汹,市众惊骇,实属不成事体。臣前年开考时,即行拿办素行不法之武生兰映太,咨商督臣永远监禁,以故匪徒颇惧,尚觉安静。然由寓所拉去者,仍间有之。近来无此严办重案,此辈渐思萌动,若日久事忘,必然一切复旧,应请敕定专条严办数起,方可期塞此横流。此类事每有武举、弁兵、武生、武童在内,仰恳明降谕旨,如有武举、武弁干预试事,恣行不法者,即由学臣奏参革办,不容狡饰幸脱。职员恃符闹考者,同营兵立饬该营革办,并饬提调多派兵役在外弹压,如有此等情事,惟提调是问等语。该学政所拟,系为严禁讹索起见,应请嗣后该省如有武举、武弁干预试事,恣行不法者,即由该学政奏参革办。呈武弁干预试事,职员恃符闹考,即由该学政咨照该督严参办理,并将失察之该管上司职名一并附参,报部议处。

刑部查例载,凶恶棍徒屡次生事行凶,无故扰害良人,人所共知,确有实据者,发极边足四千里安置。凡系一时一事,实在情凶势恶者,亦照例拟发。又捉人勒赎之案,如有将被捉之人任意凌虐,或虽无凌虐,而致被捉之人情急自尽,为首之犯系照苗人伏草捉人横加枷肘例,拟斩监候。为从帮同凌虐,及虽无凌虐,而助势逼勒,致令自尽者,俱发遣新疆给官兵为奴。若仅听从掳捉关禁勒赎,尚无助势逼勒情事,均实发云、贵、两广极边烟瘴充军。至审无凌虐重情,止图获利关禁勒赎,为首亦发遣新疆给官兵为奴,为从之犯俱发极边足四千里充军各等语。兹据该学政奏称,川省试场,凡新进有疑似可议者,即有匪徒探知,先与索钱,若拒而不与,与而不餍,则纠党数十人将本童、廪保拉至僻处关闭、殴击、拘押多日,逼出银票乃释,名曰"拉搕"。常有多人持械径入辕门,将本童、廪保拉去者。于是新进有瑕者,亦必拥众自保。每至招覆试日,院门外彼此汹汹,市众惊骇,实属不成事体。请定专条严办数起,方可期塞此横流等语。系为严惩办匪徒以绝恶习起见,应如所奏,嗣后川省如有此等匪徒,核其情节,查照凶恶棍徒及捉人勒赎各例相比,从其重者论。

一、原奏"拿包揽"一条。吏部查定例,场内枪手脱逃,提调官听给百日捕限,如不实力严缉,初参罚俸六个月,公罪,再限一年缉拿,限满不获,罚俸一年,公罪,人犯照案缉拿等语。查原奏内称凡枪替贩卖,皆有一种匪徒居间包办,或系游民,或系铺贩,甚至有捐纳职官者,平日收养枪手多人,随棚煽惑,诱人犯法,坐渔重利。得利未饱,则又勾串匪徒告讦重诈。此辈不惟包揽,兼能招撞捏称,与各衙门上下相识,童蒙先受其欺,榜后始悟,追诘无从。如学臣查出窝枪、包揽、招撞,饬令提调缉拿之案,不能获一者,严定处分等语。该学政系为杜绝场弊起见,自应严定处分,臣等公同酌议,应请嗣后如学臣查出窝枪、包揽、招撞,饬令提调缉拿之案,不能获一者,即比照枪手脱逃不实力严缉例,加等议处,初参罚俸一年,公罪,再限一年缉拿,限满不获,罚俸二年,公罪,人犯照案缉拿。

刑部查例载,学臣考试,有积惯随棚代考之枪手,察出审实,枷号三个月,发烟瘴地面充军。其雇倩枪手之人,及包揽之人,并与枪手同罪。知情保结之廪生,杖一百,窝留之家不知情者,照不应重律治罪。倘有别情,从重科断,有赃计赃,以枉法从重论。又律载,设计教诱人犯法者,皆与犯法之人同罪各等语。于据该学政奏称,外省名"枪架",川省名曰"亲家",或系游民,或系铺贩,甚至有捐纳职官,平日收养枪手多人,随棚煽惑,诱人犯法,坐渔重利。若得利未饱,则又勾串匪徒告讦重诈。大抵清试场在于绝枪架,亦犹治盗贼在于绝窝主。请议引诱说合者,与窝枪包揽者,并无区别,应与同罪。再凡定拟罪名,须将供招咨部。若欲办包揽,必须枪手、廪保、本童人证一一全备,方能定谳。川省匪徒,既有"亲家"绰号者,必系积惯作奸,人人指目,止有狡脱,断无枉滥。拟请以后包揽舞弊引诱说合者,止须生童、枪手供证确实,或曾经各衙门查办有案,仍复随棚者,无论本案已成、未成,人证已齐、未齐,先将包揽引诱说合者定拟发遣,全案另行详结。若枪手、廪保、文童事发后供出包揽之人,指引捕获者,准予免罪等语。查科场定例恭严,如有收养枪手,随棚煽惑,或诱人犯法,坐渔重利,或代为说合、雇枪,皆干法纪,有犯均应酌核情节,查照定例,从重科断。其枪手、廪保、文童事发后,能将包揽之人供出,指引捕获,准予免罪,俾包揽者不致幸脱。系为杜绝根株起见,应如所奏办理。

一、原奏"责廪保"一条。刑部查该学政原奏内称,川省无论何弊,廪保无不知情,所以肆无忌惮者,例定廪保舞弊之罪甚重,当其事发审办,且多方饬办。凡为廪保者,若非优等能文,必是老迈穷困。学臣虽甚严,岂肯施以桁杨,加之流徒,狱既不成,不旋踵而乞恩开复。窃谓法不贵严,贵于必行,法不宜过重,过重则必不行。虽以惩之,适以纵之。拟请以后认保廪生舞弊者,先由学臣以"滥保"两字勘语咨部黜革。其全案人证罪名,该廪保情节轻重,俟讯明详覆另结。即使重情辩脱,滥保总不为诬。凡廪保坐此咨革,永远不准开复等语。查认保廪生舞弊,咨部黜革后,应由地方官将全案人证罪名及该廪保所犯情节轻重讯明,照例定拟。所称廪保并无重情,坐此咨革,永远不准开复之处。

礼部查定例,童生考试,取行优廪保出结识认。原为除弊而设,若为该学政所奏各情,是童试之有认保,本借以除弊者,转用以滋弊。原奏所称以后认保廪生舞弊者,先以"滥保"两字勘语咨部黜革,情节讯明另结,即使重情辩脱,其滥保总不为诬,应永远不准开复等因。系就川省童试情形力筹杜弊之法,应如所奏办理。

一、禁滋事一条。兵部查原单,内称川省武童过多,最易生事。其弊较文场为甚,而其横悍藐法则尤过之。至于歧考重名诸弊,尚不足论。查向来文武童册结,例填业师。武童之业师,俗称"教习",平日操练,惟教习是赖,事事皆其主使,故武童作弊生事,廪保不欲究结,惟教习知其底里。因饬各教习于场前具结,开明所教武童姓名、试日,各率其徒识认稽查。每一教习所教武童,并为一牌,又将同姓者汇聚一处,如有作弊滋事,责在该教习,无教习具结者,扣考。应请敕议着为川省定章,以后照办。其责成处分,一如廪保,止许填写本县武生为教习。至于武举、武弁、武童、营兵难辨真伪,不受约束,一概不得填写。间有本非武生教习者,自投认一武生作教习,不准空填庭训字样。如此办法,固足杜顶替贩卖歧考重名之弊,尤足禁其恃众滋事为非,实于试场、地方均有裨益等语。

兵部查,该学政所拟考试武童,饬各教习于场前具结,开明所教武童姓名、试日,各率其徒识认稽查。每一教习所教武童,并为一牌,又将同姓者汇聚一处,如有作弊滋事,责在该教习,无教习具结者,扣考等语。该学政系为慎重试场,严杜弊端起见,应如所议办理。至所称止许填写本县武生为教习,武举、武弁、武童,营兵难辨真伪,不受约束,一概不得填写。间有本非武生教习者,自投认一武生作教习之处,恐于慎重之中,转多一讹索之弊。应请嗣后该省考试武童,填窗教习,除营兵、武童不准填写外,其实系本县武举、武弁、武生,准其填写。如有作弊滋事等情,系武举、武弁教习者,准由该学政咨明该省总督,从严究办,以免讹索而杜弊端。

一、原奏"杜规避"一条。内称川省捐局太多,文武生犯事应行查办者,往往赶捐一贡监职衔,以为逃免之计,经由该局来文知照出学。各局空白执照甚多,是否倒填年月,无从查考,以致学校衙门,不能约束。且既系职贡,州县亦诸多碍难,应请敕议凡文武生报捐,除部捐者,接到部文即行开除外,其川省局捐者,令本生自赴该学呈验执照,申详学臣批准,方为出学。如查出有案未结、朦捐规避及倒填年月者,追照注销严究,并请敕下督臣行知各捐局，如有文武生报捐者，一面行文本学，查明有无事故，方予详咨报部，亦不得轻移学臣教官出学等语。

礼部查，文武生员及贡监职官犯事，均应由学校衙门及地方官认真查办，岂有生员犯事，报捐贡监职衔即可逃免之理？惟川省捐局太多，各生犯案朦捐及捐照倒填年月等弊，不可不防。查定例，贡监由生员报捐者，分别廪、增、附生，户部咨查礼部，实系相符，及欠考未及三次者，准其由廪、增、附生报捐给照，本省地方官详照学政，于学册内除名，又廪、增、附捐贡监职官，以接到部文之日开缺，如先行验照，即以验照之日开缺各等语。今该学政请嗣后文武生在部报捐贡监职衔者，仍接到部文即行开除外，在局报捐者，该生赴学验照，申详学臣批准，方为出学。并由川督行知各局，凡各生报捐，一面行文本学，查明有无事故，方予详咨报部，亦不得轻移学臣教官出学等因，应如所奏办理。

一、原奏“防乡试顶替”一条。内称川省录遗向多代替，俊秀贡监尤甚，近来往往雇人代入乡场。臣衙门录送时，实无从知其是否本人，与其事后查办，不如事前清厘。去年录遗时，据合州知州申送乡试监生数名，并解试卷数本，声称向来监生弊窦太多，因于该监生起文时面试文理，原卷申送，核对笔迹等语，窃以为其法甚善。盖贡监录科录遗，例由本籍起文，真伪易辨，必系本身亲到。若有州县面试卷，可与录科录遗卷核对，又有录送卷可与乡试墨卷核对，则入场必系本身，无论文艺有无假借，总不至公然场外中举。应请以后由俊秀捐保之贡监职员起文录科录遗，即由该州县面试，不在文理高下，止须确系本人，亦将原卷申送。乡闱填榜时，学臣将由俊秀捐保之录送卷，携带入闱，核对墨卷，如笔迹不符，即会商监临主考撤换。如此则录送者较有分晓，不致混乱难稽等语。

礼部查，向来各省俊秀贡监乡试，取具族邻甘结，地方官加具印结，备造籍贯、年貌、三代，申送学政录科。中试者，查出录科原卷，核对文理笔迹，历经遵办在案。今该学政以川省录遗向多代替，俊秀、贡监尤甚，请于起文录科录遗时，由该州县面试，将原卷申送。乡闱填榜时，核对墨卷笔迹等因，核与各省同办奉程，稍有未符，惟川省试场积弊既深，所有该省防范之法，不厌周详，应为所奏办理。至原奏中川省录遗向多代替之语，系不专指俊秀贡监而言，应请敕下该学政凡生员等录遗，应加意严防，无稍宽纵，以清弊窦而肃科场。又另片内称川省讼棍多系贡监文武生，暗地唆架，当堂扛帮。遇有上控事件，出头承办，广募讼费，借此为生，且骗吓富家，大为民害，所以地方官平日不能拿办，事后不问坐诬者，缘川省州县，每处必有数局，每局必有数文武生，既与官吏来往，多有阴事为其所挟，以故官吏虽甚苦之，而无可如何。此为川省败坏士习之根。查《学政全书》，本有生监构讼主簿申报之条，前学政钟通饬办理，多不奉行，但案之申报未免过繁，不如专报刁健，各了各棚，较有下手之处，拟令各州县暨各学除平日随案详办外，其有素行狡谲、不能遽行定案详办者，凡遇学臣按临，府州县暨教官各将健讼诸生姓名案据简明开单，各自呈递，不得互相关会。如既为州县学官开报，放告日期又被人控，或无故控人，健讼属实，立饬惩办，局士被控，不准徇隐。此举与定例举报优劣之意略同。无如习俗失真，以为学政一官，但司校阅文章，无暇整饬士习。川省教官，直不知有注劣之例，尤为可怪，屡经谕饬，无一开报。应请敕议申明严办，徇匿者照例处分等语。

礼部查例，开生员关涉词讼者，地方官俱摘叙事由，申报学政查核。若不守学规，好讼多事者，斥革。无故出身作证，及巧构讼端，潜身局外者，地方官严拿，分别重惩。又生员有唆讼陷人情事，该学官纵容徇庇，不行申报者，照溺职例革职。又生员报劣，学政令教官开具事迹封送，并令各府州县呈送密单，与教官所开款项查对。如有互相关会情弊，该学政题参议处各等语。是管束生员，定例本极严明，学政安得以无暇整饬为辞？教官亦安得以不知有例为解？今该学政所奏各节，核与定例大略相同，应请嗣后由学政严饬办理，教官及州县等如有徇匿者，照例议处，以端士习而挽颓风。

兵部查乾隆二十年奉，上谕杨廷璋奏，武生监生俱令教官督课约束一折。嗣后各督抚其严饬所属地方官，无论文武生监，俱令悉心体察，倘有不遵约束，恃符生事者，即行按法究治，毋徇私誉等因，钦此。又各省武生如有纠党健讼及恃符生事等情，由教官呈报学政注劣，倘□久不能改过自新，即行咨部斥革，历经遵办在案。今该学政所奏，核与例案相同，应请嗣后由该学政严饬各学教官及州县等官认真稽查，倘有前项情事，即行革办。该教官等如有徇纵者，亦照例处分，以厉教化而端刁风。所有臣等遵圣鉴。再此折系礼部主稿，会同吏部、兵部、刑部办理，合并声明。为此谨奏请旨。

慈禧皇太后不能日日扶病临朝，而中外多事，一日万几，势不能旷日以待。大臣中有请将例行之事，如引见京外官之类，候皇上亲为之者，慈禧皇太后遂并以召见大臣及出差各官一律举行。第一起为河南巡抚涂宗瀛，第二次为贵州臬司易佩绅、浙江海门镇总兵贝锦文，第三次即四川学政臣朱逌然也。是日并见军机大臣，先李高阳尚书，次景秋坪大农，次王夔石少农，次左恪靖侯相，次恭亲王，皆问以何日行，答云初八日。迨初五日，杨福孙自余姚航海，十日而至都，以所约山东柯凤孙等未到，改至十三日，又不到，又改至十七日而行。大儿病腿未愈，故不能携眷口，仍寓兵马司中街。延胡光甫舍人仁耀课阿昌、阿连、阿七，留郭仆料捡家事，彭三执爨。

五月十七日戊寅(6 月 13 日) 阴,微雨。申刻,急雨一阵而后有风,甚凉

张孝达学士师、廖穀士、严六溪、连翀叔、孙佩南皆来送行。巳刻,出彰仪门,钱笆仙及其子念劬、朱咏裳、沈退葊、姚访梅茶饯于天宁寺。午刻,行至长新店馆,晚抵良乡东开外固节驿宿。良乡令为蓬莱陈五桥。是日行七十里,同行者,武陵华瑶阶祖锡及朱芾卿士黻、杨福孙积芳、王婿恩元,仆从十人,张学、刘玉、诸惠、杨福、孔升、马馥、于福、朱顺、周瑞、翁孝升。大车四两,每车三十九金,轿车四两,每车二十五金。

十八日己卯(6 月 14 日) 晴,有风

卯刻,自良乡发,由东关出南关。五里萧家庄。五里大十三里。五里小十三里。十里窦店馆前次过此皆自尖,今日陈令备席。窦店为燕乐县,宋窦禹钧故里。十五里燕谷店。镇北桥数十丈,桥南即琉璃河,估舶颇多,市廛亦不寂寞属良乡。十里挟河村小憩属房山。五里常店属涿州。五里仙峰坡,又憩于柳阴之下。幕宾车皆至,啜茗问话良久。五里胡良河,镇南有长后桥,桥南有泛,遥见双塔高耸,即涿州矣。又五里至城外之大桥,见城东北旌旗飞扬,壁垒齐整,询之行人,知恪靖亲军方挑浚拒马河淤沙,自朔月从事,今已二万工矣。恪靖于十二月出都相视水道,今居桥西,相距只数十步。余遂叩营进见,知明日即循永定河道东下,直至天津与李肃毅相见后,会商定稿云:“恪靖言俄人自十一月后,尽翻前议与我修好,实由闻我奉旨内召,力主用兵之议,故惧而转圜,俄人实不足畏。我抵陕后,复陈一疏,言之枢臣,漫不见省,遂成和局,虽足以苟安一时,然转移之机,未免坐失。自道光间海上多事,斥林文忠而用琦善等,和战两字,是非至今未定。林文忠尝为余言,我到浙后,请恢复定海以自赎,未奉恩旨而遣戍。又在河工效力,河事成而仍遣戍。文忠言至此,长叹不已,曰不必再言矣。假使朝旨责令恢复定海,安知文忠不能成功?无功而遣戍,亦尚未晚。今枢密诸君亦知有异日之虑,何尝不筹饷?何尝不办防?

而其心不属，有类赵孟之视偷，奈何恭邸亦知林文忠向有名望，而尚未知其当日不尽其用，贻误至今，虽皇太后亦然。我以和议既成，将所调练勇改修畿辅水利，亦为国家创利益民生之事，其饷皆由甘肃给发。倘重征洋药议成，即在厘捐项下酌拨，亦当暂纾肃营之急。”又言：“人至七十岁，未免精神恍惚。若古人奉朝请，数日一朝平，军国重事，尚可为之。我本未尝作京官，此次入直枢廷，事事从新学起，果使有益大局，我虽衰老，亦不愿辞而无为，于国事无裨也。我俟自东三省回京，即拟告退，留三四千金为归资，不复玷朝班矣。”言竟，慨然曰：“你是有心人，看此大局，为之奈何？”又曰：“李蓝孙、景秋坪亦算正派人。”言未尽而辄止，想见此老立朝愤郁多日矣。又曰：“加捐洋药、土烟一折，外议云何？若所见未是，无论内外臣工，皆可奏驳。此非一省一时之事，总求推行无弊，使上下均有裨益，是我心也。即此次相视水道，亦当与李中堂相见，扰其一饭。后稷天下之为烈，岂一手一足哉！”酉初，至北关行馆。南关有越南使臣及广西伴送一道居之，北关之馆昨为游智开而设。涿牧查如江光泰来见。酉正，左恪靖来答拜，辞之不可，言唐鄂生之父向来是好的，鄂生亦聪明有才气，丁稚璜亦能做事，虽用人未尽足恃，然其下亦有好人。王朗卿方伯德榜亦来，右手虎铃为弹子所伤，未愈，言俄人近向蒙古租地，招直隶山西饿民开垦，自张家口外丰镇厅边界以及阿拉善王所辖之邓口、大中滩、三道河等处，所在皆是，必为他日之患云云。都中所雇舆夫，薄暮皆归。计行七十里。二十五里窦店，四十五里涿州。

十九日庚辰(6月15日)　晴。晓风颇凉，午热而风亦不止

卯刻，发涿州。出南门，十里包子铺。五里忠义店，为张桓侯故里，有张侯祠。五里松林店。五里熨斗店。五里泽畔铺，小憩，涿州、新城分界处。五里平安店。十里高碑店镇在新城县治西三十五里。镇一名驻跸庄，旧有元东平忠宪王安童碑，英宗至治元年立于范阳，采地朔南康庄，明年幸易州还，驻跸于此，孛术鲁翀有《驻跸颂》。五里马邨河。五里三丈铺。五里界牌。新城、定兴分界。五里祖邨店，祖逖故里。五里定兴县,换马。五里小北河,即易水也,有燕太子丹送荆卿处及高渐离击筑处碑。五里北河店木桥方拆以船渡,宿中和店。地即河阳渡也,以在固城之北,故名北河,国初大破逆闯于此,有杨椒山祠墓。河之下流曰白沟,辽、宋分界处,有六郎堤,宋杨延昭守益津关时所筑。计行八十里。四十五里高碑店,三十五里北河店。

二十日辛巳(6月16日) 晴

寅初,发北河。三里三里铺。三里六里铺。四里泥河铺。五里十五汲,有汛。五里尚汲店。先过九汲庄,有唐诗人贾阆仙故里碑。十里固城镇小憩。镇为秦范阳县故城,今讹“故”为“固”矣。镇南石桥有燕昭王黄金台故址碑。五里界碑。定兴、安肃。五里田村,有桥,桥下为鸡爪河。五里麒麟店。五里白塔铺,有濯衣塘,俗传孟姜女浣衣处,萍水流于桥下。十里安肃县南关馆县令合肥李。十里十里铺,有晋隐士刘伶庙碑。五里刘祥店。五里荆塘铺,相传荆卿故里。五里漕河。过河至慈航寺小坐,观卧虎石,在方恪敏祠中,传为恪敏微时卧病处。寺制甚宏敞,有地四十八顷,皆恪敏任直督时合二十四州县之力以成之者。仁和周燮堂司空元理部署其事,故寺南有周官保祠。五里西漕店,过此则云阴渐厚矣。十里徐河桥。徐河,一名顺水,光武追铜马于北平顺水,即此。西山一带,雨脚下垂,电影亦闪之不已。十五里抵保定府西关皇华馆,任升抚道镕以下皆遣持名柬迓于郊外,劳玉初乃宣送《朔方备乘》图表三册。戌刻,小雨。计行一百十五里。六十里安肃,五十五里清苑。

二十一日壬午(6月17日) 晴

迟明,发保定西关。雨后泥滑,舆夫登降颇难。五里五里铺。十里大激店,小憩柳阴之下。以上清苑。五里阎童铺属满城。五里郭村,为郭隗故里。五里汤邨。五里陉阳驿馆。满城令为凤阳何凤五云诰,去春任邯郸者也。幕宾皆劳倦,抵足酣眠,鼻鼾鼾然,余苦未能也。未正复行,五里孟邨。五里太平庄。五里方顺桥。桥在镇中,濡水所经,古曲逆地也。《左传》齐国夏伐晋,取逆畤,或云即此。五里拱辰镇。以上满城。五里高映铺属完县。完,秦曲逆县。五里十五集,小憩。五里良邨望都,为汉昭烈故里。十里抵望都县东关。绕城有水,居人有引水种稻者,坌麦登场,男妇皆出,颇有丰稔之象。望都令为平定黄晓琴庶常汝香,丙子进士,庚午优贡,到店来见,言邑中古泉眼近皆枯竭,无可引之水。左相今春过此,亦以《图经》所载垂访,已具告之矣,言张后洲无子,继子子又无子,继孙皆不能读书,其未刻之稿,今在祁子禾侍郎家。梳头。入夜,黑云四垂,雷电交作。计行九十里。四十五里陉阳滩尖,四十五里望都。①

二十二日癸未(6月18日)　丑正即起,寅初乃雨,两阵而已

黎明发望都,晓气凉爽,欲着轻绵。二里顺城铺。八里戚里铺。十里荆坟铺即二十里铺。闻布谷声,又闻割麦插木声。麦穗短短,苇叶翻翻,大有吾卿陂塘间意。十里清风店属定州,小憩。十里乐庄铺。十里清水河,即滱水也,亦名唐河。北有唐城,相传为尧故都。十余人扛舆而过,车则引之以涉而已,冬有草桥,今已撤。十里抵定州西关,馆行馆中。蜀葵大开,绿莎满地,厅事犹悬劳佩荪沅恩所书楹联,州牧为李璋。十里八角郎。五里孟良桥嘉水所经。五里咬村铺。五里明月店,小憩。有汉光武鸡鸣台址,光武自蓟而南宿此,鸡鸣而去,因名。西望见嘉山。五里三十里铺。五里界牌铺。入新乐县境,有黄石公修道处碑。五里北十里铺。五里北五里铺。五里抵新乐县北关,关外有羲皇圣里碑。自定州以南,道旁添栽稚柳,与老柳相间,数十里不断,为此行所未见者。去春过此,但见剥皮柳树耳。莺粟甚多,连畦接畛,望之烂若列星。新乐城北尤甚,与麦相间,几及十分之四。全家生计,仰给于此,蚩蚩者何足责哉!新乐令济宁张恒

---

① 底本存有两处"光绪七年五月二十一日"记载,另一处内容相较略于此处,文本抄录如下:"寅正,发保定。雨后泥滑,登降颇难。五十里陉城驿馆。满城令为何凤五,云洪驿距城四十余里。又十五里过方顺桥。又四十里至望都。黄令汝香参见,丙子庶常□选省。"以供参考。

吉店小幕中,诸君寓于对门。午后,淡日微风,铺时至夕热闷,有雨象,戌刻被风吹散,风定乃雨。非雨也,青虫打纸窗耳。计行一百一十里。六十里定州西关,五十里新乐南关。①

二十三日甲申(6月19日) 云阴未散,郁热顿增

卯刻,发新乐南关,渡沙河,肩舆而济。沙河一名派河,出繁峙县,由曲阳入县境。南北朝魏主进军新市,慕容麟退阻派水,即此。郜河由行唐县至县西南入派河,二水合流入定州界。二里南五里铺。二里七里铺。八里小寨铺。三里十八里铺。二里同常店。五里马头铺,古莲花店也。过曹河沟,水广才四五尺,舆夫谓之木刀沟,铺有石桥,乃古新市县之南关城壕,明赵令璿濬而栽莲,构店舍以驻行客,因谓之莲花店,今成瓦砾场矣。以上新乐。五里藁城界。五里吴村堡。五里正定北界碑。五里伏城驿正定,即新城铺,馆,旧有先贤闵子蹇故里碑。十里三十里铺。十里北牛铺。十里十里铺。十里正定府,汉恒山郡,避文帝讳,改为常山。唐曰镇州,为成德军治,河朔大郡也。正定太守恭甄甫钧、县令贾叔言嘐彰皆来见。城西南大佛寺,创自隋开皇时,余于癸亥秋随侍先子往皖,过此与石伯平、张文心、姜仲林联骑往,今十九年矣。幕宾今日往游,则大佛中殿适以午后坏圮,寺僧尚惊皇未定也。戌刻,大雷雨,流水成池,夜眠酣适。计行八十五里。四十五里伏城驿,四十里正定府。正定为汉顺平侯赵云故里。

---

① 底本存有两处"光绪七年五月二十二日"记载,另一处内容相较略于此处,文本抄录如下:"昨夜山头电光甚多,雷声隆隆,五更乃雨,两阵而止。黎明发望都,晓气凉爽,欲着轻绵。三十里清风店小憩。又二十里渡清水河。又十里至定州西关行馆。蜀葵盛开,绿莎满地。厅事犹悬劳佩荪所书一联,州牧为李□。未正,行三十五里明月店,小憩。又二十五里至新乐北关,宿。定州境内,道旁添种稚柳,与老树相间,一路不断,为出都来所未见。去春过此,但见剥皮柳树耳。莺粟甚多,新乐城北尤甚。麦已登场,男妇皆出,□谷及割麦插手焉。"以供参考。

二十四日乙酉(6月20日) 阴凉

卯刻,发正定南关,折而西,答拜府县。出西门,雨复,沙路微滑。十里至滹沱河,水面犹浅,向南深可没篙,十余人肩舆而济,复用船达岸,幕友及行李车皆以次济,视癸亥、丙子两度从容矣。滹沱发源山西繁峙县太戏山,由代州崞县、忻州定襄县、五台县、盂县,经灵寿、平山、正定、藁城、晋州、束鹿,会滏阳河,接入子牙河,归淀达于海。或言滹沱旧贯宁晋泊会滏,怡贤亲王导由衡水之焦罔入滏,嗣改由冀州之邵村入滏。藁城以下所经为赵州、宁晋、冀州。昨据恭甄甫云,二十年中滹沱凡五徙,大约相去一百七八十里,其挟沙而下也,沙壅则横溢,故从古无治法,伏汛发时,或漫至十余里,或径抵正定南门下,不过两三日亦即消落,故尚不为害云。十里柳林铺。五里萧家营。以上正定。遥望西南北三面诸山,浓青欲滴,圭棱皆露,惜无人能指点之者。雨后泥泞,避行高原。五里至赵陵铺小憩,府志称为南粤王赵佗葬处,汉文所修治三十六冢以招佗者尚在。府治西北十里,安舍铺获鹿。两崖对峙,中陷深沟,绿树荫其上,车马行于下,人家垒石为墙,如蜂房之攒聚,视滹沱以北,风土一变矣。十里十里铺。五里海山岭。戍台废坏,旁有残碑,匆匆未读。五里抵获鹿县东关。时正午初一刻,县令魏芷汀搢儒,陕西三原甲子举人,保举署篆,与慎斋弟相识。来见,言本邑三水今皆干涸,无从引以为民利,已具图上白。寄阿六三纸,托车行觅便携入京师。计行六十里。三十里赵陵铺,三十里获鹿县。

二十五日丙戌(6月21日) 日长至,晴

卯刻,发获鹿。出西门,舆前用纤如湖南辰州道中。群山当前,或拱或送,盖已入太行山峡矣。约五里至土门口。王渔洋谓"岩嶂蜿蜒相属",即东坡所谓"谽谺土门口,突兀太行顶"也,陶文毅谓"杜少陵《垂老别》'土门壁甚坚',即此"。又三里许过抱犊山,前至郄家庄,为获鹿、井陉交界处。五里梁子岭。五里下安村。五里上安村。五里白石岭,上镌"东天门"三字。石道残破,不可行车,可想见行旅之苦。俗传山西道中四大天门,芾卿言此间碑称始惟有南天门之名,后以地势斗峻,相类者概以天门名之,遂强分西、北、东也,古名白皮关,有赵守将白面将军祠碑。十里微水铺馑自备,有汉淮阴侯设背水陈处碑。绵蔓水自井陉城南东流至此,甘淘河水自平定松子岭北入井陉境,杨庄口等来会之,遂名微水。未刻,渡水而西用船,仍沿水行。五里横口村,居人甚多,莺粟遍野,几不知有庄麦矣。五里北张村。又渡水用船。五里郝邨,亦名西河,有"善桥一道,不许要钱"八字,到处书之,盖亦此间长者事也。五里过峻峰,曰东窑岭。既下而复上,再下则又五里,抵井陉县南关,县令成都叶□□翥遣迎。薄暮,渡绵蔓水,间行至城中,过皆山书院,至学宫而返。绵蔓水即微水上流也,跨水有长桥十洞。居人云,乾隆五十九年,为大水冲去五洞,迄今未复。二更,枕上闻水声,甚怒。徐搢臣遣其仆自伏城驿假马来,行一百七十里,追及于此,言今日可抵获鹿,因与之约会于平定州。南关外有汉丞相田叔、田仁故里碑。计行七十里。五十里微水邨,三十里井陉县。

二十六日丁亥(6月22日) 晴,凉

卯刻,发井陉县,循绵蔓水而行。井陉无车,皆以驴负行季具箱笼,大者用二人舁之以行。五里朱邨。五里板桥邨。五里长生镇。五里龙窝寺。石壁斗峻,村聚荒凉。五里核桃园,关口有"古桃园镇"四字,凡使节过井陉,驺从众多者,邑令皆于此设馆以待,以其栖止之所多于城中也,学试差则皆寓东关。五里有"山西交界"四大字石坊,入平定州境。五里至旧关,城雉蜿蜒,高盘峰顶,两崖雄峙,堡据其中,盖全晋之要地也,一名故关。唐裴度出故关讨王庭凑即此,俗呼北天门。二里甘桃驿,换马。三里固关,有小城横跨山腰,为直隶遣官榷税之所。《井陉志》云:"即古井陉口也。"余谓旧关即故关,统今所谓固关言之,后世强为分别者非,或言古井陉口有二,西则平定之固关,东则获鹿之土门口也。余谓自获鹿土门口至平定、固关,古皆谓之井陉,后世强为分别者亦非。十里槐树铺馑自备。晋省遣官于此榷税,总其事者武陵戴司马,华瑶阶之友也。十里固驿铺。五里柏木井。八里八里桥。二里西天门。遇平定州牧张彬奉檄勘井陉水道，憩于庙中，时方在二十七日缟素期内各省皆以奉到遗诰之日起缟素。五里柏井驿宿。供馔丰洁，行馆穴土为之如高洞然，爽垲而幽邃，兼擅其胜。自入州境后，居民穴山成屋，积石成田，自一二层以至十余层，如碉楼然，高者入天际，飞鸟之巢可俯而瞰也。塍埒分明如浮图，层级可数，细石碎沙，皆资营构，足征工于生计，纤细不遗，其陶唐氏之遗风乎？距柏井二里许，有八叠坂，相传淮阴侯筑寨于此，其地固险峻可守也。候行李车不至。计行七十五里。五十里槐树坡，二十五里柏井。

> 日记中存有杨性农先生代拟《船山书院校经堂碑记》两篇，又杨、郭赠序各一篇，此外详细原委及一切规模，竟无书可征。至于蜀中书院与蜀闱滋事与制军力争一事，更不悉其颠末，日记中似亦未具其事。兹将《使湘日记》三册、《使蜀日记》四册送交，即希转呈孙年伯查阅碑记、赠序，折角处是。不肖辈未能述先君事，略请当世名公撰述志状，而即此二册，亦可略见生平志行也续。湿热未清，时有寒热，胃气又数日不醒，一时苦不能来局。此夏葆堂姊丈著席弟降制读荃稽云。日记内有零星墨稿，求阅者不谈遗失为盛。

二十七日戊子(6 月 23 日)　晴

辰初，发柏井驿。循山而行，怪石当路，危嶂插天，如蚁旋磨，愈转而愈不竭。到处以灰作书，成“小心山水”四字，而途中皆沙石，绝无涓流。三里青玉峡。刊“翠蛟潭”三大字，下有积水，色甚绿。七里桥头邨。五里小桥铺。五里石门口。自此以西，山势渐开，并有可耕之平地。十里磬石村。虽依沙滩而行，无巨石横阻，车行者始知行路之乐。又十里抵平定州，下城西关宿，时尚未午也。以徐搢臣、柯凤孙、王元达未至，行李车亦未到，暂候半日，不复前行。计行四十里。

二十八日己丑(6月24日) 阴

辰刻,发平定州西关,遣马顺出东关迎缙臣诸君。车过"文献名邦"坊,联云:"科名焜耀无双地,冠盖衡繁第一州。"五里黑砂岭,即南天门也,石路新修,其平如砥。福生云,自脊至趾约一千七百步。凭虚阁下,具列捐修人名姓,左恪靖为首。五里义井镇。自此即向滩中行,滩水干涸,惟细石平沙,破碎满路,偶有泉水,亦皆涓涓细流,无揭厉之苦。五里阳泉邨。五里平潭镇。镇旧为驿,今移西关,相传为赵简子城。五里十八嘴。五里赛鱼邨,武德八年于此建,受州治,贞观八年废。十里新兴镇。山势四合,滩路更广,雨水盛时,有候至数十日不能行者,今则如带之水,掷二三碎石于中,即可稳度。五里坡头村。数折而见白塔倚空,舆夫云此近测石镇矣。又五里乃抵行馆,门对高峰,某姓丙舍在其上。镇属平定,以其东距平定,西距寿阳,各五十里,故移盂县芹泉之驿于此,凡使者往来,皆盂令供具。盂城距驿南七十里。酉刻,与芾卿至镇西麦塍中,遥望东来之车,杳然不见,见一骑缓缓来,马顺也。薄暮,缙臣、凤孙、元达皆至,附到阿六十九日家书。访梅还丙子秋间借券一书。计行五十里。

二十九日庚寅(6月25日)

卯刻,发测石驿。十里新店镇。十里张净镇。十里芹泉驿。十里上坡至土岭铺,有唐郧国公殷开山墓。十里过蓝公祠,即教寿阳民蚕织者,遂抵寿阳县东关館。雷声隆隆,云头突起,如欲雨然。县令遣帖留勿前往,恐骤雨落沟无避处,而幕中诸君已先发,不可独留。五里童子河,即曹河也,相传唐李长者过此,群儿迎水旁,因名。至阎家坡,上坡五里至黄门镇。涉寿水,沿崖西行,又上坡五里至青羊岔。五里大树湮。十里清平镇,渡河而南,上坡路渐高。十里至王强铺。下坡十里泰安驿,属寿阳,寿水径此,俗称"太安驿河"。是日无雨,计行一百里。五十里寿阳县,五十里太安驿。

六月初一辛卯朔(6月26日)　晴

卯刻,发寿阳之太安驿,有大石特起,刻“立峰”二字而不署名。又西为韩文公诗亭:“风光初动别长安,一到边城特地寒。不见园花兼巷柳,马前惟有月团团。”盖使王庭凑时所作。上坡十里西岭铺。十里要罗镇,镇踞要罗山,寿水发源处也,山路左右多石。十里郝家沟。五里抵什贴镇馆自备。镇为商贾辏集之区,市廛鳞列,皆倚坡临谷,筑短墙以蔽之,车夫换转轴于此,以三晋车辙较广也。属榆次。七里三岔谷,为西之秦陇、北之晋垣孔道。二十八里抵王胡镇,亦榆次地,县治距此西南十里,太原在东北六十余里。镇多市肆,皆闭门。土人云,米肆七十余家,今仅存其二。梳头。为阿六病,作书致崔惠人,又与阿六一纸,俟便寄京。计行七十里。三十五里什贴,三十五里王胡。

初二日壬辰(6月27日)　晴

卯刻,发王胡镇。驿路平坦,如出谷而迁乔胸境之开拓,回望西北远山,若着黄然,盖云阴晓覆,朝旭斜穿也。十里郭邨堡,距榆次县西门五里。二十里张庆铺。十里永康镇小憩。二村气象甚佳,老柳排立,中有深沟,高门飞檐比屋皆是。十五里为榆次、徐沟交界处。过涂水,土人呼为小河,盖涂水有大小二流,疑此为小涂矣。五六人肩舆而涉,深仅尺余。五里辽西邨,辽西有东西两村,舆绕西村行。十里抵徐沟县西关同戈驿。魏《地形志》谓五水合流“同过”,指大涂、小涂、木瓜、洞涡、源涡五水也,今书“过”为“戈”矣。《左传》:“知徐吾为涂水大夫。”徐沟即涂水故地,“涂”之字转为“徐”欤?徐吾之以人氏其地欤?当可考而知也。县令长山王子铭勋祥来见,似颇能留意农桑者。夜甚热,始见北方彗星长丈余。幕友寓西门内玉盛店,余往视之,闻县令欲来而返,以王胡镇家书托子铭转寄。行七十里。四十四里永康镇茶尖,幕中诸君子有煮饭市饼者。三十里徐沟县。

初三日癸巳(6月28日)　晴

丑初即起,寅初发徐沟县。二十里尧城,有帝尧庙,坊曰“古帝尧都”,相传尧自涿鹿迁此。天色微曙,余尚在残梦中也。十里罗村,则朝阳已照西屋脊矣,烹茗小憩。十里贾令镇,或谓贾辛为祁大夫,镇因以名。五里贾令河,河水干涸,惟一片沙滩而已。十里会善村,有黎国公温大雅墓。五里抵祁县城内行馆馆。县令湘乡程以敬受印工十日而闻丧,余不欲累之也,舆已至店中矣,程令遣人固请,乃去。厅事悬高兆楹屏幅,颇有香光笔意。典史蒋□□出城来迎,余以未具衣冠,辞不与见。汉唐之间,王、温二姓为此间族望,王允、王僧辩、王珪、王忠嗣、王维、温峤、温子升、温彦博、温庭筠皆邑人也。祁扼汾潞之要,故刘元海左部、唐仆固禆将皆居此思逞。明嘉靖时,筑九堡二寨以备俺答,故汾潞以南不被其害,至今村落市聚各建崇墉,如城橹之形,疑犹沿当时遗制,东南诸山蜿蜒不断,西北亦遥作起伏,如护送然,菽麦被野,间植莺粟,丰富之象不减徐沟。城中衣肆、质库甚多。午日炎暑,诸君子各据一席酣卧,逾时始行。出西门二十里为祁县、平遥交界。十里洪善村,茶尖。西北诸山渐望渐远,将退而之北,东南诸山则愈望愈近,冉冉欲至马前矣。尘起眯目,赖有南风披拂。十五里抵仁内铺,有桥,制度坚实,共七洞,桥下无水,皆为麦畦,疑来源久涸,其南有河神庙,其北有堤,今皆虚设。五里抵平遥,城内行馆堂宇恢闳,亚于保定。左厢檐外老槐一株,绿叶满身,垂垂到地,风来甚凉,旅憩得此,眄柯怡颜。已树传有神,扁榜致伙,未审岳阳树精,视此奚若?饭后巡檐,彗星居北,光芒一丈,斜拂东南,漏尽出视,又移而西,更复下坠,时已子正一刻矣。平遥即尧初封之陶,故秦、汉太原郡有平陶,后魏避太武名焘,改为平遥,属西河。此后或属介州,或汾州,或太原,明以汾州为府仍隶焉,本朝因之。县令锡良癸酉举人,甲戌进士颇留意于民事,自入平遥境内,夹道植柳相距仅丈余,亦无种莺粟者。大麦皆登场,比寿阳一带收获较早。计行一百一十里。

初四日甲午(6月29日) 阴晴相间,有风而躁热

卯正,发平遥。十五里良如壁。五里桥头村。五里杜村茶房。五里为平遥、介休交界,从此西行,夹道不见柳树。五里郝家堡,市肆皆闭门。出堡西门，过石桥，为张南镇，有水利同知分驻于此。出镇西门饍自备。五里南张铺。相传下岭后村有李陵墓，陵卒塞外，单于归其丧于长安，至此马不行，遂葬焉。十里邬城店。《左传》："晋以司马士弥牟为邬大夫。"杜氏《释例》："邬城在界休东北二十余里是也。"今谓之五里铺。十里湛泉镇。绕镇外而行，有胜水，涓流不绝。自此以西，大道沮洳，行旅皆觅别径。十五里东石门铺。三里郭有道祠，祠前汉槐一株，大逾数围，腹拥孙株，亦已合把，亭亭直上，亦为数百年物矣。汉槐碑为乾隆庚寅邑令姚江王谋文所立，不知为吾乡何处人。槐旁一亭，竖三贤故里碑，谓洁惠侯介子推天禧元年诏封、有道先生郭泰、宋文潞公彦博也。入祠谒像，傅青主颜"清妙堂"三字。祠前隶书蔡文两碑，一为青主书，一为郑谷□书。傅有跋两行，余在碑侧，碑阴吴省钦祠前汉槐七言古诗。祠后为墓，居民方刈麦其侧，绵山环抱，左右皆田，为之留连者久之。二里抵介休县西关。成都将军恒诂亭训挈眷入觐，寓于行馆，县令归安吴匡留四胜店以馆余。郁热，有云而无风，二更雨。诂亭以教弟名柬来候，余亦以柬报之。是日行八十里。

《职官志》："王谋文，山阴贡生，乾隆三十三年任。"《官迹志》："明敏练达，不避劳怨，县有巨猾吏某，积久不能治，莅任月余，即械送于省，一邑肃然。禁丽服，黜游民，缮城浚濠，修复书院。在官四年，以忧去，民祀于绵山书院。"碑题《姚江志》称山阴，疑志不足据。

初五日(6 月 30 日)

晓间密雨，吴令遣人留行，已诺之矣，而雨止。闻成都将军欲为一日之留，余不可以再扰。巳正，行十里至西石门铺，而雨复至，舆夫皆欲返城，余不可。十里至义棠镇，雨止。十里冷泉关，即《水经注》"冠爵津"也，又名雀鼠谷。十里崔家沟。十里两度镇饍，时已申正矣。东岸即介子推庙,不及往。十里索洲镇,天色已暝,张灯而红。二十里抵灵石县书院,县令李汝霖出郊来迓。

初六日(7月1日)

寅正,发灵石,出城即上坡。五里裴家峪,闻汾河声甚大。又五里坡底镇,过溪水,复上坡。行学及宾礼车塞于山趾,觅路绕行。山路斗峻,乱石错立其间,舆夫邪许相助,喘息仅属,数步辄止。五里竹竿坡。五里至韩侯岭,祠墓在麓,余方假寐,未之知也。下坡五里至郭家沟,有关侯庙桥横其下。过桥又上坡,约十余里至仁义铺驿馆处。庭有蜀葵十余枝,方作花。幕宾以车不得上,皆步行。芾卿最先至,凤孙、元达、福孙、葆堂次之,缙臣又次之,瑶阶与车俱至。酉刻,雨。

初七日(7月2日) 晓晴

发灵石之仁义铺。十里逍遥岭。五里老张湾暂憩。五里白水。十里师庄馔自备。十里内郫。五里北坡。十五里霍州。计行六十里。

初八日(7月3日)

卯初,发霍州。拂晓,谭直牧送于西郊,立谈久之,始行。过石桥,入山峡,复见汾水。五里坛底镇,有桥,桥下𣶏水。五里銮铃铺。五里南坡底。五里辛置铺,地势平旷。又五里为霍州、赵城交界。复入峡,行五里益昌铺。十里卫店。五里窑子镇,地渐平。五里赵城,有赵简子食邑碑、蔺相如故里碑。五十里至赵城西关店中自馔,赵城令不送席。未正行,一望青葱,皆水田也。五里登坡,行汾河中。沟水决决,引以植禾,大有吾乡风景。车马皆于坡下行,不出知也。十里王开铺。十里国士桥小憩,此后即在平地行。又十五里抵洪洞县东关行馆宿。自赵城至此,村落相属,树阴不断,惟衢路沮洳耳。洪洞令□□□遣人来候。

初九日(7月4日) 寅刻小雨

卯初,发洪洞县,云厚而风甚凉。十里左壁村。二十里至杨曲镇小憩。过皋陶墓，即沿汾水行。农家夫妇皆剥罂粟以取浆，接畛连畦，几田禾麦。西北一带，地势较下，山色转青。约二十余里至高河桥，下有涧水，瀌瀌细流。相传秦杀晋公子圉于高梁，即此。十里抵平阳府城。城外营垒新修，无戍卒，想已调往山海关矣。入镇朔门，至高升店，时方午正也。平阳守林藹人凤官、临汾令李□□遣帖来候，轿车未正始到。

初十日(7月5日)　昨有小雨，晓间淡晴

卯刻发临汾，有仓颉造字处碑。往大云寺问吴道子画，已毁于癸丑兵燹。十里岔口，南风甚凉。五里尧庙。尧陵在城东七十里，土人谓之神林。五里大韩铺。五里为临汾、襄陵交界。五里灵伯铺。十里张林铺，余残梦方醒。五里赵曲镇，王渔洋奉使时于此住宿，距襄陵县东南三十里。舆人小憩。五里荆邨铺，傍汾水行焉。舆中遥望，去路渐低，远山若可平视。八里过柴邨，为襄陵、太平交界。入箕山行，又二里至史邨，时方午正也。驿本在蒙城，属曲沃，以与住马相连，移置于此，属太平，距县治四十里，馆宇宏敞。过行清苑、平遥两县，幕宾别寓客店，行李车三两，皆自杨曲镇追到，犹余一车未到，今日云抵洪洞也。今为星陔先生之侄名文庆军功得官。今日舆夫较好。

十一日(7月6日)

卯初，发史邨，留刘玉候行李车。十里阎店镇，过古义士桥，即豫让桥也，太平南界牌。十里蒙城驿，为曲沃地。十里北辛店，多辛氏墓道。五里北封王邨。五里高显镇，行馆饘。自史邨至此，皆行崖谷中，距曲沃三十里，署令历城茅丕照此往翼城监收仓米，遣人东候，其三弟昶照己未齐年生也。五里高阳村。五里杨村。十里郭马。五里西庄。东南一带山，愈行愈近，皆绛山也，其北为直陉山，《穆天子传》所谓井隆者是也。五里侯马驿行馆宿。张和五坊以驿当汾、浍之交，与韩献子汾、浍流恶之言合断为新田在此面。以今治为申生所居之新城，以今治西南数里，故诚为春秋之曲沃。作考证二篇，言之甚详。

十二日(7月7日)　晴

卯初,发侯马,过浍水桥,水广仅三尺许。五里上马郇。三里史店。二里驿桥郇。峰峦遥合,林木错列,至此遂渐行峡中。五里隘口镇,升降者再始傍崖以行。十里兰德镇。五里裴柏郇,顾亭林尝作记于"国之不可无世家"叹息言之,盖以李建泰之不及践其言也。十五里至东镇馆。镇之东北为董泽,即董父豢龙之所,裴晋公湖园、赵贫翁董泽书院皆在此。而镇北所过之问店、姚郇、中庄等处,比屋颓坏,或坚整自若,而阒其无人,往往穿寨以行,不见一人,盖皆死于丁丑大侵时矣。田亩草莱皆未开垦,当日情形可想。五里川口郇。五里冯家庄。偶见荷池,有含萼欲舒者。十里十里铺。十里过涑水,至闻喜县东关行馆。署令归安朱子若光绶迎于郊外,又到馆相见,本缺□□,知荒地未垦,尚有二千余亩。晚,谒裴、赵二公祠。

十三日(7月8日)

平明,发闻喜,进东门,答朱令。出小西门,过桥。十里宋店镇。十里郭店镇。五里为闻喜、夏县交界处。五里义门堡。十里涑水镇自馆,镇俗呼"水头",距县治三十里。午正,过古涑水头石桥,有宋太师司马温公故里碑。十里岔口。五里为夏县、安邑交界处。晨间所见左边之山仓行行入其中矣。五里王范。风意微微,无云而热,与缙臣小憩柳树下,有晋卫瓘墓。又西有卫玠墓。过龙亭侯蔡伦墓碑,又过蔡伦沟。十里将军庙。十里张村。五里李村。至池边柳树下小憩。池有泉眼喷珠而上,田间伏兔甚多。往柳外遥望,中条山斜阳,美不可收。五里抵北相驿行馆,镇中□□甚敞,西距县治三十里。自入安邑界后,村落渐密,树阴不断,田畴之间,亦皆开垦。苜蓿连畴,小蝶升飞,鹧鸪乱啼,村童叱犊,馌妇披绵,一洗平阳以西荒凉气象。邑令固始赵□□迎□。计行九十里。

十四日(7月9日)

卯正,发北相。枣林夹道,舆行其间,笏□持拂,格砾有声。过虞舜陵坊，约十余里，过乔阳汛。又数里为安邑、猗氏交界处。五里李汉。十里牛杜镇。市肆稠密，间有闭门者。出西关镡，为唐三世宰相张嘉贞延赏宏靖故里，时方辰初也。未初，又行五里为香落镇。十里祁任塘。五里祁任村。五里水头塘，为猗氏、临晋交界。五里城东村小憩。有桥，旧为涑水所经，今已艺高粱其下矣。壁间有乾隆二十一年碑记、十九年重浚涑水与州县绅民约束条目，甚具，不知何日能复此旧观也。午后无风，夕阳正射舆中，蒸热殊甚。十里樊桥驿。驿馆后一小亭，南眺中条山，如在几席。僧寺□钟，农畴□来，晶月忽泪，凉风徐来。夕饭后，复与诸君子月下久坐，恍似池阳舟中看九华山时也。驿西有戍垒，阒其无人，想已赴防山海。旧有司空图故里碑，未之见。行李车到齐。

十五日(7 月 10 日)

卯初，发樊桥驿。十里椿阳镇。十里七级镇。俱不寂寥，朝日东升，无风而热。五里为临晋、永济交界。五里古城屯。二里白铺小憩。有古东信昌额，壁间贴杀狼告示，得母狼十二千，小狼六千。十三里高市镇，房屋无一全者，亦不见一人，有古东维那额。五里吕芝，时已午正矣。酷暑熏蒸，汗流不止，诸君有至申初始到者，盖舆夫不识路故也。途径喇嘛僧，自西藏入贡，从骑甚众，旗标奉旨朝贡，囊橐亦乎。昨今两皆并中条而行，昨日似在二三十里之外，今日则愈行愈近，不过三四里矣。申正，行十五里见南坡隆起，寺踞其巅，一塔凌空，遥相辉映，则已至坡底镇矣。循麓西行，即为驿馆。谢星斋太守、黄晴川大令皆于月下先后来候，星斋送乡味回。种夜，南风甚大。

十六日(7 月 11 日)

丑刻，发坡底。十里薛冢岩。七里韩镇。八里辛店。皆傍山麓而行。遥望太华，白云栖巅以下，苍翠朝露，如屏风高列。右顾平田，渐远渐洼。十五里上源头。八里常旺。七里匼河镡。升降桃花坡。十里有行旅会馆。又进坡下坡，五里风陵渡。行山西境，一千四百二十里。渡黄河，抵潼关，进东门，至西门行馆。喇嘛方居大公馆，邑令以在偏相待。寻管香观察及□□□州牧皆来见,午馔后答拜。在管香署中小坐即行。五里新满城,雍正二年建,乾隆二年撤。五里吊桥,有汉大尉杨震祠墓。天色已暮,圆月出于太华之巅,左沿华麓而行。十里泉店铺。十里阳化铺。五里太华镇。华阴令徐一鹤来候,约明日游玉泉院。

十七日(7月12日)

黎明,登华岳庙万寿阁,望落雁、玉女、仙掌诸峰。北顾河东中条、首阳诸山,河、渭二水,萦绕其中,诚大观也。庙中无树,皆毁于贼,惟秦柏一株尚存。庙西青牛老树,枯立不烂,筑短垣拦其外,旁挺一树,如保护然。出庙门,见徐一鹤来,同饭于行馆。出镇南行五里至云台书院,流泉淙淙,汇成一池,即玉泉也。又一里许至院,何道士引游希夷睁岩。岩之玉泉,流绕而下,掬而饮之,甚甘。下过希夷遗冢,至石船,憩垂忧亭。风来甚凉,惟平畴漠漠,游气蒙之,不能望远。院中亭榭,皆墨秋帆抚关中时创造,回廊曲榭,古石平台,至今如旧。后为大观亭,为院之最胜处。亭后大涧,即上山道也。日景已午,不能复历婆罗、青柯诸坪。返至第一山庄小饮,徐一鹤携其二子同坐。未刻,登舆行。十里长城铺。十里新庄铺。十里敷水铺。十五里分界铺,为华阴、华州交界处。五里柳子里。五里莲花寺。五里罗纹桥。十里华州。过汾阳王祠,进东门行馆。华州牧□□□来见。

十八日(7月13日)

发华州。出西门十里西溪堂。西北二里许土人称杜墓,即子美谪华州司功时所题游春亭旧址。十里泉水铺。七里赤水镇。三里赤水铺。十里西阳铺。缘径山坡行,傍渭水。十里渭南县。县令汉阳□□□迎于郊外,皆行馆馔。闻游汇东自蜀臬迁大京兆,于昨夜行抵□山,午刻挈眷抵此,临别话许,以去程尚有八十里,别之。而此出襟湄门,渡万里桥。十里张村铺。五里良田坡。五里杜化铺。五里城店铺。五里零阳铺。渡零水,有石桥。五里零口塘,为渭南界,行馆甚新,沈令□施以工代账建之者。十里戏河铺。十里新丰,即汉□

王新丰市也。十里阴盘古县。十里临潼县，沈家祯迎于郊外。出西门，馆于骊山环围，即华清宫故址也。登涉竟夜，日出始寝。

十九日(7月14日)

昨夜抵环围，至黎明就枕，熟寐片刻而醒。晓日炎炎，出汗不止，就浴鉴轩汤泉，即在贵妃塘之左。未正行，进南门，出西门，沈筠轩送于郊外火神庙旁。过韩峪桥，有道光十九年碑，桥下无水。十里斜口镇，为唐太尉段秀实故里。五里地窑子，临潼、咸宁交界。五里邵平店，店北有唐懿宗王后安陵，即生昭宗者也。五里豁口村。五里灞桥，桥身甚长，水流甚细，尖于桥西行馆。绿柳依依，想见唐时离亭饯别皆于此。赵又铭观察联云："古今同此销魂地，来去应多觅句人。"语意浑晓。十里浐水铺，即十里铺。暮色已合，张灯而行。十里至西安省城。入北门，又六七里，抵粮仓市粉巷行馆。

二十日(7月15日)　晴

咸宁令周煦生曜东、长安令陈小莞来见。与轩方伯足疾，遣东来候。申刻拜客。

二十一日(7月16日)　晴

刘树人太守来，芸泉同年子也。西安守李觉堂亦来，知张孝达师已擢阁学。严六希之父名恩来。沈惠田廉访来，言幼随其父官蜀，又随之奉天十二年，十八岁回南寓上虞妻家陈氏者数年，官归安训导十年，又官温州教谕，在周开锡幕中，随之入闽，又随左相入陕，历官今职，平湖虽故乡，未得久居也。巳刻，吊展云前辈妻丧，送素幛一分。展翁自言到此一年，官场浮滑，习气颇为一变，方伯详慎廉访能书一言，是以相助。去年全境丰收，今年麦收二三成、六七成不等，大率十成之五日内又望雨矣。永定侯吕铭□随其父凤翔令回省来见。盐道常五元、粮道善星源来，星源，文孔修年丈之嗣子也。中丞馈物，受茶笋。沈吉田、刘树人皆送菜。

二十二日(7月17日)　晴

汤鼎铭来。刘树人来。至府学碑林观石经。

二十三日(7月18日) 晴

访王与轩方伯,晤。善心源来。夜,大风自西北至,疑他处得雨。

二十四日(7月19日) 阴,有风甚凉

装驮子各处辞行。晤善星源,购《开成石经》一部。发家报,有阿六、大兄、光甫各一纸。

二十五日乙卯(7月20日) 微雨初过,凉意飒然

卯正,发西安,出西门,有井养不穷碑,城中皆于此汲水而饮。各官遣人柬送侯生昌铭,送于火神庙。三十里至三桥,所谓中渭桥也。水徙桥圮,有卖饭者数家。十七里渡丰水,新支木桥填土其上,俗谓之三里桥,言距咸阳城三里也。三里至渭水,以船渡,船大而方,坐舱中望终南山,翠色淡抹,微带晴云,幕中诸君皆联励而至。抵西岸,即咸阳县治,县令严少云书麟郊迎,舍于东门内行馆。天气又热,少云约元达、缙臣、风生至署小饮,云有唐武后母陵碑六七段在县署,尚未拓得。丙子年新出土者路闰生桎华馆亦在署中,旧额尚未坏也。亥初,地震,灯烛皆摇,俄顷而定。计行五十里。

二十六日丙辰(7月21日)

卯初,发咸阳,出西门,凉意袭人,残梦待续。其出西北门者,由秦入陇道也。右顾北原,隆然而起,周汉陵墓,累累相望。左望终南山,则突兀撑空,仍迤逦不断。二十五里至马跑泉,泉有两眼,皆以砖甃之,而规其外,西泉如大圆镜然,寺踞其后。由此以北,居人凿井甚密,农圃皆资以灌溉。二十里至高店寨,犹见古墓巍然,棋布星罗,不辨谁氏。又五里至兴平县,过秦五女墓,入城,抵西关行馆,时尚未午也。伏羌王权来见,言一井之水,竭终日之力,仅能溉灌亩余,农人皆以为苦,故日来急盼一雨,以顾声雷。所纂志见示,附自著《士女续志》一册。薄暮有风。计行五十里。作书致咸阳严令,索县志:

少云仁兄大人阁下:

道经贵治,获挹清光,广厦嘉肴,淹留一昔,感慚交并。今午行抵兴平，欲假《咸阳县志》一阅而不可得。尊处如有印本，便乞邮寄一部为盼。专肃陈谢，祇请升安。弟朱逌然奉。廿六日。

二十七日丁巳(7月22日)

寅初，发兴平，林风未息。五里五里铺。五里板桥铺。二十里黄山，北原起伏，人家栖缀其下，殊有画意。前为马嵬坡，有杨贵妃祠，许仙屏督学使率属重修。墓在祠后，诗碑嵌置祠壁，而无随围之作，诗舲尚书诗为明皇解嘲，特为合作。十五里东扶风镇属武功。时交辰初一刻，淡云翳日，凉似深秋。抵镇后，雪消日见，微有热象。自经马嵬坡之后，南原亦隆起，与北原相似。四十五里下东原而行，过漆沮，官渡水浅而狭，横架片板以过，遂抵武功县。县令汉军小亭文麟迓于城外，以《对山志》见赠。县城倚雍原，半在山原，半在平地，民居鳞列，老树甚多，有姜嫄庙。文小亭先人本李姓，以汉年隶内务府，专办苏州缎匹，自康熙时即家阊门外二百余年，至咸丰丁巳粤匪之乱，遂回京，不复到苏矣。

二十八日戊午(7月23日)

寅初，发武功。十五里为武功、扶风分界处。十五里杏村铺，扶令设茶于此，以晓凉不停。初阳照林，村聚郁然，阡陌之间，已多人语。又三十里至扶风县，县属凤翔府，邑令孙笠庄郊迓。其父晋墀，以检讨奉旨分钞《朱子全书》，得山西学政，满任后，年老畏大考，又以道员捐指山西也。笠庄云："伏波子孙，至今犹盛，惟班氏无可考。"午馔后，出西门十五里至伏波铺，文渊葬处也。又十五里益店镇，属岐山，岐令设茶于长春酒肆。畏景正中停车小憩，市人趁集，至晚未散，与芾卿、伯缙闲谈久之而行。过马洞沟，十里龙尾镇，唐凤翔节度使郑畋破黄巢于此，民居稠密，亚于益店。过鲁班桥，十里砚瓦沟，过五丈原碑。又十里抵岐山县，县居岐山之阳，自今日扶风道中，右顾诸山，起伏不一，迤逦以至以西北者，皆岐山也。凤皇山有周公祠，不得迂道一访。岐令银洋胡郊迎，言蜀中试事弊窦甚详，以仁寿元年舍利塔拓本见赠。是日,计行一百二十里。余患腹痛,并建神曲饮之。

二十九日己未(7 月 24 日)

卯初,发岐山县。十里尹家铺,为岐山、凤翔交界。十里横水铺,有廛市,凤令设茶于此,以趁凉速行,不停舆。右顾岐山,左顾太白,近翠遥青,夹道相送。十里光瑶铺,岐山迤西之山,冉冉移近,且横在舆前矣。十里审平铺。十里抵凤翔府,太守、参将、邑令及经历、县丞、典史皆迓于东关外。关外石路宽广,五里而抵东门,廛市无存,瓦砾满道,盖自同治时狪迹之乱焚毁所致。午刻,抵行馆,馆为粮道署,自粮道移驻西安,改为使节暂驻之所。永定侯韵轩明府鸣珂于今年重葺,轩槛焕然,气象亦颇疏爽。申刻,与太守、邑令同游城东东湖,东坡先生《签判凤翔八观》诗中之一景。荷花盛开,间以菰叶,烟柳数十株,皆高至数丈,石桥平堤,明窗曲槛,皆完整。遥望终南诸山,隐约可数,诚为郡中游观之最。惟湖泉二源,一为凤皇泉,一为龙王泉,自近日雨泽稀少,农家皆截流以灌溉田圃,不能分润于湖,故湖水皆涸。官斯土者,已定明日于城隍庙设坛祈雨矣。湖西有苏公祠,尚未修复也,狪匪围府城数月不解,此湖皆毁于兵火,蔡植三兆槐太守莅任后,为重修之,故能稍复旧观云。东坡《九日独游开元寺怀子由》诗,原刻在扶风县署,翻刻一石,庋置湖中。薄暮入城,夜闻雨声。太守贻东坡诗画石刻。太守方其正,银洋拔贡,号直卿,邑令史□□,永兴廪贡,号□□。

三十日庚申(7 月 25 日) 夜得微雨

黎明发凤翔。出南门,凉风拂帘,纤尘不起。十里指湖铺。十里乱冢铺。十里连郇铺,与宝鸡交界。遥望陈仓诸山,苍翠插空,南与太白诸山争雄竞起,峰峰出云,萦青缭白,奇丽谲诡。其西南一角,则一白无际,烟水相交,则汧水入渭处也。自此即在周原狭道中行,如箭离弦,如丸走坂。周原北连凤翔,东通岐山,西临汧水,南环渭川。约行十里经石鼻寨,孔明围郝昭于陈仓,筑之以拒魏兵者,有利民渠碑。水道已涸,又升原而行,望见周原尽处,林居成市,别成一原即西平原，迤逦不断，送者云此底店也。下原涉涧，泉流散布，阡陌纵横，揭衣以渡者十余处，皆汧水支流也。农家穴原以居，皆引汧以溉田种稻，无异南中。《水经注》："水出汧县之蒲谷乡弦中谷，为弦蒲薮。"东北为鱼龙川，又东会吴山水，水溢后空，县波侧注，北流注汧，汧水又东经隃麋县故城南，又东流入于渭。《省志》："汧水南径凤翔县西界，又东南入宝鸡界，至底店入渭。"巳刻，抵底店行馆，雨亦至，馆后雨止。傍原而行，十里萧村铺。十里东濠铺。过古陈宝祠，今为祀鸡台。十里西濠铺，过陈仓故县。五里过金陵河。河出吴山，至陇州县头镇与柴川水合，南流至分界沟入县界。又南三十五里至金陵店，西折入渭，今河水已涸。过河即上陵原而行，五里抵宝鸡县。宝鸡，唐县名，本朝因之，属凤翔府。《唐书·地理志》："至德二载，改凤翔县为宝鸡县。"《周书图记》："隋大业移陈仓旧理于渭北留谷城，即今县也。"《周书·高祖记》："天和元年，筑武功郡斜谷、武都、留谷、津坑诸城，置军人，是时已筑城于此。"前渭水，后陵原，左金陵，右玉涧，面波千顷，目秀万峰。县北之山自吴岳来，其西四十里曰佛岩，二十里曰长坡原，二里曰紫草原，直北曰陵原，其东五里曰幡龙山，十里曰虾幕原，十五里曰西平原，东北二十里曰贾郇原，东三十里曰周原，东北四十里曰白荆山，五十里曰马迹山，七十里曰磨性山。县南之山，皆自秦岭来。终南一山，首联羌陇，尾幡商雒，左渭右汉，北雍南梁，漓骆悬车，褒斜绾毂，类皆由间道以出奇，亦可因地形以设险。古以关中为天下之脊，实以终南为关中之脊也。毛仪诗云："山亘东西远，水分南北流，北连秦晋带，南送荆吴舟。"百十里曰锦绣山，九十里凤皇山，六十五里煎茶坪，六十里曰瀑布山，五十二里曰大散岭，五十里曰大王山。山为观音堂南屏，东连一岭稍平，即和尚原之脉也。八十里蛇山，四十里曰和尚原，原在县南六十里，大散关之东，由上神岔入山，逾大王岭，涉东峪河，至原三十余里，其形边仰中凹，广袤约有千亩。二十里曰戬社山，十五里曰八角原，南连县头岭，西北临渭河，形有八角。曰县头岭，曰三凤山。直南四十里曰天台山，二十五里曰禅堂山，曰中岩山，十八里曰诸葛山。在益门山东，尝据得铜砖刻风雨篆文，有武乡侯诸葛亮制字及铁蒺藜等物。十五里曰益门山。即秦岭北麓之峪,凡有事梁益者,必取道于此,故名。十五里曰石鼓山,四十里曰八鱼原,五十里曰九龙山,曰远门山,五十五里曰草坪山,六十里曰石塔山,曰香岩,七十里曰陈仓山,曰雪台山,八十里曰响静山,百二十里曰石楼山,曰八盘山,一百五十里曰分水岭,百八十里曰青峰山,百九十里曰玉皇山。其一曰渭北之水,曰陆川河,曰硖石河,曰流玉涧,曰金陵河,曰娑罗泉,曰三叠泉,曰武城泉,曰汧水,曰萧郙泉,曰安坡泉,曰西高泉,曰东高泉。渭南之水,曰仙灵峪河,曰杨家河,曰晁峪河,曰小宁河,曰大宁河,曰塔河,曰姜水,曰蒙峪河,曰瓦峪河,曰石坝峪河,曰龙山河,曰茵香河,曰清水河,曰八鱼河,曰马峪河,曰洛谷水,曰箕谷水,曰成道宫水,曰磻溪河,曰毛家河,曰八庙河,曰东沟河,曰沙口河,曰瓮峪河。秦岭以南之水二:西七十里曰冻河。即《水经注》:"浊水谓之故道水,盖嘉陵江之支源也。"东南百五十里曰虢川黑龙泉。《水经注》:"褒水出衙岭北山,东南流径大石门,盖黑龙江之源也。"邑令桂林况伯海瀚己未举人新于廿二日接印,寓书院中,来见。

七月初二日壬戌(7 月 27 日) 迟明雨止

发黄牛堡,循道故水滩中而行。

初三日癸亥(7 月 28 日) 晴

早发凤县,出南门,即跻凤岭之麓。逶迤而上,石磴数十转,始达其颠。上有阁道,北额南天门,南额去天尺五。张诗舲联云:"万山争地立,千骑送上行。"回视傍城诸山,低如部娄,白云滃然,起于涧谷,始知所历之高。南面众峰环抱,未能远览。循山而下,十五里新红铺,有"心红峡"三字。涧水淙淙,随山曲折,下注至此。峰峦奇丽,如万丈锦屏,似向在西江道中见者,析津朱闻圣摩崖刻"幽丽奇处"四字。十五里过高峰坡,至三岔驿。两峡微开,驿路夷坦。巳刻,食于皇华馆中。未刻,行十里至废邱关,野羊水自紫柏山之柴关岭北流至此,与新江铺水合流。西南六十里至灵关峡,入故道水,有亭翼然,额曰“汉南锁钥”，其南陵阜特起，疑即故关遗址。自此经椿树梁、驷马桥，左傍岩腰，右沿野羊水，乔松长柳，岩岫蔚然。居人引水艺稻，沟渠相间，杂种苞谷，结实累累，树下风来，石间泉落，旷然有江乡之思。行二十里，果林夹道，或樊以园。又五里抵南星镇，属留坝，候吏，至暮方至。与瑶阶、芾卿行阡陌中，俯弄羊水，远眺落霞而归。田农盼雨甚渴，云麦收叹薄，惟望秋成耳。

初四日甲子(7月29日)　晴

黎明，发南星。三里黄家坝。一里古陈仓道口，有碑。汉王二年举兵东出陈仓，此陈仓为今宝鸡也，而汉王由故道出陈仓则必经此。一里连云寺。十五里榆林铺。七里松林驿。十里高桥铺。一里为柴关岭之麓。紫关岭，紫柏山之东峰也。《华阳国志》：“梁泉县东北八十里有紫柏坂。”《太平寰宇记》：“紫柏坂，一名龙如山。”《周地图记》云：“其山两头高，状如龙形，故以为名。”树多紫柏，两面崇冈，中通一线。[①] 七里过连理亭，树萎而碑犹存。二里跻其颠，下坡。七里为留侯祠，即在紫柏山椒，为栈中第一名胜，相传为子房辟谷处，与洋县子房山、徽县留侯洞谰语相同，疑即汉时天师堂遗迹。《水经注》云：“沮水西山上有张天师堂，于今民事之。沮水者，今沔县之白马河也。”道藏《张天师世家》：“其始祖为留侯，九传而至张道陵。”祠为康熙时汉中守滕天绶所建，道光中后复增修客舍，筑亭凿池，杂莳花木，遂为使节往来憩息之所。道士了还导游第三洞天，观壁间诗石甚夥，一水自柴关岭来，一水自紫柏来，夹祠而流，至村口合为一涧，即野羊水之源也。未刻，出祠而南数武，即为庙台子，皆卖饭家。自此沿羊水而行，石壁飞动，泉声甚壮，似有灵仙往来其间，崖刻“翠屏仙隐”四大字，亦万历间褒令朱闻圣书。道旁安罗树一株，枝叶扶疏，大逾合抱，有神户之香火不绝。七里枣木栏，水碓自舂，稻田相间。七里桃源铺。十里乱石铺。四里芥菜沟。四里青岩湾，四山合沓，若无路然。忽有石壁对峙如门，中

---

① 有七十二洞，八十二坦，历代栖真者复多开凿，今皆百数矣。

通一线,下有碧溪,清澈可鉴,崖刻“碧镜青莲”四字。二里小留坝,岩穴有泉出焉,过之者呼为龙王泉,竞以手掬饮,停车小憩。十里留坝。厅城留坝,自乾隆十五年移汉中水利通判驻此。三十年,始分凤县地为厅,职抚民。三十九年,改设总捕水利同知,兼理驿务。嘉庆五年,龙万育始筑土城。十一年,巡抚方维甸奏请移建今城于太平山城内,山居其半,官廨、兵房居其半,民与商旅皆居城外焉。署厅谢一卿,四川新都人,言昨夜柴关岭至枣木栏一带得透雨,城中无有假观。善化贺仲瑊所定厅志,固始蒋湘南笔也,一图、经纬一、疆城一、厅城一、十三里一、道路一、厅境栈道一、厅署一、紫柏山一。一表、记事、沿革、职官①。一志、土地、山川、田赋、祠祀、兵防。一传,官师、列传、选举附。而以自序终,做《华阳国志》焉。别编《足征录》,一文征、一诗征、一事征、一异征,亦以一序终之,用《永清县志》例也。

初五日乙丑(7月30日)　晴热

晓发留坝东关。二里小桥沟。二里石壁子沟。一里大滩。山环两岸,中有平沙崖,刻朱闻圣“豁然平旷”四字。

陕西省,二十里三桥,三十里渡河,咸阳县,二十五里宿马跑泉,二十五里兴平县,三十里宿马嵬坡,十五里东扶风,二十五里韩店,二十五里武功县,十五里宿任马,十五里杏林,三十里扶风县,十五里伏波镇,十五里益店,十里龙尾沟,二十里岐山县,二十里宿安家渠,二十里第五村,十五里油坊村,二十五里底店,三十里宝鸡县,十五里宿,渡渭河。益门镇,十五里入栈道杨家湾,十里二里关,十里观音堂,十五里煎茶坪,五里东河桥,十里江龙沟,十里石窑铺,十里宿黄牛铺,十五里长桥,十里红花铺,十五里草凉驿,十五里五星台,十五里白家店,十里王家台,十五里柳树湾,十五里宿凤县,十五里烟堆沟,十里凤岭南天门,十里新红铺,十五里三岔驿,十里废邱园,十五里金沙湾,十里宿南星,二十里榆林铺,十二里松林驿,八里高桥,七里柴

① 职官用隋代官序录法,以年为经,合文武为一表。

关岭，八里庙台，八里枣木栏，十七里乱石铺，十里桃园铺，十里宿留坝，十里画眉关，十里青洋驿，十二里八里关，十里武关驿，三里武关河，五里铁佛殿，十里飞仙沟，十里武曲铺，二十里宿马道，二十里青冈嘴，二十里青桥驿，二十里宝寺铺，十七里将军铺，十里鸡头关，二里白石土地庙，五里宿褒城县，二十里老道寺，二十里新街子，十里黄沙驿，二十里过河旧州铺，十里菜园子，十里宿沔县，十五里土关铺，十五里沮水，十五里渡蔡坝，十五里青羊驿，十五里桑树湾，十里宿大安驿，十五里站隆垣，十五里宽川铺，十五里五丁关，十五里滴水湾，十五里五里坡，五里浣石铺，十五里宿宁羌州，十里磨盘石，十五里洄水河，十里牢固关，十里黄坝驿，十里关家坡，五里七盘关，五里入川界宿教场坝，十里转斗铺，十里中子，二十里神宣驿，十里龙洞沟，十里杂角铺，十里宿 朝天镇，十里朝天关，十里楼房沟，十里新店子，十里沙河驿，十里飞仙关，十里大塘，十里小塘，十里须家河，十里千佛岩，十里宿广元县，二十里皂角铺，二十三里榆钱树，十里渡江昭化县，十五里天雄关，五里牛滚荡，五里新铺，十五里宿大木树，二十里七里坡，十七里剑关，三里剑门，十五里青树子，十里汉源铺，十里石洞沟，十里抄手铺，二十里宿剑州，十里青凉桥，十里梁山铺，十里讲书台，十里柳池沟，二十里垂泉，十五里武侯坡，五里宿武连驿，十里瓦子垭，十里演武铺，二十里上亭铺，二十里大庙，十里送险亭，十里出栈道，宿梓潼县，二十里板桥，十里石牛铺，五里罗汉桥，五里宣化铺，二十里魏城驿，十里铜瓦铺，十里沉香铺，十里蔡家桥，十里坑香铺，十里滥泥沟，十五里渡江，宿绵州，十五里石桥铺，十五里皂角铺，二十里新甫，二十里金山铺，十五里大井铺，十五里宿罗江县，十里白马关，十里黄许镇，三里孟家店，十里牛耳铺，十里宿德阳县，十里竹林铺，八里荷沼桥，十二里小汉桥，十里白鱼铺，十里汉州，二十五里彰化镇，八里唐家寺，十七里宿新都县，十五里三河场，五里天廻镇，二十里成都府。

黑河，即沮水也，一名沔水，源出紫柏山两谷中，西南流径光化山,而光化山沟水注之,又西南至铁炉川,菜子沟岭水西注之,又南入沔县境,下流合漾水,东流为汉。紫柏两谷,即汉老之狼谷也,唐宋顺政县,即汉沮县地,今厅西北境兼有汉沮县、唐宋顺政县地。

留坝一里,旧城多民舍,城以外为东关,商贾集焉。一里小桥沟,二里石壁子沟,一里大滩,山环两岸,中有平沙,万历中褒令朱闻圣题“豁然平旷”四字。五里登画眉关,有宝莲寺,关东西皆羊肠一线,石磴迂回,亦天然险阻也。十里青洋铺,二里青洋河,广逾武冈而深不及之。二里登新开岭,皆凿山以成者。下岭数折,五里青龙寺,二里上八里关,山谷四拓,原隰平旷,水浅草细,田庐较多。下关五里,有歧路至沙岭子,达西江口,为武侯所由之斜谷。宋李文子谓褒城县北一百五十里为褒、斜二谷相接处,按某里数近之。蜿蜒而下,五里武关旧驿,青洋河至此会紫金河,而武关河亦会于其南,《水经注》所谓三交城者当即此。三里上武关,关劈山巅为路,广丈余,天然险守也。数折而下,及五里,上倚峻岭,下临溪流,危崖仄径,极为险峻。渡武冈河,河源出光化山,至此入紫金河,《水经注》所云西北出仇池之水。

南廿五心红铺,十五三岔驿,十废邱关,县六十里毛震改留凤。二十王家场,十五孔家庄,五苇子坪,交留坝界。北黄牛铺,吴阶□□义法堡。十北星,二十红花铺,十草凉驿,十五五星台,十白家店,十王家台,十郝家山,十朝天岭,即柳树滩。十五至城。东百里北星,即清风关,唐僖宗曾驻跸于此。东三十五里土关隘,元将汪世显取蜀经此。北七十里唐藏,为通秦州山路,即五代交唐仓镇。凤岭北烟洞沟,傍有菜子沟,中蜂岩寺,窗桃树二,秋华冬实,石泉甚甘,红白金竹,四面全绕。石门关东二十五里,同治初元,乡团防贼于此城得金,两山夹峙,自东北而来,至是折而北,覆转而南,陡岸壁立。其左峰空而下,状若龙,蜿蜒而西,俯首于右山之奥,与对山之石而作虎形适相抵,如锁钥然。龙首之背,叠石为关,凿阁峰上,祀关侯。踞龙之腰,即一缕云物也。唐大历戊午石幢在县署十里,古碑字已灭。襄亭段典谟凤州十二异:天小,仰者有天,横看无天。水吼,山陡多石,声是以生。雨勤，日光晴照，倏云而雨。风上，但过山顶，平畴不觉。田悬，平畴极少，尽是陡坡。花繁，红白争辉，四季不绝。境阔，疆域之广，一千余里。路险，大道已奇，小路更荒。户贫，零星杂居，无一原藏。差难，用乘用抬，口舌皆费。语庞。川甘江湖，一堂互异。

十二日(8月6日)　晴

发朝天镇，沿西汉水行，渔洋诸前辈皆由此舟行。抵广元，刘令以滩水遍溜劝，仍登陆。过朝天关，即汉葭萌关，刘璋增先主兵使袭张鲁，先主乘此而袭，而马超即降于此。其峡曰朝天霞，一名明月峡。石磴盘空，下临江水，其险过于鸡头、凤岩，为入蜀第一厄塞。十五里至望云铺驿舍馆。知刘令昨夜以雨大宿此驿舍，可以暂憩，复祀马神，颇著灵异。十五里沙河驿，一名望喜驿，李义山有"望喜楼中忆阆州"句，即《水经注》之"石亭戍"。沙河至此入西汉水，即《水经注》之"平阿水"也。夜雨初过，波流遂猛。又西十里飞仙岭。三面环江，横插峭壁，上有祠宇，名"飞仙观"。其西北岭下接大路，筑阁于其上，所谓飞仙阁也。山势竦立，而葱蒨宜人，不作破碑之状。又南经乾龙洞，绕金鳌岭，三十里至千佛岩，为唐利州刺史韦杭所凿，苏颋有《利州佛龛记》。停舆寻题名字，惟见段文昌一行而已。崖尽即古石柜阁，有人家。又十里至广元县，古苴侯国也，秦灭蜀，汉置葭萌县，晋为晋寿郡，梁改黎州，西魏改利州，唐宋仍其名，元改广元。刘令与湘潭游击来见，两教官亦来，本署典吏罗新猷等十一人赍丁稚璜前辈，咨文来接。

辕下典吏罗新猷，书办张兆麟、刘泽宽，经制李铭恩、黄昇槱、车积章，承差江上峰、曹国栋、陈培源，茶经制刘步云，茶房韩荣陛。

十三日(8月7日)

令罗新猷等先回省，留经制黄升槱，承差曹国栋、江上峰，茶房刘步云同行。巳刻,发广元,南渡汉寿水。出稿本山涧王□山麓,至广元县南入嘉陵江。十里土门铺,刘令送至此而返。二十里皂角铺。五里张家湾,与昭化县榆钱树交界。十里至桔柏渡,有苴侯旧治,唐明皇双龙夹舟处,周制军带剑乩贼处。坊白水从姚州卫过,经文县、平武、剑州至昭化城,东入西汉水,即《禹贡》"桓水"也,土人名之为白水,而以西汉水为青水,盖即潜水之转音也。昭化,汉葭萌地,晋置益昌,"何易于腰笏挽舟"即在此地。未刻,以舟渡江,县令临溪麴蕊生立榜,为先君楚北所得士,三十二年不见矣。与教官杨典史、朱必禄迎于渡口。又里余,抵行馆。申刻,有微雨,夜遂甚。剑州牧方传堃吉田奉檄会审到此,与蕊生同见。

十四日(8月8日)

发昭化,与令丞等谒费敬侯文伟墓,蕊生新为之建祠,而以丁稚璜之祖配之。有屋三楹,武侯居中,董左丁右,殊非其类。沿牛头山麓而行,下视嘉陵江,八里至茶亭。又三里,危径数盘,至天雄关,不复见江水矣。自关每盘愈高,约十里始造牛头山之巅,古柏东峙,各系小牌。又西行十里新铺。又西行五里至竹垭子,即白卫岭也。风雨大作,涧水直泻,声殷山谷。西南十里达摩树,俗称"大木树",饘,有百峰突起,尖削如柱,以次叠起,数小峰棱棱,云老曰"小剑山"。午后,由达摩树南下土坡,雨又大至。过小剑溪,十五里至高庙铺,望见剑门峰,奇伟廉锷过于华山,云气滃然,对面杳无所见。又十里至七里坡,拾级下山,涧水夺路而驰,势甚狂猘,舆夫愒息而行,若不成步者。十里至志公寺,过桥即小剑、大剑两溪合流处。又十里至剑关,即古剑阁也,有姜伯约祠,阁下碑碣林立。雨甚,未能寻视。又五里至驿馆,典史临海陈谦来见。夜大雨,淋浪达旦。

十五日(8月9日)　雨不止

仍寓剑门驿。昨夕行李二驮不到,诸友皆忍寒不寐,走马至昭化促之。午后,雨止云开,过南崖,谒姜伯约祠。下坡,至剑门关杜少陵、李义山、李赞皇、明州守李璧诗碑,关下有道光十五年知州事姚江张嗣居重修碑记,阳湖丁维镛书。嗣居,即君岚方伯第四子也。自关北望昨日来路,万山丛沓,峰峰插天,奇伟难状。至此,则两崖壁上百余丈积土凝石,险峭直下,溪径皆绝,中通一线,涧峙其间,大剑水流经其下,覆奔泉混混,皆作黄色。巨石嵯峨,或如笋簇,岩溜喷薄而下,如匹练,如散珠,目眩神怡,诚雨后一奇也。未刻,有阳景,酉刻,得散。

十六日(8 月 10 日)　阴不见日

发剑门驿,南行五里,缘岩数折而上,为五里坡。十里青树子。左顾群峰,峰峰北向,皆作欹势,如水之趋大海,如马之赴战场,杜诗所谓"石角皆北向也"。又外则森森如锯齿,如剑锷,万箭排空,铁锋卓立,蜀山之奇,诚无过此。五里为天然桥,一山横卧,宛若桥梁,人行其间,如履平地,左右皆田。又其外则两峰夹峙,迤逦向前,有天然关画坊。又五里汉源铺,蜀王昭远陈兵于此,为王全斌所败。又十里石洞沟,两巨石分踞山趾,俗谓之"石洞子",旁有老树,香火颇盛。过桥,缘石磴而上,数折始造其巅。又十里抄手铺。又二十里下山,渡闻溪桥,抵剑州。入城,寓东门驿馆。城据汉阳山,驿馆即书院,亦为州牧校士之所,吾乡张嗣居所建者。方惠田在德化未回,吏目邵先甲与两教官来见。

十七日(8 月 11 日)　五更大雨,至晓而止

发剑州东门,穿城南过,西上普翠山,折向南行。涧流甚怒,声殷山谷,迤逦至鹤鸣山,路尤诘屈。又西十里青凉桥,石臼溪由汉阳山南流经此,至漩口入嘉陵江。又十里至梁山铺。又十里读书台,黄文忠兼山裳读书处。兼山尝荐朱子于光宗,称为第一人。又十里下山,柳沟地,馆。四十里甚长。自剑关以南,道旁古柏连绵不断,青树子及读书台一带,尤苍古可爱,明正德时州牧李璧所植。自剑关南至阆川,西至梓潼,三百余里,如苍龙蜿蜒,夏不见日,国朝知州乔钵所谓翠云廊者也。今方牧于每树各系一牌,以数纪之,闻尚有一万余株云。柳沟驿水出垂泉山,东南流入嘉陵江。午后,过明兵部尚书赵恭襄炳然墓,曾抚畿浙者也。循垂泉山麓数折上层颠,二十里至垂泉铺。又二十里武连坡,经丞相祠堂前,李中书有联云:“两表至今悬日月,六师曾此驻风云。”有乾隆四十二年川督李世杰修路碑,称自七盘关至此,共修四万余里。五里下山,涉小溪,抵武连驿,仍属剑州。驿本周明帝所置武连县,至元而废,小潼水出焉。今日山路荦确,时有积水,其宽平处过于北栈远矣。幕僚游览蓉寺。

十九日(8月13日)

寅刻,发梓潼县。乘月西行,渡潼水,亦名五妇水。循水西行五里过长卿山,为相如读书处,下有汉李业石阙,不能往视。又西二十里板桥铺。曙色始分,有水自土门南流入潼水。十里石牛铺。十里渡万年桥,至宣化铺,桥下水自铺北南流入潼。又二十里魏城驿。驿丞□□来见,行馆即在驿丞署内,室宇朴静,可以暂憩。驿本涪县地,西魏析置魏城县,唐武德改为盐泉县,元省今属绵州。西渡金带桥,十里铜衣铺,上五层山。跨山腰,逶迤行十里,沉香铺,即少陵重送严公入朝奉济驿也。七里蔡家桥。又西行,跨山脊十里,杭香铺茶馆。绵州牧文小农来,言三世官此,突其父年昌阿终于重庆州,入祀名官。十里滥泥沟。又五里下坡,渡仙人桥,即芙蓉溪也。循涪水北峰,望富乐山,刘璋迎先生。又五里渡涪水。涪源出松蕃厅风洞顶兴龙泉,东南流径平武、江油、彰明,与安昌水至绵州流入涪水南,即绵州治,宿于北门内行馆。

二十日(8月14日)

文小农来谈。严通判之侄亦来。卯刻,发绵州。出南门,过安昌水,今名草石河。十里至金山驿居。堰水灌田,沟流决决,其制度胜吾乡远甚。稻田皆作黄金色,不过十日即可刈麦。近山皆低,川流萦带,中有篷船,芦□曳白,衹叶拂青,陂水烟林,蒙蒙入画。古人言“淡烟乔木是绵州”,可谓善于写景。十五里皂角铺。升坡而行,微见日景,路甚平坦。左右一里皆冈阜也,旧种水稻及花生、红薯、芝麻、棉花之属。十里新铺。有文氏父子德政坊。十里鸡鸣桥,为绵、罗交界。十里金山铺馆，属罗江，训导□□□来。天气热甚，汗流不止。未正，自金山行十五里大井铺。过王烈女坟，俗名“女儿坟”。十五里渡罗江太平桥，一谓之潺水。渡桥而南，抵罗江县治。乾隆三十六年，绵州被水移州治于此，而废罗江县。嘉庆七年，绵州仍归旧治，复设罗江县。县新建曹□□与德阳令南昌陶搢绶皆来。陶原籍会稽，傅子莼之婿，以丙子庶常选此。俞名自南来，得让卿、梅□书。

成龙潼绵茂道驻成都

成都府　成都　华阳　双流　温江　新繁　金堂　新都　汉州　什邡　郫　灌　彭　崇宁　简州　崇庆州　新津

龙安府　平武　江油　石泉　彰明

潼川府　三台　射洪　盐亭　中江　遂宁　蓬溪　乐至　安岳

绵州　德阳　绵竹　安　梓潼　罗江

茂州　汶川　理番厅无学额

川东道驻重庆

重庆府　巴　江津　长寿　永川　荣昌　綦江　南川　涪州　铜梁　大足　璧山　定远

夔州府　奉节　巫山　云阳　万　开　大宁　石柱厅

绥定府　达　东乡　新宁　渠　大竹　太平　城口厅

忠州　酆都　垫江　梁山

酉阳州　秀山　黔江　彭水

川南永宁道驻泸州

叙州府　马边厅　宜宾　庆符　富顺　南溪　隆昌　屏

山 长宁 高 筠连 珙 兴安

叙永厅 永宁 雷波厅新设

泸州 九姓土司 纳溪 合江 江安

资州 仁寿 资阳 井研 内江

建昌上南兵备道驻雅州

雅州府 雅安 天全州 名山 荥经 芦山 清溪 打箭炉无学额

宁远府 西昌 冕宁 盐源 会理州 越嶲厅

嘉定府 峨边厅 乐山 峨眉 洪雅 夹江 犍为 荣威远

眉州 丹棱 彭山 青神

邛州 大邑 蒲江

川北兵备道驻保宁

保宁府 阆中 苍溪 南部 广元 昭化 巴州 通江 南江 剑州

顺庆府 南充 西充 蓬州 营山 仪龙 广安州 邻水 岳池

□□

汪叙畴长寿 吴祖椿华阳 赵增荣宜宾 蒋璧芳合州

刘青照什邡 汪致炳资阳 陈光明江津 胡锡祜庆符

毛 澂仁寿 刘桂文双流

□□

李春芳泸州 郭万俊清溪

吏部

叶毓柯华阳　曾炳麟成都　王开甲富顺

礼部

何兆熊南充　陈昌铜梁

兵部

程泽霈綦江　汪世倬巴县　王余修富顺　胡镛遂宁
袁焌文犍为　陈锦黻广安州　陈昌言万县　曾树椿庆符
陈代俊宜宾　廖映川璧山　支承祜彭水

户部

曾永暄金堂　陈敦仁岳池　黄式楷巴县　张汝霖宜宾
余炳章奉节　姜用封昭化　刘克基营山　朱景熙铜梁
余　彬华阳　石　渠巴县　凌心坦宜宾　吴光奎綦江
高联璧嘉定　费崇基洪雅　陈守和金堂　陈新焘宜宾
邹绍让安岳　杨树勋天全州　王俊三铜梁　王式曾阆中
曾鹤龄南溪　宁廷弼犍为　施典章庐州　蒲春铭广安
廖镜明邻水　余适中绥宁　刘　泰酆都

七月二十二日壬午(8月16日)

子刻,发汉州,行五十里而曙,抵新都县。晨馔毕,游桂湖,杨升菴故居也,后人以为祠,祀其父子。亭台掩映,荷沼环之,桂树尤多。流览一周而出,行四十里。未刻,至南门外接官亭。丁稚璜制军宝桢、托可斋都统克湍时署将军、唐泽波军门友耕、程立齐方伯豫、崇扶山观察纲时署臬司、崧锡侯蕃盐茶道、锦芝生瑞署崇扶山成绵道、钟蘧庵肇立候补道及成都太守王濂堂祖源皆出迓。申刻,至皇华馆。酉刻,拜稚璜制军,晤。是日迎于城外十里之欢喜庵者,成都令邹鹤耜、放甘肃知县钱绪三保宣同年、钱铁江保塘、马叔度德澂、嘉定葛味荃起鹏。

闰七月初一日辛卯(8月25日) 晓雨

黎明,谒文庙,作书致芗涛、子腾、小云、子密及六儿,交折差寄。点吏役卯。馥卿来,言上虞罗竹泉识余于患难时,今在陆以真处。义乌徐士全知县来。昨日王壬秋送堂课卷及《湘绮楼诗文》各一册。陶子缜辰州书自永顺回,时发为校经堂山长事。

初二日壬辰(8月26日) 晴

壬戌同年两知县来,一河南晁炳,一甘肃徐华玉。罗竹泉涛来。

初三日癸巳(8月27日) 晴

葛味荃来。王壬秋来。府学教官范元音、薛华墀来。候补道徐辅清又新来,满口杭音,随其祖徐起渭守金华,其父亦目京官移蜀,言曾见吾父于京师。复湘抚李明墀书,荐黄元同主讲校经,并致元同书。夜中热闷。

初四日甲午(8月28日) 阴,晚小雨,入夜连绵

得子缜永顺道中书,王廉生来,知崧锡侯家报,有李高阳协揆之说,今日稚璜宫保宴客,廉生与马故顺道来谈。阅六月廿八日钞,慈禧皇太后现已大安,薛福辰、汪守正、庄守和、李德昌、栾富庆、佟文斌、李德立之子李廷瑞奖赏有差。汪阆斋致炳庶常来。阆斋,资州人,为余庚辰教习士,送土物,却之。

初五日乙未(8月29日) 自昨夜得雨,淋浪达旦,其势稍杀,午后又甚,薄暮始止。凉气肃肃,竞御袷衣,幕宾寓屋皆漏

初六日丙申(8月30日) 晓有日景,残云尤渍

丁士彬以宜昌至成都行程记来。尹国珍前辈来。尹官御史请宽柏葰处分,触肃顺怒,出守滇之澂江。朱次民在勤赠其父《丹木丈诗集》。唐承祖知府诒《成都街道图》。府学教官以试场清弊法见告。梓潼令朱锡藩滋生馈菜,辞之,不可,与幕中诸君宴于厅事。滋生,歙县翰林，吾父皖中所取士，铁江以章硕卿欲售之书来，索直太高。

初七日丁酉(8月31日) 晴，凉

吴铭斋来。邛州牧李玉宣听斋将之新任，来见。玉宣，山阴人，寄籍河南。馥生、芾卿、恩元游少陵祠归。复子缜书，交蔚泰厚局。

初八日戊戌(9月1日) 阴，无风

卯刻，发到任日期题本，望阙行礼，又发起马牌，定十七日出试。宁远府送还硕卿书百四十七册，交铁江，遣人至壬秋处问话。翁馥卿来。七月初二十日邸钞，左恪靖请病假十日。亥正三刻，雨，方阅啸山随笔，未竟。

初九日己亥(9月2日) 雨竟日

壬秋冒雨来，言提调要得人，巡捕要得人；又言优贡不必省会人，此间籍贯皆不清；又言唐鄂生不以王濂堂为然；又言劳星陔贪财，任广督时亦不过四十万；又言何亮清委提调得银二万两，陈伯双以五十金谢某生，被何亮清私取不与；又言不可太谦，不可太敬，凡大官必要严厉；又云学使不可扑责人；又言大儿欲补注《文选》，二儿颇知公羊家门径，系辞之言辞也，曰惭、曰枝、曰多、曰游、曰屈，今得诸王生之言焉。午后，答李玉宣明日赴任、汪致炳及竹泉、馥卿。馥卿令其五岁儿出见，小名宝儿。薄暮，雨止。铁江送来蒋和《说文字原集注》十六卷，钦赐举人，充三，分四库书篆体校对，父骥一，祖振生。乾隆五十二年进呈。冯敬亭缩摹东洋影钞宋本《说文解字韵谱》十卷，《字原集注》十六卷，后附《字原表》《字原表说》一卷。自藩司送到养廉银八百四十六两三钱九分四厘。自七月二十四日起，十二月二十九日止，据文称八成养廉银一千二百二十六两六钱六分，内搭一成旧炉钱一百二十二千六百六十六文，扣二两平银七十三两六钱，添扣六分平银七十三两六钱，折放三成官票核减银一百一十两零四钱，连钱共扣银三百八十两零二钱六分六厘。夜，雨止。

初十日庚子(9月3日) 阴

铁江来，留午饭。考试书吏四十一人，拟题告示两道：一、公事不宜彼此推诿;一、办公尽足自给,不得分外需索。上取五名:张兆麟、彭树勋、吕友仁、吴大善、罗玉声。中取七名:陈肇仁、蒋永清、姚云峰、谢恩泽、周承绪、胡继光、周炳赓。

十一日辛丑(9月4日) 晴,夜有月

覆试书吏十二名。拟批合州监生杨怀济呈控师夺弟继一案。张云衢同年尔遴来。成都令以大计去官。周廷撰叙卿来,廷撰乙丑户曹,捐道来蜀已逾十年,曾办夔府厘金。申刻,邀钱宝宣绪三、葛起鹏飞千、陆汝衔介山及铁江、馥卿、竹泉便酌,竹泉将于十三日返江津也。华阳令王宫午来,云已自灌县办得旗竿二枝,八月可到,问余年命,选期竖立。

十二日壬寅(9月5日) 晓阴,午雨,晚晴

作伯容书,交罗竹泉。陆介山赠《蜀省舆图》、范淳甫石刻《孝经》。莲生赠郡斋所刻《东古文》《古今均考》《急就章》《尔雅直音》《木皮词》《章云李时文》《明刑弼教录》。合刘帘访《读律心得》、蒋叔启《爽鸠要录》为之。绪山赠《仪礼私笺》。铁江赠《经籍跋文》、《西招图说》、《蜀水考》、《蜀鉴》、《弟子职集解》、《晁具茨集》、《文选理学权舆》、《文选考异》、《文选李注补正》、《韩诗外传》、《国语补音》、《乾道临安志》、《新校注地理志集释》、《历代载籍足征录》、谯周《古史考》、《西域传补注》、《陶渊明集》、《师友雅言》、《郑学录》、《周易折中》、《志铭广例》、《吕子校补》、《传经通经表》、《汉王稚子石阙》、《汉上庸长神道》、《北周文王庙碑》、《隋龙山公墓志》、《唐石弥陀像赞》、《吴越王龙简》、《宋黄山谷题名记》集山谷字。

十三日癸卯(9月6日) 黎明大雾,咫尺莫辨,午后晴

《申报》言何铁生病殁扬州官署,可惜。张尔遴云衢来。阅钱、汪《汉志》诸说,录三府一州:

宁远府　　邛都南山出铜,有邛池泽。

西　昌　邛都在东南。

苏示读祗在北。
钱曰:在西北六十里。
灊街在东南。
苏示下,夷江在西北。
汪曰:即冕宁西河。
钱曰:即今开基河,原出永宁土府,入鸦龙江。
阎氏曰:越嶲治邛都。

冕　宁　台登在东,大莋在西。
台登下,孙水南至会无入若。
汪曰:今白沙江。
钱曰:今曰安宁河,入金沙江。
钱曰:大莋,今永北同知地。

盐　源　定莋在东南,莋秦在东,定莋下,出盐。步北泽在南。都尉治。
钱曰:定莋,今盐源。
文颖曰:即莋都,沈黎郡治此。
服虔曰:今蜀郡北部都尉治,本莋都也。

会理州　会无在西南,三绛在东,卑音班水在北,会无下东山出碧。
钱曰:州西会川营是。
《华阳国志》:故濮人邑,今有濮人冢。
钱曰:卑水在会理州东北。
《水经注》:绳水,左合卑水,水东流注马湖江,今之巴蕉溪也。

越嶲厅　阑在东。
钱曰:在越嶲通判城北二十里。

雅州府　钱曰:严道,今雅州府城。
《南史·刘悛传》:青衣水左侧,并是泰严道地。

雅　安　青衣。

《禹贡》:蒙山溪、大渡水,东南至南安入渽。

钱曰:蒙山,即峨眉山。

钱曰:今之大渡水,志所至渽水;今之青衣水,志所云大渡水。渽水,见湔氐道,今大渡河,至嘉宁府城南入江。

天全州　徙音斯。今州东二十里。

《史记》:自嶲以东北,君长以什数,徙、莋都为大。

名　山　钱曰:即青衣。

《后汉书注》:今龙游县。

荥　经　严道。

邛来山,邛水所出,东入青衣。有木官。

汪曰:严道北,即荥经也。

钱曰:邛来山,在荥经县东四十里,邛水即荥经水,至雅州府城,西入青衣。

钱曰:旄牛,在荥经县西南。

芦　山　灵关道在西北六十里。

清　溪　旄牛。

鲜水出徼外,南入若水。

汪曰:此今之打冲河,又即淹水,径盐井卫入鸦龙江。若水亦出徼外,南至大莋入绳。

汪曰:此今之泸河,在宁远府西。

打箭炉　钱曰:若水,今鸦龙江,原出西番,至盐原县入金沙江,即绳水也。

汪曰:绳水即小金沙江。

钱曰:金沙江,亦曰丽江,亦曰犁牛河,原出西藏,至叙州府城南入江。

邛　州　临邛。仆千水东至武阳入江,有铁官、盐官。

汪曰:青衣江。
钱曰:今曰布濮水。
今州南五里。应劭:邛水出严道邛来山,东入青衣。
汪曰:荥经水。

大　邑
蒲　江

成都府

成　都　成都,有工官。
华　阳
双　流　广都。《寰宇记》:蜀王初都。
温　江
新　繁　繁,今县东北三十五里。
金　堂
新　都　新都,今县东二十里。
郫　　郫。《禹贡》:江沱在西,东入大江。
钱曰:今曰郫江也。今自灌县西南分江,径崇宁。
今县北。金堂、新都南径简州、资阳,至泸州复合者。
灌　　绵虎。玉垒山,湔水所出,东南至江阳入江。
汪曰:此以湔水为今内江之经流。
钱曰:绵虎,本茂州保县。玉垒山在灌县西北三十里,大江循灌城者曰北江北。
彭　　江又分为三,其一自县宝瓶口东北穿三泊洞,径新繁、新都,至汉州入雒者,曰湔水,下流则湔沱、雒绵皆互称,至泸州合大江。
崇宁县
简　州　牛鞞,今州西一里。
崇庆州　江原,鄗水首受江,南至武阳入江。
汪曰:鄗亦江沱也。

钱曰:今曰南江。

今州东南三十里,大江自灌县西分为二,一流东循灌城曰北江,一流东南径崇宁州至新津县曰南江。

新　津　武阳。

汉　州　雒,在今州南。

什　邡　什方。

十四日甲辰(9月7日)　晴

崧锡侯赠菜四篮,受之。书价银十一两三钱,交钱江转还章处。寄阿六三纸,从协同庆寄,汇去市平银四百两,又还协同庆西安借款五百金,以银二钱五分购《蜀典》十二卷,张介侯澍编辑。午后,崧锡侯来。申刻,至尊经书院应王院长之招,稚璜前辈、廉生太史同席。得许竹筼书。

十五日乙巳(9月8日)　阴热

谒文庙,成、华二令言择八月初十日午筑旗竿石址,十二日辰竖旗竿。仁寿毛莪畇澂吉士自籍来。崇庆洪璋、汉州宋时湛两教官来。王廉堂太守来。飞千来。程立斋送菜,邀王廉生、钱铁江同饮。

十六日丙午(9月9日)　阴

汪阆斋吉士来。钱徐山来,携《四川官运盐案类编》见示。午后,各处辞行,晤丁稚璜、王壬秋。理问厅送《四川通志》。发观风题目。

十七日丁未(9月10日)　晴

辰正起马,按试宁远府。出南门五里武侯祠,成华两令、三学教官与钱徐三、葛味荃、陆介山、翁馥卿皆于祠内候送,因同谒昭烈陵而别。五里红牌楼。十里簇桥,丝人所聚成棉道,派员于此抽厘,岁得数千金。十里金花桥。十里双流县,本汉广都县地,隋避炀帝讳,取《蜀都赋》"带二江之双流",改今名,县令崇仁廖葆恒益生。未刻,复行五里塔子坝。十里黄水河。十里花园场。五里串头铺,有城隍庙。十五里花桥子。又十里新津渡。暮色四合,张灯渡河者两次。又五里抵新津县宿。新津,汉犍为郡武阳县地,后周闵帝元年置新津县。李膺《益州记》云:"皂里江津之所曰新津市,县名本此。"县令山阴孙开嘉穀臣。

十八日戊申(9月11日) 阴晴相间

发新津县。五里太平场,棉客及机织所聚处。又十里与邛州交界,孙开嘉送至此而返。十五里杨场馆。邛州牧李廷宣听斋来。午时过河,为永安场,旧时行馆在此。十里泉水桥。十里高桥。二十二里东岳镇,过镇以西,地形微隆,已近山脚。十八里抵邛州,舍于试院。轩宇朗敞,后为绿云榥,吴白华所署楄,其东即魏文靖祠,桂花盛开,天香满室。前邛牧熊自勋树丞、前名山县令富阳周翰翊信夫来见。昨日所过双流、新津两处,席中有燕菜烧豚,因通饬不得再备,今日到邛州始禁绝矣。

十九日己酉(9月12日) 晴

发邛州。出南门五里过桥,桥共十七孔,有川南第一桥碑。三里土地坡。十二里卧龙场。二十里大塘铺午馆,地属蒲江县,县令王家斌怡廷来,蒲城距此尚二十余里。蒲江,汉临邛县地,魏置蒲源郡,兼置广定、临溪两县,隋初废郡改广定,曰蒲江,宋熙宁并省临溪入之。四十里至名山县,属之百丈场,宿,旧名百丈关。

二十日庚戌(9月13日) 晴

早发百丈关。十里洗马池。十里新店。五里白土坎。五里石岗子。十里抵仙子洞塘,即名山城外也。入城午馆。雅安令盖凤西、天全州潘□□皆来见。午后,出名山县北门,五里至玉门坎山,五里至水碾坝,潘牧及教官送至此而返。由此南行,望见蒙山隆然于诸峰之上,晴翠高横,名无虚假。五里至金鸡关,亦隘地也。升降岭脊,约过数十峰,起伏不一。十里至姚桥。崔劭方同年志道时守雅州来,遂闻高颐石阙距此不远,归时当访之。八里梓桐林。十里平羌渡,水势甚溜,乱流而济,城中官均迎于此。平羌水,俗名雅河。渡河至金华殿,徐肖坡观察景轼来迎。既暝,乃入城,寓试院中。

二十一日辛亥(9月14日)

黎明,发雅州府,四山云气欲合。出南门里许,为万胜山,徐小颇、崔劭方及杨大令、两学教官皆送于武侯祠。祠为黄翔云所修,诗文碑石,无暇细读,一茶而别。十里对岩。十里风木垭。五里紫石里。五里八步坝,有雨甚密。三里芭蕉湾。七里观音塘。幕中诸君已食毕先行,与雅安令盖凤□同食。盖令言:“制府定差役口食,原告二千,被告三千,雅安差役一百名,计每岁讼事四百起,若守此例,每名可得十六千,然绅富家不愿也。”五里飞龙关。十里麻柳湾。五里高桥。十里石家桥。荥经县令德化洪芝厚少柳来,教官王懋来。五里新添站。二十里渡经水至荥经县城试院宿,大雨如注,夜食时,地微动。《荥经县志》,怀宁劳世沅用明崇祯时邑令张维斗本重修,前有建昌道石杰序云:“相岭之大关山,邑之南界也。以南为清溪、为大渡河、为越嶲卫、为泸宁、为建昌、为沈边冷边、为打箭炉,皆蛮也。蛮俗、蛮语、蛮字、蛮例,汉民什之一,皆掺奇赢以觅微利者耳。界以北则山高而不险,水清而不湍,民朴而不愚,士秀而不佻,以艺黍采茶为业云。”

古碑记:

汉蜀郡太守治道记。县西三十里。建武中元二年立。

尊楗阁碑记。建武中元年立。在县西三十里,景峪悬崖间,巽岩李焘有跋。

神水阁记。县东三十里,铜山峡中。字磨灭。

何均阁碑。县西二十里,富林坝中。明季巡按吴某取去。

杨慎诗碑。尹伯奇庙前,官道旁。

邛崃关路。唐天宝六年,章仇兼琼记。

二十二日壬子(9月15日)　昨夕雨达旦不止,又竟日

发荥经县。出南门五里鹿角坝。五里水池铺。五里鹿背顶。五里富林坝。五里安箐坝。已至大相岭脚下矣，民编茶篓为业，茶园极多。五里大通桥。十里栖止堡。五里与清溪交界。十里黄泥铺。时交未初矣。自昨日雅州以南，类皆高峰仄岭，盘旋而上，与栈道相似，溪涧之声，喧腾聋耳，今日尤甚，居民多瘿多瞽。山田植禾，颗粒圆满，尚未登场，苞谷则已以绳贯于当门，累累不绝矣。荥经洪令芝厚少柳与典史宋焕文皆送至黄泥铺，清溪洪令寿山麓南亦至。麓南，广东海康优贡。

二十三日癸丑(9月16日)　昨夜雨又达旦

今日卯刻，冒雨而行，自黄泥铺登降峻岭，过两铁索桥，计十里至小关山。又陟陡坡，石磴荦确，一高一低，于螺旋之中作猱升之势。涧水喷面，洪涛震耳，行道之苦，十倍栈道。又十里至大关山，过木桥五道，炊烟云气，滃成一白，雨脚斜飘，帷衾尽湿。五里至板房。五里曼坡子。又五里长老寨，寨无民居，惟关帝庙三小间。清溪令谓余曰："向例学使到此拈香焚烛行礼。"洪令回城，余与幕中诸君坐东室，共食浊酒一杯，借消寒气，盖时已午正矣。闻茶役所骑马已坠深涧中，视之不见，从者或无棉衣，辄作寒战之状，盖山高气寒，大雨不止故也。午后再上峻岭，五里三大湾，过草鞋坪。又五里至大相岭最高处，然后下岭，名二十四盘者，盖自上而下，不能骤降，不得不取纡回之势，计共十里。自盘脚至羊楼门，居民木皮覆屋，用代砖瓦，以石压之，间有覆瓦者。又五十里至清溪县城，寓考棚内。清溪入本朝后，无乡举者，建考棚之年，南北闱各中一名，又得武举一名云。清溪，古莋都侯国，汉元鼎六年以为沈黎郡，置旄牛县在今县南，天汉间省沈黎，以旄牛属蜀郡，为西部都尉治，后汉属国都尉，三国属汉嘉郡，后周置黎州，隋废，唐复置汉源县，隋大业初置，明洪武初省入黎州长官司。

二十四日甲寅(9月17日)　晴暖见日

卯正，发清溪县。出东门，过涧河，五里至松林口。五里至白鸡关，有光启南天坊，乾隆年立。又过涧河，过张氏宗祠，有观音阁。自此以南,左高右窊,略觉夷旷。十五里至汉源场,市廛鳞列,将千余家,馆于市南三圣庙,洪令送至此而返。十五里唐家坝,过复兴场。十五里小关子,下陡坡。二里至龙洞营。八里蓝家营。五里黑石河,有一溪自左流出,色如浊泥渍油,黝黑可厌。五里富林场,场市之盛,亚于汉源,清溪小邑,此为大集。夏水盛涨时,大渡河直泛至此,今已落矣。傍堤行约五里至大渡河边,循例祭神而后下船,水势迅溜,横流而渡。循山腰行约十余里,抵越嶲厅所属之大树堡行馆,时已曛黑,爇火行七八里始到。越嶲牧蹇诜子谌来云:"自清溪至此一百零五里,渡船放至下流,复舆行十余里,今日已行百二十余里矣。"元达、福孙二更始到。大渡河与大江同出于茂州徼外之羊膊岭,江南流,大渡西流,自大小金川司界西南流,过上下鱼通寨西、打箭炉东界,凡六百余里而至清溪县西,始名大渡河,至嘉定西南十五里,合青衣水入大江。清溪之俗,乡间小儿有关煞,辄抱至官道旁,候学使舆过,以儿度过舆下,谓可解煞。今日道中纷纷,甚至有伏于桥下以候舆过者,虽大声啼嗥不顾也。

二十五日乙卯(9 月 18 日)　晓大雨,午初止,夜又雨

以行李未到,舆扛有坏者,仍寓大树堡行馆。厅事右墙,可以望见大渡河。墙阴一带,秋海棠冒雨作花,幽艳可爱,细竹树十枝,纤柯幼叶,净碧无瑕,不知为何名也。闻成都著名枪架曹麻子,昨由大渡河潜来此地,密饬帮带宁越营刘永禄查拿得之,交越嶲牧讯问,供出枪架高玉顺、秀才周继安,雅安杂货贩卢大安、省城帽铺钟祥兴此二家供养枪手。又有丹棱已革廪生石炳琨即石介夫,于谭学使试雅府时犯一根葱案者。札蹇牧将曹麻子解往宁远,并缉获余犯。

二十六日丙辰(9 月 19 日)　微雨竟日

卯正,发大树堡。山雨路泞,跋阻特甚。十里李子塘。十里晒经台。山有广石,绵亘其上,即唐三藏西天请经回晒于此,今建关庙于上。十里白马堡。十里河南站。未抵站前约五里,新造铁索桥未成,仍从木桥上过。有西平桥,俗称大桥。唐李晟大破吐蕃于此,故桥以西平名。延缘山腰，崎岖岸曲，舆行登顿，过于蜀栈。午馒后复行八里至八里堡。十二里抵平夷堡。屋后涧水如雷，声撼窗户，较大安驿店沮漾合流，声有静躁之分。蹇子谌来，知石琨业已获到，补发札知一角。

二十七日丁巳(9月20日)　小雨，时作时止

卯正，发平夷堡。十里大湾塘。五里深沟，山境稍奇，便觉令人意远。十五里平坝，馒两席，分内外，以一屏间之。巳正，行十里窑厂。十里双马槽，即分水岭也。岭脊夷坦，由此以南，下坡路多，岭下水皆南流矣。十里煎茶坪，与宝鸡秦栈中同名。十里陡坡顶。十里海棠宿。申初到。署内有明时海棠，一株花则香闻数里。今采其干，向墙种之，即活。海棠有都司分札，即宁越营也。今日山路较昨为修整，然破碎荦确处正复不少。过分水岭时，大雾漫山，一白无际，仿佛衡岳之游，惟彼则人在云上，此刻人在云中耳。松林地世袭二品顶戴土都司王鸿业号渐逵来见，年十四岁。其父应元以擒获石大开于紫打之功，由土千总升土都司，今年正月十六日病故。宁越都司郑承烈来，其父癸卯举人，壬子进士，吏部主事，江宁太守，殉庚申大营溃散之难，都司其荫也。札越嶲牧将石介夫即石琨解往雅州监禁。

二十八日戊午(9月21日)　云气满山，时有小雨，夜乃密

卯正，发海棠。十里镇西站。明兵备道雷某修复东路三百里，通峨眉。由此又数里新安汛。又数里老卞汛。又数里靖夷汛。又数里抵清水塘汛。自镇西至此，名为十里，实有二十里也。山势开豁，夷人散居峰顶岩腰，竹篱板屋疏历入画。又十里腊梅汛。又十里蓁叶坪馒，郑都司送至此而返。午饭后，自蓁叶坪下坡过河，为保安营所辖界。上山甚陡转，缘仄磴作之字形而上，凡八九折，其艰苦过于逾七盘岭远甚，如是者七里。至治夷关，在岭颈行，稍可着趾，土人呼之为难过关，洵然。又三里腊关，项下为白沙沟，同治三年发逆歼于此。又十里至麦梅子营，语转讹为梅子。又七里凤皇营。又七里至保安营。保安有都司分札学使行馆，即在都司署中二堂之西，八年前此间官民屋皆烬于火，重造未几，故轩宇完整如新，其余列屋而居者皆营兵也，亦灾后新修云。都司刘纲振来见，新自京分蜀者。

二十九日己未(9 月 22 日)　晓雾满山，咫尺莫辨

卯刻，发保安营。十五里至利济汛。山下有二鹅，相传已数百年，上半月居山上，下半月居山下。周达武营弁以枪击之，卒不能中，时有遗卵云。余未之见，从者皆见之。五里新桥汛。二里沟东汛。一里关顶汛。八里青冈汛馆。路颇险阻，在高峰之下。午后，自青冈下坡行五里，过板桥河，源为大小鱼硐之水。又五里猓猡河，源出瓦大寨诸山。周达武创造铁索桥，名之以锁夷。山势开拓，村落三四，亦有民夷杂处者。过猓猡河约十里至王家屯汛。王家屯，疑即元置邛部州城遗址，今称古城。五里六屯。五里天王扛，即活龙山，下临嶲水，明刘綎破夷王大□于此，有鲸鲵封处。又十里至越嶲城行馆，馆为周达武所购造，屋宇宽敞，雅州以南所仅见。

八月初一庚申朔(9 月 23 日)　宿雨新收，山云犹郁，泥潦纵横

辰初，发越嶲城。出南门五里小瑞山，俗名小孤山，有桥，桥下水发源西山白岩诸峰，为堰口河。五里中所坝，水田数百亩，堰水以灌，谷粒肥绽，此为腴壤，村居殷富，廛市错列。又五里陶家营，吉家山汛地。又五里炒米关，有碑曰受降关，乃今改名也，过此为受降滩。又五里山势渐逼，村居亦密落，曰观音岩。自岩下行五里，至小哨吼，地无居民，惟武安一营在此分札，管带者游击李锡成也，来见。冕宁令吴云翻鹭堂亦自小相岭来接，言二月十九夷人劫卞之事，实由登相营虐使换班夷所致，且克扣赏赐，夷怨入骨，激成此事，不必责夷之无礼也。蹇子谌赠其父兄遗稿。父名栖凤，字仪轩，辛巳、乙酉举人，婺州教谕；兄名谔，字一士，丙午举人，殉桐梓县柿冈之难；次兄名訚，字子辉，四川道。夜大雨如注，达旦不止，马槽即在卧床壁后，四更时蹄踶板扉，如人打门声。

初二辛酉(9 月 24 日)　黎明雨犹未止

卯正，发小哨，蹇牧及大树堡来者皆返。五里小南箐硐房。涧水断路，倾侧而过。三里猴子岩碉房。三里长坪，有营。三里周家坟碉房。二里草鞋坪，有营。一里长老坪汛。三里黄草坪，有营。云从谷起，倏马升山，下视众峰，如在兜罗绵中，霎时之间，舆前皆是。三里凝冰湾。三里偏桥，有营。一里水井窗碉房。皆武安军分扎之地。又一里至小相岭顶。自岭以下，皆靖远军分扎之地。岭上大风忽起，雨点亦紧，虽重绵亦觉微寒。闻两崖高处，皆是夷巢。此地为凉山北境，非有重兵弹压，则时患抢杀也。自小相岭行五里木厂沟。五里龙潭沟汛。五里三道桥。五里象鼻汛，有记名提督、管带保哨营在此护送行旅，具茗以待，停舆小憩。五里牛背石。五里九盘营。五里石梯子。五里白石营。五里鸡打鼓。五里登相营，即靖远营驻守地。城中皆兵，汉民居者十七家耳。游击张锡卿鼎臣来见广东人，即管带靖远营者，管带保哨营王聚栏亦来湘乡人。捧敕吏行至此，相距二里桥，马滑足坠涧中，人亦随水而去，于二里外得其尸。吏系成都人，闻之惨然。午后，时有小雨。

初三日壬戌(9月25日)　晴

卯正，发登相营。五里石门坎。五里朝王塴。过万宁桥，回视北峰，积雪皑然，始知此间严寒之故。五里雷打石。五里乐心汛。五里凉水井。五里深沟。十里过路坎汛。五里观音岩。五里冕山，有县丞分驻于此。五里下沙湾。五里新桥。二里梅子湾。三里湾子。五里太平塘。五里犀牛洞。五里铁厂。五里大湾。四里大梨树。一里盐井沟。今日由北而南，两崖不断，中皆水田，秫黄荞红，塍畦错列，契番徭赋，视同齐民。至盐井沟后，山势渐紧，水流于趾，浑浑作江色，盖即孙水也。孙水源出冕宁县番界，司马相如桥孙水以通邛都者，即此。三里观音岩，有“孙水关”三字，林木郁然，领磴修峻，有知府许培身碑记。五里穿心店。二里泸沽汛。泸沽，冕宁之大镇也，民居甚稠，天气亦暖，自雅州南行，无日不雨，今日始有生意焉。西昌令昭通黄绍勋翰屏来见，冕宁令吴云翮亦来，巡捕经历杨克恭、典史陈延泽皆来。今日有猓猓，醉而闯舆，愿大人赐一钱。余曰：“归当畀汝。”猓猓曰:“今日不得钱,不能饮酒。”命从者与之,欣然而去。冕宁,汉台登、大莋二县,后汉省大莋入台登,周武帝兼置白沙郡,唐置登州,元置苏州,属建昌路,明洪武立苏州卫,二十七年改宁番卫军民指挥使司,原四川行都司。

初四日癸亥(9月26日) 阴

卯正,发泸沽。五里新塘。五里大塘湾。五里老鹰沟。五里漫水湾。五里五里牌。五里松林汛。五里白洮河。五里黄土坡,为西、冕二县交界地,吴令送至此而返。五里深沟。五里溪龙汛馆,已午正矣。名曰五十里,实七十里也。石块破碎,崖阯崩陀,举足辄多挂碍。五里三块石。五里太平塘。五里土罐庄。五里礼州。礼州,本汉苏示县,元置礼州,明洪武中改置礼州千户所,今属西昌县地,移县丞驻此,行馆即在丞署之左。宁远太守汉军于少亭宗绶来见。薄暮微雨,今日道中溪水数道,入孙水河,皆作黑色,与大渡河旁富林铺之水无异。水左右地亦如产煤者,草木不生,纯是黑壤,植物惟仙人掌尤多,篱落之间,累累皆是。热水河由此入孙水,故礼州有热水汛。

初五日甲子(9月27日) 阴

辰初,发礼州城。十里蛟龙塘。十里青山嘴。青山一名青柯山,宁远河之源出其麓。五里锡盖梁,一作过街梁,居民颇众。五里马平坝。五里小庙。五里理经堡。五里文武桥。五里宁远府城,由南门入至试院,莫搢卿组绶时方署建吕镇,与于守黄令咸郊迎,宁远教授吴大光简州进士、西昌教谕章继远永宁举人、会理学正刘辑光成都举人、训导晏思洛内江岁贡、盐源教谕严大经华阳举人、训导陈世昌资阳举人、冕宁教谕陈兆麟资阳举人、越嶲训导邓春元綦江廪贡皆来见。得廖西崖同年坤培书。

初六日乙丑(9月28日) 阴晴相间,天气渐暖

黎明至西昌县文庙行香,又赴府学明伦堂,听诸生讲书。于守、黄令皆来见,始知登相营坠涧死者即枪架卢大安也。于守送《宁远府志》,馈百合春茶。

初七日丙寅(9月29日)　晓阴,午有风,闻鹦鹉声,未刻见日

试生童经古,《筹边楼赋》不限韵,《马户赋》以《御览》注"马户,水门也"为韵,"鱼尾似燕尾"得"形"字生,拟鲍明远《舞鹤赋》以"惊身蓬集,矫翅雪飞"为韵,"冷露无声湿桂花"赋,以题为韵,"画师老笔生新意"得"新"字。生童多西昌人,亦无考经解者。暮色已合,撤生卷四本。

初八日丁卯(9月30日)　阴晴相间

宁远、西昌、会理、越嶲、盐源、冕宁六学生员岁试,撤生卷三十八本。府:"《小弁》之怨"三句。西:"虞不用百里奚而亡"四句。会:"徒取诸彼"二句。冕宁:"善政,不如善教"合下一节。盐:"恭敬者"合下一节。越:"养心莫善于寡欲"三句。

初九日戊辰(10月1日)日景中有雨,天气滋暖

覆生童经古。

初十日己巳(10月2日)

岁考头棚童生,会理三百四十九人,冕宁三百三十一人,越嶲九十七人,共七百七十七。

十一日庚午(10月3日)

覆岁考一等生。生正取四人:西昌吴光源、吴博文,盐源颜汝玉,府学颜汝慎。童生备取第一:刘文珍。

十二日辛未(10月4日)

岁考二棚童生,西昌一千四百八十七人,盐源二百七十人,共一千七百五十七。

十三日壬申(10月5日)

面试会理、冕宁、越嶲童。出岁试头棚案。

十四日癸酉(10月6日)

面试西昌盐源童。出岁试二棚案。

十五日甲戌(10月7日)

科考头棚童生:西昌一千五百三十六人、盐源二百七十七人,共一千八百一十三。

十六日乙亥(10月8日)

科试生童经古。生题拟潘安仁《秋兴赋》以“悼时岁之遒尽”为韵,《月饼赋》以“臣当此时,惟能说饼”为韵,“振风捕影”得“仙”字。童题《广寒宫听紫云曲赋》以题为韵,“秋鹰整翮待云霄”得“霄”字。

十七日丙子(10月9日)

科试二棚童生,会理三百二十四人,冕宁三百二十九人,越嶲九十七人,共七百五十。

十八日丁丑(10月10日)

科试宁远属六学生员。

十九日戊寅(10月11日)

面试西昌、盐源、会理、冕宁、越嶲童。出科试头棚、二棚案,出科试生员案。

二十日己卯(10月12日)

覆科试一等生员。

二十一日庚辰(10月13日)

出南门,校武童马射。

二十二日辛巳(10月14日)

校西昌、盐源步射技勇。

二十三日壬午(10月15日)

校会理、冕宁、越嶲步射技勇。出武童案。

二十四日癸未(10月16日)

覆科试文童。夜有雨。一等生员誊解部卷。

二十五日甲申(10月17日)

考遗才,生员四十二人,监生一,贡生一,又补考一。提调来见,言盐源教官之荒谬,昨日牌示,可谓如见其肺肝,盖谢锡钧家拥厚资若半,遂萌妄念也。鹿芝轩擢授蜀藩,闻之甚喜。夜有雨。

二十六日乙酉(10月18日) 阴,凉

大覆岁科文童,发落生童。覆武童考贡。出遗才案。发落武生。

二十七日丙戌(10月19日) 晴

发落新进武童。答镇军守令,遂赴泸山公饯之局。出南门,过东河。东河者,对宁远桥西河而言也。行野田中,秋稻登垄,流泉鸣渠,竹树幽交,时有落叶,茭芦乱擢,或系扁舟。约十五里至泸峰之麓刘镇戎祠,傍崖架屋,俯见邛海,一碧无际,纤波不惊。自入蜀以来,惊湍激濑,所见多矣,未有若兹之静者也。远山环列,冠以白云,夷堡杂居,各依绿树,可以悦性,斯称胜游。觞斝既彻,与镇军三君广福寺憩乎。望天圣母之宫,相传辟地构舍,皆其宏愿,由唐至今,灵异屡著。庭有古柏,既枯复枿,大可十余抱,数千年物也。黄令云由寺复登山,尚有十五寺,山顶一泉,下垂遍给诸寺,斯亦奇矣。申初归,镇军守令又相继来谈也。三君各馈物,所受者:镇军普洱茶,太守菖蒲、伏岑,大令豹皮。

二十八日丁亥(10月20日) 晓密雨

遣人持帖至镇军太守处辞行。辰刻,自宁远启行,出城而雨霁,过宁远桥,桥下即西河也,下流合安宁河入金沙江。十里理经堡,各学教官送至此而返。文武新生送至文武桥,距城五里。十里马平坝。五里锅盖梁。五里青山嘴。十里蛟龙塘。十里礼州城,舍于县丞厅事,小有花木。丞言吴博文、吴光源家热水塘,去此三十里。晚饭后,于小舫太守来送,盖日暮而追及之也,冕宁令吴云翮亦来。

二十九日戊子(10月21日) 晓雨甚寒

辰初,发礼州,于太守送至城外长桥而返。溪云滃然,雨点遂密。二十里至溪龙镗,黄令送至此而返。午刻晴暖。十里黄土坡。西昌北境,即冕宁南境,沙石粗犷,溪水横流,行者皆揭而济,居民寥落,境象一变矣。十里松林汛。十里漫水湾。十里大塘。十里泸沽,冕宁之第一场也,村居鳞比,水流其间,宁远府设厘局于此,月得四千余缗,建南练勇及营粮皆取给于此。夜读《公羊传》,过子正就枕,辗转不眠,而东方已白矣。得翁复卿书,知已委署乐至县知县。

三十日己丑(10月22日)　晴

卯正,发泸沽,循河而行,过观音岩,五十里至冕山汛馆,靖远营游击张锡卿带队来见。午后十里过路坎。十里深沟。十里乐心汛,即猓猡国也。十里朝王堋,保哨营统带记名提督王聚蓝带队来见。十里登相营,即今年二月十九日夷人劫卡处也,今已缉获黑夷八名,白夷数十名矣。其劫卡之由,则由前任游击虐待上班夷人,克扣口粮,食不得饱,夷人积怒已久,遂于新旧交替之时乘机泄忿,非夷之梗化也。冕山县丞梁安国送至此而返,梁号靖菴,西安人。

九月庚寅朔(10月23日)

卯正,发登相营,云气冥蒙如欲雨者。五里鸡打鼓。五里白石营。五里石梯子。五里九盘营。五里牛背石。五里象鼻汛,湘乡王香圃军门统领保哨营驻扎于此,具酒肴以待,同请下马,许之,靖远营张参将锡成同去,匆匆而别。五里三道桥。五里龙潭沟。五里木厂沟。五里小相岭。雾气迷漫,咫尺莫辨,阴寒之气,触鼻欲僵。大岭而北,路陡而湿,逾峻涉险,举步凛然。凡四十里至越嶲之小哨,猓猡皆出道旁以观。武安营统领李勤堂、越嶲州牧蹇子谌皆来见。未正初刻,自小哨启行,山势忽开。十里白泥弯,即武安军驻扎之地。又五里桃家营。又十里中所坝。过顶山桥十五里至越嶲城,游击蒋宗汉与厘金委员彭太守钰皆来见。得王仲山七月初五日永顺书。夜作王香圃、李勤堂书,交来弁携回,盖辞其卫送至大树堡也。马枬父子家中所坝,枬之兄系拔贡京官,子谌云。

初二日辛卯(10月24日)

卯正,发越嶲州。小雨数阵,道路尽湿。五里河东。五里天。五里大屯。五里大寨。过猓猡河,过锁夷桥,过兵城三四。计行二十里至青冈汛馆。午后,自青冈陟峻领,盘曲而上,不减大相岭之高。约五里至关顶,亦有石寨。又五里沟东。循岭而行,岭下有泽,水草相交，不植禾豆，即双鹤栖止之所也。从舆中遥视，惟见一鹤，又有指言草中二鹤徐行者，谛视之，惟得其仿佛。泽尽，约五里为新桥。新桥之北又有一泽，与南泽有上下坝之名。新桥戍卒言一鹤在上坝，二鹤在下坝，然余亦未之见也。又五里为新城。又五里为利济汛。逾越两岭，又屈曲自山腰行，计十五里至保安营都司署中。都司刘纲振来见，子谌亦来谈，至暮方去。得阿六闰七月朔家报，自胡万昌来，内有雨帆叔书，福孙、伯播家书，彭雪芹奏劾赵芝方观察，邵积诚请撤去王庆钧要差，皆伟作也。

初三日壬辰(10 月 25 日)　阴

卯正，发保安营，循岭腰行七里至麦子营，或云十四里。又十里至腊关顶，仍循岭腰行七里至治夷关。抬夫皆在饭店，拥遏不前。过关乃下坡，凡八九折，每一折，舆夫前者辄垂趾于外，令人胁息，石既破碎，又遇雨后，难已。既下岭后，循涧北行，复上坡，约六七里至蓼叶坪馆，云气冒山，烟痕亘之，终日不散。午刻，自蓼叶坪行十里腊梅汛。又十里清水塘，即靖夷汛。自靖夷向北，山势开豁，北风甚寒。过周达武平夷观，约五里至老卞。又五里新安汛，皆行山中。又十里镇西站，宁越都司郑承烈来。又十里海棠宿。海棠村居鳞列，自越嶲城北来第一人烟稠密之乡，宁越都司即寓于此。夜，肴膳甚美，为之加餐。蹇子谌又来谈。今日山行甚劳，非小石破碎，即大石荦确，或跋走于汗泥，或倾侧于峻领，摇摇终日，不啻栈行。夜，雨甚密。

初四日癸巳(10 月 26 日)　微雨

晓发海棠。十里陡坡底。十里煎茶坪。十里分水岭，降多升少，起伏无定，大约盘绕于岩腰山脚之间而已。五里双马槽，则有降无升矣。十里窑厂，村居稍多，秋林叶黄，颇有画意。未至厂以前，山无林木。又十里平坝馆，桥南北皆有人家，馆于桥北。自平坝北行，两路峰势陡竖，中有涧流，声殷空谷。约三四里，峰峦愈奇，如城墙，如舟橹，如宫室，或广而椭，或铁而锐，绿萝无缝，飞瀑间之，直合永州，与辰沅所见奇景萃于一处。自南而下，山势下趋，如笋之包箨，层层拆罅,有似深沟然,故名深沟,金牛之险窄,剑门之森竦,兼而有之。约行十余里,石壁有飞观音,长不及尺,容貌确肖,佛诡奇异,得未曾有,有第一洞天额于僧寺。共二十里至大湾,则山势一变矣。两路山势稍宽,而石磴破碎,艰于登降。十里至平夷堡。道中村居零星,随处皆是,不比南路除兵卡外,一无民居也。八里至八里堡,树木亦多,农有犁田者。又十二里至河南站宿。子谌来谈。有小雨。

初五日甲午(10月27日) 晴暖

辰初,发河南站,延缘山磴,陟降颇难。十里白马堡。十里晒经台。至关庙茶憩,观元奘禅师晒经石。得阿六闰月朔协同庆所寄书,即与胡万昌同时发者,又得王阆卿涿州书,七月望复邸钞。十里李子塘。十里大树堡。经历会稽马榕来见,春旸编修之族兄弟也。幕中诸君子渡河,余请蹇子谌共食。申正,自溜沙湾渡大渡河,子谌送至舟中而返。抵北岸泥洼地,清溪令洪寿山来迓。行野田中,又过沙滩,约六七里抵富林场宣文书院宿。帮统定越营游击刘永禄、管带定越营亲兵守备何镇林率勇百名送至此,来见。犒定越营勇银十两,带领官各送扇对,又犒州署家丁银二两。二更微雨,不及昨宵之密。大渡河,唐时平广可通漕,宋建隆中,王全斌平蜀后以图上,艺祖以玉斧画图曰:"此外吾不有也。"自尔,河中流忽陷下五六十丈,水至此如空中落,名为噎口,今名门坎滩,其地东竟松坪,西连沈冷,南控邛部,西杂猓獠。唐宋以来,吐蕃寇边,皆从此入,故韦南康、李赞皇筹边城堡,往往而有。康熙三十九年,征打箭炉,尚由大渡河,自归诚后,改从飞越岭化林坪至炉,此水遂仅为建昌往来道矣。

初六日乙未(10月28日) 晴暖

辰初,发富林场。场为清溪市居最盛地,瓦屋鳞列,长殆数里。市尽而民居犹密,橘柚累累,望之如星,清香扑鼻。五里黑石河。又五里蓝家营。又八里龙洞营。又二里升降盘曲,直上峻坂,曰小关子,亦扼要地也。过文武桥、复兴场,十五里至唐家坝。远望前山,市廛鳞次,掩映松林,盖汉源镇也。行十五里始抵其市南之三圣庙,午饭。汉源有盐卡,清溪古族多居于此,为合邑文风最胜地。自此以北,满路皆石,不能种植,民居亦稀。十里百吉关,今讹白鸡关。十里至清溪城。城东、南、西三面各临绝涧,北枕邛来之麓,天然险要。自西铲未开以前,兹为重地。汉置骑都尉,唐置都督府,明置分巡道署及茶市诸官皆在焉。其时汉番市易,商贾辐辏。今城内外旧市如牛市、羊猪市,诸坡废祠如永兴寺、崇宁寺,及相传九街十八巷,皆为瓦砾场矣。得阿六闰七月十六日家书。大女于闰月丑时得一子,阿六右足出脓水,仍请惠人医治,七秃读《诗经》至卫之《终风》。

初七日丙申(10 月 29 日)　晓雨

发清溪,五里至羊棬门,即王建城,俗语讹转也。亦名木瓜关,相传为武侯旧筑,韦南康置堡于此,李赞皇又增筑之,今关已废,惟余民家数十而已。又五里二十四盘,雨甚,风自北来,特觉凛冽。盘曲既尽,又得村店数家,过此便到大相岭顶矣。下岭,循山腰竹,十里至长老寨之武侯祠,一名冻云庵,康熙中岳诚勇所建。祠屋三楹,与诸君子挤坐东室,菜生饭冷,不能下箸,时已午正矣。自此下坡,山石横撑,难于着趾。诘屈行十五里至大关山,即邛来关。两山偏峙,涧水怒流,以视栈中,崎岖尤甚。又行十里至小关山。暮色黝沉,雨势益密,烧杆。行十里至黄泥铺,又交戌正矣。荥经令洪芝厚来清溪,洪令亦送至此。

初八日丁酉(10 月 30 日)　大雨竟日

幕中诸君子行李不到,寓黄泥堡,不行。读《公羊》。寓室黑漆,白昼如烛。

初九日戊戌(10 月 31 日)　五更雨止,而湿云犹渍

以行李未到,仍寓黄泥堡。读《公羊》。凤孙、瀫卿被褥傍晚始到。昨日荥经令备菜,余送大钱四千,洪令固辞不可,今日自买小菜及柴米。

初十日己亥(11 月 1 日)　晴

发黄泥堡,四十里至荥经城试棚,以另换夫马,例不再行。雅州巡捕官来。

十一日庚子(11月2日)　阴

黎明，发荥经县，渡河涉峻岭，泥路泞烂，艰于升降。十里至孟山塘、步塘。五里新添站。五里石家桥。五里斜麻湾。七里麻柳弯。雅安界。八里飞龙关。五里三倒拐。五里观音铺馆，盖风西大令接至此地。四十里至雅州府城试院，暮色四合矣。崔劭方同年与各教官迎于武侯祠，府学王懋昭、癸亥进士，南部。雅安范炳南、附贡，郫。刘绍宽、己酉举人，泸州。名山易赞元、己未举，资州。荥经王懋、廪贡，广安州。芦山冯映宿、廪贡，南充。清溪张极超、增贡，双流。天全州刘希向。辛亥举，成都。

十二日辛丑(11月3日)

谒圣放告。

十三日壬寅(11月4日)

岁考雅州生童经古。

十四日癸卯(11月5日)

岁考雅州七学生员。府学、雅安、名山、芦山、荥经、清溪、天全州。

十五日甲辰(11月6日)

岁试芦山、清溪、天全童生，共七百九十三人。芦山二百零五，清溪二百一十，天全三百七十八。

十六日乙巳(11月7日)

岁覆生员经古。

十七日丙午(11月8日)

岁试名山童生一千零三十五人。

十八日丁未(11月9日)

岁试雅安、荥经童生九百八十五人。雅安七百，荥经二百八十五。面试芦、清、天三县童。

十九日戊申(11月10日)

覆七学一等生员。面试名山童。

二十日己酉(11月11日)

面试雅安、荥经童。出岁试新进童生案。

二十一日庚戌(11月12日)

科试名山、清溪、天全童。

二十二日辛亥(11月13日)

科试生童经古。

二十三日壬子(11月14日)

科试雅安、荥经、芦山童。

二十四日癸丑(11月15日)

科试雅州七学新旧生员。面试名、清、天童。

二十五日甲寅(11月16日)

面试雅、荥、芦童。覆岁试新进童生。

二十六日乙卯(11月17日)

覆生员经古。

二十七日丙辰(11月18日)

科覆一等生。

二十八日丁巳(11月19日)

出西门,阅武童马箭千余人。雅安,名山,荥经,芦山。

二十九日戊午(11月20日)

又较马箭四百余人。清溪,天全。午后,回棚。

三十日己未(11月21日)

较步箭。名山,芦山,清溪。

十月一日庚申朔(11月22日)

较步箭。雅安,清溪。晓发名、芦、清武童案,晚发雅、清武童案。科覆新进文童。

初二日辛酉(11 月 23 日)　阴

较步箭天全。巳刻,发天全武童案,请提调看雅州七学武生岁试。午后,崔劭方来,盖凤西来。劭方言:蜀官之贤者曰韩鉴吾,现署达县;曰梅震煦,候知州;曰王烈,现署东乡;曰晁炳,候知县;曰刘铣,现令广元;曰刘枢之,现补东乡;曰黄桂滋,详补崇庆州知州。雅官之优者曰今雅安盖绍曾,前署清溪罗度,前署名山李莲生,前署天全州李大林。接何铁生讣状,李申甫、吴春海、孙春山、张世见书。

初三日壬戌(11 月 24 日)

晓发,起马至邛州牌。余已定初五日启行,邵方凤西为留一日,作武侯祠之游,遂改迟一日。发落岁科一等生员,生员誊解部卷,考贡十三名。夜覆武童。

初四日癸亥(11 月 25 日)　阴

发落武生。发落岁科新进文生。午后补覆武童。凤西邀幕中诸君子作金凤寺之游,吾乡人皆未去。凤西送雅州碑石拓本、黄连两匣。

初五日甲子(11 月 26 日)　阴

发落新进武生。答拜肖坡观察、劭方同年,皆晤,并见邵方七岁郎。午后登月心山,出南门至武侯祠,应道府县公饯之局,黄翔云题祠东云万胜冈前一草堂,薄暮始返。受太守茶两瓶,观察墨一笏。夜雨。

初六日乙丑(11 月 27 日)　晓微雨

出东门,渡石桥,桥下为周公山水。又一折渡笮桥,即平羌江也,来时水急以舟济,今见底矣。又一折渡青衣桥,滨青衣江行十里至桐梓林,过蓬莱院,折而西,入野田中。约一里登山,石磴高下泥泞,难于转步。延缘三里至石龙山,山势回合,竹树森然,颇有岳麓爱晚亭风景。约半里至金凤寺,寺为明正德年重建,黄缃云官建南时又加新焉。禅房幽洁,阁其后以望远,令人胸次一旷。盖凤西携肴来此,与徐肖坡、崔劭方四人共饮。午正,别之而行。五里至姚桥。经高君阙前，易舆而行，谛视隶刻及所画车马人物，皆灿然可辨。贯光阙中左及阙盖俱存，而失其右。贯方阙石四皆中阙也，左右及盖皆无有矣。贯光中阙右柱别刻一"光"字，当日树阙时以此识别也。墓已沉灭，无可指识。闻送者云别有一碑在姚桥官舍，急趋视之，则贯光墓碑，建安十四年所树，道光十七年韩小亭观察泰华物色于民家得之者。字数与樊敏碑相同，结体用笔亦复相似，或当日一手为之，暇当为之对校也。雨止而泥泞，恐不能到名山，舍之而行。行五里至鸡鸣关，下关即见蒙山，隆然如大屏，横于诸峰之上，惜不能杖策一登。又五里至水碾坝，名山令王健三迎于道左。又五里门坎山。又五里至名山县城，盖凤西亦送至此。得小宝八月二十日余姚书。

初七日丙寅(11月28日)　阴

出名山县东门，过仙洞子塘。十里石冈子。五里百土坎。五里新店，民居甚多。十里洗马池。又十里百丈关馆，王令送至此而返。寓舍菊花未残，盆石小景，楚楚有致。由百丈而北，村墅相连，竹树茂郁，新红老绿，间以烂黄，处处入画，雅州以南未之见也。十里鳝鱼桥。三里黑竹关，有民家亦多。又七里钓舫池，入蒲江县界。八里乾溪铺。十二里大塘铺宿，邛州牧李听斋宣、蒲江令陆介山汝衔皆来。夜留介山共饮，谈至四更方寝。

初八日丁卯(11月29日)　微雨

介山回蒲江。晓由大塘行，二十里卧龙桥。二十里抵邛州城，过仆干水桥，即所谓以南第一桥也。午初，抵试棚。午正，谒宣圣庙，至明伦堂讲书。回棚放告，得八十余纸，雅州两巡捕送至此而返，李牧及各学教官先后来见。邛州学正林以椿筠连廪贡、训导周道鸿成都附生、大邑教谕张炳元夹江拔贡、训导苟旁达巴县岁贡、蒲江教谕陈既垣郫县附贡、训导高全智天全州乙亥举人。巡捕四人亦来见。

初九日戊辰(11月30日)　午后见日，夜见月

黎明，试生童，经古共四百八十一。稚璜前辈初三日发折，请病假一月。颂阁补兵右，梅小岩放河督，意者其将大考乎？得谢星斋太守母讣。

初十日己巳(12 月 1 日)

慈禧皇太后万寿。寅刻,向州牧假朝服,设香案,向北望阙行礼,即出点三属岁考生员,名共六百三十三人。晓雨,积阴终日。昨寄阿六两纸,附陆介山所拟药方,由胡万昌寄都。今日三题,皆书乡党,余以为可免钞袭,不知刻文甚多也。出经古案。邛州:宁缃、龚玉璠、黄书忠、徐则夔、徐光宇、吴登龙、张文拔、谭言礼、杨协中、闵鸿藻、熊兆祥、刘瀛、夏绍虞、张梓。大邑:徐炳奎、朱钧、吴銮、唐洪昌、汪文镳、刘昺烜、黄应秋。蒲江:戴履中、陈端学、何鼎勋。

十一日庚午(12 月 2 日)　晴

覆生员经古二十四人。邛州之宁缃、黄书忠、徐则夔,大邑之汪文镳、刘昺烜,因童生保戳未齐,请缓覆,许之。“愿言则嚏”赋,以“今俗人嚏,云人道我”为韵。

十二日辛未(12 月 3 日)　晴

岁试大邑、蒲江童。大邑□百□十□人,蒲江□百□十□人,共一千□百□十□。寅初点名,酉正扫场。大题“忠行”合下一章,蒲题“成于乐”合下一章,次诗皆题“非富天下也”,“厚价收书不似贫”。

十三日壬申(12 月 4 日)　阴

岁试邛州童,一千□百□十□人。“求仁而得仁”合下一章,“事之数十年”,“竹荫寒苔上石梯”得“梯”字。阎兆銮、徐则夔查禀石怀珊所保枪冒两名:一温江人,李毓谭学使时曾经枷示者;一新津人。

十四日癸酉(12 月 5 日)　阴

岁覆邛州、大、蒲三学一等生。“先有司至,焉知贤才而举之”,“冬荐稻雁”得“冬”字。面试大邑童生三十六人。“其妻妾不羞也”,“夜半闻歌人荡桨”得“歌”字。今日月食初亏,亥正二刻八分,食甚。

十五日甲戌(12 月 6 日)

子正一刻四分,复圆,丑初三刻十分。共食九分三十一秒。将食之时,适有微雨,云阴沉黑,不见其状。面试邛州、蒲邑童,邛四十六名,蒲三十八名。“是故君子居下流”合下一章,“臣心有铁一寸,可刳妖蟆痴肠”得“心”字。补覆生古五名。“续衽钩边”“干袷”二解;“帝箸下腹尝其皤”赋,以题为韵;“冬荐稻雁”得“冬”字。二邑童至更余始完,可谓惨澹经营矣。晓发大邑岁试新进案,二更发蒲江案。

十六日乙亥(12月7日) 阴,暖

科试大邑、蒲江童共一千□百□十□名,大邑□百□十□名,蒲江□百□十□名。丑正,点名,酉初,扫场。大题“有为者辟若掘井”至“汤、武,身之也”,蒲题“柳下惠不以三公”两章,次题“孟子自齐葬于鲁”,诗题“疏种碧松通月朗,多栽红药待春还”。夜发邛州,岁试新进案。

十七日丙子(12月8日) 阴

考教官,题“尊贤之等,礼所生也”,“自公退食一炉香”得“香”字。科试生童经古。经解“济盈不濡轨”,“敷浅原”,“武宿夜”,“夫人荐涚水”,拟潘安仁《射雉赋》,“山水方滋”赋,“独骑瘦马踏残月”,生拟杜子美《雕赋》,“夜衣就国”赋,“拔葵燔织”诗。宁缃、黄书忠、阎兆銮以今夜邛童入场,结押未齐,俟明日补写未完之卷,许之。

十八日丁丑(12月9日)

科试,邛州童一千四百六十三人,丑正点名,寅正封门,卯正盖戳,黎明而雨,巳初即止。“子力行之”至“子必勉之”,次“而私与之吾子之禄爵”,赋得“时有养夜”得“长”字。夜发生员古学案。

十九日戊寅(12月10日) 午前有雨

覆邛属生员经古。“升歌间歌合乐”解,“君民”解,拟江文通《横吹赋》《珠瑕赋》,“续儿诵文选”得“儿”字。面试大邑童卅二名,蒲江童卅名。大题“如有政,虽不吾以”,“名酒过于求赵壁”得“求”字。蒲题“苟为善,后世子孙”,“异书浑似借荆州”得“州”字。夜覆邛属三学岁试新进文童。

二十日己卯(12月11日) 小雨半日,午后沉阴

科试邛属生员,邛州一百七十七名,大邑一百廿一名,蒲江一百十二名。邛题“成事不说”,大题“遂事不谏”,蒲题“既往不咎”,策问《仪礼图》,诗题“破柑霜落爪”。发大邑、蒲江科试童案。大邑惟居首者一艺尚能合法,余惟充额而已,蒲江并无一篇。

二十一日庚辰(12月12日)　晴和竟日

面覆邛童五十名。有“求全之毁”合下一章,“笔非秋而垂露”。补覆取古生三民:黄书忠、张文拔、徐光宇。拟谢希逸《月赋》,以“气霁地表,云敛天末”为韵,“刘向司籍”,“扬雄覃思”赋,以班孟坚《答宾戏》语为韵,“缉御”解,“自土沮漆”解。夜发科试一等生员案。邛州、大邑两第一皆主别解说,一为黄书忠,一为刘昺烜,其实策以宁缃为冠,文以张文拔、龚玉璠为佳,每学新生各得一人。

二十二日辛巳(12月13日)　阴

覆科试一等生员。邛州李清源、李逢源,蒲江戴履中、戴建中,皆胞兄弟也。邛州五名前:黄书忠、宁缃、张文拔、龚玉璠、张梓。大邑五名前:刘昺烜、朱培昌、吴丕承、徐炳奎、杨复仁。蒲江三名前:戴履中、刘河清、张济川。题为“放郑声”合下一章,“碧梧栖老凤凰枝”得“栖”字。得陶子缜闻讣书,其母樊八月五日病殁,廿六日湘中得信。出邛州科试新进文童案。

二十三日壬午(12月14日)　阴

校阅邛属武童马射一千四百余名,竟日而毕。邛州学正林以椿,年七十八矣。昨日科覆生员犹来试院趋事,不谓昨夕以猝疾而亡,死生固难逆知也。监射者为督标参将张旭升,云南人,号紫云。夜雨颇密,直到天明,三更有风。

二十四日癸未(12月15日)　阴

校阅大邑步箭四百三十九名,午正而毕。未正,校阅技勇百四十八名,酉初而毕。夜发大邑新进武童案十四名。三更有风,饮茶过多,不能熟睡。

二十五日甲申(12月16日)　阴

校阅邛州步箭六百名,申初始毕。试技勇者二百三十余名,又校阅至初更，尚余九十名，盖钤于诸童，左臂俟明晨续阅。得张子遇零陵书，附其子试帖诗。发科试文生卷箱，邛州第一仍改列宁缃。

二十六日乙酉(12月17日)　阴，午后北望，颇有雾色

校阅昨日所余邛州童九十名技勇毕，接阅蒲江童步射三百零二名，至午而毕。饭后校阅蒲江童技勇百零一名。薄暮发邛、蒲武童新进案，邛廿五名，蒲十二名。覆邛属科试新进文童。“行辟人可也，焉得人人而济之”，“山意冲寒欲访梅”得“冲”字。阎兆銮邛州一等补覆试，“射有似乎君子”三句，“弓调而后求劲”得“调”字。阅邸钞，曹仲铭放湘学，左恪靖督两江，盖彭雪芹宫保已辞初命矣。

二十七日丙戌(12月18日)　阴

岁试武生。李听斋来见。发落岁科两次一等生与之言者：邛州则宁缃、张梓、张文拔、龚玉璠、黄书忠、徐光宇，大邑则刘昺烜、朱培昌，蒲江则戴履中。别有邛州科试二等五名刘正楷、十五名袁文忠求发试卷与看，许之。一等生另誊解部卷。考贡题“礼乐不兴，则刑罚不中”，“王肇称殷礼，祀于新邑，咸秩无文”，“岸容待腊将舒柳”得“舒”字。幕中诸君今日始出试院游览。大邑武州案首范殿魁仅有步箭一支，挽弓十力，以其州首列于榜末。今日邛州文生孙启文呈称范殿魁病殁兵房，以今之范殿奎顶充云云，检查点名清册，履历果由控补州中送来。县试清册独范殿奎一页，与全簿长短阔狭不齐，其为作契搀入，无疑牌示扣除，以陈殿华补额。教习认保斥革，派保降附，并饬提调革责兵书。

二十八日丁亥(12月19日)　阴，寒

阅《毛诗》《礼记》，郑氏笺注。幕中诸君为鹤山祠之游，余未得去。夜覆新进武童，尚余少半未至。有讦邛州武童张凤鸣冒籍进者，今提调讯问，知系挟嫌诬控，交其羁管，随者听取铺保。

二十九日戊子(12月20日)　晴，见日

补覆新进武童，发落武生、岁科两次新进文武生。午后答邛牧李听斋，其幕友张君出见，遂与同饮，更定而返。张君言朱海门师定居长塘后,竟举一雄,闻之不胜心喜。邛署仪门不开,开则有命案。又仪门前有两铁狮子屋,其上四围皆杜塞,相传牧是邦者不可见铁狮,见则亦有命案。前署牧熊树丞自勋开仪门出入,三日之中命案八起,此其近验也。

十一月初一日己丑朔(12月21日)

黎明,自邛州启行。阴云四垂,兼有宿雾,远林黯淡,新麦纷披,一路都有倪迂画意。十八里火烧桥,今改称东岳镇,邛牧送止于此。二十里高桥,村落颇多。又二十里至杨场之南岸,旧设行馆于此,今改于河北小岸,赁市居以为使旌暂憩之所。渡河约里余即到,来时以舟渡,今桥梁新成也。新津令孙縠庭来迓。午后,行十二里至界牌,新津、邛州交界地也。道左旌旗十里不断,盖孙令新设者。十三里至太平场,廛肆鳞列,俨然一城,团丁亦皆属此乡,饶裕之象,隐然在目。又五里抵新津县城,致盖凤西书,遣马顺送去。

初二日庚寅(12月22日)　冬至。阴

未明,发新津县,出东门,过少保故里,渡河三次,皆新造红阑木桥。十五里至花桥场。八里关家林。七里串头铺。五里花园场,孙令、邱广文送至此而返,场北即双流县界矣。又十里黄水河,廖令、广文迎于庙中。十里塔子坝。五里双流县午馔。十里金花桥,过建吕镇,刘士奇携家赴官,停舆出见,言其两侄取入凤皇厅学云云,数语而别。又十里簇桥,成绵龙道设关于此,双流官吏送至此而返。十里红牌楼。五里武侯祠,成都令耿□□、华阳令王宫午及铁江同年皆来迓。又五里入城回署,旗竿已双列矣。留铁江夜饭,更尽始去。是日,午后有丝雨,风寒头痛。

初三日辛卯(12月23日)　阴

三学教官及监院来见。得王壬秋院长廿五日舟中留书。自鹿滋轩处送到樊云门书并银一百两。得蓓香族叔书。戴瀛海来。得施恒甫书。晁同年及绪三先生来,绪三代理山长自本月始。得周生霖学士书，有其妻讣状。王廉堂成都守来。鹿滋轩来。崧锡侯来。崇扶山来。得张杏舫汉口书。得徐小民广东书。

初四日壬辰(12 月 24 日)　阴

头痛偏左，延及于齿、目、鼻之间，亦牵动不快，客来谒者皆辞之。得王介卿书，云将于冬日入都。是日午前有微雨。

初五日癸巳(12 月 25 日)　晴

寄阿六书，托督署折差，头痛未差，请凤孙开方服之。

初六日甲午(12 月 26 日)　阴

服凤生药，有黄芩一钱，服之觉右胸作凉，而头病未去，拟去黄芩，易以薄荷。

初七日乙未(12 月 27 日)　晴

仍服凤孙药。胡作宾恃退卯，具言张兆麟不肯给，张交书板银四十二两，谭大人公费银三百两，令其查取成案。午后，铁江来谈，留夜饭。新派提调林之洛复来求见，余以病未能也。丁士彬亦来。

初八日丙申(12 月 28 日)　阴

仍服凤孙药，已有效矣。铁江以心壶给谏《碑传集》见示。章顾卿送《水经注》。得刘叔俛书。马顺自雅安回，得盖凤西书，知所传折玻璃银二十金、门士二百金，语皆无著。凤西并遣其仆同来，卖还所偿之款。得九月廿三日京寓书，内子令阿送书之，大约言萧起三侍御韶荐一安徽汪姓者来治阿六病，自八月十一日起，腿肿全愈，尚未收口，能静养至腊尾，可以脱体。其药资甚昂，已付数百金，盖震于蜀学之名，挟技以恬取人财也。中街之屋者，涛师已亲言勿轻徙，必俟儿病大愈后，再议移居矣。飞千书来，小云、铁江及杨立轩益豫书皆自家报中来。小云言伯声欲平反一案，实为门丁所误，今已将门丁解苏讯问云。

初九日丁酉(12 月 29 日)　阴

仍服凤孙药。王廉生赠新刻苗先鹿《说文声读表》，并以《南北朝存石目》见示，共八卷，分四类：曰记，造佛象亦入于中；曰碑；曰志；曰梵典,则佛经也。张振轩奏调陈六舟往粤,亦廉生云。铁江来,以丁俭卿补《郑氏诗谱》托其付章顾卿选工精刻。王萃珊年丈之侄钥投书求荐其父之湘,先君楚中选拔生也。

初十日戊戌(12月30日)　晴

得黄漱兄书,知冯贵有来蜀之意。得李小荃制军书,知已拨夷陵盐厘银每月三十金,送樊云门矣。午后,廉生来谈,留夜饭,并邀铁江同饮。李郧园寄其子潮州知府钟麟四语,曰:"惟公足以服人,惟明足以礼弊,惟廉足以养民,惟敏足以集事。"尝论古今,惟以天下善人君子得行其志为己称快。见程光禔所辑《李文襄年谱》。文襄举荐贤良,人未尝知,有知之者,或以牲牢之物稍佐军需,必却之曰:"凡所犒赏,军中无不知其所由来。盖所为者极难,庶足激厉众心,能得其死力耳。"覆盖凤西书。

十一日己亥(12月31日)　晴

剃头。得周生霖十月初七书,成属肄业尊经诸生分列于后:

邓昶伯山,绵州廪,《书》。亦有文才,好观大略。
刘子雄健卿,德阳廪,《礼》。
刘镕陶庵,绵竹廪,《诗》。
崔映棠树南,绵州廪,《礼》。尔正温良,文长于学。
杨锐叔峤,绵竹廪,《书》《诗》。年少不廉,已云冠绝。
孙鸿勋彦臣,绵州廪,《书》《公羊》。独有外材,心地光明。
周孟侯,内江。周吴二名,陈调未到。
吴嘉谟,井研。
杨桢,井研廪。未窥全豹,已作饱鹰。
董含章,资州廪。好谀恶直,旧学精研。
魏天眷西堂,资州廪,《诗》《礼》。时□合色,亦有古心。
黄绍文蔚轩,简州廪,《诗》。
哲克登额明轩,旗学附。旗生苦学,亦自斐然。

锦福介山，旗学附，《诗》。烟。

陈文垣芗荃，成都附，《诗》。

胡樑建堂，新津廪，《诗》《礼》。时获珠船，终窥全豹。

洪尔振鹭汀，华阳廪，《诗》。

岳嗣佺尧仙，成都附，《诗》。

张可均韵平，华阳廪，《公羊》。颖悟有余，志立未定。

赵一琴韵泉，成都府学附，《书》《诗》。

王树滋剑门，新繁增，《礼》。文章大进，故我未进。

岳嗣仪凤吾，成都附，《诗》《礼》。疏通自喜，亦能折节。

范溶玉宾，华阳廪，《诗》《礼》。温藉含华，别有怀抱。

傅世洵仲龛，华阳廪，《易》《礼》。应有尽有，忧贫忘学。

童煦章雪台，新津廪，《诗》。

张祥龄子富，汉州廪，《公羊》。兼爱矜奇，好而未乐。

陈观得酉生，成都廪，《诗》。

杨永清子纯，崇庆廪，《尔雅》。颇矜绮藻，懒不可医。

杨桢敬亭，新繁廪，《诗》。

刘泽溥润泉，华阳廪，《诗》。

缪宗瀚仲卿，成都府，《诗》。

刘澄拜言，华阳府，《诗》。

方守道廉史，成都府学廪，《诗》《春秋》。

未到诸生留而未至：

邹履和，华阳府。

叶大可，成都廪。粗通雅谊，弃而糊口。

张孝楷，华阳廪。跅弛自负，实未用工。

调而未来诸生：

刘九龄,彭县。

胡延,成都。

十二日庚子(1882年1月1日) 阴

向廉生处取《说文句读》一部,拟付刊发存署,覆刻万氏《十一经》书板,归书局刷印。盖张南皮所刻,刻资五百金,众书十二人所分出者也。南皮不受顶参陋规,故令众书分任之,而众书借此作为流底增添之款,且私其板不予人刷,有刷者各分其余利,遂起争端。余既不受陋规,并裁众书共分三百金之陋规,兹又并书板价四十二金亦汰之,而以板归书局,盖五六年轇轕不清之弊,一扫而空矣。重庆廪生李滋然呈阅观风卷,装成十本,富矣哉。

十三日辛丑(1月2日) 阴

成都令耿鹤峰来。毛、薛两监院来请,以丁树诚、萧映棠留充尊经斋长。又两斋长以毛锐、戴光充补。戴光未来时,王光第代理。又以岳森司书,魏天眷、陈宝掌书籍,许之。薛教官又留毛煦帮办监院,亦许之。

十四日壬寅(1月3日) 阴,小雨

得大哥闰七月二日书,黄大同、卞少仲携来,纯泰、均安钱肆之火伴也,索西广顺仇连陛之债而来。西广顺者,闻喜人鲁玉成所设也,共负银万余两云。午后答客,晤稚璜前辈、滋轩同年。阅邸钞,廖仲山升阁学,张百熙放山东学政。夜寄大兄书,共十纸,漏尽矣。抵川之后,第一次作家书也。

十五日癸卯(1月4日) 阴

辰初一刻诣文庙行礼,随至明伦堂读圣谕讲书。代办提调林书元之洛己酉拔贡来见,罗文恪所取士,曾带领见吾父于京邸者,自山西天镇县知县送四川崇庆州。

各学教官来见者,成都府学范元音、薛华墀。成都:邓兆麟、杨锡庆。华阳:许国桢、高云从。简州:孙焕文、李星根。中江,岁贡,捐署。

崇庆州:洪璋、江淦。四七,遂宁,廪,捐选。汉州:宋时湛、苏学海。温江:范泰阶。五十,隆昌,甲子举,捐选。郫县:张钟骏。四八,铜梁,由廪捐选。崇宁:文人蔚。新都:陶懋模、何钦朝。灌县:范绍勋、五十,高县,廪,捐选。郑瑺山。五七,荣昌,附,保举署。金堂:王文燮、五一,眉州,岁贡,誊录选。张杰。新繁:吴开来。彭县:龚世莹。六一,荣县,己未举,大挑选。新津:邱辉祖。双流:聂钤。什邡:邓为桢、六八,九姓乡,岁贡,捐选。陈伟元。邛州,拔贡捐选,六五。巡捕来见者:试用巡检郑清芳、深州,五六。试用从九品邓钟锳、江西新城,四六。候盐茶大使胡克诚、鄱阳,四五。试用府经历徐廷钧、顺天通州,四四。补用巡检罗振璘、善化,三九。候盐茶大使沈炳、秀水,三十。试用县丞石锜、涂州,廿七。贾孝彩黄县、谢文藻武进。

午后钱徐山来谈,并为之借书数种。丁稚璜前辈来谈,坐一时之久而不去,余腹作雷鸣矣。今日向李姓买得蜀中汉石拓本九种:《梓潼侍御史李业阙》、《新都兖州刺史王稚子阙》并画象、《简州逍遥山会仙友题字》、《渠县谒者北屯司马沈君右阙》、《渠县新丰令交阯都尉沈君左阙》、《渠县冯焕阙》、《德阳上庸长司马孟台神道》、并画象,止存三字。《梓潼蜀故中书令贾公阙》宋人题字、《梓侍潼蜀故侍中杨公阙》。又《云南爨龙颜碑爨宝子碑》。又得六朝蜀石拓本三种:《简州北周文王庙碑》《奉节隋金轮寺舍利塔》《奉节龙山公墓志》。廉生熟于金石,目前得其所撰书,知汉石见存于蜀者共十八种。试雅安时盖凤西大令所赠者:《芦山巴郡太守樊敏碑》阴后人题字、《雅安益州太守高颐碑》。高颐东阙、高颐西阙、高颐阙上横列新出题名并画象。兹又得九种,共有十四种矣。《綦江严季男刻石》,今在署中,尚待椎拓。其未之得者,惟《夹江益州牧杨宗阙芦山杨君铭残石》、闻碑上截及额存,不易得。《忠州丁房阙画象》丁房阙无题字耳。南北朝石犹有云阳县天监《鄱阳王军府题记》《仁寿县始建县刻石》《绵州文托生母造象》三种未得。《绵州三洞道士黄法暾造象》,大业六年太岁庚午十二月廿八日。

十六日甲辰(1月5日) 阴

铁江入署襄校试卷。林书光来,告之以松潘童生不可招考。放告,得六十余纸。

十七日乙巳(1月6日) 阴

试成,属经古生童七百余名。午后,风起作寒,落叶萧萧,杂以微雨,居然冬日气候矣。

十八日丙午(1月7日)

科试府学、八旗、成都、华阳、简州、崇庆、汉州、温江八学生员,计一千九十二名寅初点名。华阳学学书讦告文生王衡钧非本身,查问知倩王泽顶替入场,照例责枷,饬提调传王衡钧到案。责乱号生三名。温江未完卷一本。

十九日丁未(1月8日) 晴,冷

补岁考,又补考贡二名。牌示各生领卷,先听提调点名,札各教官将不与试生卷扣除,并拈签名册上,以省唱名稽延时候。

二十日戊申(1月9日)

试郫县、崇宁、新都、灌县、金堂、新繁、彭县、新津、双流、什邡生员,共八百七十名,亦寅初点名,卯初封门。下题至半时之久,始有曙色,霜华甚厚,始知连夜严寒之故。余至十八日,始着白风毛也。出生员经古案,经解小学,正取:华阳傅世洵。副取:华阳张可均、华阳张孝楷、华阳唐文焕、新繁周培、华阳苏秉良。备取:华阳蔡伯壎、双流熊书云、成都杨汝舟、府学曾瀛。诗赋,正取:成都胡延、成都周宝清、崇宁赵滨、崇庆杨永清、成都叶奇、华阳方钧忠、新都叶文光、成都陈际盛、府学曾鉴、华阳刘泽溥。副取:华阳唐应莹、金堂曾思慎、华阳张家照、成都缪宗瀚、府学赵焕文、华阳马兴文、府学林荣华、府学林永镇、什邡罗光烈、府学杨光坰、成都叶先甲、成都杨显谟、成都胡登岱、华阳周培根、华阳徐炯、成都陈观浔。备取:府学赵一琴、府学叶纪麟、府学田瑞年、成都沈丙文、成都吕瀚、成都郭增源、华阳罗长钰、成都杨宜瀚、华阳洪尔谧、华阳杨煊、华阳张文彬、崇庆杨永澍、崇庆罗元黼、汉州张梦蛟、成都程文灿、灌县何仲璋、温江杨体贤。

二十一日己酉(1月10日)　晓霜着瓦,竟日沉阴,林鸦群噪

覆经古生五十三人,内有五人未到。考小学以傅斯洵为最,张可均次之。考诗赋者以杨永清、胡延为最,叶大可、陈际盛、刘泽溥、唐应莹、杨宜瀚次之。傅斯洵两次并作诗赋,可谓美才。

二十二日庚戌(1月11日)　晴。晓有霜华,天气微暝

试崇庆、金堂、双流童生共一千六百七十二人,丑正点名,寅正封名。据成都耿令禀称,因案获得枪架二名,一项笃生,一顾香谷,皆积年招摇色揽著名匪徒,交提调严讯责枷。夜出生员案及经古覆案。

二十三日辛亥(1月12日)　晴

覆试一等生。“孟子自范之齐”一章,“谁致当时鲁二生”。府、旗、成、华、崇、汉、简、温及繁、郫、金、什十二学共一百五十人,外有三人未覆。孝贞显皇后于九月二十二日升祔太庙礼成,今日午刻诏书到蜀,自制军以下皆出城恭迓,臣以扃试未与其列。午后,发新都、崇宁、灌县、彭县、新津、双流六学科试一等生案。

二十四日壬子(1月13日)　阴

试简州、汉州、温江童生一千六百七十三人,丑正点名,寅正封门,薄暮而毕。首题“勉强而行之”合下节,“知耻近乎勇”合下节,“知所以治人”合下节。次题“今为所识穷乏者得我而为之,是亦不可以已乎”。诗题“识字劣能欺项籍”,“生子何须似仲谋”,“弃繻何不识终童”。夜挂崇庆、金堂童面试牌。

二十五日癸丑(1月14日)　微雨

覆崇庆、金堂、双流童。“然则曾子何为食脍炙而不食羊枣”“断角残钟半掩门”,陆诗上句“孤城小驿初飞雪”。又覆新都、崇宁、灌县、彭县、新津、双流一等生。“他日归,则有馈其兄生鹅者”至“出而哇之”,“绕庭数竹饶新笋”得“新”字。夜阅覆卷,至子正一刻方睡。

二十六日甲寅(1月15日)　阴,有微雨

科试郫县、崇宁、灌县、新繁童一千六百九十七人,寅初点名,卯初封门,薄暮而毕。郫县"夫我乃行之"至"夫子言之"。崇宁"夫我乃行之,反而求之"。灌县"不得吾心,夫子言之"。新繁"于我心有戚戚焉"两句。次题"古之人未尝不欲仕也"。诗题则义山诗每县得一句:"君问归期未有期,巴山夜雨涨秋池。何当共剪西窗烛,却话巴山夜雨时。"又补覆崇庆、双流面试童四名,"此心之所以合于王者何也","寒梅著花未"。夜挂简州、汉州、温江童面试牌,以昨日面试崇庆、金堂、双流童,卷有不得题解而文字可造者,再悬牌,于明日加试一文。

二十七日乙卯(1月16日) 晴

辰正始起面试简、汉、温三邑童。"而子悦之","客至惟求转借书"得"求"字。又重覆崇、金、双三邑,仍用昨日补覆题,"此心之所以合于王者何也"。夜发头场新进科案:崇宁廿五,金堂十四,双流十二。

二十八日丙辰(1月17日) 晴

科试新都、彭县、新津、什邡四邑童一千五百九十二人。"暴未有以对也"二句,"贾请见而解之"至"何人也","髡未尝睹之也"二句,"克告于君"二句。次题"齐戒沐浴"二句。四诗题皆皮、陆诗句也。夜挂郫县、崇宁、灌县、新繁童面试牌。

二十九日丁巳(1月18日) 阴

面覆郫县、崇宁、灌县、新繁童。"以为贤乎",郫。"为其贤也",灌。"吾子与子路孰贤",崇宁。"然则吾子与管仲孰贤",新繁。郫案首何宝恕诗、古第一,令作赋、诗各一首,拟谢希《月赋》,以"气霁地表,云敛天末"为韵,诗皆皮、陆句。华阳李生呈代保张纯熙,与张□□三代履历相同而询之,张□□则云与张纯熙是伯叔兄弟,请扣除,许之。两首县送菜两席,以明日试成、华童,例有之也。于少亭寄《樊敏碑》拓本,又得方令书。

三十日戊午(1月19日) 晴

科试成都旗籍及成都、华阳两县童,共一千三百六十四人。寅初点名,人数拥挤,过卯初封门,星离离欲曙矣。"乐正子从于子敖之齐，乐正子见孟子”，“然则彼皆非与”，“雪月花时最忆君”，旗。“陈相见许行而大悦”，“陈相见孟子”，“请勿复敢见矣”，“水竹花前谋活计”，成。“过宋而见孟子”至“复见孟子”，“则亦无有乎尔”，“琴诗酒里即家乡”，华。又有郫县补覆童两名，华阳文题、旗籍诗题皆不佳。以昨日两首邑所送席，请幕中诸君子合饮。挂新都、郫县、新津、什邡童面试牌。

府案录取者：

崇庆：五名，周彝章府一；六名，文钰府四，州一；十一名，萧光宇府十；十三名，李光远府三，州六；廿三名，王廷元府十三。

金堂：一名，黄思敬府一；三名，萧秉钧府八；八名，陈昌藩府五；九名，梁兴楷府四，县一；十名，黄桂芬府三，县二。

双流：一名，胡寿铭府一；二名，张孔修府十；九名，李熟南府五；七名，翟洪勋县一；八名，高叙伦县二。

汉州：一名，牟克光府一；六名，江骏观府十，州一；九名，辜昌霖府三；十二名，冯光志府八；十三名，黄锦裳府九。

简州：一名，袁楚望府六，州一；四名，叶春壬府一；七名，李务滋府五；十名，谭钧达府七；十三名，周锡智府二；十五名，段云溪府九；廿六名，萧尊仁府四。

温江：四名，余廷谦府一；八名，白清传府五，县十；九名，杨藩府九，县一；十一名，郭希敬府七；十六名，袁忠熙府四，县一；十八名，杜斗衡府三，县八；十九名，梅羹府六。

郫：一名，何宝恕府一；张铸府三；袁森堂府二，县一；孙少駉府五。

崇宁：蒲文楷府元，县一；黄云鹄府二；杨灏府九；龚焕雯县一；萧世仁县十。

灌：邱璧光府一；马继华府十三；杨鼎铭县一，府六；申之翰县三；罗炳文县六。

新繁:陈心榑府一;方廉府二;刘湘府五;吴鸿模府六;邓文明府七,县一;严祖良府十,县九。

十二月一日己未朔(1月20日)

发郫县、崇宁、灌县、新繁文童案。面试新都、彭县、新津、什邡童,“然则舜伪喜者与”,“周公知其将叛而使之与”,“不识舜不知象之将杀己与”,“然则孔子之仕也,非事道与”。诗题则山谷诗“诗催孺子成鸡栅”二句,工部“老妻画纸为棋局”二句也。天气颇暖,竟日暄妍。臬司张凯嵩初二可到,先遣人持柬来候。夜与铁江同谈,漏尽始散。

初二日庚申(1月21日) 晴暖

阅《申报》,知廖觳士已放浙江粮道恽杏园出缺,宝竹坡升礼侍。夜挂成都、华阳及旗童面试牌。林书元提调进见,知今年试事甚静,无控告者,因告之以巡捕新生费俗例一两,所有后加面试银一两,当永远删除。

初三日辛酉(1月22日) 阴

面试旗童二十名,成都童六十五名,华阳童五十余名。上灯后始毕,可谓苦心作文矣。旗“可得闻与”,成“亦有外与”,华“岂谓是与”。诗题:旗“客至罢琴书”,成“挂壁移筐果”,华“呼儿问煮鱼”。闻张廉访已于今日入城,制军亦出城往迓云。天气甚暖,牙腭微肿。

初四日壬戌(1月23日) 阴,暖

定覆试一等案。成、华两邑覆试童文多不得题解,阅之令人气闷。夜,发成都属科试卷箱。薛教官来,知此次枪手竟无入场者,街市亦甚安静,试童不闻滋事。

初五日癸亥(1月24日) 阴

取古童生之成都吴兆乾、华阳徐道宗面试,文皆失题解,今日复令重作,吴则得矣,徐犹未解也,真无如之何。见各学教官:松潘教授吴泽棠,六十五,綦江甲辰举。理番教谕杨之新,六十六,西充廪。资州学正卢树桂、五十七,营山辛亥。训导吴秉德,五十四,岳池廪。仁寿教谕周霖雨、四十五，华阳附。训导干卓如，五十七，彭山壬戌举。资阳教谕王培桢、六十七，郫县癸卯。训导易良书，六十四，秀山岁。井研教谕廖锡藩、五十，新繁增。训导马畅然，五十七，雷波岁。内江教谕冉昱光、五十四，遂宁岁。训导陈谨荣，五十三，华阳壬子优。绵州学正罗岱湘、八十，资阳辛卯。请假不至。训导罗琨，四十七，营山廪。德阳教谕刘炳勋，六十三，内江丁酉拔。安县教谕雷常恂，六十二，什邡恩贡。绵竹教谕魏彬儒、五十二，新都壬子。训导余煜，六十，雅安岁贡。梓潼教谕唐席珍、六十五，定远乙卯副。训导周树棠，六十四，中江辛亥举。罗江训导王槐，六十六，达县辛亥。茂州学正刘元鼎，六十九，简州己亥。汶川教谕刘照藜。五十四，定远廪。夜发旗学及成华新进案。

初六日甲子(1月25日)　阴

试资、绵各属生童经古，松理、茂州无考者。生题：《汉书·艺文志》赋，不限韵；《说文解字》“博采通人”赋，以“从受古学，不名贾逵”为韵；“勋业频看镜”“看”；《刘焉刘璋论》；拟《唐明皇自蜀回銮群臣贺表跋》；《周易集解》；《访百花潭》七古；《浣花溪棹歌》七绝。童题：拟蔡中郎《短人赋》，不限韵；“漆书壁经”赋，以壁中古文竹简书之；“行藏独倚楼”；拟《祭江渎庙文》、围炉词古、迎春词绝、《战国四公子赞》各一首。经解题及算学题不具列。补考岁试题：“不占而已矣”，“迟任有言曰”一节，“春回柳眼梅须里，愁在鞭丝帽形间”。

初七日乙丑(1月26日)　阴

发落成都属一等生。夜雨。初五日覆试成属新进童尚未及半，定本日补覆，而各学册送名数犹未齐到，又改期初十日。

初八日丙寅(1月27日)　雨

试松、理、资州、仁寿、资阳、井研、内江、绵州、德阳、安县、绵竹、梓潼、罗江、茂州、汶川十五学生员，共……名。松潘：“今王与百姓同乐，则王矣。”理番：“君子亦仁而已矣，何必同。”资州：“同一位。”仁寿：“得侍同朝，甚喜。”资阳：“未同而言。”井研：“巨屦小屦”至“相率而为伪者也”。内江：“如伋去”至“同道”。绵州：“八家皆私百亩”二句。德阳:“何以异于人哉”二句。安县:“曰:姑舍是”至“不同道”。绵竹:“讳名不讳姓”三句。梓潼:“曰:凡我同盟”至“言归于好”。罗江:“何独至于人而疑之”二句。茂州:“今夫辫麦”至“其地同”。汶川:“孟子曰:欲贵者,人之同心也。”策问:《史记》,称《太史公书》。诗,每学一题,皆《文选》句,如“老聃伏柱史”,“子云惭笔札”,皆举一古人以为之者。午后,发生员经古案:正取经解:杨桢井研,刘子雄德阳。副取经解:张燧井研,吴季昌井研,张庆祥内江。备取经解:王茂其井研,吴嘉训井研,陈虞封仁寿。正取诗古:杨锐绵竹,崔映棠绵州。副取诗古:吴嘉谟井研,刘镕绵竹,吴朝品绵州,骆腾焕资州,孙鸿动绵州,康树滋内江,周玉金资州,崔映椿绵州,廖衡资阳,刘彦彬资州,毛耀鸣仁寿,申惟翱资州。备取诗古:毛奇智仁寿,朱丽生安,杨道南仁寿,温润璋资州,潘润青资州,叶荣钧资州,毛光灿资阳,陈调燮仁寿,胡永南仁寿,黄清亮资州,刘祚涛资州,吴敬钊资州,叶芬绵州,江炳坤德阳,张宗渠内江,江钟英内江,刘谟内江,苏肇森内江,门建皋内江,刘第内江。

初九日丁卯(1月28日)　阴

覆成属经古生员四十二名,不到者,内江张庆祥、德阳江炳坤两名。汉武帝《封禅赋》不限韵,张苍献《春秋左氏传》赋以题字为韵,拟《孝女叔先雄碑》,补《东坡先生生日祝嘏文》,萧方等《三十国春秋》国名考,拟题前后蜀名画四种,“腊八粥”得僧字十二韵,《送灶词》七绝。提调来见。

初十日戊辰(1月29日)　阴

科试仁寿、内江、井研、梓潼童生一千六百余名。仁寿:“必不得已而去,于斯三者何先”,次“知其所离”。井研:“皆所不答也,滕更有二焉”,次“不以为泰”。内江:“效死勿去,君请择于斯二者”,次“殆不可复”。梓潼:“鲤退而学礼,闻斯二者”,次“不让于师”。诗题则“座右题铭律后生”,“池边写字师前辈”,“衣裁大布如亭长”,“护持新笋似婴儿”也。夜覆成都属新进童,“取士必得”,“而今未问和羹事”。

惟华阳廖□□以就昏金堂不到。

十一日己巳(1月30日)　阴

发十五学生员一等案并生员覆古案共二十六名,较正案汰去十六名。

十二日庚午(1月31日)　阴

科试资州、绵州、安县、罗江童一千二百余名。资州:“孟子曰曾子”,次“无耻之耻”。绵州:“孟子曰仲子”,次“闻乐不乐”。安县:“孟子曰杨子”,次“知和而和”。罗江:“孟子曰许子”,次“亦忧其忧”。诗题则“瓷瓶减水朝防冻,布被加绵夜代烘”,“石鼎涛生茶正熟,铜炉灰陷火潜消”也。提调以松潘顺榜册未到,来商应作若何办理,余以转饬教官督令廪保出具甘结,保送入场告之。夜挂头棚童面试牌。闻新臬司今日进署,崇扶三亦回道署。

十三日辛未(2月1日)　阴,午后有雨

面试仁寿、井研、内江、梓潼童。仁寿:“长者绝子乎”,“落叶残碑有汉苔”。井研:“若是其大乎”,“破扉开涩染苔花”。内江:“子绝长者乎”,“夜骄肌鼠阚灯明”。梓潼:“子亦来见我乎”,“霜压乌啼惊月上”。科覆松、理、资、绵、茂一等生。松、理:“费惠公”至“则事我者也”,“孤城小驿初飞雪”。资属:“缪公亟见于子思曰”至“而况可召与”,“断角残钟半掩门”。绵属:“齐景公曰:既不能令”一节,“寒池蕉雪诗人画”。茂属:“邹与鲁哄”一节,“午榻茶烟病叟禅”。诸生至漏尽始交卷出,夜雨。

十四日壬申(2月2日)　雨

科试松潘、理番、资阳、德阳、绵竹、茂州、汶川七邑童一千三百余名。松:“吾闻之喜”,“逸民伯夷”。理:“王赫斯怒”,“逸民伯夷叔齐”。资阳:“其鸣也哀”,“叔齐虞仲”。德阳:“吾为此惧”,“虞仲夷逸”。绵竹:“食而弗爱”,“夷逸朱张”。茂州:“则不知恶”,“朱张柳下惠”。汶川:“求若所欲”,“少连”。扣汶川童不与厅试者五名,童生讦之也。辰刻有雪,取大苏《聚星堂雪》诗命题,曰“窗前暗响鸣枯叶”,

曰"龙公试手行初雪",曰"映空先集疑有无",曰"作态斜飞正愁绝",曰"晨起不待铃索掣",曰"未嫌长夜作衣棱",曰"却怕初阳生眼缬"。闻岐将军元今日抵省,制军出城跪安。夜挂二棚童生面试牌。

十五日癸酉(2月3日) 阴

覆资州、绵州、安县、罗江童。资州"明足以察秋毫之末"。绵州"日亦不足矣"。安"立乎人之本朝"。罗"春秋无义战"。以"明日立春"四字冠于题首,福孙所拟也。诗题"春盘傩鼓渐关情"。

十六日甲戌(2月4日) 立春。阴

晨间闻鼓吹声,太守送春牛来也。得张蓉江观察之渊鄂中书。得钱子密十月八日京邸书。日昇昌来。罗江童有控县首蔡成周有匿丧事者,饬提调查覆。夜,提调来见,为松潘颜童实未补州考,故廪生不敢出结牌示,扣除。挂第三棚童面试牌。

十七日乙亥(2月5日) 阴

面覆理番、资阳、德阳、绵竹、茂州、汶川童。理番"君子之难仕,何也"。资阳"夫子之不援,何也"。德阳"赐之则不受,何也"。罗江"民犹以为大,何也"。茂"又从而礼貌之,敢问何也"。汶川"外人皆称夫子好辩,敢问何也"。诗题"行人临发又开封"。是日,因松潘顺榜册未到,暂迟面覆。

十八日丙子(2月6日) 阴

面试松潘童,"亦将有以利吾国乎?""贪看梅花过野桥"。又面试罗江案首蔡成周。申刻,发理番、资州、绵州、德阳、安县、绵竹、罗江、资阳、茂州、汶川十学科试新进文童案,以松潘顺榜册未到,暂迟揭晓。夜与幕中诸君子饮,送铁兄回公馆。闻岐元今日接将军印。

十九日丁丑(2月7日) 晴

发落成都内属新进生二百零八名。谢子澄之孙谢质,严树森之孙严祖良,亦在其列。华阳之六名杨煃德,阳之,一名张宗垚,又本衙门承差之子也。考俸满教官,"教不倦,仁也","眢井新飞百尺泉"。考贡,"学不厌,智也","僵松再寿千龄叶",苏叔党《大人生日》诗也,今日为东坡生日，故以此命题。午后，松潘顺榜册到，并发松潘科试新进案。

二十日戊寅(2月8日) 晴

发资、绵童古学案，发佾生牌：

童经解三名：朱桂芃资州，张菊星仁寿，辜增荣仁寿。

童诗古十名：王萱其井研，罗懋昭内江，邓承煜绵州，邹韫璋资州，伍鋆资阳，曾宗潮资州，马朝鼬内江，黎献内江，林森内江，蔡久琮资州。

童备诗古十七名：蓝光策资阳，廖承绶资州，巫忠铭德阳，陈锡铃资州，张西铭内江，叶慕韩仁寿，邓雄棉州，张锦绵竹，严肃内江，谢维翰棉州，田骏恩德阳，杨成玖资阳，张迪光内江，周如汉资州，张鸿逵内江，张万青内江，艾忠勤内江。

童算学：杨悦绵竹。

童备算学：陈用中绵州。

蜀省官实缺：

总督　丁宝桢　稚璜　癸丑　贵州
将军　岐元　宗室
提督　宋庆　祝三　山东
署提督　唐友耕　泽溥　云南
都统　讬　满州
藩司　鹿传霖　滋轩　壬戌　定兴
臬司　张凯嵩　月卿　乙巳　江夏
川东道　彭　鸿川　湖南
盐道　崧　锡侯　乙卯　满
成绵道　崇纲　扶三　行五　蒙

川北道　董　小楼　汉军
永宁道　延　少山　行五　满
建昌道　唐炯　鄂生　己酉　贵州

知府：

成都府　徐景轼　小坡　丙辰　皖
宁远府　于宗绶　少亭　丙辰　汉
保宁府　许景福　茀卿　浙
顺庆府　苗颖章　山西
叙州府史　琴荪　丙辰　苏
重庆府　丁鹤年　仙圃　汉
夔州府　黄　泽臣　乙丑　湖北
绥定府　志　白石　满
龙安府　王祖源　莲塘　山东
潼川府　廉　锡之　乙卯　满
嘉定府　玉崑　润斋　汉
雅州府　崔志道　劭方　陕

直隶知州：

资州　高培榖　翼楼　附　贵州
绵州　文棨　小农　行二　汉
茂州　张祺　仲文　己酉拔　陕
酉阳州　杜瑞徵　熙甫　贵州
忠州　侯若源　菊坡　行三　副直
眉州　毛隆恩　季同　江西
邛州　李玉宣　听斋　河南

泸州　田秀栗　子实　增　陕

同知：

成都水利　宋兆熊　梦侯　直
成都理事　景昌　星斋　满
理番　雷钟德　仲宣　辛未　陕
越巂　邓林　树三　江西
马边　徐璞玉　琢章　河南
叙永　华国英　建安　丁卯　贵
江北　葆符　芝舫　满洲
石砫　于德楷　仲方　贵
松潘　周侪亮　西屏　辛亥　贵
打箭炉　李忠清　蓉洲　浙

通判：

成都督捕　吴式钰　梓如　云南
雷波　周凤藻　介卿　湖北
夔府　孔广业　勋臣　苏
城口　耿茂桢　子嘉　顺天
潼川太和　严清荣　鹤山　浙
嘉定黄角井　周溱　海帆　顺
峨边　耿斯立　卓如　陕西

知州：

简州　王槐生　小晋　顺天

崇庆　黄桂滋　林一　辛酉　丁丑　陕　汉州
会理　杨昶　琼圃　湖南
巴州　金凤洲　庾山　己酉　直
剑州　方德堃　蕙田　皖
蓬州　吴寿檀　赓堂　河南
广安州　唐友忠　星舫　云南
合州　沈芝英　子雄　皖
涪洲　濮文昇　蘧生　苏
天全州　胡圻　若川　浙江

知县：

成都　耿士伟　鹤峰　甲子　山东
华阳　顾怀壬　象三　甲戌　江苏
双流　廖葆恒　益生　江西
温江　戴作基　安徽
新繁　周兆庆　少传　山东
金堂　刘希鸿　宾秋　湖北
新都　吴　朴　茂臣　甲子　山西
郫县　杨作霖　济生　贵州
灌县　陆惠畴　浙
彭县　吴鼎立　铭斋　庚戌　河南
崇宁　鲁宗周　伯卿　戊辰　直
新津　罗云碧　莲菊　湘
什邡　张维一　个臣　庚午　陕
仁寿　翁　植　培之　湘
资阳　金学献　韶笙　甲戌　粤
井研　王焜然　云希　河南

内江　陆为棻　蘅甫　苏
德阳　陶搢绶　连三　丙子　江西
安县　赵　湘　汉卿　安徽　绵竹
梓潼　朱锡蕃　葛庄　丁丑　皖
罗江　曹和瀚　星涛　江西
汶川　曾景福　仰山　举　滇
西昌　许振祥　吉三　戊辰　江西
冕宁
盐源　顾同堉　举　直
阆中　费秉寅　冰如　浙
苍溪　李树棠　艺之　附　湖北
南部　张宗瀛　仲卿　皖
广元　刘　铣　金溪　庚申　陕
昭化　敖立榜　蕊生　己酉　湖北
通江　尹　莘　穗坡　甲辰举　粤
南江　张熙穀　诒亭　甘
南充　许　缙　端甫　浙
西充　陈明伦　雍伯　甲戌　陕
营山　窦杨曾　砚生　己酉拔　滇
仪陇　瑞　庆　附　满
邻水
岳池　何肇祥　履端　滇
宜宾　于　腾　飞卿　山东
庆符　闻福增　眉川　丙子　苏
富顺　陈锡鬯　洛君　江西
南溪　雷尔卿　乙垣　己酉拔　陕
长宁　席树馨　鹤如　癸丑　直
高县　黄锦生　幼川　陕

筠连　周润蕃　芋孙　廪　湘
珙县　罗　度　济川　顺天
兴文　程燕曾　云舫　己未　鄂
隆昌　任鹤龄　积堂　湘
屏山　谭酉庆　尧臣　山东
永宁　王朝弼　佑卿　甲子　湘
巴县　国　璋　子达　满
江津　沈芝田　鹤农　皖
长寿　霍润生　雨霖　山西
永川　刘仰祖　梦仙　甲辰举　江西
荣昌　丁融昌　旭初　黔
綦江　叶春荣　耳生　皖
南川　黄际飞　鹤樵　粤
铜梁　鲍　庆　蓉生　顺
大足　刘宝荫　羡棠　直
璧山　江怀廷　澜皋　癸丑　闽
定远　沈韫荣　敷山　顺
秀山　杨振钧　秉卿　湘
黔江　韩宗斗　扬廷　粤
彭水　白　楣　子衡　壬戌　顺
酆都　何贻孙　芑仲　滇
垫江　张继绍　丙子　甘
梁山
奉节
巫山　许尧文　蔚生　癸酉　黔
云阳　叶庆杼　诚斋　浙
万县　路朝霖　访岩　丙子　黔
开县　章桂文　月樵　丙午　顺

大宁　高维岳　锡陶　丙子　陕
达县　孙清士　吉人　辛未　滇
东乡　刘枢之　斗垣　陕
新宁　赵廷璜　二珊　黔
渠县　晁　炳　耀南　壬戌　甘
大竹　屈秋泰　养轩　乙丑　陕
太平　张永熙　文山　辛未　广西
平武　王元培　荩臣　苏
江油　王恩沛　阆轩　乙卯　直
石泉　葛起鹏　味荃　苏
彰明　张协曾　省三　甲戌　甘
三台　翟本初　复菴　举　广西
射洪　孙秉璋　礼卿　黔
盐亭　邢锡晋　申甫　乙丑　直
中江　李德坦　履安　直
遂宁　傅亦舟　济川　湘
蓬溪　汤　俊　小轩　顺
乐至　胡书云　粹如　己亥　苏
安岳　毕　献　杏田　鄂
丹棱　黎炳湘　附　粤
彭山　张　瑔　碧山　甘
青神　郭世棻　香圃　鄂
乐山　张明毅　迪卿　甲戌　江西
峨眉　宋家蒸　云浦　癸亥　江西
洪雅　张那钧　季鼎　辛酉拔　直
夹江　王运钧　宾秋　附　湘
犍为　杨荣光　桐阶　己酉拔　鄂
荣县　吴师贤　齐之　癸卯　黔

威远　胡廷璪　心石　戊辰　皖
大邑　王　喆　莔湘　陕
蒲江　陆汝衔　芥山　恩贡　浙
纳溪　艾耀庭　謦垒　鄂
合江　王鉴堂　清如　壬子　甘
江安　李忠烺　佩南　湘
雅安　盖绍曾　凤西　辛未　山东
名山　董宝裔　辛亥　直
荥经　洪芝厚　少柳　丙午　江西
芦山　严用勋　少沧　甲子　鄂
清溪　唐彝铭　松轩　陕

州同、州判：

酉阳　文　秀　举　满
资州　王应申　拔　滇
绵州　李苑林　恩贡　晋
酉阳　胡五典　恩贡　湘
忠州　扎克逊　举　满
眉州　程克昌　副贡　江西
泸州　任五采　恩贡　陕

共六道、十二府、八直隶知州、十同知、七通判、十一知州、百十二知县、一州同、六州判、外总督一、学政一、将军一、提督一、都统一、藩一、臬一。

午后，提调来见，知松潘监房于初四日由彼动身来省，前夜始到。顺榜册于昨日赍来，疑不由教官、廪生之私沮也。松潘童颜□□未应厅试而欲入院试场，已许教官四百金矣，众论哗然，扣除而后息。甚矣，此邦人之好利也！夜间，提调送棚费来，令其将松潘应出之十二两五钱如数扣下，提调不可，余以既裁松潘棚费，无令提调垫付之理，仍扣十二两五钱还之。

二十一日己卯(2月9日)

卯正封印。卯初起，届时行礼如例，教官、巡捕皆到。辰刻，发落松、理、资、绵、茂五属一等生。与之言者，杨锐、崔映棠、刘子雄、杨桢、刘镕也。令绵竹教官补举杨锐优行。

王壬秋院长十月廿五日舟中留寄一书：

肯夫先生仁兄节下：

奉别逾秋，伏闻清教。岷邛承道，士论翕从。勤校之余，不废游赏，虽未陪车，企风不远，比日已届还辕，舣舟久待。初冬忽尽，洞庭欲冰，若复淹留，必将断雪，遂于廿五日泛舟东下。明岁请闲一年，院事恃先生及稚公主持，必能扬风扢雅。小有改定，已饬监院详达冰鉴矣。斋长必须住斋，城中人多不可羁。今年岳生乃阎运坐督之，仅能日至，及遭丧居庐，遂不能来。旧例年终派充，恳于按试卅二属，复就在院遴选。又明年，科场人将拥挤，调院积至二百余人，溢于额费倍半，须加澄汰。又调至即无甄劣，勤惰无劝，能否不分，宜分正附，略存奖诱。今拟名单一纸，乞察定后榜示。此不必会督部衔，亦无妨会督部衔者，故详文不申叙，敬以奉告。又书局经费未足，宜刻书甚多。《周官》《仪礼》《公》《穀》皆无单行古本，廿四史仅刻其六，写其一，尚有十七史。窃闻铃下书吏出缺使费甚多，廉生全不入己，而缺费乃归中饱。若斟酌大减，每缺照孝达定例取之，以作公费，亦不费之惠。或与滋轩司使商之，改院局为官局，则蜀版复古可期矣。又书院经费，自阎运议改盐局，生息尚可多得千余金。恐督部迁代，忌者必坏其成法，懦者又不能力持，贪者且从而渔利，则此款不独无息，抑且无从还本。宜与稚公议，提还发典，勒令每月照例出息一分，径解督辕,则无藩库侵渔婪索、出入扣平诸弊,而加增可同盐局。此事闿运已告滋兄,可就访便得其详。余所当整饬者,节下自能留意,非闿运之任也。今秋次子代丰旅卒夔门,虚员吹枯,自知祚薄,遗稿有《春秋表》《丧服笺》,尚无纰缪,但需整理。失此一儿,家事遂无所托,恐不复能远游。蜀士隽敏者多,阔大者少,节下施教,务先拓其心胸。至于闻言观行,圣人所叹,似又独为此邦发耳。扁舟剪烛,书不尽言,临笺曷胜怡怅。余俟续达,专颂台安,不具。闿运顿首。

壬秋院长留示诸生正附单:

与七月送来名册校对,少程鹏、谢显臣、焦鼎铭、叶大可、曾培、彭毓嵩、宋育仁、萧启湘、徐振补、戴孟恂、张遂良、杨炳烈,共十(一)[二]名。多吴博文、吴光源、赵焕文、任荩臣、余镈、张学嵘、江梦笔、谢龙章、胡延,共九名。

见在住斋正课廿六名:丁树诚、王光棣、崔映棠、陈常、杨锐、廖登廷、吴之英、岳森、陈宝、吴福连、陈纬元、哲克登额、戴光、胡延、刘子雄、尹殿飏、魏天眷、陈诗、陈文垣、陈光煦、李滋然、洪尔振、王树滋、谢维章、蒲九茎、萧润森。

不可住斋应列正课举人一名见住院:闵鋆。

未到举贡正课三名:任国铨、顾印愚、邱晋成。

不住斋正课见在城内九名:周道洽、岳嗣仪、范溶、张祥龄、傅世洵、刘泽溥、杨永清、陈观浔、方守道。

不可住斋正课二名未到:江梦笔、谢龙章。

假归正课廿名:邓袒、陈崇哲、孙鸿勋、宁缃、张宗礼、周绍暄、张天纪、吴博文、吴光源、吴廷俊、吴廷佐、杨桢井研、刘光谟、董含章、李含贞、许兆麟、屈大谟、王绳生、胡樑、卢元张。

共正六十一名。

见在住院附课九名：刘镕、徐心泰、张可均、赵焕文、欧阳世麟、赵一琴、李冠卿、任荩臣、余镂。

未住斋见在附课(六)[七]名：杨桢、缪宗翰、刘澄、岳嗣佺、童煦章、锦福、黄绍文。

不可住斋附课三名：张孝楷、张学嵘、任薛。

假归附课十三名：林毓琇、黄茂、邹履和、周尚赤、傅守中、李懋年、冉广钜、縻星文、张诚、郭云汉、黄犹志、黄书忠、刘昺煊。

共附三十(一)[二]名。

新调未到四十七名，无从评定，暂列附课，俟到院肄业，随课升降。如吃洋烟，不可住斋。学署有册可稽，无须并列。

旧调经前年甄别业已开除者，及迟久不到科场始至者，不必仍入院住斋，听其在外应课。学署册未除去，应请删去。

壬秋院长留定书院章程：

一、书院以学规为先。自前院张札送诸生入院肄业，已历四任，计调院生员凡三百余名。内中品学不齐而吸食洋烟者，几有数十人，斋舍烟灯相望，曾旅馆之不如，今已严加澄汰，概行屏出。其才高学博者，方自以为游方之外，不屑细行，亦可虚与委蛇，仍留名籍，至入院居住，则断不可行。诚恐院长、斋长宽柔以教，无所不容，应由监院稽查，劝其移出。倘或反唇，即行径就学院照例褫革。文到之日，可推排驱逐矣。

一、书院四斋共房百四间，调院诸生真留读书者，不过三四十人。至科场年分，则拥挤先来，占房争席。前科定限五月，后到者概不准入院居住。诚恐院长、监院难司门禁，应由斋长稽查，除留院名册有名者准其随时来去。此外，调院未到诸生，若逢科场年岁，概不准借口入院肄业，徒滋喧扰。如不遵约，即告知监院，详请扣考除名。若非科年，不必拘限。

一、书院诸生举贡进士馆选者，仍行回院肄业。若增加月费，是以科第得失为优劣，非学校之本意。若概同一律，则诸生充举者，回籍入都，资斧浩繁，亦应量加佽助，以劝勤学。前定章程，庶吉士、进士、举人、副贡、优贡、拔贡，各有资给。去年回院肄业举人三名，副贡一名，优贡一名，又曾经调院未留课之举人一名，未调院先曾肄业之举人一名，今年已照例案月加给经费。俟明年十月后，若仍照定章加给，其款在于余剩月费内提调用。明岁科场后，诸生中式及后科拔贡、优贡、副贡者，应留与否，悉由学院酌定。留院举贡，仍照前章。其元未调院之举贡，自不宜更行补调。

一、尊经书院本不决科，以所习非考试诗文，无凭决定也。其应决科课者，例应附入锦江书院，则中式后应领公车经费，亦应同锦江诸生由盐道拨发闲款或捐廉发给，是以尊经书院并无公车经费一款。乃前次三届，盐库书吏见尊经书院经费敷余，凡诸生中式者，即由本书院正项内支给公车经费，名实两歧，致同滥费。此后科场年决科取录，中式后应发经费，仍请与锦江书院诸生一律支发，本书院无款可支。

徐缙臣挑取新进童：

资阳蓝光策十七，井研胡濬源廿，绵竹杨悦廿一。其次，内江张西铭十七，内江汪学海十三，资州何宗亮廿一，资州蔡久琮十八，井研王萱其十六，井研龚煦春十三，井研吴嘉让十六，绵竹韩树勋廿四，绵竹陈绍舜廿，仁寿廖鉴明廿三，仁寿周宗南廿四，仁寿蒋璧晖十六，绵州谢维翰廿二，德阳张宗垚十九，德阳侯忠恕十六，资阳张洪问廿四，资州曾绍寅廿四。

芾卿挑取新进童：

府学：叶章骅、诗文可，廿三。洪尔进、正场暨诗二可，廿一。陈锡光。覆可，廿。

成都：张镜芙、圆润，十八。周玉标、有心思，十五。华国选、气清亦能诗，廿四。叶祥麟、笔近古，十八。蔡国栋。气清，十五。

华阳：杨烇、有笔气，十四。郭襄、平稳家数，十九。刘华俊、有力量，廿四。萧国淞、正场古意，覆逊，十八。胡学韶、正场文气古，覆逊。徐烈光。圆稳，廿七。

简州：魏国光、爽利，廿一。傅怀书。正场次作与覆卷不俗，十六。

崇庆：何廷泽、天姿佳，诗可，廿。张师。笔爽气散，廿。

汉州：傅畅珩、有心思，诗可，十八。刘正笏。未染俗气，十八。

温江：程襄尧。年大质中，廿五。

郫县：张熇淞、笔可学，古诗佳，十八。袁森望。平稳家数，廿三。

新都：谢质、笔致清刚，十七。刘祖周。心思笔伏，诗亦佳，廿五。

灌县：王昌龄。铁中铮铮，十九。

金堂：高维崧、文有意，诗可，廿四。曾兴第。笔气可，廿。

新繁：严祖良、文整诗不俗，十六。谢济煦。覆可，廿一。

彭县：吴淞、诗文俱可，廿二。梅肇修、文有意，诗可学，十七，王于上。正覆皆不琢之玉，尚未成器而精光自在，廿四。

新津：胡念祖、诗文俱可观，十八。胡从简。尚肯用心，十四。

双流：张孔修、思路清，十八。白玉铨。诗文皆可，十七。

什邡：冯尔昌。诗文字均可，廿二。

崇宁：无。

夜覆新进文童题，“恶果敢而窒者”，“公事暂闲身且健”得“身”字，白乐天句也。松潘、理潘及资阳尚未到齐耳。

二十二日庚辰(2月10日) 阴

吾母生日。松潘学官禀称,案首闵孝思本新都人,认廪生闵孝先为胞兄,取列厅案第一牌示扣除,并记学官五次,以其试先未禀明也。覆昨日未到新生三十余名,尚有九名不到。松潘二、理番五、汶川二。题为"予也有三年之爱于其父母乎","只鸡斗酒定膰吾",东坡先生诗也,上句"明日东家当祭灶"。阅邸钞,南皮阁学擢任山西巡抚,卫静澜调抚江苏,黎简堂因病疏请开缺,漱兄升授詹事。提调来见。

二十三日辛巳(2月11日) 阴,有微雨

闵孝先呈称,与闵孝思实系胞弟兄,松潘廪生亦具呈,同恳令教授吴泽棠明白禀覆。补覆昨日不到九人。"祭灶请比邻"得"邻"字。

二十四日壬午(2月12日) 阴

牌示松潘教授吴泽棠撤任,复两廪生,准闵孝先补覆。张月卿廉访来晤,知刘岘庄之内召由南皮阁学劾其姬妾太多,陈伯潜劾其嗜好颇重,并请交彭玉麟查覆。彭侍郎覆称,姬妾之多由五十无子之故,烟瘾之深由赴粤感冒患泄红之故,皆为分剖。惟末段言现当整务洋务之时,该督貌不丰腴,精神较短,能否任江督之任,出自圣裁云云,遂有来京之命,而以侍郎代之。侍郎云宁使遣戍新疆,断难总督两江,具疏力辞其不可有五云云,于是以恪靖代之。芾卿、馥生、葆堂今日始出游市肆。牌示松潘教授记过撤参,移知藩司。有雨。

二十五日癸未(2月13日) 阴

刁估以古钱来,购得小泉直百一、大泉五十一、直百五铢一、乾元重宝一、大观通宝一、端平通宝一、淳祐通宝一、大中通宝一、渥洼之马背有马形、五行大布一、半两一,价银四两。府学华阳四教官及毛监院来,为松潘吴教授来解其事,而文已行司矣。钱徐山来,留晚饭,凤孙同坐。

二十六日甲申(2月14日) 阴

答客,晤伍菘生前辈。至尊经书院,徐三及两监院皆到,诸生于堂上相答,各一揖。陈宝等言会食之便,许其仍照旧章办理,遂登藏书阁，启柜而入，检视南皮中丞留院书籍。而下至邓昶、岳森、杨锐斋中小坐，岳森掌司书籍，昶之弟雄、锐之弟悦皆于科试取古入学者。访铁江，不遇。

二十七日乙酉(2月15日)　晴，有风

叶章铧、何宝恕来见。巳刻，与幕下诸子出南门作草堂之游，恩元骑而从。草堂在安梵寺之右，修廊危亭，布置楚楚，修竹交影，疏梅作花，溪无游龟，浣花溪多龟，似越之戒珠寺。檐有啼鸟。祠右坡下草亭，可揽远胜，致称佳处。流连未厌，杯斝遽陈，草草而出。返过浣花桥，至青羊宫，道流方加丹雘，金碧炫耀，无可留恋。循野田行，至二仙庵，在客寮小坐，见王壬秋与己卯诸孝廉壁间题字。复至宝云庵，黄翔云观察所谓百花潭也。湘云集资于二水之际立一草亭，而刻其所作诗于壁。夕阳西坠，绿竹环之，啜茗听水，足怡人性。炊烟四起，薄暮而归，张灯赴丁稚璜制军之招，坐有崇扶三、锦芝生、黄翰仙三观察，翰仙方奉檄监收夔厘也。

二十八日丙戌(2月16日)　阴

答客，遇崧锡侯、崇扶三于途，滋轩亦来访。余闻已出署而返，遂至滋轩处小坐，始知鄂生观察所办盐务不尽足恃，其病在知有私而不知有分，灶丁之苦，夫役之横，委员之贪婪，商人之竭蹶，不出三年必将有事云。又至廉生处小坐，访徐三不遇。廉生馈蜀蕙、楚蟹、年糕。铁江来，为章硕卿借银三百两。林书园来。徐三来，以《龙颜》《宝子》拓本见赠。夜得稚璜制军书。

二十九日丁亥(2月17日)　晴

鹿滋轩来。赠徐三卅金，助长沙附生胡延度岁银四两。

安邑诸布与列国布制作不同，刘青园释为"虞夏赎金"说。其余刀布，大率列国所铸。

齐刀出山左，小布出山右，铲布出中州，小刀出畿服，铁泉萃于蜀，最后出。秦中，秦、汉、新莽及唐泉为多，圜法居其八。

新莽大泉五十,有铅土合成者,错刀之,"一刀"二字,直以黄金错其文。宋招纳信宝,有金、银、铜三种。汉刘龚乾亨重宝,铜、铅并行。而会昌、开元越益二种,宋元丰篆书折二一品,亦铅铸。铁冶始自公孙述,而新莽厚货钱,亦有铁铸者。

自燕庭宦秦后,有苏兆年兄弟,又有凤眼张,时呼为"张二铭",工于作伪。复有薛刻一种乱真,见所作《泉辨》,时呼为薛重泉。①

拓泉宜用苏州汪六吉棉连纸第十七刀者良。

收藏家九:仪征阮氏、大兴翁氏、汉阳叶氏、洪洞刘氏、诸城刘氏。殁未数年,物已星散。

九棘一种,相传干盾之形,谱家多载之。

安邑、蒲坂诸布,曰一斤金、二斤金,或读金化,其"斤金"二字,无不平列者。青园云:"读作釿。"②

尖足布大小二种,又有空首者尤大,制作稍别,长五寸。燕庭一枚,右肩上二小字,或释甘井,或释甘丹,为邯、郸谐声,今在余处。③

小布有作"[illegible]"者,方足、尖足、圜足皆有之。或释作鲁,或作蔺,或作黄父,或作关寿卿,疑为陕郏之异文。又有作"[illegible]"者,或释恭昌,或作益昌。④

---

① 都下李宝台得一真钱,辄于泥沙上印一模,融取古泉之铜翻铸,土蚀之,衣带和之,久而火气悉退,始出以相示,易于售欺,与薛刻皆他日传作。

② 石查得一品斤字,独传形作"[illegible]"。虞、安邑、蒲坂、颍、京、晋易布,多以"化"字居中作一行,一二金居中另作一行者,知分读为是。

③ 当爰诸布面文及背阴文有作"[illegible]"者,亦作"[illegible]",又省作"[illegible]",或云倒子或作"究",或作流省或作"充"。

④ 方足布"[illegible]",尖足布"[illegible]",及作"[illegible]",空首布"[illegible]",及作"[illegible]"。方足、尖足"[illegible]"及"[illegible]"。圆首圆足布有穿孔三,背作"[illegible]"者。大布背有"十货"字者,旧呼商布。

空首布，俗呼铲布，状绝类铲。首厚数分，作方孔，中空，可以纳柄。①

齐刀四字、三字、五字、六字，字画宽长，瘦劲可喜。其著地名者，不加齐字以别之。丽泉有“齐营陵昌左邑之法化”，共九字。石查有“齐迟阳赋结信之宝化”，亦九字。②

磬折刀，俗呼莒刀泉，汇释作明刀。翁宜泉曾见新出土者，知古人皆于刀柄近刃处以绳缚之，十刀为一束，土花上绳索痕宛在。

二三画，并不类半两字者，触手破碎。新莽大泉五十，小者殊少。道光末年，秦中掘地得一罂，皆薄小如榆荚，而文字完好，其细如发。③

新莽大泉五十复有铝土杂铸者，甚厚，字皆阴文反书，确非伪作。

新莽货泉有大如大泉五十，厚重类数泉者，俗呼饼泉。秦中苏氏忽得十数枚，背文一星、二星、三星、四星、五星及五字，八字、大字皆阳文，并有横置、倒置者，疑记范之次第。

布泉二种，有悬针、玉箸之殊。旧说以悬针属新莽，玉箸属北周，是也。悬针布泉，“布”字视货布同，“泉”字视六泉、货泉同。“泉”字中竖画，断而不连，莽后无此式。货泉每作重好郭，是泉亦然，玉箸则否。货泉傍好多作半星或决文，是泉则穿上两

---

① 空首布“[illegible]”，又作“[illegible]”，又作“[illegible]”，又作“[illegible]”，又作“[illegible]”。空首布又作“[illegible]”，又作“[illegible]”。

② 齐刀背文，或一字，或两字，其上必作三横文及“[illegible]”状，似书似画，或以即“卜世三十”之义。齐刀背文有作“二”者。

③ 长安泉，“长”字列穿右，“安”字列穿左，篆文颇异，背平，类半两。榆荚半两，极小者有传形，有两两并，有小至不可拓者，复有大者，径七八分，轻薄如叶，穿孔极大，居十之七，字仅居十之三。圜法有明刀一种，旧释作明月泉，汇释作明刀，有传形者，庚生有小如榆荚者。

决文,穿下两决文,穿上半星者綦多,六朝泉未闻有是也。玉箸布字,与五行大布酷肖,显非一朝之制,盛氏泉史谓不得妄为区别,非也。

唐以前泉多有传形,所谓如纸背传模者是也。

五铢有仅存边郭二分许,字画仅余十分之三,作大圜孔,名"綖环泉"。无一平正,率作凹状,以剪边五铢合之,适成一泉,疑本是一泉。昔人以圜凿棰而为两,故剪边五铢字画皆不全,而此泉仅存近边之字画,其孔圜而凹者,圜凿猛棰之故也。

蜀汉直百钱,无字在穿上下者,成李寿汉兴钱,无字在穿左右者。守夔二年,铁钱外仅得直百数枚,薄小过于榆荚。蜀直百小于榆荚,吴当千仅同折二。钱法之坏,至斯而极。[①]

燕庭义通泉大如当五已碎而为二矣,字在穿左右,篆法工整。青园篆书驺虞峙钱殉,均谱家所未有。

青园得大泉五十,背文围列小篆字十五,曰:"予人大利宜子孙,十月十日日中时作。"殉。

孝建四铢,一面薤叶文,一面小篆,最不易得。道光末年,南中出一罂,尧仙收得数百,大小各异。或一面倒置,有左读、右读及一字正、一字倒之殊;或一面横置在穿上下,有向左、向右之殊;或一面倒置,一面传形;或两面传形,并四星、四圈、四决文等。孝建有两面同文,或倒置、横置、传形之别。四铢亦有两面同文,并穿上下,亦作四铢字者,多至五十四种。虽薄小如榆荚,而青绿沁骨,绝可宝玩。

孝建四铢三种,近时出土者多矣。独梁之大吉五铢、大通五铢、大富五铢,藏泉家率未之见。

唐泉惟建中最少,亦独小。燕庭有二品,仅一"中"字,一"元"字,

① 永安二百、永安一千大铁泉,或云西夏,或云北凉,然字体轮廓极无魏、晋远意。一千者尤大且厚,外轮廓几三分许,不似六朝以前物。

均在穿上。“中”字、“元”字为建中之别品。

会昌开元“杨”字最少。燕庭有之。余有“永”字二枚，谱家所收，有在二十三种之外者。

周元泉，流俗极珍惜。背之甲文，四正四隅均有之，一星亦有上下左右之别。

楚马乾封泉宝大铁泉燕庭有之，背有“天府”两字，余亦背穿上“天”字、“策”字。尚有铜泉一品，背“天”字极精整，尤不恒见。

北宋泉无地无之，每种篆隶正行，笔画各不同，翁氏汇考最详。

至和重宝大泉，背穿上“虢”字。鲍“和”字在右，吴“和”字在下，“虢”字均在背上。

熙宁元宝，篆书小平一枚，背穿上“济”字。正书小平二枚，背穿上“卫”字。大观铁泉类当五，背穿上“阶”字。熙宁重宝，背“卫”字。皆系各监私记。

大观泰和大泉，背有种种花文，皆精好，非厌胜物。

西夏梵字泉，文不可识。其穿下及穿左二字，点画并同，疑即“元宝”二字，其穿上、穿右两字，必系年号。

蜀中南宋铁泉燕庭拓本至三百九十三种，背穿上下，或作“[illegible]”，或作“[illegible]”，即二字、三字之记，非星月也。

嘉定铁泉通宝、元宝，篆、隶各种外，尚有之宝、重宝、真宝、正宝、万宝、兴宝、永宝、至宝、新宝、全宝、珍宝、崇宝、洪宝、隆宝各种，并当二、当三、当五之殊。隆宝一种颇不恶，大宝一种独未见。

招纳信宝，刘光世铸，以招致降众者。背穿上“使”字，下作一押，背文百出，至南宋铁钱而极。铜泉除纪年外，余不多见。余所藏则有篆书乾道背“正”字，则有建炎背“川”字、淳熙背“泉”字，则有嘉定背折十字、淳祐背当百字，大小二种，小者罕觏，铁者尤罕觏。尧仙大宋通宝，背当拾字。燕庭之淳祐通宝，背庆当二十文字。庆元通宝，背文十四字，更奇，厚重逾五两，背穿上“敕”字甚大，穿下“五十料”三字，穿左右“庆元元年夏，改铸此号钱”十字,制作精整,色泽亦佳。辽之开泰元宝绝少燕有。元之皇庆元宝尤少石查有。①

德祐元宝大如折二字,体类淳祐,背无文。

靖康重宝极大,字兼行草,背穿上“穀”字燕庭有。

大观两面同文者,大几若镜合。

淳祐当百一种,亦大于习见者,面背皆篆书,殊工妙合。

大蜀通宝,字体与蜀钱绝类合。

元行钞法,至正、至大二泉外,余皆罕见,制亦极小。青园有致和元宝。如延祐三年、至治元年、至顺壬申、至元戊寅及背文作“香殿太乙护圣”诸字者,均非用品。

建文泉无传者,正统、成化等品至难觏。

景泰以初庙,其泉独不补铸。世宗曾补铸洪武以下九号泉,各百万锭。

有以张献忠大顺通宝改刻天顺者,字体板拙,一望即知。②

汉厌胜泉,如“日入千金”“与天毋极”“辟兵莫当”诸品,致皆古雅。大率上有纽,下有环,环易缺。余所收不一,只一二完璧耳。秦、晋皆立土,葬者横穿其穴,状如窑,故出土铜器,率云得之窑中柩前多置小石。

泉范著录,自曝书亭始。燕庭所藏,凡二十余枚,有阳文,有阴文,阳文居其九。每泉必一面一背,其冶铸之法,不外乎模蜡合土,翁氏汇考言之最详,谓必用两范合而后成。古泉中有两面皆作面文,或皆作背文者,皆当时误合两范者也。尝见五铢阴文

① 石查复有元泉定天之宝一种,“定”字与泰定尤肖。又有小泉,文曰“圣历元宝”,“圣历”为武周年号,绝似元代泉。

② 万历矿银小泉流传世有,尚有政和银钱、大定和银钱。明天启泉,有一面“二天”字,一面“二启”字横置者;有一面“四昌”字,及两面均作“四天”字,或均作“四宝”字者。崇祯泉有一面只“崇宝”二字,一面则“祯通”二字者。永明王永历通宝背文有“御敕督部道府,留粤辅明定国”等字。

范，平列二十余泉，其制如板，下足旁柄。询之肆人，云铜汁遇冷则缩，初无融合之理，数铸后，范必热水以沃之，冷则又可更铸。虽所见皆只面文，度必有作背文者。大抵阳文之范，不过数泉，且模蜡合土，其势也劳；阴文之范，每多至数十泉，一铸遂成，其势也易。此阙冯氏金索阴文能铸阳文，乃镜洗之说。又闻叔未文节阴文不可用，若镕铜入范，则范必销之说。

竹朋有至宁元宝拓本，似崇宁所改。金泰和以后，不闻按年号铸泉。

崇宁通宝大泉两面同文者，置之花下，为燕庭舆夫拾去。

元至正宝权钞钱大小凡数品。

南宋铜錡牌所见无一真者。

金贞祐宝券，秦中曾出一铜版，长尺许，中有“伍贯足陌”字，上方横列“伍贯”二大字，余文甚多。

大明宝钞作青黑色，殊厚，折处不绝如缕，长尺许，宽六寸，两面均有文字印信，其年号则概用洪武。

日本国和同开珎、神功开珎、神功开宝、万年通宝诸品，制作精好，罕觏。“和铜”乃其国元明天皇年号，当唐中宗末年。“铜”省作“同”，“宝”省作“珎”，不失古意。

太平兴宝、天福镇宝均安南国铸。

高丽泉，篆书则有东国、海东诸品，正书则有三韩、朝鲜明初诸品，皆精好，不易得，惟常平通宝，通宝“通”字作“[illegible]，也百余年所铸”。多不胜收。背文百出，有大小二种，小者径八分，如宋之小平钱，大者径寸，如宋之当二钱。幕文穿上下各一字，亦有穿左右有字者。

岛夷私铸，种类极繁。治平圣宝，圆孔薄小，与天定诸品迥殊，或竟以为徐寿辉铸。大世通宝，“大世”二字独大，制作甚陋，或竟以为隋刘伽论铸矣。

燕庭齐刀七百枚，精选数十，别存之。宜泉亦集北宋泉数千,校定若干种,今皆不传。

马钱种类繁多,即李清照打马格子钱。又有俗呼诗牌者,或圆或方而长,有诗仙、醉仙、琴仙、棋仙、散仙、拔宅仙、壶中仙、龟鹤仙、王母、双成、曼倩之类。一面绘图,一面五绝一首,间有大者,下边横列“嗣功堂”三字,乃昔人选仙戏具。宋王珪《宫词》云:“尽日闲窗赌选仙,小娃争觅到盆钱。上筹须占蓬莱岛,一掷乘鸾出洞天。”

藕心非泉也。秦中出土小铜器,有形方长三寸余、宽四分许,厚如之,中空如筒面,作八分书“千金氏”三字,阳文甚工,背或缺寸许。曾见一枚中藏一藕心,牝牡相衔,如钥与匙者,然或云此为藕心之郭。又竹朋一藕心,长仅寸许,有细篆书两行,一为“延政四年王政”六字,一为“都昌侯”三字,甚工。

磬钱,质极薄,大者阔四五寸,小者寸许,上有穿,略有郭,花文大率作钩,间有一面无文者,不审何用。又薄铜片状如梳者,或上边有圆孔,甚大,背平,大小不一。

化币、化布出唐虞夏殷故墟,蚁鼻惟今河南固始出。

齐刀宝化少、宝三化多、宝六化多,惟出东海。燕有宝六范,寿有宝三、宝六残范。

道光年近畿出古布一窖,多尖足尖足背文纪数、方足两种。又出古刀一窖,皆列国尖首刀及明字刀二种,无一齐刀。

古布惟圆足者最少。

空首布,字简而精,文节疑为商制,大者长可五寸,字仅一二,泽州所出。

吴我鸥藏大半两,约径汉尺二寸,有金扣“臣赣”二字,又记似有细金文,昔曾见之,赤色。

滕县新出土半两,惟文、武帝半两,二种无一五铢,间有三铢数枚杂之,朱皆方折,金旁作四画,与五铢异。其半两小异者多,有一种最异,阔缘,“半两”二字,半在缘上,半在缘下,仅得两枚。

陈注：三代化刀，刀形者之定名。化布，不空首者之定名。化泉，圜法圜穿者之定名。莽见必及此化币，空首者之定名。化贝，蚁鼻确是贝形。化钱，方穿使古，从今名以别之。田器名钱铲币，形似田器之钱，后世遂讹圆者为钱。刀取利，布取分，泉取流通，贝泉之似田器形，亦取其利。

五铢有仅存外边郭者，名之曰"綖环"，至确。仅存内孔者俗名"翦边五铢"，或即鹅眼之类。五铢角钱范中，带无郭五铢钱二枚，即旧谱所谓女钱也。亦属汉制，特梁时尚有之，非梁时始铸。

翁宜泉所藏泉，久经易主。刘青园后人振斋殉难汉丰。顾湘舟、吕尧仙、戴文节之泉，自吴门、毗陵、杭城先后皆无下落。惟吴我鸥之子小鸥，吴子苾之后仲饴庚生，王戟门、钟丽泉两家，皆能世其家学。初渭园所蓄，早归他氏。刘燕庭旧藏，今亦散出。

《说泉》：

文字第一　刀　布　币　泉　贝　钱　货

斤权第二

形制第三

出地第四

藏家第五

轶事第六

列国诸布，方足尖足，字皆瘦细，背有郭。独安邑暨当爰诸布，笔画宽肥，类钟鼎文，背亦平夷，断非一朝之制。

"梁一釿"，倒文一种，流传甚少，肩亦方，李以为颍省，吴以梁之变体。一金、二金，惟安邑布有此两种，余皆无之。吴有一枚大如安邑二金，亦倒文作**"梁二釿"**。此二种"**釿**"字独传形。

平当五铢未见，惟五铢穿上下有小平字者，或正或倒或横置,殆即所谓当五铢也。

蜀汉直百五铢,王云直百字实兼隶体,于初议改铸,时即取五铢旧泉为模,增入直百二字,当时盛行隶书,遂承用之。

綖环钱率皆五铢,惟钟丽泉有大泉当千之小者一品,亦以圆凿凿成大圆孔,仅余近边之字少许。

同治癸酉十月六日,夔郡掘地得石佛一,越日复得方石一,纵横各二尺许,中底平凹,镌正书十一字,四围凸宽寸余,周列五铢钱七十二,上覆以石若盖,中贮铜方匣,嵌以木制金瓶,松脂封之。启视,则泻赤水荧荧,一粒飞去如豆。洗视碑字,乃隋仁寿二年金轮寺舍利塔下铭也,爰移佛并石置白帝城祠宇,似殷令名书。钱为隋五铢五字,傍好有郭交股作直笔者。

居德则忌　壹醉日富

启明长庚,是一是二

礼泉膏露,是一是二

《汉武作沈命法论》《刘项请复肉刑议》《羊叔子岘山置酒解》

《周处入吴寻二陆论》《铨选掣签说》《义田赡族说》

《庙宇塑像沿革》《太学石刻拙老人书十三经考》

《勾股形求二角法》:以倍股或倍勾为一率,勾股幂相减,以勾或股除之为二率,半径为三率,得四率,为二角之较觚正切。前题较弧正切倍之,即勾旁角、股旁角两正切之较,试证之。

《汉守西域论》《书后汉书西域大秦国传议》《邮政议》

《问古今用兵以东南胜西北者有几》

《黄甘陆吉论功章华台赋》以东坡有"黄甘陆吉传"为韵

《拟白香山赠友诗》五首　《风菱风栗》七律

《永嘉丛书》:四元 《三礼义疏》:十四元 《西湖志》:八元

《敏果斋兵书七种》:五元 《三希堂释文》:八元 《礼书纲目》:十四元

《二思堂丛书》:二元 《平津馆》:六十元 《三魏集》:十二元

《第一楼丛书》:四元 《健菴文集》:五元 《格致镜源》:八元

《卅三种丛书》:八元 《廿一史纬》:廿四元 《晋史删》:五元

《万卷楼丛书》:八元 《陈氏八种》:十元 《经学五书》:五元

《大梅山房全集》:四元 《浙江通志》:四十元(望益)

类书《天中记》:八元 《明文授读》:三十元

《说文义证》:四元 《潜确类书》:十二元荣锦里望益山房

《三才职官考》:十二元 《林沈七种合刻》:洋三元

《骆奏议》:四元 《唐注陆宣公奏议》:八角

《野获编》:五元 《明季稗史汇编》:元二角 《孯经室七种》:四元

《晋略》:白纸,三元二马路千顷堂书坊、城内紫文阁书坊

袖珍《胡刻文选》:四元

《读书记数略》:元五角千顷堂

《存悔斋集》:二元望益

《说文义证》:四元 《说文通训》:六元 《说文通检》:六角四 《说文外编》:七角 陈刻《说文》:三元六 《说文韵编》:一角五 《说文部目》:一角五 《说文辨字》:四角

《通鉴释文》:二元 《经典释文》:二元千顷堂、紫文阁

二马路千顷堂协记书坊、城内紫文阁书坊出售医书

袖珍《日知录集释》:一元六角 《四书会要录》:一元六角

足本《经义述闻》:四元 原本《画史汇传》:四元

《清河书画舫》:一元四角 《杜诗注释》:一元

《后八家四六文钞》八本:白纸,洋一元宝善街荣锦里望益山房代售

《白芙堂算学丛书》:五元 《毛诗品物图考》:一元二马路味三堂、新北门内醉六堂

袖珍《汉魏丛书》:十二元 《宜稼丛书》:六元

原板《癸巳类稿》:二元四马路万卷楼

《益斋朱氏读书志》:一元 《说文分韵易知录》:五元

《两汉金石记》:白,三元

《九数通考》:一元六 《琴隐园诗词集》:一元

《古文正的》:一元荣锦里望益山房

《说文分韵易知录》:五元 姚氏《中复堂》五种:二元

《古愚丛书》:二元五角

《咸淳临安志》:十元 《姚刻三韵》:十元 《方氏通雅》:七元,白纸

《左传事纬》:一元 《古棠丛书》:四元抛球场传是楼城内扫叶山房

白纸袖珍《康熙字典新增篆文》:四元 白纸两《汇函》:十二元

正续《粤雅堂》:卅二元 官堆纸仿殿本《十三经注疏》:十八元

《经典释文》:二元半 《岳忠武集》:六角上海二马路千顷堂协记、城内四牌楼紫文楼

《四朝纪事本末》百廿四本:卅六元

袖珍《段说文》

《鄱阳王益州军府人题记》：正书，天监十三年十二月，四川云阳。

石亡文存：前人著录，原石久佚，或收藏家旧拓孤本，如《王子晋碑》《许长史旧馆坛碑》《萧敷敬太妃双志》及出土后传拓无多，复瘗原所，如《张黑女志》之属。

重摹伪作：如旧刻《吊比干文》及道光以后正定拓工李宝台伪造诸刻、长安帖贾剜改增损小墓志之属。

继幼云《宋拓蜀石经》，《周礼》《左》《穀》各一册。《穀梁》仅数页，《周礼》《左传》存字之多，为海内收藏家所未见。其经注考异三卷，尤精审。鲍子年跋继幼云《蜀石经考异》。

使蜀日记第三册(1882)

起于光绪八年壬午正月(1882 年 2 月)
止于光绪八年壬午六月(1882 年 7 月)

今有窖,上广四尺,下广七尺,上袤五尺,下袤八尺,深一丈,问受几何?弧径求矢开方说,依弧背百五十五步、圆径二百五十步之率,推阐其理,不得只录成法。天元降一位开方说。切线求本弧术释例。

奏为微臣病势难痊,谨具遗折恭谢天恩,仰乞圣鉴事。窃臣重膺简命,留住四川学政,感殊宠之迭膺,盖竭诚以图报。文武闱事竣,岂即檄催各属赶办府县试,定于明年正月初六日开考成都府内外之属。臣气体素弱,兼在途次积受潮湿,十一月底骤得痰喘气逆之症,屡医罔效。数日以来,气息绵惙,日就危殆,自揣万难痊愈。优念臣渥荷殊知,叠司文柄,虽捐縻顶踵,曾何足报高厚于万一。何期福薄灾生,微志赤甲,大数已迫,驽骀之力遽尽,犬马之报无期,望阙涕零,罔知所措。所有微臣感激下忱,伏枕哀鸣,理合缘具遗折恭谢天恩,伏乞皇太后、皇上圣鉴。谨奏。

奉钧谕开陈盐务情形,谨将管见所及列后:

一、川省产盐之区五十余州县,富厂第一,犍厂次之,余皆小厂也。大抵利大者费本多,利小者费本少;利大者害亦大,利小者害亦小。天地生财,必无偏胜,皆所以养生民,人不得而私也。

水咸则利大，水淡则利小。井深则咸，深则费本多，咸则用炭少；井浅则淡，浅则费本少，淡则用炭多。富厂用井火而水最咸，故利大，然开凿不易，必费巨万，延数十年乃成。其余井浅水淡而利微，其大较也。

一、富厂之井，八九十丈出白水，百五六十丈出黄水，近三百丈出黑水。黑水最咸，黄水次之，白水又次之。黄黑二水，惟富厂有之，余皆白水也，而白水亦有咸淡之分。余厂井深者百余丈，浅仅六七十丈。

一、川省除大宁县盐池外，概系凿井。其法掘地见石，累石圈与地平，以闲凿铸铁。凿长二尺，宽一尺，厚三四寸，齐头如铲而有瘠，柄长五尺，大如拱，重三四百斤。木架平衡，上施木板，板头铁环，系凿如捣碓者，至二三十丈。下木竹以妨白水，木竹以大木为之，空其中，两而合，丈余一节，联接至二三十丈，外包麻布，泥以油灰。下木竹后用小凿，长二尺，宽三寸余，形亦如铲，柄长丈余，以班竹篾为绠，凿至见水为度。

一、凿井之费，富厂一井，有费数万金者。余厂费大者数千金，小井数百金。若遇无水，则资本全失。

一、井水有多少，多者一井煎三四灶，少者三四井煎一灶。每灶每月产盐数千斤，不及一张者居多，仅及一张者亦有之。

一、水有咸、淡。咸者，二日出盐一饼，淡者，三日一饼，每饼三包零。水咸者，每饼用炭银五两上下，水淡者，每饼用炭银六七两不等。

一、每一水引为一张，一百五十斤为一包，五十包为一张，每张共七千五百斤，近日新章加至八千斤。

一、取水用牛推挽，井深水多者，三牛上车，其次二牛，又其次一牛。一井有用至三四十牛者，有少至数牛者。每牛之价，有多至四五十两者，有少至十余两者。每牛一日，草料须百余文。

一、煎盐以用炭为大宗，其余人工口食、油麻米豆、竹木牛皮、铁器木器、石工土工、门户差徭及养牛草料、地租路租、过水枧竿,名目甚多。用有多少,价有低昂,各视情形以致用,统谓之曰成本。

一、成本有轻重,水咸者成本轻,水淡者成本重,其大较也。虽增减赢缩各有不同,总之成本重者百金以上,成本轻者亦不下九十余两。

一、利大在水咸,水咸者,井必深,崖必坚,为日必久,炭必贵,故曰:“利大者,费本多。”利小者,水淡也,水淡者,井必浅,崖必疏,为日必少,炭必贱,故曰:“利小者,费本少。”

一、凿井久暂,富厂有久至四五十年者,近日工巧,亦得十余年。犍厂有久至五六年者,亦有二三年者。总之,难者利大,易者利小。利小者或仅能糊口,或不能糊口,各视福命。然咸者水必少,多者水必淡,多而且咸者,十不一见。

一、凿井不畏崖坚,甚畏沙土,中有沙土,俗名曰“腔”。一腔之费,至千累万。每遇腔,必将沙土取尽,以油灰补其四旁,故其费巨。一井之腔,多至十余,而亦有无腔者。补腔多者须数年,少亦必一二年,各有际遇也。

一、井灶之利有二,水咸一也,价高二也。大抵春夏贱而秋冬昂,若暴贵则旷岁难逢,自官运定价则无利矣。富厂井户卖水,灶户买水,井灶分途,有井者不自煎,盖水火不一地,概以水就火也,余皆自井自灶。

一、井灶之害甚多,其大端有三:炭贵一也,落筒二也,损牛三也。炭贵由于山枯,落筒则由人事。筒者何?取水器也。筒用班竹,大者每根价三四千、五六千不等,小亦必二三千,数百文者不可作筒。每筒用竹三四根接联为一,以班竹篾为绠,一篾之价在百文上下。每井用篾七八十,皮篾或折节,或接处抽脱,则筒落井底,于是全灶停煎,人工食用,即属枉费。落后则篾筒皆损,不可复用,必加费油麻。新添篾筒,始能取已落之筒,当日取出，亦费数十金，月余取出，则费千金以上矣。至用牛原无定数，而每年必有损伤，损一牛，必添一牛，损者之价已失，添者之价旋增，是损一牛而费近百金，损十牛而费近千金。大约每年损十分三四为常，损五六为凶，即全损亦所常见。凡此均不能计入成本，何也？如人之乍病然，出于意外，故不能预计也。

一、犍厂以前卖盐与商号，每张七千五百斤，交银百两，盐齐补清，价随时市，于价内扣厘金十两。其盐平底、沱底均收，缓急商号有通挪，惟用元银，水色低下，若白银则加水十两，商号、灶各从其便，故相安无怨。

一、官运以来，不准灶户私卖。商贩违者治罪，每张只交七十两。盐齐始犹补数，近则多不能补。闻犍厂已欠众灶十余万，富厂欠众灶百余万而上，盐若逾限，价内扣银二两四两不等。若无盐入局，交犍为县卡追井灶入官，罹此网者颇不少。自此以下一切弊病，均得之传闻。

一、官运局悬牌定价，无敢言增价者。大约春夏之价定一百一十两上下，秋冬之价定一百二十余两，历年如此，俨若成案。而禀报犹谓商民甘愿，虽不扣厘金，而每张加盐五百斤，抵厘已有余矣。在议章程时，举水咸之井以为例，谓成本九十余两，今给价百余两，是与灶以十余两洪利，何常？非体恤厚意。殊不知损牛、落筒、炭贵诸端，成本所不能计。每灶一口，即使月出一张，终岁所得亦不能偿落筒诸费，况不能按月一张乎？加以不补尾欠诸端，灶胡不困？水咸者且不能支，则水淡之井不堪问矣。

一、每张加五百斤矣，而过称时若无人事，称上稍有低昂，则数百斤盐去矣。其弊虽不能确指，而势有必至也。

一、换盐之弊，盐锅重千四五百斤，名曰“七百斤”。每口价五十两上下，能煎盐六七十饼。新锅盐平底，灶户惜锅，虽坏不弃，因有沱底盐，官运局不收沱底，勒令更换。其盐不能他卖，只有回锅煎盐，一饼须炭银五两。一张之内，如换五饼，即炭银已费二十余两,况加人工各项,每张仅十余两洪利,换盐则费四五十两,灶户能不折本乎?不得已贿串捆房,将沱底藏包内,自此包苴行而怨声作矣。

一、官运用白银,惟此较商号差强。而近日之弊,每银一百,必有三四两铜锡。灶户求换,局内以开包为词,云印花已破,不能更换。夫未开包,谁知有弊?开包即不换,情理似未安,且灶户求速售,或急欲得银,则有请托,书役家丁因而索贿,亦所不免。

一、民情原难厌足,市价听其自便,则怨无由生。今一律定价,又不准他卖,进退不得自由,已属生怨。加以勒换沱底,不补尾欠,则怨愈深矣。况又有假银不换,捆房索贿,书役需索,怨胡可弭乎?

一、官运有此诸弊,则井灶无利可知。无利则势必停煎失业,所以犍厂日形凋弊。咸丰时有灶二三千口,今只存七八百口,以数相较,则井灶之盛衰可见矣。

一、井灶盛时,不独灶户有余钱,即地主、工匠均有余钱,凡衣服、饮食、器用各生理,均能畅销;运盐、运炭、薙草作工之人,均得以仰事俯蓄;四乡之人,凡土内所出竹木、米豆,均能贵售。今井灶凋弊,向之饶裕者转为窘迫,向可糊口者转为无告,利源已塞,四境皆困矣。

一、犍厂、五通硚外,小厂甚多,如观音场、河儿坎、马踏井,各有分局,设有局绅。各地情形不同,弊亦不一,大约不外以官本收零盐,盘剥小灶。

一、犍厂盛时,商号甚多,今商裁号撤,章程尽改,断不能复旧观。为今之计,惟听民议价,随市低昂,则民困可苏。论者谓听民议价,恐有居奇挟制之弊,不知盐利速售,久则折损斤两,不似他货可以久留,且临以官吏,谁敢挟制?或十日或五日,凭市议价,随时增减,局内用一二灶绅,使下情得以上达,盐齐即补尾欠。其余弊窦去其甚者，则上下相安矣。是否有当，伏乞钧裁。

光绪八年壬午(1882)

正月一日戊子朔(2月18日)　晴

寅初，臣偕成都将军岐元子惠、四川总督丁宝桢、署提督唐友耕泽波、都统讬克湍可斋暨布政使鹿传霖滋轩、按察使张凯嵩月卿、盐茶道崧蕃锡侯、成绵道崇纲扶三、建昌道唐炯鄂生诣万寿宫行礼。出，诣府学文庙行礼，总督、提督亦至，各在东室小坐而出。坐班，将军中，制府左，学使右，提督在制府左，都统在学使右，藩、臬三观察分左右两行，以次列坐东西面。堤江携其子来。

初二日己丑(2月19日)　丑初初刻五分，雨水。阴，微雨。

遍至各处贺岁。晤可斋都统、子惠将军。

初三日庚寅(2月20日)　阴

周政来见。

初四日辛卯(2月21日)　阴，微雨

滋轩、鄂生赴泸州查盐。诣浙江会馆礼神，并至先贤祠，堤江来谈。至馆中首事各家贺年。答伍崧生院长前辈。薛、毛两监院来，知酉阳举人陈常除夕晚归，不及会食，与诸生口角，致有拳殴杨锐之事。新都典史郑敬仁来。

初五日壬辰(2月22日)　晴

杨叔乔锐来。王元甫基肇来见，杏田先生燕琼之长子也。林书元太守之洛来。耿鹤峰士伟来。孙縠臣开嘉来。浙馆首事赵砺峰葆燧、罗维城希宗、蔡丽生元淦、王声斋增、林筱屏恩绶、俞肇庆均、王萃峰祥云、李敬轩正学、徐瀞安孙全来。凤孙偕廉生访新繁雪堂诗僧，并作东湖之游。山西闻喜令寄祁文端韩碑拓本。

初六日癸巳(2月23日) 早晴,午阴

章硕卿来。盖凤西来。温江令茅同年晟熙来。石锜来。扶三来。长寿廪生李滋然来。

初七日甲午(2月24日) 晴

马伯海映奎观察来其先人三世殉难。邀廉生、堤江、徐三、石卿、凤孙饮于惜分阴斋,徐三以不能着靴不至,廉生、凤孙方自东湖归,谈至四更始散。

初八日乙未(2月25日) 阴

得廉生书,知封翁太守拟往游东湖,约余同行,诺之。杨叔乔来。薛、毛两监院来。派张孝楷经理书局,撤陈常。崧生前辈来,出示东溥《性修篇》。溥,新城人。

初九日丙申(2月26日) 阴,微雨

得廉生书,附《南北朝存石目》、李竹朋《泉汇》。署天全牧潘方縠来。

初十日丁酉(2月27日) 阴

堤兄来。丁稚璜前辈招集草堂寺,同席者崇扶三、马伯海、丁价藩、王廉堂、耿鹤峰、王介卿,旋至隔溪机器局小坐,观炼硝诸具。归过宝云寺,暝色四合矣,张灯入城。泽波军门赠自刻书两种。

十一日戊戌(2月28日) 微雨作寒

偕王廉堂太守及堤兄作东湖之游。辰刻出北门,未初抵新繁县城。自考棚二门内西行,即抵湖。其宽广不及新都之桂湖,而花竹郁森,间以古柏,引渠为沼,畚土成台,修榭危亭,参差掩映,想见布置苦心。李赞皇为令时,手种柏犹存三株,其正室三楹曰“怀李堂”,原其始也。堂前梅花盛开,时有落者,循廊而行,隔水相看,竹树互影,尤有画意。周少传大令兆庆导行,周视至暮,乃舍于怀李之右室,所谓“香雪海”者。听廉堂先生谈蜀中近日事,娓娓忘倦。堂后水声泱泱,夜静愈喧,似风雨交作。少传为书常太史元孙,本余姚人也。

十二日己亥(3月1日)　阴寒,微风

怀李堂早饭后,出新繁西门,七里至卧龙桥,循溪而行,抵龙藏寺。雪堂上人导行竹园,观所摹诸石刻,茶话久之。未刻,揖少传而行。薄暝进城,市舍然灯,光明如昼。

十三日庚子(3月2日)　阴

拟覆刻王菉友《说文句读》,硕卿为觅得手民严文古,承领银二百两,如数予之。薛、毛两监院来。接阿干、阿命书,知已得阿六十月间京信,福孙有祖母之丧,光甫丧子。午后,至机器局,应崇扶山、马伯海两观察之局,同席者稚璜前辈、子惠将军、泽波军门、可斋都统、月卿、廉访、介藩、锡侯、次民、叙卿。亥初,乘月而归。程立斋豫今日回陕,其行也,以十万金交票号汇归,又以十万金自随王太守云。

十四日辛丑(3月3日)　阴

得吴熙清江书、洪琴西鹾使腊月望日书邗上旧城糙米巷,琴西以红牌楼案解任候查也。闻已命麟书、薛允升查办此事。得臧敬甫书,知阿昌十一月廿一日至鄂。

十五日壬寅(3月4日)　阴

黎明,诣府学文庙行礼。晁同年炳来。顾象三怀壬来,象三以华阳交代事卸署,酉阳来省。周叙卿来。午后微雨,入夜乃密。

十六日癸卯(3月5日)　夜子初二刻一分惊蛰二月节,四川亥正二刻十二分。晴,午后阴

浙馆团拜,到者三十人,余与钟蘧菴、胡寅臣及堤江、硕卿、縠臣同席。访钱徐三。复臧敬甫书。复刘叔俛兄书,附寄银贰拾两。

十七日甲辰(3月6日)　阴,申刻有细雨

徐三与堤兄同来,留午饭。张升、彭三今日赴鄂。

十八日乙巳(3月7日)　晴

王廉生来,赠安阳、平阳布,明月、方首刀各一,又齐刀、古圜法、五行大布、安平、百泉、汉兴共十一种。留廉生夜饭。以按试建南时承差颇有需索情弊,革经制李铭恩后。

十九日丙午(3月8日)　晴

曝衣。方守道来。邓敏修来。薄暮有雨。闻滋轩自泸州回。

二十日丁未(3月9日)　晴

阅尊经书院观风卷。凤孙拟正取十五名:陈崇哲,赞,碑,赋,《水会》《飞仙》《剑门》三诗。岳森,赞,赋,诗。吴之英,赞,碑,赋,诗。崔映棠,说,赞,赋。李滋然说,吴嘉谟,考,表,图。刘子雄,碑,赋。洪尔振赋,萧润森,赞,碑。刘启勋,文,赋。陈文垣,文,赋,《萤火》第二篇。欧阳世麟,哲克登额说,杜柄碑。备取十二名:方守道、聂培惺、陈观浔、杨道南、罗长玉、尹殿飏、刘泽溥、刘镕、蒲九茎、陈诗、黄犹志、王树滋。不取五名:任荩臣、米沛霖、傅守中、张学嵘、赵焕文。巳刻,鹿滋轩来,知盐务办理有效,数年后可得三倍之利。新奉廷寄询问,将原奏附来,所说支离,与现办情形不合。

二十一日戊申(3月10日)　阴

巳刻开印,礼成后与薛、毛二监院谈,知督部有将发局生息之院款仍归盐道经理收支之说。郫县新生张焴淞来。彭山典史胡寿铭来,始知海门师家居无恙,饮食犹健,惟两耳重听耳,新年七十三岁,世兄六岁,胡即先生婿也。严清荣来,潼川太和通判,号鹤山,余姚人。严女适张静山子。

二十二日己酉(3月11日)　阴,巳刻密雨

答滋轩。午后赴唐泽波军门之约,同席者鹿滋轩、张月卿、崧锡侯、崇扶三、丁介藩、尹殷儒、张贻山、钟蘧菴、朱次民、王廉丈。军门第有园亭之胜,山茶盛开,竹径尤佳,宜于炎夏。夜有雨。是日,耿鹤峰约山左三君宴集百花潭。崧生前辈来,未值。德阳新生张宗垚、成都新生杨煃来见。

二十三日庚戌(3月12日)　晴

得徐山复附《碑传集》六册、《刻楮集》、《旅逸小稿》三册。得堤兄复有古钱及唐佛经拓本。得廉生复有新得宋印摹本。鹿滋轩来,以覆奏稿相商。章硕卿来。大邑贡生傅守中来见。曹知州绍樾来送其祖文正公行述。阅邸钞，至十二月十七日止。会章张幼樵署讲官，子腾升少詹，子玖补讲学，殷谱经、钱湘吟皆请病假，万师以季士周补缺事，经陈伯屏参奏，交童总宪师查覆，复因覆奏于各堂官争之不得及万某袖出一稿等语并未语及，复降旨查覆。

二十四日辛亥(3月13日)　阴

堤江来。崧生前辈遣持陈广敷所驳俞理初少吏论见示，引《淮南子·说周官》，后附水利、屯田共一册。李听斋来。韩泷、吴福连来。朱次民来。稚璜前辈来。申刻，赴岐子惠将军之招，同坐者稚翁与泽波军门、克斋都统，宾主共五人。章硕卿以蜀碑拓本来，并出示施研北《金史详校》稿本，汪谢城臧弃物也。

二十五日壬子(3月14日)　晴

李听斋来。王廉堂太守来。华阳新生吕翼文来，以新刻《骈雅训纂》为贽。射洪调院生郭云汉来。绵竹新生杨悦来。杨锐、魏天眷补送观风卷。得堤兄片，附《离堆记》《赵懿简碑》《道子观音》各一纸。赵砺峰送章鼎芗孝廉季英《南宋乐府》。廉文言，南皮中丞腊月十二日出都，鄂生昨日返省，滋轩覆奏于今日拜发。

《金史详校·例言》：

金史，三病。

一曰总裁失检。凡七科：

纪载非体。如《章纪》泰和四年前代帝王云云，当入《礼志八》，又五年时宋殿帅云云，当入《仆散揆传》。《完颜匡传》其遗诏云云，当入《卫纪》。《徒单镒传》，自中都云云，当入《官志》兵部。

颠倒年月。如《哀纪》天兴二年辛巳官奴一段。《刑志》承安二年一段，又泰和二年一段。

传次先后。六十八卷《阿鲁补传》当次《胥赦传》后。七十四卷《文传》当次《京传》前。七十八卷《刘萼传》当次《刘箬传》后。九十一卷《移室懑传》当入《忠义蒲睹传》后。九十二卷《卢庸传》当次一百四卷《蒲察移都传》后。九十五卷《蒲察通》《粘割斡特剌》《程辉》及九十六卷《黄久约》四传,当次八十八卷《移剌道传》后。九十六卷《梁襄传》当次九十七卷《韩锡传》后。一百二十二卷《黄掴九住传》当次上卷《宋扆传》前,又《乌林答乞住》《陀满斜烈》《尼厖古蒲鲁虎》三传当次上卷《高锡传》后,又《兀颜畏可传》当次本卷《完颜六斤传》前,又《兀颜讹出虎传》当次本卷《从坦传》前,又《粘割贞传》当次本卷《纳合蒲刻都传》后。一百三十一卷方技,《马贵中》《武祯》《李懋》《胡德新》四传当在前,《刘完素》《张从正》《李庆嗣》《纪天锡》《张元素》五传当在后。

附传非例。《宗本传》后附《萧玉》,当入《佞幸》。《仆散揆传》后附《抹撚史扢搭》,当入《忠义》。《奴申传》后附《崔立》,当入《叛臣》。《张觉传》后附《张仅言》,当附《敬嗣晖传》后。

复漏世系。《宗强传》子阿琐,《阿琐传》又云宗强之幼子。《石土门传》子思敬,《思敬传》又云神土懑之子。《阿离合懑传》子斡论,《晏传》又云阿离合懑次子。《宗雄传》子按答海,《按答海传》又云宗雄次子。又《阿离合懑传》末赛也子宗尹,后失载。宗宁,斡论子宗道,《宗宁传》云阿离合懑之孙,《宗道传》云讹论之少子。《夹谷谢奴传》不言子查剌,《查剌传》父谢奴下不言自有传。《乌延蒲辖奴传》子查剌,《查剌传》又云蒲辖奴子。

滥传可削。《萧拱传》止叙弥勒秽事。《术虎筠寿传》止叙毬杖细事。《完颜闾山传》事不类,据赞似本无此传。《乌古论礼传》止叙官爵。

一事数见。四见者:撒合輦中京,见《哀纪》正大四五年、《撒合輦》《赤盏尉忻传》《陈规传》。三见者:赐亮生日,见《海陵纪》《悼平后传》《大兴国传》;辩论废立,见《海陵纪》《胙王元传》《唐括辩传》;按察大王,见《海陵纪》《胙王元传》《张通古传》;女直进士，见《世宗纪》大定二十六年、《夹谷衡传》《尼厖古鉴传》；户部邓俨，见《章纪》明昌元年、《邓俨传》《徒单镒传》；章宗遗诏，见《卫纪》《元妃传》《仆射端传》。至一事两见者，不胜枚举，其文或大同小异，或并存一削，各见本文。

二曰纂修纰缪。凡六科：

文无限断。《左企弓》《虞仲文》《曹勇义》《康公弼》四传，多杂辽事。《张中彦》《宇文虚中》《王伦》三传，多杂宋事。《宗望》《阇母》传，语在宋事中。《张邦昌传》，宋史有传。《仆散忠义传》，是为宋孝宗。《官志》三一金格，《移剌蒲阿传》十二金军，《白华传》三金军、一金制，《国用安传》二金朝。

年次脱误。《夹谷谢奴》《田灏》《温迪罕蒲睹》《纳兰绰赤》四传，全不纪年。《王伯龙传》，纪年皆误。《徒单四喜传》，错记一年。

互传不合。《章纪》明昌五年语，载《琪传》中，《马琪传》不载，乃见《河渠志》。又泰和二年事，载《从彝传》，《霍王从彝传》无文。《河渠志》漕渠事，见漕渠，乃见卢沟河。《胥鼎传》语在《德升传》，《乌古论德升传》无此语。《王政传》子遵古有传，遵古乃附见《子庭筠传》。《窝斡传》语见《鹤寿传》，鹤寿附见《郓王昂》《温迪罕蒲睹》传。《忠义列传》乃纥石烈鹤寿。《王浩传》三人有传，忘去宋九嘉、刘从益。

阑入他事。《斡鲁传》入酬斡事。《宗望传》入辽和尚、道温事。《纳合椿年传》入纥石烈良弼事。《苏保衡传》入傅慎微事。《李复亨传》入赵秉文事。《完颜纲传》入承裕、完颜匡、术虎高琪事。

文笔稚累。《海纪》迪辇阿不者，萧拱也。《卫纪》胡沙虎，纥石烈执中也。《食货志》如不欲食啖。《斡鲁古传》阇哥，亦宗室子也。《宗雄传》以宗雄等言其地可种艺也。《刘昂传》，李纯甫

《故人外传》云。《路铎传》,四顷之。《仆射顿传》,顷之、无何、未几,见一行中。《乌古论庆寿传》,三顷之,两未几,一久之。《官志》大宗正府一段,五泰和六年,讹可传四初字。

本名叠见。《弥勒传》一百六十字,八弥勒。《李上达传》二百余字,八上达。《马讽传》二百六十字,八讽。《赵元传》三百七十字,十元。《石抹卞传》四百字,十二卞。《杨邦基传》四百字,十三邦基。《贾少冲传》四百余字,十一少冲。《张九思传》五百余字,十二九思。《徒单恭传》六百七十字,二十三斜也。《亨传》七百八十字,二十八亨。《阇母传》一千二百字,三十五阇母。《斜卯阿里传》一千三百字,三十四阿里。《萧裕传》一千四百字,三十九裕。《斡鲁传》一千六百字,四十四斡鲁。《彀英传》一千八百字,四十四彀英。《武仙传》二千字,六十七仙。《宗弼传》二千二百字,五十二宗弼。《纥石烈志宁传》二千六百字,四十八志宁。《宗翰传》二千七百字,六十二宗翰。《宗望传》二千九百字,六十二宗望。《纥石烈执中传》三千字,四十九执中。《纥石烈良弼传》三千余字,五十七良弼。《徒单克宁传》四千余字,九十克宁。

三曰写刊错误。凡七科:

脱载无考。《选志》王安石上。《刘頍传》鲁誼对下。《李英传》十策少一。

倒脱重刊。《地志》息州褒信新蔡北本脱一行。《礼志》杂仪世宗圣寿倒刊一行。《李愈传》言甚荒唐上脱刊一行。《天文志》丙午月犯重刊一段。《官志》提举榷货重刊一条。又南北二本总目尾页删去校勘十人姓名。元本有校勘臣彭衡、臣倪中、臣麦徵、臣岳信、臣杨铸、臣牟思善、臣卜胜、臣李源、臣揭模、臣丁士恒,计四行,凡三十四字。《礼志·原庙》及《宗磐传》并有空白一页。《官志》仓场司后失刊尾页五行。幸元刊本具存,得以考补。

小字误大。《地志》:庆州北至二十八字,又泰州北至二十八字。《食志》:盐山东旧课二百八十字。《仪卫志》:天德黄麾仗下水碓二十二字。《官制》:御史台以上十二字,又都水监分治十三字,兴定二十八字,又大理寺自少十九字,又讥察使南迁二十字。

大字误小。《地志》:广宁注镇六寨四。《官志》:都巡河注大定十三字,又县君注金格一百三十七字。

脱朔。太祖收国元年七月戊辰朔辽考宋纪。天辅五年六月癸巳朔同上。太宗天会九年五月丙申朔考异云。熙宗天会十四年八月丙申朔集礼。海陵贞元元年二月庚申朔推得,十二月乙卯朔同上。世宗大定十六年二月丁丑朔庄严寺牒,十七年八月戊辰朔三清观铁盆记。章宗承安三年三月戊戌朔推得。哀宗正大七年七月庚寅朔合达传。《天文志》,承安五年十一月癸丑朔纪,又皇统三年正月己丑朔纪,又贞元元年十二月乙卯朔推得,又闰月乙酉朔同上,又大定十一年八月癸卯朔纪,又大安三年正月乙酉朔纪。《五行志》,皇统三年五月丁巳朔纪,又大定四年七月戊申朔纪。

月讹日讹。皇统元年三月,又二年四月,又四年十月、十一月。贞元二年四月。正隆二年十二月。大定三年九月,又五年三月,又六年三月。明昌五年二月。承安四年十一月。天眷二年二月乙未,三月丙辰。天德二年十一月乙丑。正隆元年闰月庚寅。大定十四年四月戊子。泰和三年三月壬申朔。大安二年正月庚戌,十二月辛酉。

字讹。如史吏、献宪、幹斡、兀元、部都、赜颐、祈祁、穫獲、喜嘉、左右、大太、下上、比北、蒲满、秦泰、洺洛、州川、沔渑、官宫、丞承、日曰、寇冠、鞠鞫、授受、傳傅等,皆连篇屡错。至于干支方名数目及传讹之一二见者,难更仆数。若字画偏旁积误,大抵开卷即见,页页都有,无从细校矣。

《金史》有元至正四年甲申祖刻本，即江浙板，又明嘉靖万历南北两国子监本，国朝康熙二十五年重修北监本，乾隆四年武英殿本，又奉旨改译本。余先读南本，次校北本及诸门，又从吴门蒋槐堂借校元本，因为之辨体裁，考事实，订字句，得其讹谬衍脱颠倒诸处约四千余条。各本皆讹者，则曰："某字当作某。"各本互讹者，以南本为主，则曰："某字元作某，是；北作某，是。"或云："某字元作某，非；北作某，非。"各本俱脱者，则曰："当加某字。"各本互脱者，则亦以南本为主，则曰："元有某字，元无某字。"或云："北有某字，北无某字。"各本俱衍者，则曰："某字当削。"各本上下文颠倒者，则曰："某当改入某。"

二十六日癸丑(3月15日)　晴

张同年尔遴来。购碑十九种：《王稚子阙》《杨宗阙》《冯君阙》《李业阙》《贾公阙》《杨公阙》《沈君阙》《会仙友》《颜书离堆记》《裴书武侯碑》《韦南康纪功碑》《夹江九关碑》《巴县无名氏碑》《石佛龛》《周文王碑》《高颐碑》《高君阙瓦当文》《汤文端杨侯庙碑》《金轮寺舍利记》《鲜于里门记》《二爨碑》。共五千。

汪谢城《疑年表》云：史公年表起自共和，厉王以前无可考矣。皇甫谧《帝王世纪》，古帝王皆有年数。《竹书纪年》亦出于晋世，盖汉魏时无此说也。今本纪年又经后人改窜，其原本夏年多殷者，不复可见，而世纪已轶，诸家所引一鳞片甲，不能排比矣。惟《皇极经世》《通鉴外纪》《路史》等书，按年可排，而互相纷错。虽其说皆不足信，学者要亦不可不知也。因汇录为表，并附以他书之说。若夫九头等十纪，及天地人三皇，动经数十万年，数既宏廓，说尤荒渺，不复载焉。自《通鉴前编》以来，多从《经世编年》，据此表观之，可得其参差抵牾之迹，名曰《疑年》者，本诸《外纪》也。

谢城《太岁超辰表》云：三统术太岁与岁星恒相应，太岁超乙亥起丙子，岁星超析木起星纪，每一百四十四年而超一辰丙戌年，太阴超癸丑入甲寅。至后。汉建武二十六年，太岁超庚戌入辛亥，岁星超大火入析木，当超不超，其法遂废。钱氏大昕已详论之，今取其说，列表以明之。而淮南王、太史公太阴纪岁，亦有超辰，并附著焉。

太岁	超乙亥，入丙子
岁星	超析木，入星纪
今人所命甲子	
今人所命甲子	丙戌
太阴	超癸丑，入甲寅

此下玄枵、豕韦、降娄、大梁、实沈、鹑首、鹑火、鹑尾、寿星、大火、析木、星纪，与丁丑、戊寅以次递推。

二十七日甲寅(3月16日)　晴暖

肄业生方守道、新调生周宝清来。廉生遣其家丁刘升来，为拓古泉数纸，廉生拓示新得涅金布一纸。鹿滋轩、崧锡侯、崇扶山招同唐鄂生集藩署，滋轩出示黔苗图一百零五开。铁兄于三日前得孙，遗红鸡子一器。昨夜芾卿、葆堂在铁兄处小集，不知其有此喜也。华瑶阶祖锡回常德，程仪五十金，遣承差尹国藩送至嘉定。得夏芝岑书，其子夏敬孚来。朱次民来，为言养生之法，言于道教中为西派，于读书人最宜，其要旨略具《悟真篇》云。莫镇军组绶来，颇自侈其越嶲猓夷受降之状。崔劭方与于少亭对调，已悬牌矣。

二十八日乙卯(3月17日)　晴暖

答稚璜前辈云，拟于厘局公费内提出二千金，为尊经高才生添给月费，其意可感。所谓公费者，即制府之陋规也，稚翁不受，而为本地之人用，其事尤可敬也。薛、毛二监院来。贺堤江兄得孙。答崇扶三、王廉翁，未值。未刻，黔南馆宴集，为主者滋轩方伯、月卿、廉访、盐道崧锡侯、成绵道崇扶山、建昌道唐鄂生、前建昌道今题奏道黄湘云云鹄、前川东道补用道丁价藩士彬、候补道尹殷儒国珍、即补道宝玉堂森、候补道锦芝生福、题奏道钟蘧菴肇立、补用道朱次民在勤、题奏道周叙卿廷揆、题奏道世袭骑都尉又一云骑尉马伯凯映奎、补用道尼铿额巴图鲁张贻山观钧、成都府知府王廉堂祖源、成都令耿鹤峰士伟、华阳令王介卿宫午十九人，为宾者成都将军岐子惠元、四川提督唐泽波友耕、成都都统讬可斋克湍及稚翁与余也，共五人。稚翁患痔，黄湘芸有宝云寺之约，皆中席先行。夜有雨。

二十九日丙辰(3月18日)　晴暖

肄业生崔映棠、何宝恕、吕翼文来。林书园来，书园委办越嶲厘局，欲辞不去，请转告盐道。薛、毛两监院来。堤兄来。华阳令禀羁禁之枪架项笃生病故。新都新生谢质来。绵州廪生崔映棠来。新都新生刘祖周、双流新生白玉铨、成都新生叶祥麟来。夜有小雨。

二月一日丁巳朔(3月19日)

祭至圣先师，寅刻齐集，惟岐将军元卯初始到，行礼毕，天已大明矣。石泉廪生萧润森来。晁同年炳、张同年尔遴来。夏芝臣之子敬孚来，知童研云没于镇筸官署。将往眉州料检行装。石巡捕来。夜与阿六两纸，小云、篯仙、子腾、佩南各一函。

[初]二日戊午(3月20日)　阴，暖甚，衣绵而汗

厅事前木笔花始开，海棠、绯桃已开至十分。定尊经书院章程二十条，发交监院。派丁树诚、杨锐、陈崇哲、岳森教习新生陈宝、岳嗣仪、岳嗣佺、张学嵘。任薛锦福毋庸在书院肄业，并移咨督部。堤江兄委署定远来谈，适徐山亦来，留同午饭。稚璜前辈来。鹿滋轩、崧锡侯、崇扶三来。今日为扶三生辰，我不知也。晨间，行李下船，午刻，仆从亦从水道先行。章硕卿来，赠新刻宋于廷《过庭录》。莫播卿送席，辞之不得，转送岐子惠。府学官范薛与毛监院同来。各处辞行，惟晤滋轩、月卿。廉生来迟，余不至而去，复中途相左。夜作上钱犀菴师书，封家书托协同庆寄京。小云折费六十两，子密同办三十两，孙佩南四十两，钱笣仙四十两，子腾四十两，京寓一千两。

[初]三日己未(3月21日)　阴，暖

伍崧生、张月卿来。巳刻出城，暂憩丞相祠林书园。钱徐三、王介卿、耿鹤峰、孙穀臣、张云衢、章硕卿及三学教官皆来送，堤兄亦来，肄业生张宗垚来。二十里至簇桥，双流令廖益生、训导聂铃来候。又二十里抵县城，宿。菜花烂开，浓香不断，豆畦擢秀，麦陇滋荣，已有携筐上冢者。今日子正三刻四分，春分。

[初]四日庚申(3月22日)　阴

黎明，发双流，廖令、聂训导送于距城十五里之黄水河桥南北皆有廛市。十里串头铺。十五里花桥场，新津令来。十里旧县，过邛水河。五里邓公场，属新津，距城六里。午馔，时方加巳也。彭山典史胡寿铭来迓。午后，云阴愈重，刁刁东北风揭帘不止，遂觉春寒恻恻，中人垂帘而行。十五里青龙场。彭山令武威张瑔碧山来迓。蒙蒙细雨，濒河而行，遥见远山一带湿云冒之，不知其为何名也。十五里抵彭山县，舍于平模试廨，眉州两巡捕来。行李船昨晚到。

[初]五日辛酉(3月23日)　微露日景

辰初，发彭山县。出南门，七里宋店。五里新桥。八里龙安铺。八里田店。七里大石桥。五里眉州城，寓试院。署知州芝舫葆符，即以言官劾罢之，山西巡抚胞弟也。州判程元昌，学正陈炳魁，六十四，灌县辛酉举。训导朱嘉畅，四十五，井研廪贡。彭山训导乔松，四十六，华阳，乙亥举人。丹棱教谕吕上珍，六十九，富顺辛酉副榜。青神训导官廉，七十六，资州壬辰举。皆来见。以生童尚未到州，改期明日落学。又明日，试生童经古。试院之西，即三苏祠。自幕斋右行而南，即至祠中，谒明允先生及长公、次公象。其后一室，则中祀苏氏先人，而以两先生、六子祔其旁。庭有木假山一座，半毁于贼。海棠大开，流水环于祠内,或桥或亭,林竹森郁,鸟声清脆可听。祠左道人居之,临水三楹,架列三苏文,极号自观者。喜言南皮学使事,以其出白金三百修建亭台,邦人士又以二千金助成其事也。自观眉宇不俗,守祠良称。与幕僚饭于月池之上,微风作寒,以酒力敌之尚不胜也。

[初]六日壬戌(3月24日) 阴寒

辰初,诣文庙行礼,旋至明伦堂拜牌,听诸生讲圣训,读卧碑,又讲《子贡问政章》,循例放告,得三十余纸。午后,游苏祠,傍晚有雨。承差送华瑶阶至嘉定,今日来眉,云已附载往重庆去矣。僦舟赀二千,约十金可达常德。

[初]七日癸亥(3月25日) 阴,有风,微寒

科试眉属经古生童二百八十余名。生题:《续资治通鉴长编》赋,以题为韵;"初俊羔助厥母粥"赋,以题为韵;汉宣帝论;《书〈史记·货殖传〉后》;拟光武征严光诏;苏祠海棠,用东坡定惠院海棠韵;菜花七律;春寒曲;养蚕词;经解五道;无试算学者。童题:刘歆索扬雄《方言》最日赋,古不限韵;"出处依稀似乐天",以东坡"出处老少相似"为韵;郭林宗论骈体;春阴曲;《仓海君椎》《祢正平鼓》《李长吉锦囊》《乐昌公主镜》,各七律一首;《舟行杂咏》绝句七首,篷楫帆篙舵缆牂柯。经解:荀虞补易象说、丈人解、鲜原解、艽野解、柳穀解、大麓解、礼不妄说人解、商容考、大胥小胥解、初献六羽解、藻率鞞鞛解、《说文·同部》异字考、李斯作小篆刻、石不废古文说。无试算学者。

[初]八日甲子(3月26日) 阴,有风寒

科试眉属生员四百八名。眉山题:"舜使益掌火","樵指汲肩亲课督"。彭山:"汤使亳众往为之耕","秦刻唐刊储墨妙"。丹棱:"子产使校人畜之池","静几低窗养晏温"。青神:"赵简子使王良与嬖奚乘","洗砚酬笺复论文"。策问:汉廷遣使。出生古案,经解陈三恪,诗赋刘光藜、刘启基、何晋镛、张光汉,正取皆眉人,郑云瑞、周凤翔彭、陈士骧、龚吉孚、唐万禄彭、李鸿仪青、何光润青皆备取,段鸿章青、何树椿眉、邹焕章眉、殷发祥丹、卢锦江彭皆又备取,共十七名。

[初]九日乙丑(3月27日)　晴和,夜有月

覆生古题:《青衣江》赋,古体不限韵;"尔雅足以辨言"赋,以题为韵;二江九先生论;《春日田园杂兴》七律,仿月泉吟社体;《纸鸳》绝句四首。经解:"居德则忌","汤始居亳,从先王居","有纪有堂","定元年无正月"。

[初]十日丙寅(3月28日)　晴,午后暖,易裘而绵

科试彭山、丹棱、青神三县童生,共九百三十三名。寅初一刻开点,卯初三刻扃门。彭题:"其次辟地","非所以内交于孺子之父母也","秧际窥鱼翅白鹭"得"窥"字。丹题:"其次辟色","非所以要誉于乡党朋友也","田鸟飞逐耕烟犊"得"烟"字。青题:"其次辟言","非恶其声而然也","马过秀野蝶随蹄"得"蹄"字。出科试一等生案,并附生覆古案,正取五名:陈三恪眉、何晋镛眉、刘光藜眉、周凤翔彭、龚吉孚眉。备取七名:张光汉眉、郑云瑞眉、刘启基眉、陈士骧眉、何光润青、邹焕章眉、唐万禄彭。得徐三书,知廖孝廉登廷已辞张聘,请添派尊经教习,即作复寄去。又致堤江书,转问《北堂书钞》价直。夜步月至苏祠水东亭子,与芾卿、搢臣、凤孙久坐而返。时道人已睡,闻我辈笑语声,亦吹火而起。嘉庆十一年三月初八日,礼部议覆,四川总督兼学政勒保奏:眉州旧制止丹棱一县,雍正九年添设青神、彭山二县,以考数人少,仍附嘉定,今眉州生童公捐建立考棚,请准其分棚考试。奉旨依议。时学政周系英,眉州知州彭锡珖也。系英,湘潭人。

十一日丁卯(3月29日)　晴,午后阴

覆一等生。"困而不学,民斯为下矣",赋得"耕余树有牛磨痒"得"磨"字。福生在苏祠打碑,余亦往观之,并至道人房观木刻诸帖。

十二日戊辰(3月30日)　阴晴相间

科试眉童九百八十五名。"其横逆犹是也,君子曰","交得见于邹君,可以假馆","屋角枯藤黏树活"得"黏"字。挂彭山、丹棱、青神童面覆牌。彭廿二,丹棱廿二,青十九。

十三日己巳(3月31日) 阴,晚风,有急雨一阵

面覆彭、丹、青童六十三名。“人有言:至于禹而德衰,不传于贤,而传于子”,“少而寡欲颜常好”得“身”字。挂眉州童面试牌四十四名。戌刻,大雷雨。葆芝舫送点心。

十四日庚午(4月1日) 晴

面覆眉州童。“君子之不耕而食,何也”,“细雨足时茶户喜”,“时”。发彭山、丹棱、青神科试童生案。发科试生卷箱。夜月甚佳,与凤孙至苏祠水亭小坐,道人未睡,灯光出户,东墙竹影,倒入湖心,惟留一半受月,凉蛤潜吠,栖鸟未醒,令人惨然气肃。亥正,发眉州科试童生案。

十五日辛未(4月2日) 阴

发落一等生。诸生誊解部卷。发起马牌。试俸满教官:“圣人之行不同也”三句,“桃红李白新秧绿”,“新”。考贡:“如中也弃不中”四句,“麦高麻矮野桑柔”,“柔”。游三苏祠,观张学使檀木长公像,仿南薰殿画本而作,又有三才图绘本,属福孙借模一帧。葆芝舫来见。夜雨,得张子遇、唐蓬洲、单孝钧书。

十六日壬申(4月3日) 檐溜犹悬,竹烟未散

幕中诸子竞以打碑为乐,余亦往观。嘉定守润斋玉昆遣汤、杨二巡捕来迎。汤世贤、杨宝余。眉属教官来见,大约言新生不肯多备挚见耳。申刻,大雨,葆牧循旧例携尊苏祠道人房,两教官同坐。戌刻,覆新生,惟眉之夏光普,彭之萧德英、赵作舟,丹之谢天恩未到。阅邸钞,子腾以少詹署副宪,小云署少空,星叔补少宗伯,左湘阴查办鄂事,江汉关道何维键开缺,管竹木税道杨宗濂革职。

十七日癸酉(4月4日) 雨止云罢,天气甚寒

发落新生。州判程晓川元昌以诗相示,朱训导送《白鹤堂集》。巳刻,早饭后答拜葆牧,即出东门,官吏诸生皆于河干相送,下舆揖之而行。既以小舟渡至彼岸,始下船。未刻,解缆。酉刻,次青神县。城外凡行六十里。自眉州行二十里至张家坎,又二十里太平场,又二十里青神县。县令天津王朗卿恩沛迎至太平场，随行至城。舟中有风自西南来，轻寒恻恻，不敢启窗，江水未生时，从细石上磨戛而过，擢郎送响，有竹枝凄婉之音，汉时巴渝，此其遗意与？王令嗜烟，默然相对，无可言者。

学额数：

通省岁科。文童四千零五十四名，武童二千零二十名，总共六千零七十四名。

算学题：

今有窖上广四尺，下广七尺，上袤五尺，下袤八尺，深一丈，问受粟几何？

弧径求矢开方说。依弧背百五十五步、圆径二百五十步之率，推阐其理，不得只录成法。

天元降一位开方说。

切线求本弧术释例。

问：元李冶《益古演段》第六十四问，其展积之第三式图中，作四段加两段减。近人校此书者，以加减各有三段，疑与下文不应。不知但有三段，则缺此一隅，何以立法？可谓舛矣。能就原题绘图、演细草，疏通其谊否？

《说文》重文于古文、籀文、奇字外，又有或体、俗体，何欤？《周礼·天官·外府》郑注："古字亦多或。"岂古文有或体欤？大徐本所谓或作某者，小徐间谓之俗作某。而或体中如集、隼、廪、盇、互、夸、□、求等字，各部中皆有从之者，本字尚从之者。郑注《王制》曰："卷，俗读也，其通则曰衮。"岂衮字通雅，卷字俗鄙欤？抑制字有先后，声音有变迁，要无乖于六书之旨欤？

十八日甲戌(4月5日) 清明

黎明,发青神。二十里刘家场。三十里汉阳坝。三十里板桥溪。东风挟雨,习习作寒。从船窗中遥见两岸青山蜿蜒不断,时有凿崖栖佛者,竹树人家与山影江烟团成一片,仿佛吾越陶堰以西风景。十里关帝庙。乐山令萍乡张迪卿明敖,癸酉、甲戌。来。又三十里抵嘉定府,暮色已沉,不见所谓凌云山也。持烛入城,至试院,已初更矣。

来见者:太守润斋、玉昆,丙辰科考时已作提调。乐山张令、府教授罗肃,五十八,南溪癸酉解元,甲戌进士。乐山训导薛熙,五十二,兴文副贡。峨眉教谕张云光、七十四,阆中恩贡。训导熊焕,三十一,江油癸酉拔。洪雅教谕黄桂芬、六十三,德阳甲辰副。训导汤发祥,六十七,灌岁贡。夹江教谕傅缃、四十七,松潘廪贡。训导张维铣,七十一,崇庆丙午举。署犍为教谕任师昉、五十,邻水增贡。训导周光霁,六十三,理番岁贡。荣县教谕李开元,五十五,剑州己酉拔。威县远训导陈宗虞。二十六,资州廪贡。试院旧为建南道署,宋梅生守嘉时改造。院傍小山,相传山有巨蟒,岁久成神,邑人士立祠于山半,香火颇广。学使进院,循例行礼云。夜有雨。

十九日乙亥(4月6日) 阴寒

卯刻,诣至圣庙行礼,出至明伦堂,诸生无能讲书者,返与凤孙登山亭,望凌云山。守、令各送府县志。

二十日丙子(4月7日) 晨晴,午后阴

科试生童经古五百七十三名。生题:“唐蒙通夜郎道”赋,古体不限韵;郭景纯《尔雅注》赋,以“错综樊孙,博关群言”为韵;《登凌云山望三江峨眉》五古,仿《选》体;《盐井行》七古;《嘉州览古》,仿宋四家七律;清音亭、东坡方响洞山谷、万景楼山谷月榭、放翁嘉州金石诗七绝十首;拟陆渭南摹刻《唐贤画象赞》二首;孟贞曜、欧阳率更、犍为舍人考;淮南王惮汲黯论;虞吉有他不燕解;民献有十夫解;素丝五緎解;齐仲孙来解;大夫以鱼须文竹解。童题:“赪桐”赋,古体不限韵,“赪桐”见放翁《思政堂东轩偶题》诗注,嘉州人谓之“百日红”;“水落寒江学篆文”赋,以题为韵;余题同生。生题尚有释识、释律,敦字有几义，说文异部同字考。无试算学者。补考岁者十余名："无以为也"，"无封靡于尔邦"四句，"寒食清明都过了"，欠二次者，"春色三停已二停"。

二十一日丁丑(4月8日)　晴，有风

科试嘉属九学生八百卅八名。府学题："今又倍地"至"是动天下之兵也"，"遇民如儿吏如奴"，"奴"。乐山："考诸三王而不缪"，"饱见少年轻宿士"。峨眉："嘉乐君子"二句，"松阴枕石放吏衙"。洪雅："定公问君使臣"至"以礼"，"愁向屏风见折枝"。夹江："府库充，有司莫以告"，"更添危磴作儿嬉"。犍为："九一而助"，"不如将军告身供一醉"。商学："学而时习之"，"屐响方惊阁半虚"。荣："文胜质则史"，"纤云不作看山祟"。威远："生乎今之世"至"灾及其身者也"，"五岁无端弃耦耕"。策问：陆德明《经典释文》。出生古案。经解：正，荣县黄茂；备，荣县林芝蓝；又备，乐山毛炳銮、府学温其恭。诗赋：正，乐山张肇文，犍为吴廷佐、吴廷俊，威远邹庆先，犍为吴纶，府学许继先；备，乐山赵杳、犍为罗荃、乐山王兆涵、府学唐尧臣、荣胡际唐、府学颜焜、威远黄昭德、洪雅张福培；又备，荣李春霈、乐山郭肇修、荣刘云鹤、乐山游西庠、犍为古绍文、夹江李耀庚。共二十四名，中惟张肇文、颜焜、郭肇修、李耀庚、李春霈、吴廷俊、吴廷佐曾调尊经书院。

二十二日戊寅(4月9日)　阴

科覆生经古。"汉昭问郡国所举贤良、文学"，"议罢盐铁榷酤"赋，古体不限韵；"熟精文选理"赋，以"后进英髦，咸资准的"为韵；拟嗣宗《咏怀》；《采桑词》七古；《子规》绝句；《蚕豆》五排二十韵，限"佳"字；拟钟嵘《诗品序》；朱云请斩太傅张禹论；读《郡斋读书志》后；荆公谓三国可喜事尽为陈寿所坏论。经解："深则厉"、"刚而扰"、"縠实鲜落"，释"权舆"。

二十三日己卯(4月10日)　薄晴

科试峨眉、夹江、荣县、威远四属童一千九百四十八名。丑初一刻点名，提调令廪生各率所保者鱼贯而入，不乱而又速，寅正即竣。峨题："当如后患何"，"金桃接种连花蕊"。夹题："公伯寮其如命何"，"紫竹移根带笋芽"。荣题："独如宋王何"，"厨烟乍熟穿心菜"。威题："匡人其如予何"，"篝火新乾卷叶茶"。其次题则通场所同也："追我者谁也"。荣县府县前列，皆以独字作一字解，不知其不成文理也。凤孙定覆生经古卷。经解：黄茂正，林芝蓝备，温其恭、毛炳銮又备。诗赋：张肇文、邹庆先、吴廷佐、吴廷俊、罗荃为正取五名，吴纶、唐尧臣、郭肇修、许继先、李肇庚、刘云鹤为备取六名，黄昭德、王兆涵、古绍文、胡际唐、颜焜、李春霈、游西庠、赵杳、张福培为又备九名。

二十四日庚辰(4月11日)　阴

夜闻子规，晓闻鹧鸪，客里逢春，何以遣此？凤孙宿疾未瘳，不能校阅。托巡捕买回沱鱼两尾，食而美之，鄂生云其佳处在头，信然。令杨福往凌云寺拓碑，期以科试各案尽出后始入院也。薄暮，发嘉属九学科试一等生案，附生经古覆试案。酉刻大雨，入夜不止。

二十五日辛巳(4月12日)

科试乐山、洪雅、犍为及乐犍商学童二千廿四名。丑正，冒雨而出，点名时雨点方密，试者皆避雨争进，给卷较缓，曙色微明始毕，而雨亦止。题为"今又倍地"，"邻国之民不加少"，"清晓蛙声引啼鸩"得"声"字。夜有雨，荣、威两县童文气较顺，不似他处卷之一览即可舍去也。

二十六日壬午(4月13日)　晴

科覆嘉属九学一等生。文题："子曰予欲无言"二章。诗题："税足溪无人照瘢"得"瘢"字。犍为吴廷佐、吴廷俊、吴廷傅，胞兄弟也，兄前弟后，联列三名，可谓巧矣，以母病求归，许之。威远第一邹庆先，府学第二邹壼先，亦同胞兄弟。犍为第五傅为霖，第十一傅作霖，同曾祖兄弟。夜有雨。挂峨眉、荣县、夹江、威远四邑面试童生牌。峨廿四，荣卅八，夹廿四，威卅九。杨福拓凌云寺诸牌无佳者，属巡捕引往书院觅山谷诗石。

二十七日癸未(4月14日)　忽雨忽止，入夜未已

杜鹃花大开，二红二素，斗艳争妍，得未曾有。面覆峨、荣、夹、威童百二十五名。“尽羿之道”，“乍拆孤花藏叶罅”，“孤”。补考岁者十余名。“可也简”，“天子乃鲜羔开冰”二句，“疏帘听雨草堂春”，“堂”。欠两考者，加诗“灯前细雨檐花落”。诸童坐堂下者，以雨势缓急无定，移徙笔墨亦复忽东忽西，遂令尽坐堂上，然太挤矣。夜阅威远覆卷，闻邻墙人声喧竞，询知不戒于火，旋即扑灭。

二十八日甲申(4月15日)　宿雨未收，白杜鹃已有落者。午后微有霁色，申刻复雨

发峨、荣、夹、威科试童案，取古入学者。荣：邓延祐、吴鸿宾、谢垚、康世勋、王勤邦。夹江：宿霖霨。威远：梁希鸾、袁润章。正取未与者：荣之邱毓霖、威之丁元恺，邱并未面覆。夜闻子规声，挂乐山、洪雅、犍为及犍乐商童面试牌。乐五十一，洪卅，犍五十，商十。

二十九日乙酉(4月16日)　晴

面覆乐、洪、犍、商童百四十一名。乐、犍题：“势不行也。”洪、商题：“子产听郑国之政。”诗题：“僧窗假寐见金焦”，张方《乌尤山》诗“故与凌云分半坐”。申刻，发九学科试生员卷箱。诸君分阅覆卷，芾卿乐山，福孙犍为，搢臣洪雅，葆堂商籍。

三十日丙戌(4月17日)　阴

发乐、洪、犍、商科试童案。发落一等生誊解部卷，发过庭一部与荣县生员黄茂。提调来言，张迪卿今日出城犒赏马边夷人，距城百余里也。幕中诸君偕作高标万景楼之游。

三月一日丁亥朔(4月18日)　阴

提调因犍为生童讦告图取之文克昌系捕后文兴之子、又讦图取商籍之朱鼎系裘嗣锦之子改姓朦考两事来见。得袁子久天津、曹竹铭长沙书。缙臣、芾卿、福孙、元达、葆堂作凌云山之游，凤孙不能往。归来后，又游高标山，登其绝顶，望见峨眉，盖云散日出，游氛一空也。得书巢武冈州书，知于去秋委署矣。酉刻，提调复来，知事属怀疑妄控,已取具原告甘结息事,而举人、生员又有联名之呈,批无庸再议也。夜覆新生,惟犍为独后,至四更始齐。

[初]二日戊子(4月19日)　晴

发落新生。又有控文克昌贱裔者,批发提调讯结。巳刻,答玉润卿太守。出东门,渡江游凌云山,春水未生,沙石齿齿,扁舟对渡,不及一矢之遥,即抵潮音寺前。数十人家依山结宇,有余盐发票设关于此。循麓转磴,诘曲而上,岩厂低覆,模镌佛象,似广元千佛岩然。昔人间有题字,大半剥落,溜穿苔蚀,模糊莫辨。未及半里,即到寺门,所谓凌云寺也。润斋太守肃入僧寮,偕出寺门,循左峰而东,一亭翼然,颜曰"启秀"。西望郡城,万瓦鳞列,岷江由城北迤逦而东,大渡河与雅河合流而下,会于城之东南,如匹练然。寺僧指点西南烟霭中曰:此即峨眉也。游氛不褰,真形斯隐,唐海通禅师所凿大象即在亭右,耳目口鼻绿苔毵毵,丈六金身仅具崖略而已。自亭后东行,循磴而上,为东坡读书楼,四窗洞启,微风徐来,中祀坡、颍二公。黄观察云鹄任建昌时,属润斋募金重葺者。何子真学使联云:"江上此亭高,问坡颍而还,千载读书人几个;蜀中游迹遍,信嘉峨竞秀,扁舟载酒我重来。"楼左右两壁模刻东坡凤翔诗画,并宋梅生太守集赵子昂字作游记一篇。午曦到地,汗浃重绵,觅原路回城,解衣而卧,气息少苏。犍为岁贡黄元吉等又以澄清流品乞黜文克昌,环跪而恳,其词甚正,令巡捕率之往见提调。酉刻,至府署宴集,亥刻返。

[初]三日己丑(4月20日)　晴

乐山廪生杜光浩求自三等提附二等,许之。以文克昌事作书与提调。辰刻,登船祭神。解缆,过凌云山大佛前而南,经乌尤、马鞍二山,二十里至牛华溪,润斋送至此而返,盖已入犍为县界矣。犍为盐务,五通桥最繁,即在此地。有盐巡检张□□来。二十里竹根滩。重冈绵阜,逦迤于西者不断,危崖壁立,水势洄漩。盐卡委员裘□□来见,即商籍案首朱鼎兄也。其父嗣锦,今掌教犍为,年七十四矣。过道士观,亦一滩也,水涨则见。又行三四十里过麻子场、石板溪至义鱼子滩，俗所谓水涸则见者。学使例于此间待舟亭陆行，至城而后下船。余询诸舟师，知不甚险，因令划桨而过。急浪掀簸，船势甚平，吾乡舟行所习见也。壬秋云蜀中官贵，信然。过滩五里即犍为城，署令孙秉璋来见。安顺清镇捐班，其兄历城令，今已死。满口道穷，其官可想。天气骤暄，袷衣亦卸，夜不能熟寐。缙臣云今日所经山水，极似郴耒道中，耒民采煤为生，每经一村市，载煤船鳞次江干，负者戴者蛾行不绝，此邦产盐，亦复如之。

[初]四日庚寅(4月21日) 晴暖

黎明，自犍为起碇，顺流而行，计二百余里，暮色四合，始抵叙州。是日所经，夹岸皆山，蛮洞夷窟，所在皆是。宜宾令于飞卿腾、叙州守史琴荪崧秀皆来，持烛入城。夜，大雨。

[初]五日辛卯(4月22日)

卯刻，诣至圣庙行礼，出至明伦堂行礼，如例听诸生讲书，还至试院放告，得百余纸。学官来见者，府教授戴宾周、训导李寿萱，五八，新繁廪贡。宜宾教谕袁嵩龄、五八，温江附贡。训导金位坤，南溪教谕段成章、五七，汉州甲子副。训导汪濊，七六，大邑岁贡。富顺教谕苏世虞、三十二，彭水癸酉拔。训导徐骧，五十四，邛州丁卯举。长宁署谕训导田逢吉，六十二，遂宁岁贡。隆昌训导颜台英，七十三，什邡庚子举。庆符教谕谢宝森、六九，松潘廪贡。训导谭栏玉，六二，绵州丙午举。筠连教谕詹映庚，五十七，眉州廪贡。高县教谕牟晋丰、六一，大邑附贡。训导徐鼎元，六九，崇庆州壬午举。珙县教谕傅鸿勋、六二，崇庆州癸卯举。训导郭肇林，四六，内江乙卯举。兴文教谕李寿萱兼摄，即府学训导。屏山教谕彭昌炳、五八，巴县乙卯举。训导陈昌逵，六二，崇庆州增贡。马边厅训导戴庚，六三，郫壬子举。雷波厅训导曹兆栏代办也。

初六日壬辰(4月23日)

科试生童经古，生二百零五、童五百八十六名。生题：拟开府《华林园马射赋》，以“羔献冰开，桐华萍合”为韵；《古文尚书》篇目赋，以“鲁共王得古文于孔壁”为韵；“其究为健，为蕃鲜”；“祝祭于祊”；“纳于大麓”；“吉禘于庄公”；“使之行商容而复其位”；方明午贯七解；“巂周燕燕鳦”；师读异同辩；三三古文从弋解；《六书故》引唐本《说文》考；拟六朝人三月三日五言古诗十首，张华、陆机、庾阐、颜延之、谢惠连、梁简文、沈约、刘孝绰、庾肩吾、卢思道；拟李长吉《蜀国弦》；《登合江楼》，“望江上东南诸山”作歌；七言仿涪翁叙州六咏；五言律仿工部咏物，荔支、姜蒟、邛竹、苦笋、重碧酒；《马湖棹歌》七绝十首。童题：“石衣”赋，古体不限韵；“鱼尾谓之丙”赋，以“似篆书字，因以名焉”为韵；“繻有衣袽”“三监”“爰得我直”“备物典策”“百度得数而有常”五解；大行人等属司寇说；冠昏摄盛说；释氿泉；释不；《说文》部首反文在部末说；拟王元长《三月三日曲水诗序》；蜀才考；南北史论；拟颜延之《三月三日侍曲事阿后湖诗》；《大雅堂》，怀山谷即学其体；莺桃、蚕豆七律二首；拟古乐府《自君之出矣》十首；《马湖江棹歌》七绝，不限首数。考算学者一人，即前具禀之从九品也。算学题：今有窖，上广四尺，下广七尺，上袤五尺，下袤八丈，深一丈，问受粟几何？弧径求矢开方说，依弧背百五十五步、圆径二百五十步之率，推阐其理，不得只录成法。天元降一位开方说。切线求本弧术释例。问：元李冶《益古演段》第六十四问，其展积之第三式，图中作四段加、两段减。近人校此书者，以加减各有三段，疑与下文不应。不知但有三段，则缺此一隅，何以立法？可谓舛矣。能就原题绘图、演细草，疏通其理否？夜雨。

初七日癸巳(4月24日)　阴

科试叙州属十五学生员一千一百五十九名。府学：“子曰躬自厚”两章，“尔与爽同意”。宜宾：“子贡方人”两章，“勹与包同意”。南溪：“子曰不曰如之何”两章，“工与巫同意”。富顺：“子曰臧武仲以防”两章，“裘与衰同意”。商学：“子曰不有祝鮀之佞”两章，“韭与耑同意”。长宁：“子曰吾之于人也”两章，“芈与牟同意”。隆昌：“子曰始吾于人也”两章，“午与矢同意”。庆符：“子曰其恕乎”合下一章，“豈与鼓同意”。筠连：“公叔文子之臣”两章，“昔与俎同意”。高：“子问公叔文子"两章,"谳与法同意"。珙:"子曰巧言令色"至"恶利口之覆邦家者","台与室屋同意"。兴文:"子曰君子病无能焉"两章,"高与仓舍同意"。屏山:"子曰古者民有三疾"至"鲜矣仁","央旁同意"。马边厅:"子曰民可使由之"两章,"皿与豆同意"。雷波:"子曰兴于诗"两章,"斝与爵同意"。策问:易学派别。阅《申报》,知李高阳调太宰,毛武陟补大司马,阎丹初擢大农,毕东河擢总宪,游汇东督仓场,而未见万、董两尚书及童总宪开缺之旨,想由京察罢斥矣。

初八日甲午(4月25日)　阴

补生员岁考。出生员经古案。经解:正取富顺王万震;次取屏山聂培悭、聂培裔;备取宜宾刘昌濂、赵愈照。诗赋:正取富顺陈崇哲,商学张世芳;次取宜宾赵增泽、卢国英,庆符张学飏,府学周炽,宜宾赵增绂、赵锡彤,富顺刘光第,宜宾傅传黼,屏山谢汝寿,珙县任汝霖,府学陈开蒙,南溪张镜堂,府学赵清熙,宜宾孙全璧,府学张洵良,共十五名;备取府学何吉安,南溪包崇金,富顺管永清,南溪陈芬,屏山聂炳麟,宜宾陈开然,宜宾邱淮,隆昌郭人彤,宜宾赵增厚,府学黄开第,商学王铸金,南溪杨声溥,宜宾余乐盛,府学欧阳宣,富顺刘宣,共十五名。夜雨甚大。

初九日乙未(4月26日)　阴

覆经古生员三十七名。"用九用六";"亢才";"舍尔介狄";"绥缨";"一物二物";"蔷,虞蓼";师读异同考;一壶从吉凶解;释氏氐坙;拟刘孝标《答刘之遴借类苑书》;读《蜀志》作新乐府八首;拟铁崖体;永安宫八阵图展骥足虎威将军费尚书益州学士寄当归仇国论;拟鲍明远乐府四首,《东门行》《出自蓟北门行》《白头吟》《东武吟》;《乌夜啼》,拟齐梁体四首;题黄鲁直书子美东西两川及夔州诗拓本;拟白香山"何处春深好"五律八首;《春草》七律四首,用"阮亭秋柳"韵;拟《萧八明府送子美桃栽一百根》,拟《何十一少府桤木栽》,拟《韦二明府送子美绵竹》,拟《徐卿送子美果栽》,各系七绝一首,不作赋。

初十日丙申(4月27日)

南溪、筠连、隆昌、高、珙、兴文、屏山、马边、雷波九州县文童科试一千六百零五名。文题，南溪："樊迟退"至"问知"，"企石挹飞泉"，"飞"。隆昌："孟氏使阳肤为士师"二句，"筑观基层巅"，"巅"。筠连："子夏之门人"二句，"攀林搴落英"。高："陈司败问昭公"，"停舻望极浦"，"停"。珙："陈亢问于伯鱼"，"开衿濯寒水"，"寒"。兴文："季子然问仲由冉求"，"寻云陟累榭"，"寻"。屏山："蘧伯玉使人于孔子"二句，"抱杖临清渠"，"临"。马边："太宰问于子贡"，"置酒坐飞阁"，"飞"。雷波："叶公问孔子于子路"，"停策倚茂松"，"松"。次题同："水信无分于东西，无分于上下乎?"夜出科试叙州十五学一等生员案。发覆古案，经解名次与正场同。诗赋：正取陈崇哲、张世芳、赵增泽；次取刘光第富、孙全璧、赵锡彤宜、聂炳麟屏、陈芬南、任汝霖珙、陈开蒙府、张学飏庆、王铸金商、赵增绂宜、赵清熙府、赵增厚宜、包崇金南、傅传黼宜；备取何吉安府、陈开然宜、张镜堂南、欧阳宣府、黄开第府、邱淮宜、余乐盛宜、管永清富、周炽府、谢汝寿屏、刘宣富、卢国英宜、张洵良府、杨声溥南。

十一日丁酉(4月28日) 晴暖

覆一等生员。"小人难事而易说"一段，"白发永无怀橘日"，"枝"；诗句系涪翁居戎州时作，下句"六年惆怅荔枝红"。前日守令备礼物以赠，俱却之。

十二日戊戌(4月29日) 微雨，午后晴

科试富顺及富荣商籍、长宁童一千三百六十名。文题，富顺："尧以天下与舜，有诸"，"故术不可不慎也"至"择不处仁"，"柳辫莺娇花复殷"得"殷"字。商籍："人有言：至于禹而德衰"至"传于子"，"不仁不智，无礼无义"，"雀啄江头杨柳花"得"江"字。长宁："或谓孔子于卫主痈疽"两句，"犹弓人"至"如耻之"，"落花游丝白日静"得"丝"字。夜挂面试南溪等九厅县童生牌，共百八十名。

十三日己亥(4月30日)　晴

面试南溪等县童。南溪:“吾何以识其不才而舍之?”隆昌、屏山:“岂得不见?”筠、高、珙、兴:“王欲行王政,则勿毁之矣。”马边、雷波:“王如善之,则何为不行?”诗题同,“不忧每日叹无鱼”,曾吉甫《食笋》诗,上句“但使此君常有子”。补覆生员,“将使卑逾尊,疏逾戚”,“旗脚倚风时弄影”。

十四日庚子(5月1日)　晴

科试宜宾、庆符童一千五百八十六名。宜宾:“犹愈于已乎”,“将复之,恐不能胜”,“映阶碧草自春色”。庆符:“果有异于人乎”,“请轻之,以待来年,然后已”。因昨日提覆卷取不足额,补调隆昌六名、高县三名、珙县二名、兴文五名、屏山九名,一同面试。“其子焉往”,“鸣鸠乳燕青春深”。庆符诗题“隔叶黄鹂空好音”。夜,发科试南溪等九厅县童案,高县县首聂元魁文不可句读,黜之。

十五日辛丑(5月2日)　晴热

面覆富顺、商籍、长宁文童九十名。“是欲终之而不可得也,虽加一日愈于已”,“笋根稚子无人见”。夜雨。

十六日壬寅(5月3日)　有雨,凉

发富顺、商籍、长宁童案。挂面试宜宾、庆符童牌七十九名。

十七日癸卯(5月4日)　晴

面试宜、庆童。宜宾“及其闻一善言”,庆符“待文王而后兴者”。诗题同,“旁人错比扬雄宅”得“堂”字。芾卿、福孙阅宜卷,葆堂阅庆卷。夜,发宜宾庆符童案,发生员卷箱。

十八日甲辰(5月5日)　子初二刻五分,立夏四月节。暖甚,换凉帽

发落一等生各誊解部卷。经解正取王万震提附一等一同来见,知为顾幼耕弟子,能读许《说文》者。幕中诸君皆出游。复鹿滋轩书,借飞卿书五种。

影宋钞本马令《南唐书》前目序二篇,次目录三十卷:一先主;二、三、四嗣主;五后主;六女宪;七宗室;八义养;九、十、十一、十二列传;十三、十四儒者;十五隐者;十六、十七义死;十八廉隅,苛政;十九诛死;二十、二十一党与;二十二、二十三归明;二十四方术;二十五谈谐;二十六浮屠,妖贼;二十七叛臣;二十八、二十九灭国;三十建国谱。每叶二十行,行二十字。第三十卷后有“宝庆三年孟夏望日剑州守留耕王伯泰锓梓”十八字,分两行书。

唐皮日休《文薮》五册,前柳开序,次目录。一、赋:霍山赋、忧赋、河桥赋、桃花赋。二、讽悼:九讽系述、正俗、遇谤、见逐、悲游、悯邪、端忧、纪祀、舍慕、洁死、悼贾、反招魂。三、杂著:十原系述、原化、原宝、原亲、原已、原奕、原用、原谤、原刑、原兵、原祭、补周礼九夏系文、九夏歌九篇、春秋决疑十篇。四、碑铭赞:文中子碑、咎繇碑、首阳山碑、春申君碑、刘枣强碑、汴河铭、蓝田关铭、隋鼎铭、三老董公赞、易商君列传赞。五、文论颂序:补大戴礼祭法、祀疟疠文、晋取阳樊论、秦穆谥缪论、汉斩丁公论、周昌相赵论、陵母颂、非沈约齐纪论、正沈约评诗、补泓战语、独行、法言后序。六、箴:六箴序、心箴、口箴、耳箴、目箴、手箴、足箴、动箴、静箴、酒箴、食箴。七、杂著:读司马法、请行周典、相解、惑雷刑、悲挚兽、诮庄生、旌王宇、斥胡建、白门表、无项托、郢州孟亭记、通玄子栖宾亭记。八、杂著:正尸祭、读韩诗外传、题叔孙通传、题后魏释老志、题安昌侯传、赵女传、何武传、鄗孝议上篇、鄗孝议下篇、内辩。九、书:移元徵君书、请韩文公配飨太学书、请孟子为学科、移成均博士书、鹿门隐书六十篇。十、诗:三羞诗三首、七爱诗序、房杜二相国、李太尉晟、卢徵君鸿、元鲁山、李翰林、白太傅、正乐府十篇、卒妻怨、橡媪叹、贪官怨、农父谣、路臣恨、贱贡士、颂夷臣、惜义乌、诮虚器、哀陇民、奉献致政裴秘监、秋夜有怀、喜鹊、蚊子、鹿门夏日、偶书、读书、贫居秋日、闲夜酒醒、秋江晓望、旅舍除夜、过福上人旧居、陪江西裴公游延庆寺、西塞山泊渔家、襄州春游、送从弟归复州、皮子世录。第十卷后有自序一篇：

咸通丙戌中，日休射策不上第，退归州东别墅，编次其文，复将贡于有司。发箧丛萃，繁如薮泽，因名其书曰《文薮》焉。比见元次山纳《文编》于有司，侍郎杨公浚见《文编》，叹曰："上第，污元子耳！"斯文也，不敢希杨公之叹，希当时作者一知耳。赋者，古诗之流也。伤前王太佚，作《忧赋》；虑民道难济，作《河桥赋》；念下情不达，作《霍山赋》；悯寒士道壅，作《桃花赋》。《离骚》者，文之菁英者，伤于宏奥，今也不显《离骚》，作《九讽》。文贵穷理，理贵原情，作《十原》。太乐既亡，至音不嗣，作《补周礼九夏歌》。两汉庸儒，贱我《左氏》，作《春秋决疑》。其余碑、铭、赞、颂、论、议、书、序，皆上剥远非，下补近失，非空言也。较其道，可在古人之后矣。古风诗，编之文末，俾视之，粗俊于口也，亦由食鱼遇鲭，持肉偶臊。《皮子世录》著之于后，亦《太史公自序》之意也。凡二百篇，为十卷，览者无诮矣。

每叶二十二行，每行二十字。前有修群主人万历丙辰季夏立秋日漫记朱印，一武荆氏，一陶氏珍藏。有顺治庚寅花朝后五日安陵更生鲲识云："浮家泛宅，往来苕霅间及两月矣，偶于黄沙路坟典肆中云云，实兵燹之余一大奇遘也。因并日而食，遂易此册。"两朱印，一西溟，一梁印之。鲲后有吴县郭凤梁季虎氏志云："庚子春得之，质之余师顾布衣醉翁，以为宋刊本无疑，重加裏订，藏于碧云馆。甲辰冬，余姊倩沈子莱太史假满入都，为记数语归之，盖久自芬室物也。卷中于宋讳敬、慎、桓皆不缺笔，恐系元刻。"

奉政大夫同知池州路总管府事张伯颜重刊《文选》。每卷第四行刊列全衔，下云助率重刊六十卷，终有"监造路吏刘晋英，郡人叶诚”十一字。每叶二十行,行二十字。有式古堂朱印、仙客朱印、梦坡居士印。

《韩文考异》廿册。首刻朱子序。次王伯大序:

郡斋近刊《朱文公校定昌黎集》,附以《考异》,而《音辩》则近所刊也。初读者未免求之《音辩》,质诸校本,既字不尽同,且音讹,字多缺。此书有集注,有补注,有辩证,有全解,音通句释,引物连类,虽若加详,而于本文间亦抵牾,余颇病之。今悉从校本更定音训,因旁摭诸家注解,效本文用事者枚举而记,其凡有未备,则访诸士友博极此书者,并记之,意其间阙逸尚多也。昔黄太史有云:“杜诗韩文,无一字无来处。”窃谓必尽所云,而后可读二文。公之书过不自料,附所尝记录于逐卷之左,而空其下方,以待来者审释,冀更相缉续,于《音辩》或有补云。宝庆三年季夏既望,承议郎特添差通判南剑州军州兼管内劝农事王伯大书。音释如集中考异已载者,更不复出。

次诸家姓氏,次李汉序,次汪季路书,次凡例,后云:

右凡条十二条,乃南剑官本所载。按朱文公校昌黎,又著《考异》十卷,在正集之外,自为一书。留耕王先生倅南剑时,并将《考异》附于正集本文之下,以便观览,故其凡例如此。留耕先生又集诸家之善,更定音释,援据的当,音训详明,犹未附入正集,仍于逐卷之左,空其下方,以待审补。虽足见先生之谦德,而观者未免即此较彼,其于披阅,犹为未便。今本宅所刊,系将南剑州官本为据,并将音释附正集焉,使观者一目可尽,而文义粲然,亦先生发明此书之本心也。幸鉴无姓名。

次目录四十卷,次外集十卷。每叶廿六行,行二十三字。每卷总目下旁刻“考异音释附”五字。首册有季沧苇印,有明善堂印记。

《大广益会玉篇》四册，凡三十卷，五百四十二部。首顾野王序一，进书启一，次总目，次指南《反纽图》及《分毫字辨》俱在指南卷内，与天禄琳琅宋刻本同，许文恪所藏。后有袁漱六跋云：

世所行《玉篇》有三：一明内府本，一泽存堂本，一诗局本。张、曹同出一本，注文较繁。明本字数与二本同，每部字次第各别，注文亦稍略。此本行款字体缩于明本，注文较张、曹二本繁者什之一，略者什之九，当为节注祖本。考宋时《玉篇》原有二本见于通考者，一为上元本，梁顾野王撰，唐孙缅增字；一即大广益会本，陈彭年等重修。上元本明初犹存《四库书目》云见于《永乐大典》所引，今不可复见。此本题曰大广益会，非复上元本之旧。然如张刻野王序"升崧岱而告平"，"岱"此作"岳"；"进书启耀必无传"，"耀"此作"惧"；示部"秘蜜也"，"蜜"此作"密"；玉部"瑑，绝缘切"下，张刻脱"贝名"二字；曹刻㫃部"㫃，又於，蹇舞皃"，"於"此作"㫃"；"旖，於我切，又於蚁切，旌旗旖旎皃"，此作"於我、於蚁二切，旖旎，旗皃"；"旞，於检切"下，曹刻脱"旗儿"二字；勿部"勜，吕至切"下，曹刻脱"铦也，快也"四字。如此之类，开卷皆是，间有一二讹处，皆有形迹可寻，则不独古于诸本，抑亦善乎诸本矣。芳瑛旧藏二宋本，一前有牒文，脱去指南全帙；一字体小于此本，前亦有牒文，脱去野王序、进书启，余与此本同。此本脱去牒文，三十卷脱去末页，于其归也为补录。咸丰四年岁在甲寅立夏后三日。

每叶廿四行。

十九日乙巳(5月6日)　阴，夜雨

覆叙属十五学新进文童百六十一名。"鲁一变"，"花底离愁三月雨"。宜宾廪生张际霖等控黄文冒籍，又逼认保邱廷珍自递检举，严批禁断，黄童遂得与覆。此邦风气之恶，诚非从严不可。阅《申报》，知伯声以二月十二病殁苏州。又得陈粤生正月十二病中书，以寡息两孙女见托，胸中作酸，不能进食。得硕卿专人书，附寄《说文句读》第一、二卷新刻朱印本，嘱恩元校正误字数处，即作复寄回，并给严文古刻资二百金。硕卿又寄到新刻铁江所校《字林考逸》十七帙，以一帙与富顺文生王万震。

二十日丙午(5月7日)　阴

庆符庶常胡新斋锡祜来戊午庚辰，其子福年此次与试，未得提覆也。辰刻，发落新进文童。答客，晤琴荪太守蜚卿同年，蜚卿出视宋本《圣宋文选》四册，镌刻致精，可宝也。又以商盉、周芮公编钟及赵子昂为黄子久书"快雪时晴"四字、山谷《此君轩诗》墨迹、朱子《明月诗》墨迹见示。蜚卿收藏颇夥，余不能一一索观，怅然而返。未刻，守令邀至小东门夹镜楼小集，盖金沙江与岷江合流处也。自此以下，遂专大江之名矣。金沙黄色，岷江绿色，如泾渭然。薄暮返。

二十一日丁未(5月8日)　晴

辰刻，自叙州解缆，过夹镜楼前而南，蜚卿送十五里而返。又五里南广场。又廿里郭公沱。又廿里李庄。又四十里南溪县。县令朝邑雷尔卿己酉拔贡来，路闰生弟子也，言阎丹初此次被召，可以出山云。又行九十里抵江安城下，县令李忠焜来，以军功得官者，长沙人。泸州巡捕经历丁盛禧房县、照磨黄平煦南丰亦来迓。南广江，一名黑水，即《汉书》之符黑水也，源出贵州镇雄州，由庆符至宜宾入江。李庄，唐长庆中戎州治。又东北即鱼符津北岸鸳鸯圻，汉张员舟没，妻黄氏名帛沉渊出夫尸处。"员"，《华阳国志》《御览》作"贞"，与《益部耆旧传》异。

二十二日戊申(5月9日)　晴

黎明，自江安县解缆。绵水口行五十里至泾口。又二十里大渡口。又二十里纳溪县。县令江陵来迓。泸牧城固田子实秀栗亦来，言去此四十里耳，转瞬可到。子实先行，余亦进发。北过掇旗滩，相传为武侯誓变处。江心有三大石：一大锯梁，二观音碚，三虎背湾，此为第一石也。凡十里苦田坝。十里大脚石。十里蓝田坝。十里抵泸州，城倚宝山，一名泸峰，为一州之胜。自舟中遥望山川楼阁，如在蓬壶，一洗蜀中迫隘粗厉之习。午岸入城，即诣至圣庙行礼，旋至明伦堂拜牌，读卧碑，讲圣谕广训，听诸生讲书毕，然后抵试棚。田牧来见。教官来见者，叙永教谕李登淮、五九，泸州，壬子举。训导程佩箴，六二，仁寿，戊午举。永宁教谕王文蔚、六二，达县，辛亥举。训导萧应元，六六，南充，己酉举。泸州学正卜年、七二，巴县，甲午优。训导段邦贞，五一，定远，廪贡。江安教谕薛华国、四十，兴文，廪贡。训导刘慎，五九，崇宁，岁贡。合江教谕李锡畺、五九，华阳，丁卯副。训导傅体仁，五九，乐至，乙卯举。纳溪教谕薛华均、三二，兴文，廪贡。训导黄建钟，五五，温江，附贡。九姓乡训导黄文江。五三，金堂，辛亥举。又外巡捕从九品沈延祐仁和、泸州吏目厉志贵筑与内巡捕丁盛禧、黄平煦亦来见。田子实言唐鄂生已擢滇藩二月十九日，拟五月中赴任。放告，得七十余纸。院内凉棚甚敞，似仿京师样为之，南中仅见。

二十三日己酉(5 月 10 日)　晴

科试叙泸七属生童经古七百四十一名，生二百零六，童五百卅五。生题：徐孝穆撰《玉台新咏》赋，古体，不限韵；“明堂”赋，以“四户八牖，以茅盖屋”为韵；《范书》郑康成不列《儒林传》论；拟五言古四首，陶靖节，荆卿，阮卓，鲁连；刘删《苏武》，王由礼《马援》；《过鸳鸯圻汉张员妻黄氏帛沉江觅夫尸处》《抚琴台》七律两首；《江南弄三首》，仿齐梁体；和渔洋《江阳竹枝》。童题：《桃笙赋》，不限韵；“弃敝屦，获珠玉”，赋以“集众思，广忠益”为韵；《左氏》谓宋共姬女而不妇论；和刘随州《八咏》之四五古《晚桃》《幽禽》《疲马》《白鹭》；题图五首七古，“丙吉问牛喘”，“赤壁纵火”，“鸡鸣舞剑”，“洛阳门胡雏长啸”，“挂书牛角”；七律二首，《焙茶》限“江”韵，《移竹》限“江”韵；《饯春词》七绝十首。经解生童同题：“七日来复”；“教胄子”；“既伯既祷”；“袂圜以应规，曲袷如矩以应方”；“壬午犹绎，万入去籥”；释绑毂；释坋。

二十四日庚戌(5 月 11 日)　晴，闷

科试叙泸七学文生，叙永七十五，永宁八十八，泸州百七十，江安九十七,合江百十二,纳溪七十四,九姓乡五十六。七百五十六名。叙永厅题:"则子食之乎"至"然则子非食志也","周鼎汤盘见科斗","盘"。永宁:"王如改诸"至"有归志","倾盖许子如班扬","扬"。泸州:"故君子可欺以其方"至"奚伪焉","第入思齐访落诗","诗"。江安:"不祥之实,蔽贤者当之","浇君胸中过秦论","浇"。合江:"诸侯恶其害己焉"二句,"且莫书藏名山","藏"。纳溪:"人不得"至"非也","男儿邂逅功补衮","功"。九姓:"为其可以言也"至"未可以言与","鸟倦归巢叶归本","归"。策问,《四书集注》。夜雨。发经古案。

二十五日辛亥(5月12日)

覆经古生员二十九名。正取七名:施建章泸、徐敏中叙、高云先泸、叶启湘纳、徐心泰叙、李懋年泸、周国忠合,次取十一名:邹宣律泸、车云湘泸、张世儒九、彭熙治泸、邓良琛泸、许兆麟叙、曾名毅泸、温翰菜泸、陈祖武泸、李超瑜合、晏家训永。备取七名:王宗陆泸、余国麟叙、郑卿合、赵第昌江、蒋霖清纳、刘廷芳泸、李树贤泸。经解备取王钧泸,又备取高守先泸。题目:《黄葛》赋,以"缘崖壁生,寿可千岁"为韵,古体;《槐叶冷淘》赋,以杜拾遗"一饭不忘君"为韵;"即鹿无虞","饮酒之饫","箕裘",《公羊》"提月"回解;《说文》引《尔雅》经字异同说;鲳部水考;拟《鲍令晖答明远大雷书》;《时辰表铭》拟梁元帝《漏刻》;《折扇铭》拟庾慎之《团扇》;拟谢朓《鼓吹曲五首》,《入朝》《出藩》《登山》《泛水》《秋竹》;拟《河中之水歌》;《诸葛铜鼓歌》,七古用东坡《石鼓》韵,或拟长吉体;泸州咏物诗七首五律,《珍珠菜》《天符叶》《荔枝》《百丈甘》《茶》《给橙》《泸砚》;《落花诗》七绝十首。天气骤热,汗出不止,午后有微风。

二十六日壬子(5月13日)　晴热

补叙、沪二属生员岁试。申刻,闻雷声隆隆,久之而不见雨。出叙、沪七学一等生案。

二十七日癸丑(5月14日)　晴热

科试叙永、永宁、江安、合江四邑童一千八百五十七名,合江最多，叙永次之。文题，叙永：“以心却之，曰‘其取诸民之不义也’”，“树静归烟合”。永宁：“奋乎百世之上，百世之下”，“风轻花落迟”。江安：“似也”，“叶密鸟飞碍”。合江：“如其自视”，“帘疏反照通”。次题同：“岂惟口腹有饥渴之害”。夜有电光，有风，郁热为之稍散。出覆经古案。

二十八日甲寅（5月15日）　晴热

覆科试一等生。“曾子曰：吾闻诸夫子，人未有自致者也”两章，“安排春织待新篇”得“排”字，唐子西《送泸倅诗》，“寄语江阳夷落道”，自注“淯井夷布织梅圣俞诗”。

二十九日乙卯（5月16日）　晴，不甚热

科试泸州、纳溪、九姓童二千百八十四名。泸州“则诸父昆弟”。纳溪“独孤臣孽子”。九姓“无百官有司”。次题：“岂以仁义为不美也”至“不敬莫大乎是”。诗题：泸“波横山渡影”，纳“风逆花迎面”，九“雨罢叶生光”，皆六朝人句也。挂头棚面试牌。夜大风，雨。

四月初一日丙辰朔（5月17日）　雨后生凉

面覆叙永、永宁、江安、合江童。叙永、永宁“使人昭昭”第二句。合江“《凯风》何以不怨”。江安“去鲁”。诗题：“太史贺日食不见”得“祥”字，“孤花表春余”得“余”字。是日，日食八分四十六秒，申初初刻三分初亏，申正一刻五分食甚，酉初一刻十二分复圆，行礼三次如例。日复圆后，云影少开。夜雨。挂面试纳溪牌，并重试叙永、合江牌。

初二日丁巳（5月18日）　阴凉

面试纳溪，再试叙、合童七十余名。合江“墨者夷之”至“夷子墨者”。纳溪“去鲁”。叙永“夷子怃然为间”。诗题：“倦仆立寐僵屏风”，“僵”；“书墙涴壁长遭骂”，“墙”。提调馈食四器，今日第三次矣。午后晴。发叙永、永宁、合江、江安案。

初三日戊午(5月19日)　薄晴

面试泸州、九姓童八十余名。“鸡鸣而起”,“坐久枕痕犹着面”,“痕”。夜雨,至三更愈密。发泸州、纳溪、九姓童案。

初四日己未(5月20日)　阴

发落叙、泸二属一等生。眷解部卷。田子实来言鄂生擢官,丁宫保喜形于色,以其行盐有效见信于上也,讬克湍都统丁忧回籍,送金肘等四事。夜有雨。

初五日庚申(5月21日)　阴

幕中诸君子作城西忠山之游,微雨忽来,令从者携馔以往。署合州王景斋光颢以钞本《攻愧集》来,箧中无聚珍刊本可校,与之说明,他日再还。景斋为支少鹤学士之婿,久在蜀中也。招石芷香同食,言薛广文云李合肥有闻讣之说。延少山观察祐来,言与余有世谊,桂燕山相国即其父也。燕山派壬戌殿试读卷官,以是年六月病殁,余于六月闻先太夫人之讣,遄至天津,迄未与之一见。夜雨,覆叙、泸二属新进文生九十三名,尚有十三名未到,久之始集。文题“则是厉民而以自养也”。诗题“流观山海图”得“图”字。今日未初小满四月中。

初六日辛酉(5月22日)　阴

发落叙、泸二属新生。午后答客,遂出西门,游忠山,与田牧登奎星阁。遥望大江自东北流经城南而东,沱江合诸水自西北经城北而东南会之。其隔江村落,楼台掩映,林木参差,与城中烟市相望,即小市也。众山迤逦四匝,无凌云幂日之奇,有亘垒长城之势。田牧曰:“此隆昌境,由崇庆陆行至成都道也。”茶憩久之,扶梯而下,循荷池,上草亭,入橘林,绿阴满院,如入画中。还至客斋,陈筵命酒,薄暮始返。至泸南书院,访敖金圃山长,晤谈久之而归。吴春海于正月十五日又丁母忧云。夜有雨。延观察馈物,受其笺纸、普洱茶。

初七日壬戌(5月23日)　阴

黎明,发行李。敖金圃来,以泸南学规相示。辰刻,下船。六十里陡坎子。六十里老泸州,即宋余玠铁泸城故址,微径斜竦,不利商贾，在神臂山上。又三十里牛脑驿。合江县令汾阳王□□来见，自言在滇岸盐局五年，故盐务言之甚悉。大约富厂盐多于引，犍厂引多于盐，射厂盐引俱少。滇岸现销五千，黔岸现销二万余，济、楚八州县现销九千。由合江至贵州省城沿路盐栈，皆华姓一家为之，无他商也。历猴子石、石鼻子、焦石子、晒金坝，共三十里，抵合江县城。

初八日癸亥(5月24日)　晴

黎明，自合江开行，水平船缓，过仁怀河，明堆、钳口沱、连石三滩，佛耳岩，石贝泷，共三十里，至史坝。又四十里至杨石盘。又二十里朱家沱。又三十里松溪场。又五十里石门驿。又十里白沙，为江津商贾辐辏之所，有三楚会馆。又三十里油溪场。又三十里龙门滩。代理江津令大兴官政来见，言陆以真于三月十七日卒于官道，委代理新令王介卿定望后到任。又言曾在南皮幕中襄校，辛亥出董酝卿房，是时方从杜莲衢受业也。李合肥丁忧，张树森暂署直督。又三十里至津县，具奠敬八两、官吊四事送县署。重庆两巡捕来见，陈泳，绍兴人，□□□，黄陂人。

初九日甲子(5月25日)　阴

黎明，自江津开行。

五月一日丙戌朔(6月16日)　黎明大雨

辰初，冒雨出重庆北门，向西行，苔冢累累，几无隙地，此间北邙山也。庆太守善与三营官各教官送于接官亭。诸生为雨所阻，来者三人：李滋然、张泰阶、彭介勋。自此迤西傍山行，雨水环流，烟霭四合，雨点时疏时密。四十五里高店，子国令子达璋送至此而回，云丁仙圃眷属已到。饭后，又行二十五里至土主场。场尽，又西行约一里余抵福善寺。寺屋尚宽，惟窗隔糊纸不通隙风，湿闷殊甚。夜与幕中诸君同食，闻子规声、蛙声。夜有晴云。

初二日丁亥(6月17日)　晓雨

自福善寺折而至土住场，迤西行，起伏冈涧中，无一里平地，惟不至崎岖耳。三十里青木关,属璧山,璧山令为徐同年璞玉,云张孝思应院课已两列第一矣。巳刻,雨止。自青木关行,过六塘、七塘,共六十里,抵八塘。徐同年来谈,号琢章,汝坟县人。夜留同食。青木关,即五塘也。此间学差过境,由绅士承办,官不与闻。

初三日戊子(6月18日) 晴

辰初,发八塘,仍行山中,起伏不定。行十余里上大山,直达其顶,曰风鸦铺,璧山与合州交界地,徐琢章至此而返。又二十余里至十塘,署合州牧黄景周光颢来迓,其吏目遵义夏道琛亦来,与景臣在行馆同饭。午刻,行二十余里至河干,以船济,寓合州试院。景周出古钱相示,以汉兴二枚、得壹一枚见赠。夜邀景周与幕中诸君同饮,漏尽始罢。

初四日己丑(6月19日) 阴

卯正,发合州城,过南流别墅,城中文武送于郊外之小山。逾越陇阜,或傍嘉陵江而行,约五十里至犁头溪馆。睡眼朦胧,终日不醒。又行七十里至兴隆场,为合州、定远连壤地,以桥为界。堤江兄在庙中相候,即与之同至行馆。馆备道光中为总督阅兵而设,前后通风,面临小池,致为幽敞。堤兄书其柱云:"新自江城回使节,且携尊酒洗征尘。"又云:"暂喜高轩郊外驻,恰逢佳节客中过。"又云:"花木无多成小筑,旌旃偶到亦生辉。"并晤其次郎仲枚,夜同饮于后轩。堤兄莅任后,裁去按亩摊派之陋规八百金,而不欲侈陈其事于大吏,即此一节,已高人数筹矣。得笣仙九月书,有新刻朱印《韵目表》一册。

《王廉生日记》言:"黄景周以显德钱赠朱学使。"

初五日庚寅(6月20日) 阴

卯正,发定远兴隆场。行四十里至陈家祠堂,茶馆,堤兄具箬粽同食。又三十里抵走马场,亦一行馆也。促膝深谈,不觉已交申刻。又行十里为黑鳌,定远、南充交界地,堤兄至此始返。兴隆场距城五十里，走马场距城八十里，堤兄今日验看走马仓谷，明日尚须分验各乡仓米，于初七日回署也。顺庆巡捕李灏钱唐、毛钟汶遂安亦至黑鳌相迓。又行二十里抵三溪口，南充署令汀州江蓝皋怀庭，辛亥癸丑来见。得阿六三月十四日书，知二月二日银、信即于是日到京。又得前月二十日廉生成都书。

初六日辛卯(6月21日)

卯刻，发三溪口，缘嘉陵江岸冒雨而行。坡陇低昂，滑汯难行。

……

二十二日丁未(7月7日)　阴

发落顺庆九学新生。答城中各官。未刻，出西门，迤北行，过永安桥，桥下即果水也。沿果水北行，未一里抵朱凤山麓之寺。竹影参天，一亭翼然出于其上，颜曰“喜雨”，道光十八年，守土官祷雨而得之，建亭以识其事。苗艺芸、江蓝皋已先到，邀至古万卷楼上，万顷水田，一碧无际。下楼观蒙泉所出处，土人凿石为龙口，泉出其中，琤瑽有声，自潭右注汇而为池，甃之成方，又从一石龙口平吐而出，澹然渟然，不知其底，艺芸云即从山腹下出，灌溉田亩甚多也。申刻，饭于楼下。微雨初过，凉意拂拂，竹树交荫，不能望远。艺芸言其晋中先辈事，娓娓不倦，至酉初始散归。

二十三日戊申(7月8日)　阴

辰初，发顺庆南充，出东门，廛居鳞列，不止千家，市尽又有一城界之，盖此间之精华也。苗艺芸与武营诸官送于野田中。行四十五里至金台场，人家不多，村店亦陋，匆匆饭毕即行。午日正中，炎威渐逼，时时有之。自金台以北，山皆平顶，虽升降不定，皆宽广易行，惟林木甚稀，民居亦罕，纵目所至，零星不及十家。行四十五里至永丰铺，已申初矣，江蓝皋与李、毛两巡捕皆到馆相见，行馆整齐，惟无后院，蚊子甚多，幕中诸君子未安帐，几至不能成眠。

二十四日己酉(7月9日)

寅初，发永丰铺，持炬而行。二十里至马鞍塘，蓝皋与两巡捕至此皆返。南部令贵池张仲青宗瀛来迓,盖充部两邑交界处也。又四十里至东坝场,民居约二百余家,所过冈陇,升降无定,依然昨日,惟林木较多耳。日景炎熇,欲过午始行,而为时尚甚,小憩许久,复于巳正四刻前行。三十里至石龙场,茶馆。又行五里过琵琶塘,稻气拂拂,亦觉暑热,在舆中掩鼻而坐。又行二十余里,北风大作,帘旌摇荡,殆不可止。云阴四合,雷鼓隆然,行道之人皆曰雨至矣,纤夫、舆夫夺路狂奔。五里抵南部县行院,雨点大至,檐溜浪浪,入夜不息。南部令来见。保宁府两巡捕亦奉川北道之札来。保宁府经历朱筠,仁和人;试用经历解元斌,天津人。南部典史吕伯平德化与盐厘委员凤福堂荆州驻防皆来见。凤为楚北中军凤某之弟,以监赵家渡厘务清,出委员私蚀银两见赏于稚翁者。

二十五日庚戌(7月10日) 阴

发南部县城,行二十里至界牌,张令返城。吴铭斋方令阆中,候于道左。换舆纤行三十里至双龙场,阆州守许茀卿景福来迓。茀卿言麦粉最佳,不亚京师重罗也。又行三十里至锦屏山下,以舟济嘉陵江,抵南门保宁府,川北道董小楼润、川北镇陈云卿济清率三营官迎于郊外,时方申初初刻也。抵试院小坐,即诣文庙行礼,随至府学明伦堂,听教官读圣谕、卧碑,听诸生讲书。酉初放告,共得八十余纸,内有五纸呈讦剑州府案首梁栋荣以贿得之者。茀卿、铭斋皆来见。教官皆进见:府学周道鸿、四六,成都附保举。赖春寅,五五,华阳廪。阆中林人龙、三十,罗江丁卯举。汪世芳,卅六,巴县癸酉拔。苍溪训陈耀先,五五,汉州辛亥举。南部李绍南、卅八,松潘廪贡。杨春晖,五五,眉州岁贡。广元蒋绍棠、七四,江安恩贡。周锐,六一,洪雅廪贡。昭化训冉正域,五十四,德阳己未举。巴州萧开瑞、五九,大邑甲子举。杨长祐,八九,西充岁贡。通江王树德、五六,成都乙卯举。傅卓儒,八九,威远辛巳副。南江刘邦彦、五三,新繁廪。陈家修,三七,永川乙卯举。剑州陈锡吉、四五,三台癸酉举。欧阳池。五九,崇宁附保举。署通江傅训导,今年九十岁,步履尚便,耳聪而目不明,计其副车之岁,已六十二年矣。杨训导今年九十一岁，则不能来见也。

二十六日辛亥(7月11日)　阴

科试保属生童经古，生二百七十余，童一千零，共一千三百余名。生题：《筹笔驿》古赋；司马温公《资治通鉴》律赋，以题为韵；《重修张桓侯庙碑并铭》；前后蜀《辩亡论》上下二篇；《读黄文叔集书后》；《雨后望锦屏山》五古；《题吴道子画嘉陵江图》七古；拟工部阆州五言律四首，《阆州城上》《巴山》《玉台观》《滕王亭》，阆州四将诗，《范目》《马忠》《柴克宏》《张朝良》；《保宁访碑》绝句；否泰反其类解；夷微卢烝、三亳阪尹解；公路、公行、公族解；其虫倮解；城小瀫解；释桄颎充义；《说文》无"池"字解。童题："《律谓之分》"古赋；"《秦惠王通金牛谷》"律赋，以题为韵；诗录崔邱《春秋》书；寔来论；苌叔论；《鲜于氏里门碑》跋；《喜雨篇》五古；《题明皇幸蜀见老君图》七言长古；《舆纤行》七古；《阆中谒桓侯祠》《巴州访严颜墓》《剑门吊姜平襄》《益昌怀何易于》各五律一首；《团扇词》绝句十首。有考行军数学者，凤孙为拟算数四条，问之：今有军粮窖子一所，上方五尺，下方八尺，深九尺，问受米几何？假如立方炮台占地八十一步，方面九步，欲就八十一步之方改为圆积，问圆径几何？今有钱一方，计方一尺，欲作炮弹，今径一寸，应得几何？五行星绕日行道与地远近说。董观察送满汉全席，媵以陈酒两器。余问诸署中旧吏张、谭、陈三学使，时董公亦任此官，不闻送菜，遂却之。

二十七日壬子(7月12日)　晴热

科试保属十学文生一千三百三十余名。昨日经古场，因提调点名拥挤，至日出扃门，今日无拥挤之弊，然扃门时微有曙色矣。府学题："齐景公问政于孔子，孔子对曰：君君"，"若玺印涂"，"涂"。阆中："卫灵公问陈于孔子"至"则尝闻之矣"，"如香着纸"得"香"字。苍溪："叶公问政，子曰：近者说"，"刻玉成楮"得"成"字。南部："季路问事鬼神，子曰：未能事人"，"得戟刈葵"，"葵"。广元："门人不敬子路，子曰：升堂矣"，"破觚为圜"，"觚"。昭化："子张对曰：在邦必闻，在家必闻。子曰:是闻也”,“舍纲修纲”。巴州:“子贡方人,子曰:赐也贤乎哉?”“胶柱鼓瑟”,“胶”。通江:“宪问耻,子曰:邦有道,榖”,“以戈舂黍”。南江:“颜渊问为邦,子曰:行夏之时”,“乞浆得酒”,“浆”。剑州:“仲弓为季氏宰,问政,子曰:先有司”,“见弹求炙”,“求”。策题则问简策方版之制与制笔昉自何时,用《竹汀日记》说也。有四十余卷,继烛而出,余亦不欲禁之。铭斋送宴菜,不知何意,谢之。

二十八日癸丑(7月13日) 阴

午后发生员经古案。正取五名:阆中汪炳奎、南部刘沆、府学余艮、阆中蒲轮台、巴州荀继声。次取十四名:巴州余晋、通江王永怀、阆中叶含华、阆中叶钟灵、巴州冯蔚藻、通江符锡圭、南江黄玉田、阆中陈典谟、府学周炳杰、苍溪刘汉章、广元戴书田、阆中马乐知、巴州杨树钧、阆中叶启明。备取十八名:苍溪秦纯祖、南部王式玉、苍溪赵锡璜、阆中蒲凤章、昭化王元斌、阆中涂养源、阆中王懋时、剑州尚济周、府学郭瀚、阆中雷复、府学周绍文、巴州庞纯仁、府学贺受益、阆中杨白凤、阆中孔广棣、阆中姚世昌、阆中陈钟秀、阆中叶含菁。次取经解一名:府学余震。备取二名:巴州雒宗颜、巴州余堃。内惟蒲轮台、余晋、庞纯仁、刘沆、余艮、雷复、叶含华、余堃八名曾调尊经书院,南江教官云岳森以天热不回试,故无名。张升自鄂回,得叔俛书,有何愿船、汪梅村新刻书,又释《榖》及《先圣生卒年月考》各一部。张升三月初十日汉口买舟,五月十四日到万县,陆行廿四日到顺庆,往来用白金七十余两。

二十九日甲寅(7月14日) 阴晴相间

丑初即起,科试广元、昭化、通江、南江、剑州五邑文童一千八百五十余名,惟昭化最少,仅百数十名。寅初扃门。文题,广元:“臣始至于境”,“为肥甘不足于口与”,“披云看霄”。昭化:“士无事而食”,“轻暖不足于体与”,“澄风观水”。南江:“人皆以为贱”,“声音不足听于耳与”,“如石投水”。通江:“汝其于予治”,“抑为采色不足视于目与”,“积土成山”。剑州:“后来其无罚”,“便嬖不足使令于前与”,“凿井及泉”。接阿送四月十五日书，知吾兄至津吊李太夫人，复随傅相南下，阿六腿尚未能转折。张振轩奏请张幼樵帮办海师，陈伯潜言督抚不宜奏调近臣，请交部察议。闻振轩之子颇能与贤士大夫相周旋，故其父亦为之变化，此近日贵人中不可得者。

六月一日乙卯朔(7月15日)　阴

科覆经古生三十九名。赋题：《石鼓赋》；《代唐卢若虚辨豹鼠赋》，以“豹鼠有二徙许违郭”为韵。拟文：拟郦善长《水经注序》。诗题：《题司马温公捧研游山图》五七古二十韵；观物五首，《蚤》《虱》《蚊》《蜚》《蛾》，五七律各一首；《阆江渔父词》绝句十首。补科考十余人：“今之乐由古之乐也”，问嘉陵江原委，“手提新画青松障”得“新”字。补岁考者三人：“牛之性，犹人之性与?”二更雷电交作，急雨一阵。

初二日丙辰(7月16日)　晴

科试苍溪、南部两县童一千七百八十名。因提调点名处未悬灯牌，众皆拥挤，至天色黎明，始尽点入。召巡捕痛责之，获顶替枪手一名。斯祜丁忧，顶其名而入。苍溪题：“乐正子从于子敖之齐”二句，“诗到无人爱处工”得“人”字。南部题：“王使盖大夫王驩为辅行”二句，“则皆然”《武城》章，“书当快意读易尽”得“书”字。午后，发十学科试生员案，又发科覆生古案。夜有雷雨。

初三日丁巳(7月17日)　晴热

科覆一等生。“乃孔子则欲以微罪行，不欲为苟去”，“只苦橹声惊睡美”得“声”字。申刻，挂广元、昭化童面试牌，古学次取之，阆中涂源养、叶含华提附一等，随同覆试。申刻，接吏部五月初十日咨文云，吏部为补授少詹事事，文选司案呈，吏科钞出本部题前事内开：议得詹事府少詹事张家驤升任詹事府詹事，所遗员缺，应行具题补授，现查本项应补无人，应将应升现出四川学差之翰林院侍读学士朱逌然等职名开列具奉，恭候皇上简用一员，补授詹事府少詹事等因，具题。光绪八年五月初七日奉旨:朱逌然补授詹事府少詹事,钦此。相应咨照可也,须至咨者。距吾父补授此官三十三年矣,夜有雨。

再臣自光绪七年七月二十二日抵任,于谢恩折内附陈先试宁远、雅州、邛州三属,接试成都各属情形在案。旋于闰七月出省,考试宁远,继及雅、邛,皆科岁合试如例。十一月初二日回省,十七日接试成都,并调考资、绵、茂三州,松潘、理番二厅,十二月十八日完竣。今年二月初三日,出试眉州及嘉定、叙州、泸州、重庆、顺庆四府一州,于五月二十六日接试保宁,尚未竣事。蜀省各属科试,除酉阳、忠州、石砫、夔州、绥定、龙安六属,已由前学臣陈懋侯照例与岁试合办外,兹惟余潼川一棚,尚未办理。臣拟本月初十日后,由保宁前往,俟日杪回省详报办理科试情形,先将大略附片具陈。谨奏。

新授詹事府少詹事、四川学政朱逌然跪奏为恭谢天恩,仰祈圣鉴事。臣在保宁试棚接准吏部咨称,吏科钞出光绪八年五月初七日奉旨:朱逌然着补授詹事府少詹事。钦此。又准吏部咨照□月□日奉旨:仍留学政之任。钦此。臣前后恭设香案,望阙叩头谢恩讫。伏念臣以庸陋,渥荷生成,奉职词垣,幸依讲□,采风益部,又忝輶轩。兹复宠锡自天,晋贰端尹,六千里外,拜圣主之纶恩,三十年中,践先臣之旧任。涓埃未报,悚惕滋深,臣惟有□勉职司,仰酬简畀,以文章取士,愿得朝廷有用之才,以清白传家,更励臣子匪躬之节。所有微臣感激下忱,理合恭折具奏,伏乞皇太后、皇上圣鉴。谨奏。光绪八年六月。

初四日戊午(7月18日)　晴

科试阆中、巴州文童一千八百余名,阆中六百余,巴州一千二百。面试广元、昭化童五十名。面试童皆坐堂号,改令阆、巴府县前列退坐篷号。阆中题："叶公问政"，"唯谨尔"，"鱼网平铺荷叶"得"铺"字。巴州："冉子退朝"，"是贤乎"，"鹭鸶闲步稻苗"。广元面试题"如其善"。昭化题"苟为善"。诗题："莫作陶潜范蠡看"，白乐天句也。夜发科试取进广元、昭化文童案。挂面试通江、南江、剑州童牌。

初五日己未(7月19日)　晴

面试通江、南江、剑州童九十六名。通江题："子服景伯以告"，"张良从圯上老父受书"得"师"字。南江："公都子以告"，"汉武不冠不见汲黯"得"臣"字。剑州："子路以告"，"卜式牧羊上林苑中"得"民"字。覆试保宁府属十学文生。挂面试苍溪、南部童牌。夜发通、南、剑新进文童案。

初六日庚申(7月20日)　晴

面试苍溪、南部童八十三名。苍溪题："众皆悦之"《乡愿》章。"转石惊魑魅"得"惊"字。南部童："众皆悦之"《齐饥》章，"抨弓落狖鼯"得"鼯"字。昨日芾卿阅卷，至头目发眩而始就枕。余至保宁后，每遇次日正场，则前夜即不能熟睡，甚以为苦，老境侵寻，无可如何也。

初七日辛酉(7月21日)　晴

阆中、巴童卷尚未校就，暂缓一日面试。午后，发科试苍溪、南部新进文童案。夜阅阆中童卷，挂面试巴州童牌。

初八日壬戌(7月22日)　晴

卯刻，挂阆中童面试牌。吴铭斋来见，云补彭县九年未到任，恳为方伯言之。巳刻，面试阆中、巴州童八十余名。阆中题："齐人将筑薛"，"舟移城入树"得"移"字。巴州题："宋牼将之楚"，"岸阔水浮村"得"浮"字。芾卿分阅阆中面试卷。三更，出阆中、巴州科试新进案，发保宁府十学科试生员卷箱。夜覆广元、昭化、南江、通江、剑州童，"未见颜色而言"，"鹰乃学习"，而不到者十之五。昭化廪生王否猷控新生张鸿德匿丧，发提调迅问。

初九日癸亥(7月23日)　晴

许茀卿来见。致鹿滋轩书。夜覆十学新进文生。"君子有三畏，畏天命”,“腐草为蠲”。发九邑童古案,正取第一为南部马仲篪。

初十日甲子(7月24日)　晴热

发落保宁府属十学一等生并新进文童。一等生誊解部卷,以巴州文生冯蔚藻才质甚美,携之同行。川北道董小楼观察澍来,其父以汉阳太守死于咸丰二年之难,考棚之添设号舍,桓侯庙之重建,皆其父政绩也。午后,天气闷热,如醉如梦,坐卧皆不可,遂出门答客,并谒桓侯祠。城中官公宴于祠后,竟席不举箸,惟劝人饮而已。二更雷电交作,三更大雨洒然,为之一快。

十一日乙丑(7月25日)

卯刻,由保宁起程,董小楼、陈云卿送于东门外。渡嘉陵江望锦屏山,如拱如揖,苍翠欲滴。向东山行,迤逦冈阜,升降无定。十里至白鹤铺,许茀卿送至此而返。又四十里至天宫院,午馔,吴铭斋送至此而返。又行二十里至界牌,南部、阆中接界。南部令张宗瀛来见。又三十里至大桥场,宿。初更大雨,檐溜浪浪,酣快如昨。

十二日丙寅(7月26日)　阴,有风

五更启行,三十里至柳边营换南部夫马,缙臣、凤卿、元达皆不食而行,余与芾卿同食,张令送至此而返。又行六十里至富村驿,宿于巡检署。署巡检冯耀祖,桐乡人,编修冯金鉴胞叔也。夜阅邸钞。冯金鉴典试黔中,署右有荒园亩余,蕉竹成行,垂柳间之,惜芜秽不治,无徙倚之地。

十三日丁卯(7月27日)　阴

丑初一刻,发富村驿,持炬而行三十里,向曙至壁山庙,冯巡检至此而返。行五里至界牌,南部、盐亭接界。盐亭令邢申甫锡晋来。辛酉举,癸亥户曹,改令川中。又行三十里沿梓水而南,抵盐亭县书院,馔,时方卯正三刻也。江长贵兄弟即此邑人。石壁有镌杜诗一首,惜书法不佳。盐亭、南部两邑,凡来往节皆归三费局支应,县令但主迎送而已。潼川巡捕文鉴、周师恕、李毓药皆来接。饭后行五里渡涨水。又行十五里至界牌。邢令设茗以待,小憩片时而别。云阴黯黯,若欲雨然。行四十里而雨大止，冒雨行二十里至秋林驿宿。三台令翟复斋本初来见。己酉优贡，由教授选授，今缺。盐亭令以优劣生姓名见示，优者六人，廪生胥乾熙、赵之蔺、冯夔镔、胡德辉，附生蒙裁成、张炳星。劣者五人，廪生何沛沅、岳金镛，附生杨汝霖、何文福，武生胡长耀。又革生一名萧澍煊。

十四日戊辰(7月28日)　阴

问：汉庭集议，公而且严。苟其事疑似而未决，则自两府大臣而下，至博士议郎，皆得以申其己见。故议朱博之罪，则谏大夫龚胜等敢异于将军二千石。议王嘉之罪，则少府猛等敢异于骠骑将军、御史。至于罢昌陵，罢郡国庙，赏边功，入谷赎罪，呼耶？韩单于愿保塞，其议皆见于列传者，能历指之欤？或事成而诏诘前言不便者，或事败而罪首谋以谢天下，试更推类以言之。汉高祖从谏如转圜，而汲黯事武帝，以数谏不得久留于内。京房之言石显，王章之言王凤，元成非不容纳也，而卒使天下以言为讳，终于献颂美新，其弊又安在？

亡人、乞人、佞人、族人、外人、行人、善人是审
处士、拂士
贼子、孽子、弟子齐宿、夫子
慈孙
小童、小贤
大匠
后进、后生
先圣
壮者、老者、长者绝子乎、吊者
少师
污吏

鄙夫宽，馀夫、薄夫
陪臣
志士、勇士
贼民
侍妾
逸民
行旅

善士也。信人也。
天吏也。人役也。
君事也。隐者也。
小国也。
疏之也。戚之也。

晴雨记(1882—1883)

起于光绪八年壬午八月(1882年10月)
止于光绪八年壬午十一月(1883年1月)

光绪八年壬午(1882)

八月廿一日(10月2日)　微雨

外帘提调、监试请饮于监临所,以巳刻往,见两旁毁栅情形。稚璜前辈同食,言十一日情事甚悉。饭毕,各处答客。晤滋轩、廉生。

廿三日丙子(10月4日)　阴

亥刻,丁稚璜前辈送闱事折底来,余方校阅《尔雅·释器》篇。

廿四日丁丑(10月5日)　阴

致鹿滋轩书,索回吏差顶参文稿。辰刻,考优行生员,共四十人,题为"窃比于我老彭",有答问者。余自辰刻坐至亥刻,待张孝楷、崔映棠、杨锐、卢元张、傅世洵、宁湘、陈崇哲等交卷既出后,始退堂,尚有二十二人未交也。

廿五日戊寅(10月6日)　阴

黄冈王世兄来。未刻,奉本月初七日部文章顾卿在坐,内开八月初一日上谕仍留四川学政之任。夜雨。留任者,顺天孙子授贻经、江苏黄漱兄体芳、湖南曹竹铭鸿勋、山东张百熙、甘肃陆渔笙廷黻及余,凡六省。山西王可庄仁堪独不留,不知何故。后见《申报》,知可庄丁父忧初七日。

廿六日己卯(10月7日) 阴,午后晴

试优生第二场。经解:《周礼》旨名见于群经者疏其同异。策问:《文选》李注所引群经及《说文》与今本不同者孰为误字,以训诂证之。诗:"拾遗曾奏数行书","亭"。二更放头牌,交卷而出者五人,余守至漏尽,不能再危坐矣。廉生来辞行,云将于廿九日送女至陈州。王元达今日往滋轩处,滋轩为廉生饯行。凤孙拟谢恩折稿。

廿七日庚辰(10月8日) 晴,寒露

丁稚翁招同岐子惠将军公宴于杜少陵祠。先至武侯祠行礼小坐,又至草堂寺行礼,并及配享之放翁,时正巳刻也。到者鹿滋轩、张月卿、黄泽臣、耿鹤峰及马伯陔、周叙卿、锦芝生。未正回署,阅优生头场卷芾卿校阅。招廉生夜饭,廉生已至贡院省视乃翁去,云今晚不回。

廿八日辛巳(10月9日) 阴

晁耀南、钱徐三来。徐三言启衅之由始于耿鹤峰,为其天全门生邱姓坐竹字号者换卷。竹字本东号,耿令先循西号而寻,不得,复折而东,号中已喧言成都县逐号拿人矣。及取原卷换新卷,复饬数人至竹字号给本人领去,号中又蓄疑愈甚。适有因越号而归者,拔栅不得通因栅中细槅已靪断也,思推倒之,号官禁之不得,遂争论纷纭,而号中人乘此时四出毁栅矣,藉藉者皆言成都县嘈塌士子矣。宫保弹压不住,惟拿就近之三人以示之,意欲令众人见之皆可归号,不知愈聚愈多,遂一哄而至,至公堂云。送廉生小菜数事。晚得廉生书,往送其行,秉烛对谈,其弟信卿亦出见,戌初始返。

廿九日壬午(10月10日) 晴热

作小云书。午后答客。送崇扶三行并晤华盖上人,云宝光寺塔蒙古字咒非唐时书,元太祖始有之,即克普德,克字体亦即蒙古也。扶三定初一日送妾女回京后,初三日即束装赴藏。又晤鹿滋轩、岐子惠、晁耀南、吴春海,张灯回署。鹿滋轩云耿大令换卷之后号中无事,实由越号者谋归本号,栅木靪死,急而推栅到地,遂至纷纭。倘使此时有人以好言慰之，令其归号，则亦可安然无事，此一失也。丁宫保声言拿人，兵丁无动手者，若使带勇入闱，必肯往前擒捉两三人，亦必惧罪归号，不至滋事，此又一失也。岐子惠云此事情轻势重，必须留不尽之意，始不至有伤士气。今日名捕诸人已到案者，可以避重就轻，而以其重者举而归之于必不能获之人，庶于发难之端不甚相远。若欲替监试诸公泄忿，而以尽其法为快，则吾不知之矣。夜，作家书致伯磐兄弟与小宝，又作书与陶紫缜。令阿伟占问京寓行止，得节之坎，才爻发动，已成行矣。

三十日癸未(10 月 11 日)　晴

鹿滋轩来，言闱中向提调要成都令手自惩治者，马珍璧也；骂王廉堂者，周兆熊、艾本元二人。后有怂恿之者，身材短小，不知为谁，疑即周黉也。周于十九日黎明逾城而逃，李巡捕送信使之速行也。巡捕今以子质于成都府，而身自进周黉于顺庆，闻已获得云。前西昌令黄绍勋新委，峨边。及晁耀南新委，璧山。皆来见。夜，又作书与小宝及伯磐兄弟，均托协同庆寄姚。王信卿送《李夫人灵第》拓本。

九月初一日甲申朔(10 月 12 日)　闻井、鬼之间见彗星，光十余丈

丑初，披衣出户仰视，则阴云四垂，不得一见，复脱衣卧至天色黎明，诣府学文庙行礼，随答贺客，雨至而归。送折件交督弁赍京投递。徐三来并以聂培新所刻《方言疏证》《郁鄢山房集》见赠。微雨竟日，入夜始止。与崔劭方同年书，托黄峨边寄。

初二日乙酉(10 月 13 日)　阴暖

函问徐三张孝楷吸烟否，得复，以陈光煦三艺、杨锐易艺来。午后，为崇扶三饯行，邀滋轩、春海同席。滋轩言新疆金营坐困，而局中人以恐破和议，无敢言之者，即金将军亦不敢公然与俄开仗也。张振轩督粤时，有杀死桂平县团长覃启瑞一家十余命之案，并及其村之民数十人，亦无人敢言之者。夜雨。

初三日丙戌(10 月 14 日)　雨。午后甚冷,手足指皆有寒意,拥被而卧

差送崇扶山。今日合城文武出送于武侯祠。欲发优生案,而吴之英、陈崇哲工于文词,刘子雄、尹殿飏长于考据,额仅四名,除杨锐、傅世洵外,欲进二退二,踌躇莫决。五更起视,彗星正在正东,从大堂西廊望,如一匹白练然,茸茸欲动,又如钢刀上有两歧,其刃在下,刃向西南,歧向西北。凤孙云在星、张之间,不在井、鬼分野也,望之令人不寒而栗。天色向明,星渐升渐高,光亦短亦淡,盖为日色所夺矣。为家信不到,属元达占课。

初四日丁亥(10 月 15 日)　晴

邀徐三午饭。得铁江八月廿二日书并石刻三种:李阳冰"道山"二字,苏唐卿"竹鹤"二字,温公"思无邪,公生明"六字。午后,发优生案。正取四名:杨锐、傅世洵、吴之英、刘子雄。备取十二名:陈崇哲、尹殿飏、张孝楷、卢元张、宁湘、崔映棠、蒲九茎、张肇文、陈观浔、张家照、潘多贤、李滋然。招陈崇哲来,告之以去取之难,慰勉再回,然余心滋歉矣。夜得六月十八日阿六禀自胡万昌来,内有徐东甫书。

初五日戊子(10 月 16 日)　阴

李滋然来见。府学范薛、华阳学□□□、监院毛煦皆来,以甄别书院加奖银交毛监院,如数付给,共二百零四两,五分教每名加七两。得华盖上人书,有李云麟《西陲要略》。

初六日己丑(10 月 17 日)　阴黯终日

属元达拟批夹江王令禀。

初七日庚寅(10 月 18 日)　晴

阅新刻郑氏《说文新附录》。

初八日辛卯(10 月 19 日)　阴,有微雨

夹江训导傅缃来见。石泉廪生萧润森来见,言岳森无文无行,刘子雄有文无行。得王信卿札,有汉洗、古泉诸拓本。夜作童芹初书,又致子腾书,附与定儿书两叶,大旨言如不能就道,万不可因急于来蜀，饰言病已大愈，欲求速而反多后悔。稚翁遣人来，约明日未正入闱。凌户部心坦送子应试来见，其子万镇科试入学。

初九日壬辰(10月20日)　阴，午间有小雨

申初入闱，与稚璜前辈及滋轩、月卿、锡侯、廉堂同宴于监临之室有蒋襄平书额。酉正，肩舆入至衡文堂，与乌小云、张安圃两主使分席坐定，烧烛填榜。榜吏每唱一名，执名纸遍示堂上官，及书毕而黏贴，复连唱姓名、籍贯如所填，既竣，乃负之以出。监临、主试、学使皆不似京兆、山左等处起立送榜也。亥正归署，傅斯洵、黄茂、王万震、徐永年、徐心泰、吴季昌、尹殿飏、赵增绂、叶大可、薛铨善、李懋年、刘光第、赵增瑀、王乃徵等皆中式。有密雨，舆行甚缓，街市扰扰，灯明如昼。

初十日癸巳(10月21日)　阴

复钱堤兄书。呼刘子雄、崔映棠来，崔至，刘归。傅仲龛新贵斯洵来见，贽敬六两。夜为伯缙、凤孙、芾卿治具饯行，适晁耀南来，邀其同坐。作家书致伯磬兄弟，共五纸。其要者，福生买印石，蔚庭画星图，葆堂小学、算学书，禁断家人过境需索。遣余泉送芾卿回浙。

十一日甲午(10月22日)　阴寒

徐伯缙、柯凤孙、朱芾翁南归，元达送至船中，船价十九千，盖凤西送其同乡，而芾卿亦与其列，言辞之不可。徐新贵敏中来见，其父杰曾在国子监肄业，云以弟子礼进谒吾父，而未纳其挚，盖许吉斋乃安丈之门下士。冯蔚藻来见，云愿留院肄业。阆中汪炳奎，中江汪恕、刘銮亦在院。王廉堂观察来。得廉生三日武连驿书。

十二日乙未(10月23日)　早晴晚阴

钱徐三来，言傅仲龛之妹巩颜姓欲刻《说文释例》。午后，乌少云、张安浦来，适罗藏华盖上人来谈，揖之同坐。叶新贵大可来，叶生优生场两艺均佳，因二场经解对策不及他卷，难列优选，索其闱中首艺观之，决为必售之作，今果获捷，为之欣然。汪吉士致炳来辞行，将于十月入都。少詹谢恩折弁回蜀，有阿送八月初三日一纸云，据汪医言，阿六足疾，八月初十边可以收功，约九月杪可由海船自天津转换到宜昌，差弁初六出都，家书封皮写初五日。华盖送李云麟《节略》。

十三日丙申(10月24日)　阴

答汪致炳庶常、凌心坦户部，贶汪十二人金，媵以《过庭录》。午刻，至督署赴鹿鸣宴，新贵衣紫，惟傅斯洵、叶大可常服。未初，偕两主考、监临、藩臬、两道首府、两首县、内监试雷钟德望阙行礼如例，新贵亦循次谒见，礼毕而归。两主试拜将军，即在成都府署晚饭，故未答拜。

十四日丁酉(10月25日)　阴

答两主试。乌少云尚未起，即在张安浦处久坐，始访少云。崧锡侯亦至。归，阅成属武生射，自府学至崇宁止，共四百八十余人。未刻，至云贵馆，制军、将军与同城现任官公宴两主试，并请学使，共三席，莫军门亦在主人之列，与余同席者播卿、锡侯及耿鹤峰、茅述卿也。革经制车积章、李铭恩、江上峰、张光梁，为其派出棚时有需索情事也。

十五日戊戌(10月26日)　阴

黎明，谒文庙。归而校阅武生，自成都至城口厅凡一千二百余人，酉正不复阅矣。饶书估来，以书目见示。

十六日己亥(10月27日)　晓间有雨

辰初，稚璜宫保来。辰正，点名优生，来者□人，惟张肇文不到。稚翁出题："何者，尔所谓达者"，"乾坤成列，而易立乎其中矣。乾坤毁，则无以见易"。策问："蜀省民风近厚，士习近贪。民风厚，以何者培之？士习贪，以何者药之？"题纸既行，稚翁返署。午后有霁色。交卷最早者，张孝楷、卢元张，其余陆续至，天明始尽出。

十七日庚子(10月28日)　阴晴相间

校阅考遗武生八百余名。送优生卷七本与稚翁：杨锐、陈崇哲、吴之英、刘子雄、崔映棠、张孝楷、宁缃。稚翁方由浙馆祭金龙四大王归，曩日徐三以钟蘧菴之意属余主祭，以试事辞之。得滋轩札，有臧在田所演六壬课、华盖所绘新疆北路图天山北路及金山一带。阅《申报》，始知浙江乡试题："后进于礼乐，君子也"，合下节；"人莫不饮食也"二句；"关市讥而不征"二句；"云水光中洗眼来"得"光"字。

十八日辛丑(10月29日) 阴

校阅武监生百余名，并点名不到及补遗数十名。傅仲龛孝廉送新刻《新附考》六部。尹新贵殿飏来，酉阳秀山人，甄别案取经解第四，备取优生第二，挚敬二两。刘子雄来见，诘以不满人意之故，则以年少不识世情，致得罪朋友，又言岳森颇以蜚语闻诸王先生，王先生临行时始列入正课也。夜间，饶、吴两书贾来，有月色，欲起视彗星，未果。

十九日壬寅(10月30日) 晓有雨

鹿滋轩来，言华盖招纳白彦虎之说，其策可行。披俄人之党，即固我国之藩，且白彦虎至今心在归国，不愿受俄衣冠。华盖得之于彼土商人，所述确有依据。若许其归款，则缠头回种及各杂回部众，亦皆自拔于俄以归于白，降一人而俄势已杀其大半。舍此不为，不特为我添一劲敌，且为俄树其声威矣。金将军非能言于朝廷者，谭文卿等又以为已安已治，绝不措意。为今之计，惟有令幼樵上书言之而已。滋轩又言南洋各岛所以甘为英酋所钤制而不敢发难者，由各岛产米无多，仰轮船之往来贩卖，英酋计日量口而与之，虑岛中之恃有积粮，与之为难也。偶有反覆，米船不来，孤岛悬海中，立见饿死矣。诚能与各岛约期同时并举，而许之接济以粮食，未有不为我用者。夜读《毛诗》："君子如届，俾民心阕。君子如夷，恶怒是违。"郑笺云："君子如行至诚之道，则民鞠凶之心息。如行平易之政，则民乖争之情去。言民之失，由于上可反复也。"此天水违行之象，所以推本于上刚下险也。蜀省多讼，岂为是欤？

二十日癸卯(10月31日) 阴

验看优贡，府学教官带见既毕后，令往督署验看。午后赴宴于燕齐公所，将军、方伯，嵩、王两观察，成、华两令为主人，乌、张两主司，宫保、军门、廉访与余为客也,共十四席。旗、奉、直、东四处借此作团拜。菊花满前,今日始见秋色,为之欣然举箸。作家书两纸寄阿六,从蔚泰丰寄京。闻南充令江肇成病殁于署。杨昕彝广文聪来见。耀南今日赴璧山任,未能往送。

二十一日甲辰(11月1日) 阴,有风,颇寒

潘桐伯来,云欲将往乐至访翁馥卿。杨叔乔锐、陈子元崇、吴伯朅之英、刘健堂子雄来见,以刘之行诣未修也。却其挚,告之云如能改过,许在弟子之列,否则终身不见矣。刘藜青编修青照自什邡来。王信甫懿杰携其仆所得古泉玩来。

二十二日乙巳(11月2日) 阴,寒

崧锡侯送菊花十八盆。宁远教授吴同年大光来简州。钱绪三与杨叔乔来。叔桥闱中荐卷非其所作,红号士字,五十一。渠县糜星文亦然。士字,三十四。又仁寿优贡毛瀚丰文已刊入闱墨坊,刻者用杜大恒名,而填榜日所得一册而则无之,此亦可疑。前署渝守庆善来,言东乡事甚悉。安县陈运昌、邛州谭言礼、达县潘多贤三新贵来。陈之父母于咸丰十一年殉蓝贼之难。得王信甫书,有宋元嘉石佛背画象。崧锡侯来,言蜀闱弊多,如明岁有恩科,尚须及早申儆,为之厘剔。石巡捕取杨生闱中墨卷来。

二十三日丙午(11月3日) 晴

毛优贡瀚丰、徐新贵心泰来。徐心泰为徐敏中胞侄,眉宇英秀,当与叶大可、黄茂为此科之杰。赵达泉、张芸汀、高体乾三大令来,皆此次分校者。赵藜斋来,年八十三矣,其妻八十五,其子鸿畴署理天全州,道远不能迎养,欲求量移近省之地,以遂其家人之乐。言今科解元安岳谢世弥之父为刑房时,有劫狱一案,守士者诬为谋叛,谢为剖别,数百人得免共难云。又言此次乡闱滋事一案,入告之言过于情实,办理者难于转圜,莫如就已获之人,照随同附和,例治以军流之罪,而缉捕为首者,到时拟结,庶情法两平,心安理得。富顺王新贵万震来。王治许学甚专,气味亦雅,与宋育仁、陈崇哲、张世芳互相砥砺造就，正未可量，赠以宋于廷《过庭录》一部。实卿来。

二十四日丁未(11月4日)　阴

硕卿出所得钱泉见示，嘉定元宝“当五”、嘉定之宝“利州行使”、绍熙元宝“同三”、庆元通宝“汉三”、嘉泰通宝“春三”、嘉泰元宝“川一”、绍熙元宝“汉五”、大宋元宝“三”、皇宋重宝“五”、端平元宝“伍”、开元通宝“润”、开元通宝“宣”，皆余所未有也。杨锐、洪尔进、洪尔振、宁缃来。张安浦自草堂寺宴罢来访，言闱中滋事时，周黉谓其监号官曰我有通城虎绰号，然今日我实未出号，号中人亦无出去者，他日有事当共证之云云。又言宝玉堂曾被幼樵弹劾，此次渠必有赆，应送扇对否？答以宝君居官未能谨饬，况幼樵既弹之于前，似可不必受其惠，试与滋轩商之。又历言谭叙初之信任，高碧湄、刘岘庄之纵其乃弟，李杰峰之贪财不洁，潘畏如、彭回之绝无表见，人材之难如此。

二十五日戊申(11月5日)　晴

得张安浦书，知毛瀚丰以二场有疵被斥。赵达泉所云策尾有嘉庆己未科得人最多等语，又是别一卷也。王元达应滋轩之招课其二子，于今日搬往藩署。绵竹邓炳云、中江王乃徵两新贵来见。彭山廖如璋副贡亦来。王、廖皆今岁入学者。吴春海来，建议于省城设孝廉院，已函知稚璜前辈云。

二十六日己酉(11月6日)　阴，寒

晓起巡蔬圃，畦泥初垦，菜甲新栽，已有野人家风味。硕卿以袁褧翻宋《文选》本及明刻《通志》见示。郫都训导薛铨善、新繁周煜南、成都冯家吉三新贵来。周煜南科考二等，却其贽，询其家，近龙藏寺止里余云，冯耳不聪，人亦近笃实，去冬入学者。薛训导即成都府教授之子，录科正取第二也。申刻，赴稚璜前辈及莫摺卿军门之招，与乌绍云、张安浦、岐子惠观机器。上灯聚宴，共四席，与余同席者耿鹤峰、茅述卿及稚翁。

二十七日庚戌(11月7日)　阴

叙永新泰徐敏中之父杰号鹤卿欲借百金以应急款，辞之。李懋年、温翰菜皆泸州新贵也,温科试二等,却其贽。富顺刘新贵光第、资阳伍新贵鋆亦来见。伍为去冬入学者,年十九岁。刘一等第三,年二十一岁。刘家单寒,赖陈令扶翼读书,得以有成。张同年尔遴于昨夜病殁,赵司马权为持其遗禀求助,赙银二十两。

二十八日辛亥(11 月 8 日) 阴

泸州李懋年、富顺李其昌两新贵来。李其昌于今年以第二取入富荣商学者,李懋年一等第四。安岳谢解元世珍来,科取一等第七,其父为县中刑房,家世力农,无读书者。廖登廷来。王信卿以彭县新出土《唐调露造象拓本》见示,味荃大令所寄来者。邀绍云、安浦两星使饮,安浦先来,绍云至晚始到,亥正散。安浦言望云妻妾俱亡,仅余数月之儿;朱酉山老而多病,家景亦苦;吴学士宝恕家居甚乐,惟交友太滥;戴子晖出二万金设洋布机器局;姚伯庸在沪上买地起屋,专为歌楼舞榭,贪其利之厚也,黄慎之殿撰亦以所得贺钱仿而为之;今年保举南斋梁斗南、陆凤石、盛伯希、温棣华;殷谱经苏州有屋,一年可得市居,赁钱四千金,以京邸未得赁者,尚未南归;邵侍御积诚即安浦妹婿,其妹已于去年病卒,仅余一甥;朱子清在上海,不及乃弟子安之谨慎。客去犹观《易》,至漏尽,雨声槭槭然。

二十九日壬子(11 月 9 日) 微雨竟日

硕卿以《隶释》《隶续》《东都事略》《世说新语》《曝书亭集》来,袁氏物也。李贾以《函海》来。

三十日癸丑(11 月 10 日) 晴,午后阴

赵增绂、赵增瑀来,从堂兄弟也。钱徐三来,言得子密书,都中因星变言事者甚多,以云南报销案牵涉枢垣上下,为集矢之地,始知恪守先训、教子读书之乐。硕卿、饶贾以《学海堂三集》《词学丛书》《礼乐全书》《两汉金石记》《前后汉记》《前东汉会要》《简明目录》《朱亦栋札记》《开元占经》来,又《国朝诗铎》。元达来,以陈骧瀚《上徐山书》属其转致方伯一阅。

十月甲寅朔(11月11日) 阴

诣府学宣圣庙行香，答吴春海同年、刘藜仙编修、乌绍云学士、张安浦编修皆晤。以城中迎城隍神，俗传不宜与官长道中相遇，遂返署，王、章二友皆出观。还薛孝廉铨善挚敬。方伯送时宪书来。成都每岁三迎城隍：一清明、二中元、三十月朔也。府、县亦同至北门外，行礼毕而散。

初二日乙卯(11月12日) 阴

自全泰盛寄到八月初十阿六书，言停药不服，但日饮朝鲜薤汁，早晚两粥，午一盂饭，右腿屈伸稍活，月底必能起坐。大爹七月廿二日回家。仲声、仲立都患疟杭州，与小渔同寓。得堤江十九日定远书，附石拓六种，即作书答之。为两主考赠别。得安浦复。陈子元明经来。吴光源自宁远来肄业，七月间到此，今日始札监院，是余之疏也。

初三日丙辰(11月13日) 阴

为安浦撰《旗奉直东馆联》云："天府此名都，自涿郡琅邪解带写诚，前哲频留遗泽在。星轺今暂驻，向锦江玉垒佩壶揽胜，官游同作故乡看。"午后，安浦来。申刻，以子惠将军招饮去。巴县新孝廉江瑞麟、江濂来见，胞叔侄也。江瑞麟以举孝廉方正考授教职，江濂科试一等，其弟瀚今年入学。杨叔乔来，言明赴资州校阅试卷。堤江遣价取答书去。硕卿今日不来。

初四日丁巳(11月14日) 阴，午后晴

大邑杨复仁、新津何德懋两新贵来，皆科试一等第二名。邀华盖上人、安浦编修、滋轩方伯蔬食间谈。崧锡侯来，亦邀之入坐。华盖于西陲事甚悉，略言俄人以伊犁空城与我，而撤城中屋材于金顶寺，辟场建市，袤延二十里，兵商杂居，屹成巨镇，缠头部落皆为所属。又以重兵扼伊犁相近百余里之塔尔奇河，其地有七十二桥，为我出入必由之道，伊犁咽喉也。仓卒变生，我无归路，其大营在博罗呼济尔，而俄京电线已于去秋八月造成，直达金顶寺矣。此伊犁情形也。至塔尔巴哈台所属阿尔泰山一带,自明将军定界时,以冬卞为常,住卞伦后失地无数,崇厚之界复失去,宽者至千余里。曾劼刚画一直线,较崇界尤有损失之处。此中山产金银煤炭,俄人垂涎已久,当轴者愦愦至此,可发一叹。

初五日戊午(11 月 15 日)　阴

纳溪蒋新贵茂璧、泸州副贡罗运阊来见。罗之从兄今官直隶,拟北行。蒋年少,不及罗之沉静。乌绍云学士来辞行。送两主试行,晤安浦绍云未回馆,时已上灯矣。石巡捕来。夜雨。

初六日己未(11 月 16 日)

访华盖上人。出北门,送两主考行,岐子惠、鹿滋轩、王廉堂、崧锡侯、黄泽臣、耿鹤峰、茅述卿与余共八人。稚璜前辈、搢卿军门以乡试校骑射,不到;张月卿廉访以癣患大作,碍于步履,不到。申初,绍云、安浦始到。与诸臣寄请圣安,恭跪如礼。入城答客,未有晤者。未食出门,此后切戒。闻骑射今日可毕。夜又雨。李估以南监本《宋史》来,索价十金。

初七日庚申(11 月 17 日)　晴,有日景

彭大令修来。蒋茂璧、王乃徵,今秋分校所得士也。午后,华盖上人来,敕封棍噶扎拉参呼图克图,蒙古语曰"察罕噶根",名曰"罗藏丹弼望舒克"。留夜间蔬食。其言云:俄罗斯之事,我有办法,总理衙门之事,竟无办法。不特此也,自徼还呼图克图,由塔城起身,来藏行道,所见贵人,惟刘彝斋英爽知大体,其余无有问及新疆事者。自到成都,晤丁、鹿诸公,始见下问,满怀愤懑,暂一倾吐。今见阁下,亦复相同,行旅得此,窃以自慰。余因就其言论演成说:

其一曰接收伊犁。首忌轻易,既有接收之名,则必有土,有人,有财,而后可以自立。若如近年情形,俄人尽撤惠远等城官室衙署,徙于金顶寺,胁立市舍,袤延二十余里之宽,兵商杂居,屹成巨镇。又以重兵扼守伊犁一百余里之塔尔奇沟。二台在焉,中有七十二桥，为伊犁各城要隘。阻我咽喉之地，仓卒生变，前无归路，后无援师，今日接收之后，其能尽撤防营，一一还我乎？所得者，伊犁空城而已，地犹不让，众复何论？伊犁所属缠头、汉回、哈萨克、布鲁特部众，被其胁制，莫敢来归，战伐耕牧，惟彼是听。我旧部既空，新营未固，彼众我寡，无以自存，名曰接收，终于吞灭。"善后"二字，徒托空言，可虑者一。第一条注：若人地皆归伊犁，将军当移扎金顶寺。若人地不能皆归，则伊犁不必接收，当以重兵扼守博罗塔拉河一带，最要可以策应四路。

此段言伊犁形势，极关重安，亟应录出，既可考当日之情事，亦可为他日收回外蒙古之依据也。

二曰定界。前后界约，俄人已逼近伊犁，即使金顶寺等处彼兵尽撤，各城举办诸事，实已无从措手。光绪二年，塔尔巴哈台议界，按照边界贸易，"百里之内不纳税"一条，坐致塔城税务从此中废。计伊犁霍尔果斯河距拱宸城二十余里，拱宸城距塔勒奇城八十里，塔勒奇城距绥定城十里，绥定城距惠远城三十里，自新界至大城，相距一百四十里。如布策言，中国二里，俄国一里，相距仅七十里。若援百里不纳税之说，塔城之事复见。今日城空民少，税又无着。至新定界内，那拉特大坝，伊犁通哈喇沙尔要道，木索尔岭，实伊犁通阿克乌苏要道，险要尽失，更无论矣。同治十年五月初，俄人至伊犁收抚缠回、汉回各种，于秋间征收兵费，以暂为中国代收为名。至光绪六年冬季，共征银七百余万腾更，一腾更直中国银五钱。今又债兵费数百万，竟无与之较量及此者。

三、"塔城议界当与论难。"第七条，同治三年塔城所定，斋桑淖尔迤东不妥之处。斋桑淖尔东，科布多所属，不属塔城。查同治八年，奎昌与俄使巴布诺福议定，自赛里格木山起，至玛尼图噶图鲁罕止，堆立牌博二十处，彼此分清，各处未设卞。按照今约，人随地归,将阿勒坦淖尔进贡之乌梁海游牧,全入于俄。同治九年塔城界务,奎昌又与巴布诺福议定,自玛尼图噶图勒罕起,至巴克图山止,堆立鄂博十处,彼此分清,照约将拜吉格特哈萨克汗王所属部落,全入于俄。又于克林哈萨克公阿吉所属十二部落内,分去二整五半个部落,是彼国分界,特为侵占哈萨克起见。我当以当日所定塔城西界,亦有不妥之处,如巴克图山、苇塘子等处,距塔城止二十余里,相去太近,商将西界稍为更易,令其退出旧尔雅城一带,故为辨难,则彼即无辞矣。额尔齐斯河下通冰海,冬夏可行。俄人意在全得此河,南窥布伦托海,以为总扼伊犁北疆之计,则中国人无敢议其后者,故约条内先争此,盖额尔齐斯河可以南窥布伦托海。布伦托海,科布多西界门户,塔尔巴哈台之咽喉地,得此则两城皆在掌握矣。由塔尔巴齐东行十五台,至布伦托海。由科布多西南行十七台,至布伦托海。布伦托海者,科城西界之门户,塔城东界之咽喉也。环其间者,皆蒙古哈萨克部落。同治六年,设立布伦托海办事大臣,八年即撤。由布伦托海南行,由戈壁斜达古城,由额尔齐斯河岸名德尔布津陆行百二十里余至布伦托海。夏日行十一二天可到古城,冬日行七八日可到。左恪靖采买米粮时,俄人已乘机由乌龙古河径拜塔山以西戈壁直至古城,勘定冬夏二时所行之道,分别画图,为异日在古城添设领事官张本。是俄人之欲尽占额尔齐斯河,实由觊觎布伦托海以至于古城,并为分占科布多与塔尔巴哈台两城之计也。华盖谓阿拉泰山可耕可牧之地,若在布伦托海或额尔齐斯河筑一城放牧生聚,而又于阿拉泰山一带精练水师一军,备他日东路俄人有事,即可循水北下,直至冰海,截其后路,此亦一奇也。

四、招降白逆。白逆一日不死,防营一日不撤,我既不能追剿,彼又不肯献出。幸而汉过不先,两国和好,虽在彼地,无足重轻。若情势所激,各有违言,为彼前驱,成我坚敌,联合部落,扰乱边陲，彼逸我劳，必将重困。彼中夷商来西域者，具言白逆到彼后，与俄酋答对言语，俄廷刊有日报，无一语怨及君父。俄教以见汗礼节，则佯为不知。俄赐以夷官衣冠，则受而不用。及俄以三千人送至托呼玛克安置，部众皆喜，独惨然不乐，以为托身异域，永断归期，常以作贼时发掘一公主陵墓，恐终不免为中国所诛，至今惴惴。是其身在彼邦，志归中国，斯言不虚。窃以为陕回倡乱之时，白逆不与其列，辗转牵率，袛归一后死之人，其罪尚非在不赦之列。诚能宥其既往，遣其所亲，喻之以朝廷之意，许其更始，奏职武阶，责令自效，则降一白逆，而缠头、汉回诸种人皆得自拔来归。俄众不多，得此可杀其大半，披彼党羽，固我藩篱，于边务所益非浅。托呼玛克在阿里木图河南，距伊犁正西行十七站，径路八百余里，寔在俄境，而俄言其地在两国之间，与俄无涉。若使白逆归顺，彼必无辞，傥有违言，可执前言诘问矣。舍此不为，恐为人用，后患未已也。华盖过西安时，访知白逆先墓已被发掘，当遣其亲戚修复，以示招致之意。

初八日辛酉(11 月 18 日)　阴

购李氏《函海》一部。湖南生员彭修来见，今馆于李华庭家。华盖来，借《新疆识略》。

初九日壬戌(11 月 19 日)　阴，午后雨，有风，颇寒

吴伯揭之英来，言明日归名山。云阴下垂，窗黑如漆。饶估携《十七史》去，七十金尚不愿售也。

初十日癸亥(11 月 20 日)

慈禧皇太后万寿。寅刻起盥漱，趋诣会府，则岐、丁、莫、鹿、嵩、王、黄七人已先到。卯初一刻行礼，知壬秋院长已到夔州，返署已有晓色。毛监院来。钱徐三来，奏报科试完竣詹事谢恩折，今日到蜀重阳日自京起行。

十一日甲子(11月21日) 晴霁,夜亦有月,甚寒(蜀中无此佳日)

酒客吴三持海如三月十三日书来,有赵考古《六书本义》十二卷、黄耒史《明史·历志》八卷,新印钞本,沈云帆托寄。黄茂来辞行。

《俄罗斯立国事略》:

> 元术赤之裔既衰,依番始借瑞典兵力,征收其族类,而自立为汗,此俄罗斯之始祖也。其初起在诺戈落,即倭罗克达,乃古钦察国地,仅有今大俄一路地。东南喀山国、亚斯大蜡甘国;东有细密里也国,皆蒙古别部;西北有那威国、西费耶国;西及西南有波阑国,皆奉天主教;南有阿速国、波斯国、土耳其国、惹鹿惹也国,皆奉回教;俄罗斯处其中,势均力敌,无所著见。依番十三世汗,当明世宗嘉靖时,攻取喀山喀山即《元史》柯散、托波儿即西毕尔斯科、阿斯塔尔汗等处,而喀山元裔之地,始为所并。其东走据托波儿者,亦攻取之,国势渐盛,遂为欧罗巴著名之国。盖俄国大川,以佛尔格河为最巨,环绕国都,流入喀山境,凡白尔摩部、维亚德加部诸川,无不咸会。东南流至亚私大蜡甘部,入里海,源流七千余里,盖由佛尔格河顺流而下,故先取喀山,次取阿斯塔尔汗即亚私大蜡甘也。自得托波儿后,略地东方,据有伊聂谢亦作惹泥色、额尔古、尼布楚等城,嗣复侵至雅克萨等地。由托波儿行,东行经鄂布河下流,又经揭的河上流,至伊聂谢。河上流为乌梁海。
>
> 康熙时定界,立碑于格尔必齐近吉林雅克萨、额尔古纳近黑龙江二河之地,又于康熙二十八年,得甘查甲部。五十四年以后,东北跨海而得亚美里加一隅之地。是时俄分八道:曰莫斯科洼斯科亦作谟斯夸,其都城也;曰喀山斯科,其东方也;曰西毕尔斯科亦作托波儿,又喀山斯科之东南,与我接壤者也;在西北境者,曰三皮提里普尔斯科亦作散博德尔布克,乃攻取西费耶国之地,后建为新都者也;在西境者,一曰司马连斯科;在西南境者,一曰计

由斯科，皆与波阑国接壤之地，是时波阑方强，俄设重戍于二斯科，以防其侵轶也；在南境者，一曰佛罗尼使斯科，与阿速图理雅等国接壤，南面之屏蔽也；在北境者，一曰郭罗多阿木喀斯科，所以控制国之北方诸部也。是时西至波罗的海，南至黑海及里海，北跨北海，东跨大洋海，所患者，惟波阑一国居肘腋间，占其计由等地耳。乾隆五十七年，与奥地利、普鲁士合兵攻之，波阑割地讲和，三国各分其壤。奥地利得加里细亚部。普鲁士得东普鲁士、西普鲁士及波森三部。俄得威尔那、俄罗傩、威底塞、敏塞、目希里甫、窝尔希尼、波罗里阿七部，统名西俄路，又北亚里部，后亦附西俄路，又得戈阑部，附波罗的路，又得几富部，即计由斯科失而复得者，是为小俄路。俄自得此十部，西境益扩，而波阑惟洼肖一区仅存而已。

嘉庆十八年，复攻波阑，灭之，分其地为波阑八部。当是时，俄国已破佛郎西拿破伦之兵，威振西土，乘势南攻里海、黑海之间，凡土耳其、波斯两回部属境，无不望风披靡。于是国境又分为九区：曰波罗的海东五部，其新都也；曰大俄十九部，其旧都及司马连、佛罗尼斯各道地；曰小俄三部，即计由斯科之腴壤；曰南俄五部，黑海直北地；曰加匽俄五部，即喀山；曰西伯利八部，东与中国接界处；曰西俄七部；曰波阑八部，前后取诸波阑者；曰高加索五部，内惟疴伦不尔厄及阿斯达拉干二部为旧壤里海西北，而诺尼阿、萨加社及日尔日三部接波斯、土耳其，亦以渐蚕食者也。

道光初年，分设镇郡：曰北方之镇十二部；曰南方之镇四部，又会城二部；曰西方之镇八部，又会城一部；曰东方之镇八部；曰中央之镇十四部；曰海中之镇凡三部；曰波阑路，凡会城八部；曰高加索路八部，又会城一部；曰西卑里亚部，凡镇四部，会城二部，郡二部。道光末年，分为十路：曰波罗的路五部，大俄路十九部，小俄路四部，南俄路五部，加森路五部，东俄路二部，西俄路八部,波阑路八部,以上均隶欧罗巴州;曰锡伯利路八部内分西三部、东五部,曰高加索路九部,以上均隶亚西亚州;曰监札加路九部,隶亚墨利九州。

中国与俄接壤地,最东滨东北海,曰吉林所属地,即三姓所属海以内地也。北曰乌底河外兴安岭之外,为瓯脱地,又北与雅库斯科所属地接。其西曰黑龙江省,将军治焉,北逾雅克萨城,抵大兴安岭为界,岭之北与雅库斯科所属地接。又西以格尔必齐河为界,沿河而南,界碑在焉,河之西与俄国尼布楚城接。又南渡黑龙江,得额尔古纳河口,界碑在焉,溯河而西,河之南皆中国卡伦,河之北与尼布楚所属地接。又西南曰呼伦贝尔城,副都统治焉,西北与尼布楚所属地接。又西曰喀尔喀车臣汗部,北逾肯特山,抵楚库河,河之南为中国卡伦,河之北与义尔古德斯科所属地接。又西循卡伦至互市地,曰恰克图,其封畛则土谢图汗所辖库伦办事大臣治焉。又西北循卡伦至托罗斯岭塔尔噶克山,山之南为中国所属乌梁海界,三音诺颜及扎萨克图汗部分辖卡伦,皆乌里雅苏台将军治焉,北与伊聂谢斯科所属地接。又西至阿尔泰诺尔乌梁海界,又西南至阿尔泰山乌梁海界,皆属于科布多,参赞大臣治之,北与托穆斯科所属地接。又西南至和尼迈拉虎卡伦,为塔尔巴哈台新设互市地,参赞大臣治之,与托穆斯科所属地接。又西南曰伊犁,将军治焉,北以哈萨克为屏卫,其北即多木斯科境。

十二日乙丑(11月22日)　晓有日,未几又阴

未刻,滋轩饯华盖行,邀余与崧锡侯、王廉堂、王石湖作陪。华盖言:“俄人到中国议事,必以精悍少年二三辈先尝试之,以危言恫喝我国大臣,大臣无手望者。又历数其旧日之瑕以挫其锐气,未有不为所眩惑胁制者。我既为其所矣,于是乘隙而入,百端要求,期尽餍其欲而后快,而僵局由此大坏。我苟熟悉情形,不为其所胁制,而据理以与之力争，指画舆图，稽考掌故，又必其人持己正直，夙有众望，彼国未有不景然自失者。盖彼必简老成一人以随少年之后，见我大臣不能以无理屈，而彼之势又难于转圜。则是人者，乃徐徐焉来，从容宛转以善其辞，而力斥前数辈少年辈之际，谓其本无朝命妄托者也。此俄国事，往往如此。边疆接近，情伪皆知。总衙门一见布策，辄为所窘，而不能复出一语。曾某等又信俄人诚实□□，由不知此中情状也。同治年间，荣某至伊犁议事，俄人斥之曰：'汝是荣某耶？当日若无荣某，伊犁必不失守。今我复之，而汝又来，中国岂竟无一人耶？何复遣汝也？'荣某瞠目而已。次日又请见，则曰：'昨有事往西毕尔斯科矣，不能再见汝也。'观此，知定界之臣不可不慎。"事机之来，间不容发，失以毫厘，谬以千里。滋轩言："华盖言不能独当一面，若有知我者，委以事权，有所禀，必出而为国家效。无知我者，我不复出矣。"华盖熟于俄人及缠回、哈萨克之情性，故办事多中窾要，即其在阿尔泰山与俄人问答，刚正不屈，使彼夺气而去，不愧边城卧虎。此次由塔城动身，锡子右纶以办理哈萨克事多，所制手肘强，令华盖暂留，得其戎首，上人恩威并用，区处井井，哈萨克皆稽首服罪，遵约而归。华盖又言："锡子右可与言公事，而不能与言私事。金将军可与言私事，而不能与言国事。"

十三日丙寅(11 月 23 日)　阴

元达来，知得凤孙书，十八日到重庆，抵彼之后船少，东下者仅一载，盐船不能多容人众，芾卿先附以东下，伯揩、凤孙亦拟廿四五行，尚逗留未定也。薛训导华墀来，云父年八十一岁，决意开缺归养，拟于十五日具呈上恳矣。

十四日丁卯(11 月 24 日)　阴

科场割卷诸生八十三名，分别扣考岁、科、乡试各一次，于今日发饬各学追还所领宾兴费，作为各生本地书院义学之用。夜录述西僧言四条，函致滋轩。

十五日戊辰(11月25日) 晴,冷

黎明,诣府学文庙行礼。返署后,朱次民观察来谈,云乡试头场第三日,成都令实追诸生至号中,缘斥令归号,诸生有反唇相稽者,成都令欲追责之,会遇其一门生张暹者,坐第三号,张教官之子。成都令署奉节时,欣赏其文,与之立谈良久,诸生以为首县主办供给,不合入号,喧传扃号门捆打耿孩子,张暹促之出,始得免。张暹从次民问业,故得其实。《说文句读》刻成,共银七百八十两,前付七百两,今付八十两,廉生垫发者,亦于今日由协同庆划还。廖登廷、张祥麟来。华盖来话别,言新疆之事,自左相入京后,官甘肃者无心于新疆,在新疆南境者无心于北,在北境者无心于南,事权既分,局势遂涣。莫如仍以威望素著者,授陕甘总督,出驻乌鲁木齐,督办新疆事务,则事权既一,俄所占踞不退之处,皆可一律归还。迟之数年,彼必有变,咸丰、同治及此次所失之地,必能尽复也。刘钦差锦棠少年英武,威行西域,又能济之以和,故各城皆欢服听命。其所带老湘营,虽俄人亦惮之,此军必不可动。金将军顺娴习韬略,锡子右纶晓畅夷情,皆属可用之才,惟胆小少担当耳。

十六日己巳(11月26日) 阴

购外板《渊鉴类函》一部,又换李刻《函海》一部。徐三来谈,适廖登廷、张祥龄亦至,询以壬秋与司道龃龉之处,则以俦官课对。询以王廉堂之恨壬秋何以尤甚,至谓今秋壬秋若在乡闱,头场必已滋事,则曰:"书院息银由成都府垫给,银色短平,每千金须贴补七八十金也。"余曰:"尽此乎?"则曰:"王先生在院时,司道各存制台亲家之心,或以诸生所述地方情形直告制府,而司道不之知,或司道属意之员荐于制府,而亲家以劣迹上闻之类,皆不可知。"余颔之曰:"此言得之矣。不然,何深恶痛绝一至于此也!"阅《申报》浙江题名,知小渔中第三十名,余姚尚有景传绩、何庆麟,又副榜孙岳森、史凤喈,共五人。上虞惟副榜一名,钱振镐。解首陈翊清,慈溪人也。华盖张灯来话别。得元达札,有鹿滋轩罗城解难事一则,录之:

同治壬申，刘巡抚檄君治粤西西北边土匪，率二营以往，至则事已解，而罗城县所属山房有谢桂元谋逆事，刘复檄往治之。初，粤寇倡乱时，谢桂元集乡民治团，苗民归心焉。乱定后，居深山中，种香菌为生，家业小裕。山房主簿某索其赂不得，遂窜其名于积年枪杀案中，贿其仇，使刺之。仇夜携二人往，扣其门，桂元出，遽斫之，不中。桂元阖门，窥见一贼执刀立，持枪突出，刺中腹，仇弃刀搏之，相将至庭隅，不能解。其二贼不知也，踵入掠，家人鸣金呼救，二贼逸。众至，见桂元倒地，一贼肠出毙，急呼桂元醒，控贼身，得主簿谕贼状。众议以暮夜毙贼报县令，主簿怒，遽以聚众谋逆闻于府。知府以墨著，主簿以二百金进，结纳为师生者也。遂为主簿言上，言君念深山中进兵不易，且情事可疑，戒诸军屯五十里外，遣所信以二十人往，距居迩处，则尽得其实。归报君，君呼桂元，桂元谓中道有刺者，不敢出。廉之信然，逐贼去，遣人护而出，诸苗复翼之，将至诸苗屯十里外待命。桂元至，谕以具知其诬，将赴省为昭雪，勿忧。桂元崩角感涕，立作书遣诸苗归，从入省质讯，置主簿于法，事遂白。是时，黔苗方倡乱，微君，则桂元且以诬死，苗必变，勾结黔中苗，祸益烈矣。

十七日庚午(11月27日)　阴

答朱次民。送华盖行。馥卿送谢刻《三通》一部，是乐至县贿赂也，俟馥卿来省当还之，我惟求其于地方无误，不顾其有物馈送也。潘桐伯又以藕粉来谢之。

十八日辛未(11月28日)　晴

葛味荃来，似因嘉定之摇动有所悚惕，语气之放纵逊于前矣。其以调露造象寄王信卿，言信卿索之。

十九日壬申(11月29日)　晴

潘桐伯来。灌令陆□□来。黄泽臣来谈，索观周黉斥革案，据出闱中黄绦笔所书片示之，认是王廉堂观察亲笔。借硕卿传录严元照

《绝妙好词》评本，阅竟已四更矣。述西僧言四则，复饬吏录出两分。

二十日癸酉(11月30日)　晓阴，午晴

阅《申报》，童薇师补礼左，许星叔调刑左，张华奎捷京兆，杨家骃得优贡。龙同年，文霈之子，亦似中式矣。保定二鹿，似滋轩之群从。

二十一日甲戌(12月1日)　晴，午后薄阴

借硕卿浙刻《潜研堂年谱》。

二十二日乙亥(12月2日)　晴

老刁持天启大钱来，以二百钱易之。张月卿癣已结痂，来谈，言湖江夏令以鞭责营弁，阖营哗噪，拆毁游击衙署，将所押四人抢去。总督调城外营拿办，营卒遂入据火药局，冀与对敌，城外营闻之不敢入。次日，督抚会示既往不咎，众遂散。有某弁者年老矣，退居于家，作禀上督抚，佯为请释四人者状，复率营卒向各署叩头谢罪云，此九月二十日左右事。又数日，汉江大风，盐船撞坏者数千，溺死一万余人。廖登廷、丁树诚来，言盐道为尊经书院垫发经费，事事为难，此次旧孝廉进京会试之资，须由学院移文往领，并将四名优贡朝考之资一并叙入，余许之。滋轩来。

二十三日丙子(12月3日)　晴

为举人、优贡进京川资，行文督部兼移盐道。阅董增龄《国语正义》。

二十四日丁丑(12月4日)　晴

茅述卿来，云科场事已见明发，谕旨意在持平，尚无专办士子之说。批折实于十二日回蜀，当事者以碍于立正典刑之语，前已出口，故秘而不发。若非朝廷明见万里，不知多少枭示矣。带兵出身人负疾，视秀才如同盗贼，若学使有宽解之语，左右群以为长刁风，反以不善教化为学使咎，以宽其属员，不协舆情，种种苛刻之罪，可叹！余既奉旨留此，又须与之共处三年，纳闷而已。其尤甚者，随时救正而已，听否非所知也。硕卿有邵二云先生《续长编校本》、全谢山《七校水经注本》、赵蓉舫《尚书传录》、杭堇浦《续礼记集说本》、《章实斋全稿本》。

二十五日戊寅(12 月 5 日)　晴暖。蜀中多雨,未有久晴至半月如今日者

盼家书,南北皆无有,子腾亦无信至,奇甚。硕卿晚饭不至,呼李裁缝亦不至。得大康钱壹。

二十六日己卯(12 月 6 日)　晴暖

午设麦食,呼元达共之。硕卿不至。吴春海来,以蜀学事宜十条见示,受赐多矣。

二十七日庚辰(12 月 7 日)　晴

巡视厅事,则黄梅花已大开,香气盈于轩槛。硕卿方焚香,校所刻《句读》,至其室中小坐,同至树下徙倚至暮。灯下校《说文》一卷。得洪武钱幕有"浙"字,咸淳钱幕有"四"字,大明钱有"帅"字,永盛钱幕亦有一字不可识。

二十八日辛巳(12 月 8 日)　云中微见日景

自昨校《说文句读》起,今日复校一卷。作字与钱徐三来此便酌,徐三以感冒未清不至。

二十九日壬午(12 月 9 日)　阴

赵达泉来,言将往懋功厅查辨武营交代事,懋功去此十二日程。午后,徐三来。校《句读》一卷。

十一月初一癸未朔(12 月 10 日)

黎明,诣府学文庙行礼,鹿滋轩尚未至。毛监院云:"薛训导缺,已委绵州学正,而以宁远教授吴大光调署绵州矣。"答吴春海,春海已挈其幼妾稚子居于宗祠,似有久居之意,问之,则曰:"候庆榜消息也。"及门数人,不欲令其东归耳。未刻,锡侯来。阅邸钞,冯展云积谷建仓,简易之法,富户多捐,中户少捐,下户免捐,不准按粮按亩摊派,致启苛勒,无论稻粟麦豆,随其所产,均许捐交,捐数若干,暂存各乡附近公所,由公正殷富绅耆收放,不假手胥吏,官于年终盘验一次,如有一隅偏灾之,各村扣除不捐,仍量受灾轻重,在积谷内酌拨接济。盖富民稍减酒食宴会之需,即预为邻里乡党之助,贫民仍得自谋衣食,不困酒浆,则裒益均也。水乡多稻田之利,蔬圃有豆蔬之饶,则取携易也。无分散之患,而人得以安其心,无转运之劳,而人得以省其力,则私计便也。绅民自为经理,可无蠹役之侵渔,官司相与稽查,亦系地方之责任,则公义明也。灾年散放,常岁捐输,以一乡济一乡之众,以数岁济一岁之荒,不亟求取数之多,而期于积累,不骤冀见功之速,而要诸久长。随饬于七年续捐项下出三成变价,由该绅适中择地,各就人烟辏集、堡寨可守之处,新建义仓,购置粮石。六、七两年,九十一厅州县捐存京斗稻粟麦豆八十万六千石有奇,修社仓一千六百余处。民不以为官事,而直以为家事,且不藏于家室之私,而藏于里社之公,其弊易除,其效易见。臣仍出示劝俭禁奢,各存余粟于家,以防匮乏。校《句读》一卷。沉阴终日。硕卿自昨出去未归。夜,雨声潇潇。

初二日甲申(12 月 11 日) 阴

绥定住院生陈诗假归,来辞行。耿成都已委合州,定明日卸篆来见,云言外昨日廷寄有奏参科场事。新成都凤令全亦来见,今夏在南部盐局者,荆州驻防,以理财见器于上。杜估持画册求售,阅之无当意者。申正,至贡院,因制府寻校武册不得,在提调室中与马伯凯、周叙卿同坐,莫播卿、鹿滋轩、张月卿、崧锡侯、王廉堂皆至,余与播卿、马凯、叙卿共食。亥二刻,制府草榜甫定,余与播卿诣坐片刻,即同至堂上填榜。子初三刻,送榜而出。武解元陈国相,灌县人。共七十六名,内五名加广。

初三日乙酉(12 月 12 日) 阴冷

校《说文》。杨叔乔来,云资州骆童年十七,能作古赋。今取案首第二、三、四,亦均能文。得干侄续儿八月廿二日杭州闱后所寄书,有场作三篇,陶子缜、陈由笙书。子缜已赴鄂抚志局之招矣。得刘恭甫讣,自江南书局寄来。

初四日丙戌(12 月 13 日)　阴冷

校书伤目,浏览以暇之。伍崧生前辈为监院事来。

初五日丁亥(12 月 14 日)　阴,午后有北风,甚冷,至夜愈甚

巳正,赴鹰扬宴,仪节与鹿鸣宴同,新贵到者四十九人。与莫揩卿军门在稚翁处谈,余为言司道与壬秋不合之处,如张祥龄所言是否,稚翁亦为之点头。督文咨送廷寄,有人参奏四川闹事,由于被贴混入之,周冕经成都令用大刑,致激怒众心,原奏不实不尽,请饬查明。另片奏四川签子行、当子行横行抢劫等语。钱徐三来。李滋然来,以《句读》朱印本属其检校讹字,与王光棣分任之。戴光来。稚璜前辈来,言抢匪起于皖、豫之交,延及麻、黄一带,邓铁香奏参王夔石贪鄙云云。得廿七日堤江书,附到石刻六种。未刻,答鹿滋轩不值。郭成有书与周端云,拟九月杪由水路来蜀,因经西山南旋与之同行看病也。翁师又荐一李姓来,曾随陈伯霜者。又得小云九月朔日书,知笣仙已得仪真一席,岁脩五百金,今寓苏城。访梅父子为友樵参劾,谓其经手晋捐,被控有案,伯庸并在上海建设妓馆等款,现交苏抚查办。朝鲜之乱,得力于电报之速,率师平定,不至为日本所持。越南久受法制,现令滇、粤派兵出境保护,冀可杜其阴谋。云南报销,恐兴大狱。至谓大农受贿,此乃毫无影响之事,信口诬蔑,未免骇人听闻。星象之变,或云彗星,或云蚩尤旗,终莫知其详也。

初六日戊子(12 月 15 日)　阴,北风作寒,入夜尤甚

购陈霞轩花卉一幅。杨叔乔辞回绵州。答堤江书。

初七日己丑(12 月 16 日)　阴寒

赵达泉来,言副主考阅卷太无把握,拟刻发改之卷甚多,而其后皆未取中,尊用攘夷诸文,亦其所取者也。晁彤文纬来,耀南之弟也。鹿滋轩来,言越南刘永福乞援于滇,滇许以资给军粮,其所部之兵尚朴实精壮可用。致刘叔俛书,托大昌信局,附达摩象一纸、《说文逸字考》六册。温估送海虾子、紫蒲桃。蒲桃浆多,食而甘之,不觉太饱。夜雨有雪。硕卿云。

初八日庚寅(12月17日) 阴寒

寄佩南书,附“如是我闻”四条,从协同庆寄,并致炭敬四十两。

初九日辛卯(12月18日) 晴,寒

父亲生忌,邀元达散胙。夜有月甚佳,衣薄作寒,懔懔之欲战,拥被而卧,口鼻眼皆轰轰有热气,唇干面热而皮肤粟起,小便亦短而热,昨日有此,今日加甚。

初十日壬辰(12月19日) 晴,午后阴冷

得嘉定钱一“兴宝”、一“新宝”。长沙生彭濬来。耿鹤峰将之合州,来辞。阅魏默深《书古微》。自初七日食蒲桃,次日中寒,即患里急较重,今日愈甚,加着皮套裤,又换白狐袍,始觉身中有暖意。夜,啜粥两小碗。

十一日癸巳(12月20日) 雨,霏微竟日

硕卿亦不至。李、廖两估持书画来,留朱氏《通训定声》、严氏《石经校文》。令余福拓古泉。

十二日甲午(12月21日) 晴

阅《书古微》。黄海春昆自乐山提案回省来见,出其父昺《蕲春草堂诗钞》二册求为序,又携自作诗赋稿各一册见示。王信卿自茂州回廿一日去,携香涛中丞九月中书相示,又言廉生过西安得长剑一,剑背有十四字,古砖十二,古币十余,又一序布,而莽之十布以全。得元诸路本《南史》汪印二,惟三铜鼎索二百四十金,拓其文而去,别以所得拓本寄归者印二,一魏率善羌伯长,一报法护,共印一尊,[illegible]二字之旁,一方鼎[illegible],一小鼎[illegible],一彝[illegible]。信卿以北宋小平钱见赠,皆市肆中常用之品,无一足贵者,然振而矜之曰:“此吉林新出土物也。”夜饮茶多,不能熟睡,耿耿心脾,但听更鼓之转耳。

十三日乙未(12月22日) 长至节

寅正起,诣会府万寿宫行礼,滋轩与黄观察云鹄皆到。稍迟,则搢卿、月卿、锡侯、廉堂、子惠亦到,稚璜前辈以感冒不到。礼毕,则天已迟明矣。老刁持古泉来,无异品。滋轩赠□桂一片,云虽非佳品,然甘多辛少，胜于市物远矣。邀王元达来谈，晚饭后去。阅《申报》，始知访梅父子为友樵奏参情节，伯庸以卑鄙无耻革职，而访梅晋捐案尚未能了。遣人问稚翁病。夜，寒少减。

十四日丙申(12月23日) 晴，天气微和

竟日无客至。周瑞得其家人书，言京寓已于九月廿八日成行，而阿六竟无一字，不可解。锡侯送丸药。夜有月。

十五日丁酉(12月24日) 晴

平明诣府学文庙行礼。答崧生前辈。至尊经书院，戴光、李滋然出见，茶话而出。答晁彤文。石巡捕来。徐琢章自璧山来，云将赴马边之任。冯茀塘家吉北行来辞。钱徐三来，携葛味荃之客忠州生刘铭稷、杨叔乔所拔资州童骆成骧卷见示，又言宋云岩孝廉育仁为高逸楼聘去，云岩已到省，将来见云。

十六日戊戌(12月25日) 阴

钱宅仆人有致书于奴子者，谓京寓定初二日出都，然其书为初六日所发，则此语未实也。宋云岩来。石莲香来。今日仍被灰鼠裘，尚觉胸背微汗，与前数日寒暄迥异。

十七日己亥(12月26日) 薄晴

令诸惠占，问南北行人，则皆无动象，问阿六病状，则云防成残废，巫史之言，其果可信耶？午后，折弁赍留任批折到蜀，家中仍无一字，亦无子腾书。阅课绩房稿簿，有调所王万震、刘光第充当山长一稿，为之失笑，急札监院缴回销毁，此书吏误之所自，尚不能明也。夜间，令张学往协同庆问都寓消息，亦云初二出都，并出九月十八日阿六向该号借券相示，知八月初寄家用一款，亦于十八日收到。

十八日庚子(12月27日) 晴

晨起，呕恶久之。三巡捕及潘桐伯来，均不能见。午后，黄泽臣来谈，云欲令刘守代办提调，而张月卿荐王守树汉，余告之以仍派林书园为妥。方伯送李相奏稿来，录之：

奏为自强要图,宜先练水师,再图东征,遵旨妥筹覆陈,仰祈圣鉴事。窃臣承准军机大臣密寄八月十六日奉上谕:翰林院侍读张佩纶奏请密定东征之策以靖藩服一折。据称日本贫寡倾危,琉球之地久踞不归,朝鲜祸起萧墙,殃及宾馆,彼狃于琉璃故智,劫盟索费,贪婪无厌。今日之事,宜因二国为名,令南北洋大臣简练水师,广造战舰,台湾、山东两处,宜治兵蓄舰,与南北洋犄角,沿海各督抚迅练水陆各军,以备进规日本等语。所奏颇为切要,着李鸿章先行通盘筹画,迅速覆奏等因。钦此。仰见圣主研求至计,不厌精详,曷任钦佩。臣昨于覆奏邓承修请派知兵大臣驻扎烟台折内,曾声明跨海东征之举,以整练水师、添备战舰为要,战舰足用,统兵得人,则日本自服,球案亦易结等语。今张佩纶请密定东征之策,亦谓不必遽伐日本,南北洋当简练水师,广造战船,以厚其势,台湾、山东治兵蓄舰,以备犄角,与臣愚计大致不谋而合。此友樵善为合肥地步,然自是脚踏实地之事。议事易,任事难,往往如此。惟中国力筹整顿,既欲待时而动,则朝鲜与日本所立之约,究因毁使馆、杀日人而起,目前可勿驳正。缘朝日昔年立约,中国并未与议,彼虽未明认朝鲜为我属国,而天下万国固皆知我属矣,似不如专论球案以为归曲之地,转觉理直而势顺也。至日本国债之繁,帑藏之匮,萨、长二党之争权,水陆军势之不盛,原系实情。但彼自变法以来,一意媚事西人,无非欲窃其绪余,以为自雄之术。今年遣参议伊藤博文赴欧洲考究民政,复遣有栖川亲王赴俄,又分遣使聘意大里,驻奥斯马加,冠盖联翩,相望于道,其意在树交植党。西人亦乐其倾心亲附,每遇中东交涉事件,往往意存袒护。此亦有之,然不足虑也。该国洋债既多,设有缓急,西人为自保财利起见,或且隐助而护持之。然天下事但论理势,今论理则我直彼曲,论势则我大彼小。中国若果精修武备,力图自强,彼西洋各国方有所惮而不敢发,而况在日本所虑者,彼若预知我有东征之计,君臣上下勠力齐心,联络西人，讲求军政，广借洋债，多购船炮，与我争一旦之命，究非上策。夫未有谋人之具而先露谋人之形者，兵家所忌。此臣前奏所以有修其实而隐其声之说也。自昔多事之秋，凡任大任、筹大计者，只能殚其心力，尽人事所当为，而成败利钝，尚难逆睹。以诸葛亮之才略，而兵顿于关中；以韩琦、范仲淹之经纶，而势屈于西夏。迨我高宗武功赫濯，震慑八荒，然忠勤如傅恒、岳钟琪，而不能必灭金川，智勇如阿桂、阿里衮，而不能骤服缅甸。彼当天下全盛之时，圣明主持于上，萃各省之物力，狭千万之巨饷，荐一人无不用，陈一事无不行，犹且迁延岁月，相机了局者，时与地有所限也。日本步趋西法虽仅得形似，而所有船炮略足与我相敌。若必跨海数千里与角胜负，制其死力，臣未敢谓确有把握。第东征之事不必有，东征之志不可无，中国添练水师，实不容一日稍缓。谕旨殷殷，以通盘筹画责臣，窃谓此事规模较巨，必合枢臣、部臣、疆臣同心合谋，经数年方有成效。从前剿办粤、捻各匪，有封疆之责者，以一省之力剿一省之贼，朝廷责成既专，一切兵权、饷权与用人之权举以畀之，故能事半功倍。今则时势渐平，文法渐密，议论渐繁，用人必循资格，需饷必请筹拨，事事须枢臣、部臣隐为维持。第恐所聚者，皆西崽及江白大耳。况风气初开，必聚天下之贤人，则不可无鼓舞之具；局势过涣，必联各省之心志，则不可无画一之规。倘蒙圣训毅然裁决，则中外诸臣乃有所受成，似非微臣一人所敢定议也。张佩纶谓中国措置洋务，患在谋不定而任不专，洵属确论。治军造船之说，既已询谋佥同，惟是购器专视乎财力，练兵莫急乎饷源。船厂通商轮船及购买各器，类少实际，奈何？昔年户部指拨南北洋海防经费，每岁共四百万两，设令各省关措解无缺，则七八年来水师早已练成，铁舰尚可多购。无如指拨之时，非尽有著之款。各省厘金入不敷解，均形竭蹶，闽、粤等省所解南北洋防经费，均仅及原拨四分之一。岁款不敷，岂能购备大宗船械？今欲将此事切实筹办，可否请旨敕下户部、总理衙门,将南北洋每年所收防费,核明实数,并闽、粤截留台防经费,由南洋划抵外,再拨的实之岁款,务足原拨四百万两之数。如此则五年之后,南北洋水师两支当可有成。至台湾为日本冲要,山东为辽海门户,两省疆吏,诚不可无熟悉兵事者妥为区画,与相掎角,此又在朝廷之发纵指示矣。臣前奏慑服邻邦缓急机宜一疏,业已详陈梗概。所有自强要图,宜先练水师再图东征缘由,遵旨迅速妥筹,恭折由驿密陈。是否有当,伏乞圣鉴训示。谨奏。

八月廿三日,又奏为慑服邻邦,先图自强,酌筹缓急机宜,遵旨覆陈事。窃臣等承准军机大臣字寄八月初三日奉上谕:给事中邓承修奏朝鲜乱党已平,球案未结,宜乘此声威,特派知兵大臣驻扎烟台,相机调度,厚集南北洋战舰,分拨出洋梭巡,为扼吭拊背之谋,其朝鲜水陆各军,暂缓撤回,以为犄角,责日本以擅灭琉球,肆行要挟之罪,日人必有所惮,球案易于转圜等语。所奏不为无见,着李鸿章、张树声酌度情形,妥筹具奏等因。仰见圣主恢廓远谟,周咨博访至意。窃惟跨海远征之举,莫切于水师,而整练水师之要,莫先于战舰。中国闽、沪各厂自造之轮船与在洋厂订购之轮船,除商轮仅供转运外,如北洋之镇东等六船,南洋之龙骧等四船,福建之福胜、建胜,广东之海镜、清海、东雄,俱系蚊船式样,专备扼守海口,难以决战大洋。此外北洋之船凡七:分驻旅顺、天津者,曰扬威,曰超勇,曰威远,曰操江,曰镇海;驻烟台者,曰泰安;驻牛庄者,曰湄云。南洋之船凡十五:驻江宁者曰静远,曰澄清,曰登瀛洲;驻吴淞者,曰测海,曰威靖,曰驭远;驻浙江者,曰元凯,曰超武;分驻福建之台湾、厦门各口者,曰伏波,曰震威,曰艺新,曰福星,曰扬武;近因越南多事,由船政派赴廉琼洋面巡防者,曰济安,曰飞云。共兵轮二十二号,其中有马力仅一百匹内外,未可充战船者,如泰安、操江、湄云等船,只可转运粮械，驭远则已朽敝，须加修理。惟北洋之超勇、扬威两快船，南洋之超武、扬武、澄庆等船较为得力，此中国战舰之大略也。自本年六月朝鲜乱党滋事，日本兴兵报怨。臣树声遵旨迅派扬威、超勇、威远三船东渡，复调澄庆、威靖、登瀛洲与泰安等船陆续前往。今朝鲜虽事局粗定，一时尚难撤回。郑承修之意欲特派知兵大臣进驻烟台，相机调度，厚集战舰，更番出巡，自为整军经武，詟服强邻起见，然既思厚集其力，则必有得力。战舰十余号乃足壮声势，而敷调拨。近日南洋仅有测海、驭远、靖远三船，臣鸿章前过江宁，晤左宗棠面称，长江要口乏船分布，碍难再调，自系实情。北洋天津等处，仅有操江、镇海两船，往来探送文报。烟台则无驻守之船，均甚空虚。今中国所有战舰，惟闽、浙两省七号之中，或尚可抽调一二，然所驻皆属要地，实虞顾此失彼。且所谓知兵大臣者，无夙练之水师，无经事之将领，以为之用，船少力孤，情见势屈，不能服远，转恐损威。万一日本窥我虚实，悉简精锐转向他口，蹈间抵瑕，为先发制人之举，尤宜豫筹所以应之。此臣等所不能不踌躇审顾者也。查日本兵船在二十艘以外，而坚利可用者约十余艘，其中扶桑一舰，号称铁甲；比睿、金刚两舰，号半铁甲；东舰一船，号次等铁甲，虽非上品，究胜木质。以彼所有与中国絜长较短，不甚相让。况华船分隶数省，畛域各判，号令不一，似不若日本兵船统归海军卿节制，可以呼应一气。万一中东有事，胜负之数，尚难逆料。是欲制服日本，则南北洋兵船整齐训练之法，联合布置之方，尤必宜豫为之计也。自古两国相持，或乘借胜势，专以虚声相恫喝，或隐修实政，转恐密议之彰闻。务虚者声扬而实不副，终有自绌之时；务实者实至而声自远，必有可期之效。从前日本初行西法，一得自矜，辄敢藐视中国，台湾一役，劫索恤款，后更废灭琉球。中国方以船械未齐，水师未练，姑稍含忍以待其敝。然比年以来，臣鸿章与内外诸臣熟商御侮之要，力整武备，虽限于财力，格于浮议，而购船制械，选将练兵，随时设法，粗具规模，复创设电线以通声息。兹值朝鲜有衅，臣树声钦承庙谟，调派水陆雄师，飙驰电掣，既借电报之力，事事得占先着，遂能绥靖藩服。日本见中国赴机迅捷，不似曩时之持重，亦稍戢其狡逞之谋，与朝鲜议约寻盟，言归于好。虽所索偿款略多，然日人初意，实尚不止此。其所以知难而退者，未尝不隐有所惮。至彼国汹汹，群疑满腹，恐中国乘机责问球案。闻初议募借洋银二千万圆，添购船舰，此事尚未举行，敌情岂云无备。中国地大物博，但能合力以图之，持久以困之，不患不操胜算。若竟欲于此时扬兵域外，彼或铤而走险，以全力结纳西人，多借洋债，广购船炮，与我争一旦之命，犹非策之上者，固不如修其实而隐其声之为愈也。臣等再四筹商，德厂所造之定远铁甲船，今冬可以来华，第二号铁甲船，亦尽明年可到。容俟二舰到后，选将募兵，精心教练。而新式快船所以护铁甲者，尤不可少，或在洋厂订购，或在闽厂仿造，必须酌筹巨款，陆续添购，铁甲船如有余力亦宜添制。此则全赖圣明主持于上，枢臣、部臣、疆臣合谋于下，庶水师乃有成局，海外乃可用兵。倘能不战屈人，使彼帖然就范，固为最善。若犹嚣张不靖，则声罪致讨，诸路并进，较有实际。前岁宍户玑回国，显肆要求，中国听其自去，彼终未敢决裂。今又遣榎本武扬前来驻京，或可相机议办。其球案未结以前，进止迟速，权自我操，似可毋庸汲汲也。臣鸿章此次奉命出山，持丧仅逾百日，隐疚实多。倘以进图东瀛为名，移驻烟台，果能于事有济，亟愿效此驰驱。惟烟台本是北洋辖境，距津沽海程仅一日余，若论控制海防，调度兵舰，则驻津、驻烟固无二致。即欲震慑日本，而彼亦深知我之虚实。烟口无炮台，无陆军，无兵船，先无自立之根本，转恐无以制人。臣积年措注，所有支应局、水师学堂及厂坞局所、淮军大队，全在天津。若挈以俱行，则繁费既多，挪动不易。若独自前往，将何所凭借以张声威，何从分拨以资调度？自津至沪达闽、粤，电报迅捷，军情顷刻可通，烟台则水陆电线俱无，南北各省即有可商之事，旬日不得回信，呼应尤觉不灵。臣等愚见，欲图自强之实事，当以添备战舰为要，不以移驻烟台为亟。中国战舰足用，统驭得人，则日本自服，球案亦易结矣。至吴长庆所部陆军，遵旨暂留朝鲜，弹压乱党，免致再有蠢动。丁汝昌带往兵船，仍留朝鲜南阳海口，与相依护。闻日本陆军分布王京内外，兵船五号留驻仁川港者，亦均撤退。在日人方谓朝鲜后患之须防，而我军亦为朝鲜善后之久计，互相牵制，即以隐消敌谋。容臣等随时相度情形，奏明办理。所有慑服邻邦，先图自强，遵旨酌筹缓急机宜，谨合词恭折，由驿具陈。是否有当，伏乞圣鉴。

十九日辛丑(12 月 28 日)　阴

补录合肥后稿。肄业生谢维章来，曹牧绍樾来，皆未见。招元达面食，更静回去。得阿六九月廿七日书，知定初二日起程，母子皆病，而奴仆辈急于来蜀，遂仓皇作此行事，可叹！汪西山医治无效，犹复厚酬，亦不可解。阿六言不能举步，仍如前时，两足长短不齐，开口处亦未平复。汪医力劝不必入川，而郭成言阿六足疾全愈。汪医南归，随之而行，情节两歧。渠母呕吐之证，入秋更甚，郭成亦未言及。其意盖以汪医南归，怂恿主母决计，以便其急于来蜀之谋，万一中途劳顿，更增他疾，当如之何？利心既深入膏肓，遂置其母子性命于度外，人之无良，一至于此！元达言滋轩谓候补道中竟无一人实缺，知府中惟丁仙圃实缺，知县中惟王介卿，介卿曾经风波，胆亦小矣。又深以张振轩、边润民为不足倚畀，而以陈俊卿、徐小山为今日人才之首。徐小山与张南皮心思特胜，久而不疲，更不能三矣。

二十日壬寅(12 月 29 日)　云低沉沉，竟日西风，微有寒意，后庭蕉叶半捐矣

徐琢章同年将赴马边本任朔日接印来辞，言彼处铜厂虽旺，而上官不发帑金，商人又无工本，必不能办。念定兄扶病就道，终日不怿。

二十一日癸卯(12月30日) 阴,有北风而不甚寒

午后得干侄十月十九日沪上书,知内子已挈见女辈,于十五日由津抵沪,寓长发栈。阿六面色胃口皆好,腿疾疮口渐小。汪宅邀接其女及婿至无锡,俟来春再来,内子意犹未决。家中三弟妇及阿迟、阿进均患湿疟,恩元亦患三阴疟。四妹拟邀阿俞来蜀读书,意尚不定。所聘各友,蔚庭、由笙以年老,韩勉夫以药行馆已就三年,黄元同、冯梦香以办志书塾充当斋长,皆未能来。又附芾卿十九日抵沪后书云:"十月初九日由宜昌开行,十二日抵汉口,十四日附轮东下,十七日抵沪,十八日令俞泉回甬,十九日移寓电报局经凤君处先寓吉星栈。"是日小宝到沪,其所云自宜昌奉寄一函至今未到。夜作致大兄书。

二十二日甲辰(12月31日) 晴,冷,伤风

与子腾书中有云:"芗涛中丞抚晋,治行为天下第一,闻其居官度日,仍是辗转借贷,魏环溪、张伯行风操,真觉去人未远。四夷交侮,天象垂警,枢廷不可无人,众望喁喁,皆于南皮是属。常熟师辅道:今皇国本所洁,即众责所归,似当为天下荐贤,维持世局。况南皮为深宫所素知,一言上陈,无不采纳。昔吴县遗表,始荐侯官,文定秉政,惟援嘉定,论者惜之。与其备采众论,不如独荐人手。弟本拟专肃一启,略陈斯义,以两目眵昏,未能作楷,故敢附贤者一一转达。吾师既以变臣前辈与阁下荐授皇上读书,又荐南皮中丞为国家办事,海内仰望,曷其有极云云。"从协同庆寄京,附炭敬四十两。夜二更,呕吐甚多,当由晨起受风之故。

二十三日乙巳(1883年1月1日) 晴,冷

吴铭斋鼎立卸署,阆中回省,馈物四事,受其面粉。钱徐三来,言姚梦华解俄防银两回蜀,此能衡校文字者,足与赵达泉方驾。李滋然来,并呈所校《说文句读》二册。与大兄书,后半云:"弟京居十余载,而得湘南差,复命之后,仍以借贷度日。今被恩旨,留任蜀邦,虽随时裁革陋规,远逊前任,但使三年无过,不被参劾,撙节所入,必有赢余,一切与我兄我弟共之。此我父之家法,亦即弟之本心,特自审福量甚薄，不敢公然出口耳。我父以部侍郎不能有为，至内阁学士而即止，生平惟以衡校文字得人事君自任，弟事事不及我父，岂敢腼居高位？弟恐詹事一官，不能久居，若按次而进，转眼将戴红顶，此非佳兆，实蹈危机。但使妻子布衣蔬食，知以读书为乐，则弟未老而可退，虽退而无累，至儿辈之能否成立，并不计及也。若使践履笃实，志节清迥，即不失为佳子，弟何必科名？回念我父望子成名，于弟独切，今成进士二十年，何有毫末裨益我父母哉？思之痛心。私拟于大洋湾、小渣湖两亲之侧，各构草舍三间，为五十岁后庐墓之地，冀稍赎当日疾不侍汤药、殁不视含敛之大罪，并为校刊遗书，整理先人未竟之志，以示子孙，如是而已。若精力尚健，再事出山，亦尚未晚。然京官清况，久已视为畏途，况文字之外，实无可以称职者乎？共坐朝房，笑言皆伪，共事酬应，性情不存，种种难堪之态，有甚于此者乎？攘臂而任事，害且至于覆车，袖手而旁观，耻有类于伴食。吾父两次乞养，皆当上意向用之时，及暮年被召，将届悬车，辄即引例致仕，难进易退，今世罕闻。后来莲衢先生与海门师亦本此意，先后归田，近守家风，并师乡哲，知足不辱。老子有言：‘贵而能贫。’古人所尚，愿告群从，共识此心，其或不然，幸暂秘之。今世贵人，类皆藏镪百万，满口道穷，良田千顷，一味干进，何曾知我家素尚哉？彼且以为饥鹰附人，饱即扬去矣。所愧者，湘水使还之日，正俄邦要挟之时，胁赦罪人，示翻和局。弟两预廷议，未发一言，随众画诺，实瘝厥职。回思我父庚戌议礼，引经力争，侃侃而谈，满堂动色，岂知不肖陨其家声，以此自疚，耿耿至今耳。”

二十四日丙午(1月2日)　阴寒

吴铭斋来。刘光谟来。铭斋老矣，犹恋栈而未决，其持论终不外“患贫”二字，犹是当日蜀中恶习，以其有通家之谊，故馈物而受其面粉，然此心愈觉不安矣。刘生言其友合州廪生张森楷著《古今人表》一书，以十年为期，案各志目分十六类，大约用夹漈、东发之例而易其名目，以之纪要提纲，易于翻检，固亦读史者应有之书。

二十五日丁未(1月3日) 薄晴

得伯缙、凤孙汉口书云："自成都解缆，五日至泸，因乡人孙君事稽留一日，次日却与芾卿别赁一舟三百至重庆。及见童芹，初仓卒无药船，芾卿于廿二日首乘盐船东下，际云畏其重滞，迟之六日，附商舶而行。夔门以下，峡长滩急，水势犹壮，覆舟折桅，往往而有，舟行既迟，兼多逆风。迨至荆州沙市已十月十七日，复赁小舟由内河浮汉口，七日而达，后此川陆之行，不过期月便至潍县。芾卿先行数日，又遇轮船之便，尔时必已早返里闬云云。"后又云："际云从侍年余，以文字之役服劳于长者，来岁春明北上，樗散之姿，恐负埏植，尚祈示以训词，俾知所裁，实为祷幸云云。"凤孙初无此意，不知何故。胡典史寿铭来见，海门师侄婿也，以局刻《廿四史》见赠。招元达来署，夜间作麦食，言藩署后有蔬圃四五亩，因同行。学圃后园菜甲虽抽，绝无腴缛之致，盖由沙灰杂糁瓦砾间之，土性既伤，生机遂阏耳。

尤修志介。其贞忮若此忮，坚也。宾客从者，皆祗其志行，一餐不受于人。早有才惠。厉志操。夙智歧嶷，早成也；学优文丽，至通也；仕不苟禄，绝高也；辞隆从窊，洁操也。乃树碑而颂焉。桓彬。

容仪伟丽。群盗波骇破散。剽人盗邑，假署皇王，托验神道，矫妄冕服。雄渠魁长。宣力勤虑，以劳定功，而景风之赏未甄，肤受之言互及。

视田。发擿奸非。营救疾者。明设购赏。辞状未正。惧为己负。诏文有异。

必是凶人妄诈，规肆奸毒。家富好施，赈赴穷急，为州里所归爱。晓喻降集，虏皆弭散弭，止也。

《春秋》书"齐小白入齐"，不称侯，未朝庙故也。郑兴。

羊绝有力，奋奋，当作麢。雉鸡可言绝有力，奋，羊不能有此名也。

《寰宇记·安邑县》:“有盐宗庙,吕忱夙沙氏煮海,谓之‘盐宗’,尊之也。以其滋润生人,可得置祠。”

“层”字,许闭也,与郑注《士丧礼》《杂记》有褰举之意不同。

职守、旗帜、知识三义并作“识”,记识,作职。草部蔀,史部事,此部柴,竹部笺。

凡许书言某与某同意,皆说转注。如“尔”与“爽”、“工”与“巫”、“法”与“灋”之类,举以见例,不尽明言,一隅三反,发凡可见。[①] 六书之义,指事、象形、形声、会意四者为经,转注、假借二者为纬。前圣制文,后贤说字,皆依此。故班固说六者,皆制字之源。建类一首者,谓比谊联类,训解相同。同意相受者,谓取譬同涂,而义堪互证。如“辵”训乍行乍止,“延”说安步延延,为行为步,其类一也。“辵”“延”皆从止,“延延”谓步知舒迟,犹“辵”之乍止,行必有止,乍行乍止,则见步之舒迟。二文从止,义取互明,是谓建类一首,同意相受。行从彳从亍。彳,小步也。亍,步止也。跬步必有止,与辵、走、延皆同意相受。凡说与某同意者,说转注也;说遂以为某字者,说假借也;说从某从某,或从某某连文者,说会意也;说从某某声,或从某亦取其声者,说形声也。惟指事、象形,特为明著。如上下说指事也,气下口下说象形之类,易见明知。惟象形之文,亦有合体,则半体从某,半体象形,易与指事、会意相乱。许于《说解》略举从同其别者。象形实有其物,如“齿”“足”“眉”“髑”“盾”“朿”“首”等字,虽皆合体,实本象形;指事则但明其指,如“曰”“只”“矢”“夭”“交”“尢”,虽谓画形,实为

① 裘衰、尔爽、善美、㝷毁、芈牟、坐留、豈鼓、昔俎、台室屋、勹包、与予、官师、乙壬、午矢、皿豆、高仓舍、辔连、奔走、鼠孚、韭耑、朵采、舞庶,皆为同意相受。

指事。二类皆半体从某。其半体不成字者,许俱说象某之形。第象形者,其体繁,所谓画成其物,随体诘曲;指事者,其体简,所谓视而可识,察而见意也;合体则为孳乳相生,其得为象形者,所从之半体,如"齿"之"口","足"之"止","眉"之"目","鬻"之"鬲","盾"之"目","束"之"木","首"之"𦣻",皆象形字,故合之仍为画成其物。

凡许君读若,多有拟其音,即拟其义者。如"辛"读若"愆",义即为"愆"。"亼"读若"集",谊即同"集"。"吅"读若"欢","㫃"读若"偃","㔾"读若"含","丣"读若"簪","亅"读若"橜",皆仿此。文字者,声音之寄,拟其音而义即附焉。故古谓字谓之名,以叠韵说字,亦犹此意。

凡字之从某省某省声者,推原其始,从某某声定是完字。于后书者嫌笔画繁重,因而省减,如今人写减笔字,于是通人传述,说字有从某省某省声。观许书所载,省者有二体:有省之而不成文者,如皮从为省声,謦取夐省声,此必有所受之;有省之而仍成字者,如家之从猳省,哭之从狱省,此或相传失旨,贻误难从。物伴件告之从牛,惊骇之从马,善美羑义从羊,狡狯等字之从犬,皆取物情以明人事。犹犬性善嗥,制哭字从犬;豕居圈不出,故制家字从豕。

殳,本义为以杸殊人,非积竹八觚之兵仗,故从又。又所以殊人,字本作杸。今俗呼弓为挽,呼丸为弹,正如此。许君先明本义,复举殳之制于下。

𦍌为羊角,虍为虎文,彑为豕头,几为鸟之短羽。本先有鸟羊虎彘字象形,因取其半体为字,故亦象形也。

聿,手之疌巧也。从又持巾。古之舞者持巾。沈约书:"《公莫舞》,今之巾舞也。"

寸,十分也。人手却一寸,动脉,谓之寸口。从又从一。一者,指其处也。犹刅从刀,丼从井,一以指其处也。寸从又,尺从尸，丈从大，是为近取诸身。

史，下曰记事者也。从又持中。中，正也。必持中正，乃可垂后。即君举必书，书而不法，后世何观之义。太史公曰："言不雅驯，荐绅先生难言之。"班固曰："古文读宜尔雅。尔雅者，正也。"

用，下曰可施行也，从卜从中。卫宏说："举事施行，必卜其中。"正与史同意。

叕珏㚇皕同谊，具于形，形见于义。

丨，上下通也，故画直。乙，气出难也，故画屈。弓，曳词之难也，故重屈之。

居必择乡，游必就士。《劝学》

满则虑嗛，平则虑险，安则虑危。

积薄为厚，积卑为高。《淮南·缪称》

贵不如贱，富不如贫。向子平

释"遯观"义。释"六鸣虫"。

《孔子家语》逸文述。

《孟子·钧是人也章》义。孟子"先天图"辨。

述河东学派。

《读刘蕡策》。

问：《宋史》兵制不载田猎，当以何书补之？

拟《斥慈溪城隍附祀赵文华议》。

彗星光分大小、行度疾徐解。

问：古时历法未精，朒朓恒载于史，今时历学昌明，犹有晦朔月见之时，其故何与？

问：三率连比例，欲易为四率相当比例。以首率、中率为一率、二率，以首率、中率和为三率，则其四率必为中率、末率和；以首率、中率较为三率，则其四率为中率、末率较。试言其理。

《职方》荆州浸颍湛，豫州浸波溠。《说文》"湛"注"豫浸"，

"溠"注"荆浸",何者为是?

取郏田自瀙水考。

读王伯厚《通鉴地理通释》书后。

河内女子发老屋,得逸《易》《礼》《尚书》各一篇赋以奏之,宣帝下示博士为。

拟淮南王《屏风赋》。

拟萧子良《与南阳高士刘虬书》。

嘉泰通宝。汉三,春三。　嘉泰元宝。

圣宋重宝五。

绍定元宝。

太平通宝小。　隆兴元宝。

宋元通宝。　端平元宝。

崇宁通宝。

崇宁重宝。

建炎通宝。

绍兴元宝。

宣和通宝。

嘉定永宝缺右上一分。　嘉定永宝定三。

嘉定万宝。

元丰通宝大。

乾道元宝。

大观通宝大。

庆元通宝。天,三,◡五一,◡五一,汉三。　庆元元宝。

绍熙元宝。二,五,汉三◡,同三。　绍熙通宝萧三。

淳熙通宝四。

政和通宝大。

嘉定通宝。汉七,三,汉元,汉三。

淳熙元宝。

嘉定全宝。

开禧元宝。

绍兴通宝。

开禧通宝。春三,汉三。

政和通宝。

嘉定之宝。　嘉定之宝。　嘉定之宝利州行使。

大宋元宝。定三,三。

元符通宝。

嘉定正宝。　嘉定正宝。

嘉定元宝当五。

嘉定真宝。

崇宁通宝。

空首化。

歧首化安邑三化。

肉化。

好化背十货二字。

圜化。共少,垣多,济阴。

小化。

邑化。大邑化,小邑化,共三类:首肩足圆,首肩足锐,首肩足方。

刀化。大刀,小刀,磬折刀。安阳之法化,节墨之法化,齐法化。环其下曰法化,穿其中曰宝化,枝其上曰邑化。

货布莽地皇元年铸。

大布黄千,中布下百,差布五百,小布一百。大布黄千,次布九百,弟布八百,壮布七百,中布六百,差布五百,序布四百,幼布三百,幺布二百,小布一百,为新莽货布十品。大布即前人所谓大黄布刀。

五铢。铁五铢。公孙述钱。建武十六年以前,尚行货泉,而述乃行五铢,即所谓五铢当复也。

五铢。背文四出,灵帝时铸。《献帝春秋》所谓角钱,京师将破之兆。

直百五铢。直百五铢。背穿左,𠂤字。直百,铢五。刘巴所谓直百钱,蜀汉伐。直五百铢,背有阴文,一竖数坚,或作五字。

大泉五百。大泉当千。二品一小者。大泉当千。大泉五百,吴大帝嘉禾间铸。大泉当千,赤乌间铸。大曰比轮,小曰四文。

五铢晋五铢。丰货石勒。汉兴。分书在穿上下,成李寿。四铢:孝四,孝铢,建铢,建四皆宋钱。

小泉直。一景和元年铸鹅眼钱,文与新莽无别。

五铢有外郭大小二品。五铢背四出文。有郭五铢,梁武铸。铁四出五铢,梁武用王云议铸。

大平百钱,定平一百。梁武帝时,百姓用古钱,有此二种。

五铢。一穿上⋯,一穿上下:,四柱、两柱钱,梁敬帝铸。

太货六铢。陈钱,有三铢、四铢、五铢、六铢。

太和五铢魏文帝铸。

永安五铢。又一品,背四出文。孝庄帝从杨侃议,高澄亦铸此钱。

常平五铢齐文宣帝铸。

布泉玉箸篆布泉。

五行大布周武帝铸。

永通万国周宣帝铸。

五铢,五铢。均五字旁,好一直画。五铢白钱,隋高祖铸。

一D,明月。一刀,莒刀钱。莒刀旧称明月钱。

宝六化周景王。

半两秦半两。

半两,半两,半两。汉八铢半两荚钱,高后时铸,四铢半两,文帝时铸。

半两大小三品。半两。穿下一直文,二品。两半。𠂆半此品独小。

三铢。三铢武帝建元时铸。半两穿上三直画。半两穿下三直画。

五铢。钟官赤仄五铢,武帝铸。

大泉五十新莽居摄铸。

一刀平五千,栔刀五百,一刀,栔刀。一刀平五千,栔刀五百,莽铸。

货泉见《汉书》莽天凤元年铸。布泉。莽铸,杜佑谓之男钱。

小泉直一,幼泉二十,壮泉三十。小泉、幺泉、幼泉、中泉、壮泉与大泉为新莽货泉六品。

大中通宝。明太祖,尚二三五十等,鄂十,济十,京桂浙济鄂豫北平。

洪武通宝。明太祖,背文一钱、二钱、三钱、五钱、一两,十豫,治福浙桂北平济广豫。

建文通宝嘉靖六年补铸。

天顺通宝补。

成化通宝补。

弘治之宝补。

正德通宝《西清古鉴》无。

嘉靖通宝三钱。

天启通宝十,一两密。

万历通宝矿银。

周李君《重修莫高窟佛龛碑》,敦煌县鸣山东麓雷音寺,亦名千佛岩。乾隆癸卯,岩畔沙中掘得断碑,有文云:"秦建元二年沙门乐僔立。"旋为沙所没。

莫高窟《元至正造象记》,同上。

《大唐陇西李府君修功德碑》,其碑阴为《唐宗子陇西李氏再修功德记碑》,在千佛岩。

《元皇庆寺碑》,千佛岩文殊洞外。

《大唐河西道归义军节度索勋公纪德之碑》,在敦煌县黉之棂星门内土壁。

《唐金满县残碑》,庭州之金蒲县。

《唐造像碣》。

《元造像碣》,乌鲁木齐保惠城北二十余里之护城子破城。

《大唐左屯卫将军姜行本碑》,巴里坤南山关壮缪祠东三十余步石室。

《沙南侯碑》,永和五年六月十五日,在巴里坤关祠东南四十五里焕彩沟俗名棺材沟。

《裴岑纪功碑》,永和二年八月,镇西府东五十里石人子,今移关祠西阶。

靖康通宝小钱,宋钦宗。靖康元宝折二。靖康元宝折二,钱。

开泰元宝辽圣宗。以下皆辽钱:天赞、应历、乾亨、统和、太平、康国、天感难得;重熙、清宁、咸雍、大康、大安、乾统、天庆、寿昌易得。

千秋万岁。小钱,三分,辽。

嘉泰通宝。

皇宋元宝。

庆元通宝。

建炎通宝高宗。

开禧通宝。夷,宁宗,幕春二。

嘉定通宝。夷,宁宗,幕同三。

嘉定元宝幕折十。

宝庆元宝。夷,理宗。

宋元通宝开宝。

皇宋通宝宝元。

大宋通宝宝庆。

皇宋通宝宝祐。

绍定通宝理宗。

端平重宝。理宗,端平元宝又,端平通宝又。

淳祐通宝。幕,当百,大小二种,小者少,理宗。临安府行用,准叁伯文省,即铜锛牌,南宋物,有伍佰贰百者。

大定通宝。缘甚阔,金世宗。

正隆元宝。

泰和重宝。篆书,大钱。泰和通宝。楷,大如折二。金章宗。

乾祐元宝。西夏仁宗,夷多同少。

天庆元宝。西夏桓宗,辽亦有天庆。

皇建元宝西夏襄宗。

光定元宝西夏神宗。

天盛辽最多。

元德辽最少。

阜昌元宝刘豫,阜昌通宝又,阜昌重宝又。

至元通宝元世祖。

大德通宝元成宗。

至治通宝元英宗。

泰定通宝泰定帝。

至大元宝元。

至顺元宝元。

大德元宝。元,寸二分。

至大通宝。元,钱惟此最多。

[illegible]大元通宝。

至正通宝。幕,有西番篆文。

至正之宝。幕上,吉,左权钞,右贰钱五分。

天启通宝。徐贞一红巾贼,大如当三。

天定通宝。小中大三品,徐贞一。

大义通宝。陈友谅,小中大三品。

天佑通宝。张士诚,幕一贰叁伍。

龙凤通宝。韩林儿,小中大三品,当二者尤少。

学院大人每年领养廉银三千二百两,停给二成,实支八成养廉银二千五百六十两,内扣一成旧炉银二百五十六两,易钱二百五十六千文,二两平银一百五十三两六钱,添扣六分平银一百五十三两六钱,折放三成官票核减银二百三十两四钱,共扣银七百九十三两六钱,实解银一千七百六十六两四钱。

璧山县诸生

张人鉴:岁贡生。能文之士,屡荐不售,尚不干预外事。

张孝思:现补廪生。家贫好学,文行两优。

吴树蕃:廪生。诗文颇佳,教读义馆,子弟亦多。

廖正常:附生,保举孝廉方正。包揽词讼,不安本分。

吴克英:举人。有文无行,殊为可惜。

王文献:武生。唆讼。

金堂县诸生

周室藩:简州廪生,金堂县人。禔躬端方,前任广元县教谕,以亲老托疾辞官。

梁启瑞:金堂学附生。出入公门,阿官害民。

六溪道长兄先生坐下：去夏抠别，冉冉年余，道出西安，谒见老伯大人，神明坚固，如四十余岁人，福寿正未有艾，不知近来得署缺否？竹报想时通也。执事近寓何处？与何人往返较密？能如有好友如袁君者？乞疏其姓氏示知。

同知衔绵州直隶州德阳县知县陶搢绶谨禀大人阁下，敬禀者：窃卑职章江下士，雒水微员，夙慕钧晖，久切瞻云之想；兹迎福曜，幸纾就日之忱。恭维大人星轺集祜，露冕凝厘，誉重琼条，播声华于北阙，恩浓玉检，溥教泽于西川。玉尺持衡，听胶庠之交庆，水壶朗鉴，迓朵殿之殊荣。命锡真除，祥开节钺，引詹铃阁，莫罄饕轩。卑职从政多疏，催科常拙，惟水渊之谨懔，冀榘获之时颁，俾有禀承，庶无陨越。端肃丹禀，敬呈履历、宪纲、舆图，恭叩鸿厘，祗请钧安，伏惟崇鉴。卑职搢绶谨禀。

书画二十五幅

师高房山法。

肯夫仁兄同年大人正之，壬申中秋节，弟吴□□

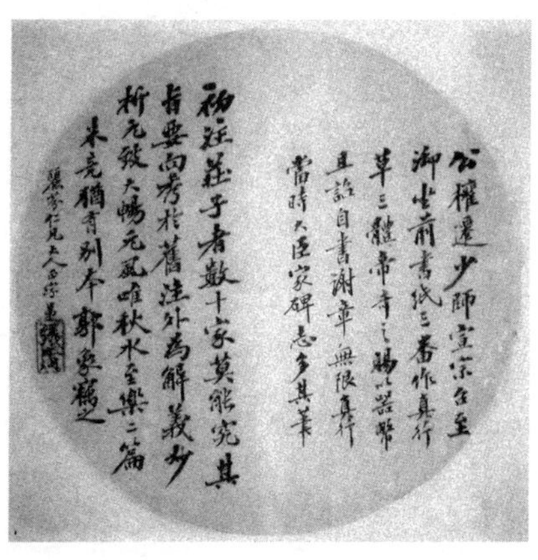

公权迁少师，宣宗召至御坐前，书纸三番，作真、行、草三体。帝奇之，赐以器币，且诏自书谢章，无限真、行。当时大臣家碑志多其笔。

初注庄子者数十家，莫能究其旨要。向秀于旧注外为解义，妙析元致，大畅元风，唯《秋水》《至乐》二篇未竟，犹有别本，郭象窃之。

丽芬仁兄大人正字，弟张□

《成曰不显》

走皇祖穆公克夹衅先王曰："左方穆成公，亦历望自考幽，大吊斯命，成允祖考政于刑邦，弘大赐朕般。"

肯夫宪台大人诲正，山阴陈泳

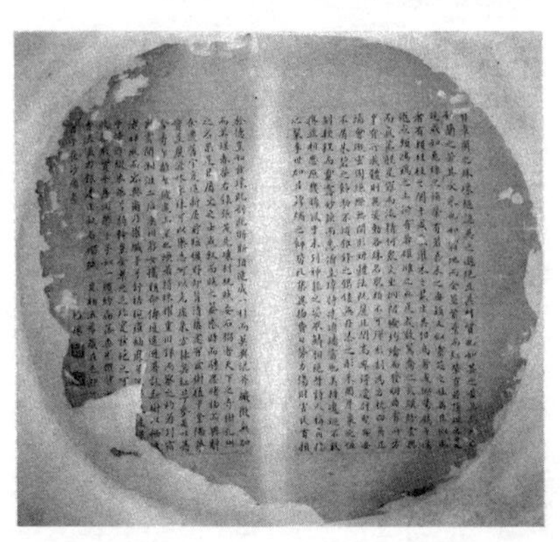

有卓尔之殊瑰，超诡异之邈绝。且其材质也，如芸之黄。其为香也，如兰之芳。其文彩也，如霜地而金茎，紫叶而红荣。有若蒲桃之蔓延，或如兔丝之烦萦，有若嘉禾之垂颖，又似灵芝之吐英。其似木者，有类桂枝之阑干，或像灌木之丛生。其似鸟者，或似惊鹤之径逝，或类鸿鶤之上征，有若雄雌之无房，或效鸳鸯之交颈。纷云兴而气蒸，般星罗而流精。何众文之炯朗，倏灼爚而发明。曲有所方，事有所成。体则异姿，动各殊名。众夥不可殚形。制为方枕，四角正端，会致密固，绝际无间。形妍体法，既丽且闲，高卑得适，辟坚每安。不屑朱碧之饰助，不烦锥锋之镌镂，无丹漆之彤朱，罔犀象之佐副。较程而灵露，妙该而悉备，圭璋特达，玙璠富也。美梓逡巡，不敢与并。相思庶几，晞风于末列。神龙之姿，众鳞相绝。昔诗人称角枕之粲，季世加以锦绣之饰。皆比集异物，费日劳力，伤财害民，有损于德。岂如兹瑰，既剖既斫，斯须速成，一材而已，莫与混并，纤微无加，而美晔春荣。（右录张茂先《瑰材枕赋》）

安石榴者，天下之奇树，九州之名果。是以属文之士，或叙而赋之。盖感时而骋思，睹物而兴辞。余迁旧宇，爰造新居，前临旷野，却背清渠。实有兹树，植于堂隅。华实并丽，滋味亦殊。可以乐志，可以克虚。朱芳赫奕，红萼参差。吐英含秀，乍离乍披。遥而望之，焕若隋珠耀重川；详而察之，灼若列宿出云间。湘涯二后，汉川游女，携类命俦，逍遥避暑。托斯树以栖迟，溯祥风而容与。尔乃擢纤手兮舒皓腕，罗袖靡兮流芳散。披绿叶于修条，缀朱华兮弱干。岂金翠之足珍，实兹葩之可玩。商秋授气，收华敛实，千房同蒂，十子如一。缤纷磊落，垂光耀质，滋味浸液，馨香流溢。（右录潘正叔《安石榴赋》）

光绪五年岁在己卯□□书于长沙寓斋，梅垞

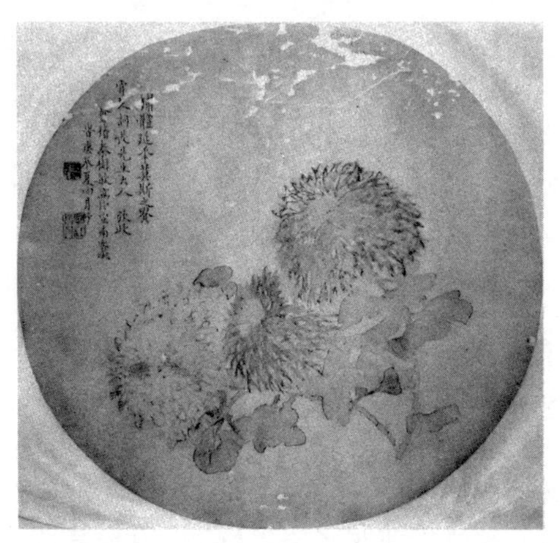

辅体延年，莫斯之贵。

肯夫词长先生大人欢政，会稽秦树敏写于宣南客次，时庚辰夏四月杪

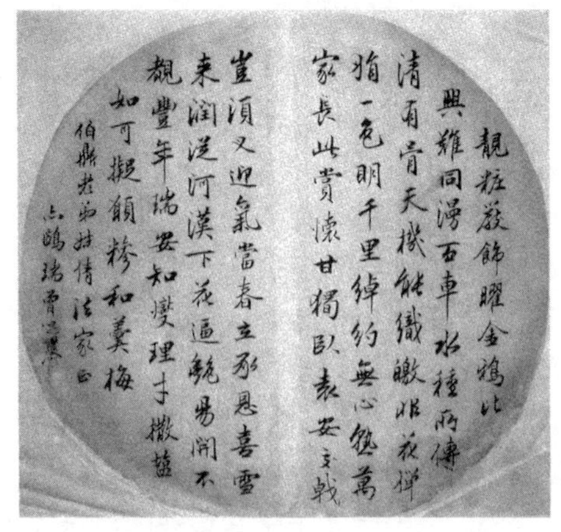

靓妆严饰曜金鸦，比兴难同漫百车。水种所传清有骨，天机能织瞰非花。婵娟一色明千里，绰约无心熟万家。长此赏怀甘独卧，袁安交戟岂须叉。

迎气当春立，承恩喜雪来。润从河汉下，花逼艳阳开。不睹丰年瑞，安知燮理才。撒盐如可拟，愿糁和羹梅。

伯鼎老弟妹倩法家正，亦鸥瑞曾□□

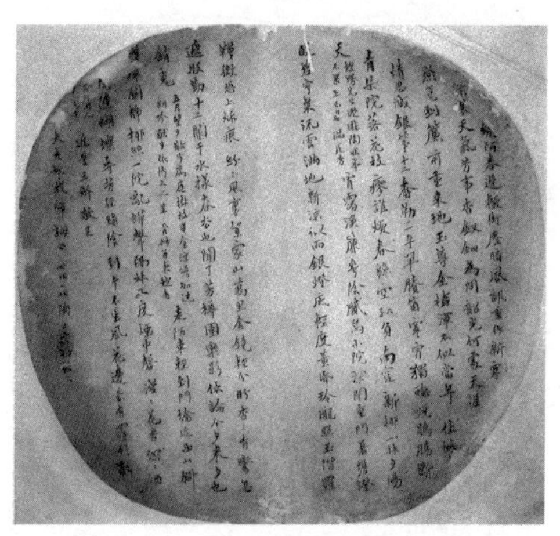

绣陌春迟，软街尘暗，风讯重作新寒。湔裳天气，芳事杳钗钿。为问韶光何处，天涯燕、飞到帘前。重来地，玉尊金榼，浑不似当年。

休怜。情思减，银筝十二，香勒二年。单剩个寒宵，独听啼鹃。肠断青琴院落，花枝瘦、谁烦春绵。空孤负，南窗新柳，一抹夕阳天。

越甥先生邀游陶然亭不果，上巳日也，《满庭芳》

宵霭漫帘，华阴腻鸟，小院深闭重门。暑蟾澄皎，碧穹粲流云。满地新凉似雨，银灯底、轻度黄昏。玲珑照，玉阶罗袜，微恐上秋痕。

纷纷。风里絮，家山万里，金镜轻分。盼杳杳青鸾，怎递殷勤。十二阑干水样，春去也、闲了芳樽。团栾影，休论今夕，来夕也销魂。

五月望夕，散步寓庭，楸枝□金，

凉蟾如洗，朗吟独步，依倚久之，呈肯叔并柬赵者

走陌车轻，到门轮近。西山斜□□关静。柳丝一院乱蝉声，隔林又度烟中磬。浅浅花香深深酒，闲随蝴蝶寻芳径。绿阴到午不生风，花边长有罗衫影。

□□□人□□□

近景三解敬呈，肯夫老叔我师诲正，世姻侄陶……

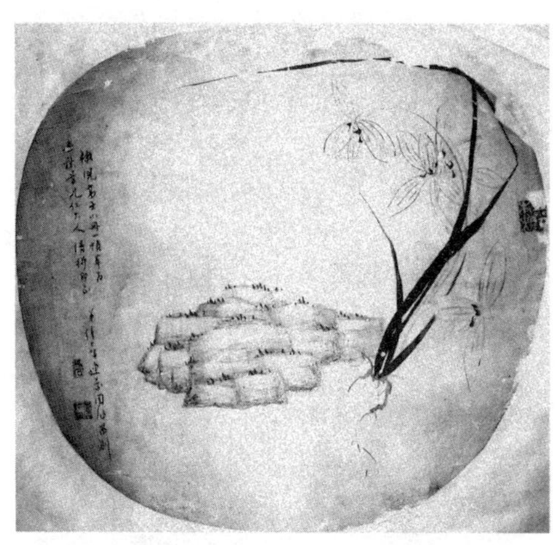

仿倪高士小舟一帧。

奉旨壬秋尊兄仁大人清拂即正，弟……留别

庚辰夏四月写于都门寓斋，肯夫侄□同年雅赏，伯声让卿录

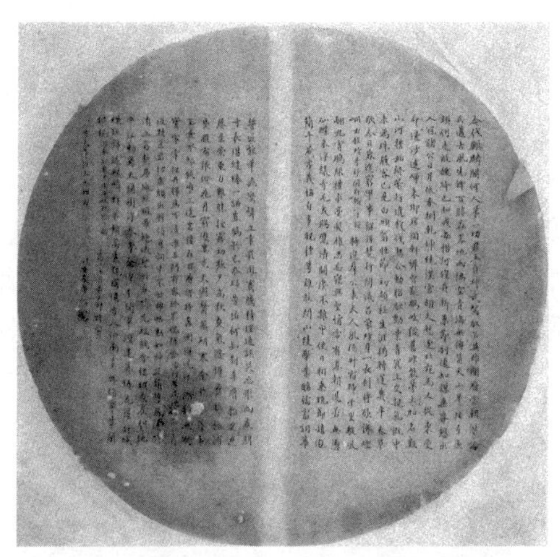

今代麒麟阁，何人第一功。君王自神武，驾驭必英雄。开府当朝杰，论兵迈古风。先锋百胜在，略地两隅空。青海无传箭，天山早挂弓。廉颇仍走敌，魏绛已和戎。每惜河湟弃，新兼节制通。知谋垂睿想，出入冠诸公。日月低秦树，乾坤绕汉宫。胡人愁逐北，宛马又从东。受命边沙远，归来御席同。轩墀曾宠鹤，畋猎旧非熊。茅土加名数，山河誓始终。策行遗战伐，契合动昭融。勋业青冥上，交亲气概中。未为珠履客，已见白头翁。壮节初题柱，生涯独转蓬。几年春草歇，今日暮途穷。军事留孙楚，行间识吕蒙。防身一长剑，将欲倚崆峒。（右《投赠哥舒开府翰二十韵》）

特进群公表，天人夙德升。霜蹄千里骏，风翮九霄鹏。服礼求毫发，惟忠忘寝兴。圣情常有眷，朝退若无凭。仙醴来浮蚁，奇毛或赐鹰。清关尘不杂，中使日相乘。晚节嬉游简，平居孝义称。自多亲棣萼，谁敢问山陵。学业醇儒富，词华哲匠能。笔飞鸾耸立，章罢凤骞腾。精理通谈笑，忘形向友朋。寸长堪缱绻，一诺岂骄矜。已忝归曹植，何知对李膺。招要恩屡至，崇重力难胜。披雾初欢夕，高秋爽气澄。樽罍临极浦，凫雁宿张灯。花月穷游宴，炎天避郁蒸。研寒金井水，檐动玉壶冰。瓢饮唯三径，岩栖在百层。谬持蠡测海，况挹酒如渑。鸿宝宁全秘，丹梯庶可凌。淮王门有客，终不愧孙登。（右《赠特进汝阳王二十韵》）

汲黯匡君切，廉颇出将频。直词才不世，雄略动如神。政简移风速，诗清立意新。层城临暇景，绝域望余春。旂尾蛟龙会，楼头燕雀驯。地平江动蜀，天润树浮秦。帝念深分阃，军须远算缗。花罗封蛱蝶，瑞锦送麒麟。辞第输高义，观图忆古人。征南多兴绪，事业暗相亲。（右《奉和严中丞西城晚眺十韵》）

壬申七月录杜工部诗三首，肯夫年伯大人……

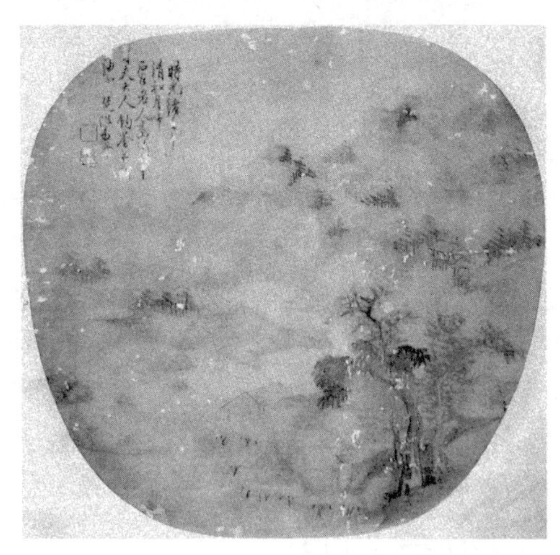

时光绪□年清和月，师石谷老人画□□。

肯夫大人钧鉴□□诲正，楚陂易□

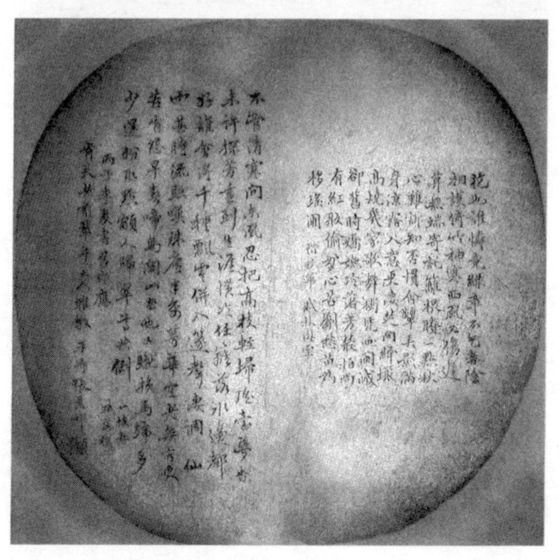

花也谁怜，竟绿章、不乞春阴相护。倚竹袖寒，西风又伤迟暮。无端寄托篱根，剩一点、秋心难诉。知否。惯含颦、弄影满身凉露。

人意更凄楚。问绛蜡高烧，几家歌舞。独凭画阑，减却旧时娇妩。冷落芳丛，怕尚有、红妆偷妒。心苦。劚愁苗、为移瑶圃。（《惜秋华·赋秋海棠》）

不管清寒，问东风、忍把高枝轻扫。瑶台梦杳，未许探芳重到。

生涯惯冷，任篱落水边都好。谁会得、千种飘零，并入笛声凄调。

仙云甚时流照。叹珠尘半委，萼华空老。无言更苦，肯怨早春啼鸟。关山去也，又蹴损、马号多少。还盼取、点额人归，翠尊共倒。（《一枝春·赋落梅》）

丙子季夏书旧作，应肯夫老前辈大人雅教，年侍张景祁

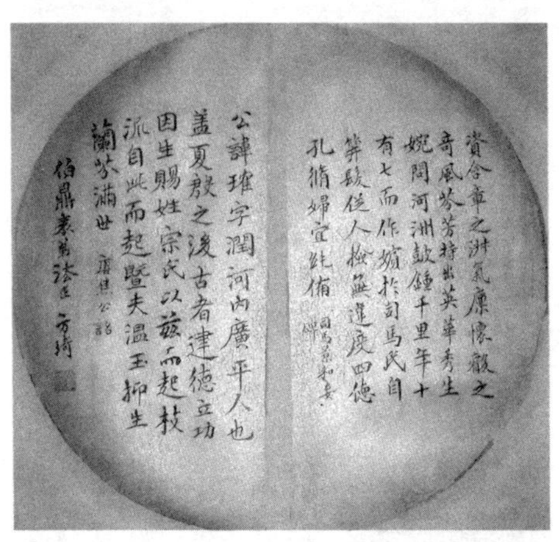

资含章之淑气，禀怀睿之奇风，芬芳特出，英华秀生。婉问河州，鼓钟千里。年十有七而作嫔于司马氏。自笄发从人，捡无违度，四德孔修，妇宜纯备。（《司马景和妻碑》）

公讳瓘，字润，河内广平人也，盖夏殷之后。古者建德立功，因生赐姓，宗氏以兹而起，枝派自此而起。暨夫温玉抑生，兰芬满世。（《唐焦公铭》）

伯鼎表弟法正，方琦

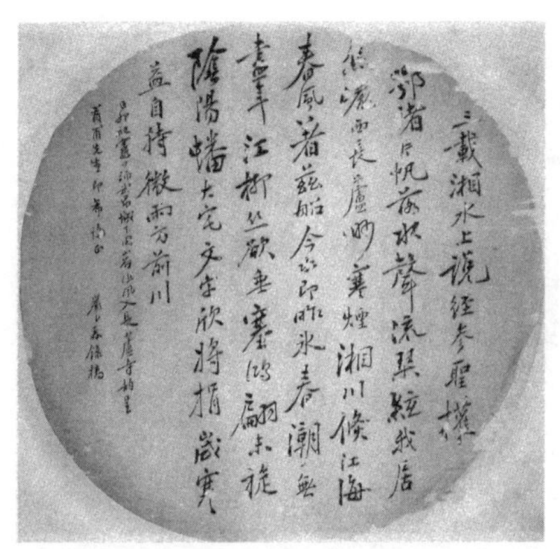

三载湘水上，说经参圣权。鄂渚片帆落，水声流琴弦。我居□□西，长芦渺寒烟。湘川倏江海，春风着兹船。今水即昨水，春潮无尽年。江柳丝欲垂，塞鸿翩未旋。阴阳蟠大宅，文字欣将捐。岁寒盖自持，微雨方前川。

己卯祀灶日泊武昌城下，用山谷《阻风入长芦寺》
韵呈肯甫先生即希诲正，严玉森录稿

仲鼎贤甥属，庚辰夏四月下浣写于吴门寓斋，伯声

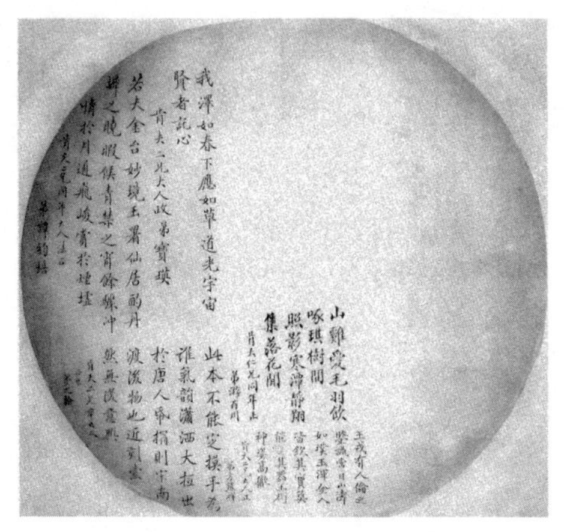

我泽如春，下应如草，道光宇宙，贤者托心。

肯夫二兄大人政，弟宝瑛

若夫金台妙境，玉署仙居。酌丹墀之晓暇，候青禁之宵余。骤冲情于月道，飞峻赏于烟墟。

肯夫二兄同年大人法正，弟谭钧培

山鸡爱毛羽，饮啄琪树间。照影寒潭静，翔集落花闲。

肯夫仁兄同年正，弟游百川

王戎有人伦之鉴识，常目山涛如璞玉浑金，人皆钦其宝，莫能□其器，王衍神姿高彻。

肯夫二兄大人正，弟方熊祥

此本不能定模手为谁，气韵潇洒，大抵出于唐人纸拓，则宋南渡后物也，近刻索然无复意兴。

肯夫二兄年大人正之，弟之翰

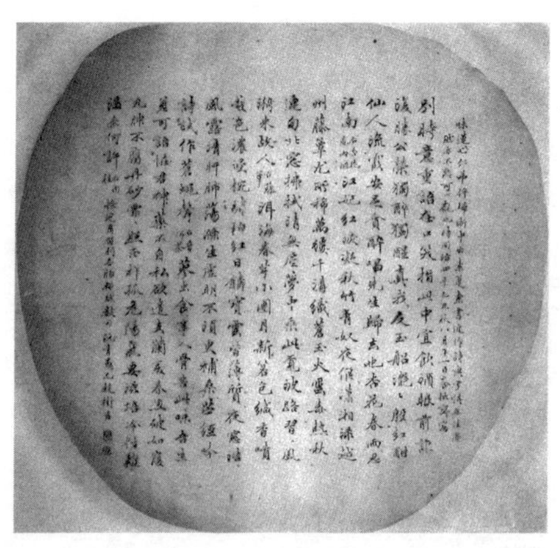

味莲世仁弟将归浙中，出素扇索书。近作诗与字俱无佳处，然亦不恶，可一观也。时同治四年乙丑秋八月十一日，养拙斋处。

别时意重语在口，笑指此中宜饮酒。眼前谁复胜公荣，独醉独醒真我友。玉船滟滟殷红酣，仙人流霞安足贪。醉唱先生归去也，杏花春雨思江南。（右杏花春雨酒）

江妃红泪凝秋竹，青奴夜偃潇湘渌。越州藤簟尤所稀，万缕千沟织苍玉。火云毒热秋连旬，北窗拂拭清无尘。梦中乘此觅波路，习习风漪来故人。（右藤簟）

洱海春芽小团月，新箬包缄香喷发。色浓浸碗琥珀红，日铸宝云皆薄质。夜窗浩浩风露清，肝肺荡涤生虚明。不须更补桑苎经，吟诗试作苍蝇声。（右普洱茶）

蓼虫食辛入骨苦，此味吾生差可语。怪君神药不自私，欲遣支兰变春煦。破如覆瓦腴不腐，丹砂霏霏照玉杵。孤危阳气要滋培，冷性难温奈何许。（右肉桂）

《检定甫留别各物辄赋数句》，沅青愚兄赵树吉

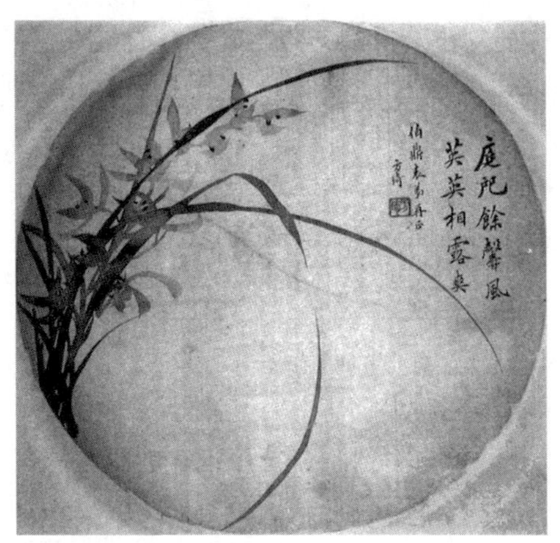

庭户余馨风，英英相露爽。

伯鼎表弟再正，方琦

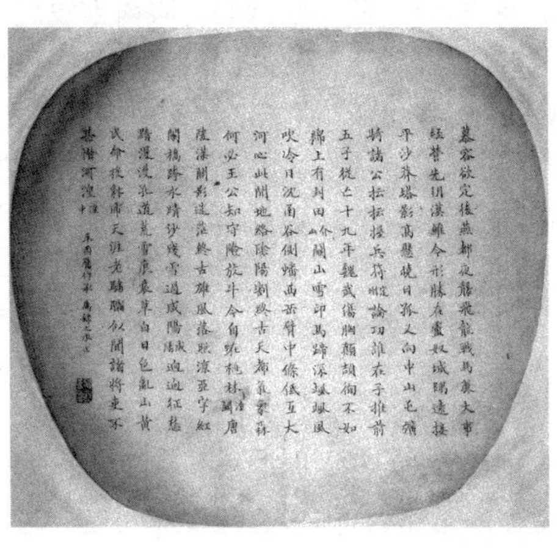

慕容欲定后燕都，夜袭飞龙战马麄。大事经营先朔漠，维今形胜在卢奴。城隅远接平沙莽，塔影高悬晓日孤。又向中山屯骦骑，诸公扰扰握兵符。（定州）

论功谁在子推前，五子从亡十九年。魏武伤胸颠颉徇，不如绵上

有封田。(介山)

关山雪印马蹄深,飒飒风吹冷日沉。函谷侧蟠西岳臂,中条低亘大河心。此间地络阴阳割,终古天都气象森。何必王公知守险,放牛今自在桃林。(潼关)

唐陵汉阙影迷茫,终古雄风落照凉。亚字红阑桥跨水,晴沙残雪过咸阳。(咸阳)

迥迥征愁黯,漫漫孔道荒。雪痕衰草白,日色乱山黄。民命授豺虎,天涯老骕骦。似闻诸将吏,不甚惜河湟。(湟中)

辛酉旧作,承属录之求正

奉荣示,承已上讫,惟增庆悦。下情但多欣惬。垂情问以所要,悚荷难任。倘有赤箭时,寄及三五两,以扶衰病,便是厚惠。圣慈允许守官,稍减罪责,犹深忧惧。续冀面言。

辱问,却送及碑本,兼虚奖逾涯,但深反侧。因见赵、张,如虚奖之说为缘饰也。幸甚。

诚悬尝为敬、穆、文三朝侍书,公绰以其颇谐工祝,致书宰相,乞换一秩,遂迁右司郎中、宏文馆学士。帖云:"圣兹允许守官,稍减罪责。”即尔时语耶?

肯夫仁兄大人教正,锡慎

耀仁阐于权舆,济俗侔乎皇训,群公伟焉。弓旌盈路,三府举高第侍御史。(《范式碑》)

一乘五律之道,驰骤于心田,八藏三箧之文,波涛于口海。(临奉)

肯夫世叔大人诲正,小侄浚宣

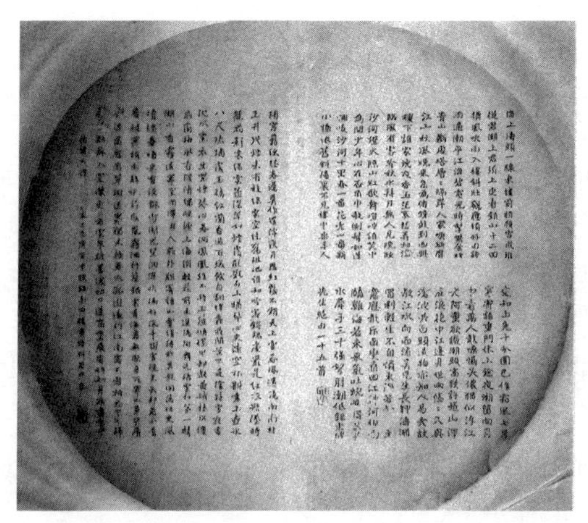

海上涛头一线来，楼前指顾雪成堆。从今潮上君须上，更看银山二十回。

横风吹雨入楼斜，壮观应须好句夸。雨过潮平江海碧，电光时掣紫金蛇。

青山断处塔层层，隔岸人家唤欲应。江上秋风晚来急，为传钟鼓到西兴。

楼下谁家烧夜香，玉笙哀怨弄初凉。临风有客吟秋水，拜月无人见晚妆。

沙河灯火照山红，歌鼓喧呼笑语中。为问少年心在否，角巾欹侧鬓如蓬。

惆怅沙河十里春，一番花老一番新。小楼依旧斜阳里，不见楼中垂手人。

定知玉兔十分圆，已作霜风七月寒。寄语重门休上钥，夜潮留向月中看。

万人鼓噪慑吴侬，犹是浮江老阿童。欲识潮头高几许，越山浑在浪花中。

江边身世两悠悠，久与沧波共白头。造物亦知人易老，故教江水向西流。

吴儿生长狎涛渊，冒利轻生不自怜。东海若知明主意，应教斥卤变桑田。

江神河伯两醯鸡，海若东来气吐霓。安得夫差水犀手，三千强弩射潮低。

录东坡先生绝句一十五首

隋宫翦彩怨春迟，莫作罗浮月夜思。红艳不销天上雪，春风还绕向南枝。

玉井残烟未有枝，绿云空忆旧琳池。谁知吟客销魂处，最是红云欲坠时。

蕉花影里绿云蒸，深翠如烟覆毾㲪。石上横琴心更远，空杯斟尽玉壶冰。

八尺琉璃覆玉裾，红兰香过百城余。自翻蟫蠹花闲帙，不是阴符雪夜书。

沉水熏衣生紫烟，琴心春满凤凰弦。不将玉薤倾螺甲，却教黄娥操水仙。

扇落梅风香浅清，绣鸥毡上海绡轻。花前未进阳阿舞，先听云和第一声。

湖山香雾透寒空，尚滞游人花外骢。寄语山灵须待我，莫教开落任东风。

晴烟春暗采香泾，飘渺湖光望洞庭。吹遍好风千树雪，晓来失却万山青。

香破寒梢未解冰，诗成岚雾满行簦。银云香海看无际，身在寒山第几层。

对酒还应看翠微，送寒犹未换春衣。孤游远作江南客，不看梅花定不归。

吴纨点粉入空蒙，更着云岚破墨浓。明日篷窗重展看，始知身在画图中。

伯……正之,庚寅中秋录,南田题画诗科□□□

□□□阳仿南田笔意,吟老人作,时年六十有九

《中国近现代稀见史料丛刊》已出书目

第一辑

莫友芝日记
汪荣宝日记
翁曾翰日记
邓华熙日记
贺葆真日记
徐兆玮杂著七种
白雨斋诗话
俞樾函札辑证
清民两代金石书画史
扶桑十旬记(外三种)

第二辑

翁斌孙日记
张佩纶日记
吴兔床日记
赵元成日记(外一种)
1934—1935中缅边界调查日记
十八国游历日记
潘德舆家书与日记(外四种)
翁同爵家书系年考
张祥河奏折
爱日精庐文稿
沈信卿先生文集
联语粹编
近代珍稀集句诗文集

第三辑

孟宪彝日记
潘道根日记
蟫庐日记(外五种)
王癸避难日志　辛卯年日记
嘉业堂藏书日记抄
吴大澂书信四种
赵尊岳集
贺培新集
珠泉草庐师友录　珠泉草庐文录
校辑民权素诗话廿一种

第四辑

江瀚日记
英轺日记两种
胡嗣瑗日记
王振声日记
黄秉义日记
粟奉之日记
王承传日记
唐烜日记
王锺霖日记(外一种)
翁同龢家书诠释
甲午日本汉诗选录
达亭老人遗稿

第五辑

袁昶日记
吉城日记
有泰日记
额勒和布日记
孟心史日记·吴慈培日记
孙毓汶日记信稿奏折（外一种）
高等考试锁闱日录
东游考察学校记
翁同书手札系年考
辜鸿铭信札辑证
郭则沄自订年谱
庚子事变史料四种（外一种）
《申报》所见晚清书院课题课案汇录
近现代"忆语"汇编

第六辑

江标日记
高心夔日记
何宗逊日记
黄尊三日记
周腾虎日记
沈锡庆日记
潘钟瑞日记
吴云函札辑释
新见近现代名贤尺牍五种
稀见淮安史料四种
杨懋建集
叶恭绰全集
孙凤云集
贺又新张度诗文集
王东培笔记二种

第七辑

豫敬日记　洗俗斋诗草
宗源瀚日记（外二种）
曹元弼日记
耆龄日记
恩光日记
徐乃昌日记
翟文选日记
袁崇霖日记
潘曾绶日记
常熟翁氏友朋书札
王振声诗文书信集
吴庆坻亲友手札
画话
《永安月刊》笔记萃编
浙江省文献展览会文献叙录
杨没累集

第八辑

徐敦仁日记
王际华日记
英和日记
使蜀日记　勉喜斋主人日记　浮海日记
翁曾纯日记　瀚如氏日记(外二种)
朱鄂生日记
谭正璧日记
近代女性日记五种(外一种)
阎敬铭友朋书札
海昌俞氏家集
师竹庐随笔
邵祖平文集

第九辑

姚覲元日记
俞鸿筹日记
陶存煦日记
傅肇敏日记
姚星五日记
高枬日记
钱仪吉日记书札辑存(外二种)
张人骏往来函电集
李准集
张尔耆集
夏同善年谱　王祖畬年谱(外一种)
袁士杰年谱　黄子珍年谱

第十辑

方濬师日记
张蓉镜日记
陈庆均日记
左霈日记
陈曾寿日记
龚绢熙日记
沈兼士来往信札
徐迪惠日记　象洞山房文诗稿
夏敬观家藏亲友书札
安顺书牍摘钞　贵东书牍节钞　黔事书牍
翁同书奏稿
三十八国游记
君子馆类稿
晚清修身治学笔记五种